# 蓦然回首话云烟

## ——从北京到西雅图

张 杰 著

作家出版社

**图书在版编目（CIP）数据**

蓦然回首话云烟：从北京到西雅图／张杰著 . -- 北京：作家出版社，2022.6

ISBN 978-7-5212-1909-8

Ⅰ . ①蓦… Ⅱ . ①张… Ⅲ . ①散文集 – 中国 – 当代 Ⅳ . ①I267

中国版本图书馆CIP数据核字（2022）第078629号

**蓦然回首话云烟——从北京到西雅图**

作　　者：张　杰

责任编辑：韩　星

装帧设计：刘红刚

插　　图：牛　毅

封面题字：俞胜利

出版发行：作家出版社有限公司

社　　址：北京农展馆南里10号　　邮　　编：100125

电话传真：86-10-65067186（发行中心及邮购部）

　　　　　86-10-65004079（总编室）

E-mail:zuojia@zuojia.net.cn

http://www.zuojiachubanshe.com

印　　刷：北京中科印刷有限公司

成品尺寸：152×230

字　　数：400千

印　　张：27.5

版　　次：2022年6月第1版

印　　次：2022年6月第1次印刷

ISBN　978-7-5212-1909-8

定　　价：52.00元

# 作者简介 —————————

2015年9月于阿拉斯加

## 张杰

北京南城人，浪漫爽朗，敏锐多思，体魄强健，好学喜动。

四岁时，因接受古寺高僧的气功治疗而与传统文化结缘；八岁习武；天赋佳喉，热爱歌唱；初中即喜文学，以诗人和作家自期；高中时痴迷戏剧和歌唱，获文艺汇演唯一的"优秀演员奖"和作文比赛首奖；十八岁入读北大中文系，亲炙游国恩等前辈的风采和教诲。在政治动荡时期，参加北大艺术团，艺术视野和能力得以开拓和提升。旋即下放山野教书，备尝艰辛。自学日文，以备腾飞。

1978年底以总分第一的成绩入读中国艺术研究院研究生班"戏曲历史和理论"专业，师从张庚、马彦祥二位先生，获文学硕士学位。学习和工作期间，首次发现南宋旅日禅僧大觉禅师兰溪道隆遗留的五首"杂剧禅诗"，并对其做了初步的研究和解析，震动学界。他对日本"曲学"的研究、整理和介绍，也具有开创意义。同时，广泛接触了当代的舞台表演艺术，被接纳为中国戏剧家协会会员，推举为北京中日文化交流史研究会常务理事，获得副研究员职称。

1981年师从北京武林名宿刘兴汉先生习练八卦掌，兼及易理、中医、气功；继而研习形意拳、太极拳，对传统"内家拳"做系统考察。1990年游学美国，创建西雅图中国文化书院，行医，授课，与普通人交朋友，观察社会，思索人生，并将心得化为诗歌和文字，著述数百万字，有中英文著作数种在中美两国发表。如今七十有六，不知老之将至，每日歌唱、习拳、吟诗、作文，留意五洲，心系故国，为中国和人类祈福。

## 念奴娇·初春望远

　　天澄海俊，见鸥翔帆丽，纤云清迹。岛影朦胧村舍邈，风动千樱飘逸。山莽流长，壑深木郁，美景难寻觅。人间佳境，叹辛勤护拱璧。

　　我欲乘梦而归，魂游故里，再访神州熠。夏柳春花秋烂漫，牧子卧吹横笛。浩荡江河，巍峨泰岳，天地欣然碧。驱霾除害，望空高祷长揖。

剑翁张杰 2022年3月30日于西雅图国风堂

历尽风波恰"而立"，光明尚待看依稀。　　足循八卦走乾坤，怀抱阴阳立天地。
（青春岁月）　　　　　　　　　　　　　（练功"单换掌"）

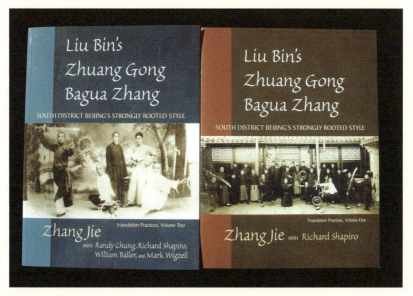

承前启后图文茂，继往开来待后生。（英文版八卦掌专著）

圣洁神秘充天地，佛语佛心示圆融。（观音手印）

万水千山望家国，丝竹鼓乐慰衰翁。（梅兰芳大剧院前堂留影）

精神圣母立天宇，宝相庄严含大明。（南海观音宝像）

物我两忘游三清，身洁心皎乐忘返。（三清山）

两鬓风霜不言老，胸怀锦绣意从容。（望春）

一园碧色湿老眼，遥望五洲祈和平。（小园秀色）

闪烁冰峰戏白云，万千气象傲乾坤。（瑞涅尔雪山）

千岛星布尽桃源，八方游客美神仙。（渡轮）

风清浪碧筝五彩，无限春光到天涯。（西雅图海滨）

疑是大千泼彩墨，海静云飞六月天。（海滨黄昏）

摄影：Darren · chang

# 目录

1

3

# 序

## 史笔生花展芹心

从大洋彼岸传来一部厚重的书稿。这是我的老同学、七十六岁的张杰先生准备出版的散文集《蓦然回首话云烟》。他诚恳地希望由我为该书作序。这部书是他几十年生活经验的结晶，相当完整地折射出其生活与生命的轨迹。对他来说，重要性是不言而喻的。唯其如此，这篇序本应请一位当代文学大家、名家来写，但五年同窗和五十七年相交的情谊令我无法推辞。

作者是北京南城人，出身于普通劳动者的家庭。独树一帜的南城市民文化有四百多年的历史，上承传统，下接地气，精英荟萃，百艺包容，底蕴丰厚。他的家庭有着善良淳朴、吃苦耐劳的家风。在这种环境的熏陶下，形成了他热情豪爽、聪敏好学的特质。他十分善于和普通百姓打交道，了解和同情他们的疾苦，并从他们身上汲取精神营养，这种习惯和心性贯穿了他这一辈子。

从北京大学中文系毕业后，他曾在东北和河北农村和县城任教。"文革"一结束，他即重返学林，读研深造，继而从事中国戏曲历史和理论研究。随后，他凭借着底层生活磨炼出的勇气和多年知识积累铸就的底气，以青年人的敏锐和中年人的坚毅，迈出国门，飞越大洋，开始了新的探索。这在当时北大文科学人中是不多见的。

在异国他乡陌生的土地上，他创建主持中国文化书院，开办中医诊所，把创造性地开辟生存空间与传播中华优秀传统文化有机地结合在一起，以丰富的学养和诚信的服务，赢得了当地美国人和华人的欢迎和敬

1

重。在常人难以想象的艰苦付出中，作为北京南城人和北大文科学子，作者的人品、智慧、才华和能力得到了全面的淬炼和提升。

正是在深入地融入当地社会的过程中，他直接密切地接触了形形色色的普通美国人和华人。他和他们相互尊重，沟通心灵，激发出强烈的感情共鸣和创作灵感，以他们为描写的对象，写出了一个又一个生动的故事。其笔触所及，展现出这些普通人多姿多彩的生活形态、性格秉性和心理活动。从四岁女童到百岁老人，从坐拥万亩良田却依然朴素勤劳的乡间地主到仙风道貌热爱中国文化的心理医生，从热爱大海向往自由的电脑工程师到为了美国护照终日辛劳却不幸客死他乡的巴西裔哲学博士，从在旅游途中移情别恋于非洲向导的中年妇女到年迈失明、生活困顿、从《道德经》里获得勇气和内心安宁的肚皮舞娘，从美国西北依山傍海、风光秀丽的大自然到栖息于其中的美丽的生命，都是他观察和描写的对象，灵犀相通的朋友。他的作品告诉人们，构成我们人类社会主体的普通劳动者，无论是脑力劳动者还是体力劳动者，无论有着怎样的肤色，操着何种语言，也无论年龄和性别，他们的心是相通的，是彼此尊重和愿意了解对方、与人为善的。他们才是人类地球村和谐安定与决定历史发展的真正力量。

该书的另一部分重要题材则来自故国、故乡、故人和故事。在行走天涯的三十余年里，作者的心始终和故国紧密相连。当他用源自生活的智慧和热情，以更宽舒的心态和更超脱的高度重新审视自己曾经走过的道路，观照青少年时期在故国的生活经历，接触在神州大地上邂逅的普通人，并尝试用自己的语言记录下这一切的时候，他的文字焕发出热烈而温柔的光彩。儿时接受古寺高僧气功治疗的经历和感悟，回河北乡间看望姥姥时的懵懂和惊险。天桥跤场的辉煌和没落，跤手的光彩和辛酸。燕园岁月的迷茫，底层煎熬的困惑。潘家园以书会友的山西民间书法高手，琉璃厂情深义重、不甘寂寞的北京退休老画家。流落京城寻找出路的陕甘秦人，北漂谋生的河南盲人推拿师。小巷里的卖花女，市井中的民间武术练家子。旅途中萍水相逢的退休老教师，在恭王府门前偶遇的江南母女游客。北国风光和湘西山水。作者的感情与故国的山川和人民水乳交融，记忆与现实激烈碰撞，文学的灵动和历史的厚重自然地融会在一起，从而产生了感人的力量。

仔细阅读这部作品，你会发现一种与中国本土作家作品不同的文学意境和色彩。多年来，作者行走于不同的国家、民族和社会制度之间，对中、西两种不同的文化形态有了更为深入的了解。同时，他还兼具学者与平民两种不同的目光和情怀，从而使得他的生命空间得到了极大的拓展，视野更加开阔，思路更加敏捷多维。这些，转化为文学表现，自会生发出异乎寻常的魅力。

这种感人的力量和独特的魅力不仅来自作品所描写的众多人物的命运，也来自作品独具匠心的篇章结构与文字表述。作者是一位讲故事的高手。其文章结构自然顺畅而又富有戏剧性，常与人物命运环环相扣，步步相生，出人意表，引人入胜。他的文字功底深厚，行文自然流畅、富有诗意和浓郁的感情色彩，或含蓄，或激扬，或浪漫，或平实，娓娓道来，有很强的阅读性。

这部著作从作者四岁开始写起，横跨了七十二年，覆盖了中美两国，涉及众多的人物，触及作者的灵魂，具有人生和历史的双重认识价值。历史造就了个人，个体反映了历史。在这部著作里，作者个人的足迹和历史的进程融合在了一起，既描写了个人命运的生动和丰富，又讴歌了历史前行的宏大和深刻。其中听不到个人的无病呻吟，扑面而来的是强烈的时代气息。

作者曾经说过，命运赐予他的最重要最宝贵的"礼物"是教会了他"要常怀感恩之心"。这种"感恩之心"，是做人的根本，是劳动创造的动力，是身心健康的保证，是理解、奉献和快乐的源泉。翻开书页，随处可见其晶莹的闪光。或许也可以这样说，这部著作就是作者感恩心情的结晶和对命运的回馈。如今，他不以老之将至为意倾情奉献出一生的心血之作，与大家分享，为记录历史一展芹心。我相信此书将会引起我们这一代读者浓厚的兴趣，同时也期待着作者有更多的好作品问世。

郭瑞

2022年元旦于北京南城老石榴斋

# 作者的话

七十六年前，我出生在北京南城宣武区的一条普通街巷板章路，父母都是善良、勤劳、本分的普通劳动者。我在那里生活、成长、读书，身体强健，天性乐观，富于幻想。

四岁的时候，我家附近大成寺里的住持高僧用气功和草药治好了我的病。经此精神洗礼，遂与传统文化结下了终生不解之缘。

八岁时拜师习武，虽只有半年，却与武术结缘，终生不辍。

读小学的"九道湾小学"的旧址，在我的印象里，应该是一座旧时的庙宇。

读初中的育才学校，设在先农坛里，古木森然，殿宇庄重，祭坛神秘，丁香醉人。高中，我考入了人大附中，离开南城。三年里，我醉心于写作、演戏和歌唱。

1964年高中毕业后，我带着简单的行囊向北挪动了几公里，入读北大中文系。

在北大，我有幸沐浴到传统学术的余晖，领略了前辈大师的风采，也意外地经受了人生的风雨。1970年年初，"文革"前入学的最后一批两千多个"北大人"仓皇离校。我奔赴关外，在努尔哈赤的老家大清朝发祥地——辽宁省新宾县的山村和县城教中学。五年多后，我返回关里，在现代宗教史上赫赫有名的"华北第一堂"——河北献县城关一座破败的天主教堂里，继续教书生涯。1978年年底，我以总分第一的成绩入读中国艺术研究院研究生院，师从张庚、马彦祥二位先生研读中国戏曲史和戏曲理论，兼及日本汉学中的"曲学"的研究。毕业后，我留在艺术研究院从事艺术研究工作。研究院设在恭王府里，我在那里学习和工作了十年，体味到了寒窗之甘苦，也约略地窥见了一个末代王朝倾覆时的仓皇和无奈。

这十年里，我有幸被接纳为中国戏剧家协会会员，被推举为北京市中日文化交流史研究会常务理事，获得了硕士学位和副研究员职称。

学习和工作期间，我发现了南宋晚期著名旅日禅僧大觉禅师兰溪道隆遗留的五首"杂剧禅诗"并给予了初步解析，相关研究成果散见于《戏曲研究》《中国社会科学》《四川大学学报》《杭州大学学报》等学术刊物。这是我学术研究工作中最重要的成果和对戏曲史研究的特殊贡献。此外，我对日本近现代学者"中国戏曲学"研究成果的发掘和整理，也具有开创意义。

在此期间，我对当代的中国舞台表演艺术有着全面的接触和了解。其中，对京剧的表演艺术和意大利美声男高音的科学歌唱方法兴趣最浓，钻研和获益最多。

工作之余，我师从北京南城武林名宿刘兴汉先生学习和研究八卦掌，并兼及对《易经》、中医、气功养生、北京民俗文化的学习和探索，协助老师出版了相关的专著。

1990年夏我来到北美，为传播和弘扬中国文化不遗余力，美加的广大地区留下了我的足迹。从美国华盛顿大学的舞台到穷人的婚礼，从游弋于西雅图普捷湾的渡轮到养老院，都留下了我的歌声。2008年和2016年，美国"北大西洋出版公司蓝蛇出版社"出版了我的英文版武术哲学专著《刘斌和北京南城桩功八卦掌》（*Liu Bin's Zhuang Gong Baguazhang—South District Beijing's Strongly Rooted Style*）两部，深入地介绍了这一特殊的武术文化形态，阐释了它的历史文化特征和哲学内涵。

1992年，我创建并主持了"西雅图中国文化书院"。最近十余年，我的生活以写作为主，创作了古典诗词和现代诗千余首，各类文章百余篇。

　　这部集子包括了我对儿时生活的美好回忆，对北大燕园爱恨交织的复杂感情，上世纪七十年代和八十年代的社会经历，过去三十年里每年回国访旧的见闻，以及在美国接触和观察到的普通美国人和华人的生活状况和我对岁月的思考。

　　历史是人类生活的记录。中国历史是中国人，包括海外华人共同创造和分享的生活的华美篇章。涓涓细流不舍大海。作为一个华人学者，力求在有限的篇幅里用准确、流畅、生动的文字写下我独特的经历、观察、思索和感悟，敬献给中国的历史、华人的历史，为当代和未来世代的人们了解这一段历史，提供富有我个人色彩的经验。这是我的义务、责任和写作的初衷。

　　感恩父母。感谢生活。

　　我曾经用过的笔名有剑翁、天涯剑翁、华魂、国风堂主人。

张杰

2021年11月7日于西雅图国风堂

# 第一辑　南城旧事——少年不知愁滋味

# 热　土

　　日前与郭瑞兄诗词唱和，我曾有《初夏偶得：题"老石榴斋"四首赠郭兄瑞》。他在回信中说："从中见出你对北京南城生活的怀恋，对南城文化的特殊情感。"建议我"多写一些这方面的回忆文字。因为随着岁月的流逝，曾经在北京南城生活过，并且有意愿记录下过往生活的人越来越少"。我深以为然。对旧京文化和历史来说，南城曾经是一方特殊的土地，其中藏龙卧虎，深不可测。写南城是一个大题目，我自忖力所不及。要写，也只能是一些个人的点滴回忆，或许读者能从中品味出一点南城人过往生活的特殊韵味。

　　回忆南城旧事，首先想到的是我的出生之地——板章路。

　　板章路当时隶属于北京"外五区"。我理解这个"外"指的是宣武门、前门、崇文门以南的"外城"，也叫"南城"。说起北京，老北京人有一句话"东富西贵，北穷南杂"。居民庞杂而贫穷，是南城的主要特征；同时这个"杂"字，又包含着另一层意思，说它是北京市民文化的主要发源地和兴盛地区之一，曾经十分兴旺和火爆。同时，它又是市民文化和文人文化的交错杂陈之地，曾经互相影响，共同繁荣。最能体现这个特点的，就是大名鼎鼎的"天桥儿"和"琉璃厂"。

　　板章路位于南城珠市口和虎坊桥之间。它的北口就是西珠市口大街，老北京的一条通衢大道，即今日之"两广路"的一部分。它的西北是"琉璃厂"，东南是"天桥儿"，东北不远就是大名鼎鼎的前门和大栅栏,西南是"新世界"——仿上海西洋建筑风格的船形建筑,当年远近闻名的游艺中心;正南曾经是"城南游艺园",即现在的友谊医院所在地,早年梅兰芳曾经在这里唱过戏。正北是给孤寺,此庙宇的历史十分悠久。

据载,给孤寺始建于唐代贞观年间,称为"万善寺",明代称为"寄骨寺",清顺治时重建,称为"万善给孤寺"。上世纪四十年代初毁于火灾。记得我小时候,板章路北口斜对过有一座军营,规模可观,有解放军驻守,战士们每天晨昏操练,口号声威武雄壮。这座军营应该就是给孤寺的旧址。板章路往西是虎坊桥、骡马市大街、菜市口、牛街、广安门;往东是珠市口、磁器口、花市、广渠门。如果以板章路为中心,按顺时针方向画一幅"后天八卦图":西北"乾卦"方位是琉璃厂,正北"坎卦"方位是给孤寺,东北"艮卦"方位是前门和大栅栏,正东"震卦"方位是珠市口、南城基督教会和开明大戏院,东南"巽卦"方位是天桥,正南"离卦"方位是城南游艺园,西南"坤卦"方位是新世界游艺园,正西"兑卦"方位是虎坊桥和湖广会馆。板章路就是这幅"后天八卦图"的中心。

板章路南北走向,虽然穷,曾经却是一条挺豁亮、干净的街道。它大概有一里多长,住着百十户人家。中间路东有两棵大槐树,将板章路一分为二。大槐树以北路东靠墙根儿是一溜饭摊儿,经营的是底层劳动者最普通的吃食:高粱面的压饸饹、棒子面的贴饼子、高粱米粥、咸菜丝儿,也有白面的,但贵一点儿;最好的就是芝麻烧饼、炸焦圈、炸油饼儿、豆浆。食客主要是南来北往的普通劳动者,拉脚的、蹬三轮儿的、拉洋车的、做工的。路西是惠中饭店,它的南墙根儿下是一个"井窝子"。所谓井窝子,就是一口甜水井和围绕着它的几间矮房,管理水井的人就住在房子里。据学者考证,"胡同"是蒙古语,指的是有水井的地方。这个井窝子的存在,使板章路多了几分清灵氤氲之气。板章路上世纪五十年代中期通自来水之前,这一带几条胡同的几百户老百姓吃的都是这口井里的水。一个姓赵的乡下人,带着他的小儿子,拉着水车,挨家挨户送新鲜的井水。买水的人家要事先买"水牌子"。在我的记忆里，那井水清甜甘凉，无异味，夏天泡西瓜倍儿爽。

大槐树以南，主要是民居，此外有剃头棚儿、鞋铺、成衣铺、汽车行、酒铺、羊肉床子。我家的位置就在大槐树以北路西的三号，离井窝子不远，三间旧房，一个巴掌大的小院。

街坊里有点儿头脸的人物，一个是北口路东二号院里的祁牧师，是珠市口南城基督教会的主祭，他的儿子和平是我的"发小"；另一个是住在北口路西一号大院里唱河南坠子的马仲翠。我印象最深的是，冬天天冷，马大姑常常捏着一个小酒壶去北口的酒铺打酒，一身黑底小碎花的绸子棉袄棉裤，收拾得很利落。她脚下是一双缎面绣花鞋，脸上总是红扑扑的，带着三分酒气。她一辈子没结婚，和街坊们也不大来往，唯独见了我父亲老远地就用河南话喊"大哥"，管我母亲叫嫂子。我因此叫她一声"大姑"，这是母亲教的。母亲说"人家一辈子没结过婚，不能乱叫。就叫大姑"。她见了我父亲常说的一句话是"大哥，你真是有福气。三个儿子"！大槐树底下有两家街坊值得一提。一是路东的刘家，开了一家小铸铁厂，字号叫"老发达"。刘四叔人很胖，外号叫"四胖子"，夏天吃完晚饭常坐在门口，扇着大蒲扇，哼着"借东风"。他常常把我叫过去，教我唱戏。他常说："小五儿，你是个腔嗓子，是唱戏的料儿。"

刘四叔家往南，另一棵更粗大的槐树底下是老中医徐大爷家。老人信佛，大号就叫徐敬佛。他住着两间门面房，外间是诊室，里间住家兼佛堂，收拾得很干净。老两口就一个儿子，大号徐柏年，长得瘦小枯干，看小儿科拿手。我小时候有个头疼脑热的，都去找他。徐大爷家对过儿是一片二层的楼房，分为五号、七号、九号、十一号四个大院，各住着十几户人家。这片楼房不小，砖木结构，格局也差不多，中间是一个大天井，四周是两层楼房，二层是一圈木头走廊。这片楼房是"民国时期开发南城"的遗物。"敌伪时期"，楼里住过日本人。后来五号、七号住的是散户，九号成了板章路小学，我念小学就是从这里开始的。小学撤销以后，九号和十一号成了中国人民银行的宿舍。

五号院里最显赫的是刘大爷家。刘大爷是山西人，解放前开过银号，家底儿殷实。他常年不出门，偶尔见他一面，冬天总是黑缎子长袍马褂儿，瓜皮帽；夏天则是一身白色的绸衣绸裤，脸上照例没有一丝笑容。偶尔高兴，则笑得很慈祥。刘大妈爱说爱笑，长得很富态，无冬历夏，都是绫罗绸缎，收拾得特别利索。他家的大儿子当时是板章路唯一的大学生，街坊们没人叫他的名字，也不知道他的名字，说起他就叫"大学生"。一说大学生，人们就知道是在说刘家的老大。至于他是哪个大学的，没人知道，也没人懂。

刘大爷家的隔壁七号，住着一家姓杨的。老头儿鼻子特大，整天蔫头耷脑的。我叫他杨大爷，大人们提起他都叫他"杨大鼻子"。他解放前当过警察，算是有"历史问题"，靠打零工养活一家人，话不多，凡事都矮人一头。再往南，向西拐上一个高坡，有一家人家姓王，房舍整齐，独门独院。老户主人称"王四把"，长得身材魁梧，筋骨粗大，大头大脸，皮肤黝黑，有一股不怒自威的气概。一看就知道此人年轻时必非寻常之辈。据说他练过功夫，精通摔跤，拳脚了得，尤其会使十三节鞭。他解放前在天桥一带混事儿，江湖上有这一号。我的印象里，凡是某人的诨号带"把"字的，什么"张二把""李六把"，身上都有功夫，并且靠着身上的功夫在市面上混事。其中良莠杂陈，很难用"好坏"区分。这位王四爷的太太，也是个大高个，皮肤白净，相貌不俗，常年化着淡妆，衣着讲究，透着与众不同。家里一儿一女，女儿长得像父亲，在小学当老师。儿子比我大两岁，长得像母亲，人特别温顺。1964年高考时，我的历史书缺了一本，母亲左思右想，想起了这位大公子，上门去给我借书，人家很痛快，翻箱倒柜找出来。还别说，后来考历史，有一道填空题："孔子的主要著作是什么？"就是这本薄薄的小书帮了我的忙。

在这之前，上初中的时候，有一年的冬天，早上我去上学，正好碰上王四把端着尿桶去厕所。那时候他大概有六十多岁了，已不复当年，人委顿了不少，但看上去还是比一般人高大魁梧。说时迟那时快，他刚走到厕所门口，两个警察猛然从两边蹿上来，把他按倒在地，上了手铐。他手里的尿桶也摔在地上，黄色的尿液流了一地。紧接着一辆警车开过来，他被押上了警车。后来听说他被判了五年徒刑，是因为解放前

6

的旧案。他出狱以后，我还见过他一次。那时他已经中风了，走路不利落，嘴也歪了，透着几分"虎落平阳"的凄凉。

从王四爷家往南，路西是夏家的车行。夏家是回民，老两口膝下有三男二女。家道殷实，有两辆汽车，开了一家车行。谁家有事用车，他们连车带司机，上门服务。开车的往往是夏家的二哥和大姐。那年月，在板章路这就算是头等殷实人家了。夏家老爷子不大爱讲话，夏大妈待人特别和气，和我母亲说得来。

夏家往南路西是一家酒铺，专卖白酒和煮花生、煮蚕豆、油炸花生米。店主姓刘，老伴儿姓李，缠过脚，人称"李小脚"。她和我母亲一起做过街道工作，我叫她李姨。顶南头路东把角儿是一家"羊肉床子"，就是羊肉铺。这家姓王，也是回民。每星期一早晨，老掌柜的出城买一只羊赶回来，宰了，卖羊肉和羊肉馅儿的包子。老掌柜的孙子，小名叫"屁子"，长得像阿拉伯人，从小就拜师练功，后来考上了中国杂技团。挺英俊的小伙子为什么叫"屁子"，这又是北方人的旧习俗之一。名字起得越贱，越好养活。我的小伙伴里，除了"屁子"，还有"根子""顺子""歪毛儿""愣子""祥子"等。

算起来，板章路有七家回民。从北往南数，李家、杜家摆饭摊儿，马家修自行车，洪家蹬三轮儿，夏家开车行，王家开羊肉铺，还有一家姓邸，也开饭馆。

板章路有三家成衣铺，除了我父亲，另外两家一家姓刘，一家姓靳。父亲的成衣铺字号叫广茂祥，取生意发达，财源广进的意思。父亲是做中式服装的高手，不会做西式服装。公私合营以后，年纪大了，再加上讲究穿中式服装的人也少了，生意萧条，无奈关张歇业不干了，家计也因此而越发艰难。好在兄姐们参加工作了，有了收入，日子还能维持。母亲是过日子的好手，脑子好，心地宽，家道虽然艰难，但家里不乏欢乐。

我儿时的伙伴就是板章路邻居家的孩子们，他们出身于下层劳动者家庭，单纯，快乐，健康。我们夏天出城去马家堡逮蛐蛐，冬天在街上溜冰、弹球儿。春秋天气不凉不热的时候一起逛天桥、大栅栏、天坛、陶然亭。大年三十儿晚上，冒着大雪顺着有轨电车的铁轨去前门看夜景；或者聚在谁家的炕上聊天儿，神侃"三侠剑""大五义""小五义""七剑十三侠"；一起练摔跤，一起拜师练功夫；也有拌嘴打架的时候，但是过不了几天就又和好如初。这就是我们少儿时代生活的主要内容。

"少年不知愁滋味"，虽然贫穷，但很快乐。后来，长大了，伙伴们或是参军，或是做工。只有我一路念书，从南城的育才学校，到海淀的人大附中、北京大学。离开北大以后在东北和河北的农村教过几年书，又回到北京读研，做文化研究工作。最后则漂洋过海，一路追梦，走到现在。

如今我年过古稀，依旧浪迹天涯。回首往事，板章路是我生命的发祥地，南城市民文化是我的根基。南城人的豪爽、意气、吃苦耐劳、敢于担当以及无拘无束、乐天达观、自由散漫的气质和品性，影响了我的一生。此外，传统文化的熏陶，社会生活的风雨，也在我生命的年轮里打下了深深的烙印。回想南城和板章路，我充满了怀念和感恩。

北京南城的板章路，是我生命的热土。那里曾经有我的家，有我对父母哥姐的记忆。往事并非如烟，它清晰可辨，历历在目。

### 满庭芳·忆北京南城热土

我出生于北京南城板章路，南城的市民文化是我知识的摇篮。南城热烈、淳朴、机智、幽默、尚武、仗义的民风和习俗，影响了我的一生。

书剑飘零，青丝霜染，梦惊烟柳西山。故乡遥邈，狭巷转松宽。陋室槐香缕缕，芳邻好，何必三迁。勤劳做，艰难岁月，辛苦自甘甜。

平凡。龙虎卧，南城陋巷，剑影丝弦。看书坊连属，戏馆挨肩。雅士名优际会，国剧萃，精彩空前。天涯泪，长风送我，魂魄舞翩跹。

2016年7月18日初稿
2021年3月20日—7月26日修改润色

# 小院·老屋

　　七十五年前我出生在北京前门外珠市口板章路，我的老家就在板章路中间偏北路西的三号，这是一个名副其实的真正意义上的小院。有南房一间半，北房一间，西房一小间。南北长一丈半，东西宽不过一丈，坐西朝东。父亲的成衣铺广茂祥设在南房，东墙外的山墙上，一根旗杆伸向马路，"广茂祥成衣铺"的布幌子一年四季在风霜雨雪中摇来摇去。北房和西房住家，半做生意半为家，典型的底层手工业者理想的生活方式。

　　这份产业是父母八十多年前置下的。1901年，父亲十二岁，跟着一位在北京谋生的乡亲，徒步从老家河北任丘走到了北京，在南城落脚，进了裁缝铺当学徒。出师以后，自己谋生。站稳了脚跟，回老家娶了母亲，在北京成了家，有了大姐。耍手艺，过日子，房无一间，地无一垄，只能租房，受够了房东和二房东的欺负。

　　这座小院原来是惠中饭店的产业，要出手。管事的喜欢父亲为人老实可靠，提前对父亲透了口风。管事的说："小张，你将来要在北京安身立命，得有自己的落脚之地。这个小院虽然窄憋点儿，但是便宜，位置也不错。这个机会难得，不可错过。"于是父母拿出全部积蓄，又请了"一支会"，才买下这个小院。

　　什么叫"会"？按照母亲的说法，这是老年间下层普通劳动者的一种互助形式。一般是十二个人组成"一支会"，都是比较亲近、可靠的

9

亲朋好友。以一年为期，每人每个月拿出一定的数额，放在一起，由"会长"掌握，然后每个月根据轻重缓急轮流使用这笔钱款。一年到头，正好轮了一过儿。这笔钱你可以置房产，办红白喜事，或生活里其他各种大事。事到临头，手里没钱，绕不过去了，就请一支会。那时候没有银行贷款这一说，普通人办事就靠"请会"。您听，一个"请"字，饱含着老北京人的人情、礼数，也多少有些无奈的意味儿。母亲说过，请了"会"，临时发现钱还是不够。母亲一咬牙，摘下了唯一的一对金耳环当了，凑齐了房款。那是她和父亲成亲时，父亲送她的"定礼"。我的母亲是个聪明、乐观、大度的人，没文化不识字，但是为人处世，心里清明，态度明确，作风果断；而且记忆力极好，口才也非常出色，有一副好嗓子。用母亲的话说，父亲是个"食不亲，财不黑"、心灵手巧、老实厚道的农民子弟。父母的品性决定了全家人生活的基调，也影响了我们兄弟姊妹一辈子。

我的老姨、母亲的小妹妹，当时也入了会。她多年后跟我闲聊时说起此事，说"你父母当年买这个小院时着了大急。最后临要缴房款了，一算账，发现钱还是不够，又打发人找到我。我从柜上拿的钱，凑齐了，才把房子买下来。"老姨说的"柜上"指的是她老公公的买卖。那时候人们说谁家的生意、营生，不说公司，说买卖，更通俗的说法是柜上，柜就是柜台、收银台。老姨的老公公是菜市口西庆仁堂的东家，家境富裕。

我大姐出生于1932年，今年八十九岁高龄了；1935年有了大哥，二姐、二哥和我也都相差三四年。从大哥开始，我们哥儿四个都出生在这个小院里。我由此推算出父母买这三间房和这个小院，应当是1933年或1934年。

往事如烟亦非烟。这个小院，几乎凝聚了我们一家人尤其是父母在北京漂泊、创业、安家、生存的全部历史。

说几件印象深刻的片段可见一斑。

# 一

我的父亲擅长做中式服装，手艺精湛。当年，他的主顾里不少是
梨园行的人，包括梅兰芳先生这样的名角大家。什么叫主顾，就是今
天说的顾客。父亲说，衣服做好了，他要亲自送到剧场后台。收了工
钱，管事的会请他到台下听戏。因此，他对北京梨园行的掌故知道得
不少，对京剧的场面和表演也熟悉。那时候，家里有一位特殊的客
人，大名苏敬一，是个小有名气的画家，擅画梅兰竹石，荣宝斋认可
他的画，他也是个京剧迷。他的岳父是我家的邻居、老乡，和父亲称
兄道弟。苏先生喜欢好酒好茶，每次来串门儿都自备酒和茶叶。酒酣
耳热之余，他和父亲说起京剧，他会唱上两段，父亲则手执筷子，敲
着桌沿儿，嘴里"打"着锣鼓，托腔润色，二人相得益彰。一段唱完
了，苏先生往往伸出大拇指说："张掌柜，您还真行！"我对京剧的认
识，和戏曲结缘，皆源于此。

苏敬一的岳父刘大爷是父亲的莫逆之交。他去世的时候，发生过这
么一件"怪事"。我们两家是街坊，不在一条胡同。刘大爷深夜弥留之
际，父亲正在家里睡觉。他突然醒了，对母亲说："刘大哥给我托梦
了，我得去瞧瞧。"说完起身出去了。第二天早上父亲回到家，告诉母
亲刘大爷走了。母亲问他刘大爷给他托梦的事儿。他说："昨天半夜，
我睡得正香，觉得有人推我。我醒了，是刘大哥。他叫着我的名字，说
'兄弟，我要走了。你也不来送送我？'我赶去了，果不其然，刘大哥正
咽气。"

我家的房子原来是惠中饭店的产业，饭店里管事的老者和父亲说得
来。父母买房，他是介绍人。他告诉父亲，饭店里有"大仙"，半夜常
打着一盏小红灯笼出来各处走动。有一天晚上，父亲找老者闲聊，一进
门，老者正在自斟自饮喝闷酒。父亲说："酒还有吗？给我来一盅！"老
者拿起酒壶晃了晃，酒壶空了。老者叹了口气说："你要是不问，不说

话，这酒是喝不完的。就这一壶酒，我一个人喝了一晚上了，且斟且饮，总斟总有。酒是'大仙'送的。你这一说话，惊动了大仙，大仙走了，酒也没了。"

哥姐们问父亲："大仙是什么？您见过吗？"

"大仙就是经过多年修炼得道的老狐狸。我见过。不止一次。"

"您不害怕吗？"

父亲说："我不害怕。早年间我一到年底，就回老家看我娘。为了省钱，往返都走着。一路上遇到的稀奇古怪的事多了。人只要心正，心善，神鬼都敬重你。"


# 二


我三岁的时候——1948年——大姐就出嫁了。又过了几年，大哥考上了北京工商管理专科学校，国家提供食宿。二姐考上了北京市评剧团学员班，月薪十七块，也有了一份微薄的收入。这是家里发生的三件大事。为了子女的前程，也为了减轻家里的负担，父母没少操心。

1949年以后是新社会了，人们的生活有了变化，穿中式服装的越来越少，父亲的手艺失去了市场，可是日子还得过。于是父亲在亲友们的帮衬下，买了两台缝纫机，请了两个工人，利用他自己的社会关系，从大栅栏的一家服装厂接了订单，加工西式服装，名义上还是广茂祥成衣铺。这两位工人都是北京附近的河北人，都姓周。年纪大的叫老周，大号周炳银；年纪轻的叫小周，大号周连山。老周性格沉稳，小周手脚麻利，都会做西式服装。他们白天在南屋里干活，晚上就睡在剪裁服装的案子上。吃饭或是在街上的饭摊买，或是等母亲做完饭以后利用我家的火炉子做点简单的吃喝。我家提供住宿和机器，接订单、运布料、送加工好的服装则是父亲的工作。双方是"倒三七"分账，一笔生意干完了，两位周师傅拿七成，父亲拿三成。母亲除了照顾一家人的生活，洗衣做饭之外，还要给二位周师傅打下手，钉扣子和锁扣眼。日子过得艰难，但还能对付。

父亲为了省钱，谈生意接订单、运布料、送服装都是步行。他是农家出身，自幼吃苦耐劳，身材不高，却体力出众。他走路快，脚底生风，出门做事，从不乘车。他对此颇为自豪，津津乐道。但人吃五谷杂粮，终究会生病，会老。有一天，父亲肚子疼得很厉害，去医院一查，是疝气。医生说，这个病主要是劳累过度，负重过度。开了刀，就好了。从此父亲体力不复当年，日渐衰老。普通百姓人家，过日子还能将就，打针吃药做手术这种额外的开销却无力支付。幸好大哥和二姐都工作了，有公费医疗，两个单位各报销了一半，才过了这一关。

到了1954年搞社会主义改造公私合营运动，取消私人工商业。父亲的作坊维持到了1956年，终于关张了。两位周师傅参加了服装社，成为有正式编制的工人，走了。人品极好的父亲作为耍了一辈子手艺的老式裁缝，彻底退出了历史舞台。最后一幕里的一个插曲，我至今还记得很清楚。

某日，上级要求所有的私人工商业者、手工业作坊都要在自家门口张挂横幅，上书"热烈欢迎公私合营"，红纸黑字，限期完成。父母为此着了大急。他们自己不识字，更不会写字，家里也没有笔墨纸砚。唯一会写毛笔字的大哥不在家，怎么办？母亲有主意，去请徐大爷帮忙。徐大爷是老中医，板章路的老街坊，整天给病人开药方，当然会写毛笔字。徐大爷来了，颤颤巍巍地问母亲："家里可有笔墨纸砚？"母亲一拍手说："好我的徐大哥！我们两口子都不识字，家里哪来的笔墨纸砚？您就想想法子，好歹写几个字，对付着交了差就行了！"徐大爷略一寻思，又说道："墨我倒是有。可没大号的笔。这得用'提斗'。这么着吧，家里可有棉花？"母亲说："开成衣铺的别的没有，棉花还能没有？您要多少？"徐大爷打发人回家拿来了砚台，磨了墨，接过母亲找出来的棉花，吩咐母亲铺好了红纸，每张二尺见方，他手捏着一撮棉花，蘸着墨汁，写了"热烈欢迎公私合营"八个大字，笔墨遒劲，颇见功力。

父亲歇业了，负责家务；母亲加入了服装加工合作社，专门钉扣子，锁扣眼，每周六天上班，成为全职工人。到了1962年，国家遇到

13

了困难，精简机构，压缩在职的职工岗位。这和后来的"下岗"有几分相似，就是没有那么大的规模而已。母亲虽然很能干，多次被评为先进工作者，还是被精简下来，失去了工作。至此，父母都失业了，手艺也都扔了。挂了几十年的广茂祥成衣铺的幌子早就无影无踪了，挂幌子的旗杆也拆了，缝纫机也卖了，南屋成为家里的主要活动空间和父母、我以及二哥的卧室。大哥结了婚，住在北屋，二姐结婚以后搬走了。我家从半是作坊半是住家的格局，恢复成纯粹的民居。

时间过去了三十多年。这期间，我们这个普通人家与国家和社会大环境的变化互相呼应，一路走来风风雨雨，阴晴不定。喜怒哀乐杂陈，父母屋院俱老，但后继有人，子孙兴旺，第三代人相继降生，小院和老屋时闻欢笑之声。其间有几件事我至今难忘。

一是1955年二姐十七岁时，随北京市评剧团加入了"中国人民赴朝慰问志愿军艺术团"，跨过鸭绿江，慰问在朝鲜前线保家卫国浴血奋战的志愿军亲人。六十五年后，已经八十二岁高龄的二姐获得了国家颁发的"中国人民志愿军抗美援朝出国作战七十周年纪念章"。这是她和家族的光荣，是已经消失的小院和老屋哺育出的荣耀。

二是大哥自学歌唱多年，终于修成正果，考取了部队文工团，远赴西北戍边，为战士服务。我家的小院从此多了一层荣耀的光环——"光荣军属"。

三是1962年母亲离职时国家发了一百二十元的"离职补贴费"。回到家后母亲问大家这个钱怎么花，家人七嘴八舌拿不定主意，母亲说："家里这台话匣子太老了。这还是小日本投降以后，你爸爸从小市上淘换来的日本货。换新的！我早就看上了'熊猫'牌儿的收音机！买！"于是大嫂和二姐陪着母亲，上大栅栏把大"熊猫"请回了家。

当然，还有一件事值得一提。那就是我的生日。1945年阴历八月初四、阳历9月9日我出生在这个小院里。北屋。长大以后，说起我的生日，母亲总是自豪地说："你是小日本投降那天出生的。"日本人投降不是1945年8月15日吗？那是中国人民永远难忘的日子呀！我颇感困惑，但是母亲是不会记错儿子的生日的。我后来查了资料，原来，日本人宣布投降是8月15日，正式递交投降书是9月9日。

9月9日凌晨"卯时"我出生在北京。几个小时之后，日本败将、侵华日军总司令冈村宁次代表日本政府和军方在南京中央陆军大学礼堂，向中国政府代表何应钦陆军上将递交了投降书，第二次世界大战就此正式降下帷幕。母亲说得没错。日本投降，小院添丁，家人当时该是多么欢欣鼓舞，七十五年以后，我能想象得出来。

# 三

父母毕竟是农家出身，虽然在北京定居多年，却难舍对土地的感情。从我上小学起，他们就开始在小院里点豆种瓜，种植花花草草，把一个巴掌大的小院，装点得花团锦簇。除了冬天，春夏秋三季，小院里鲜花不断，瓜香浓郁，引得邻居们交口称赞。

最初是母亲从别人家淘换来几棵"指甲草"，种在了东墙影壁下，若有若无，毫不起眼。它的花朵不大，颜色倒很鲜艳，说是可以用来染指甲，但我从来没见母亲或二姐用它染过指甲。后来，母亲又找来一种草花叫"夜来香"，二尺多高，叶子很茂密，花形如小喇叭，有白、红、黄、粉四种颜色。花的颜色尚可，但没有香味，和真正的"夜来香"不可同日而语。真正的"夜来香"，我在花贩子的挑子上看到过，很气派，花是白色的，晶莹闪烁，香气袭人。五毛钱一盆，母亲舍不得买。后来二姐带回来一种爬蔓的花儿，花很小，红色，很鲜艳，一开就是几十朵，爬满了影壁，煞是喜人。我们就叫它"小红花儿"，它的真名没人知道。

我读小学五年级的时候，去同学家里做作业，看到他家的西番莲很好看，花是深红色的，骨朵很大，很饱满，于是要了几块根茎，带回来交给了父亲。父亲把它种在了西屋的墙根儿底下。没想到，它以后长得非常苗壮，几年之间就高过了屋檐，蓬蓬勃勃的一大丛，一开花就是几十朵、上百朵，像一朵红云飘浮在小院的上空，不用进院子，从街上就能看到它的芳容英姿。这株西番莲成了张家小院的招牌，惊动了左邻右舍，邻居们都来要根茎。奇怪的是，它到了别人家，就是不肯长高，花开得也不多，稀松平常，毫不出奇。人们都说父亲有一双善于侍弄花草的巧手。父亲微笑着，不说话。

后来，父亲又先后种了大扁豆、老倭瓜、南瓜和癞瓜，搭了架子。春天，小院里一片新绿，赏心悦目。夏天，花繁叶茂，浓荫可人。父亲有时会从穿街过巷的小贩手里买上一只蝈蝈，蝈蝈笼就挂在瓜棚上，"蝈蝈蝈"地能叫一夏天。我则和小伙伴们出城逮蛐蛐儿，带回家，养在蛐蛐罐里。晚上，蝈蝈休息了，小院里是蛐蛐和油葫芦的低吟和高唱。父母常在花荫下放上小桌，沏上一壶花茶，扇着蒲扇，喝茶聊天。秋天来了，瓜棚上结满了倭瓜、南瓜和癞瓜。大扁豆则顺着瓜棚爬上了西屋顶，我和二哥登梯上房，摘瓜择豆，喜不自禁。那是一年里除了春节之外，家里最欢乐的时光。

这种居家欢乐的日子，一直延续到1966年夏天。


# 四


1963年大哥从部队复员回到北京，重操旧业，进了一家工厂做了技术干部，主管全厂的生产统计和调度。第二年我考入北大。两年以后，动荡开始。大哥文笔和口才好，当过兵，出身劳动者家庭，在厂子里成了一派的领袖。经过一番折腾，再加上父亲得了重病，离不开人，他心灰意冷了。大哥作为长子，一贯孝顺，就此留在家里尽孝，直到父亲去世。

父亲是1967年10月20日病逝的。阴差阳错，我们兄弟三人都不在跟前。只有二姐在家，是隔壁的王二哥帮助二姐，用他家的平板车送到"反修医院"的，就是原来的友谊医院，在我家的南边不远。王二哥过去和父亲拌过嘴，为买冬储大白菜的事，父亲对他有过误会。两人很长时间不说话了。如今父亲病重，家里没人，二姐找到了王二哥说："二哥，老爷子病得不轻，家里没人。如果有事，您得帮忙。"王二哥说：

"二妹子，你放心。只要老爷子有事，你赶紧告诉我。我绝不能袖手旁观！远亲不如近邻！"结果，事到临头，半夜三更，二姐一声招呼，王二哥用平板车把父亲送到了医院抢救。一个星期之后，父亲病逝。

二姐事后说，父亲咽气的时候，嘴唇翕动着，想说话。二姐贴近父亲嘴边，听到他在用河北的乡音喊："娘，娘……"然后，一颗"慈心泪"从眼角滚落到父亲的腮边。父母在北京生活了几乎一辈子，平时说的是纯正的北京话。弥留之际，魂归故里，说的是乡音，喊的是"娘"。

1970年春天，我离开北京，远赴关外农村教书。1975年年底，我调到河北继续在农村教书。

那场动荡始于北大，我在燕园见识了它最初的狂暴。下乡以后，动荡继续，我在社会的最底层体会到了寻常百姓和底层干部对"文革"由喜而倦至厌的变化。

那时候提倡消灭私产，我家小院和老屋的产权证上缴了，住房要交房租。动荡结束后，产权证还给个人，它又成为我家的私产。1978年年底，我回到北京读研。1981年年末我研究生毕业，适逢惠中饭店重建，规模扩大，征用附近的土地，用九百六十元的价格将我家小院和老屋收购，我们搬迁到了珠市口附近的铺陈市胡同。五十年前，这个巴掌大的小院和三间老屋就是从老惠中饭店手里买的。如今，风水轮流，它又回归惠中饭店。得失之间，半个世纪过去了，父亲在小院里走完了他的一生，母亲也已经垂老，我们姊妹五人受到小院和老屋的荫庇和恩惠，各自成家立业，搬离小院多年。现在，惠中饭店扩建完毕，营业多年了。小院和老屋就压在了惠中饭店大厦的脚下，消失得无影无踪。


# 五


庚子冬至，老友郭瑞兄从北京寄来一段视频，打开一看，竟然是老北京人养各种虫鸣的集锦，马上激起我对故乡深深的怀念，对我家小院和老屋刻骨的思念之情。稍后，又接到了申家仁学兄从多伦多寄

17

来的《思母诗》，令我感慨万千。先后得小诗二首，兹引于后，作为本文的结束。

### 庚子冬至闻虫鸣感怀即兴一首

郭瑞兄寄来视频，闻冬虫欢鸣，见蝈蝈葱绿，引我无限乡思，遥忆儿时情景而吟。

声声入耳喜虫鸣，步步回眸忆故京。
陌巷依稀藏旧梦，篷屋确凿诉真情。
鲜瓜翠豆荫前壁，紫蟀青蝈唱美声。
万里思归悲路渺，昏花泪眼暗秋明。

### 辛丑清明忆父母

清明细雨浥微尘，日静云舒有好音。
烂漫樱花惊赤子，葱茏晓翠动乡心。
冰峰闪烁思慈爱，碧浪清纯见父襟。
浩荡春风吹万里，滂沱泪雨化诗吟。

2021年暮春初稿，仲夏修改定稿

18

# 洗 礼

四五岁的时候，我病了一场。那年夏天，我的脖子后面右耳后下方长了一个脓疮，很痛，还发起了烧。我家的西南方向有一个大庙，叫大成寺，庙里的住持善治疑难杂症，附近的居民有病都去找他。据说手到病除，疗效极佳，口碑极好，于是母亲决定带我去庙里看病。

七月流火，北京的盛夏溽热难熬。吃过午饭，母亲打了个盹儿，叫了一辆"洋车"带上我，直奔大成寺而去。

母亲坐在车上，打着旱伞，我坐在母亲的腿上。那天母亲穿了一件淡蓝色的竹布大褂儿，缎子面的黑便鞋，白线袜子；头发梳得很光，显得很精神，那年她不到四十岁。

胡同里很安静，只有大槐树上的知了在拼命地叫。满树的槐花白得耀眼，香得宜人。在树荫下乘凉的街坊跟母亲打招呼："张太太，这大热的天，您这是干什么去呀？""老儿子病了，去大成寺求老和尚给老儿子看病。""噢，那个老和尚看病可灵验了！我前几天腰疼，去了一趟就好了！"

出了胡同南口，右拐向西，就是当年大名鼎鼎的"新世界游艺场"。"新世界游艺场"的大楼造型很特殊，像一艘巨大的游轮，足有四五层楼高。大大小小的房间、圆形的舷窗、护栏、旗杆，虽然已经破旧失修，但是远远地看上去，仍旧威风凛凛，很有气势。当年它最鼎盛的时候，我还没有出生，只是常听老人们讲起它往日的辉煌。这栋大楼仿的是大上海十里洋场的西洋建筑，集中了吃喝娱乐各种时髦的赚钱的买卖。之所以叫新世界，学的就是上海的"大世界"，暗含着要赶超上海大世界的意思。它与南边的南城游艺园、天桥以及往西北一箭之地的琉璃厂、厂甸，东北的前门、珠市口、大栅栏一带的众多戏园子、饭馆、买卖店铺遥相呼应、互为犄角，构成了民国时期北京南城市民商业和文化的一方重镇，造就了一段南城市民商业和文化的传奇。如今，往日辉煌不再，这里先后办过学校、医院。后来因年久失修，成了危房，一部分实在不能用的房子就任其破旧坍塌，还能将就使用的则派了各种用场，一时也难详述。

过了新世界往南就是"四面钟"。

四面钟顾名思义，是一座四面各有一个大钟的西洋建筑。那时候，它虽然已经破旧不堪，但在我的心目里依然十分高大而神秘。多年以后，读了许多相关的资料才明白，它实际上是城南游艺园的标志性建筑。四面八方的来客，只要远远地看到了它，就意味着城南游艺园到了。也就是说，它实际上是城南游艺园的立体广告。也有人说，四面钟的造型像一只锚，针对的就是它北边的新世界游艺场。"轮船"被固定在"锚"上，自然无法扬帆远航，财源滚滚。这是城南游艺园的主人出于商业竞争的目的在风水学上做的一篇文章。

果然，后来新世界游艺场遭遇了一场大火，生意急转直下，一蹶不振。城南游艺园打败了对手，自己也没捞着好处，几年以后也相继倒闭，沦为废墟。只有天桥最接地气，和普通下层民众的关系最密切而久立不倒。我和母亲当年坐着洋车路过此地时，四周一片荒凉，只剩下一座光秃秃的建筑矗立在那里。从四面钟一直往西南下去，印象中快到或是过了陶然亭公园，就是大成寺。

大成寺坐北朝南，规模宏大。我们进的是东门，进门之后顺着大殿的东墙左拐，南边是一个很大的院子。一位留着雪白胡须的老和尚站在大殿门前的廊子上，望着南方的天空，神情很安详。他看到我们母子，问道："女施主，天气这么热，您这是干什么来了？"母亲说明了来意，老和尚说："噢，是看病的。孩子生病了。那就请进吧。"说着把我们让进了大殿。

大殿里很阴凉，也格外安静。进了大殿，身上的热气和浮躁立刻消散得无影无踪。老和尚问了问我的病情，查看了我脖子上的脓疮，缓缓地说道："天气炎热，休息不好，正气微弱，热毒之气趁机侵身。小孩子又不知道洁净，难免会有这样那样的热毒之症。待我为他祛一祛体内的热毒之气，再吃上几服草药，自然会慢慢地好起来。"母亲听了松了一口气，再三道谢。那老和尚让我坐在大殿北边的太师椅上，面朝南；母亲坐在东边的椅子上，面朝西。老和尚则在南边面北而立，双手合十，低眉垂目，嘴唇翕动着，默默地诵念着经文，大殿里显得越发静谧幽深。

那把硬木的太师椅很大很凉，我坐在上面，像是坐在一盆刚从井里打上来的凉水里，身上竟然觉得有点儿冷，身上的汗也早就落了。过了一会儿，困了，蒙蒙眬眬地看见老和尚伸开两臂，双手朝天，又翻过来双手朝地，微微地抖动。然后，他缓缓地将双手抬起来，对着我静默不动。少顷，我觉得有一股凉气朝我飘来，包裹着我的身体，感觉舒服极了。又过了一会儿，老和尚将双手缓缓地朝我一推一拉，一推一拉，一推一拉，我觉得那股凉气像一股又一股的过堂风，反复穿过我的身体，像是夏天里母亲常做的那样，用一盆微温发凉的清水，从头浇下来，给我洗澡。水浇了一盆又一盆，我觉得整个身体里里外外都被冲洗得干干净净，凉凉爽爽，烧也退了，脖子也不疼了。直到老和尚说了一句："好了，我治完了。您可以带孩子回家了。"我才从蒙眬中醒过来。

母亲大概也睡着了。她站起身来边道谢边掏出随身带的一方手绢，里面包着零钱，询问今天的诊金是多少。老和尚说："庙里的规矩，看病一律不收钱。不但不收钱，连草药也白送。"说着进到里间，拿了几包草药出来，交给母亲。母亲问还用不用再来。老和尚回答说："不用了。这孩子体质好，一次治疗就差不多了。天气太热，不要往外跑了，就在家里好好地睡觉休息。休息得好，比药还灵呢。"

回到家里，我服用了老和尚给的草药，病很快就好了。有意思的是，过了些日子，有一户人家，父子父女三人，在大成寺租了一间房，办了一家私塾。父母听说以后一商量，把我送到了这座私塾里开蒙读书，就这样我又回到了大成寺。书念了三个月吧，我上课淘气，被老师打了手板子。我本来就不愿意上学，离家远，受管制，于是以此为借口不念。回家不久，父母觉得还是应该送我去读书，于是我第二次回到这座私塾念了三个多月的书。又挨了打，赌气回家以后再也没回去。

奇怪的是，我先后两次去大成寺读书，始终没见到给我治病的老和尚。倒是记住了两个同学的名字，一个是小胖子左连海；一个叫成大明，长得一表人才。成大明的爷爷是评剧的创始人成兆才，他姐姐成美英和我的二姐是师姐妹，都在北京市评剧团里学戏，当然这是后话了。

更奇怪的是，我前几年回板章路探望老街坊提起大成寺，竟然没有一个人知道这座寺庙，但是我坚信我的记忆是对的。因为到现在，我的脖子上还有一块疤痕，就是那次生病留下的印迹。我曾经问过母亲，她恍惚还记得这件事。

事情过去了六十多年，这六十多年里我的命运发生了天翻地覆的变化。以我今天的阅历和修养回过头去重新审视这段奇缘，我深信当年的那位大成寺的老住持不仅治好了我的病，无形中还在我的生命里播下了与传统结缘的因子，我因此而受到了传统文化的最初的洗礼。正如一位长于相术之学的人士将近三十年前对我说过的，我这一辈子只能从事与传统文化有关的事业。传统，是我的安身立命之本。弘扬传统，是我的终身使命。无论我是留在国内，还是来到海外。

2016年7月27日写于西雅图国风堂
2021年夏秋润色

22

# 回姥姥家

　　我四岁、二哥七岁那一年的夏天，母亲、老姨带着我们哥儿俩回姥姥家。

　　母亲的老家在河北省任丘县鄚州镇，父亲的老家在任丘县城里。父亲十二岁时，从老家跟着一个在北京做事的乡亲徒步走到北京学徒，学的是裁缝。出徒、创业逐步站稳脚跟之后，父亲回到老家相亲。鄚州离县城四十里，经人说合，十六岁的母亲跟着父亲来到北京成了家。以后，父母又把老姨从老家接来。从此姐妹俩在北京扎了根儿，成了北京人。我猜想，当年这在鄚州来说应该是一件不算大也不算小的新闻吧。这次探亲对姥姥家，对母亲和老姨来说，都是一件大事。我是第一次离开北京下乡。俗话说："正月里真喜气，姥姥家唱大戏。接闺女，请女婿，小外孙子也要去。"外孙子回姥姥家，对中国人来说，是童年生活的精彩篇章，只是这段人生的经历留给我的记忆已经十分模糊了。我只能根据母亲、老姨生前的述说、二哥的只言片语以及我的一点模糊的记忆，尽量恢复它的原样。

　　长途汽车站在天桥，我们是坐长途汽车回老家的。坐的是那种烧煤的、冒着黑烟、行驶起来吭哧吭哧像个步履艰难的老人边走边大声咳嗽的老式大鼻子汽车。在姥姥家的情景我毫无印象了，第一件值得记下来的事是在舅舅家发生的。

　　大舅王锡九是大哥，母亲是老二，下面有两个妹妹，老姨自然是兄

23

妹四人里最小的。北京人口里的老姨、老舅、老叔、老姑、老儿子、老丫头，这个"老"字，指的就是最小的、最年轻的意思。

大舅住在离县城不远的大王村。庄户人家土墙、土院、土屋、土炕，最怕的就是下大雨，偏偏那年夏天的雨水特别大。据母亲说，出事那天，我和二哥在炕上玩耍，母亲、老姨和大舅妈闲聊天，大舅不在家。姐妹三人聊来聊去，说的都是今年的雨水为什么这么大，担心会出事。正说着话，大舅回来了，进门就说："今年的雨水太大了，村子里不少人家的院子里、屋里都进了水，有的房都倒了。我这里地势虽高，也不保险。你们娘儿四个还是赶紧进城，回娘家去吧。"正说着，外面轰隆一声，大舅隔着窗户一看，是院墙倒了。大舅惊呼一声："不好，院墙倒了！"说时迟那时快，紧接着哗啦一声，炕塌陷了！母亲手疾眼快，一把把我搂在怀里，二哥却一下子陷进炕洞里。大舅一弯腰把二哥拉起来，抱在怀里，大喝一声："快到灶屋去！这里不保险！"几个大人和孩子都跑到灶屋里，惊魂未定。

原来，大王村这一带抗战时是抗日根据地，平原地区家家挖了地道，展开了地道战，大舅家的炕底下就是地道。时隔多年，往事如烟，连日的大雨，地道里渗进了水，时间一长地基塌陷，于是家家房倒屋塌，灾情严重。大舅吩咐舅妈赶紧做饭，吃完饭雨势稍弱，我们娘儿四个在大舅的护送下，回到了郑州镇姥姥家。

在姥姥家住了两天，姥姥说："闺女呀，不是娘要赶你们走，今年的雨水太大了，你们又带着两个小子。这万一要出点儿事，我这老命也就交代了。等雨小一点儿，你们赶紧回北京吧。"于是一行人准备回北京，但是大雨冲坏了公路，长途汽车早就停驶了。母亲和老姨一商量，决定走水路，先坐船到天津，从天津坐火车回北京。走的是哪条河，母亲和老姨都说不上来，我估计八成是滹沱河吧。

船先走白洋淀，然后进入河道。那时，白洋淀的水势比现在大得多，中途经过一个地方叫"抬头洼"。为什么叫抬头洼，没人知道。只知道那里水势特别大，一眼望不到边，很凶险。我估计之所以叫了这么一个古怪的名字，八成是因为那里风急浪大，小船在风浪里七上八下地颠簸。每当船从浪尖跌落到谷底，人们只能抬起头来才能看到头顶的蓝天。二哥说，我们坐的是一条带篷的大船，能坐好几十号人，光水手就有四五个。船经过抬头洼时，天快黑了。原来风急浪高的水面突然平静下来，水面上安静得瘆人。只见一条又一条的小长虫首尾相接排成一队，在水面上游来游去。

小青蛇和小白蛇在夕阳下闪着绿色和银色的光，像一串一串的绿色和白色的小灯笼。突然，一串小红灯笼从远处飘逸而来，船上的人惊呼："快看！小红灯笼！"船老大厉声喝道："不许说话！闭嘴！谁要是说三道四，得罪了水神爷，船上的人都得遭殃！"小红灯笼靠近了，从船舷旁边擦身而过，走远了。谁也没看清那到底是什么。我想，那也许是一串小红蛇吧。夕阳照射在蛇身上，自然会发出红光。船上的人们惊慌失措，不敢正视，以为水面上出现了一串红灯笼也是正常的。

二哥说，小长虫过去后，是小王八，一片一片地在水面上漂浮，探头探脑的，似乎很得意。小王八过去后是小蛤蟆，绿色的、灰色的、褐色的、白色的都有。有时候，小长虫或小王八、小蛤蟆靠船太近了，船老大用手里的篙轻轻地把它们拨走，嘴里念念有词："水神爷，请您老人家多多包涵，这一船大人和孩子都是好人。请您高抬贵手，保我们一路平安。完了事，我一定给您烧高香。"船上的人都低着头，大气儿也不敢出。

就这样，我们的船在一路的担惊受怕中到了天津。在船上，老姨就对母亲说："大姐呀，咱们的盘缠不够了。原来没打算坐船，从天津到北京的火车票钱不够了。"母亲一听着了急，说："那可怎么好？还有俩孩子呢！"老姨说："您不用着急，到了天津我自有办法。"上岸后，老姨把我们娘儿仨安置在候船室等着，她叫了一辆洋车进了城里。

原来，老姨的婆家家道殷实，在北京南城菜市口开了一家中药铺西庆仁堂，在天津有一处分号。老姨到了药铺，柜上的伙计赶紧迎出来，说："天下这么大雨，您怎么来到天津？"老姨说："先甭说别的，赶紧把车钱给人家。我这是从老家回来，盘缠花没了，投难来了。"伙计付了车钱，把老姨让进药铺。经理也来了，老姨把事情的经过一五一十地述说了一遍。经理说："既然来到了天津，您就把他们娘儿仨接来，索性在天津玩两天吧。"老姨说："俩孩子太小，我们得赶紧回家。我姐夫在家里还不定多着急呢。"于是从柜上拿了钱，赶回码头，接上我们娘儿仨，坐上火车回到北京。

这就是我第一次，也是唯一一次回姥姥家的经过。事情过去了将近七十年，在母亲、老姨、二哥的多次描述中，我在脑子里尝试着勾勒出这样一幅画卷。越到晚年，这幅画卷在我的脑海里越发清晰，也越发生动。如今，母亲和老姨早已归天，二哥久卧病榻，我也年过古稀。今天含泪把它写下来，作为对母亲、老姨的怀念，对远方二哥的思念。

老一代的北京人，很多来自北方的乡镇农村。在他们的心里，永远有一个挥之不去的故乡梦。如今，北京人几乎遍布世界各地，同样，在他们心里，永远有一个魂牵梦绕的精神家园——北京。

2016年8月4日初稿

2021年夏秋修改

# 天桥和跤手

说起儿时的生活，天桥是一个绕不过去的话题。

1955年前后，作为北京民俗文化的重镇，城南天桥的民俗文化市场依然兴旺。正在读"初小"的我，先是跟随父亲，后来则是和小伙伴们一起去逛天桥，最让我们着迷的就是摔跤和武术表演。

旧时的天桥分为两部分，西边是三角市场，东边是公平市场，著名跤手"宝三"宝善林的跤场和武术家"大刀"张宝忠的武场都在公平市场。从我家的方向去天桥，先进市场头条北口，然后向东左拐进入三角市场，穿过三角市场就是公平市场了。一路上，各种做买卖的和卖艺的摊铺五花八门，鳞次栉比，人声鼎沸，十分热闹。我们无心留恋，直奔公平市场。

大刀张宝忠那时候正当盛年，高大魁梧，五官端正，一头浓密的鬈发，神情威严。他上身穿一件黑色的坎肩，缀满了银光闪闪的各种饰物。带着黑色闪亮的护腕。下身是一条黑绸子的练功裤，足蹬一双黑色的练功靴，整个人显得格外剽悍，精力四射。他的绝技有两样，一是耍大刀，另一项是开弓。在我们的心目里，那柄大刀沉重无比，而张宝忠耍起来则举重若轻，从容自在；他半躺半坐在一张凳子上，用牙叼、臂撑、足蹬，顶顶同时拉开九张硬弓，据说有数百斤之力。五十年代中期公私合营以后，听说他参加了北京宣武杂技团，走南闯北，漂洋过海，到处表演，曾经风光一时。

27

宝三的跤场在公平市场的中间地带,坐东朝西,有七八十平方米。上面架着遮阳挡雨的布篷,黄土地面,十分平整松软,四周是一圈长凳,东面放了一张八仙桌,几把方凳,桌上摆放着茶壶茶碗。宝三年近半百,个子不高,身材敦实,圆脸光头,黑红的脸膛,不怒而威。平时他是不下场摔跤的,只是坐在八仙桌前喝茶,和周围的人聊天,间或对场上的表演说上两句,大抵是批评的话多,表扬的话少。他的徒弟们轮流捉对表演,一个外号叫"小锛头"的中年跤手负责收钱和其他杂事。到钟点了,他和另一个年轻的学徒拿着笸箩,挨个收钱。这时候,宝三站起来,向四面八方转着圈儿地作一个揖,斗丹田之气大声吆喝道:"谢谢各位捧场!今天凡是来的都不是外人。有钱的您捧个钱场,没带零钱的您站脚助威!"说完,又是一揖。看客们纷纷掏出零钱扔到笸箩里,我们小孩子不用交钱,小锛头也不正眼瞧我们。那些没钱的,或者是舍不得花钱的主儿,往往都站在后排,不坐下。一看要收钱了,抬起脚就走。小锛头这时候往往大喝一声:"赶紧回家瞧瞧去吧,窝头别蒸煳喽!"引得看客们哄堂大笑。

只有两种情况下宝三下场表演。一是看客太少,生意清淡;或是生意火爆,看客爆满。为了招徕顾客,或是为了答谢顾客,宝三穿上褡裢,活动活动腰腿,大声地咳嗽几声,向四周扫视一圈,下场了。这时候,呼啦啦一下子从四面八方拥来许多观众,叽叽喳喳显得十分热闹。如果场子原来就爆满了,则新来的人只能站在最外面,踮着脚,伸着脖子,费劲地往场子里张望。

陪宝三摔跤的一定是他的小徒弟马贵宝。马贵宝当时也就二十出头,中等身材,一身雪白的腱子肉十分显眼。他国字脸,浓眉重发,留着寸头,连鬓胡子刮得黢青。看见他,会使人想起《水浒传》里的相扑高手"浪子"燕青。马贵宝有个外号叫"快跤马"。您一听就明白了,这是说他动作敏捷,脚底下干净,攻防转化快速多变,令人防不胜防。天桥的摔跤是商业性质的表演,跤手们都指着这个养家糊口,必须讲究"分寸",否则万一摔出个好歹来,伤残了,那还了得?所以人们称之为"假跤"。但是又必须真摔,否则对不起观众,也招不来生意。这两种因素加在一起，就形成了天桥摔跤的风格和传统——"假跤真摔"。跤手们在场上的一招一式，一来一往，都得拿出真功夫，和真正的竞技没什么两样。互相之间十分默契，攻防都有分寸，输赢心里大概都有数儿，几个回合下来，其中的一位卖个破绽，进攻的一方一个漂亮的技巧动作，说时迟那时快，一声响亮，对方已经轰然倒地。于是掌声和叫好声四起。看客们明知是假跤，但是仍然欣赏双方的身手，欣赏那逼真的表演和最终的结果。

宝三和马贵宝的表演也不例外，只是比其他的跤手摔得更快，动作更是漂亮，表演也更逼真。这一对师徒的表演，使人终生难忘。他们就像两只一黑一白的蝴蝶，上下翻飞，左右穿插，你来我往，精彩迭出。双方的攻防转换极其迅速多变，观众的眼睛往往跟不上他们的动作和场上的变化。整个过程极富观赏性，也极其逼真，技术含量很高，令人往往忘记了喝彩，屏住呼吸，或张着大嘴，整个身心都被宝三师徒的表演牢牢地抓住，以至于场上十分安静，只听见跤手沉重的呼吸和动作来去引起的破空的嘶鸣。

当然，三跤两胜，最后的胜利者在绝大多数情况下都是宝三，也只能是宝三，宝三往往是连胜三跤。偶尔马贵宝也能赢上一跤，那也是为了增强表演的逼真程度，满足观众同情弱者的心理，吊起观众更大的胃口而设计的。每当马贵宝倒地，他都要做出一副心悦诚服、无话可说，或心有不甘、无可奈何、不明所以的神情。宝三则不动声色地踱到八仙桌旁，端起茶杯，润润嗓子，一副胸有成竹、若无其事、不屑一顾的样子。他们的表演甚至比摔跤本身还能引起观众的共鸣，引起一阵衷心的赞叹、笑声和议论。每当宝三偶尔倒地，他先不起身，坐在地上，斜视着马贵宝，或颔首赞叹，或不以为然。马贵宝则抢步上前，扶起师父，帮师父掸去身上的灰土，诚惶诚恐，小心翼翼。这些，都会使场上的气氛大为活跃，观众像过节一样开心。他们大老远地赶来，花了钱，搭上工夫，要的就是这种享受，看的就是这个乐子。

这种文武搭配、亦庄亦谐的表演，被冠以一个特殊的名号——"武相声"。我有一首小诗单道这两代跤王级人物对垒的精彩绝妙：

恰似晴空舞彩虹，双王两代竞豪雄。

钢刀不老称名宿，手脚轻灵赞骏骢。

各派争先臻妙境，京跤特秀看葱茏。

天桥一景摔跤场，武运兴隆荡烈风。

多年以后，我来到美国。这里有一档电视节目，类似摔跤表演，英文叫Big Fighting，可以勉强翻译成"大打出手"。表演者都是彪形大汉或剽悍女子，肌肉发达，面目狰狞，满身刺青，发式怪异，服饰奇特，态度嚣张，在台子上捉对厮杀。这是一种典型的低级无聊的商业表演，表演者可以使用各种摔打动作，用肘、拳、足、膝击打对方身体的要害部位。一望而知的假摔假打，没有任何历史文化内涵可言。看着一群妖魔鬼怪在大庭广众之下假装疯魔，装傻充愣，煞有介事，虚张声势地冲来撞去，让人想起了那些美国政客和大兵。这是题外话，且放过一边。

宝三除了跤技出神入化，还有一项绝技无人能及，那就是耍中幡。何谓中幡？就是一根三丈多长、碗口粗细的竹竿，分量不轻，约有几十斤重。竹竿上有各种各样的装饰，彩色的锦旗、绸条、丝绦、铃铛，十分耀眼，格外招摇，但也越发增添了表演的难度。一般情况下，这幡是不轻易耍的，非要等到年节，看客多，气氛热烈，正是跤场一年里难得的创收黄金时段，宝三才露上一手。

宝三的中幡表演不仅是天桥跤场的招牌，而且是整个天桥民俗文化市场的名片。用时下的话说，是老字号的拳头产品。很多老资格的观众，有身份的看客，平时轻易不露面，专等这一天，早早赶到天桥，为的就是看宝三的这手绝活。"宁尝鲜桃一口，不吃烂桃一筐"，老北京人干什么都有一套说辞，有一番计较和讲究。

宝三耍幡，穿的还是摔跤的褡裢。到时候了，三教九流的观众到得差不多了，宝三放下手里的茶杯，站起身来，紧了紧腰里的板儿带，扎系停当，一晃身形，来到场子中央。几个年轻力壮的徒弟，一声吆喝，将中幡抬到宝三身边。众人又是一声吆喝，中幡立起来了。

这时，跤场上一阵骚动，像风掠过水面。宝三一个马步，身形下坐，气沉丹田，悬顶竖项，二目圆睁，全神贯注。场子里唰地安静下来，空气似乎也凝固了。

"嗨"！几个徒弟一声大吼，中幡已经凌空飞起，说时迟那时快，宝三轻舒猿臂，顺势将中幡稳稳地接在手里，全场一声喝彩，像晴空里响起一声炸雷。随后，在观众一阵又一阵的喝彩声里，那根中幡在宝三的掌控下像是有了灵性，一会儿跃上头顶，一会儿跳到膝盖，接着又从膝盖落下到脚尖。宝三一声大吼，一抬腿，中幡又飞上了他的肩膀。

中幡在风中左右摇晃，宝三迅速移动着脚步，左摆右扣，身形起伏，在努力维持着平衡。幡顶的各式彩旗和绸条、丝缕在风中哗哗作响，铃铛也叮叮当当地放声歌唱，徒弟们紧张地围着宝三团团乱转，随时准备出手救险。观众们则张着大嘴，发不出声音，有些胆儿小的脸上已然见了汗。

这可不是噱头。没人敢冒这个险。这中幡要是倒了，砸了观众，不但砸了招牌，砸了饭碗，还得惹上官司。这时候看的就是功夫，凭的就是艺高人胆大。好一个宝三爷，瞅准时机，肩膀一抖，中幡乖乖地落到了手上。接着，中幡从身前转到身后，宝三反背着手臂，一个"苏秦背剑"将中幡从左手交到右手，又趁势一挺腰身，一个"霸王举鼎"将中幡单臂举上晴空。风在吹，幡在摇，旗在飘，铃在响，喝彩声震天动地，表演达到高潮。更绝的是，中幡又从右手飞到左手，宝三身形略缩，随即一挺腰身，三丈多高的中幡飞起来，宝三用右手的大拇指将中幡接过，撑起来，屹立不动。一指禅，绝了！观众还没醒过神来，中幡飘然落地，几个徒弟一拥而上，将中幡牢牢地抓住。表演至此结束。醒过神来的观众，喝彩声几乎将用来遮风挡雨的大棚抬上天。正是：

> 盖世神跤赞大观，中幡圣手美名传。
>
> 山摇地动惊邻座，气定神闲弄弹丸。
>
> 看客失颜寒胆魄，秋风擎旗响铃銮。
>
> 欢呼雀跃孩儿喜，烂漫童心总角年。

上世纪五十年代，北京群众性的摔跤活动还很活跃，各种类型的摔跤比赛也大行其道，人才时时涌现，经常见于报刊。其中，有一位名人与天桥跤场和马贵宝有些渊源，值得一提，这就是当时的北京市中量级摔跤冠军徐茂，此人是北京电子管厂的卡车司机。他与马贵宝年纪相当，也是相貌堂堂，凛凛一躯的一条好汉，摔跤高手。当时的《北京晚报》曾经报道过他的事迹。我从小就是个武术迷、体育迷，对有关的名人轶事极感兴趣，至今记忆犹新。

有一天，是个周末，我一个人溜到天桥看摔跤。我发现，那天跤场的气氛有些异乎寻常。观众很多，而且人人都显得很兴奋，交头接耳，议论纷纷，似乎十分期待。跤手们的表现也和往常不同，态度比较收敛，没人插科打诨，除了宝三端坐在凳子上喝茶之外，都围着马贵宝和另一个跤手寒暄，看他们换褡裢，扎板儿带，帮他们上上下下地整理。

这位跤手很陌生，身材比马贵宝略高，匀称而壮实，黄净面皮，时尚的大分头油光锃亮，眉眼俊秀，相貌不俗。我从观众的议论里听到了他的名字：徐茂！

两人开始交手了，场子里一下子安静下来，真是咳嗽不闻，肃静还有几分神秘。和唱戏一样，摔跤也有类似的"票友"，徐茂就是一位大名鼎鼎的"跤友"。和天桥的跤手不一样，人家有职业，不指着摔跤挣钱吃饭，养家糊口。徐茂偶尔到天桥露一手，是来捧场，帮忙，俗话说"客情儿"。因此，作为主人，天桥的跤手都很客气，领情，尽心尽力地陪人家玩儿，务必要让客人高兴，尽兴。因此，这场"徐马大战"就大有讲究。

当时我年纪太小，不懂其中的奥妙。现在回忆起来，才明白其中饱含着很多的世故人情。

首先，这场跤之所以安排马贵宝陪徐茂摔，就有讲究。第一，这两位年纪相当，名气相当，技术水平相当，都是个中高手，有吸引力和商业价值；第二，马贵宝是宝三的小徒弟，作为主人，他是绝对不能赢的，而输了，也于天桥跤场的面子无大碍。要是换了满宝珍就是另一回事了。他是宝三跤场的大将，技艺超群，影响巨大。他既不能赢，也输不起。其他人技术和名气都不到火候，显得对客人不恭敬，也不够吸引观众，造不成轰动效应，保证不了跤场的收入。

因此，这场跤马贵宝不好摔，既不能赢，扫了客人的面子；又不能假，不但客人不满意，观众也不答应。要真摔，要输得客人和观众都能认可，满意。

看来，天桥跤场和马贵宝都动了脑子，做了精心的准备和细致的安排。这场跤从头至尾精彩纷呈，看得人眼花缭乱，大呼过瘾，值！这二位的身形变化之快速迅捷，跤步之干净利落，技术之细腻精到，态度之潇洒从容，过程之跌宕起伏，结局之圆满真实，令人击节赞赏，叹为观止。徐茂的绝技是"勾子"和"别子"，简称"勾别"，在摔跤界享有盛誉。尤其是他的"单撒手勾子"，在1958年全国摔跤锦标赛上获得次中量级银牌，名震南北。因此，他总是想方设法地用勾子和别子赢人。马贵宝心知肚明，总是千方百计地抑制他的特长。这场表演就在这种抑制和反抑制的较量中高潮迭起，像是由两位艺术家联手演奏的一首名曲，或共同挥毫完成的一幅书画，质量上乘，天衣无缝。两位连摔三跤，每次徐茂都是以"勾别"技巧取胜。马贵宝倒地的一刹那，或是一个空翻稳稳地站到地上，或是一个"抢背"重重地砸到地面，动作干净漂亮，输跤不丢人，虎死不落架，同样赢得满堂的掌声和喝彩。徐茂性格沉稳，始终不动声色；马贵宝性格活泼，每输一跤，或沉思或怏怏然，或心悦诚服，表情不一，诙谐幽默，真实可信。

结束了，掌声和喝彩声震耳欲聋。徐茂换好衣服，在观众和跤手们友好钦佩的目光注视下离场。这时，一位年轻貌美、衣着光鲜、烫着鬈发的太太从观众席上起身走到他身边，二人翩然而去。身旁有人说："瞧，徐茂的太太！"这一幕恰像是为这一场精彩绝伦的表演，增添了亮丽浪漫的最后一笔。

上世纪五十年代中后期，一场社会主义改造的大潮过后，天桥市场逐渐地衰微了，跤场也后继乏人，一蹶不振。1958年我上了中学，懂事了，功课也忙了，天桥也不大去了。后来听说跤场散了，宝三中风，马贵宝转业当了工人。天桥跤场最后的绝唱，伴随着一个凄凉的真实故事。

我家的南边，有一条胡同叫华康里，里面住着一个跤手姓傅，人人都叫他"傅傻子"。此人我见过，印象很深，傅傻子长得高大，壮实，粗眉大眼，皮肤粗糙，年纪在四十岁上下。在我见过的天桥跤手里，也算是个大个子。傅傻子大号叫傅德山，为人老实厚道，当初也是有名的跤手，徐茂也曾向他请教过。后来老了，逐渐被边缘化，挣的钱自然不多，生活艰难。我从来没见他上场摔过跤，天桥跤场的名声、荣誉、辉煌，似乎与他无关。傅傻子最后一次出名露脸，就是他的死。

有一天，母亲从外边回来说："在天桥摔跤的傅傻子死了。""怎么死的？"父亲问。"听说是摔跤摔死的。""摔死的！""嗯。""什么时候的事？""就是今天。街道开会，会上有人说的。"

此后一连好几天，傅傻子的死，成了街坊们街谈巷议的热门话题。母亲那时候是街道副主任，参加了傅傻子的善后工作。听母亲说，傅傻子家境艰难，挣得少，孩子多，常常吃不饱。他个子大，职业特殊，饭量也大，长期吃不饱，营养不良，身体自然吃亏。后来又得了高血压，没钱治病，只能忍着将就对付过。那天，他难得上场露了一次脸，结果一个跟斗摔在地上，就再也没起来。事后检查，是死于脑溢血。"摔死的"是老百姓的说法，也没错。

多年以后，我读了美国作家杰克·伦敦的小说《一块牛排》，写一个老年过气的黑人拳手，为了全家能吃上一顿像样的圣诞晚餐，参加了一场拳击比赛。如能取胜，他将得到一笔不菲的酬金，不但能为全家人提供一顿像样的圣诞晚餐，还能为孩子们带回去答应了许久而始终没兑现的礼物。临行前，他吃了全家仅剩下的最后一块牛排，根本没吃饱，只能匆匆赶到拳场，投入比赛。他的对手是一个年轻力壮、趾高气扬、声名鹊起、前途辉煌的年轻拳手。在拳赛的整个过程里，老拳击家使尽了浑身解数，利用了全部经验，耍尽了一切花招，尽可能地节省自己的体力，消耗对方的体能，给对方制造了各种麻烦和创伤，希望能坚持到最后一刻，取得胜利，得到那笔全家急需的酬金。但是他终于功亏一簣，在双方都筋疲力尽、摇摇欲坠、离胜负都只有一步之遥的最后时刻，先于对手倒下了。因为他肚里无食，实在坚持不下去了。在比赛的最后几个回合里，他脑子里唯一的想法就是"我要是有一块牛排该多好！只要我在比赛前能多吃一块牛排，我就能击倒对方，得到那笔酬金，带回家去过一个像样的圣诞节"！

傅傻子不是那位老拳击家，他没有像后者那样幸运地活着回家，他死在了跤场上，没人知道他在生命的最后时刻想了些什么。他的死是天桥跤场最后的挽歌，无奈凄凉，无声无息，像一片最平凡普通的秋叶，悄悄地飘落，默默地消逝。

跤场的衰微，天桥的没落，则是北京市民文化的挽歌。伴随着这最后的凄凉，一场更大的动荡，正在"青萍之末"悄然酝酿。

北京摔跤虽属市井微技，却源自老百姓生活的沃土，有着悠久的历史传承，蕴含着北京人的精气神。在百业俱兴、呼唤传统的今天，我希望它能找回自己"快、脆、帅、美"的魂魄，重新闪亮登上民俗文化的新舞台。

2014年10月初稿

2021年2月—8月重读修改

# 徐大哥

板章路的老街坊里有位徐大哥，大号徐柏年，中医世家出身，各科兼擅，尤以中医儿科见长。我小时候，徐大哥是我的"专职医生"，有个头疼脑热的，母亲就会说："找柏年给瞅瞅吧。"过一会儿，徐大哥就来了。送医上门，您看这是多大的面子。

不过，要想说清楚徐大哥的那点事儿，还先得从他的父亲、老中医徐敬佛说起。

板章路中间路东，有两棵大槐树，将板章路一分为二。靠南边的一棵几乎正好在胡同的南北中线上，比另一棵更粗壮苍古，枝叶也更繁茂。每当夏暑，两棵大槐树满树槐花温润晶莹，香气袭人，整条胡同都为之生色不少。徐大爷就住在靠南的那一棵大槐树下，两间临街的门面房，外间是诊室，里间是老两口的卧室兼佛堂。徐大爷信佛，常年吃斋茹素。在我的印象里，老人家的确有几分仙风佛貌。他个头不高，五官清秀，皮肤白皙，面相慈善，一部雪白的连鬓胡须飘洒在胸前。

冬天，徐大爷一身黑色的棉衣棉裤棉鞋，出门时加上一件黑色的棉袍，戴一顶棉风帽也是黑色的，将两耳和双肩护得严严实实的，走在街上颇有几分古风古貌。迎面相遇，令人有一种穿越时光隧道，回到中古时代的感觉。夏天，老人家则是一身白色的大襟儿的棉布裤褂，足蹬黑色的布鞋，光着头露出稀疏雪白的头发。右胸前的纽扣上挂着一串小零碎儿：一把牛角梳子，一个银挖耳勺儿和一个银牙签儿。老人家时不时地拿起来牛角梳子，慢慢地梳梳头发和胡须，一副怡然自得的神态。

徐大妈长得瘦小枯干，专管料理家务。每次见了我，都要轻轻地捏我的脸蛋儿，眼里满是爱怜的神情，问着同样的问题："小五儿，几岁啦？"要不然就拍拍我的后背，轻轻地自言自语："这小子，长得真轴实，牛犊子似的！"

老两口儿养了一只大公鸡和几只母鸡。那公鸡风度翩翩，模样甚是英俊，身量远比一般的公鸡魁梧得多，整天在大槐树底下转来转去找食吃。有一次，母亲让我去南边的油盐店买两棵大葱。我那时候还没上学，身量不高；加上那山东大葱也忒苗壮了一点儿，我扛着两棵大葱，秃噜秃噜地往家走。路过徐大爷家，那只大公鸡一眼看到了我身后的大葱，率领着几只母鸡跟上来，不停地啄葱叶子。我浑然不觉，兀自低着头朝前走，街坊们哈哈大笑。笑声惊动了徐大妈，老太太攥着鸡毛掸子轰走了大公鸡，把我送到家。

徐大爷的医术到底如何，我那时年纪太小，不懂事，不敢妄言。只记得夏天天热，我们在大槐树底下乘凉，总看见他穿着一件汗褂儿，端坐在桌子前，聚精会神地给病人号脉、开方子、抓药，有条不紊，胸有成竹。

只有一件事我记得很清楚。那一年我已经上小学，北京市搞社会主义改造，各行各业都掀起了公私合营运动，父亲的成衣铺也要公私合营。按照政府的要求，各家门前要张挂"欢迎公私合营"的条幅。这一来父母都着了急。家里没有能写毛笔字的人，也没有笔墨纸砚。家里的事一向是母亲做主，母亲去求徐大爷。徐大爷来了，颤颤巍巍的，进门就问笔墨纸砚在哪儿。母亲说："家里连个识文断字的人都没有，哪来的笔墨纸砚？您就对付着给写几个字，我找块红布贴上挂起来，就算交差了。"徐大爷说："笔墨我倒是有，只是笔没有大号的，写这种横幅得用'提斗'。这么着吧，您家里有棉花吧？有啊，那好。您把买来的红纸裁成六张，二尺见方，剩下的您就不用操心了。"说完打发人回家拿来了砚台盒子，接过母亲找出来的一块棉花，用棉花蘸着墨水，写下了"欢迎公私合营"六个苍劲的大字。条幅挂起来了，父母脸上的愁云也消散了。

徐大哥的医术就是徐大爷传授的。

记得有一次，我病了，发烧，头疼，水米不进。母亲照例去找徐大哥。徐大哥来了，身材和徐大妈一样，又瘦又小，一进门摸了摸我的脑门儿，看了看舌苔，号了号脉，点着我的脑门说："又吃多了吧，风拍食！"说着写了药方儿，说了几句闲话，走了。吃了徐大哥的药，烧退了，头不疼了。到了晚上，我说："妈，我饿了。"母亲双手一拍说："好了！知道饿病就好了！"

徐大哥给我看病从来是分文不取。为什么？一是多少年的老街坊，有这个面子；二是母亲对他有大恩。

话说解放前，四几年吧，徐大哥不到二十岁，参加过"三青团"，还是个积极分子。不知什么时候，屁股上开始挎了一把小手枪，在街面上晃来晃去，煞有介事，得意扬扬。结果，新中国成立后"镇压反革命分子"，派出所找上门来，让他交代那把枪哪儿去了，他支支吾吾地说不清道不明。参加过三青团，又私藏枪支，大祸马上就要临头。

那会儿，母亲正在搞街道工作，是街道委员会的副主任。虽然没文化，不识字，但是天生的好记性，脑子清楚，说话有条理。人越多的场合，她越冷静，不怵场，敢讲话。因此派出所和街道办事处的上上下下对她都很信任，也很倚重。街坊们有什么困难，也爱找她吐苦水儿，她也尽心尽力地向上级反映，想方设法地帮助解决，在街坊里威信很高。

徐大哥没辙了，找到母亲说："大婶儿，您一定得帮我这个忙，救救我。我那把枪是跟一个朋友借的，玩了几天就还给人家了。这个人一解放就下落不明，不知去哪儿了，您让我上哪儿找他去？我说什么人家政府的人都不信。政府相信您，您无论如何跟政府的人帮我说说话。我要是有一个字的瞎话，天打五雷轰！您要是不帮我，我这条小命就算是交待了。"

母亲心里有数，知道徐大哥说的是实话，听着也合情合理。再说了，多少年的老街坊，知根知底，她认准了徐大哥不是坏人，就是太年轻，赶时髦，好显摆。母亲先和街道居委会的几位负责人通了气，大家看法一致。于是大家伙儿一起向政府说明了情况，担保徐大哥说的是实话。派出所的人采纳了母亲的意见，徐大哥得以大难不死。您说，这样的交情，他给我看病能收钱吗？不但不收钱，而且送医上门，每次都是徐大哥登门给我看病，手到病除。

一转眼到了五十年代末，徐大爷过世了，徐大哥也奔四十了，还是单身一人。徐大妈挺着急，街坊们也帮着给出主意，介绍了几个，都不成，女方不同意。一是徐大哥本人其貌不扬，口讷，缺少男人的阳刚之气；二是有徐大妈这个"累赘"。又过了几年，徐大哥四十出头了，才娶了京西门头沟一位山里出身的姑娘。这个女人比徐大哥小十几岁，高出他一头，身板儿结实，方面大脸，看着就有力气。进门以后，就听说她对待徐大哥和徐大妈特别不好，张口就骂，抬手就打，娘儿俩的脸上经常是青一块紫一块的。母亲那时候已经不做街道工作了，想帮助说和说和，也插不上嘴。其他老街坊有多嘴的，也被那媳妇一顿臭骂，打了退堂鼓。

有一天我在街上遇到了徐大妈，老太太一脸病容，无精打采，显得更瘦更矮了。她脸上一道道的黑印子，挎了一个破筐，里边是人家烧剩下的"煤核儿"，老人是捡煤核儿去了。我叫了一声徐大妈，她抬头看了看我，没说话，低着头走了。那一年她恐怕有八十多岁了。我不知道她是没认出我来，还是记不起来我了。也许是觉得日子过得凄惶窝囊，没脸见人吧。又过了些日子，听说老人家走了。

老太太走后，徐大哥添了个儿子，喜事儿。那女人整天在街上敞胸露怀地给孩子喂奶。一转眼，孩子长大了，是个挺体面的大胖小子，长得和他妈很像。徐大哥的脸上也见到了笑模样。这时候，他的诊所早就关张了，政策不允许开私人诊所，他被分配到街道工厂当工人。他没技术，只能当小工，打零杂儿，越混越没精神。有时候我在街上遇到他，他也没有了我小时候的那股亲热劲儿，冷冷淡淡的，没什么话说。这倒好理解，那时候阶级斗争天天抓，他这样的有历史污点的人只能夹起尾巴做人。他不跟我套近乎，也许正是为了我好。

不知什么时候，街坊里风言风语地传开了，徐大哥的媳妇有了相好的，男方就是我的一个发小有明的哥哥。有明家是回民，老两口都是老实巴交的人。他父亲在板章路南口的香厂路开了一家餐馆，专门卖炒饼，有荤素两种。有明的大哥我只见过一面，人长得很精壮，是个装卸工人。这俩人是怎么搞到一起的，没人知道，也没人打听。都是几十年的老街坊了，大家都心疼徐大哥，谁都不想添乱，不愿意多嘴，只当没这回事。只要徐家的日子还能过，就算万事大吉。

北京人的哲学是多一事不如少一事，后来倒也没听说徐家怎么着了。又过了一两年，那媳妇也当了装卸工人。有时候在街上遇到她，挺胸抬头的，凡人不理。街坊们也不大跟她说话，大家都向着徐大哥。也有人在私下议论，怀疑那孩子不是徐大哥的，可又没有真凭实据。街坊里年纪大的人则认为这种没影儿的事儿可不能乱说，弄不好要出人命的。再说柏年是咱们看着长大的，咱们帮不上忙，就别给他添堵了。这件事后来也就没了下文。

再后来社会开始动荡了，徐大哥的日子更不好过了。他参加三青团和私藏枪支的历史被旧事重提，进了牛棚，小工也不让他干了，他和街道上的其他"地富反坏右分子"被打发去挖防空洞。沉重的体力劳动加上精神压力，他越发瘦得脱了人形，整天披着一件破褂子，像一张纸片儿，顺着墙根儿来来去去，真应了北京人的一句俗话"属黄花儿鱼的——溜边儿"。趁着这个机会，那媳妇索性撕破了脸，和徐大哥离了婚。

徐大哥的命还真大，大风大浪里这么折腾他，他硬是挺过来了。1976年10月以后，恢复了中医，他被分配到了新成立的宣武中医医院天桥诊所干起了老本行。我也从底层经历了一番磨难，重新回到北京读研，在中国艺术研究院从事文化研究工作。有一天，我回到板章路看望母亲，说起往事，勾引起我对儿时生活的回忆，于是我决定去看看天桥。

路过天桥中医诊所，我想起了徐大哥。算起来，我已经有十几年没见到他了。也不知他今天生活得怎么样，又结婚了没有？正在胡思乱想，从医院的后门回来一个人，朝公共厕所走去。我一看，那不是徐大哥还能是谁呢？那年他应该有五十多了，一身蓝布裤褂，外面罩着一件白大褂儿，精神不错，容光焕发，两腮也有了点儿肉。

我叫了一声："徐大哥！"他回过身来看着我发愣。我说："您不认识我了？我是板章路老张家的老五呀！"他盯着我的脸思忖了一会儿，伸出手指点着我脑门儿提高了嗓门儿说："小五儿！秀利！北大中文系的高才生！兄弟，咱们哥儿俩可有年月没见了！大婶儿她老人家还好吧？你今天怎么找到这儿来了？"我把我这些年的行踪和家里的情况一五一十地说了一遍，彼此都十分感慨。

徐大哥说："兄弟，总算咱们祖上有德，大难不死，日子还混得下去！哪天有空了，咱们哥俩一起回板章路看看去！破家值万贯。咱们的根儿在那儿，什么时候都不能忘了根本不是？"我连声说好，又问："您现在还是一个人过呢？没找个老伴儿吗？"徐大哥说："找什么老伴儿？一个人过多潇洒！"话锋一转又说，"兄弟，哥哥我逗你玩儿呢。我还真找了个老伴儿，一锅里吃饭，一炕上睡觉，知冷知热，我挺知足。咱们说好了，哪天一起回板章路祭祖去！"

又过了几年，一天，我去看望二哥。他告诉我，徐大哥去世了，心梗，也就几分钟的事儿。走得很痛快。没受罪。这就是福气。前世修来的。

2016年夏秋之间于西雅图
2021年仲春重读定稿

# 二 姐

二姐退休前是文化部直属勇进评剧团的资深演员。

1951年她十三岁，考入北京市评剧团学员班，开始了演艺生涯。二姐说这是父亲的主意。

有一天父亲突然问她："二闺女，你想不想唱戏？你要想学戏，评剧团在招生，我求王大爷给你找一个介绍人，你去报名。"二姐说，自己当时还小，不懂什么。平时倒是爱唱，歌啦，戏呀，都喜欢唱。尤其喜欢新凤霞。当时新凤霞主演的评剧《刘巧儿》风靡全国，她的唱腔不胫而走，传遍大街小巷。能进新凤霞的剧团，当然是一件令人十分向往的事。

张家的孩子们继承了母亲的遗传基因，嗓音不错，模仿能力强。尤其是二姐，从小就爱唱爱跳，跟着收音机学歌学戏，都能唱得有板有眼，像那么回事。二姐同意了，于是父亲托付王大爷给想想办法，找一位介绍人。

王大爷是父亲的老乡，在一家煤厂上班，负责给各家各户送煤球，认识不少各阶层的人士。王大爷大高个，背有点驼，筋骨长得很结实，有一肚子故事，尤其爱说鬼怪故事。他一个人在北京做工，家小都在河北老家，做完工没事干，晚上常到我家来串门聊天。特别是冬天的晚上，他是家里的常客，叼着烟袋锅，天南海北地神聊。每次临走之前，孩子们都央求他讲鬼怪故事。那时候，全家人的活动中心在南屋，听完故事，我们都不敢回北屋去睡觉。当时普通人家没有更多的娱乐活动，听王大爷讲鬼怪故事就是一项挺开心的娱乐。他爱讲，我们爱听。后来，到了五十年代末六十年代初期，国家遇到了困难，精减城市人口。王大爷就是那个时候，回老家去了。从此我再也没见过这个和善的老人。

王大爷托的人是著名演员花砚茹，评剧团的"四梁四柱"之一。当时北京市评剧团的几位著名演员被尊称为团里的"四梁四柱"，除了花砚茹（彩旦），还有王渡舫（老生）、杨星星（文丑）、王景明（小生）、张德福（小生）、新凤霞（花旦）、王丽君（老旦）、邢韶英（青衣）、宋桂兰（青衣）。

今天回忆此事，不难发现，父亲当时之所以做出这样的决定，一是看到二姐有这个潜质，二是考虑到家里的生计。他倒是没有指望自己的女儿将来能够大红大紫、出人头地。最现实的考虑是二姐如果能考上评剧团，家里就少了一张吃饭的嘴，父母的负担会轻一些。将来出了师，作为演员也是一份有保障的体面工作。

1951年10月15日二姐考上北京市评剧团学员班。时年十三岁。考试时，唱的是评剧《刘巧儿》里"巧儿我自幼儿许配赵家"一段。主考老师王渡舫、杨星星等人惊呼："小新凤霞！这孩子的嗓子真像新凤霞！"于是脱颖而出，一举中的。当时报考的孩子共计百余人，最后录取则不到十个。

同时考上的还有成美英、邢兆林、焦佩华、李玉义、年春生、张秀兰、刘淑敏等人。其中，成美英是评剧创始人、近代著名艺人成兆才的孙女。

在学员班学习五年。剧团对学员的基本功抓得很紧。那时候，无论冬夏，二姐都和成美英大姐一起到"窑坛儿"（今之陶然亭公园）喊嗓子。我还记得，冬天的早上，天还没亮，我们还没睡醒，成美英大姐就到家里来找二姐，两个小姑娘穿着大棉袄，步行到窑坛儿，在湖边或者在护城河边喊嗓子。在剧团，每天练功最少也要四五个小时。女生和男生一样，走"虎跳"、翻"小翻儿"。武功老师陈德录手里攥着"刀劈子"，督促大家。谁的动作慢了，走神了，往腿上啪就是一下。虽然不是真打，那阵势也够瘆人的。因此，这批学员的基本功都很扎实。

其间，二姐比较受重视和栽培，排演了《打狗劝夫》《张燕赶船》《拷红》《樊江关》等花旦戏。

《打狗劝夫》是一出两生两旦戏，二姐饰演其中的一旦。《张燕赶船》是评剧花旦的基础戏码，二姐主演。《拷红》走的是京剧的路子，二姐饰演红娘。《樊江关》二姐是"女二号"。

因为嗓子好，被戏称为"二号新凤霞"，许多老演员劝新凤霞收徒。新凤霞那时还没考虑开门收徒，委婉地表示："给我当干闺女吧。"这并不完全是一句玩笑话。新凤霞老师的态度是认真的。这时，团里的政工干部出面阻止，说这属于旧戏班里的习气，于是作罢。

二姐在学员班时还有一件值得纪念的事。1954年，北京京剧团排演新编剧目《秦香莲》，马连良、谭富英、张君秋、裘盛戎、李多奎等名角悉数登场，青年演员马长礼、谭元寿也披挂上阵，阵容强大。美中不足的是剧团后备力量不足，没有饰演秦香莲的一双儿女春哥、冬妹的少年演员。于是，二姐和刘淑敏被点名借到北京京剧团参加演出，饰演这一对兄妹。每次演出结束后，李多奎老前辈都用自己的专车送她们回家。

1955年，二姐随剧团加入"中国人民赴朝慰问团"奔赴朝鲜战场慰问志愿军官兵。那一年她十七岁，和花木兰的年纪相当。

1956年从学员班毕业。

当时北京市评剧团在北京乃至全国的评剧界，都是数一数二的龙头剧团。团里集中了一批评剧界的精英力量，阵容强大。团里的"四梁四柱"正当演艺的黄金时期，自不必说；"四梁四柱"以下，青年演员的力量也是相当可观的。而开办学员班，培养接班力量，在全国的评剧界亦属空前之举，富有远见和实效。剧团在大马神庙有自己的团部、排练场地，演出则有民主剧场，就连北京京剧团也常来借场地练功。

此时，新凤霞主演的《刘巧儿》和同时期的《罗汉钱》等剧目红遍了全国，显示了评剧的崭新面貌。此外，还排演了新编现代戏《金沙滩》，在北京的戏剧舞台上引起了相当的轰动效应，不仅广受各界观众的好评，而且惊动了中央，曾赴中南海怀仁堂作专场演出。在戏里，独具特色的舞台装置和布景，熟悉而又新颖的唱腔，清新亲切动人的表演，特色鲜明的藏族群舞，交织成一部评剧的交响乐章，令人耳目一新。新凤霞饰演的卓玛，以清新俊美的扮相，优美动听的唱腔，细致入微的表演，征服了观众。

此后，新凤霞调到了军委剧团，李忆兰接替了她的位置。

李忆兰领衔的北京评剧团，继承和发扬了评剧既善于传承又关注现实的优良传统，先后排演了人艺导演苏民执导的《草原之歌》以及《金达莱》《天河配》《张羽煮海》等大型剧目。《草原之歌》里牧羊姑娘的蒙古舞、《金达莱》里的朝鲜舞、《天河配》里的仙女舞、《张羽煮海》里的龙女舞，都以群舞的形式，载歌载舞，为全剧烘托了浓郁的气氛，展现了不同国家的风土人情和不同民族的艺术特色，并尝试对评剧艺术的传统表演形式和戏剧语言有所突破和发展，取得了成功，在首都的演艺舞台上掀起了一阵炫目的风潮，引领了全国评剧界的风骚。这是继《刘巧儿》《罗汉钱》《金沙滩》等剧目为代表的第一个高潮之后，首都评剧发展的又一个新时期，青出于蓝而胜于蓝。二姐和其他学员班出身的青年演员一道，参与了这些剧目的演出，她们的舞蹈表演，为演出成功作出了贡献，并在这一连串的艺术实践中，开阔了眼界，增长了才干，锤炼了艺术能力，迅速地成长起来。

1956年国庆，北京市评剧团奉命参加国庆游行队伍，二姐头上梳了十几根辫子，化装成新疆维吾尔族姑娘，在彩车上表演新疆舞蹈，引人注目。游行结束后，二姐在回家的路上，引来路人羡慕的眼光，当时的情景我记忆犹新。

当时剧团的团长是李凤阳，负责政工。副团长是老演员王渡舫，负责业务。红与专、政治与业务的矛盾使王李二人不和，剧团也因此分成了两派。王渡舫和其他主张重视业务的演职员，命中注定要面临一条坎坷的人生和艺术之路。

1958年，中央决定在北京评剧团和以筱白玉霜为首的新华评剧团的基础上成立中国评剧院。北京评剧团被撤销，属于李凤阳的人马划归新成立的中国评剧院。属于王派的人员，调往地质部文工团，成立地质部文工团评剧团。新凤霞此后也回归中国评剧院。由此，北京评剧团完成了历史使命，退出了历史舞台。

在分配方案最终公布之前的一段时间里，团里士气涣散，人心惶惶，不可终日。出路何在？全团百十号人和他们家属的生活怎么办？

我记得，那时二姐做出了一个相当勇敢、充满勇气的决定，投考中央实验歌剧院，凭借自己的好嗓子和扎实的戏曲表演功底，重打鼓另开张，闯出一条生路。不仅仅是为了艺术，也是为了全家人的生活。

同样热爱艺术、对歌唱艺术情有独钟的大哥支持二姐的这个决定，请来了自己的发小邻居马一。马大哥是个专业的二胡演奏家，参过军，赴过朝，是共和国的有功之臣，他从部队复员之后在一家工厂工作。为了帮助二姐考试，他重新拿起二胡，几乎每天到家来为二姐操琴伴奏。那些日子，家里每天晚上都会响起"清粼粼的水来蓝格莹莹的天"的歌声和琴声。时间久了，我对郭兰英的这些唱段也耳熟能详，唱得有板有眼，有滋有味。我后来对歌唱有浓厚的兴趣，且乐感出色；同时对文学艺术有敏锐的感悟能力和接受能力，与大哥和二姐的影响密不可分，尤其与这一段生活大有关系。

由于时间仓促，准备不够充分，况且戏曲和歌剧毕竟隔行如隔山，再加上二姐那段时间为了前途和生计内心忐忑不安，情绪焦躁，心神不定，投考歌剧院铩羽而归，只能静候命运的安排和上级的分配。不过，这个举动充分说明她在生活的挑战面前不甘屈服，勇于突破自我，大胆进取的精神和坚韧不拔的性格力量。一个娇小的身躯竟能蕴含着和爆发出如此强大的精神力量，至今思之，我仍然感到十分钦佩。

二姐和大多数青年演员一样，多年来一心扑在业务上，在政治上很单纯，本无所谓"王派""李派"，但是在当时的政治环境里，不选边站队是不可能的。即使你自己拒绝选边站队，舆论和习惯势力也会强行将你推向这一派或是那一派。于是，她与武功老师陈德录、刘洪亮、李玉仁、同学李玉义、邢兆林等人一起被分配到新组建的地质部文工团评剧

46

团，开始了新的演艺生活。

在地质部文工团评剧团期间，她排演了《三不愿意》《花瓶记》《三月三》《小姑贤》《王二姐思夫》《画皮》《断桥》《杨八姐游春》《拷红》《秋江》等剧目，多为主演或二号主演。其中我自己看过的剧目有《三不愿意》《三月三》《小姑贤》《拷红》《秋江》《断桥》。在前五出戏里，二姐都是主演。她在《断桥》里饰演青儿，属于二号女主演。特别值得一提的是，在《杨八姐游春》里，二姐饰演杨排风一角，有棍术开打的表演，标志着她的表演艺术从单纯的花旦向刀马旦的扩展。她的艺术水平和艺术修养以及艺术境界，日趋提升。

在此期间，二姐曾接受地质部文工团的委派，去中南海为高层举办的周末舞会伴唱，曲目就是那首她当年报考北京市评剧团时选唱的"巧儿我自幼儿许配赵家"和其他评剧选段。二姐说，唱完之后，她还按照规矩先后和刘少奇、毛泽东共舞。少奇同志问她："你怎么这样瘦啊？要多吃东西，身体才能强壮起来。"毛泽东的舞步很慢，像是在边散步边思考问题，他的手又大又温暖。

有一件趣事值得一提。有一次二姐演出《拷红》之后，接到一位清华大学的年轻学生的来信。在信里，这位青年学子盛赞二姐的演技高超，唱腔、身段优美，善于刻画人物，饰演的红娘打动人心，表示想见上一面。这件事虽然遭到二姐的婉拒而不了了之，它却说明二姐在评剧表演艺术上的确已经达到了一个较高的水平，与当年已经不可同日而语了。

地质部评剧团的任务主要是面向全国的地质工作者，为他们服务；同时兼顾商业性的演出。因此，演员们常年上山下乡，深入基层，栉风沐雨，冒着冬寒夏暑，足迹遍布祖国的大江南北，深山野岭，城镇乡村。在这个过程里，无论是面对艰苦的自然环境，还是评剧团内部复杂的人事关系，她都保持着坦荡乐观的心态，在困境中笑对挑战，磨炼意志，增长见识，提高才干，在艺术上和人格修养上日渐成熟。

我还清楚地记得，每次二姐从外地演出回来，都大包小包地带回各地的土特产，供父母和全家享用。江南的竹椅竹凳竹床，新疆的哈密瓜，德州的西瓜和扒鸡，广西柳州重量轻、质地坚的沙木水桶和洗衣盆，四川的橘子，浙江的柑子，大连的苹果，北京的毡帽毡靴，这些全家人过去很少听说，更从未享受过的特产时鲜，都经过她的手，饱含着她的孝悌之心，儿女之情，姐弟之谊，源源不断地来到我家那个巴掌大的小院，摆上家里的饭桌，穿在父母身上，暖在全家人的心里。无论是在地质部评剧团，还是后来的文化部勇进评剧团，她都是有名的孝女。

上世纪六十年代初期，中国的政治生活已经是"山雨欲来风满楼"。这期间，她经历了地质部文工团撤销、评剧团划归文化部直属领导、成立勇进评剧团、"四清""社教""文革"、干校下放劳动、转业到新华书店工作、重新归队回到勇进评剧团、直至退休等一系列政治风浪和人事动荡的冲击和考验，不沮丧，不动摇，努力学习，辛勤劳动，关心国家的命运和前途，孜孜不倦地探索真理。同时依然像过去一样，尽一个妻子、母亲、女儿、姐妹的责任，操心自己的小家，照顾老张家这个大家庭每个人的生活。

从1951年考取北京市评剧团学员班开始，二姐在评剧舞台上奋斗了将近五十年。她将自己的青春年华和人生最宝贵的时光毫无保留地奉献给了评剧艺术，伴随着北京的评剧事业，历经艰辛，在艺术功力的锤炼和人生境界的修养上，从没有停止探索和前进的脚步。虽然经历了许多曲折，但是她怀着单纯而崇高的艺术理想，竭尽全力地奋斗、进取，因此问心无愧，无悔无怨。

同时，二姐作为一个女性，在人生的各个阶段，无论是作为女儿、姐妹、妻子、母亲，她都以瘦弱的身躯和一颗强大心脏，勇敢地肩负起人生的重担，尽职尽责，无与伦比。更为难能可贵的是，她在艺术和人生奋斗的过程里，一刻也没停止对真理的探索和追求，永远以一种简单纯洁的心境，面对人生各个阶段永无休止的精神危机和道德挑战，战胜了各种磨难，找到了并义无反顾地接受了佛教的思想，成为一名虔诚的佛教徒，在其引领下找到了人生的精神归宿。这是她应当得到的果报，是对她过去全部付出的最好的回馈。我想，其中的主要原因在于她有一颗助人为乐、一心向善的平常而又非凡的心；善，源自她的无私，而无私善良又来自她的天性，来自父母的遗传和影响。

我的父母都是普通的劳动者，在他们的精神根脉里，既有农民的大地般的朴实、善良，又有平民的明月般的圆融、豁达。这些优秀的品质和心态，都通过父母的言传身教，在几十年平凡而又艰辛的生活里，一点一滴地渗透进张家子女的心田和血液里，形成了我们共同的精神气质：善良和乐观。

善良和乐观是我们姊妹的通性，而在我们姊妹五人中，二姐无疑是最出色的一个。前面我曾说过，二姐无论是在评剧团里，还是在街坊四邻的心目中，都是有口皆碑的孝女。善是核心，孝是善的最高表现形式。一个孝子或孝女，首先必定是一个善良的人。一颗纯洁善良的心，光芒所向，是孝，是悌，是节，是义，是慈，是忠。而所有这些优秀的品质、健康的心态、积极向上的精神风貌和与人为善的待人接物的态度，都在平凡的、琐碎的日常生活里，点点滴滴、时时刻刻地体现出来。这样的例子俯拾皆是。譬如我考上北大之后，第一学期的书本费是二姐寄给我的。"文革"时期我随北大艺术团四处去演出，我身上穿的棉大衣是二姐给我买的。

1970年我离开北大下乡，我的手表是二姐夫摘给我的。最感人的一件事是，1967年秋天，北大艺术团在北京南城教子胡同礼堂演出，二姐应邀来看演出。这里离她家很近。演出结束时，她送来了自己赶制的一摞十几张馅饼。她一只手提着饭盒，一只手抱着家里的凉水瓶，里面是满满一瓶她特意凉至半温的开水。我和团友们吃得很开心。"小广东"黄宏坚无限感慨地说："你二姐人真好！"都说，学佛是需要缘分的。这个缘分不是别的，就是一颗善良、无私、单纯、助人为乐的心。如今，二姐年过八旬，对佛学的理解和个人的佛学修养日益精进，她沉浸在佛的慈悲和智慧的海洋里，笑对人间的种种苦难和烦恼，生活单纯、快乐而丰富。

我有一首小诗总结二姐的生活，兹录于后，以为纪念：

凌空巧燕舞翩翩，一曲清歌惹众怜。
夏暑冬寒催羽翼，深耕力作种福田。

天山雪域江南浪，画皮红娘赶渡船。

晚岁参禅惟好静，佛缘一点孝当先。

2014年6月19日四稿于西雅图国风堂

# 后记

写完上述这篇短文之后，又过了六年多。2020年金秋时节，八十二岁的二姐荣获了中华人民共和国中央政府颁发的"中国人民志愿军抗美援朝出国作战七十周年纪念章"，这是她一生获得的最高荣誉。我有小诗记录此事，兹录于后。

## 二姐荣获"中国人民志愿军抗美援朝出国作战七十周年纪念章"感赋

我的二姐张桂贞1955年随中国艺术团赴朝慰问演出，为抗美援朝做出了贡献。那一年她刚满十七岁。如今二姐已八十二岁高龄，晚年获此殊荣，是她一生的荣耀，也是家族的光荣。

芳龄曼妙俏花枝，奋勇争先继伟辞①。

赤胆忠心忧社稷，青春灿烂赴雄师。

安邦定国扬威日，逐雾驱妖奏凯时。

锦绣神州兴百业，归来粉墨不为迟。

更有意思的是，十天以后，外甥女胡芳寄来了二姐演唱"刘巧儿·采桑叶"一段的录音。此时距离她十三岁投考北京市评剧团已经过了近乎七十年,她的声音已然苍老，但"新派"的韵味犹在，清新甜美的韵

---

① "伟辞"指《木兰辞》。

味之中，多了几分岁月的沧桑和一个学佛者的宁静、豁达和淡定。我闻之百感交集，潸然泪下，写下了下面这首小诗。

### 听二姐七十年后演唱"刘巧儿·采桑叶"

天涯又唱采桑歌，岁月流芳记忆多。

一曲清词盈万巷，千家共唱汇江河。

民间戏曲逢春雨，百姓生活展彩荷。

喜看新花初绽放，晴天丽日舞婆娑。

最后我要说：祝我的二姐寿至百龄，健康快乐！

2021年7月28日修订于西雅图天风海雨楼

# 武　缘

　　北京南城的民风，淳朴热烈，幽默乐观，既琐碎又清高，既机智又狡黠，既讲究好武仗义拔刀相助，又主张君子动口不动手，大事化小小事化了。单就好武而论，天桥是典型的武风荟萃之地，宝三的跤场和张宝忠的大刀，曾经是北京武林不倒的金字招牌，也是南城独具特色的一道文化景观。除了天桥之外，南城武林藏龙卧虎，大街小巷，犄角旮旯，矮屋浅院，五行八作，都有隐姓埋名的功夫高手深藏不露。在这样的社会环境下，生性好动，崇拜杀富济贫、除暴安良的底层的穷小子们寻师习武，就是一件自然而然的事了。

　　1953年，我八岁，读小学二年级，在同班同学张大中的鼓动和引荐下，和他一起投师习武，老师是他家的邻居。这位老师的尊讳我已经忘记了，但是他的样貌我记得非常清楚，印象很深。

　　老师三十多岁，中等身材，胖瘦适中。淡黄的皮面，眉清目慈，不怒而威。他留着光头，布衣布裤，黑鞋白袜，常年打着裹腿，走路很轻，如风行水面，不拖泥不带水。师娘的装束整洁利爽，是一双"解放脚"，原来缠过脚，半途而废了。

　　大中说，老师练的是查拳。

　　第一次见师父时，我傻傻地站着，大中已经抢先磕下头去。师父笑呵呵说："谁先磕头谁就是师兄。以后，你们见面要以兄弟相称。练功要刻苦，不许偷奸耍滑。"

师父家住的是一间门面房，后面有个小院，我们就在小院里练功。这是我第一次学武，这次练武活动持续了将近一年。压腿、踢腿、蹲马步、马步冲拳、弓步冲拳，都是最基本的动作，一周两次，兴高采烈，乐此不疲。突然有一天，大中说他不想练武了，他爸不让他去师父家了。问他为什么，他不说。他是发起者，也是我的介绍人，他打了退堂鼓，我似乎也没有理由继续练下去。于是，我也只好忍痛放弃了。

多年以后，大中才神神秘秘地告诉我，不去练武是他爸爸的主意。他爸爸在税务局上班，是国家干部。当时全国正在轰轰烈烈地开展"三大运动"，其中"镇反运动"搞得声势浩大，深入人心。运动高潮里枪毙天桥地区"四霸天"的新闻像一道惊雷闪电震动四野，成为大人和孩子们经久不息的话题。到了1953年我们跟着师父开始练武的时候，"镇反运动"的余波犹烈。大中的父亲怕惹事，不许他练武。就这样，我与武术的第一次密切接触也无果而终。以后，我又和其他同学一起练过摔跤，也练过太极和气功。

再次与武术正式结缘是二十多年以后的事了。

1981年春天，我读研的最后一年，在准备毕业论文的间隙，带着三岁多的儿子去天坛公园踏青。天坛里古木参天，芳草茵茵，游人不多。在公园西门外坛东北方向的柏树林里，一位老者围着一棵古柏踏掌走转。只见他神情疏朗，面容慈善，态度安详而从容。其步履沉着，身形转换灵活自如，飘飘然如秋鹤翱翔，蔼蔼然似古贤漫步。我自幼受南城武风的熏陶，对武术和习武之人有一种天然的好奇、尊崇和向往，于是驻足观看。俄顷，老人合掌收式，竟然走过来和我攀谈起来。他就是北京南城八卦掌第四代传人、八卦掌名宿刘兴汉先生。

刘老先生生于1910年，时年恰过古稀。他久居南城珠市口铺陈市，与我母亲是邻居。其父刘振宗老前辈是南城八卦掌的第三代名宿，十九世纪末和二十世纪初，与刘斌、姬凤翔等人合称"南城五老"，为传承八卦掌和发展南城的武术事业做出了很大的贡献。刘兴汉先生自幼受到熏陶，后拜刘斌为师，正式进入八卦掌的殿堂。老人终生与八卦掌相伴，即使在动乱的年月里功夫也没完全放下。只要有机会，总要在私下里温故知新，涵养德艺。1978年形势变化了，他又率先在天坛公园练功，并成立了"八卦掌辅导站"，义务教学，广结武缘。眼前的这棵老柏树，就是他练功和传功的所在。他的举动在久已荒芜、百废待兴的北京武林有开创意义。

老人说，他目前正在物色人才，组建队伍，将各行各业里有文化知识、年富力强、热爱武术的人集结起来，成立一个写作班子，将他毕生所学和前辈流传下来的文字资料整理成章，付梓出版，以便造福众生，推动八卦掌的发展。

我不禁为老人的胸襟和胆略深深折服，被他的精神和气度感染，和他深入交谈起来，并表达了追随老人习武的愿望。结果，老人对我的基本情况很满意，决定收我入门。于是，因缘际会，我成为刘兴汉老师的入室弟子，开始向老人系统地学习八卦掌。后来，我又荣幸地加入了以他和王文奎先生为核心的写作班子，为人民卫生出版社于1986年出版的《游身八卦连环掌——"健身篇"上》的写作贡献了绵薄之力。此书出版之际，老师按照八卦门内的传统，授我"永光"之名号作为永久的纪念。"海福寿山永，强毅定国基。昌明光大陆，道德建无极"是八卦掌内薪火传承的诀谱。刘老师号"平山"，我是"永"字辈，第五代传人。

八卦掌是中国武术的一朵奇葩。它植根于传统武术，又汲取了《周易》的哲学营养，融合了不同门派武术的精华，源于民间，深藏于道观，大约于清中叶乾嘉年间经由董海川之手传入北京。在北京，它继续吸收北京地区文化的营养，发展出不同的流派。其中，董海川的弟子程廷华依托着南城花市、天坛和天桥地区，融合了摔跤的竞技经验和技术，并接受了形意拳的若干营养成分，形成了以"缩小绵软巧"为风格特点、以"挨傍挤靠"为技术手段、以"走转"为基础、以"拧转钻翻"为技术标识的程派游身八卦连环掌，产生了广泛而深刻的影响。刘斌和刘兴汉先生的八卦掌，正是程派八卦掌的嫡传。

我何其有幸，得列刘老师门墙，在他的精心引导下，登堂入室，得窥八卦掌精奥于万一。

首先也是最重要的一点是，八卦掌让我领略了武林前辈的精神风采。

董海川前辈先师是第一个冲破传统思想的桎梏，将八卦掌从宗教的圣坛引向民间的大慈大悲之人和具有远见卓识的智者。清乾嘉后期，清帝国自身与生俱来的封建顽疾和西方帝国主义列强鱼肉中华的野心已经暴露无遗，中华民族的命运面临着巨大的挑战和危机。国难当头，男儿当自强，强身、强神、强志。董海川胸怀远大，雪中送炭，为众生奉献上他心里最好的精神食粮和物质武器。他离开九华山潜入北京，"自净其身"入肃王府当差，深藏不露以待时机。一旦时机成熟，则利用肃王这面大旗，在北京地区迅速推出并努力传授八卦掌，有教无类，因材施教，致使门庭兴旺，流派纷呈，人才辈出，为因应天下之变予做了人才的储备。这种"先天下之忧而忧"的忧患意识和着眼于人才培养储备的智慧，正是中华武学思想的精华。这是我从坊间流传的关于董海川先辈的种种传闻中能够得出的比较合理的历史推断和解释。

1900年，国难当头。程廷华继承和实践了董海川的精神遗产，为反抗"八国联军"侵略者对北京的蹂躏和对中华民族的侮辱，以凛然正气进行了一场明知其不可为而不得不为之的战斗，英勇捐躯，其壮举体现了中华武者的历史担当和献身精神。

刘斌前辈在程廷华牺牲之后，体察到时代的变化和传统武术的局限，及时改弦更张，将习武的目的和重心逐步调整为锻炼体魄、磨炼意志、培育精神、注重健康和道德修为，提出了"养练结合"的原则，扬长弃短，推出了更重视下盘的锻炼、更强调腿部健康的刘氏桩功八卦掌。在他的手里，八卦掌开始发生了质变。此举非同小可，体现了一个武者不墨守成规陋习、与时俱进的眼光、心胸和境界。

1978年年初，刘兴汉老师在近古稀之年，率先举起弘扬传统的旗帜。他态度鲜明，义无反顾，通过办辅导站、著书立说、开门收徒、云游大江南北传道授业解惑等多种形式，在一片历经动荡的废墟上再造了南城八卦掌长达二十年的中兴局面，创造了八卦掌历史上前所未有的辉煌和高峰，体现了一个武者的历史责任感和主动精神。

从董海川先辈到刘兴汉老师，他们体现的精神是一脉相承和高度一致的。这种武者的慈悲心怀、忧患意识、担当精神、创新思维，正是八卦掌的精髓和灵魂，也是中华武学思想的本质特点。

八卦掌在中国武术体系里，是比较年轻的拳种。因此，它得以汲取百家之长，后来居上，具有百科全书式的恢弘与深厚。通过学习和研究，我得以领略了《周易》的阴阳之理。这是中国哲学的核心命题，贯穿于中国文化和中国人思维和生活的方方面面。明阴阳之变，可以高屋建瓴地了解和把握中国文化的全局和窍要。

"医武一家"，八卦掌使我得窥中医学的门径，掌握了中医的基本知识。作为"内家拳"之一，八卦掌内含中国传统养生学和气功的精华，它使我得以将我此前多年的太极拳和气功的修炼升华到了一个新的层次。

八卦掌发轫于民间武术的土壤，砥砺于道教徒修身护法的宗教熔炉，大成于北京南城民间文化的沃土，刻印和隐藏着北京南城民俗文化的丰富信息和烙印，闪烁着南城市民阶层的道德和智慧的锋芒。作为一个北京南城人，这是我从八卦掌受益并最感亲切的一个重要方面。

中国武术，在十九世纪和二十世纪前半叶，经历了中国人民反抗帝国主义的侵略和压迫，维护国家尊严和民族独立的艰苦卓绝的斗争。在血与火的考验里，它既显示了光芒，也暴露了不足。随后，在孙禄堂、刘斌等前辈苦心孤诣的探索和反复实践中，逐步完成了向哲学、道德、养生、中医等传统文化和民间市井的回归，脱去了冷兵器时代的暴躁和戾气，脱离了对商品市场的依赖，逐渐转变成为中国人素质教育和培养的一种特殊形式和途径。夕阳古道、镖旗猎猎、以武会友、江湖恩仇、擂台争胜，只存在于小说和影视作品里，那是传统武术曾经的背影和余音不尽的挽歌，是现代人对武术的一厢情愿的误解和迷思。思之则温馨，复旧则不可。

因此，当前关于"传统武术和自由搏击谁更强""传统武术到底能不能打"的议论和炒作，纯粹是无的放矢，恰恰暴露了论者对中国文化和武术的无知。一百年前，传统武术已经完成了对中国传统文化的反思和回归。艰难而华丽的转身之后，武术已经发生了脱胎换骨的变化。现代武术，追求的是"天人合一"，展示的是"中和之美"，其功效在于强健体魄、淬炼精神意志，其意义和价值在于为提升人的素质、培育新人服务。与推崇"暴力美学"、恃强凌弱的西方现代搏击相比，武术文化如在天之龙、凌空之凤，二者品位之高下一目了然。可以说，它们一为东方君子，一为美国大兵，南辕北辙，岂可同日而语？

三十年来，我在海外以传播中国文化为己任，为推广南城八卦掌及其所代表的丰富多彩的文化蕴涵不遗余力。在我力所能及的时空范围内，我传达的是不同文化体系之间互相了解、共存双赢的和谐之音，和平之愿。归根结底，中和之美、和谐共赢是南城八卦掌和中国武术的本质特点和无上之美。

近年来，我比较系统地回顾和总结了北京南城八卦掌的发展过程和历史特点，在美国出版了武术哲学著作《刘斌和北京桩功八卦掌》上下册（英文版，美国北大西洋出版公司蓝蛇出版社2008年、2016年出版），陆续完成了系列文章《北京南城桩功八卦掌漫谈》九章，分期刊载于《中华武术》杂志。现将具体篇目开列于后，以便于同好者阅读参考。

一、首创者之歌："南城五老"；二、道德的光彩和魅力；三、有益的哲学探索和启示；四、整体之美与基本特色；五、南城陋巷说"圣人"：忆刘世魁；六、再说南城八卦掌的一代领袖刘世魁；七、群星灿烂忆奇人：记李彦勤；八、智慧的"善手"：忆王文奎先生；九、武缘：简论北京南城八卦掌兼怀念我的老师刘兴汉先生。

此外我还有论武术的若干篇文章散见于《中华武术》。

与武术结缘，与八卦掌终生相伴，是我的造化和果报。对刘兴汉老师和南城八卦掌，我常怀感恩之心。不久前是刘老师110周年诞辰，兹有《满江红》一阙，略表心迹。

## 满江红·南城八卦掌

宣武南城，藏龙虎、辉煌天地。八卦掌、阴阳万变，内含诸技。前辈先师齐努力，冲艰辟路锤新器。骤雨狂、国运苦飘摇，扬民气。

谋百代，征图丽。松柏愿，旌旗志。倡修德健体，侠心如砥。君不见天坛芳草绿，无言却记当年意。望前途，旭日照乾坤，翁当泣！

2021年3月18日于西雅图国风堂，时年七十有五
2021年夏修改

58

# 第二辑 艰难岁月——道是无情却有情

# 目　光

　　1964年的秋天，在我的生命旅途中，有着特殊的意义。在热烈的秋天的阳光下，我走进了北大，开始在中文系学习。

　　那一年的暑假，是在高考后的极度疲劳和等待录取通知的煎熬中度过的。至今，五十多年过去了，我还记得接到录取通知书那一刻的情景和感受。

　　那时候，高考落榜的通知书由考生报考的第一志愿学校负责发放。我的第一志愿是北大中文系。这就意味着，八月中旬的一天上午十一点多钟，邮递员交到我手里的那一封盖着北京大学印章的信函，有两种可能。或者我如愿以偿，进入了梦寐以求的北大；或者我落榜了，从此与大学缘吝一面。

　　那一刻，我很紧张。那个普通的、毫不起眼的、浅黄褐色的牛皮纸信封里，藏着决定我命运的秘密。

　　邮递员已经走了。天气很热，街上很安静，似乎只有我一个人。

　　我打开信封，一张薄薄的、质量很差的、浅黄褐色的信纸上写着热情洋溢的话语。我只记得其中最重要的一句话："亲爱的新同学，在金风飒飒的九月，让我们在碧波荡漾的未名湖畔执手相逢！"

　　我热血沸腾，忘乎所以，未知的、热火朝天的大学生活在向我招手。透过信纸，我似乎看到了无数双热情的眼睛注视着我，目光中是友爱、关心、希望和期盼。

从1964年9月到1966年5月底,我们按部就班地在中文系学习了将近两年的时间。平常时间里正常上课,寒暑假则去部队、工厂、农村学军、学工、学农。

那时候,我们经常唱的一首歌很能概括我们当时的心态和情绪,唱出了我们的心声。歌词里写道:"我们这一代,豪情满胸怀,走在大路上,东风扑面来。脚下踩着山和水,心里装着全世界。火红的年华,火红的时代!火红的年华,火红的时代!革命大旗高举起,昂首阔步向未来!"每当班级、系里,或是学校里集会时,大家都要放声歌唱,每个人的目光里都闪烁着激动热烈的光彩,唱到最后,很多同学已经热泪盈眶。青春的光彩,透过泪水,互相交流,互相激励,难怪许多同学把它视为北大的校歌。

当时很多老师给我们授过课,其中大多是学有专长、在学术研究和教学上已经崭露头角的中青年教师。其中,我印象较深的是金开诚、袁行霈、倪其心和吴小如几位。当时,金老师是游国恩先生的助手,在先秦文学尤其是在《楚辞》的研究上追随游先生的脚踪,被视为青年"楚辞"学者中的翘楚;袁老师温文尔雅,风度翩翩,给我们讲授"魏晋南北朝文学",板书潇洒漂亮,令人倾倒;倪老师长于唐诗宋词的研究,他对诗词格律的分析和教授,深入浅出,引领我们步入古典诗歌的殿堂,沉醉其中;吴小如老师学养深厚,尤以研究和讲授明清小说和戏曲独树一帜,并且痴迷于京剧艺术,能唱擅评,为以弘扬传统为旗帜的北大中文系平添了别样的色彩。然而,给我印象最深刻,令我最难忘的是游国恩先生和他讲授的《诗经》和《楚辞》。

当年,为了培养学术后备力量,继承发扬北大中文系的学术传统,多位学术大家和前辈亲自给我们授课,王力、游国恩、魏建功、杨晦、高明凯、朱德熙诸位先生纷纷走上了讲台。作为文学专业的学生,文学史是我们的主课,游先生亲自为我们"开蒙",讲授《诗经》和《楚辞》。

游先生是中文系的四位一级教授之一,著名的《楚辞》研究权威。他和语言学家王力先生、文艺理论家杨晦先生、古文献专家魏建功先生号称北大中文系的"四大头牌",在全国高校和学术界享有盛誉。他是我在北大，也是此生接触的第一个学术权威和学术大家。

记得开学不久，游先生给我们讲授《诗经》。讲到《诗经》里反映远古劳动人民辛勤劳作不得温饱而贵族统治者不劳而食的诗篇《伐檀》时，他很兴奋，提高声音说："这是我国上古时代无产者的心声，是鲁迅先生在《且介亭杂文·门外文谈》里高度肯定的'杭育、杭育'派。"这时，他的目光神采奕奕，精神十分振奋，两手放在一侧的肩上，身子一起一伏，做出一副抬重物的样子，嘴里还发出"杭育、杭育"的号子声。讲到讽刺贵族统治阶级横征暴敛的诗篇《硕鼠》时，他说："这是我国最古老的政治讽刺诗，像锋利的匕首刺向统治者的心脏！"他的目光里和脸上满是鄙夷、愤懑和无奈的神色。说起《关雎》，他说："这是记载中我国最古老的爱情诗的代表作，表达了青年人纯真、热烈，同时闪烁着智慧光辉的爱情，是我国爱情诗的源头之作。"他提高声音强调："纯洁、健康的爱情是生命之火燃烧得更辉煌灿烂的火种！"这时他的目光是温柔的、热烈的，人也似乎年轻了许多。

教授《楚辞》时，他的情绪随着诗篇的内容，时而像长风出谷，时而像月上九霄，时而像暴风骤雨从天而降，时而像春花秋水般宁静清明。他的目光则随着他低昂起伏的情绪，时而热烈，时而清朗，时而愤怒，时而忧郁，时而无奈，时而又闪烁着希望的光芒。这位古稀老人那瘦小的身躯显得格外高大，充沛的精力弥漫整个教室，让我们听得如醉如痴。最难忘的是一个大雪纷飞的冬日，他在金开诚老师的陪同下，踏着积雪，来到学生宿舍看望大家，征求对他教学的意见。他的头上和肩膀上落满了雪花，双目炯炯有神，谦虚、平易的目光里时时流露出父辈的慈祥和关爱。

眼睛是心灵的窗户。目光是人性的流露。我喜欢游先生的课，更难忘他的目光。

1966年6月，历史掀开了新的一页。

1968年夏天，"工人解放军宣传队"进驻北大。

那一年我二十二岁，少不更事，在经过了最初的紧张和惊诧之后，心态渐渐恢复正常。每天除了学习"毛选""最高指示"和中央文件、上街参加各种名目的游行之外，无书可读，无所事事，于是打球、游泳就成了生活的主要内容和娱乐。日子久了，身上的肌肉练得有模有样，全身上下镀上了一层健康的浅古铜色。我们几个平常要好的同学，常常凑在一起较量，看谁的肌肉更棒，谁身上的颜色更健康。

有一天，工军宣队给大家训话。地点在第二教室，我们简称为"二教"。主持训话的人是部队来的一位团政委，他大约四十多岁，肥胖，说话很粗鲁，是当时中文系工军宣队的三位主要领导之一。

那一天他火气很大，站在教室前面的讲台上，脸色煞白，目露凶光，劈头盖脸地把中文系的师生大骂了一顿，骂得大家莫名其妙，鸦雀无声。最后，他提高了嗓门喝骂道："北大中文系是向全国放毒的大毒缸！庙小神灵大，池深王八多！我们就是要把这个大毒缸砸得粉碎！把那些牛鬼蛇神统统揪出来，打翻在地，再踩上一只脚，叫你们永世不得翻身！"

训话结束了，众人如逢大赦，纷纷散去。

后来，又有一次，全系师生集中在学生第六食堂开会，听工军宣队训话。师生们照例提前来到会场，依次坐好，静候领导光临。学生们分成几列坐在会场的中间，面向东；老师们则一字排开坐在南边的窗户下，面向北，正对着学生的右侧。阴差阳错，我正好坐在了学生队伍的右侧离老师们最近的一排。那一天天气很热，男生们大都穿着短裤和无袖背心，兀自汗流不止。不仅仅是因为天气，也因为内心紧张。

会场里很安静，像暴风雨来临前的未名湖，沉默中孕育着不安的情绪。

我低着头在想心事，冥冥中忽然觉得有一双眼睛在注视着我。我下意识地抬起头来，向坐在南窗下的教师队伍望去，不期而然地和一双眼睛碰在了一起。那是一双慈祥的眼睛，显然它在期盼和等待着和我交流，就在我们彼此的目光相交的那一瞬间，那双眼睛进射出热烈的、赞许的、慈爱的光芒，是游国恩先生。他坐在教师队伍里，显得格外瘦小，一件白色的短袖翻领衫，一条浅灰色的裤子，一双黑布鞋。老人光着头，稀疏的白发向后梳得很整齐，白皙的脸上泛着慈祥的光辉，整个人显得既文雅，又和善。他抓住机会，抬起手，指了指自己的二头肌，然后向我伸出大拇指，晃了晃，脸上绽出了怜爱、赞美的笑容。显然，老人在夸赞我的肌肉够健美。由于事出意外，我愣了一下，有些不好意思，不知该如何回应，当时的环境和气氛也不允许我有更多的表示，只能冲着老人一笑，又低下了头。

这时会议开始了。

那天究竟开的是一个什么样的会，我已经没有任何印象。因为自始至终我都在想着那偶然发生的一幕，眼前总是闪过游国恩先生的影子，特别是他那双充满慈爱的眼睛。

自1966年6月以来，已久不见游先生。工军宣队进校以后，只有在全系的集会上才能见到他和其他老先生。每次见到他，他的目光总是淡淡的，看不出喜怒哀乐，像躲在云层后面的老月，又像暮色苍茫中俯首闭目的残花。只有这一次，只是在那一瞬间，在那样一个特殊的场合，老人家天真复萌，闪动的灵光冲破禁锢，流露出他内心深处对生命和青春的赞许和热爱。

少年不知愁滋味。是的，那是因为少年单纯无畏，岂止是少年？老年亦然。只要人的内心深处保持着与生俱来的纯真和光明，即使是昏花的老眼，也随时随地可以迸发出如同少年般善良纯真、无私无畏的光彩。

那是我最后一次见到游先生。1970年春天，我们被迫离开北大，开始了在社会底层的颠沛流离。

多年以后，我听说动荡结束之前，大概是1975年年底前后，游国恩先生得了感冒。因为头上还顶着"反动学术权威"的帽子，没有得到及时的治疗，死在校医院的走廊上。据说，他是被一位好心的工人师傅用平板三轮车拉到校医院的。因为医院的病床有限，他被临时放在走廊上等候住院治疗。冬天，气温低，走廊上风又大，一代国学大家就这样走了。我能想象得出，游先生临终时那不舍、不甘而又失望、无奈的神情和目光。

《三字经》里说"人之初，性本善"。对此，人们有不同的理解。我想这里所谓的"善"，不是指善恶的"善"，而是纯洁的意思。一个新的幼小的生命，不懂善恶，也无所谓善恶，只是一片自然、光明和纯净。长大了，成人了，接触了社会和人群，才逐渐受到影响和熏陶，形成世界观和人性的善恶。人性一旦形成，就会有意无意地从一个人的目光里流露出来。社会的动荡，摧毁的不仅仅是有形的物质世界，更是人们的信念和良知，是人性中的真善美。当年那位团政委在中文系的拙劣表演和凶恶的目光即源自其内心的无知，以及人性的缺失和凋残。

相反，从游国恩先生的目光里，我体味到并永远难忘善良人性和深厚学养的风姿和大美。这在那个特殊的年代里，越发显得难能可贵，光彩照人。至今思之，依然令人有高山仰止之慨。

2012年初稿

2021年6月—7月重读改定

# 遥远的白洋淀难忘的芦苇荡

## ——记1967年的白洋淀之行

五十年前，1967年夏天，我随"北京大学文艺宣传小分队"在白洋淀生活了半个多月的时间。半个世纪过去了，当时的情景随着岁月的流逝而渐渐地变得淡漠了。最近看到媒体上关于雄安新区建设的消息，不禁怦然心动。所谓雄安新区，依托的就是白洋淀这片中国北方难得一见的湖群水区，而我的老家任丘县也离白洋淀不远。我大约四岁的时候，曾经跟随母亲回乡探亲，与白洋淀有过近距离的接触，依稀还有些印象。于是，这些天脑海里自然时时浮现出五十年前在白洋淀的往事。

1967年是很不寻常的一年。在这样的背景下，我们来到了白洋淀，领略了这片北方水乡的独特神韵。

白洋淀是华北地区最大的湖泊群，是华北平原上一颗璀璨的明珠。在神话传说中，它是女娲采土、炼石、补天后留下的遗迹，后来在漫长的历史岁月里，逐渐汇集并得到了发源自太行山麓的九条河流的滋润，成为中国北方罕见的天然湖泊群落。它是大自然赐予华北人的一片净水和聚宝盆。据说，当年白洋淀有大小河渠三千余条，湖泊一百四十余个，面积三百六十余平方公里。夏天，淀里芦苇接天，荷花映日，渔船荡漾在碧绿的水面上，采莲姑娘的歌声此起彼伏。冬天，各式各样的冰橇、冰爬犁满载着货物在开阔的冰面上往来如飞，庄稼汉的吆喝和孩子们的笑声驱走了冬天的严寒，喝退了呼啸的北风。

我们当年到白洋淀的时候，荷花已经开过了，无从领略那"接天莲叶无穷碧，映日荷花别样红"的动人风光。目光所及，碧绿的芦苇一望无际，在微风中起伏荡漾，如绿色的大海。一条条大大小小的河渠水道在芦苇的怀抱里闪闪发亮，四通八达，把一个又一个如珍珠般晶莹的湖泊连在一起。村落分布在堤岸和岛屿上，晨烟暮霭，杨柳依依，屋舍老旧，鸡犬相闻，俨然一个动人的水乡泽国。除了街上的标语，看不到更多的"革命"的痕迹，连大字报也见不到。街上人不多，湖里船也很少，周围显得萧条冷清。白洋淀和白洋淀人显然是在暴风骤雨的间隙喘息。他们筋疲力尽了，需要休息，要过正常的日子，要找回往日的宁静和秩序。这让我们多少感到意外。但我们很快就适应了这里的生活节奏，因为这也是我们所需要而在校园里得不到的。

那时候，我们已经从"动荡"初期的懵懂、盲从、激动、狂热中逐渐冷静下来。我们没有能力去解释生活里发生的一切，却本能地对无休止的混乱和动荡产生了厌倦。因此，当我们意外地来到这里，呼吸着水乡清新的空气，享受着已经久违的宁静，接触到质朴的乡亲，真如倦鸟返林，辙鱼归水，整个身心都沉浸在无尽而单纯的欢乐之中。"革命"似乎离我们很遥远了。任何人的"政治雄心"也罢，"阴谋诡计"也罢，都与我们无关。为乡亲们服务，为他们献上最美的歌声和舞蹈是我们唯一的想法。

我们在白洋淀大约待了两个星期。每天坐着小船，穿过无穷无尽的芦苇丛，从一个村子到另一个村子，为乡亲们演出。我已经记不清都到过哪些村子，接触过哪些人了，甚至连我们演出过哪些节目都记忆模糊了。今天看来，这些所谓的"节目"，无论是歌还是舞，都是那样粗糙、幼稚，都是配合形势为"路线"服务的。但那时我们的心是真诚的，感情是纯洁的，正是这种真诚和纯洁使我们和乡亲们一见如故，亲如家人。我们自己也从这种真诚和纯洁中享受到内心的宁静和得到了感情的净化。

水乡，水乡，衣食住行自然都离不开水，都要适应水乡的特点。先说"衣"吧，既然是"红卫兵"，每人一套军装是必不可少的。那时的军装还不是橄榄绿色的，而是那种黄色的旧式军装，帽子上必须嵌上一颗红五角星。为了这一套旧军装，每个人都绞尽脑汁，想尽办法，它们的来源也是五花八门。譬如我的一套，就是在部队工作的姐夫送给我的。这套军装既是演出服，也是"礼服"，十分珍贵，只在演出时和一些特别的场合才穿。

平常时间，大家则入乡随俗，男同学一律是短裤背心，女同学则是一身浅色裤褂，袖子和裤腿挽得高高的。时间长了，大家都晒得黑黢黢的。这身打扮，干净利索，适合在水乡活动，因为那时我们的主要交通工具是船，从一个村子到另外一个村子都要坐船。这里没有江南水乡那种乌篷船，船上没有篷，任风吹日晒雨淋。也没有机帆船，一律由人摇桨撑篙。村子里安排了专人为我们使船带路。如果船小是两条，每条船一人双桨；否则是一条大船，安排三个老乡，一人掌舵，两个人撑篙。到了村子，住处事先已经安排好了，当然是住在老乡家里。有时候天气太热，男同学则学着老乡的样子，到房顶上睡觉。北方农村的房子，房顶是平的，可以晒粮食，也可以睡觉。一到晚上，每个男生提着一条熏蚊子的青蒿绳就上房了。吃得也很简单，把粮票和钱缴给村里，老乡吃什么我们就跟着吃什么。粗粮多，细粮少，但是粮食和瓜果蔬菜都新鲜可口。后来我们才知道，为了安排好我们的起居饮食，乡亲们费了很多的心思。

北方的水乡，与江南的水乡不同。白洋淀没有江南水乡的娟秀细腻，显得粗犷爽朗。印象最深的是那无边无际的碧绿的芦苇辽阔而沉静，似乎蕴含着巨大的力量。还有就是那如同迷宫一样大大小小、宽窄不一、虚虚实实的河渠水道，既深邃又神秘。有人说，如果从空中俯瞰，整个白洋淀像是一只向着东方的大海奋力飞翔的凤凰。我想，它也应该像是一个巨大的不十分规则的围棋棋盘，铺放在华北平原上。碧绿的芦苇和银白的河渠类似围棋的黑白世界，壁垒分明，一目了然，在平静的外表下充满了迷人的动感。想当年，抗日武装雁翎队的英雄们就是凭借着一股心中的浩然正气和这迷宫般的芦苇荡，下了一盘又一盘精彩的大棋，让日本鬼子吃尽了苦头。

69

如果用"山重水复疑无路，柳暗花明又一村"来形容我们置身在芦苇荡里的感觉，"虽不中，不远矣"。有时候小船在狭窄的水道里吃力地缓慢前进，眼前似乎看不到出路。谁知转眼间拐了一个弯，我们竟然进入了一片空明开阔的世界。有时恰恰相反，我们往往在不经意间由一片开阔的水域三拐两拐就进入了宽窄仅可容小船勉强通过的沟渠，两旁的苇叶触手可及，芦苇根下觅食的小鱼清晰可见。大家感叹惊呼起来，只有船老大不动声色，依然故我。

有一次，为我们使船的是一位四十多岁的汉子，他一边划桨一边轻轻地吟唱着小曲儿。大家正在七嘴八舌地谈天说地，不知是谁使了个眼色，指了指划船的老乡。于是大家都安静下来，静静地听着那有几分陌生又有几分亲切的歌声："1943年，环境大改变。小鬼子的炮楼被端了一大半……"歌词和电影《小兵张嘎》里的武工队员们唱的一样，曲调不同，听上去更显得亲切，富有乡土气息。划船的老乡发现大家在听他唱歌，爽朗地一笑，说这首歌是他们雁翎队队员经常唱的。他和他的父兄都是当年的雁翎队队员，打过鬼子。现在，说起当年的往事，他们还会唱上一曲。于是大家跟着他学唱，歌声打破了湖面的宁静，每个人似乎多少都找到了一点当年的雁翎队队员的感觉。

我父母都是河北任丘县人，姥姥家就在白洋淀边上的郏州镇大王庄。姥姥和舅舅家是当年抗日游击战的"堡垒户"，家里挖了地道。我的两位表舅都参加了武工队，大表舅王金贵在战斗中牺牲了，二表舅王金镶四九年以后加入了公安战线，是一位老公安。动荡中虽然受到了冲击，靠边站了，但幸无大碍。姥姥和大舅王锡九死于1960年。老乡的歌声把我的思绪带回了多灾多难的过去，心情一下子变得有些沉重。

还有一次，我们坐的是一条大船，一位老乡掌舵，两位老乡撑篙。所谓"篙"，就是一根两丈多长的竹木竿子，撑篙的人手持着它，一篙下去，触到水底，人则从船头沿着船舷走到船尾，船借着这股劲道快速前行。然后撑篙的人又手持船篙走回船头，重新开始。这工作看上去简单，实则不易，撑篙的人要年轻，有力气，还要有经验，眼疾手快，动作利索。下篙、撑篙、行走、拔篙，自有其规律和讲究。

70

小分队的杜永春是河北人，化学系的，人很质朴，实在，长得也结实。我们的节目里有一个大春和喜儿的双人舞造型，杜永春饰演大春，我们都叫他"大春"。他见撑篙的老乡很辛苦，主动要求帮老乡撑篙。老乡略作推辞，答应了。大春接过篙，学着老乡的样子，一篙扎到水里，然后手握篙用力撑着，走到船尾。该拔篙了，他使尽了力气，篙却扎在水里纹丝不动。船不能停，他慌了，手足无措，既不能扔下篙，又不能离开船。结果，他一纵身手脚并用攀到了篙上，像只猴子一样悬在了半空中。说时迟那时快，船走了，他在空中悬了两秒钟，眼看着他和篙一起"扑通"一声歪倒在水里。

大家惊叫起来，船也停下来了。大春却笑嘻嘻地抹了一把脸上的水珠，一手持篙，一手划水向大船游来，嘴里还大声唱着："乌苏里江来长又长……"女生们转惊为怒，嚷着："杜永春，你是故意的！你就是看着这水清凉，想游泳了！是不是？让我们大家为你担惊害怕！"大春游到了船边，女生们不许他上船。他索性调过头畅游起来，其他男生见状也纷纷打着赤膊跳到水里游起来。只有我这不会游泳的"旱鸭子"乖乖地待在船上看热闹。数力系的女同学王启丽是北大游泳队的队员，水性好，也跳到水里大显身手。大春嚷道："你们还说我，看看王启丽，她穿着游泳衣，她才是有预谋的！"一时间水面上笑声飞扬，十分热闹。男生们齐声高唱着："阿哈啦赫尼呐，我掉到河里啦，我掉到河里啦……"女生们则会意地哈哈大笑。使船的老乡恐怕从来没见过这种场面，也乐得歇口气，笑呵呵地抽起了烟袋锅。

也难怪大家眼馋，白洋淀当时的水真是好，清得出奇，甜得醉人。一两丈深的水，一眼望到底，连水底的水草和游鱼都看得清清楚楚。我们每天烧水做饭，用的都是湖水，绝没有北京自来水的水碱和氯气味道。同样来自中文系的王松岭事后告诉我："你不会游泳亏大了！那湖水真是太甜了！我一边游一边忍不住喝，太甜了！我们平常烧水做饭用的都是湖边的水。这里的水深，绝对没有污染。真是清得透明，甜得醉人！"

然而几家欢乐几家愁，东语系的陈应复就乐极生悲，不慎把眼镜掉到了水里。他和大春几个男生轮流潜下水找了半天，也无济于事。有人

71

说:"坏了!应复没有了眼镜,晚上演出时他的扬琴独奏怎么办?"应复说:"没关系,我就是闭着眼睛也能应付。"这话倒不是自吹自擂,陈应复心灵手巧,人如其名,什么乐器都能应付几下,而且水平都还不低。什么扬琴、单簧管、胡琴、手风琴、笛子、萨克斯管他都拿得起来,歌唱得也不错。演出队临时需要个节目"救场",他都手到擒来,应付裕如。

俗话说:"靠山吃山,靠水吃水。"我们以湖为家,自然应该经常吃到湖里的水产。其实不然。当时,工厂和农村都停产了,湖面上很少看到打鱼的船只。白洋淀像一个受到惊扰和伤害的人保持着耐人寻味的沉默。人们不敢吃鱼,不能捕鱼,看似顺理成章而实则极其荒唐。只有一次,负责接待我们的乡亲们冒着风险下湖打了一网鲜鱼,以满足我们的口腹之欲。其实,我们中间的任何人都没有表示出想吃鱼的意思,对粗茶淡饭我们甘之如饴,完全是主人们出于待客的热情。另外就是老乡们自己也想趁这个机会解解馋吧。口腹之欲人皆有之,有什么可奇怪的呢?

记得那天中午,两个老乡从小船上下来,提着一张不大的渔网,渔网里有十几条尺把长的草鱼。他们把鱼倒在场院的地上,刚出水的鲜鱼在地上蹦得可欢了。场院上早就支起两口大铁锅,老乡把鱼洗净,收拾好,倒在锅里,添上水。另一口锅里烙着白面饼。火点着了,不大的工夫,鱼熟了,诱人的香气飘散出来。负责熬鱼的老乡抓起一把大葱段和大盐粒子扔到锅里,还倒上醋,小心翼翼地把鱼翻了个身。过了一会儿,鱼出锅了,饼也熟了。每人一碗鱼,一张白面饼。那鱼炖得很烂,骨头和鱼刺都炖酥了,香气四溢。白面饼冒着热气,泛着油亮,同样诱人。这是我有生以来吃到的最香的鱼和饼。我想大家也都有同感。五十年后的今天,每当我们见面谈起这段往事,大铁锅熬鱼烙白面饼,是说得最多、最热烈,记得最清楚的话题之一。

在白洋淀的半个月里,我们走村串岛,每天晚上都有演出,算起来演出了十五六场。每当夕阳西下,暮烟四起,吃完晚饭的乡亲们互相招呼着来到场院。只有这时,他们才能心平气和地坐到一起,暂时忘记了心里的疙瘩，享受夜晚的清静和平常日子里难得一见的文艺演出。夜色遮蔽了湖水和村舍，也遮蔽了被这场动荡极度扭曲而变得丑陋了的一切。场院里灯火通明，舞台的前后左右都挂着大汽灯，无数的虫蛾围着灯光飞旋。我们在临时搭起来的台上手舞足蹈，放声歌唱，小乐队的同学们则吹拉弹拨，配合得严丝合缝。

在我们演出的众多节目里，我印象最深的是"器乐小合奏"。八个人的小乐队，演奏扬琴的陈应复稳坐中央，左右逢源；吹笛子的郑根生来自江南水乡，一脸稚气，愣头愣脑，煞是可爱；拉二胡的詹成樊性格活泼，表情生动，是个活宝；胡元璋精通二胡、中胡和高胡，虽然生得矮小，其貌不扬，但关心集体，热情仗义，从排练到演出，处处操心；拉板胡的陈华是中国医科大学在北大的代培生，河北人，为人热情豪爽，办事果断，是我们小分队的负责人；顾乃斋个子高大却弱不禁风，三弦弹得出神入化，素服众望；赵学文的芦笙吹得也是一丝不苟；拉手风琴的许同春同学来自生物系，天津人，外号叫"许胖子"。他长得很魁梧，也最辛苦，一架手风琴十几、二十多斤，还要配合一些必要的形体动作，十分吃力。每次演出他都汗流浃背。表演队的张继增或郑木水，也经常临时上台帮忙敲梆子或手鼓。演奏的曲目虽然都是《北京有个金太阳》《革命战士最听党的话》《赛马》等当时流行的歌曲，但抑扬顿挫，疾徐有致，配合默契，表情生动，每次演出都能获得满堂喝彩。在他们的伴奏下，孙增或王松龄的独唱，抑或是二人合唱；男女生的舞蹈，都能锦上添花，大放异彩。

我们小分队的同学来自文理各系。表演队女生有黄蕾、袁晋芳、王启丽、苏联菊、程致靖、韩乐琴；男生则有刘从梦、张继增、李耀纶、杜永春、孙增、王松龄、郑木水、张秀利。乐队有陈华、陈应复、赵学文、胡元璋、郑根生、詹成樊、许同春、顾乃斋。这些人个个身手不凡，满腔热情，虽然身处在一场政治狂潮中，身不由己；但是都能坚守住道德和良心的底线，举动不出大格。我们既然对那种波诡云谲的政治斗争不感兴趣而又不能不有所表示和作为，文艺就成了一种理智的选择，既可保持自身的清白，又用燃烧的青春和才华发出我们的呐喊。

我们的最后一场演出是在郑州镇的礼堂举行的，这也是我们白洋淀半月之行的告别演出。郑州周围方圆几十里的乡亲们都赶来了，礼堂里人满为患，热气腾腾，笑语喧哗。我和数力系的王启丽有一出小话剧。话剧的名字我已经忘记了，大概叫《兄妹大串联》吧。剧情是说一对兄妹，哥哥王小兵读初三，妹妹王小红读小学六年级。"文革"初期，哥哥和小伙伴们要出去进行"革命大串联"，妹妹小红要跟着去。哥哥嫌累赘，妹妹非要去，戏就围绕着这个矛盾展开，配合当时的形势，穿插了一些噱头、笑料和政治宣传，最后则以兄妹一起踏上大串联的征途结束。现在看来，这出小话剧和我们演出的其他节目一样，局限性是显而易见的。但是在当时那种大环境下，演出者和观众都很认真，很投入，剧场效果特别好。尤其是我们在对话里穿插使用了一些河北方言，更是博得了满堂喝彩。多年以后，老家的表兄弟到北京，我们谈起往事，大家才恍然大悟，当时他们就坐在台下看我们的演出。我在台上，他们在台下，虽互不相识，却皆大欢喜。

回到学校以后不久，我们这批喝过白洋淀水的小分队的同学，与更多来自各系的文艺爱好者成立了"胜利团"，演出了大型歌舞表演《长征组歌》、歌舞剧《抗大的道路》和其他丰富多彩的文艺节目。"胜利团"的规模比"白洋淀文艺小分队"大得多，节目的质量也高得多，影响也深远得多。但本质上，它应该说是"白洋淀文艺小分队"及其演出活动的延伸和扩大，是在那个特殊年代里，一批才华出众、志存高远的青年才俊用一种特殊的方式发出的呐喊。它既有不得已而为之的苦涩，也显示出青春的不甘寂寞，以及"清水出芙蓉"般的清纯，顺势而为的智慧，和"虽千万人，吾往矣"的勇气。它发轫于十几个北大青年学子懵懂欢乐的白洋淀半月之旅，也就必然遗传了它的全部基因，无论是先天健康的，还是先天不足的。

1970年春天，"胜利团"仍然在校的成员和全校硕果仅存的两千多名同学一道，被迫离开北大，奔赴社会底层，开始了将近十年之久的新的轮回和磨难。十年后，当改革开放的春风吹开人们心头的阴霾，国家重新燃起希望的时候，这一批散布在全国各地的老五届北大学生，纷纷破土而出，凭借着在底层生活中几经磨砺的意志和在社会实践中锻造的智慧，抓住机会，大显身手，在改革开放的第一个三十年里书写了新的人生篇章，留下了值得骄傲的浓墨重彩。

如今我们年华已经老去，根生、木水、元璋等人已作古多年。每当重逢时说起往事，对我们在白洋淀的经历，"胜利团"的实践，大家都念念不忘。这种在特殊年代里的特殊的人生阅历，具有特殊的时代光彩和人生价值。它开阔了我们的眼界，激发了我们的才华，锤炼了我们的意志，丰富和净化了我们的灵魂，为我们"而立之年"以后的"凤凰涅槃"储备了宝贵的自信、知识、勇气和远见卓识。

（在本文的写作过程中，王松龄、王启丽、黄蕾、柏永生等老友提供了宝贵的信息和意见，特此说明并致谢意。）

2017年5月27日—6月2日初稿

2021年多次修改

# 一本书的遭遇

## ——记动荡岁月中的一个真实故事

1968年秋天，我从学校的文艺宣传队回到了中文系，接受工人阶级的领导和"再教育"。但是文艺宣传队的朋友们之间，还保持着联系，我常到东语系去看望我的老朋友刘从梦、柏永生、高树茂、陈应复等人。

那时候，学校已经大体恢复了正常的作息制度。每到星期六，在北京有家的同学都会回家过周末。这意味着大家当初的盲目、盲从、盲动的激情已经开始冷却，狂飙已经开始退潮，人性已经开始回归家庭和亲情的原点。从北大到我家所在的南城珠市口，要先乘坐32路到西直门，然后换乘105路无轨电车。32路的票价是两毛，105路的票价是一毛五分，从学校到家的往返票价是七毛整。如果一个月回家四次，那就是两块八，这对一个穷学生来说，是个不小的负担。

有一天，东语系的高树茂告诉我，他买了一张学生专用的32路公交车的月票，两块钱，也可以免费乘坐市内的汽车和无轨电车线路，要比每次乘车买票划算得多。不但省钱省事，而且可以多次使用。于是，我委托他代我买了一张月票。如果我自己跑到动物园汽车站去买，还得多花两毛钱不是？

没想到，这张月票给我惹来了大麻烦。

高树茂把月票交给我的时候，我发现我的照片下少盖了一个汽车公司的公章。树茂却说没关系，他大大咧咧地笑着说，出了问题，他可以给我证明！无奈，我只得作罢。

事实证明，我的担心不是多余的。

九月的第一个周末我回家了。有了月票果然方便多了，下车时掏出月票在售票员面前晃一晃，就万事大吉。星期天晚上回校前，恰巧大嫂从厂子里回来了，手里拿着一本书，看上去还挺新。那年月除了"毛选"，难得见到其他书籍，我随口问了一句："嫂子你拿的是什么书，还挺新的嘛。"嫂子挺神秘地说："《平妖传》！工厂图书馆借的。管图书的是我的姐妹儿，偷偷拿给我的，说好看着哪。"我一听来了精神。《平妖传》是文学史上第一部章回体长篇神魔小说，虽说我是中文系的，久闻这本书的大名，但是说来惭愧，却始终与此书缘吝一面。于是我从大嫂手里拿过来，认真地翻看起来。大嫂见状，说："你要是想看，就先紧着你看吧。你看完了我再看。就是千万要当心，别借给其他人了。万一张扬出去，就麻烦了。"

我拿上这本《平妖传》上了105路无轨电车。天晚了，又是星期天，车上人不多，到了西直门终点站，除了司机和售票员，车上就剩下我一个人了。那位售票员是个年轻人，二十多岁吧，大高个儿，长得还挺精神。他看了我一眼，接过我的月票。车上的光线挺暗，他凑到灯光底下认真地查看。

"你这月票有问题呀，这儿少盖了一个公章。"他指着我的照片问，"你在哪儿买的月票？"我一听心里咯噔一下，真是哪壶不开提哪壶。于是我一五一十地把委托高树茂代我买月票的事说了一遍，希望能得到他的谅解。

"你是哪儿的呀？"他的口气里有明显的不信任和挑衅意味。

"我是北大的。"

"北大的？"他的语气像是猎人发现了猎物，有点儿兴奋，"哪个系的？"

"中文系的。"

"造反派吧？"

我没回答，保持着沉默，心说："你管得着吗？"

他上下打量着我，也许是看出了我的不屑，嘴里冒出一句："老九！你是臭老九哇！"

我依然沉默着，知道如果我开口，一定会反唇相讥，事情就闹大了。我只能忍气吞声，但求息事宁人。

这时候那位司机过来了，是位中年人。他发现了我的书包，抛过来一句："你书包里是什么？""我的书。""书？什么书？"我没回答。我的书包里只有一本书，就是那本我跟大嫂借的还没来得及认真看的《平妖传》！

"翻翻他的书包！"司机下令了，年轻的售票员二话不说，抢过我的书包。

"《平妖传》！"他惊呼了一声，声音很亢奋，还有几分幸灾乐祸！

那位司机大声喝道："这都什么年月了，你还敢看这种书！走，到总站说去！"

到了汽车总站，司机啪的一声把那本《平妖传》往桌子上一摔说："看看吧！'文化大革命'搞到现在，还有人敢看这种书！"汽车总站办公室里的其他人都拥上来看稀罕，装腔作势地翻着书页，又上下打量我。有人提议说："给北大打个电话，查问一下看有没有这个人！北大的？我还说我是清华的呢！"

那位司机拿起电话，拨通了，他把事情的经过陈述了一遍，又问道："你们系里真有这个人吗？有。这个人平时表现怎么样啊？哦，那我们就让他先回去了。你们系里看着办吧。"

第二天上午，我先去了东语系，找到了高树茂，要求他马上到中文系来，跟工人师傅说清楚月票的事情。树茂听说事情挺严重，也认了真，请了假，跟着我来到系里。我们来到中文系工军宣队办公室，找到了正在值班的工军宣队的副连长苗师傅，把事情经过说了一遍。苗师傅倒是个通情达理的人，他说昨天晚上就是他接的电话，又说："事情太突然，我也吓了一跳。人家一个劲地问我你表现怎么样，我能说什么呀？我只能说这个同学平时表现不错呀，有什么事让他回系里再说吧。

到底是怎么回事呀?"我先让高树茂把汽车月票的事解释清楚。苗师傅表示:"这我相信你还不至于弄虚作假。那本书是怎么回事?"我又把书的事情叙说了一遍。苗师傅接过书,翻看了一下,苦笑着说:"你也真够胆儿大的! 这都什么年月了,你还敢看这种书? 看就看吧,中文系的嘛,研究的就是这个,可谁让你带到公共汽车上去了? 这不是往枪口上撞吗? 幸亏我们了解你,把事情按下来了。这要是闹到学校里,不就麻烦了吗!"他想了想又补充说道,"这么着吧。你先回班上去。我把书交给你们班的杨排长,到时候你跟老杨要去吧。"

杨排长是中文系工军宣队派驻我们班的代表,在部队他是个排长,我们也叫他杨排长。因为他个子高,大家背后叫他"大杨"。杨排长是河北人,人很憨厚老实,平时话不多,一说话就脸红,和我们相处得很融洽。我找到杨排长,他说事情他知道了,书还在连部呢。过几天再说吧。又过了几天,我找到他,他说书在他手里,但是连部没明确说怎么处理。你再等等吧。

一晃一个月过去了,每次我回家,嫂子都提起书的事,说厂子的图书馆催她赶紧还书呢。过了几天,我硬着头皮推开了大杨房间的门。他不在,他的书桌抽屉半开着,一本打开的书放在抽屉里。我仔细一看,正是那本《平妖传》! 显然,大杨正在看这本书,看到一半,临时有事出去了。人走得匆忙,忘记了关上抽屉。我不敢多耽搁,抽身出了房间。又过了些日子,工军宣队人员调整,大杨回部队了,那本《平妖传》也石沉大海,下落不明。

此后过了很多年,我早就离开了北大,当年的梦魇在年青一代的心目中已经变得如同痴人说梦般虚无缥缈、似真似幻,遥不可及了。已届耄耋之年的老嫂子只要提起往事,总要为这本书唠叨上一番,对我仍然埋怨不已。我也自知理亏,总是装聋作哑,顾左右而言他。我能说什么呢? 在那个年月里,远比这荒谬绝伦的事情发生得还少吗? 比起那些视知识为仇雠、以愚昧为荣耀、将人的尊严和一切美好的事物蹂躏践踏在脚下的荒诞不经的人和事来,一本《平妖传》的遭遇算得了什么呢? 可如果换一个角度思考,就会发现这件事虽小,但是它背后的含义却值得我们深思和永记。无论什么时候，无论在什么地方，人的尊严和知识都是神圣不可侵犯和不可亵渎的。

当然，这件事也让我看到了某些积极的、闪光的因素。譬如同样作为工人阶级的一分子，苗师傅比起105路无轨电车上的那一对司机和售票员来，就更有人性，更善解人意，做事更实事求是，处事也更得当。即便是杨排长的行为，我也更愿意把它理解为出于对知识的好奇和求知的渴望。这些，如同暗夜里的星火，让人感到了一丝温暖，看到了微茫的希望。

2017年6月—7月于西雅图国风堂

2021年8月—11月多次修改

# 无尽的怀念和挽歌

## ——记我的同窗好友宋高平、程仁双

　　人的一生里，总有一些难忘的经历，特殊的时刻；也总是离不开集体的温暖，友谊的滋润。有人说"人生如梦"，这种说法不无道理。若能永远保持一颗善良的、纯真的如十八岁时的初心，那么古稀回眸，会发现往事并非如烟，而是像梦一样瑰丽多姿，五味杂陈。青年时代的友谊，恰像严冬之后的春草、风雨过后的彩虹、无心出岫的白云、除夕纷飞的瑞雪，赋予人生一种特殊的魅力，随着年华的老去而越发光彩夺目，余味无穷。

　　1964年，五十六年前的金秋时节，三十三个风华正茂的年轻学子，从大江南北、五湖四海来到北大燕园，组成了中文系文学专业64级4班这个崭新的集体，一起走过了在共和国的历史上风雨飘摇又多彩多姿的六年岁月。如今回忆起来，友谊、奋斗、迷茫、困惑、凤凰涅槃、有所作为、无愧无悔，是其中的主旋律和多彩的浪花。

　　2007年新春，我回到大陆探亲访旧，在老班长剑福的张罗下，有幸见到了宋祥瑞老师、仁双、庆宇、学文、高平、俊华。当时，除了北京的几位，仁双夫妇恰在北京看望儿孙，高平从大西北来京出差，俊华则特意从沈阳赶来。这是1998年百年校庆后我第一次见到这么多班里的老同学，也是多年来第二次见到宋老师，彼此觉得格外亲切，聚会的气氛热烈而欢畅。分手时，已届古稀之年的宋老师语重心长地叮嘱说："大家都是年过花甲的人了，今后只要有机会，要争取多聚一聚。"他的用意很明确，大家一时语塞。宋老师又说："天有不测风云。还是实事求是一些，只要能聚还是多聚一聚吧。"事后我反复思量宋老师的话，总觉得他有些多虑了。万万没想到的是，那一次分手后不到十年时间里，我们就先后失去了高平和仁双这两位重量级的朋友。对中文系二年级四班这个集体来说，友谊的大厦轰然折断了两根梁柱，它在我内心引起的震撼和伤痛，非言语所能说清的。

几年前，高平去世时，剑福要我写一写高平，他说："高平是你我的好朋友，大家情同手足。如今他走了，你写一写他吧。"我答应了。几年来，高平的身影时时在我的眼前浮现。我发现，四十四年前，1970年的早春，我们是在那样一种特殊的时刻和特殊的情况下，完全身不由己，仓皇离开北大，被抛到社会的底层。因此直到1978年改革开放、打开国门之前，大家都是在社会的最底层各自为战，苦苦挣扎，上下求索，彼此间的联系几乎已经断绝，彼此的情况也完全不了解。除了1966年那个特殊的夏天之前我们在未名湖畔留下的温馨记忆之外，我还能写些什么呢？而只写那些是远远不够的，因此我迟迟没有动笔。

如今，仁双又离我们而去。同样走得那么突然，事先没有明显征兆，给朋友们带来的震撼和伤痛格外强烈，格外令人无法接受。这次剑福倒是没有要求我写什么。不过，从他发布在网上的文字中，我分明感受到他内心的痛苦和受到的伤害是多么深重！他写道："这次仁双的去世，在感情上给我带来的伤痛是巨大的。上次高平突然失联，结果等来的是噩耗。这次仁双又突然失联，想尽办法也联系不上，我心里渐渐有了不祥的预感。我们一定要千方百计地找到他。我们是兄弟，我们不找，没有人会去找！"虽然结果不幸如剑福所料，正是在失去联系的那些日子里，仁双在病榻上与疾病和死神进行了一场绝望的搏斗，终于撒手西归。剑福在这整个事件中体现出来的手足之情让我深为感动，我不想继续等待。我要写下我对高平和仁双的一些最原始、最本真的记忆，以纪念我们长达五十年的友谊，告慰他们的在天之灵，同时这也是我对剑福和我们的班级应该做出的交代。

先来说一说高平吧。

写到这里，耳畔蓦然响起了我们从少年时代起就十分熟悉的歌声："让我们荡起双桨，小船儿推开波浪，水面倒映着美丽的白塔，四周环绕着绿树红墙。小船儿轻轻飘荡在水中，迎面吹来凉爽的风。"1964年秋天开学不久，在一次闲谈里，我们谈起各自最喜欢的歌曲，高平情不自禁地唱起了这首歌。起初他还有些羞涩，后来情绪越来越激昂，歌声也越来越响亮。歌声停歇了，他叫着我的名字说："你们生活在北京的同学真幸福，离天安门、离北海这么近！那时，我们在西安看了《祖国的花朵》这部电影，真羡慕生活在北京的人们！"这就是高平给我留下的第一个印象：热情，真诚，爽朗。喜爱歌唱。

高尔基说过："只有热爱生活的人，才热爱歌唱。"这句话用在高平身上恰如其分。他的确是一个热爱生活，也热爱歌唱的人。现在回想起来，他的歌声也许还不够动听，但是他唱歌时的专注和投入给人印象十分深刻。他的情绪总是那么饱满，那么高昂，那么陶醉，能感染周围的人。正是对歌唱的共同爱好和歌声，使我们彼此开始敞开了心扉，拉近了我们的距离。

在班里，高平有个雅号"肚皮"！这固然是指他的身材特点，更是对他品性的概括和褒扬。他来自古城西安，却没有西北汉子魁梧的身材和叱咤风云的气概。他的身材不高，微胖，皮肤白皙，眉眼和顺，带着一副深度的近视镜。他不大爱运动，平时总是微微挺着肚子，手里端着一个大搪瓷茶缸，上身是件黑色的学生装，下身是一条蓝布裤子，布鞋布袜，衣着朴素而整洁，在各个宿舍之间走来穿去，谈笑着，头上冒着汗，一缸接一缸地喝开水。那时我们还喝不起茶叶，喝开水似乎是他的最爱，冬夏皆然。

同学们开玩笑说："你的肚子都是喝开水喝出来的！"他微笑着，并不反驳。但是时间久了，大家发现，"肚皮"这个雅号用来概括他的为人和作风更为恰当。他的度量的确很大，很有些"大肚能容，容天下难容之事"的气概。文二四班的班风比较正，没有什么邪门歪道。但是年轻人在一起，矛盾是免不了的。高平是个敢于主持正义、旗帜鲜明的人。无论是学术上的争论，还是一般的分歧，他都不屑于隐瞒自己的观点。但是他也从来不会因为观点不同而党同伐异，失去应有的风度。态度鲜明而理性，能容纳不同的意见，这是他一贯的作风。

也许是爱喝开水的缘故，他待人友善而热情。"大串联"时，我们一行从武汉乘船溯江而上直抵重庆，在船上邂逅了两位上海郊区川沙县的初中女生，细眉细眼的胖女孩叫张明翠，模样俊秀的叫龚凤娣。这两个女孩子知道我们是北大的学生，对我们十分崇拜，整天在我们跟前叽叽喳喳地说笑不停。在这种场合，金龙照例是低着头，一言不发，我则是可有可无地应付她们。唯有高平总是不厌其烦地倾听她们的谈话，热烈地表达自己的观点，时不时地还要亮上两嗓子，唱歌给她们听。到了重庆，临分手时，两个小姑娘总结说："宋高平待人很热情，宋金龙待人很冷淡，张秀利待人不冷不热。"孩子的话往往是一针见血的。她们对高平的印象最好，评价最高，也最恰如其分。

从重庆我们来到西安，直奔高平的家。这是我第一次到西安，发现西安和北京很像，街道宽敞，建筑古色古香，城市气势恢宏。铺天盖地的大字报和震耳欲聋的高音喇叭，似乎也无法遮掩它的风采和气韵。正南正北的大街，仿佛又回到了我熟悉的北京。高平的家在卧龙巷二十号，一个对中国人具有特殊意义的街名，很好记。一座坐北朝南的大院子，进大门左拐，两间宽敞的南房就是高平的家。

我至今还记得高平父母的模样和神态。高妈妈个子不高，眉眼很慈善，皮肤白皙，年轻时一定很出众。老人很健谈，对我们也很体贴，让我想起了自己的母亲。高平的父亲在一家洗染店当经理，下班后一进门看到我们，马上问吃饭了没有，随手掏出十块钱递给高平，嘱咐他马上去买切面、肉末和黄酱，说晚上请大家吃炸酱面。

就这样，我们在高平家睡地铺，吃炸酱面，逛大雁塔，看大字报，过得很惬意。卧龙巷名副其实，出了两个北大学生。一个是高平，另一个就是高平的二哥、北大生物系的高才生。我可以想象当年宋家兄弟先后金榜题名时的轰动效应和热烈场面。在高平家停留的短短几天，让我领略了这个家庭的温馨、和睦和安详。有这样朴素而又通达的父母，出自这样一个洋溢着和谐和知识气氛的劳动者的家庭，高平继承了父母的平易、热情、爽朗、正直、聪慧的天性，接受了古都西安千古文脉的熏陶和浸染，又经过北大中文系两年的正规学习和训练，为他若干年后在平凡而又艰辛的工作岗位上大放异彩，早已做了铺垫和积累。

回到北京以后不久，系里通知大家归还在"大串联"的路上应缴而未缴纳的饭钱。我兜里恰巧有十块钱，接到通知后直奔办公室去还欠款。那个时候"天下大乱"，青年学生像潮水一样冲向城乡的各个角落。各地也尽其所能地接待"从毛主席身边来的革命小将"，食宿免费，只要登个记就都妥了。记得我们在桂林，住在一个招待所里，该吃饭了，我们去买饭票。接待的人说："上级指示我们一律不收钱，登个记就行了。没有收钱这一说，我们不知道怎么收这个钱。"现在"大串联"接近尾声了，该缴的钱总是要缴的。我走进办公室，见到高平已经在那里了。负责收钱的高年级同学说："你们动作真够快的！你俩是第一批来还欠款的！"我说："欠账还钱，天经地义。"走出办公室，高平拍了拍我的肩膀，伸出大拇指说："张秀利，行！还记得我们在桂林吃的是什么饭吗？"我说："当然记得。红米饭，熬白菜，腐乳。"他说："不错，桂林的腐乳真好吃！"口气一如既往地轻松达观，乐天知命。

以后分了派，文二四班依旧波澜不惊。现在回想起来，主要是因为班里的几个骨干分子人品好，作风正派。不像有些班级那样，两派剑拔弩张，水火不相容。其中，剑福、高平、仁双、俊华等人发挥了中流砥柱的作用。

工军宣队进校以后，师生们个个循规蹈矩。原先壁垒分明的两派又坐到了一起，大家整天学毛选、写大字报、办壁报，学习"最新最高指示"，排着长龙步行到天安门参加各种名目的游行，在战备的名义下坐着大卡车移师到平谷县山东庄，后来又一个回马枪杀到北京市针织总厂，时时接受工农兵的再教育，处处革旧教育体系和路线的命，"斗私批修"，日子过得紧张而热烈。在这个过程里，同学中间也在悄然发生着分化。有些人刻意地接近工军宣队，有些人我行我素，有些人则因失望而颓唐。高平还是一副老样子，微微挺着肚子，端着大搪瓷缸，吸溜吸溜地喝开水，在各宿舍之间走动，唱歌或聊天，神态肃然地参加各种会议，条理清晰地发言，不卑不亢，不前不后，不显山不露水，和光同尘。如果把当时班里的同学大致分类的话，高平应该属于那种出自真诚的信仰而非利益的考虑，对工军宣队领导和组织很尊重，真心追求进步的一类人。同时他有自己的原则，遇事能够独立思考，而不一味地唯唯诺诺。

毕业的时刻到了。几千名北大的青年才俊在极短的时间里，被驱赶到社会的最底层，远离政治、经济、文化的中心，没有任何选择的余地，也不必征求个人的意见。一列列南来北往的火车，喧嚣着把我们送往那些在地图上几乎都难觅踪迹的偏僻蛮荒之地。

多年以后，1980年我在西郊首都体育馆前面的广场，巧遇当年中文系工宣队的郭师傅。他比我们大几岁，是当年工宣队里最年轻的骨干，人很能干，也比较开通。他知道我在读研，又问了班里其他同学的情况，感慨地说："你们这些人，是谁也挡不住的！"

上世纪七八十年代，这些青年才俊经过底层生活的淬炼，他们自身的知识优势和报效祖国不可动摇的初衷以及对改变自身命运的渴望，一经和实际生活发生触及灵魂的大碰撞，就会衍生出无限的可能。在改革开放的大潮里，燃烧起凤凰涅槃一样绚丽的光芒，依托着底层的坚实基础，触底反弹，寻路突围，凌空高举，卓然成才，纷纷成为活跃在各行各业、各个岗位上的佼佼者，共同谱写了只能属于我们这一代人的最震撼人心、最华丽的独特乐章。在这起于基层、发于卒伍的如云如霞的青年才俊队伍里，就有他们的名字：宋高平和程仁双。

纵观北大中文系的全部历史，有两种人可谓精华。一是历届毕业生中那些有深厚学养和学术造诣，终生坚守在文化、学术、教育领域，坚持高尚的学术追求，排除各种政治干扰为事业呕心沥血，从而做出了贡献的前辈诸公和后进学人；另一种精华人物，则尽出于1961—1965年入学的所谓"老五届"学子中间。他们经历了动荡的淬炼，有着底层生活的经验，经受了各种精神的磨难，和底层的群众一起尝过饥饿的滋味和锥心的绝望。他们在困境中不坠青云之志，时刻关注着国家和民族的命运，经过多年的磨炼和蛰伏，终于乘着改革开放的春风一飞冲天，成为民族复兴大业各条战线、各个领域的佼佼者和领军人。尽管现在他们已经年华老去，有些人已经逝去，但是他们曾经的光辉至今仍在闪烁。他们在打开国门、改革图存的第一个三十年里在不同岗位上取得的辉煌，如果集中展示在人们面前，将会是光耀古今、浓墨重彩、非同凡响的图画、乐章和丰碑。

离开北大再见高平已经是十四年后的1984年了。这期间，他在大西北的一个兵工厂，从工厂子弟学校的一个普通教师，成为工厂的党委副书记。对于他在此期间的辛劳和付出，我知之不多，但不难想见。

1984年夏天，高平从西北来北京出差，住在西郊的一个招待所里。我那时已经研究生毕业，从事艺术研究工作。得到剑福的通知后，我到西郊去看望他。他住的房间很简陋，居然是一个上下铺的双层床，与我们多年前在北大宿舍里的床铺一模一样。他住下铺，他的司机住上铺。我问他为什么不住一间条件好一些的房子，他淡淡地一笑，说："工厂是国家供养的，国家和厂子都不容易，能省就省一点吧。咱们在大学不就是睡这样的上下铺吗？挺好的。"旁边的司机说："我跟宋书记说了好几次，要给他换一间条件好一些的房间。他就是不同意。"

那时，我们的生活还都不富裕，吃不起饭馆。我表示想请他和在京的几位同学到我家里聚会。他像二十年前一样在我的肩膀上用力拍了一下，大声说了一句："张秀利，好样的！"语气还是那么诚恳、由衷。商量的结果，最后我们在王府井的友谊餐厅聚餐，出席的有剑福、高平、郭瑞、陈山、庆宇和我。AA制，每人一份心意。高平是远方来的客人，我们几个人原来准备请他的客。他不同意，坚持每人一份。席间觥筹交错，把酒言欢，大家都不胜感慨。那一年正好是我们进北大的第二十年，也是我们分手的第十四年。在座的六个人，除了高平，剑福在中文系担任副主任，我们四个人都读了研究生，分别在文化和教育的第一线从事研究和教学工作。十四年来，历经沧桑，我心依旧。高平的地位变了，人一点也没变，依然是热情、爽朗、真诚、认真。

转眼又过了十四年。1998年百年校庆时再见高平，他担任工厂的一把手了。我问他家里的老人是否健在，他说都过世了。问卧龙巷的老屋还在吗，他说早就拆了。我们都很感慨。我说我还记得两位老人的音容笑貌，记得在你家睡地铺，吃炸酱面的情景。他说这辈子也不会忘记。言谈话语之间，我们都不胜唏嘘。这次聚会还有一个插曲。一次聚餐之后，结下账来，大家争着往主持聚会的剑福手里塞钱。这时高平站起来和剑福耳语了几句，于是剑福宣布，今天的餐费，高平请大家的客。主要是高平考虑到有些老同学来自偏远地区，收入有限，他愿意为大家尽一己之力，请大家笑纳他的这份心意。其实我知道，高平的收入也不比大多数同学高到哪儿去。他是在用自己平日节省下来的钱为大家买单。这就是高平。

几年前突然接到剑福的电话录音，要求我和他联系，说有重要的事情禀告。我预感到有大事发生了，否则剑福不会采取这样的行动。电话打过去了，是高平辞世的噩耗。剑福语气沉痛地说道，最近一年来，高平突然消失了。往常他俩是联系最多的，时常有电话往来。高平每次到北京出差，一定会事先通知剑福，约好时间地点见面。奇怪的是，最近一年高平音信全无。打电话过去，也没有人接听。剑福有一种不祥的预感，却也无可奈何。

终于有一天，高平的妻子月霞来电话了，竟然是高平的噩耗。月霞说，最近一年高平一直在北京治病，他得的是结肠癌。他嘱咐家里人，不要向北京的老同学透露他生病的消息。他要一个人接受命运的挑战。月霞还说，自从工厂执行"军转民"之后，处境越来越困难。现在连工人的基本工资都没法保证。高平作为厂里的一把手，肩上的担子和心理的负担都十分沉重。他的病与此有很大的关系。这次看病，前前后后花了十几万元。高平考虑到厂里的财政困难，坚持不向厂里报销，都是自己拿的。

如果说听到高平的噩耗，我十分震惊；那么，月霞后来透露的细节则让我感觉有几分惨烈和悲壮了。我想起了《隋唐演义》里盘肠大战的

88

好汉罗通，想起了西征路上全军覆没、宁死不屈的红军战士，想起了朝鲜战场上的黄继光、邱少云烈士。几十年来，高平坚守在大西北的大山沟里，为国家的军工事业无私奉献了毕生的精力，最后与工厂同生共死，临死前连理应报销的医药费都不肯报销，心里想到的只有他人和事业，唯独没有自己，这种精神和历史上那些真正的大英雄是完全一致的。我和剑福都认为，他之所以保持沉默，也许是考虑到大家都是这把年纪了，不愿意额外增加大家的负担。但是这毕竟是生死关头啊！可见，在他文气十足的外表下，有一颗多么强大的心脏！这才是真正的秦人作风和精神！秦人的坚韧与霸气，秦人的视死如归与沉着淡定，秦人的履险如夷与气吞寰宇！我是伺候过癌症病人的，知道在这生命的最后时刻，一个绝症患者的内心是多么敏感脆弱，多么需要亲情和友谊的支撑和扶持，然而高平却自觉地放弃了。不是摒弃友谊，而是为朋友们想得更多，更周到，更长远。

这就是高平，一个从西安走出来的秦人！真正意义上的秦人！


再说仁双。

仁双是个典型的关东汉子，身材高大，仪表堂堂。关于他在大学期间的种种逸事珍闻，我在这里不想花费太多的笔墨一一赘述了。回首往事，我认为他的人生高潮和精彩之处，主要体现在他离开北大以后，作为一个基层的管理者，在为家乡的父老和建设鞠躬尽瘁的"仕途"生涯里，坚持操守，为官清正；同时饮水思源，为呵护同学情谊竭尽了全力。

1970年的早春三月，在料峭的倒春寒里，几千名北大学子犹如在狂风暴雨里失魂落魄、伤痕累累、被扼住喉咙无法呼叫、只能任人摆布的群雁，或形单影只，或三五相携，怀着对数载燕园生活爱恨交织的矛盾心情，对国家命运的无限忧虑，被赶出燕园各奔前程。当时，校园里的气氛极度压抑，没有歌声，不闻笑语，在一片诡异的寂静中，时时可以看到那些相识或不相识的同学，携带着简单的行囊，匆匆离去的身影。背后，是送行的同学们伤心的眼神和尽力压抑的啜泣。渐渐地，校园里来去的多是那些穿着绿军装的军宣队员，和一身蓝色衣裤的工宣队员的身影，学生越来越少。历史正上演着被颠倒的极其荒唐的一幕。

在三十楼的南门，一群人正在依依话别。中文系一年级的同学黄虹坚分开送行的人群朝我奔来，远远地扬起双手，叫着我的名字。"小广东"黄虹坚是个性格开朗、十分聪慧、艺术天分很高的广东女孩。几年来，我们在艺术团相处得十分融洽。她的肩上背着一个装得满满的书包，握着我的手说："秀利，咱们这些年相处得不错！你要多多保重！后会有期！"说完，转过身，头也不回地走了。我知道，她对这次所谓的"毕业分配"肯定也是有想法的。仓皇辞校，人同此心，如今的燕园，无理可讲。

我在艺术团的好友、东语系印地语专业的永生是班里最后一个离开的。他送走了班里所有的同学，回到宿舍，开始整理行囊。整个四十楼几乎已经没有人了，空旷的楼房显得越发寂静和肃杀。他心情寂寞，六神无主，拿东忘西，张冠李戴，心里似乎有说不完的话，但却无处倾诉，无人可去倾诉。一股又酸又热的气团在他的胸腔里滚来滚去，泪水渐渐涌上来。于是他轻轻地唱起歌来："哎哟呵，哎哟呵，拉完一把又一把。我们沿着伏尔加河，对着太阳唱起歌，哎嗒嗒哎哒，哎嗒嗒哎哒，对着太阳唱起歌……"他的歌声越来越大，越来越响亮，心情也渐渐开朗起来。

我们已经一无所有，还有什么可怕的？永生收拾完行装，放到自行车上，一骗腿上了车，朝西南门骑去。那是一条捷径，他想尽快离开这里，不想再多耽误哪怕是一分一秒。作为国家培养的外交人才，他被分配到了陕西米脂。第一站先去榆林，一个被沙漠包围的古老的市镇。大清朝当年对西北的民族分裂主义势力连年用兵，榆林是大军的粮草囤积和中转重地。从那里再转道去米脂，一个专门出美女的地方。听说从北京到米脂路上要辗转两天两夜，等待他的是大漠和狼嚎。

我和黄虹坚、永生还算是有缘的，临别时总算见了一面。我和仁双却缘吝一面，不知道他是什么时候怎样离开北大的。我只是听说，他和俊华等人被分配到辽宁盘锦农场，那里是一片低洼的盐碱地，几乎寸草不生，条件十分艰苦。他们经过一段时间的劳动锻炼后，被分配到当地的农场中学当了老师，以后则音信全无。在与命运的苦斗中，我们被迫各自为战，自顾不暇。一直到八十年代初，才听说他在齐齐哈尔市政府工作。至于他是如何从盘锦辗转到齐齐哈尔的，在那里担任什么职务，生活如何，结婚了没有，有孩子了吗？则一无所知。

有一天，二哥说他要到齐齐哈尔出差。当时他在北京的一家玉器厂负责，去齐齐哈尔采购厂里急需的一种玉料。二哥说："你不是有个同学在齐齐哈尔工作吗？我想去找找他。一来是代你问候他，二来是这种玉料很抢手，市场上供不应求，没有关系根本买不到。也许他能帮上忙。否则，厂子就要倒闭了。"我说："我就知道他在齐齐哈尔市政府工作，具体在哪个部门，做什么，都一无所知。不过我们是老同学，过去相处得很好，他也是个热心肠的人。你只要能找到他，又不违反原则，他肯定会帮忙的。"我把仁双的名字给了二哥，他匆匆出发了。

过了半个多月，二哥从齐齐哈尔回来了。一进门他就冲我伸出大拇指，感慨地说："你这个同学真够意思！我到了齐齐哈尔找到市政府。传达室的人听说他的名字，马上说'您找程处长？他出差了，明天回来。您留下电话，我告诉他，他会给您打电话。'果然，第二天，我接到了仁双的电话。仁双在电话里详细问了你现在的情况，言下十分感慨。至于我要买的玉料，他说'您就放心吧。我办妥了之后通知您。您直接去厂里付款，由厂里派车送到火车站，托运到北京。'结果一路顺风，功德圆满！"说到这里，二哥加重语气说，"你的同学个个都这么出色，个个都这么念旧。够意思！"二哥递给我仁双托他带给我的名片，我才知道，他是在齐齐哈尔市政府综合处处长任上。这张名片至今在我北京的家里保存完好，成为仁双留给我的珍贵的纪念。

一转眼到了1998年，北大的百年校庆，二十八年前在巨大的政治压力下被迫仓皇离校的同学们回来了。经过七十年代底层生活的洗礼，八十年代和九十年代的腾飞和辉煌，这些年过半百的北大人回到了燕园。人生七十古来稀。二十八年，已经多于人生的三分之一。二十八年来，在与命运的搏斗和抗争中，有些同学令人痛惜地过早地殒身了，大多数同学则带着岁月赋予的成熟、沉稳、坚毅、乐观，重返未名湖畔，回到了五院（我们离校时，中文系还设在二院，后来搬到五院），踏上了这块令我们爱恨交织、感情复杂的土地。说不尽的喜怒哀乐，道不完的过往今朝，几乎每个人呈现在大家面前的都是用汗水、智慧、辛劳和不懈追求积淀的成功和佳绩。粗粗算来，仅文二四班的三十三人，除去早逝的吴捷之外，硕士九人，各类政企文化事业的高中级管理人员十人，高校和文化单位从事教学和研究的九人，普通教育和其他工作的七人，赴海外发展坚持在海外弘扬中华文明的两人，应该说这是一份相当亮丽的成绩单。至于有形和无形的著作和成就，则无暇统计，不过有理由相信也是丰硕可喜的。在这份成绩单的背后，是信念的力量，智慧的闪光，艰苦的付出和不懈的努力。

各路人马汇聚在一起，食宿是首先要解决的问题。大家住得过于分散，集体行动多有不便。这时仁双正在齐齐哈尔市政府副市长的任上，经过他的努力和协调，齐齐哈尔市政府为北大人的友谊所感动，伸出援手，在齐齐哈尔市政府驻京办事处为我们提供了驻地，解决了食宿行。于是我们一行人马有了根据地，二十八年来的第一次聚首得以圆满成功。这成功的背后是仁双的劳动和付出。

仁双在齐齐哈尔市政府副市长的岗位上分管全市的工业和贸易，工作得十分努力，广受好评。组织上准备提升他为市政府第一副市长，进市委常委班子。组织部已经找他谈了话，就等着正式下达通知了。这是组织和群众对他的肯定和褒奖，意味着他肩上的责任更大了。他用严谨的作风、辛勤的付出和出色的成绩，为自己开辟出一条事业的坦途，准备纵马驰骋，再上层楼。恰在此时，齐齐哈尔市的政坛上发生了一场"地震"，原来的市委书记由于自律不严，在工作中收受了别人的好处费，数额不大但性质严重。于是市委和市政府全面整肃，风暴过后，仁双调到哈尔滨，任黑龙江省劳动保护和人事厅常务副厅长。

仁双在这场政坛"地震"中顺利过关，是他长期以来自律甚严的福报。他的妻子事后在电话里对我说，经过组织的严格审查，仁双两袖清风，一尘不染，得到组织和群众的高度肯定，对此我并不感到意外。还是在这场风暴之前，我和仁双谈起目前官场上的不正之风，他的一番话让我刻骨铭心，十分钦佩。他说："我就是搞不明白，这些贪腐之徒是怎么想的？群众信任你，组织把权力交到你手上，扶你上马，对你寄予厚望。这份信任和责任，不是人生最大的财富吗？除此之外，你还需要什么？你还贪什么！你一个人能吃多少、穿多少、住多少平方米？很多贪腐之徒把贪腐受贿得来的钱财，东挪西藏，花也不敢花，用也不敢用，惶惶然不可终日，整天如热锅上的蚂蚁。一旦东窗事发，锒铛入狱，贪腐来的钱财一分都没动，外加上名誉扫地，上污祖宗的清白，下累及子孙的前途，何苦呢？这不是愚蠢是什么？"

2005年初夏，我和二姐、二哥去哈尔滨为儿子相亲，恰巧仁双在北京住院治疗，我们无缘在哈尔滨见面。但是，他临到北京之前，已经把一切都安排妥帖，我们的哈尔滨之行出乎意料地圆满。至今，事情已经过去了多年，二姐和二哥提起哈尔滨之行，仍赞不绝口，念念不忘。

去年春天，剑福、仁双、庆宇和我在北京又见面了。谈起过去的岁月，特别是回忆起那些不幸早逝的老同学，我们都不胜感慨。谈话里，我无意中又了解到仁双的一件富有"程氏特色"的善举。文二二班的董家骧同学前几年在沈阳病逝，一介清儒，身后萧条，他的遗孀和子女陷入困境。中文系的老同学闻讯以后，发起义捐，希望对家骧的家属有所帮助。消息传到仁双那里，他表示："大家都是穷书生，且已经退休，即使倾囊相助，力量毕竟有限，于事无大补。还是让我来想想办法，从根本上解决问题吧。"

于是，仁双找到辽宁省劳动保护和人事厅的有关领导，说明情况，反复疏通，结果辽宁方面按照知识分子的政策精神，在抚恤金上给董家骧的家属很大的帮助，使问题圆满解决。类似的事情，仁双做了不少。只是他从不声张，大家也无从知晓。只有在老同学久别重逢、酒酣耳热之际，他会透露一点尘封多年的消息，而且总要补充一句："此事非我一人之功，按照政策理应如此。我们这些一条战壕里出来的'臭老九'如果再不互相关心的话，就更没有人替咱们说话了。归根结底，人的眼睛还是亮的，人心是肉长的。无论是老百姓，还是各级干部，对知识分子是尊重的，对知识分子的处境是了解的。"

我事后跟郭瑞谈起此事，我们都觉得他真是人如其名，没有愧对"仁双"二字。几十年如一日，为人处世，不但仁至而义尽，而且做到了双倍的仁义，为他人，为老同学，想得格外周到，甚至超出了当事者的想象。这应该就是"老吾老以及人之老，幼吾幼以及人之幼"、推己及人、雪中送炭的精神境界吧。

今年春天，我又回到北京。我在电话里对剑福说，希望能和仁双聚一聚。过了几天他回话说，找不到仁双。打电话过去，家里人说不在北京。后来再打过去，就没有人接了。于是我和剑福匆匆一晤，即于四月底返回西雅图。七月十二号的早上，我醒来浏览我的邮箱，突然发现剑福三个小时前发来的电子邮件，报告说"仁双因患癌症，医治无效，于七月九号去世，十一号安葬在北京金山陵园"。这个突如其来的噩耗，不啻是晴天霹雳，震得我灵魂出窍，脑子里一片空白！我屏住呼吸，心脏狂跳，又逐字逐句地看了一遍，仍然不情愿相信自己的眼睛！剑福写道："从此我们又少了一个说知心话的朋友和兄弟！五十年的友谊和交情啊！"真是字字锥心，痛彻骨髓！我的眼泪不知不觉地已经沾湿了脸颊。

我在随后给剑福的电子邮件中写道：

剑福，早上浏览邮箱，无意中看到关于仁双的消息，一下子惊呆了。怎么会呢？我这些天还想给他打电话联系一下，结果他就这样悄悄地走了！五十年来无数次来往的情景历历在目，彼此相处如亲人兄弟手足，就这样走了，再也看不到他的身影，听不到他的声音，让人既不相信，也不心甘！几十年来，我细品文二四班的老同学，仁双是有心胸，有能力，顾念兄弟情谊，为人坦荡爽朗，律己严，待人宽，各方面都出类拔萃的极品人物。他为牧一方，两袖清风，一身正气，政绩显著，深谙为清官之道，而又身体力行几十年不懈；与老同学交往，则慷慨、温煦如春风，总是推己及人，先人之需，费心最

94

多，奉献最大，事后最不张扬，润物无声，惠友无形。自从百年校庆老同学重新集结以后，你和他是文二四班实际上的主心骨和大脑。现在他走了，我们不仅少了一个说知心话的兄弟，而且少了一位领袖群伦的主心骨！十年里，我们失去了高平和仁双这样两位重量级的老朋友！岁月无情，令人无语！多多保重吧，兄弟！杰泣书。

2014年7月14日晨于西雅图

随后，远在巴黎的成星星也来信表达了同样的心情。

"神龟虽寿，终有尽时。"人生百岁，总有一死。我们并不忌讳谈论死亡。令人深感痛惜的是，高平和仁双都远未尽其天年，他们的家人、朋友都需要他们，他们也有未了的心思，未竟的事业，未曾享受的晚年，未曾唱完的歌曲，未曾做完的善举等着他们去完成，去享用，去歌唱，去挥洒。然而，最令人震惊和感佩的还是他们在死亡面前所表现出来的镇定、勇气和无私。为了不增加朋友们的困扰，给大家带来不便，这两位从西北走来的秦人和从东北黑土地上崛起的关东汉子，选择了独自面对死亡，抗争到底，最后凛然而归于大化。在生死关头，人的精神意志、道德品质尽显无遗。死亡，让我们领略了他们最后的、最震撼人心的、最辉煌的风采！

"死者长已矣，托体同山阿。亲戚或余悲，他人亦已歌。"高平和仁双的名字，文二四班的历史，将长留在我们的记忆里，直到我们生命的终了！

## 五古三百六十字忆高平、仁双二友兼咏史抒怀

北大中文系六四级四班，是全班三十三位同学共同的精神家园。五十年前的青春年华，是我们永远的精神财富。正气高扬，曾经是我们宝贵的班风。其中，来自西安的宋高平和来自黑龙江的程仁双二位同学，堪称正气的代表，班级的砥柱。几年前，高平不幸病逝于西北某兵工厂党委书记任上。今年七月

九日，曾任齐齐哈尔市副市长、黑龙江省劳动保护人事厅常务副厅长的仁双被癌症夺去生命。老年丧友，痛彻心扉。谨以此诗回顾我们共同度过的岁月，纪念我们的兄弟之情，慰藉他们的在天之灵。

白云出函谷，少壮赴古都。

黑土发新翠，青色入碧湖。

湖清可濯足，园静宜读书。

雏鹰奋羽翼，粪土封万户。

关西多异男，朗月破云出。

北国有奇松，虬枝出陇亩。

同学三十三，风云会京都。

俱怀济世思，云帆待海曙。

花样好年华，风雷惊大陆。

荒唐三千六，罪恶五二五。

未名失颜色，博雅倾玉柱。

五四倡民主，武斗沦派奴。

可怜云中雕，魂惊神无主。

夜黑风雨狂，膀折身心缚。

仓皇辞燕园，惨淡别父母。

哀鸣声凄凄，流徙水复复。

鹏翼九千里，雀居三尺庐。

辘辘有饥肠，茫茫无前途。

父老亲而朴，小子苦作福。

与国同忧患，协众共甘苦。

劲草笑疾风，良驹积圭步。

物极势必反，凤凰定涅槃。

一鸣惊群小，再飞上九天。

灿灿化群星，灼灼闪光焰。

96

巍巍天地新，煌煌青春焕。

虎跃五洲土，龙腾三十年。

神州展锦绣，往事非云烟。

丰碑改革好，霄阁姓名鲜。

明月照西疆，深山造刀枪。

南山休放马，盛世当自强。

青松守北土，气正神愈庄。

忠贞化雨露，大爱充四乡。

官誉称卓异，民心颂端方。

遽尔化蝶去，天意不可量。

众人犹悲痛，亲朋永彷徨。

共追中华梦，天人共举觞！

2014年8月12日—22日初稿于西雅图

2021年夏秋数度修改

# 插　曲

　　人生难免曲折和起伏。身临其境时，山穷水尽，一筹莫展，但只要咬紧牙关挺住，等到时过境迁，回首往事，才发现那其实是宝贵的人生历练，是生命过程中不可多得的精彩。

　　四十多年前，1969年秋至1970年春天，全国高等院校的几万名大学生被迫离开校园，来到远离各级政治经济文化中心的穷乡僻壤，开始了底层生活的煎熬，命运发生了剧烈的转折，处境十分艰难。但是，我们中的绝大多数人，却乐天知命，迎难而上，绝不轻言放弃。我们在社会的最底层磨炼了一身好筋骨，然后乘着改革开放的大潮凌波逐浪，大显身手，完成了艰难而绚丽的人生涅槃。如今，夕阳无限好，在黄昏暮色中回首那一段经历，倒是可以从一些细微之处，从一个个不期而至的大大小小的插曲里，窥见当时的世道人心，品味出普通人的道德力量。

## 一

　　先来说一说我的老同学又山的一段经历吧。

　　又山是上海人，读的是北大中文系，真正的爱好和追求是绘画。1964年高考时，他第一志愿报考的是中央美院，专业成绩十分突出，却因为家里有海外关系，被美院拒之门外。幸好北大中文系慧眼识才，他得以来到燕园，成为我的同窗好友。在学校时，又山的绘画才能是公认的，尤其是他的人物素描和版画，在同学中间颇有口碑。毕业时，他被"分配"到了贵州的毕节地区。用又山的话说，那里山清水秀，民风淳朴，交通闭塞，生活艰难，是个清修的好地方，也是个典型的穷乡僻壤。他先是在村子里参加劳动，与贫下中农实行"三同"。其生活之艰辛，精神之苦闷，也无须细表。一年以后，他的画引起了上上下下的注意，因此被抽调到了县文化馆从事宣传工作。

大概是1974年，当时的国务院文化组准备搞一个以"歌颂'文革'伟人胜利"为主题的全国画展。消息传到了县里，又山根据自己在村子里参加劳动生产的体会创作了一幅油画，表现了贫下中农在傍晚的暮色中插秧的情景，歌颂他们"抓革命促生产"的热情和干劲。这个题材很典型也很保险，但问题出在了它的形式和绘画语言上。又山后来跟我说过，贵州山区白天比较短，太阳下山早，村民们经常披星戴月地在田里劳作。为了表现贫下中农在暮色中劳动的真实情景和劳动热情，他在画的背景上颇下了一番功夫，采用了西方绘画中的一些手法，大胆地使用了蓝、紫和黑等冷色调，来表现深山日落、暮色苍茫的特定情境；同时用红、黄等暖色来描写画中的人物，尤其是人物的面部表情。这样，冷暖两种色调形成了强烈的对比，烘托出人物的精神面貌。这是他对这幅作品的基本构思。作品完成后，经过县和地区的审查，作为贵州省的推荐作品，被送到北京参加初展。

当时，负责全国美术工作的是国务院文化组副组长、党组成员王某。此人早年在上海学过绘画，不是外行。"文革"中风云际会，因其背景特殊，一路青云直上，官居京津两地的要职，在文教领域是个位高权重的角色。

且说这次全国画展，自然也是由王某策划和掌控的，又山的作品不可避免地要与她狭路相逢。

又山说，事情发生之前，他对自己的作品很有信心，也期望甚高。作品的主题没有问题。作品在绘画语言上大胆探索，有所借鉴和突破。

99

即便是放到全国画展上，也有足够的实力与各路精英一较高下。然而结果却出人意料，完全令他措手不及。初展时，这幅画就引起了王某的注意。在以红色为主色调的众多参赛作品里，它的冷色调和处理手法如鹤立鸡群，引人注目。这位领导认为，这幅画模仿了西方绘画作品的表现手法，用了大量的冷色调和客观主义的态度，把经过革命洗礼的神州大地描绘得如此肃杀、沉重、冷漠，日薄西山，黄昏惨淡，完全不符合事实。它的影响很坏，反映的问题很严重。要把它的作者马上宣调到北京来，进行政治审查，并结合作品展开批判。一时间闻者无不大吃一惊，深感一场政治风波近在眼前；贵州来的人更是面面相觑，哑然失色。

这时，贵州代表团的一位领队站出来了。他是毕节县的军代表，姓陈，四十多岁，在部队是一位团级干部。老陈走到前面，给王某行了一个军礼，又转过身向周围的人致敬，然后他开口说这幅画的作者就是他担任领导职务的毕节县的。

"毕节出了这样的'黑画'，是我们工作中的疏忽，是严重的政治错误。我更要负主要责任。既然问题出在毕节，请领导给我们一个改过自新的机会。请允许我们首先在毕节开展大批判，深挖作者的阶级根源和思想根源，在毕节肃清流毒，批倒批透。然后再回到北京，接受广大工农兵的批判和领导的进一步指示。"

他停顿了一下，看着王某，态度十分诚恳，谦恭。王某微微颔首，示意他继续讲下去。

"好。感谢首长的理解和支持。"老陈继续不紧不慢地侃侃而谈，"既然如此，我建议马上把这幅画撤下来，以免流毒更广。我负责把它带回毕节，作为活教材，结合作者的阶级和思想根源，进行深入的批判！"

就这样，老陈第二天就离京返回毕节。

回到毕节，老陈找到了又山，把事情的来龙去脉简单扼要地介绍了一番，然后把那张几乎给又山带来灭顶之灾的"黑画"交到他手里，语重心长地叮嘱说："把它收好，以后你要格外小心了。"

又山一贯心地单纯，几乎吓傻了，半晌才回过神来："你怎么办？

你我素昧平生，他们会找你的麻烦的!"

老陈掏出一支烟，默默地抽了几口，弹了弹烟灰，轻描淡写地说了一句:"没事。你别忘了，毕节可是天高皇帝远呀!"

1978年，又山考取了中央美术学院的研究生，回到北京深造。毕业以后，他到了美国闯荡天下，继续追梦。在旧金山，他以书画安身立命，他的人品和艺术深孚众望，赢得了华人界的尊重。他恪守传统，同时大胆地借鉴西方绘画的营养，探索中国画的新笔墨和新意境。他的生活简单、清苦、自由、充实，精神非常愉快。

2010年，又山病逝于旧金山，享年六十五岁。

# 二

1969年秋天，我的高中同学阿娴从河北大学数学系被"分配"到了清河县。她有海外关系，奶奶在香港定居。沉重的家庭出身问题如影随形，从小学到大学毕业，压得她喘不过气来。用她的话说，从十二岁摘下了红领巾，就结束了政治生涯，没入过团，党就更不用说了。因为出身问题，她大学几乎毕不了业。她是在被隔离的状态下拿到毕业证书的。班里那些出身好的同学幸灾乐祸地说:"北京你是别想回去了，能分到清河已经够便宜你的了。"

到了清河报到以后，她就直接被送到了县里最贫困落后的村子里劳动锻炼。这里是盐碱地，住得很差，唯一的主食就是红薯。生活的艰苦可以忍受，政治上的歧视和羞辱令人忍无可忍。一次，有人在女厕所里发现了印有毛主席像的一角报纸，报告了村革委会，这立马就成为一起极其严重的政治事件。经过一番准备，革委会主任找阿娴谈话，说她有重大的嫌疑，把印有毛主席像的报纸当手纸用，性质十分严重。原因只有一条，她是村子里唯一有海外关系的人!阿娴一贯好脾气，平常很少高声大嗓地说话。这次她一反常态，怒吼起来，把她用的卫生纸摔在了那人面前，厉声说道:"我从来就没有那个习惯!我的草纸都是用钱买来的!"真是红颜一怒为清白,那位主任哑口无言,此事不了了之。

两年以后,劳动锻炼结束了,她和丈夫一起回到县城,等待重新分配工作。阿娴的丈夫老马是南开大学政治经济学系毕业的,出身也不是"红五类"。一中是县里的重点学校,看中了这一对人才,点名要他们去一中工作。结果,位置被出身好有后门的人抢去了,他们被分配到了最偏僻落后的两个学校,一个在东,一个在西,相距将近百十里。幸好这时县文化馆需要人,阿娴歌唱得不错,老马笔头子得,于是他们被借调到了文化馆帮忙,一干就是两年。事后阿娴说,这两年是他们在河北过得最轻松、最浪漫的两年。平常下乡辅导村里的文艺宣传队,教教唱歌,编编舞蹈,无外乎就是那些年风行的"忠字舞"和"语录歌",要不就是"三个老婆儿学毛选""草原上的红卫兵想念毛主席",既简单又轻松。老马负责编写文化馆的油印小报,也驾轻就熟,游刃有余。周末,俩人就到河对面的山东聊城赶集,看集市上的人生百态,采购日常生活必需的柴米油盐,呼吸一点自由新鲜的空气,吐一吐心中的郁闷和压抑。可是好景不长,上边来了新的精神,要抓"三种人",阿娴又陷入了政治运动的旋涡。

我问阿娴,"三种人"是什么意思?指哪"三种人"?大洋彼岸的阿娴说:"谁知道呀?当初我就糊里糊涂,闹不懂是怎么回事。现在都过去四十多年了,早就忘得一干二净了。无外乎就是指那些在那十年里闹腾得欢的活跃分子,或者是出身不好的人呗。我唯一忘不了的就是,运动刚一开始,县里管宣传工作的领导,他们是文化馆的顶头上司,找到我,直截了当地告诉我,我是被怀疑的对象。我问为什么怀疑我是'三种人'?有什么根据?对方说没什么根据,就因为你是我们这里唯一有海外关系的人!我们不找你找谁去?我气得浑身发抖,也吓得够呛,和老马一商量,是非之地不能久留,赶快走!正好我们一个朋友的父亲是县教育局的头头,于是我们调到了邢台地区农业学校。学校在隆尧县,离清河好几百里,我们想这下好了,离那个是非之地越远越好,没想到,麻烦还是找上门来了!"

在农业学校里,阿娴和一位当地出身的女老师比较说得来。有一次俩人闲聊，说起基层干部的作风不正。阿娴说听说清河县搞农田水利基础设施建设时，农工吃不饱，还挨干部的打。老百姓真是没地方说理去。此话说过不久，学校里调来一位新书记，是从清河县调来的。更巧的是，此人在清河担任县委书记时，恰恰分管农业工作，是农田水利基础设施建设的总负责人。阿娴的那位朋友为了讨好新来的书记，添油加醋地把阿娴的话传过去了。新书记闻言大怒，找到阿娴对质。任凭阿娴百般解释，就是不听，从此和阿娴结下了"梁子"。这还了得！阿娴和老马一商量，三十六计走为上策，唯一的办法就是继续逃亡！可是往哪儿逃呢？这种事岂能是自己说了算的？俩人一筹莫展，走投无路，进退两难。

好在天无绝人之路，恰在此时，阿娴的奶奶决定从香港搬回东莞定居。奶奶是个老华侨，需要子女照顾。于是阿娴以此为理由申请调到东莞工作。她本就是广东人，父母因工作需要四处漂泊。她自幼随父母离开广东，这次总算可以落叶归根了。调动申请交到校方，如石沉大海。阿娴自然明白，是那位书记在从中作梗。

于是老马找到了在邢台地区统战部工作的一位老同学，请他帮忙。老同学以地区统战部的名义给学校发函，请他们按照国家统战政策的精神放人。那位书记一看到统战部的公函就火了，怒道："你们敢到上边去找关系，用统战部的名义压我。放人？没门儿！"

事情一拖就是半年。阿娴夫妇整天如坐针毡。最后俩人一商量，着急也没用，命运在人家手里攥着，只能听天由命了。就在这时，阿娴的奶奶去世了。奶奶去世的消息万一张扬出去，事情就彻底没指望了。他们只能保持沉默。不久，东莞方面的调令也到了学校。书记放出话来："调令来了也没用。我不放人看你们能走得了？"书记不同意，不发话，谁敢放人？任何调令都形同一张白纸！真是呼天不应，叫地不灵。

第二天，学校办公室的主任在路上拦住了老马。这位主任是学校里的实权派，平常不苟言笑，什么事都是公事公办，一丝不苟。阿娴夫妇和他很少来往，顶多也就是在路上遇到了点点头，打个招呼而已。名副其实的"点头之交"。这位主任压低了声音说："东莞的调令就在我的办公桌上放着，书记还没来得及看。你马上去把调令拿到手里，今天夜里，最迟不超过明天悄悄溜走。书记问起来，我就说不知道，是你们自己拿走的。你县城里有没有朋友？有。好。马上去找你的朋友，让他帮忙找一辆汽车，连夜就走！"

老马马上骑车赶到县城，找到一位在县医院工作的大夫。这位大夫是北京医学院毕业的，有一阵子，阿娴经常发低烧，常往县医院跑，这位大夫是她的主治医生。"同是天涯沦落人"，一来二去就熟悉了。老马把事情一五一十地叙述了一遍，他二话没说，拿起电话打了几个电话，告诉老马："没问题。明天一早汽车准到学校接你们。你们先准备好吧。"

第二天天刚蒙蒙亮，人们还在睡觉，汽车来了。阿娴夫妇二人七手八脚地把简单的行李往车上一扔，汽车悄悄地发动了，司机轻踩油门，驶出校门，扬长而去。

"你们后来和这几位朋友，特别是那位学校办公室的主任还有联系吗？"我问阿娴。

"没有。为了不连累他们，我们走后再也没跟他们联系。现在想想，真是很抱歉。"

"那位主任姓什么？"

"我忘记了。事情过去了这么多年，又没有联系，原来和他也不熟悉，我真的想不起来他姓什么了。"

"不管他姓什么，他真是一个好人。平常不苟言笑，凡事都是公事公办，和你们也不沾亲带故，交道打得都很少，却在关键时刻出手相助。这个人真有点侠义精神，燕赵遗风。"

"是，我们这一辈子都很感谢他。没有他出手相助，我们不会有今天。"

"所谓'侠之隐者'指的就是这种人。内心里是一副侠肝义胆，表面上却不显山露水。路见不平拔刀相助，关键时刻方显出侠义本色，却又做得天衣无缝，滴水不漏。这种人，如龙在渊，如剑在匣，不鸣则已，一鸣惊人。令人钦佩！"

"你说得太好了！从1964年踏进河北大学的校门，我就厄运不断，唯一的原因就是我家有海外关系。我对河北的印象不是很好，这件事发生以后，我才明白，天涯何处无芳草？这个世界上，包括河北还是好人多！"

## 三

1970年早春三月，我被"发配"到了辽宁省新宾县，与此同时，我的好友生子到了陕西米脂。他本来是为国家培养的专业外交人才，但是在动荡和混乱中，却无从掌握自己的命运，只能随波逐流，任人摆布。

将近五十年前，交通远不像现在这样方便。从北京到米脂，要先坐火车到郑州，然后换乘陇海线到西安。从西安改乘长途汽车经铜川，再换乘长途汽车到米脂。这一路走下来，需要两天两夜。途中的颠簸和折腾，现在真是不敢想象。

从此，他往返在北京和米脂之间，对毕业分配的愤懑和失望，也随着时间的流逝而渐渐地变得淡薄了。毕竟前途还长，还有很多事需要我们打起精神去应付，还有许多挑战在等着我们去迎击。也有许多我们预想不到的人生的插曲会发生。北大，毕竟只是我们生活这本大书里的一页。它已经成为过去。希望在前面。我们不必留恋，不屑于怨恨，更无须回头。

有一年，春节过后不久，生子为了赶回学校备课，提前离开家，来到山陕交界的一个小镇的长途汽车站，准备从这里换车去米脂。现在，他是陕西米脂中学的语文老师。他负责教学的那两个班的近百个学生已经成为他生活的重心之一，让他很牵挂。

他赶到车站时已近深夜，开往米脂的长途汽车要等到第二天早上。他在候车室里休息。邻座是一对母女，从口音听得出来，他们正是来自生子要去的陕北一带。母女俩都穿着簇新的衣裤。包头巾和鞋也是新的。老太太长得很富态，特别健谈，她说这是带着闺女到东海前线去。闺女的未婚夫在海军服役，干得不错，一年半载的还复不了员。部队领导考虑男女双方都不小了，决定在部队上给他们办喜事。结了婚，踏实了，女婿能更安心地在部队工作，她们娘儿俩也有了依靠。她指着随身携带的大大小小的包袱说："陕北也没啥稀罕的东西，这是给大家伙带去的小米、花生、红枣、柿饼子。我现在就等着闺女结了婚，明年我就能抱上外孙子了！"老太太一口气做完了自我介绍，又转过脸来打量着生子的装束，留意着生子说话的口音，问道："年轻人，你这是从哪儿来，去哪儿呀？"生子以实相告，说自己是米脂中学的语文老师，回北京过完春节，正在赶回学校去准备新学期的工作。老太太说："你一个北京人，又是北京大学毕业的，咋就到了我们陕北教书了呢？北京那么好的地方，那么多的学校，你怎么就不留在北京教书？不就是教书吗，咋跑这么远来了呢？"闺女说："大学生毕业了得服从国家的分配，不兴自己找工作。"老太太说："那你为啥不过完年再回学校呢？你父母就你这么一个儿，他们就舍得让你一个人在陕北过十五？无论如何，你也得陪父母过完十五再回学校不是？再说，你一个人在陕北那大山沟里，怎么过十五呀？不凄惶，不想家吗？"说着，老人流下了眼泪。

夜已经深了，生子歪在椅子上睡着了。老太太和闺女也打起了盹。候车室响起了此起彼伏的鼾声。

天蒙蒙亮了。五更的寒气穿透了棉衣、皮袄，钻进关节和骨缝，生子一个激灵冻醒了。身旁的母女俩已经坐早班车走了，候车室里也空荡了许多。等着转车的人们陆续醒了，开始活动。生子坐起来，想活动活动手脚。一低头，他发现自己刚才睡觉的地方，就在他的脑袋旁边，放着一捧红枣。陕西干旱，出的枣子特别甜，样子也好看。身材匀称，肚子鼓鼓的，像一个个能吃能喝、长得特别轴实的半大小子。鲜红的色泽给深冬的早晨带来了一丝温暖和家的感觉。

北京人也喜欢吃枣儿，它和柿子、水萝卜、冻梨、山里红、黑枣、甘蔗、落花生以及糖瓜儿、关东糖、糖葫芦、柿饼子、自来红、自来白等五花八门的各种吃食，是北京春节特有的食品，烘托着北京人过春节火红热烈的气氛。看到红枣，自然想起家，闻到了家里过节的气息，耳边响起了胡同里的鞭炮声和父母的叮嘱和絮叨。他捏起一个枣子放到嘴里，慢慢咀嚼着，一股清甜沁入心脾，是陕北红枣特有的滋味。他想起了学校里的同事和学生，似乎看见了被大雪覆盖的校园和教室。学校里的老师和班里的同学对他都很友好和敬重。他本来就是个平易近人、朴素热情的人，再加上语言能力超群，到陕北不久就能用一口地道的乡音和大家摆龙门、拉家常，越发拉近了他和大家的距离，赢得了人们的好感。

这次离开家时，父母小心翼翼地问他一个人在学校怎么过十五。他说逢年过节，校长和老师都会请他到家里去做客。他是回民，陕北的回民虽然不多，但是有牛羊肉，饮食上很方便。再说大家都很热情真诚，和在家里一样。陕北的锅盔和轧饸饹，特别有咬头，又筋道又好吃。他这样说，一方面是为了宽慰父母，同时说的也是心里话。他已经深深地爱上了这个地方和这里的人。他在心里和父母悄悄地聊着家常，又想起了那位素昧平生的陕北老妈妈。一捧红枣是老人的一片心意，是来自底层人民的关爱和真情。他把那十几个红枣小心翼翼地放进上衣口袋，舍不得再吃。

汽车来了。他上了车，安顿好了，坐下来，闭上眼睛，默默地养神。前面的路还长，还有很多劳顿和颠簸。但是他不怕。他摸着口袋里的红枣，有一种回家的感觉在心里油然而生。

又过了几年，生子和妻子一起回到了北京。他是独生子，又是回民，国家有政策给予特殊照顾。过去的已经过去了，百废待兴，一切开始步入正轨。尽管路还很长，还有很多关隘和险阻，但是历史毕竟揭开了新的一页。长途汽车站候车室里陕北老妈妈留下的那一捧红枣，代表着人心向背，预示着未来的希望。

# 四

人生难免曲折，生活的道路上有许多关口，生活中也因此而有了许多插曲。对于勇者而言，插曲意味着隐忍和坚持，意味着转折和生动，意味着峰回路转，柳暗花明；而每一个插曲，每一次转折，往往都会有一个主角在其中起着扭转乾坤的作用。他们或者勇于担当，或者富有侠义精神，或者展示了母爱的博大平凡。他们都是一些普通人，却显示了不平凡的精神和人品，显示了崇高人格和道德的力量。他们和旧时代演义小说里那些有权有势、地位显赫、乐善好施、济贫扶弱的所谓"贵人"不同，他们是生活在社会底层的普通人，手不握重权，腰未缠万贯。他们有的是一双善于观察和区分善恶是非的眼睛，一颗善良的心，一副敢于担当的肩膀，和一腔无私的爱。如果说中国大有希望，那是因为我们有这样的人民。

2016年12月23日于西雅图
2021年3月—7月重读并修改

# 东北跤王

　　1970年3月，我和我的两千多个同学——最后一代传统意义上的北大人，像一捧微末的芥菜籽儿，被一股持续了四年的狂飙吹出北大的围墙，撒向了各地的穷乡僻壤，在政治和生活主流的舞台上销声匿迹。现在回想起来，我还算是幸运的，懵懵懂懂地来到了辽宁省新宾县，这个满族聚居的地方，大清朝的发祥地。这里山清水秀，物产丰富，民风淳朴，只是受困于当时的形势，经济停滞，民生凋敝。我先是在这个贫困县最贫困的地区之一大四平公社的农业中学教了两年书，随后奉调来到了县城的第一中学任教。我要说的故事就发生在我在新宾县第一中学教书的时候。

　　满族人的祖陵在永陵镇，离新宾镇大约三十华里。新宾镇历史上称作兴兵堡，是满族人兴兵夺取天下的首发之地。永陵则埋葬着努尔哈赤的五代先祖，实乃龙脉之所出，满族和大清真正的发祥之地。当时，永陵中学里有一位体育老师张钟，是当年的"东北跤王"。

　　有一次，我和几个喜欢体育的同学闲谈。这些山里的孩子对大城市，特别是对北京的一切都感兴趣。他们对我这个来自北京、毕业于北大的老师很崇拜，问题特别多，谈得最多的是乒乓球和篮球，因为这是他们当时接触最多的两项体育活动。从第二十六届世乒赛里徐寅生对日本选手星野展弥的十二大板，到"小老虎"庄则栋近台直板两面快攻，李富荣"美男子加轰炸机"绰号的来历，张燮林的魔术师般的削球艺

109

术，以至于篮球名宿杨伯庸的"跳起砸眼儿"，钱澄海神出鬼没的传球，都是我们百谈不厌的话题。有一次扯起了摔跤，我介绍了天桥和宝三、马贵宝，一个姓李的男生突然说道："张老师，你认识张钟吗？""不认识。""他是永陵中学的体育老师，跤摔得可棒了，人称'东北跤王'！"于是，从这些同学的谈话里，我第一次听到了张钟的名字，也了解了他的大概身世。

张钟是沈阳人，毕业于沈阳体育学院，学的就是摔跤。1966年之前，因为家庭出身成分高，他离开大城市，被分配到了永陵中学教体育。永陵镇上那些喜欢体育的年轻人，和学校高年级的男同学，不少人慕名前来跟他学摔跤，以做他的徒弟为荣。张钟也不保守，倾囊相授，悉心指点，学校还成立了摔跤队，对增强学生的体质，促进学生的健康，丰富学校的业余体育活动，都发挥了显著的作用。不久，学校秩序乱了，灾难来了。张钟被他的徒弟们打得够呛，被扣上"流氓教唆犯""地主崽子""黑跤王"的大帽子，身心遭到极大的折磨，用东北话说就是"遭老罪了"！

应该公正地说，新宾县的教育系统受"极左"思潮的影响和很多地方比起来，都不算是严重的。我1970年到新宾以后，学校没有停过课，基本上能保证正常的教学活动。一个明显的例子就是，就在我听说了张钟的大名之后不久，我就在县里举办的全县体育运动大会上，见到了已经被"解放"并抽调到县运动会当裁判员的张钟。

张钟中等个，精瘦，黑皮肤，背微驼，提着一个黑色的塑料书包，一身洗得发白的蓝色衣裤，貌不惊人，没有任何出奇之处。我当时也在运动会上当裁判，彼此打过照面，但是没说话。

又过了不久，我在新宾镇的街上和他偶遇。他还是老样子，像个农村的代课老师，在街上默默地走，低眉顺眼，不大看人。我叫住他，做了自我介绍。他和善地笑着说："我知道您，北大毕业的张杰老师。"我对他很有好感，也有些好奇，约他办完事到我的宿舍坐一坐，聊一聊。他答应了。

下午，他如约而来。看来有一肚子的话长期憋在心里，十分郁闷，早就想一吐为快而找不到倾诉的对象。因此，我们的谈话开门见山，很快就进入正题。他是沈阳人，从小就喜欢体育运动，天赋过人。北京有天桥，沈阳有北市场，都是北方城市民俗文化的中心，都有摔跤、武术、杂技表演。他说自己从小就整天泡在北市场的跤场上，迷上了摔跤，一心要做一个跤手。逃学是家常便饭，因为一进课堂就头疼，只有在跤场上看摔跤，听跤手们神侃海聊，听内行的观众头头是道地议论和分析摔跤的战术、技术，跤手的人品、心理、技术特长，摔跤的历史、名人，心里才觉得舒服，呼吸才觉得顺畅，一天下来才觉得过得充实，有意义。

家里干涉，父母打骂，老师谈话，学校头疼，都没用。不知不觉中，他成了远近闻名的"小跤王"，经常以跤会友，胜多负少，跤术日进，名声渐隆，最后，练就了一身本事，成了名副其实、无人能及的少年跤王。他的跤虽然摔得好，可有一样，从不惹是生非，以技欺人，恰恰相反倒是个循规蹈矩、有礼貌、守规矩的孩子。老师、家长、街坊们都说，这是他命中注定要走这条道。只要他不惹是生非，就遂了他的愿吧。就这样他混到了高中毕业，顺理成章地进了体育学院，走上了专业的摔跤道路。

在体育学院里，他两耳不闻天下事，一心一意练摔跤。每天是训练馆、食堂、宿舍，三点一线，心无旁骛。除了琢磨摔跤，很少为其他的事分心。于是他在学生里很快就崭露头角，成为班里的业务尖子，学校的重点培养对象。这样一来，他如鱼得水，如虎添翼，技术进步很快，两年下来，学校里已经没有对手，无论是高年级的跤手，还是低年级的新生，通通不是他的对手。最后，他连陪练都找不到了，只能孤独求败了。

于是，他想到了北市场的跤场，想到了藏龙卧虎的民间市井，开始走出学校，到处寻师访友，以技会友，不求胜负，重在向高手学习，提高充实自己。他又开始在课堂里坐不住了，变得不安分了。训练课上经常不见他的身影。好在老师理解他的行动，学校也一心盼着他早日成才，早出成绩，为学校争光，因此为他网开一面。

说到这里，我看他口干舌燥，于是为他倒了一杯开水，拿出平常舍不得吃的北京奶糖，放到桌上。看到奶糖，他两眼放光，也不客气，剥了一块就放到嘴里，"嘎嘣嘎嘣"地嚼得很响。显然，他很久没吃到过这样的奶糖了。吃了两块奶糖，喝了几口水，不等我开口，他又说起来。

"有一年，我听说北京有一位民间高手，有一手绝活'勾子'。于是我跟老师请了假，奔了北京。到了北京，找了个小店住下，我就直奔中山公园。人家告诉我，这位老人家，每天早晚都在中山公园遛弯儿，练功，教徒弟。这是我第一次到北京，两眼一抹黑，人生地不熟，也不认识路，那就打听呗。到了公园，还真巧，三问两问，我就找到了老人练功的场子。老人大高个，瘦筋戛拉的，骨架不小，手脚都大。这种人脚底下有根，手上有劲，一看就是把好手。我给老人鞠了个躬，递上介绍信，说明了来意。老人上上下下地打量了我半天，开口说让我先等一会儿，他要先站桩。这是多少年的老规矩，雷打不动。我退到一旁，恭恭敬敬地站着，看老人家双目微合，气沉丹田，手抱阴阳，悬顶竖项，身如座钟，像一棵千年的老松树，转眼间已瞑然入静，神游天外了。

"俗话说：'山中方一日，世上已千年。'老人家这一站就是整整一个时辰，两个小时。眼看着天渐渐黑了，游人渐渐少了，公园里越来越安静。我也站得腰酸背痛。我心想，这位老人家的功夫可真够深的。一般人别说两个小时，能站二十分钟就不错了。又一想，莫非老人家是在故意考验我的耐心和诚意？要是这样的话，我还真不能马虎大意。想到这里，我马上抖擞精神，调整呼吸，全神贯注，毕恭毕敬地看着老爷子练功，丝毫不敢松懈。又过了大约半个时辰，天已经黑了，路灯亮了，估计静园的时间快到了，才听见老人长长地吐了一口气，缓缓地站起身子，走到我面前。灯光下，老人二目炯炯有神，黑色的瞳仁像两口深井，盯着我缓缓吐出三个字：'你还行。'他脸上流露出一丝不易觉察的笑意。

"第二天一大早，我遵照老爷子头天晚上的吩咐，提前赶到公园恭候。老人来了，开门见山，直奔主题，把'勾子'的基本形态、手眼身法步、发力用力的原理、历史演变的轨迹、临场应用的变化以及如何破解的诀窍，详细讲解了一番，又让我以他作为对手，反复操作演练，直到我基本掌握了动作要领才罢休。

"这时已日上三竿，天光大亮。老爷子说：'一招鲜，吃遍天。干哪一行都得有绝招、绝活。我这一辈子一事无成，就是和'跤'有缘，一时一刻都离不开它。为了摔跤，连家都没成过，耍了一辈子光棍。我年轻时走南闯北，以'跤'会友，就这一个'勾子'，保我一世英名，从无败绩，没栽过跟头。现在老了，时代也不同了，眼看着老祖宗传下来的玩意儿要失传，心里不好受。正好你来了。我看你是真喜欢摔跤，人也灵，心眼也正，基础也好，我也用不着藏着掖着了，和盘托出全给了你。绝活儿咱们还有，来日方长，慢慢来。只要你真想学，我都传授给你。以后，全靠你们年轻人去续香火，发扬光大。'

"记住，'勾子'要的就是一个'快、脆、狠'，只有多练才能掌握这个劲道。怎么练？你看到那野草了吧？出城，找草多人少的地方，练习用脚后跟钩住草梢，把草踢断。刚开始你肯定做不到，没有一年半载也休想。等你把这招练好了，明年这个时候咱们爷儿俩还在这儿见面。时候不早了，今天我请客，给你送行，咱们去煤市街恩元居吃炒疙瘩！"

张钟一口气说完，陷入沉思。

过了片刻，他又缓缓说道："我回到沈阳以后，勤学苦练，把老爷子的绝活学到了手里。靠着它，我拿到了北方五省摔跤大赛的冠军，'东北跤王'的名号就是这样得来的。"

"北方五省？"

"对，东三省外加内蒙古和河北。"

"东三省的情况我不了解，河北和内蒙古那可是传统摔跤的重镇，好手如云，名家辈出呀。"

"没错。河北、内蒙古、北京、山西、安徽的基础深厚，人才众多。北京跤'快脆帅美'；山西跤手重视下三路，以'抱腿'见长；安徽跤手精悍快速；河北跤手综合了这三地的长处，实力雄厚；内蒙古跤手以力取胜。我是以能者为师，不耻下问，取长补短。最后的冠军争夺战，

113

我的对手体力好，技术精，十分难缠。头两局我们平分秋色，打成平局。决胜局的最后关头，他久攻不下，失去耐心，被我抓住机会用'勾子'取胜。他倒地之前抓住我的胳膊不放，我也跟着摔倒了，右肩脱臼，受了伤。我用一条胳膊换了一个冠军，很狼狈。"

"不是狼狈，是很惨烈，胜利来之不易！"

"您说得对，是很惨烈。"

"你现在还摔吗？"

"早就不摔了。谁敢呢？倒是有年轻人私下里找我，想学摔跤，我都推辞了。不敢教他们呀！"

"那太可惜了！时间长了，功夫就搁荒了。"

"那倒不至于。从小学的功夫，刻在了骨子里，什么时候都忘不了。我的大儿子都上小学了。小儿子也四岁了。过几年我打算教他们。再说，国家不能老这样吧？传统的功夫总得传下去不是？"

说完，他站起身说要去赶班车，准备告辞。我把剩下的奶糖放到他的书包里，让他给孩子带回去。

张钟匆匆离去，这是我第二次也是最后一次见到他。一年以后，我调动了工作，回到了关里，从此再也没有听到他的消息。

从那次谈话到现在，已经四十年过去了。张钟要是还健在，应该有八十岁了。跤肯定是摔不动了，但是带徒弟没问题。我真希望他的绝技后继有人，为国家多培养几个"跤王"。

2014年秋初稿
2021年春夏重读修改

114

# 二　旦

——忆京剧前辈名家诸茹香先生

1970年早春三月，我离开北大，被分配到辽宁省新宾县。在县教育局报到后，又被分发到新宾县南部边陲与本溪县接壤的大四平公社中学，当了一名中学老师。新宾县是辽宁省的贫穷落后县之一，大四平公社则是县里的贫穷落后地区。这座中学的前身是大四平大队的农业中学，"公社""大队"这些名词在今天的年轻人听来会觉得很新奇陌生。其实，所谓大队就是大一点儿的村子，公社则是几个村的联合体。大四平公社中学的基础，就是大四平村办中学。这样一说，读者对我当时的处境就能领略一二了。我在一首忆旧的小诗里写到当时的生活和心情："蹉跎岁月忆山村，辘辘饥肠伴晓昏。虎落牢笼期叱咤，蛟栖浅水窥乾坤。忧天患地愁风雨，爱国思家叹楚魂。朗月临窗生感奋，群峰壁立陡雄浑。"

那时的我，为前途担忧，整天生活在忧郁和无名的恐慌里，纵有满腔的愤懑、疑虑，也无从宣泄。"前不见古人，后不见来者。念天地之悠悠，独怆然而涕下。"就是当时心情的真实写照。心情的郁闷加上生活的煎熬，身体很快就垮下来了。夏秋之际，我来到沈阳求医，借住在一位同窗好友家里。他的妻子当时在沈阳市样板戏学习班，即原来的沈阳京剧团工作，他们的家就在马路湾一带沈阳京剧团原来的宿舍楼里。

我在朋友家里大概住了十几天，勉强看了两次医生就再也不去了，

115

因为这种忧国忧民的"心病"医生是看不好的。从穷乡僻壤来到大城市，和老朋友倒倒心里的苦水，诉诉衷肠，吐吐怨气，心情为之一爽，病自然就好了大半。于是，我每天的大部分时间就是遛大街，逛公园，和周围的人天南地北地聊天闲扯。

一天晚饭后，我在暮色中顺着大街漫步。天还不太冷，街上的人不多，路灯还没亮。一位老人从对面走来，他的身材不高，面容清癯，穿着一身黑色的衣裤，帽子也是黑的，下巴上留着整齐的灰白胡须，浑身上下利利爽爽的，透着与众不同。街上很静，我分明听到老人在轻轻地哼唱着什么，显得心情很好。侧耳仔细一听，是京剧的韵律，但不是当时流行的样板戏的腔调，是我小时候在收音机里经常听到的传统京剧的旋律。我心里暗暗吃惊，这是何许人也？居然有心情更有胆量在这种时候唱这种老腔老调？我是个好奇的人，天生喜欢和陌生人搭腔，于是向老人问了一声好。老人站住了，答了一声好，顺口反问："您这也是出来溜达溜达？"一口熟悉亲切的京腔京韵如春风扑面，我心里不禁一喜，忙回答道："出来遛遛，听您的口音像是北京人？""没错儿，北京人。您也是北京人吧？""对，我也是北京人，北京生北京长。您贵姓？"我故意拿捏着北京人特有的腔调，以此来证明自己的身份。这种韵味不是土生土长的老北京人模仿不了。"免贵姓诸，诸葛亮的诸。您贵姓？怎么称呼？"我也报了自己的姓名，和老人站在街上聊起来。看来这位老人家和我一样，不认生，再加上寂寞，谈兴很浓。

天渐渐暗下来，我问老人："您刚才唱的那几口不像是样板戏吧？"老人冲我一伸大拇指，动作既潇洒又妩媚，带着明显的梨园风范："您的耳音真好。您听出来了。不是样板戏，是老段子。""看来您一定是个行家。"我的口气很诚恳，老人听得出来，这不是故意恭维他，于是坦然说道："不瞒您说，我唱了一辈子戏，到老了也改不了这个毛病，曲不离口。为这事儿，儿子没少说我，不让我唱，可我就是改不了！""您是唱戏的出身？""唱戏的。"老人的口气很肯定，毫不扭捏作态。

"您原来应的是哪一工啊？""二路旦，主要唱花旦的戏，其他的角色我也能应付。""您的台甫是……""诸茹香。""草头茹，香草的香?""没错儿,您哪。"我的脑子里嗡的一声像是放了个二踢脚、麻雷子,语气也更加恭敬:"久闻大名!我知道您!"老人家一愣,打量着我,意思很明显:"你这么年轻怎么知道我的名字?"我赶紧解释说:"您别忘了,我是北京人哪。从小就听戏,也常听大人们说戏。我虽然没赶上听您的戏,可我读过周贻白先生写的《戏剧史长编》和梅兰芳先生的《舞台生活四十年》,里边有您的大名和剧照。您当年常陪梅先生唱戏。"

老人家微微点着头,神情有些激动。看来我的话搔到了他的痒处,勾起了他的回忆。我受到老人的感染,又证实了自己的猜测,心情也越发激动起来。

"不错。当年我傍过梅老板,常陪梅先生唱二旦。《虹霓关》里,梅先生的丫鬟,我的东方氏;姜妙香先生的王伯当,我给梅先生'挎刀'。"

我仔细端详着老人的面容,果然眉清目秀,依稀可见当年的风采。

"我在书里看到过您和梅先生配戏的剧照,就是这出《虹霓关》,好像是在珠市口附近的开明剧场唱的,我的老家就在那一带。您当年的扮相很出众,书里对您的唱念表演也多有褒奖。"

"您过奖了。不过,傍梅先生的角儿都不软。跟着梅先生,进步得也快。长戏。"

"那您后来怎么不唱了?"

"嗓子不行了。'塌中'了,唱不了了。"

"那您又是怎么到的关外呀?"

"跟着儿子。儿子'文革'以前在沈阳京剧团当导演,我就这么着流落到关外啦,看来北京是回不去喽!"老人的话里透着浓浓的乡愁,可是他的语气并不悲观。这是个豁达、乐观的老人。

"沈阳也挺好!"像是要证实我的看法,老人又找补了一句。

"诸老,您住在哪儿呀?"

"我就住在马路湾京剧院宿舍里。"

"我也借住在那儿。"

"那好,你要是不着急回新宾,兴许咱们还能再见着。"

说完我和老人互道珍重，分手了。

很快我就返回新宾，从此再也没见到诸茹香先生。一晃四十二年过去了。我已年过花甲，在海外漂泊了二十多年，诸茹香老人想来也早就归天了。但是和老人萍水相逢、天涯畅叙这短短的一幕常常在脑海里闪现，令人回味无穷。有意思的是，我离开新宾以后，又经过几年辗转，在上世纪七十年代末回到北京读研究生，我选择的专业就是"中国戏曲史和戏曲理论"。毕业以后，继续从事了十年与戏曲有关的研究工作，之后来到海外追梦。我想，要是诸茹香先生的在天之灵知道了我后来的经历，一定会竖起大拇指颔首微笑说："这就是咱们北京人说的'缘分'！"那手势既妩媚，又俏皮，透露出梨园的信息，"二旦"的韵味。

2012年7月28日于西雅图

## 后记

多年以后，我偶然读到诸茹香先生的令嗣诸世芬的文章，得知诸老前辈已于1974年辞世，享年八十三岁。我从中进一步了解到他高洁的人品，深湛的艺术修养和艺术功力以及上世纪二三十年代他在京剧舞台上留下的辉煌足迹，重新唤起我对诸老前辈的崇敬之情。重读此文，得小词一首。不尽合律，但表此时心情。

**江城子·忆五十年前沈阳街头偶遇京剧前辈名家诸茹香先生**
　　诸茹香先生当年是梅兰芳先生的搭档，唱"二旦"。二位合作的《虹霓关》，名动一时，是京剧史上灿烂的篇章。诸老中年失音，在沈阳度过晚年。五十年前我们在沈阳街头偶遇，两代北京人相谈甚洽。至今思之，也是一段奇缘。

118

天涯沦落偶相逢，叹苍穹，笑生平。曾傍梅郎，携手唱霓虹。暗淡氍毹悲丽影，春已渺，下关东。

初秋云淡尚融融，羡飞鸿，赴京城。遥望南天，思绪伴愁生。庆幸同根无老少，京韵妙，意相通。

2021年8月2日重读整理

119

# 戏 痴

## ——吴素秋先生掠影

二十世纪八十年代我住在西便门小区。这是当时北京市最早开发的居民小区，条件不错，因此有一些被落实政策的各界知名人士都被安排到这里居住。小区的北边有一条东西流向的河，河上有一座桥，是唯一的南北通道。小区的居民要去长安街办事，必须走这座桥。

有一次我从南往北过桥，对面来了一位年过半百的女士，穿戴得整洁利爽，身材袅袅婷婷，脸上略施粉黛，眉清目秀，透着与众不同。俗话说"人逢喜事精神爽"，她似乎心里有什么高兴的事，浑身上下喜气洋洋的，面带微笑，边走边比画着各种好看的手势，嘴里喃喃自语。我无意中发现她走的是京剧的台步，比画的也是京剧舞台上的手势。只见她全神贯注，心无旁骛，全然不在意路人好奇的目光，径自沉浸在个人的天地里。我和她交臂而过，她抬起眼睛冲我妩媚地一笑，旋即又低下眉眼，继续她的"表演"。我望着她渐渐远去的背影，看到她从小区的西门拐进去了。她原来和我住在同一个小区。这是谁呢？

后来我又在桥上碰到过她几次。只要风和日丽，往往都能在桥上看到她的身影。她或是从北往南回小区，或是从南往北去长安街。每次她都自顾自地口念手划，自得其乐，浑身上下总是一派喜气洋洋。看到她，我的心里也有一种莫名的愉悦，似乎她的情绪有很强的感染力。这位先生到底是谁呢？为什么看上去有点儿眼熟呢？我思索着，终于想起

120

来了，她就是大名鼎鼎的京剧名宿吴素秋老师。

吴素秋和姜铁林这一对夫妻搭档从四十年代到五十年代中期，在京剧舞台上活跃了将近二十年，红遍了大江南北。姜铁林先生的武生和吴素秋先生的花旦，犹如并蒂而开的莲花，在京剧艺术的百花园地里，发出淡雅的清香，引人注目，惹人喜爱。1957年以后，姜先生离开了舞台，但是吴先生舍不下她心爱的京剧艺术，强忍着悲伤，用一个人的声音唱出了夫妻二人的心声。1966年以后，他们夫妻的命运可想而知。姜先生含冤去世，吴先生侥幸逃过一劫，却也形单影只，孤雁难鸣，在京剧舞台上芳踪杳然。如今，我意外地在京城西南一隅的一座小桥上看到了素秋先生，看到她总是喜气洋洋地在桥上来往，如洛神临世，惊鸿翩翩，浑身散发着青春的气息。于是我明白了，是八十年代初期拨乱反正、改革开放的春风唤醒了这位老艺术家封闭已久的心灵。虽然岁月无情，京剧的舞台她已经无法重返；但是在生活的大舞台上，天地正宽，任她尽情地歌舞，自由地抒发。这就是为什么在那段特殊的年月里，人们经常看见这位老艺术家不着粉墨却风神依旧。

后来，我远赴大洋彼岸闯荡天下，从此再也没有机会见到吴素秋先生。

2010年春天，我回到京城省亲。一天早上，在小区西门的"小胖包子铺"吃早点。一位三十岁左右的年轻人和我同桌，边吃着炒肝儿、包子，边抿着"二锅头"。这个吃法挺新鲜，我还没见过，于是和他攀谈起来。

"你这个吃法挺新鲜，我还没见过早上起来就着包子、炒肝儿喝二锅头的。"

小伙子憨厚地一笑："您来点儿？"我摆了摆手。小伙子问："您也住在这个小区？"我点了点头。"这小区出出进进的我差不多都认识。可是没见过您。"我问他多大了，他说三十二了。我说："对呀，我出国的时候，你才十二岁。"他说："噢，您是这个小区的老住户！"我突然想起吴素秋先生，顺口问道："小伙子，我跟你打听个人，京剧演员吴素秋先生也住在咱们小区，我出国以前经常在这一带看见她。你认识她吗？"小伙子的回答让我吃了一惊："那是我姥姥。"这真应了那句老话，踏破铁鞋无觅处，得来全不费工夫。

我压抑着心头的高兴，把我当年在小桥上见到吴先生的情景仔细描述了一番。小伙子说："没错，您说的就是我姥姥，她到哪儿都这样，整天离不开她的戏！""老人家现在怎么样？为什么我回来这么多次，从来没见过她？"小伙子抿了一口二锅头："唉，别提了，别说唱戏，她现在连楼都不下了！""为什么？是不下了，还是想下而下不了啦？""不下了，不想下！为什么？她说看不惯现在这些乱七八糟的东西！什么流行歌曲呀，小品表演呀，这个呀，那个呀，没一样儿她看得上的！""这我能理解。我和吴先生有同感。现在的文艺泛娱乐化，真正严肃的艺术、高雅的艺术，没人识货，没市场。那些老艺术家没人搭理你，那些冒牌货、庸俗不堪的东西人们反而趋之若鹜！""您的看法和我姥姥的看法完全一致！""那老人家在家里还唱不唱了？""前几年还唱，这几年在家里也不唱了。不但不唱，还不许我们在她面前提起任何和戏有关的事！一提她就烦，就发脾气。问她为什么，她说不为什么，就是不许提。我们全家一商量，得，不许提就不提。只要能哄得老人高兴就行。"我说："我明白老人家的心思。对那些乌七八糟的东西、那些伪艺术，她是真看不上眼，又没办法。对京剧她是真爱，打心眼里爱，可是京剧这么不景气，她也没办法。干脆，爱的不爱的都不看、不沾边总行了吧？所以她索性楼也不下了，戏也不唱了，高高在上，与世隔绝了。其实，对戏，对生活，她还是非常热爱的。"

小伙子认为我说得很有道理。我顺便又问他家里有没有人继承吴先生的艺术，有没有唱戏的。小伙子的口气很决绝："没有，一个也没有！""为什么？""我姥姥不许家里其他人学戏。我妈一共姐妹三个，没一个学戏的。""那老人家的玩意儿不就绝了？""绝了。没办法。我姥姥不让。""看来，吴先生是真伤心了。得，你也吃好了，我也该告辞了。没别的，你到了家里替我向吴先生问好。你就说一个还略微懂一点儿戏的老邻居，从海外回来了，向她老人家致意。祝她身体健康。转告她，老戏迷们忘不了她对京剧的贡献，忘不了她的玩意儿。我希望有一天，还能看见她老人家从桥上过，继续她的'唱念做打'！"走到门口，我回过头又找补了一句，"酒要少喝。尤其是早上，最好别喝！"小伙子哈哈一笑："行！听您的！您猜怎么着？在我们家里，我姥姥连酒都不许我喝！"

2012年7月18日于西雅图

2021年3月25日—7月20日重读整理

# 后记

吴素秋先生于2016年3月30日仙逝，终年九十四岁。晚年，她依然心系京剧艺术，坚持授徒传艺，同时参与了一系列与京剧有关的社会活动，为发展京剧事业不遗余力。谨以一首旧作表达我对先生的敬意。

## 记吴素秋先生

四十年前，我与素秋先生住在同一个小区，偶然路上相遇，但觉她光彩照人，顾盼生姿，异于常人。从二十世纪四十年代到二十一世纪初，先生是京剧界一道亮丽长青的风景，德艺双馨，寿享遐龄。虽历经挫折，然人生圆满。

曾经散步遇奇人，顾盼生辉但有神。

隐隐当年说影丽，欣欣不老叹珠纯。

师承二派兼荀尚，再上层楼自妙臻。

遍育新苗荫后世，梨园内外颂千春。

2021年3月29日初稿

2021年7月20日重读修改

# 太平花杂忆

　　近日夜读袁枚的《随园诗话》，自然回忆起岳母汪容之老人。老人对《随园诗话》情有独钟，在动乱的年月里与《随园诗话》结下了不解之缘，至今思之，令人感慨万千。

　　容之老人是1938年入党的老党员，生前在全国妇联工作，她的大半生都献给了中国的妇幼事业。1966年以后，她和我的岳父、俄国文学翻译家刘辽逸先生一起经历了许多磨难，所幸家破人在，得以幸存。七十年代初从湖北咸宁文化部五七干校回到北京以后，基本上赋闲在家，被社会忘却了。

　　说起岳父和岳母的家，也是一言难尽。

　　上世纪五十年代中期，岳父用了大半生的积蓄在北京东城区隆福寺附近买了一处房产，以便有一个比较理想的生活和工作环境。最初岳父看中的是一个规规矩矩的四合院。但是签约之后房东又改了主意，留下了五间南房。岳父只买下了院子、北房、东西厢房、北房两侧的东西跨院。大小房屋一共十三间。房东在南房前垒起了一道墙，楚河汉界，倒也相安无事。

　　从此，岳父埋头于他的文学翻译事业，岳母早八晚六去妇联上班，四个女儿上学，日子过得按部就班，风平浪静。

　　可惜好景不长，五十年代末期，风起于青萍之末，国从此多事，家也随之动摇。

先是岳母在全国妇联遭到某些人的围攻和讨伐，批判她纵容丈夫的资产阶级享乐主义思想和生活作风，置私产，雇保姆，讲究吃喝，要求她说服丈夫，把多余的房子让出来，"让穷苦的阶级弟兄搬进去居住"。接着，各种各样的政治压力从岳父工作的人民文学出版社和街道居委会接踵而来。一时间黑云压城。岳父和岳母本来就是那种把财产看得很淡、只知埋头工作、不善于理财、守财的人。重压之下，顺水推舟，把东厢房三间让出来，由街道分配给别人居住。

又过了几年，风雨更甚，无理可讲，全家人被挤到西跨院的三间狭隘、潮湿的房子居住。随后，女儿们下乡的下乡，搬走的搬走，老两口也去了干校，人走屋空，家已经名存实亡了。

两位老人从干校回来以后，形势进退维谷，不少人开始趁着这个难得的喘息之机，悄悄地为改善极度匮乏的物质生活和精神生活而埋头苦干起来。

这时，岳母在岳父的影响下，开始养花弄草，摆弄盆景。现在想起来，也真是可怜。那时，这一类被视为资产阶级生活方式的活动，只能在狭小的天地里悄悄地进行。人们能淘换到的奇花异草极其有限，市面上也根本没有相应的行业为大家提供服务。顶多就是彼此信赖的朋友之间互通声气，互通有无，为自己，也为朋友们创造一点简单的快乐，借此逃避现实，表达对于政治的疏远。

记得在岳母的"花友"中有一位姓曾的老人，是个退休的老工人。大家不知其名，但以"曾师傅"呼之。曾师傅个子矮矮的，不善言谈，却有一双巧手。寻常的花草，在他的调理下，总能别出心裁，显得与众不同。曾师傅以花会友，结交了不少各个阶层、各种身份的朋友。在他的朋友圈子里，有高级工程师、大学教授、中学教员、老干部，以及寻常百姓、升斗小民。大家凑在一起，交流与侍弄花草、盆景有关的各种知识和信息，也偶尔传递一些小道消息，打打哈哈，发泄对世事的无奈和不满。曾师傅俨然是大家的技术顾问，低声细语地讲解技术，传授心得，还时不时地送给比较知近的朋友一些市面上不常见到的花草，或做盆景的石料。岳母最心爱的一个盆景，一块玲珑剔透的吸水石上，点缀着几株铁线草，茎黑如铁，叶绿如盖，十分别致。那铁线草，就是曾师傅送的。久之，曾师傅声名远播，成了一位在东城一带远近闻名的花草玩主、盆景领袖。

曾师傅住在一个大杂院里，两间南房，挤下了他和女儿全家。花草、盆景养得多了，他在自家门前搭建了一间暖房，俨然一间像模像样的小屋，里面花草繁茂，盆景峥嵘，气氛氤氲。冬天，还生上火，外边冰天雪地，里面春意盎然，常引得认识或不认识的人来参观、取经，也惹得女儿烦恼。有一年冬天，老人家童心未泯，心血来潮，钻到暖房里过夜，结果中了煤气，差点儿把老命搭进去。女儿心疼父亲，也担心再出什么差错，佯怒之下把暖房给扒了，花花草草都送人。等曾师傅从医院回到家，"落了片白茫茫大地真干净"，不由心灰意懒；再加上岁数大了，精力不济，索性金盆洗手，不干了。过了不久便驾鹤西归，追随他心爱的花草、盆景而去。这个由花草结缘、自然形成的小圈子，失去了领袖和核心，没有了凝聚力，也自然解体了。国家的大气候出了问题，大环境不给力，老百姓的爱美之心，也只能是小打小闹，难得持久，动辄夭折了。

此后，岳母养花弄草的兴致渐消。除了那盆铁线草，二女婿又送给她一盆"假叶"。她有时浇浇水，松松土，意兴阑珊，可有可无。她的大部分时间，用来养育孙辈，手把手地教给小保姆各种育儿的知识和技能，扯着大嗓门指挥一切，事必躬亲，比保姆干得还多，还忙。得空了，则躺在床上读《随园诗话》。每逢这种时候，家里能有片时之静。

西跨院不大，中间有一个花坛，种了几棵玫瑰，还有一棵枣树。枣树结的枣子很甜，每当枣子熟了，我上房打枣，孩子们在院子里盯着我的一举一动，时时发出欢呼。枣子洗干净了，家人分食尝鲜，兴高采烈，是那个年月里难得的乐事。

忽然，有一天，花坛里多出来一棵小树，枝叶繁茂，秀气玲珑。夏天到了，满树白花如霜似雪，晶莹悦目。淡淡的幽香，十分可人。我暗自诧异：这是棵什么树？谁种的？来自何方？未几，小树枝头挂出一块木牌，上有岳母手书的小诗一首："当年范老赠靖华，今日有幸到我家。

叮咛儿女勤浇灌，年年盛开太平花!"岳母的字，字体端正，笔力遒劲如刀刻，全无一丝媚态。至此，我恍然大悟。原来这棵太平花是范文澜老人送给曹靖华先生的，曹老又转送给了我的岳父刘辽逸老人。二十世纪三十年代，岳父曾经在曹老门下研习俄文，师生之谊经久不衰。一棵小树，记载了在动乱的岁月里，老一代知识分子之间感人的情谊，和他们对太平盛世的期盼。

家里原来请了一位保姆，广东人阿乔，做得一手好粤菜。1959年，两位老人迫于压力无奈把她辞退了。从此阿乔辗转于京城，专在民主人士、老知识分子家做饭度日。阿乔孤苦，为了养老，买了两间小房租出去，每个月有一点额外的收入。她买房时，向我的岳父借了一笔钱，日久无力偿还。

后来阿乔在一位民主人士家帮工，此人日子窘迫，欠了阿乔工钱，把家里的一只大鱼缸给了她抵账，阿乔又转手给岳父抵债。岳父把它放在院子里，养了一缸鱼，倒也物得其所。后来，鱼不能养了，院子里的几家邻居把它当作了垃圾箱，岳父很心疼，但也只能无语。一天，岳父心血来潮，给故宫博物院打了个电话，把这只大鱼缸的来龙去脉述说了一遍，说自己觉得它也许是一件文物，请故宫来人看一看。如果确是文物，有价值，情愿无偿捐献。

故宫来人了，告诉岳父，这只大缸的确是故宫旧物，一套十二只。早年间流落到民间。如今其他十一只都在，就差这一只了，真是"踏破铁鞋无觅处，得来全不费工夫"! 于是，岳父履行了"无偿捐赠"手续，故宫派人把大缸拉走了，给岳父颁发了"无偿捐赠文物证书"和两张"故宫永久有效参观券"。日子久了，证书和参观券也找不到了，但只要提起往事，老人还是难掩心中的兴奋和欣慰。

上世纪八十年代，岳父家所在地被征用，两位老人匆匆搬走了，离开了他们多年生活的老屋。这棵太平花和老屋一起，难免被拆迁摧残的命运。

2001年五一劳动节期间，八十六岁的岳父和往年一样，参加了"北京市元老杯围棋友谊赛"。他以往参赛多次，最好的名次是第三名。

这次，他的状态出奇得好，连胜八轮，提前夺冠。5月2日是比赛的最后一轮。他吃过早饭，换好衣服，准备出发去乘公交车。他坐在椅子上，刚要起身，突然对保姆说："我觉得不舒服。你先不要出去。"保姆转身去拿药，赶到他身边时，老人家已然"坐化"了。

又过了两年，有一天，我从西雅图给岳母打电话请安。此时，她已经中风多时，久卧病榻，失语了。我在电话里和她聊天，回忆往事。她静静地听着，时不时嗯一声，表示她听懂了。当我说起老屋，她的情绪开始激动了。当我提起太平花，她提高了嗓门，发出一连串"嗯嗯嗯"的声音！我说："妈，您还记得当年您写的那首小诗吗？我给您念一遍，看我记得准不准？"于是，我放慢速度，尽可能清晰地把那首小诗背诵了一遍。我每读一句，她就在电话里用力地嗯一声，我读完了，她用一连串含混不清的声音表示她听懂了，还记得一切。

那是她生命的一部分，怎么会忘记呢？在那座老屋里，发生了太多令人难以忘怀的事。几十年的风风雨雨，这两位老人永远是那么淡定。伴随着动荡和不安，岳父完成了《战争与和平》的翻译。二十世纪八十年代，这部巨著和托尔斯泰的其他著作一起结集出版，将《战争与和平》的翻译推上了一个新的台阶。这部巨著的翻译，耗费了二十年的时间，从1960年年初一直延续到八十年代中期，中间曾被迫中断。岳父将他的全部知识、经验和才华，以及对翻译事业的热爱和忠诚，忍辱负重的品格，宠辱皆忘的心态，作为精神的祭奠，献给了他敬仰的托翁和自己的祖国。译完此书，老人才正式金盆洗手，享受迟到的退休生活。

我的儿子得到了一部《战争与和平》。岳父终生喜爱书法艺术，擅长此道。在人民文学出版社素有"半个书法家"之誉。在书的扉页，岳父用他那潇洒俊逸的墨迹写道："亲爱的外孙达同留念。外公刘辽逸1988年9月25中秋节于北京。"如今，这部巨著随着我们来到美国西北的这一方土地，陪伴着我们，鼓励着我们，也警醒着我们。

岳母在病榻上不改初衷，心态依旧，乐观、通达、看透生死、以读书为乐，心系孙辈的成长和进步。她的床头，永远放着袁枚的《随园诗话》。她的心与袁枚相通。读懂《随园诗话》，有助于理解岳母的人品和晚年的心态。她的一生，为人坦荡直率，无私无欲，每每被人戏称为"老天真"。永葆"天真"是她一生的写照。我的儿子达同考上哈佛大学之后，我打电话向她报喜。那时她已经彻底失语，连手脚都不能动了。接电话的保姆事后告诉我，岳母听到保姆重复我的话说出"哈佛大学"四个字后，竟然抬起右手，伸出大拇指，同样说了四个字："第一出息！"

2004年10月岳母仙逝。家人根据她的遗嘱，将遗体献给协和医院，做医学研究之用。她的公费医疗医院是协和，她在协和看了一辈子病，要用这样的方式报答协和的医务人员给予她的服务和照顾。

她的墓里安放着她的一绺头发，一部《随园诗话》，一本她珍爱的诗集，和几样她生前喜欢把玩的小物件。

老人坦然归于大化，身后了无牵挂。唯有她的大爱，她的品格，她的高风亮节，永远留在晚辈的心里。

谨以小诗纪念我的岳母汪容之妈妈：

### 忆岳母

黄昏坎坷伴天寒，晚岁艰辛度日难。

喜赋新诗歌雪蕾，欣得秀木慰颜欢。

随园雅丽心花放，本性天真世界宽。

百岁翩然归大化，无痕往鹤入云峦。

2013年9月初稿

2021年3月—9月修改润色

# 第三辑 神州风采——柳暗花明又一村

# 老　窦

2013年5月的一天，我来到潘家园文物市场，打算看看字画。

我沿着一条专卖字画的"窄巷"由南往北信步而行。两边是一个接着一个的字画摊儿。这些摊位都不大。大约两米多宽的铺面，不到两米的进深，背后和左右打上间隔，地上架一副铺板，像是一个专演木偶戏的袖珍舞台。铺板上，两边和背后的间隔上，铺满、挂满了书画作品。一路走来，但见五色喧腾，琳琅满目，真个是花鸟与山水齐辉，篆草共行楷媲美；各路民间的书画高手都在这里放手一搏，各逞其技，希望能早早地发个利市，赚回一天的口粮和摊位的租金。摊主们或是坐在铺板的后面，面对着顾客招揽生意；或是立在摊位外面，近距离地推荐自己的作品。眼前的情景，让我想起了小时候随父亲逛天桥的往事，耳边似乎又响起了侯宝林先生在《卖布头》里那绘声绘色、抑扬顿挫的叫卖吆喝。

在书画市场的尽北头，右手的一家书画摊儿让我眼前一亮。

这是一个专卖书法作品的小摊儿。迎面的间壁上挂着一幅四尺乘六尺的狂草，横幅，写的是唐代诗人殷尧藩的诗《友人山中梅花》。原诗是一首七言诗，书写者独具匠心，选择了最精华的四句："铁心自儗山中赋，玉笛谁将月下横。临水一枝春占早，照人千树雪同清。"显得清新脱俗，怀抱高远。况且整幅作品的布局疏密得当，笔墨酣畅淋漓，无半点文人书法的书卷之气，却充溢着一股来自山野的健朗和

133

雄强。

簇拥着这幅作品的其他书作，各体兼备，都焕发着一种同样的超凡脱俗的沉雄之气。

一位老妇人坐在矮凳上照顾着生意，看我停下了脚步，马上送来一个温存、憨厚的微笑，似乎想开口说话，却沉默着，友善地盯着我。感觉告诉我，这不是一个精于买卖的生意人。

"这是您写的吗?"

"不是我写的，是我们家老头写的。"老妇人操着一口山西话回答。

"您是山西人?"

"山西人，您也是山西人?"

"我是北京人，您的老伴儿呢?"

"吃饭去了，一会儿就回来。您先坐一会儿。"

老妇人告诉我，她和老伴儿是山西运城人，六个月以前来到北京。她的老伴姓窦，是当地小有名气的业余书法家，相中了潘家园，租了个摊位，每个月一百块钱，以书法会友，不为赚钱，图的就是个快乐。老窦六十三了。一辈子烟酒不沾，也从不张罗给自己买新衣服，就是喜欢写字。老两口就在附近租了一间民房暂住，也不开伙，买着吃，省事。我夸赞这幅草书写得好，很有气势，不同凡响。老妇人说："您喜欢就拿了去，看着给几个钱就行。"

正说着话，老头儿回来了。

果然如老妇人所说的，窦老头儿一身布衣布裤，已经看不出是蓝色还是灰色。脚上的布鞋落满了灰土。谢顶谢得很厉害，头发没剩下几根。他倒背着双手，微驼着背，五官没有什么特点，脸上胡子拉碴的，皱纹很多，好像总也洗不干净。一张嘴，山西口音极重，软绵绵的，听起来很费劲。倒是老婆儿的山西话好懂得多。

老婆儿说："这位张先生喜欢这幅字。问价钱。我也不知道你想卖多少钱，还是你自己说吧。"

一说到价钱，窦老头儿竟然脸红了，吭哧了半天也没说出一个字来。看来这老两口都不是生意人。

我原本无意买这幅字，于是改了个话题，向他请教这首诗的妙处。说起诗，窦老头来了精神，说话也响亮了。他说："这首诗我是在《全唐诗》里找到的，只选择了其中的四句。殷尧藩不是有名的诗人，但是这首诗写得很好，意境高超，韵味深长。"说着，他摇头晃脑地吟咏了一遍。我努力分辨着他那浓重的山西口音，感觉好像是一个人在十冬腊月里，错把山西老陈醋当作清水在浇一盆翠绿欲滴、含苞待放的水仙。

老婆儿说："你倒是说个价钱呀，人家张先生等着你开价呢。"

窦老头的脸腾的一下子又红起来，嗫嚅了半天还是没说出个所以然来。我于是接过话来表示："我只是想了解一下行情，没打算买。不过，我很高兴认识你们二位。这么大年纪了，还敢到北京来闯荡，令人钦佩。我很喜欢您的字，没几十年的功夫，是达不到这个水平的。"

不谈钱，窦老头儿的神情轻松了许多，说话也流畅了。他说，他的老家在运城附近的农村。日子很苦。村里识字的人不多，能写毛笔字的就更少。逢年过节，家家户户都要写春联，贴"喜"字，那些能写毛笔字的人就成了香饽饽，十里八村都赶着毛驴来请。到了村里，好烟好茶好招待，吃香的喝辣的，临走还不能空着手，风光得很。他从小就长得瘦弱。不合群，内秀。娘是个有头脑的人，省吃俭用把他送到学校去读书，鼓励他学写毛笔字。他自己也喜欢写字。这样一来二去，他在村子里成了个"小写家"。长大了，四处拜师学艺，字越写越好，名声也越来越大，连县城里的人也知道他窦宝星是个"农民书法家"。结果，就因为字写得好，命运也改变了。县机械厂以招工人的名义把他招进厂，安排在宣传科当秘书，专门负责写写画画。从此放下了锄把子，改换了门庭。

到了县城，眼界开阔了，接触的人也广了，来求他写字的人也多了。他是乐在其中，有求必应，随请随到，不但混了个好人缘，经过长期实践，书艺也大为长进。于是他远赴太原寻师访贤，走遍三晋以书会友，经过长期修炼，卓然成自家风貌，诸体兼善，尤以狂草为世所重，书名不胫而走。他的书法作品多次在山西省各级大赛中获奖，农民出身的民间书法家窦宝星在山西书法界成了一个响当当的名号。

一转眼，退休了。农民离不开土地，他的根儿还在农村，于是他带上老伴儿回到了老家，又当了农民，在自家的小院里，继续他的书法事业。

"可是农村苦哇，别的不说，就这个旱，你就受不了。村里打机井，打下去二三百米深，也见不到水。地下水都抽光了，地也没办法种了。连喝的水都没保证。"窦老头儿皱起了眉头，一副苦不堪言的表情。

"村里的年轻人都走了，进城打工去了，村里就剩下了老的和小的。我和老伴儿一合计，把自留地托付给村邻，也出来了。"

"您老两口出来了，家里人怎么办呀?"

老婆儿接过话说:"我们的孩儿都大了，家里没人了，没后顾之忧。"

"您有几个儿女?"

"三个儿子，都成家立业了。一个在深圳当律师，一个在上海搞电脑，还有一个儿子在山西艺术学院当老师，教唱歌。他自己唱男高音。"

"他也在山西大学教课。"窦老头儿补充说道，口气淡淡的，一点儿也不显得兴奋，但还是听得出来他内心深处的一丝自豪。

我无法表达我当时的震惊。这对看似寻常的老夫妻居然培养出来三个这样优秀的人才!

"那你们二位为什么不去投靠儿子，非到北京来受这份儿罪呢?"我指着他们的摊位问道。

窦老头儿说:"儿子是儿子，我们是我们。他们的钱我们不花，给也不要。他们应酬多，花得也多，不像我们的日子简单。我有退休金，够花。家里还有几亩地，粮食和菜钱也省了。出来就是为散散心，走走看看。在农村、县城里待了一辈子，憋屈了一辈子，老了，再不出来见见世面，就晚啦。以书法会友就是个名义，是个理由，实际上就是想出来逛逛。能把摊位钱和房租挣出来，把饭钱和路费挣出来，就行了。"

"生意还行吗?"

"差不多。"

我松了一口气，替他们感到高兴。

"你们二位真是了不起，为社会培养了三个人才。老了老了，又凭借着一技之长出来闯荡世界，开开眼界，真不错。我祝你们在北京生活得愉快。请多多保重。"说完我就要告辞。

"张先生，你等等。"老婆儿拦住了我，扭头对老头儿说，"张先生既然喜欢你的字，你就送一幅字给张先生。"语气半是提议，半是命令。她又回过头来对我说："我们在北京也没有朋友，谁也不认识，您也是个有知识的人，和我们这么说得来，送您一幅字做纪念吧。"

我又一次震动，为老婆儿的襟怀开阔和豁然大度。难怪他们能培养出三个优秀的人才。我再三推辞，真诚地推辞。无功受禄，我当之有愧。

窦老头有些犹豫，老婆儿仍在坚持。我再次推辞。

最后窦老头儿说："要不这样吧，张先生。如果你有自己特别心仪的诗句，不妨告诉我，我写给你。"

我略一沉吟，心里已经有了主意："既然这样，我要先谢谢你们二位。十几年前我在琉璃厂中国书店看到一副对联，清代刘墉的联语和书法，水印的。我很喜欢。当时标价二百块，我觉得贵没买，直到现在还在后悔。您要写，就写这副联语吧。这副联语很切合我这二十多年的经历和生活。"

"行，您说吧。"

"上联是，万里风云三尺剑；下联是，一庭花草半床书。"

"这副联语我过去也听说过，就是不知道出自刘墉。您为什么说这副联语切合您的经历和生活呢？"窦老头儿从怀里掏摸出一个小本子，边记边问道。

于是我只好把我这些年在美国如何闯荡江湖，如何以教授中国文化为职业的情景大概说了一遍。其实，我原本是不想说这些的。

老两口听完我的话似乎恍然大悟，老窦嗫嗫嚅嚅地说："原来你是北大毕业的，文武双全，现在在美国。美国那厢的生活怎么样，比咱们这里好过吧？"

我说："差不多，在哪儿都一样。都得有本事，得努力，天上不会掉馅饼。"

老婆儿说："我们这辈子是去不了美国了，没那个福气。"

我说："那也不一定，心想事成。您过去想过到北京来吗？今天这不说来就来了。说不定哪一天你们两位就去美国开书法展览呢！"

老两口都笑了，笑得很真诚，很开心。

老窦说："借您的吉言，哪天我们也去美国看看，开开眼界！"

我们相约一个星期以后再见。临分手时老窦递上一张名片，上边写着："山西省书法家协会会员、笑墨堂主人窦宝星"。

过了一个星期，我如约来到老窦的摊位。

老窦递上来两幅字，一幅是他特意为我写的刘墉的联语，另一幅是殷尧藩的"咏梅诗"。

老窦说："这幅联语写得不好，第一次写；这幅梅花诗您既然喜欢，就送给您。殷尧藩的诗是一首七言诗，我只选了其中的四句。一是我喜欢这四句，二是写起来好安排。"

我喜出望外，受宠若惊。接过字，我按照事先的计划，邀请老两口去附近的饭馆吃午饭，以表示感谢。我不敢开口跟他们谈钱的事，生怕亵渎了他们的一番好意，但是我又不想无功受禄，于是想出来这样一个权宜之计。以书会友，把酒论诗，既表达了我的心意，又不伤风雅，岂不两全其美？

老窦到底见的世面多一些，欣然接受了我的邀请。老婆儿嗫嚅着说："我还去吗？我就不去了吧？"

我说："您为什么不去？您一定得去。我看老窦的这番事业至少有您一半儿的辛苦。"于是他们把摊位托付给隔壁的摊主照看，随着我来到了我事先看好的一家湖南餐厅。

我想，老两口这半年在北京吃住都很马虎将就，肚子里一定没多少油水，嘴里也一定寡淡得很。于是拣着油水大的菜点了几个，又点了几个凉菜。主食我要的是家常饼和葱花饼。山西人不吃米饭，偏爱面食。我问老窦喝点什么酒，老窦连连摆手说："不喝酒。一辈子没沾过酒精。"我说："山西的汾酒那么有名，您从来没尝过？"老婆儿接过话说："他这一辈子烟酒无缘。""好。既然如此，那你们两位就多吃菜。不用客气!"

点了菜,我嘱咐服务员一点辣子都不要放,有老陈醋尽管拿一瓶来。

吃到一半,我发现菜谱上有牛肉面,问老两口要不要尝尝。老窦期期艾艾地不说话,老婆儿推辞说不要,饭菜足够了。山西人哪有不爱吃面条儿的?我点了两碗面条儿,说:"先不要吃饼了。饼可以带回去晚上吃。先吃面条儿。"

于是老两口端起大碗,呼噜呼噜地吃起面条儿。这回,桌上那瓶老陈醋派上了用场。老窦拿起醋瓶子,咕咚咕咚地倒了不少。然后不等老婆儿吩咐,又往老婆儿的碗里倒上了一气。

我素来是个心思简单的人,见这老两口如此率真、质朴,心下十分欢喜,二话不说,又抄起了筷子。

这顿无酒之宴,吃得酣畅淋漓,尽兴而止,皆大欢喜。我吩咐服务员将剩下的饭菜打好包,让老两口带回去权充作晚饭。老窦和老伴儿笑眯眯地答应了。

走出饭店,我再次谢过老两口,拱手而别。

望着这一对老夫妻蹒跚而行的背影,我不禁感慨万千。在那一刻,我忽然想起了那首众人耳熟能详的山西民歌《走西口》:"哥哥你走西口,小妹妹我实难留。双手拉住哥哥的手,泪珠儿止不住地往下流……"那凄婉动人的旋律和催人泪下的词句,诞生在山西贫苦农民走西口的大路和小道上,唱出了只有走西口的人自己知道的辛酸和悲凉。从明朝中叶到清朝末世,整整四百多年里,无数走投无路的贫苦农民,为了改变命运,从自然条件极端恶劣的晋北乡间,踏上了前途茫茫、充满风险的通往塞外的羊肠小道。有清一代,山东的粮道和山西的商道是国家的命脉所在,这些名不见经传的山西农民为开辟这条商道立下不世之功。不计其数的人倒在了走西口的途中。今天人们津津乐道的那些"乔家大院""王家大院",其实不过是其中的幸运儿用几代人的血汗和生命筑就的纪念。它们和那些令人一唱三叹的山西民歌一样,见证着山西贫苦农民闯荡塞外、魂游大漠的苦难和悲怆。

如今,山西人再也不用走西口。他们走向了全国和世界。这一对老夫妻凭着手中的一支笔，闯荡到了北京。他们的子女则分布在深圳、上海、太原。这是一次性质不同、色彩迥异的"走西口"。其中固然也难免辛酸劳苦，但是毕竟欢乐多于悲伤，希望大于忧愁。

我由此也想到了自己。二十多年前我以"不惑之年"漂洋过海，在大洋彼岸那片陌生的土地上闯荡江湖，施展拳脚，打拼出一片属于自己的天地，其中的酸甜苦辣、喜怒哀乐和窦老头夫妇在北京的经历何其相似！这不是一次飞越大洋的"走西口"吗？

我想起了我的朋友、一位退休的美国哲学教授戴蒙先生的话。他是一位学识渊博、富有爱心的老人。有一次，他在谈到那些不远万里从南美洲贫穷落后的小国来到美国寻梦而身陷绝境的"非法移民"时，语气沉痛地说道："人口的流动，人类的迁徙，是人类的本性，与鸟类和动物的迁徙是一样的。"是的，我们无法改变自然的规律，我们同样不能阻止人类的迁徙和人口的流动。流动产生了人类，迁徙优化了人类，挑战锤炼了人类，人类在流动中成长、壮大、彼此了解和融合。这种凭借自身努力对更高品质生活的不懈追求和正当探索，是人类的天性和权利，也是人类自身和人类生活不断前进和提升的动力。

我衷心地祝愿普天下所有"走西口"的人们，都能如愿以偿，在迁徙和挑战中得到升华，跃上新的高度。

2014年8月5日初稿
2021年春修改润色

## 后记

2016年秋天，我回到北京，特意去潘家园看望老窦夫妇。摊位还在那里，但是已经换了主人。老两口芳踪杳然。我问旁边一位摊主老窦去哪儿了，对方回答："两个月以前，老窦把摊位撤了，不干了。不过有时候他们还回来看望老伙伴，上星期还来了呢！"我很懊悔没早点来，不然也许能遇上他们。我请那位摊主朋友给老窦带个话，就说张先生从西雅图回来了，来看望他们。祝福他们老两口结结实实的，在北京生活得安稳顺心。2017年、2018年、2019年我都回到潘家园去找老窦，都没碰上。心里不免惆怅。不过，那位摊主朋友还在，说："已经把话带给老窦了。他挺高兴，也挺遗憾，和您缘吝一面。还问您什么时候再来。他也想见见呢。"

2020年疫情肆虐，我不能回去，希望今年能回家去看看。在此，遥祝老窦夫妇无论是还在北京，或者已经回了运城，都平安健康。希望还有机会见面。到时候，我准备请他们吃顿饭，还是葱花饼、牛肉面，多放醋，不要辣椒。以茶代酒，纵论天下。行文至此，得《江城子》一首，单道此时心情。

### 江城子·天涯初春思念山西民间书法家窦宝星夫妇

天涯孤雁念京城，草初萌，绿朦胧。春动七分，风柔换苍穹。鼠去牛来金灿灿，蹄奋勇，尾如龙。

小轩三月暖融融，忆游踪，墨情浓。宝星挥毫，夫妇爱心同。挽手夕阳书会友，观四海，暮心雄。

2021年3月3日

# 湘西归来话人情

    久闻湘西自然山水之奇美和民俗风情之独特，却一直无缘踏上那块神奇的土地。2016年初夏北大的老友们开始酝酿湘西之旅。在湖南师范大学工作的梁宋平夫妇热情地邀请大家到湖南一游。晓林、瑚琏、长玲等人正在征询大家的意见，制订计划。我闻之大喜过望。又经过了几个月漫长的等待，旅游的计划几经商讨、润色、修改和完善，终于大功告成。十月八日，五十位原北大艺术团的老友和亲属欢聚长沙；第二天，我们就踏上了湘西的土地。湘西果然神奇，此行自然不虚。一路上，我们探"黄龙"，乘"天梯"，拜"天子"，窥"天桥"，登"天门"，过"芙蓉"，访"边城"，走"矮寨"，朝"凤凰"，穿云破雾，凌空御风，飘飘然有羽化登仙之乐，熙熙然揽山河多彩之美，醇醇然享返老还童之妙，一路欢笑，一路歌舞，一路癫狂，一路洋相，不知老之将至。白发苍颜之下，有几分疲惫，更多的是对青春时代美好的回忆，对晚年岁月的格外珍惜，和彼此之间的真诚的关爱和鼓励。

    十四日晚回到长沙。第二天，我又与永生、黄蕾、仁杰、联菊、一勋等人结伴北上岳阳，登岳阳楼，访洞庭湖，一偿宿愿。我还特意看望了分手将近五十年的老同学培高老弟，于十七日傍晚，辗转来到长沙机场，准备回京。坐高铁从岳阳到长沙，只需三十五分钟。再转乘磁悬浮列车到机场，大概需要十几分钟。旅程比我预料的要简单、顺利得多，原来的担心显然是多余的。

在机场候机室，邻座是一对母女。老妇人个子不高，肤黑体壮，新衣新裤，印花头巾包头。常年的劳作压弯了她的脊背，但她却精神矍铄，心情不错，主动和我搭起话来。可惜她的一口浓重的湘音湘调，让我云山雾罩，十句话里倒有九句听不懂。她的女儿四十多岁，身体也很结实，相貌一般，却快人快语，爽朗大方，并且能说一口普通话，虽不算标准，但完全听得懂，交流没问题，自然成了我和她妈妈的翻译。

老妇人比我小两岁，今年六十九岁。她们来自株洲，家在农村。她们问我："知不知道株洲？"我回答说："当然知道。株洲有著名的'南车'，现在在全国风驰电掣的高铁、动车的专用车辆，都是在株洲生产的。"她们闻言大喜说："您可真有学问，还知道我们株洲，知道'南车'！"我说："不是我有学问，是'南车'太出名，影响太大，贡献也太大了。"这样一来她们更高兴了，问我："从哪里来？"我把此行的经过简单叙说了一下，母女俩同时睁大眼睛，一脸的惊讶说："张家界有什么好看的？我们湖南要别的没有，大山有的是。到处都是山！比张家界还好看！我们就不去张家界。我们要去北京！去看天安门！故宫！"

原来这一对母女是跟着旅游团去北京旅游的。来去一共七天，全包。她们是第一次出远门，很兴奋。我问老妇人："坐飞机害怕不害怕？"她说："那有什么害怕的？比坐火车快多了！也不贵！旅行社全包，为什么不坐？早到了北京，还能多看几个地方呢。"女儿则说："你别看我妈老了，她的脑筋可开放了！哪儿都想去，什么都想看，比我都积极。这次就是她提出来想去北京旅游的，不然我还不敢想这辈子还能去北京看一看。"老妇人默默地听着我们说话，神情很坦然。她接过女儿的话说："在农村苦了一辈子，累了一辈子，最远的地方就到过县城。后来到了株洲，才知道县城有多小。后来又听说北京、上海更大，更好看，就想应该去北京看看。"于是催着女儿联系了旅行社。"今年去北京，明年去上海！"老妇人提高声音宣布。"后年去美国，去欧洲！"我接着她的话说了一句，母女俩放声大笑。她们要检票了，老妇人提起旅行包，手脚麻利地朝检票口走去。望着这一对母女的背影，我想起了几年前在旅途中遇到的另一对母女。

五六年前我回到北京，按计划去重访恭王府。上世纪八十年代，我曾经读研和工作过的中国艺术研究院就设在恭王府里。我在那里待了整整十年。这是我离开故土二十多年之后第一次旧地重游，我已经从青年和中年时期迈入了老年，心情有几分激动，也有几分伤感和无奈。恭王府修葺一新，气象恢宏壮观。这一带是北京的重点旅游地区，车水马龙，十分喧嚣。恭王府前人头攒动，停满了旅游大巴。一对母女坐在路边的马路沿上，身上和脸上透着一股江南人特有的灵秀宁静。尤其是那位小姑娘，面庞清秀，衣着朴素，两条油光水滑的大辫子拖在背后，在周围的一片喧嚣浮华中，格外引人注目，楚楚动人。

　　我上前和她们搭话。我喜欢和在旅途中偶然相遇的各色各样的人闲聊。从中我学到了很多鲜活的知识，受益多多。而且，这种谈话也是化解旅途孤寂的最好的方式。一开始她俩有些腼腆，也有几分警惕。我做了自我介绍，说我原来就在恭王府里从事文化研究工作，这是我离开中国以后第一次旧地重游。看到崭新的恭王府和这么多全国各地来的游人，很激动，感到时代真是变了。我很想知道她们来自何方，对北京和恭王府有什么看法。因为北京是我的故乡，恭王府记载着我的青春。她们闻言顿觉释然，轻松了许多。

　　姑娘说，她们是安徽天长市人，这次是随旅游团来旅游的。去了天安门、故宫、颐和园和长城。恭王府是最后一个景点，明天就要回家了。我说我知道天长，就在长江边上，很美丽，也很富庶。过去是天长县，现在是天长市了，升级了，进步了。姑娘点着头，有几分惊讶，似乎在问我："你怎么知道天长的？"我告诉她这里有一个故事。当年阎锡山从山西来到无锡，临走时留下一副上联："阎锡山到无锡，登锡山，锡山无锡。"过了很多年，也没人能对出下联。后来，著名记者范长江随陈毅乘船过长江访问天长。陈毅提起这件往事，范长江是个有学问的人，随口答道："范长江访天长，过长江，长江天长。"陈毅大笑，指着范长江夸他出口成章，是个大才子！"我就是从这个故事里知道你们天长的。"姑娘闻言，笑靥如花，她的母亲也笑了。显然，她们听懂了这个故事，觉得很受用。

我又说:"天长市的市容一定很美,周围的风景也一定很特殊,对吗?"母女俩一起点了点头。我接着说,"祝你们在北京过得愉快。我相信,有了这次经历,你们回到天长,会觉得自己的家乡更美,过普普通通的日子更舒适,更踏实。旅游能开阔眼界,旅游过后,回味旅游的过程,会使你的内心更宁静,更爱你自己的家乡。"听了我的话,母女俩使劲点着头,眼睛里竟然泪光闪闪。显然,我的话触动了她们内心深处对家乡的怀念和眷恋。她们想家了。

十七日晚上十点我回到北京首都机场,乘坐机场大巴回家。大巴快到复兴门大桥了,一位乘客从我身后起身,走到车前方,问司机知不知道白云大街在哪儿。他说着一口浓重的山西话,司机回了一句:"对不起,我听不懂你的话。"我过去坐过这位老司机开的车,他也是外地来京务工的,老实巴交,工作很负责。那位山西老客很失望,有些手足无措。我说:"你是要去白云路吗?离我家不远。不叫白云大街,叫白云路,就在白云观附近。"他好像找到了知音,马上掏出手机,递给我。上面显示了一个地址:白云大街8号和记宾馆。我说:"我散步时见过这家宾馆,就在白云路上。你到了西单终点站,可以坐出租车去。一直往西,大约有五公里。不过西单大巴总站有很多'黑的',专门坑外地人。你要小心,要坐正规的出租车。"他再三道谢,回到座位上。

大巴改线了。过去车穿过了复兴门立交桥,马上右拐向北上桥,再向东去西单。这次它过了桥继续向南开了一段路,然后右拐向西,向北上长安街,然后向东上桥。这里离我家很近了。我马上说道:"司机师傅,请您停一下。这里离我家很近了。不然我还得从复兴门走回来。天太晚了,我也走不动了。"司机没说话,减速停车。我想起了那位山西来的旅客,回过头问:"那位要去白云路的旅客呢?"他马上站起来了。我说:"这里离白云路很近了。你下来吧。我帮你打个出租车,几分钟就到。免得让那些'黑的'坑你。"他手脚麻利地跟着我下了车。我拦住一辆出租车,告诉司机,从这里一直向西,五分钟就到白云路。向右拐大约一百米,路东就是和记宾馆。山西老客拉着我的手不肯松开,一再道谢。我说:"你上车吧。几分钟就到了。大家都出门在外,理应互

145

相帮助。我也是刚从湖南旅游回来，一路上也有很多好心人帮助我。"

　　到家了。洗漱完毕，我躺在床上，回忆这次湘西之旅，又想起了一个细节，差一点被我忘掉。那是在从北京飞往长沙的飞机上，我的邻座是一位年轻的妈妈，抱着一个大胖小子。小宝贝十分可爱，简直就像是一个迷你型的小相扑选手，圆头圆脸，两眼神采奕奕，笑眯眯的，还有两个大酒窝。他父亲在忙着给他准备午餐，一看就知道是美国出产的婴儿奶粉。我脱口赞道："这个宝宝真可爱！"年轻的母亲笑逐颜开，对宝宝说："快问候爷爷好，杰森，告诉爷爷我们拿的是美国护照！"原来，杰森三个月前出生在美国洛杉矶。他的姨姨在洛杉矶定居。他的母亲小王怀孕后到了洛杉矶看望姐姐，在姐姐家待产。杰森出生后自然成为美国公民。这次他的父亲接他们母子回中国看望爷爷和奶奶。杰森的父亲邓先生是岳阳人，公司在长沙，专门承包机场的基础设施建设工程。这次他们先回长沙，然后回岳阳。于是我恍然大悟，邓先生是个身家不凡的所谓"土豪"，而他的太太小王是互联网上经常提起的那种"中国怀孕，美国产子"的"孕富"。小王眉清目秀，待人自然大方。小邓也很热情爽朗。看到他们一家人其乐融融，我很为他们高兴。

　　谈话中他们表示将来要全家移民到美国，现在只能是小王自己带着孩子在美国坚守阵地，小邓两边跑，既要照顾在大陆的生意，又要兼顾小王娘儿俩。他每年去洛杉矶两次。他们知道我是特意从西雅图回来参加老同学聚会的，是第一次到湖南，小邓说："张老师，到机场以后我送您去红楼宾馆。我的车就停在机场。我们也要去那个方向，跟您顺路。"到机场了，我发现他的车不同一般，和电视剧《一仆二主》里面的女老板唐红的车款式一样，比一般的轿车豪华、宽敞得多，是那种豪华型的高级越野车，德国造。坦率地说，在来长沙这一路上，我就为如何"打的"去宾馆发愁呢。天快黑了，人生地不熟，真让人头疼。于是我没再推辞，上了车，一路风驰电掣，顺利到达宾馆，赶上了已经开始的晚餐和集会。临分手时，小邓说："您说从张家界回来还要去岳阳看岳阳楼。我也要回岳阳看望父母，到时候我来接您，一起去岳阳。"我们约好十四日晚上通电话。

十四日晚上我回到长沙，准时接到了邓先生的电话。他说他明天一早来接我，一起去岳阳。我告诉他，我和其他几位老同学已经联系好了旅行社，一起去岳阳，就不麻烦他了。他说："这样也好，你们老同学可以一起多相处几天。您在岳阳万一有困难需要帮助，就给我打电话。岳阳是我的老家，我熟悉。"

　　现在，我结束了湘西之旅，回到了北京。我想，回到西雅图以后，一定给邓先生打个电话，问候他们全家。特别是那个小胖子杰森。我真心地祝愿他们一家在美国生活得愉快。

　　这次湘西之行，领略了独特的山川之美和风土人情。而这一路上接触到的人，让我意识到，江山固然多娇，而最美丽、最动人、最温暖的感觉，还在于普通人的朴素而又美丽的心灵，体现在人与人的交往中。平等，理解，互助，将心比心，举手之劳，我们就可以拥有一个和谐美好的世界，平凡而又美丽的天地。

2016年11月16日凌晨于西雅图国风堂
2021年3月31日、9月17日重读定稿

# 万大姐

## ——列车上的速写

　　十一月十五日晚结束了肇庆之旅回到广州。十六日一大早，我即按原计划乘坐高铁直奔杭州。邻座是一位老人，气度和模样都很像我初中时教几何的何老师。那时，何老师在我们的心目里就像是一位善良可亲的老妈妈，课讲得极好，待人也随和亲切。因此我对这位邻座油然而生一种亲切的感觉。车厢里最初的喧嚣过后，列车缓缓启动，她安顿好了行李，掏出手机，接上座位底下的电源，开始专心致志地摆弄手机。我瞟了一眼，她看的是一部青春题材的电视剧。我对摆弄手机和电脑都不太在行，用电脑可以打字、发邮件和朋友交流信息。我的手机是一部所谓的老人手机，只在出门旅游时使用，向家人报平安。至于什么短信、微信，我是一窍不通，也拒绝学习，自我封闭，甘居寂寞。至于手机付账，对我来说更是天方夜谭，怪力乱神，不可思议，敬而远之。因此看着这位显然比我还要大上几岁的老大姐熟练地玩弄着手机，有几分羡慕，于是谈话就从她的手机开始了。

　　"哎呀，这有什么难的？学一学，经常使用，自然熟能生巧，得心应手！"这位老人家一听就是一位爱说爱笑的人。她关掉手机和我攀谈起来。

　　"我过去和你一样，对这些电子产品一窍不通，还是我女儿硬逼着我学会使用的。她给我买来电脑和手机，手把着手教我使用，讲解各种性能，逼着我反复练习，一天到晚地给我发微信、寄文件、寄照片、建群，没有多久我就学会了。用多了，尝到了甜头，不但各种功能记得牢，而且离不开它了！"

她打开手机，手指在屏幕上轻轻滑动着说："看，这是我们大学同学的'群'；这是我七五年毕业的学生的'群'；这是七八年的，这是八一年的，他们也都老喽，退休喽。经常和我通微信，儿女结婚了向我报喜，孙儿出国了也要告诉我一声。三天两头地聚会，每次聚会一定请我出席。闹得我手忙脚乱，头昏脑涨。"老人的语气里没有丝毫的抱怨，反而听得出来她内心的欣喜和得意。

"有手机，生活方便多了，也不寂寞不是？"

"您原来在大学里教书吗？"

"教中学，听说过南昌三中吗？"

我摇了摇头。

"哎呀，你不知道南昌三中？南三北四嘛！怎么没听说过？"她看着我一脸茫然，解释说，"'南三'说的是南昌三中，'北四'就是北京四中。"

"名校？"

"名校！首屈一指！"老人直率而得意。

"您教什么课程？"

"物理，我是江西师范大学物理系毕业的，1962年。嗨，我当初报的是清华的物理系，我的分数远远高过了清华的录取线。'学霸'听说过吗？听说过？我从小就是个学霸，可是录取通知书来了，江西师范大学！天呀，怎么回事吗？我哭了三天，不出门！不服气！为什么？还不是因为我的家庭成分高！

"后来到了师大物理系，系主任得意地告诉我，'是我把你要到我们物理系的'。他和我的父母是老朋友，都是'臭老九'。他们都在师大教书，他是看着我在师大的大院里长大的。好吧，事情到了这个地步，只有认命，继续当学霸！毕业时我是物理系唯一的四年全优生！本来我是留校的。系主任多事，问了我舅舅一句，'你家娃儿毕业分配你有什么意见?'我舅舅也在师大教书。那时候的人都是死脑筋,一根筋,舅舅说,'让她到基层去锻炼锻炼吧'。就这样,我到了南昌三中。

"最初我想不通,怪舅舅多事,后来发现在中学教书是一件非常开心的事。我自己的经验告诉我,中学阶段给孩子们打好基础太重要了!我喜欢这份工作!眼看着你的学生一茬又一茬地成长起来,进了清华,考上北大,出国留学,得了硕士、博士学位,工作里有了显著的成就,成了国家的栋梁之材,很有成就感,别提有多高兴了!什么是人类灵魂的工程师?这就是呀!现在,这些学生大多是老人了,在我面前还像是个孩子,提起当年我给他们上课的情景,还是眉飞色舞,说'不但跟万老师学到了知识,而且学会了做人''听万老师讲课就是一种享受'。哎,我这心里别提多高兴了!现在,光是和他们通微信,参加这些学生的聚会,我就应接不暇,忙得团团转。虽然累,心里高兴。当老师的,图的不就是这个乐子吗?"

"您这是从广州回南昌吗?"

"是呀,没办法。我的女儿在广州,两个儿子在南昌。两边都需要我,拽着我,我只能两边跑了。"

"您的女儿怎么会到了广州呢?她应该在南昌工作呀。那样您不是就不用两边跑了吗?"

"哎,我的女儿是学数学的,也是个学霸,成绩特别优秀。大学毕业时,江西省成立了地方银行,行长是我们的老朋友,看上了她,好说歹说,把她挖到了银行里,当了副行长。几年下来,整个江西的金融界都知道她能力强,业绩好,人才难得。江西银行扩张业务,派她到广州常驻,当了一把手。最后,又被中行挖去做副总。现在又当了一把手。责任大,工作忙,安了家,好大的一座宅子空空荡荡,又心疼我一个人在南昌孤苦,非要接我到广州,给我请了保姆,让我享福。"

"您的老伴呢?"

"嗨,说起来我就后悔。我的老伴是学工程的,我们是高中同学,一对学霸。退休以后,他闲不住,不服老,买了一辆摩托车,和一群朋友到处游山玩水,钓鱼打猎。也没见过像他这样迷恋摩托车的,整天不着家，连买棵葱也要骑摩托去。也是该着出事，那天下雨路滑，他骑着摩托出去散心，我也没拦他。结果，他被一个酒驾的司机撞了，人就这么糊里糊涂地没了。酒驾的司机也是银行系统的，还是个副行长，托人向我求情，答应赔偿我一笔巨款。我要钱干什么？我要我的老伴！我要把你送进监狱！老伴走了以后，女儿一定要把我接到广州，我也想离开南昌，就搬到了广州。"

说到这里，万大姐的手机响了，是南昌的老学生知道她回来了，准备为她接风。过了一会儿，广州她所在小区的老姐妹们也发来短信问，万老师什么时候回来领着大家跳广场舞。她笑着说："没办法。我这一走，小区的老姐妹们没有了主心骨。大家都说我处事公道，待人和气直爽，离不开我。"

"您这次在南昌待多久？"

"十天，一年两次；每个儿子家待五天，不偏不倚，一天也不多待。女儿也不让，她一天看不见我也不行。要不是她的两个哥哥和嫂子一再要求表态，她不会让我离开广州的。倒不是儿子和媳妇对我不好，他们也很孝顺，就是女儿离不开我，不放心我。这不，上个月，她那么忙，还带我去美国旅游了一趟。

"要说现在的社会真是进步神速，年轻人引领风骚。她足不出户，一部手机，从往返机票、饭店、交通，包括出租车，事无巨细，全部解决了。我们一路从广州到夏威夷、旧金山、洛杉矶、拉斯维加斯、纽约、尼亚加拉大瀑布，走马观花，眼花缭乱，景色倒是很美，也很开眼界，就是饮食不习惯。整天不是西餐就是汉堡、三明治，吃得我都快得老年痴呆了！我的外孙在纽约读书，刚去两个月，特意开着车送我们到中国城吃了一顿中餐，哎呀，别提有多好吃了！我还从来没吃过那么可口的中国饭菜呢！其实饭菜一般，就是整天吃美国饭，吃得我倒了胃口，乍一吃中餐，还不跟见了亲人似的！我跟女儿说了，行了，就这一次。你也尽了孝心，我也见识了美国。老实说，不怎么样！还是中国好，家里舒服！以后我哪儿都不去了，就在家里待着了！"

老人家口若悬河，滔滔不绝，谈兴极浓。我也是个爱说话的人，尤其是在旅游途中，特别喜欢和偶然遇到的各种年龄、职业背景不同、经历丰富的人摆龙门，侃大山，聊大天儿。我思索着新的话题，顺便问道："南昌还那么热吗？您这时候去，应该凉快多了吧?"

"热！四大火炉嘛！不过现在回去天气凉快多了，就算是夏天回去也不怕。现在生活条件好了，一到夏天，人们都离开南昌，出去避暑了。其实，就是南昌城里温度高，只要一出了南昌，到处是青山绿水，美得很！天气也凉快！离我们南昌一百多公里，有个宜乐县，那里的山村山清水秀，气温只有二十多摄氏度。农民几乎家家都盖了小楼，开了公寓，专门接待从南昌和其他大城市来避暑的游客。两人一间房间，干干净净，清清爽爽。早上到集市上买农民刚摘下来的新鲜蔬菜和鱼虾，大米也是新鲜的。自己开伙做饭，一日三餐，都是绿色食品。其余的时间散散步，聊聊天儿，轻松惬意，日子过得快，一个月一晃就过去了。连吃带住，一个月也就千把块钱，农民和城里人，皆大欢喜。交通？方便！从南昌坐长途车到县城，村子里有专车等在那里，直接把你送到村子里。一个多小时，方便得很!"老人家见我听得津津有味，神情专注，跃跃欲试，说道，"你要是有兴趣，想开开眼界，下次再回国的时候，先给我来个电话。只要我在南昌，我先给你联系好了，你也去享享清福!"说着，老人主动给我留了电话。

车到南昌南站了，我提起老人的行李箱，送她下车。她刚走下车，电话响了，是她儿子打来的，儿子和媳妇已经到了车站大门口，让她等在站台上别动，他们进来接她。我和老人互道珍重。火车重新启动，一眨眼，老人的身影就消失了。高铁就是快。中国因此而变得小了，人们之间的关系也因此变得更近，更融洽。我打算下次回来，一定争取到南昌去体验一番万大姐说的神仙般的日子。

## 乘高铁欣逢南昌老人万大姐

万大姐，七十九岁，南昌人，原南昌三中资深物理教师。三中乃名校，与北京四中齐名，人称"南三北四"。老人桃李满天下，现居广州，晚岁幸福，生活丰富。网上漫游，"群"里交流。儿女孝顺，学生恭敬。越洋看世界，故里享天伦。小区里领袖群媪，广场上时时起舞。我游南粤北返途中，在高铁上与之邻座，听她谈人生，数过往，受益颇多。谨表尊敬之忱。

意畅心舒处处春，南游北返遇奇人。
辛劳一世培桃李，灿烂夕阳焕老神。
北四南三风气正，传薪育火爱心淳。
乘风晚岁观风景，抖擞精神日日新。

2017年12月11日于西雅图国风堂
2021年8月6日重读修改

# 京城秦人

那天夜里风很大，躺在床上想象着在人们头顶上盘桓多日的雾霾被一扫而空的情景，竟有几分激动。于是起身走到阳台上。果然，一天深蓝，皓月当空，星光明灭，街灯闪烁！这才是我的北京，我梦中的故乡，我儿时的天空！一阵夜风吹来，竟有几分寒意，我再次深深地吸了一口雾霾去后清新的空气，回到床上，闭上眼，静等着天亮。

天终于亮了，一天清爽。我下楼去吃早点，小区里很安静，花木葱茏，生机勃勃。一个人的身影在前方晃动。忽然，传来一阵歌唱，伴着锣鼓丝弦，很清晰，很高亢，很特殊！"秦腔！"我听出来了，是秦腔，陕西梆子！在这个流行音乐泛滥，无病呻吟盛行的年月，在我居住的小区里，在这样清爽安静的早晨，居然能听到秦腔！它是那么动听，那么新鲜，就像这雾霾消除后新鲜洁净的空气，又像那刚出锅的热气腾腾的新鲜炸糕，散发着诱人的香气，沁人心脾，令人陶醉，让人惊讶！我紧走了两步，追上了前面的那个人。这令人振聋发聩的西北高原特有的歌唱，似乎就是从他身上发出来的！

前面的人不紧不慢地走着，步态悠闲。他穿了一身蓝布裤褂，一顶蓝色的布帽，一双黑色的布鞋，领口上露出里面穿的白衬衣。他双手捧着手机，一个满身锦绣的女人在银屏里边唱边舞，声音就是从那里传出来的。我们对视了一眼。他身材消瘦，笑得很诚恳，显然不是这个小区的老住户。

154

"秦腔?"

"秦腔。"他咧嘴一笑,西北口音很重。

"什么戏?"我又问。

"王宝钏。"西北口音更浓重了,如果我不注意听,不熟悉戏曲,根本听不懂。

"你是西北人?"

"是,我是甘肃人,天水的。"

秦音和秦腔有一种朴素的温暖人心的力量,我觉得和他似曾相识。我们停下脚步,站在路上,交谈起来。

"你是在北京打工吗?"

"我六十多了,找不到工作了,也干不动了。"

"那你到北京来干什么?"

"看我闺女,看看北京,逛逛。"

"你闺女在北京打工?"

"是,她在歌华上班,干什么我也说不清。"

"你到北京多久了?"他看着我发愣,我猜他是没听懂我的话,又问了一遍,"你来北京多少日子了?几天了?"

"没几天,上个星期才到。"

"北京的环境你还习惯吗?"

"还行,习惯,挺好的。"

"你住哪儿呀?"

"我就住在那个旅馆的地下室。"他指了指三号楼,我家就在三号楼。

"喜欢听秦腔?"

"喜欢,别的我也听不懂。在老家我也天天听秦腔。"

"好,喜欢就好,我也喜欢秦腔。你大概想家了吧?"

"不想。"他笑了,笑得很憨厚,"北京好,不想家。"

"时间长了你就想家了,你打算待几天呢?"

"一个月。我和我闺女商量了,就待一个月。"

"你刚到,还有时间,在北京好好逛逛。天安门去了吗?"

"去了，好着呢。"

告别了这位甘肃老乡，我又想起了两年前偶然遇到的另一位甘肃人。也是在我回京探亲下楼吃早点的时候。他也住在同一座地下室旅馆里。

那天，他坐在我对面，穿了一身黑布裤褂，戴着一顶黑色的布帽，脚下是一双黑布鞋，一律都是新的。他大概五十出头，面容清癯，毛发很重，隆鼻深目，是个典型的西北汉子，只是不够强壮。我因为一时贪嘴，多买了一张糖油饼，吃不下又不想扔掉，抬头看了看他吃得那么专注，那么津津有味，于是请他帮我解决半张。他有些意外，盯着我，没说话。我又重复了一遍我的话，他看了糖油饼一眼，微微点了点头。于是我撕了大半张，放在他的盘子里。就这样，我们攀谈起来。

他是甘肃礼县人，五十六岁，在家里务农，唯一的儿子在北京的建筑工地上打工。家里的日子还过得下去，粮食够吃，就是见不到钱。听儿子说起北京的情景，两口子一商量，于是拿出不多的积蓄，买了火车票，来到北京。我问他会什么手艺，他说他会木工，会盖房，能打门窗，一般的家具也没问题。我说他这门手艺要是放到三十年前，还真能派上用场。那时候年轻人结婚，都讲究请人打家具，到处都能看见农村来的木匠肩扛工具走街串巷，招揽生意。只要揽到了活计，吃住都在主家，工钱另算。十天半月干下来，收入不错，都归自己。

现在的皇历变了，年轻人结婚都讲究买家具，没人再请人打家具了。老汉只能到建筑工地上找活儿干了，可工地上的活儿他干不了，太累，他身子骨弱，顶不下来。不要说找不到活儿，就算找到了，他也干不长。他来了三天了，每天的房钱是六十元，就一张床，每天就吃一顿。他指了指他面前的油条和小米粥。我问他吃了几根油条，喝了几碗粥。他说三根油条，一碗粥。我算了一下，正好六块。他问我："老师傅，你家有活计吗？"我说我家里的家具买的也是现成的，过去请人打的家具都淘汰了。他悄悄叹了一口气，沉默了。我劝他别灰心，再找找看，也许能找到适合的工作。像看仓库，守夜，我看他都干得了。他显然底气不足，说要是这样的话，他就得考虑尽早回家了。北京的物价

156

高，花费多，这样坐吃山空，受不了。我说既然来了，儿子又在这里，就再多坚持几天，不要急着回去。"让你儿子托托朋友，说不定就能峰回路转，柳暗花明。"他笑了，显然听懂了我的话，又问我："老师傅，你有没有熟人需要临时工？"我告诉他我是回来探亲的，过些天就要走了，这个忙实在帮不了他。

算账的时候，他站在我的身后。我说："咱俩有缘，遇到了一起。今天这顿早点我请你。"他张了张嘴，嗫嚅着没说话。算完了账，我说："老弟，祝你好运吧。我要去散步了，后会有期。"他没说什么，默默地朝旅馆的方向走去。后来，在我离开北京之前，我再也没见到他。不知道他是回甘肃老家了，还是找到了工作，上班了。

秦人小刘的老家在甘肃兰州郊区，几年前来到北京谋生，在一家个体小店站柜台。这家小店就在我们小区西门左手、西便门内大街东侧，我进出小区都要经过它。说是小店，还真是抬举了它，其实它连小店的资格都不够。就在居民楼底层的一个小夹道似的窄小空间里，摆了一个冰柜和一个玻璃柜子。冰柜里装的是啤酒，玻璃柜子里摆的是香烟。这个狭小的空间大概也就一米半宽、三米长短。他一个西北大汉，整天蜷缩在里面，负责卖烟酒。后来，他又在门口摆了一个冰柜，说明生意不错，买卖做大了。这家小店儿的老板，我没见过。估计是个心眼活泛的外地"北漂"，租了这个地方，开了这家小店，雇用了小刘给他看柜台。自己当甩手掌柜，坐享其成。也许您要问，"你怎么敢肯定这家店主就一定是外地人呢？就不能是北京人？"我敢肯定。因为现在的北京人，尽管穷得稀里哗啦、叮当乱响，也不肯放下架子抹下脸干这种营生。要不怎么外地人管北京人叫"八旗子弟"呢？

两年前我回到北京，每天都要下楼去附近的饭馆吃饭，必须经过小刘的小店，一来二去的彼此熟了。小刘今年三十出头，过去在家里种地。现在父母、妻子和一男一女两个孩子还留在老家。老板每月给他开两千块钱，管住。他就在柜台后面拐角的一张小床上将就，吃饭也是将就。我问他想不想家。他说想，怎么能不想呢？我问他为什么不把老婆和孩子接来呢。一家人在一起过日子多好！他说他也想过这件事，但是

157

没那个能力。北京过日子太贵，孩子也入不了学。我说那就把你老婆先接来。他说正在办这件事。

去年，我又见到了小刘，那个迷你小铺子里坐着一个相貌清秀的女子，穿得很干净，小刘站在外面招呼客人。我说："小刘，我猜这一定是你的太太吧？"他笑呵呵地说："是。"我说："祝贺你们两口子在北京团聚了！"他连声道谢。他的老婆满面含羞，不说话。过了几天，我又路过小刘的铺子，他说他老婆找到一份临时工，已经上班了。我说："你看，事情开始有转机了吧？你不把她接来，试一试，你怎么知道行不行？快把你的孩子也接来吧！"小刘只是笑，不说话。

今年十月我在北京时，由于很忙，没顾上小刘的事。只是有一天，我路过他的铺子，远远地和他打了一个招呼，问他过得怎么样。他说还行。我说你太太还上班吗，他说还在上班。我朝他伸出了大拇指，晃了晃，急匆匆地走了。看来，小刘和他的太太一切正常，这就好，我也不需要知道得更多。只要两口子都在上班，就说明问题不大，就有希望，说不定哪天他的小铺子里就会出现两个孩子的身影。孩子或许和他一样高大，和母亲一样清秀，说一口西北话，口音很重。当然，要不了多久，他们也能说一口漂亮的北京话。孩子嘛，学什么都快。尤其是学语言。您说是不是？

以后，在我家附近的餐馆、商店、小铺子里，我不止一次遇到来自西北高原的甘肃打工者。他们出自张掖、天水、庄浪、礼县等贫穷地区，有着同样黢黑的皮肤，浓重的乡音，朴素的气质，或长或幼，或沉默或快乐。在繁华躁动五光十色的北京，他们带来了一股西北风，说不上强劲，也远不够张扬，但却实实在在地存在着。他们从事着一般人不屑一顾的繁重辛苦的劳务，咀嚼着乡愁，为北京的运转贡献着他们的汗水和体力，聪明和才智，坚韧和刻苦。离开他们的劳动，现代的北京，会有所不同。

甘肃是秦人和秦文化的发祥地，礼县更是秦人和秦文化的祖地。秦地、秦人、秦文化，尤其是秦人果敢、尚武、刻苦、坚韧的习俗和精神，一度在历史上大放异彩，改变了华夏大地的面貌，主宰了中国的命运。千年而下，这种精神看似沉寂了，甚至消失了，但实际上至今还在中国文化的根脉里默默地鼓荡和流淌。虽然秦皇之后儒家的精神和主张死而复生，后来居上，成为中国文化的主流和标识，但是单纯的儒家思想和主张，解决不了现代中华民族面临的复杂问题，也应付不了我们所处的险恶环境。仁者固然无敌，但仁者也需要武备在背后的支撑。文武之道，一张一弛。离开强大持久的武备，任何善良的愿望和一味的说教，不但于事无补，而且会带来千古之劫，酿成万古之恨。从这个意义而言，我喜欢秦人和秦文化。我希望秦文化的西北风在北京以至中国刮得更猛烈一些，粗犷高亢细腻妩媚的秦腔唱得更响亮一些！

2015年仲春初稿

2021年4月—7月重读修改

# 盲人推拿师和卖花女

两年前，我又回到了北京。每天晚上，只要雾霾不太大，我都要出去散步。出门往北直抵长安街，然后左拐向西到工会大楼，再左拐向南到羊坊店，然后沿着京密水渠向东回家。有一晚经过羊坊店，看到一家店铺前的霓虹灯一闪一闪的，显示出"盲人推拿"四个字，这是一家盲人推拿店。我刚从江南旅游回来，路上拉伤了肩膀，加上腰酸背痛，于是第二天上午又寻路找到这里。

给我推拿的是一个二十多岁的小伙子，姓姜，个子不高，面庞清秀，文质彬彬。小姜的手很有劲，手法也不错，很柔和，又很深透，我很享受。听到我的表扬，小姜说："老爷子，您是行家，一般人说不出这样内行的话来。"我说："我只知皮毛，说的是我的真实感受，你推得不错。"于是拉起家常。小姜说他是河南人，自幼双目失明。小时候懵懂，日子过得还无甚忧虑。长大以后，才知人生艰难。为了养活自己，安慰父母，学了这门手艺。两年前来到北京，辗转到这家店铺打工。

我问小姜收入如何，能不能养活自己，有没有余力孝敬父母。他说收入还行。一个客人一小时收费七十八元，自己得四十元，剩下是老板的，差不多是对半开。老板提供住宿，饭钱自己掏。我问："你们住在哪儿？"他说："就是这儿。就是这张床，白天推拿，晚上睡觉。有个铺盖卷儿就行了。""那吃饭呢？""吃也简单，有时间自己做一点儿，蒸点儿米饭，炒个青菜，简单。没时间就上街买一点儿，烧饼、油条、包

160

子、饺子，什么都有，就是贵，还是自己做饭便宜。"我问他成家了吗，他说还没成家，但是交了一个女朋友，也是盲人。视力比他强，多少还能看见东西，过一会儿就去接她。她住在西郊，打工，坐地铁来。从这儿到地铁站不近，我嘱咐他小心一点儿。他说没问题，道儿都熟了。再说现在还是好人多，出门办事，大家都很关照。父母也很心疼体谅他，不许他往家里寄钱，让他攒着准备结婚用。

推拿结束后，小姜一边洗手一边说："老爷子，您的身体真棒！说话声如洪钟，震得我的推拿床嗡嗡直响。您背上的肌肉比小伙子还结实！"我说我喜欢唱歌，每天练声。他问是美声吗。我说是，我只喜欢美声唱法，流行和通俗唱法与我没缘，民族唱法也不够恢宏大气。小姜说他也喜欢美声。我告诉他，我坚持每天做六十个俯卧撑，常年练八卦和形意。小姜很惊讶，说："您一看就不是个凡人！"我笑了。他的话让我很受用。我说："谢谢你的吉言。明年这时候我还来找你，请你给我推拿。"他高兴地答应了。

去年我在北京时因为忙没去找小姜。今年十月初刚到北京不久，想起这个说话爽快、心思简单的快乐的年轻人，我循路找到了那家盲人推拿店。小店换了新老板，价格也稍微高了一些。我问前台的人小姜在不在，我想找他推拿。对方回答小姜走了，不在这儿干了。这儿的人都换了。我又问小姜去了哪儿，有没有他的地址和电话。对方说不知道他去哪儿了，也没有地址和电话。我有几分失望，转身走了。

街上依旧人流如潮。一个个陌生的面孔在我的眼前闪过，我仍在想小姜的事。这个年轻人去哪儿了？他还能去哪儿呢？是回河南的老家了，还是留在北京继续打工？他结婚了吗？生活得是否幸福？他为什么要离开这家店铺？是新老板太苛刻，还是他有自己的想法，想开一家自己的店铺，自己当老板？不管怎么说，我相信他的前途不会太黯淡。他有手艺，有特长，性格乐观，想得开。知道感恩，知足常乐。有了这几样儿，他的前途和生活就有了保障。北京人有句老话，"老天爷饿不死瞎家雀儿！"天道酬勤，我们没有理由不相信小姜和无数像他一样的残疾人能找到自己的立足之地，开辟出一块属于自己的天地。

离小姜的推拿店不远有一家小花店，店主人是北京姑娘小李。那天我散步路过，店铺不大，但是门口摆放着的几盆菊花挺显眼，白菊雅静，粉菊温馨，黄菊热烈，两盆绿色的菊花最招人喜爱。我在西雅图的花店里看到过这种绿色的菊花，很喜欢，就是太贵，一直没舍得买。于是我买了四盆菊花，每种颜色各一盆。小李很开心，接过那张一百元的簇新的票子，反复查看着。我说："姑娘你尽管放心吧，这钱是我从银行刚取出来的，错不了。"她一边把钱放进钱柜，一边解释说："大爷，不是我不相信您，现在的骗子太多。那天我就收了一张假币，一百元的。一天都白干了，还得赔本钱。"我说："还有这种事吗？""可不，那天也赖我自己，急着想开张。其实我看见了那个小子，骑着摩托车在这儿转了半天了。按说这里边肯定有问题，可我没理会儿。过了一会儿，等店里的顾客走光了，就剩下我一个人了，他进来买了一盆不起眼的花儿，给了我一张百元大钞。我还留了个心眼儿，反复查看了，没问题。结果他刚走，我爱人回来了，他看了那张大钞，说是假币。我的心里咯噔一下子！拿到银行一验，果然是假钞！现在的假钞造得跟真的一模一样！"

正说着话，小李的母亲进来了。她也是不放心闺女，没事就来看看。我说："姑娘，花儿我买了，钱也缴了，麻烦你帮我送回家去。这四盆花儿我无论如何也拿不了。"小李说："没问题，大爷！"她掏出手机，一个电话把她爱人叫来了。小李的爱人骑着摩托车把四盆菊花送到我家，这桩买卖才算最后成交。我看出来了，小李之所以那么痛快地让他爱人送我回家，固然有她敬重老人、扩大营业的考虑，同时也有想看看我的行踪落脚，免得再上当受骗的意思。小李的爱人说，小李的花店刚开张，家里也没指着她能挣多少钱。"她职业学校刚毕业，一时找不到合适的工作。与其在家里闲待着，不如自己找点儿事做，挣个零花钱，省得闲出病来。年纪轻轻的，总得求上进不是？"我说："你们这个想法很好。万事开头难，气可鼓不可泄，要鼓励她坚持下去。自食其力是理直气壮的事，整天侍弄花草，也是个雅静的事。明年我回来还去你们店里买花儿。"小伙子高高兴兴地走了。

第二年我又回到北京，散步的路上我又来到了小李的花店。门关着，挂着窗帘，门上贴着一张启事："因故暂停营业。随时重新开张。敬请关注。"我有些失望。不知道小李和她的花店到底发生了什么事。但愿她一切都顺顺当当的才好。

　　小姜和小李让我见识了在北京的大街小巷里生活的一部分年轻人的现状。他们很艰难，但有希望。他们的希望说不上辉煌远大，但是实实在在，并不遥远，就在平民市井的屋檐下，只要他们抬起头，就可以看见那希望的闪光。

2015年仲春初稿

2021年4月—7月重读修改

# 地　书

又刮风了。天空晴朗，雾霾全无踪影。只要没有雾霾纠缠，北京的秋天就依旧可爱宜人。我原计划去西单书城，乘坐78路公交车到军博换乘地铁一号线时，想到近在咫尺的玉渊潭公园，眼前随即闪过八一湖的碧波和湖柳的倩影，于是信步朝公园的南门走去。公园的南门外，地势开阔，平坦的地面上铺着整齐的水泥方砖，杨柳依旧，松柏俨然，有几个"地书"爱好者正在全神贯注地当风挥毫。

地书是京城一道独特的风景。十几年前我越海回京访旧时，就领略过它的风采。地书者大多是退休的老人，男性居多。他们手提一个小玻璃瓶，就近在湖里舀一瓶清水；另一手则秉笔在水泥地面上任意挥洒。地书以地为纸，以水代墨，它的笔自然也不寻常。笔杆是铁皮的，二尺多长，三分粗细。笔头是塑料的，软硬适中，看上去像北京四月含苞待放的玉兰，饱满、圆润、挺拔。地书者早聚午散，自成规模，与其他练太极的、跳舞的、踢毽子的、唱歌的比较起来，显得文雅而安静。在他们的笔下，真是各体兼备，流派纷呈，什么石鼓金镏、篆隶楷行、张颠素狂、二王四杰、颜柳欧赵，纷至沓来，各具风姿，俨然是一场民间的书法盛会，是中国书法史的形象展示，别开生面，引人注目。

在北京的几个大公园里，都能看到地书者的身影。地书的出现，是北京业余书法爱好者的天才创造。与传统的书法艺术比起来，它更大众化，更易普及，更具有娱乐的性质。如果说传统的书法艺术曾经的辉煌，像夏天盛开的荷花，摇曳多姿，清香远播，尽得风雅；那么地书就像深秋的残荷，形已凋而神尚存，虽属末流余韵，不登大雅之堂，却与历史遥相呼应，焕发着传统文化的精气神，为随着现代化建设的推进而日渐失去了往昔风貌的古老京城，平添了一道既新颖独特而又可堪怀旧的风景。

眼前的这位地书者，看上去与我年龄相仿，身材适中，风度闲雅，正在默写《怀素自叙帖》。只见他胸有成竹，不假思索，笔势如行云流水，滔滔不绝。再看他的字，果然中规中矩，严守法度；起承转合，一笔不苟；提顿之间，笔断意连；真是满地烟云，熠熠生辉，颇有前贤风范。他写了一阵子，停下来休息。趁这个机会，我和他攀谈起来。他姓于，今年六十六岁，转业军人。

老于从军多年，原来在北京军区石家庄某部做文化工作，正团级。他说他临摹《怀素自叙帖》已经多年，是晚年最大的乐趣。一年到头，只要天气情况允许，他和朋友们都要聚到一起"笔谈"。这片树林，这块地界，是附近地书爱好者的精神圣地。通过地书，大家交流了感情，增进了了解，提高了修养，获得了享受和乐趣。同时，地书需要站立书写，边写边移动，与传统书法相比，有动静结合的好处。如果天气晴朗，阳光充沛，和风舒畅，则更有日光浴和氧吧之妙。所以大家乐此不疲，如果两天不聚在一起写上一阵子，身子会感到僵硬，心里也不舒坦。

说到这里，老于说有一件事要请教。我请他但讲无妨。他说："《自叙帖》里怀素写道，'怀素家长沙，幼而事佛。经禅之暇颇好笔翰，然恨未能远睹前人之奇迹，所见甚浅。遂担笈杖锡，西游上国，谒见当代名公，错综其事。遗编绝简，往往遇之，豁然心胸，略无疑滞。'其中的'错综其事'是什么意思？"我说："我的理解是，怀素从长沙来到首都长安地区，遍访书法名家巨擘，吸收融合了各家所长，开阔了心胸和眼界，形成了自己的主见，提高了眼力。以后再遇到从未见到过的书法遗编和绝简，也能了然于胸，毫无障碍。'错综其事'，指的就是他吸收融合各家所长这个学习、吸收、消化、融会贯通的过程。不知你以为如何？"老于想了想说："您说得有道理，是这么回事。"于是我们互道珍重，挥手而别。老于提着水桶，另一只手握着造型奇特的"地书"专用笔，转身而去。那神态，颇有几分西天取经、义无反顾的意思。

风依旧很大。湖柳翻翻，湖面上银浪翻滚，像无数只小白兔在追逐嬉闹。我想起了三十多年前翻译的日本作家井上靖的小说《湖上兔》，暗自感慨作家对生活观察得真是细致入微，巨细无遗。眼前的情景与作家笔下描写的湖上风光一模一样。我沿着岸边疾行，发现公园增添了许多新建筑和设施，不复当年的野趣村风。于是我又想起了三十多年前带着儿子到这里来游泳、纳凉、钓小虾、捉蜻蜓的情景。玻璃瓶里放上一块骨头，用绳子拴牢，沉到湖边的浅水里。过一会儿，眼看着一只只的小虾米钻进瓶里，叮食骨头上的残肉。于是将瓶子猛地往上一提，将那些贪吃的小白虾一网打尽。小白虾在瓶子里团团乱转，儿子拍手大笑，那是我们父子最开心的时刻，至今记忆犹新。

　　有一次，我在街上给儿子买了一只小乌龟，深绿色的龟背上有一道道的金线，两只绿豆大的眼睛炯炯有神，儿子爱不释手。但是小乌龟在陌生的环境里不吃不喝，明显消瘦了。喂它牛奶，它不理睬；喂它米饭、肉末，它不屑一顾。得到机会，它就从水盆里爬出来，沿着墙根，躲到沙发下面不肯出来。我说小乌龟想家了。于是，我们决定放它一条生路。那一天我们又来到这里，不是钓虾，而是放生。儿子把小乌龟放进钓虾的玻璃瓶里，提着，跟在我的身后。他虽然不愿意，但却听话，明白道理。来到湖边，他把小乌龟放到地上，轻声轻气地说："小乌龟，你回家吧。"小乌龟一动不动。儿子又说了一遍，小乌龟抬起头，伸长脖子，它闻到了新鲜的水的味道。我捏着小乌龟的背，把它放到湖边的浅水里，它摆动着身子，向深水游去，一眨眼就消失了。我说："走吧。它回家了。说不定下次我们来钓虾，能把小乌龟钓上来。"

　　湖边有人在大风里唱歌，另一拨人在跳舞。转过山坡，风小多了，人们在打太极、踢毽子、晒太阳，各有所好，自得其乐。我出了南门，远远地看到老于和他的伙伴们还在大风里挥毫不止。我没再打扰他们，径直朝地铁站走去。

2016年仲春于西雅图天风海雨楼

2021年4月—7月重读定稿

# 纸　农

又去了琉璃厂，这次是为了装镜框。

这几年，琉璃厂裱字画、装镜框的小商铺比比皆是，干这一行的几乎都是外地人。"文房四宝"是其中的一家，主人姓杨，四十八岁，来自四川夹江县。

小杨夫妻到北京开店已经将近十年了。店设在琉璃厂，专门揽生意。郊区还有一个作坊，雇了五六个工人，负责加工。女儿在北京上大学。老人留在老家，照顾老屋和几亩地。说起老家，我问他们来北京前干什么，是不是下地干农活的正儿八经的农民。小杨说他们是农村户口，但是不下地干农活，他们是"纸农"。

纸农？我闻所未闻，好生奇怪。小杨说，夹江县是全国有名的"纸乡"，他们家世代都以手工造纸为业，有自己的作坊。人在农村，户口是农业户口，但是不干农活，而以造纸为业，就是纸农。来北京之前，他家在夹江县城里开了一家纸店，专门经营自家作坊里生产的各种纸张。现在到了北京，光靠卖纸很难维持，于是也装裱字画，设计镜框，扩大了经营范围。发展到现在，装镜框和裱字画成了主要的业务。我说听说造纸离不开好水和好竹子，果真如此吗？小杨说是。造纸的主要原料就是好水和好竹。他们那里山清水秀，到处都是竹林，比电影《卧虎藏龙》里的竹林还要美！水清竹秀，生产的纸，产量高，品种全，质量好。夹江从唐朝就开始造纸，清朝达到鼎盛。一直到现在，从未间断。

167

康乾时期，经康熙皇帝钦点，夹江生产的书画纸成为贡品，十分风光。"听说过'大千纸'吗？对，就是张大千和我们夹江纸农合作研究出来的书画纸，可以和宣纸媲美，人称'宣夹二宝'。"

说起老家和祖传的手艺，小杨口若悬河，和我刚进店时的沉静少语判若两人。从他的谈话里，我不仅感受到了他作为"纸农"那一份特殊的自豪，也听出了几分乡愁和乡思。

我进店门时，他们正在吃午饭。一小锅白米饭，一碟肉丝炒榨菜丝就是他们全部的饭食，真是再简单不过了。我说你们的午饭太简单了。出门在外，要注意饮食，要保证营养。其他的都可以凑合，吃饭不能马虎。他则说每个月要缴房租，这里的铺面和郊区的作坊、住房，还要养活五六个工人。女儿上大学，家里有老人，处处都要用钱，不节约不行呀。我说："既然这样，你们再干几年，攒够了钱，干脆回老家养老吧。你看现在的北京，人口超负荷，交通拥堵，空气污染，物价又奇贵，有什么可留恋的？'锦城虽云乐，不如早还家'。""谁说不是呢？"小杨的太太接过我的话说，"这件事我们商量过很多次了。我们老家山清水秀，论居住环境比北京强多了！""现在还不行，再干几年再说吧。"小杨接着说，"家里的老人也希望我们回去。虽说他们身体还不错，但是毕竟一年不如一年了。等女儿大学毕业再说吧。""看来你们的女儿将来是要留在北京了。这样也好。你们退休以后，随时可以回北京来看望女儿，重访北京和你们熟悉的一切。"小杨和太太都笑了。笑得很开心，很真诚，看来我的话说到了他们的心里。

告别了小杨夫妇，走在回家的路上，我想起了前年去杭州参加北大同学的聚会时，那位送我到宾馆的出租车司机。他来自黄山脚下，先是在广州开出租，两年前辗转到了杭州。他说广州天气太热，钱也不好挣。杭州比广州强。说起老家的青山绿水，和在外漂泊的种种艰难，他很感慨，很无奈。我说："我要是你，肯定回黄山脚下的老家养老。守着黄山，吃着自己种的粮食，喝着老家的泉水，看日出日落，云起云飞。再种一院子花，养两缸金鱼，外带养几只猫狗，多美！"他笑了，然后神情严肃地说："我在老家还有房子和地。我一定好好考虑考虑您的话。我也的确感到累了。等两个孩子中学毕业了，把他们安排好了，我也许真就回老家了。"

一位美国朋友对我说过，迁徙是人类的天性，也是人类的权利。人类总是为了追求更美好的生活而迁徙。这和鸟兽的自由迁徙是一样的，是大自然的规律。任何人都没有权利也改变不了这一点。对这位朋友的话，我深以为然。自由自在地迁徙，不仅是人类的天性，而且是人类进步的动力和必经之路。人类正是在迁徙中完善了自己，改变了世界，创造了文明。如果人类故步自封，人类就不会有今天我们已经拥有的一切。

同时，恋旧、思乡也是人类的天性，尤其是中国人。几千年来，"安土重迁"和"落叶归根"是中国传统文化根深蒂固的属性，也是中国人普遍的行为准则。"云无心以出岫，鸟倦飞而知还"，陶渊明的诗句道出了中国人普遍的心理状态和人生轨迹。无论你走得多远，无论你离开多久，无论你的成就多么辉煌耀眼，抑或是你的人生多么平淡无奇；老了，到岁数了，内心里曾经隐藏得很深很深的那一点乡恋和乡愁，会在不经意间浮上心头，涌上脑际，让你寝食难安，坐卧不宁。来自四川夹江的小杨夫妇，出自黄山脚下的出租车司机，以及我自己的经历，都说明了这一点。

自从二十五年前迈出了那决定性的一步，我在海外漂泊至今，不肯言归。但是内心深处的彷徨和纠结，几乎无日无之，年纪越大想得越多。我对小杨夫妇和那位出租车司机说的话，也正是我内心深处的独白，是我无数次对自己说的话，是我总有一天要严肃面对的话题。这一天正在朝我走来，我无法回避。说来可笑，我劝小杨夫妇和出租车司机退休后回老家养老，理由是他们故乡的青山绿水的亲切可依。回家，对他们来说就意味着回归自然，重新找回儿时的记忆、青春的踪迹、蓝天白云、青山翠竹以及淙淙的流泉和百鸟的喧鸣。

那么，作为一个北京人，落叶归根对我意味着什么呢？我将放弃清洁安静的环境，稳定而有规律的生活，保持个人隐私的空间和距离，思索和写作的愉快。坦率地说，北京没有如同夹江和黄山那样的青山绿水可以归依。我之所以思归，主要是出于精神的饥渴和文化的孤独感。二十五年来，我在异国他乡以传播中华文明为己任，克勤克俭，努力拼搏，有了一片自己的天地和事业，有了充实稳定的生活。我感谢命运对我的青睐，生活对我的回馈，人们对我的厚爱。对过去二十五年的抉择和付出，我无怨无悔。然而，我始终有一种在孤岛上离群索居的寂寞和在黑暗中摸索前行的无奈，曲不高而合者寡。随着我的年齿渐增和事业逐渐接近尾声，这种孤独、寂寞和无奈的感觉，越来越强烈。

因此，我回国的频率也越来越高，每次回去停留的时间也越来越长，回来以后调整时差也越来越困难。每次回到北京能做些什么呢？无外乎是朋友聚会，剧场观剧，逛公园，买东西，逛琉璃厂，下小饭馆，博物馆里追寻文化的遗踪，待在家里喝茶看电视躲避雾霾。或是乘坐高铁往来于大江南北，一忽儿在苏南品味江南园林的独特韵味，一忽儿独步于齐鲁大地朝圣拜孔；或与朋友们穿过雾霾下天津逛五大道；或去三清山踏云穿雾，或去龙门瞻仰大佛的风采。忙忙碌碌，精疲力竭，于是开始怀念大洋彼岸家里的清静和悠闲。然后就是经过十几个小时的长途飞行，回到西雅图，调整时差，恢复往日的作息，一切复归于平静。姐姐说："年纪大了，往返奔波太辛苦，你以后就不要每年都回来了。"我说："您是'饱汉不知饿汉饥'，我回去以后待到十个月，就待不住了，就想活动活动，回来看看。"姐姐又说："那每次回来就多待些日子。"我说："您不知道，只要过了一个月，就开始想西雅图的家，房子有没有问题，院子里的草又该割了，花浇水了吗？鱼喂了没有？就又坐不住了。""那怎么办？两边都待不住，又两边都舍不得？"我们相视大笑。这似乎是一个无解的问题。最后的结论只能是"过一天是一天，得过且过吧"。

2019年秋天我回到北京，又去了琉璃厂。街面上很冷清，装裱字画的小店铺几乎家家房门紧锁，人去屋空。小杨的"文房四宝"也没有幸免。汲古阁的朋友告诉我，自从市政府开始整顿市场和市容以来，这些外地人开的小店铺难以为继，都撤了。"小杨一家人去哪儿了呢？莫非是回四川老家了？要真是那样的话，也未必是坏事。在生活里，往往自己犹豫不决的事，生活替你做了主，如同快刀斩乱麻。你无须沮丧，不必迷茫，跟着感觉走就是了。发展文化事业，离不开对纸的需要，'纸农'失不了业。天无绝人之路。"

2020年3月初稿

2021年7月—11月重读修改

# 寻根散记

## ——2014年八卦掌北京寻根之旅

2014年春末夏初时节，我正在北京度假。五月的一天，天气十分晴爽，我一早来到城南的天坛公园。此行的目的，一是重访当年我追随北京南城八卦掌名宿刘兴汉老师习武的故地；二是久慕这里的牡丹繁盛，想一睹究竟。

## 饮水思源

走进天坛公园西门，左手前方是一大片郁郁葱葱的松柏树林。从1976年10月"动乱"结束后直到世纪之交刘老师驾鹤西归前，老人家在这片树林里教授八卦掌达二十余年。记得是1981年的春天，我回到北京读研的第三年，带着不满四岁的幼子在树林里捉迷藏。只见一位精神矍铄的老者围着一棵大松树走圈，身法轻灵，神态慈善安详，风采不俗。我自幼喜武，于是驻足静观。少顷，老者收势还原，主动走过来和我攀谈。他就是在北京武林久享盛名的刘兴汉老前辈。

刘老师世居北京南城，自少年时代起就跟随父亲学习经商兼习八卦掌。其父刘振宗老前辈经商有成，家境宽裕。俗话说"穷文富武"，经商之余他结识了北京南城八卦掌第三代传人、人称"南城八卦刘"的刘

172

斌老前辈，与八卦掌终生结缘。刘斌年轻时多年师从一代八卦掌大师、1900年为抗击八国联军入侵北京而慷慨捐躯的程廷华前辈，是近代八卦掌创始人董海川的再传弟子，功夫了得，且人品纯厚，是北京武林响当当的人物。之后，刘斌又引荐刘振宗结识了自己的同门师兄弟姬凤翔等人。姬老也非等闲之辈，他在北京前门外经营着一家马具店，闲暇时以深研易理和中医，兼习练八卦掌为乐。老人家身材高大，腮下一部美髯，风神潇洒；且天分极高，对"八卦七星杆"这个传统八卦器械套路情有独钟，研究得十分精深。据说，每天傍晚店铺关门之后，他顺手从店里抄起一根马杆，徒步走到天坛，在大树下走转演练。久之，那马杆在他手里似乎有了生命和灵气，随心所欲，出神入化，非同凡响。有时他去口外做生意，一袭长衫，别无长物，唯一马杆而已。于是，武林送他一个美称"马杆姬"。

刘振宗跟随刘斌习武既久，自然产生了"入门"的想法。刘斌表示："你我是朋友，年龄相当，情同手足。我可以教你功夫，却不能收你为徒。否则于情理不合。但是，传统武林又很讲究传承有序，讲究名分。你这样下去，没有个名分，终非长久之计。你既然真心'入门'，我看你可以给我的老师程老前辈递个'牌位帖'。"

什么叫"牌位帖"呢？原来这是旧时武林的一个传统，一种人性化的权宜之计。刘斌引荐刘振宗入门，给程廷华老前辈递帖子。可是程老前辈已经作古多年，怎么办呢？于是由刘斌主持，姬凤翔等师兄弟参与，择一良辰吉日，郑重请出程廷华的牌位，刘振宗向程廷华的神牌行叩拜之礼，递上自己的拜师帖，刘斌代收，众位师兄弟作证。从此，刘振宗得列程廷华的门墙，与刘斌等人兄弟相称，成为南城八卦掌第三代传人的一员。这种办法，既保持了武林传承的严肃性，又富有人情味儿，最大限度地满足了后学者的合理期盼，壮大了武林的队伍，促进了武林内部的和谐，真是一举数得，皆大欢喜。

此后多年，北京南城八卦门内逐渐形成了以刘斌为首的"南城五老"，包括姬凤翔、李鹤亭、郭凤德、刘振宗等三代名家。十九世纪二十年代至四十年代，"南城五老"是南城八卦门的核心，在传承传统武功、武德以及培养人才、推动八卦掌普及等方面，发挥了巨大的作用。同时，它又是北京武林的一支重要力量，影响不可小觑。

那时，天坛公园就是南城八卦掌的中心，三代、四代的众多传人分散在公园的各个角落练功。同时，四面钟、前门、崇文门、东西珠市口等地也都有练功点分布。众多普通的劳动者在劳作之余聚集在一起，切磋武艺，强身健体，互通有无，有难同当，不是亲人却往往胜似亲人。

刘兴汉老师幼承家学，更兼天资聪慧，因此，武学造诣匪浅。最难能可贵的是，他以传承八卦掌为己任，为弘扬八卦掌奉献了毕生的精力。尤其是在令人难忘的1977年、1978年，传统文化的园地里一片废墟，百废待兴，老人家在天坛公园公开教授八卦掌，旗帜鲜明地恢复传统，显示了难得的胆识和勇气。

从此以后，我得列刘老师门墙，成为他的入室弟子。我自幼喜武，素有根基，在刘老师的精心指引下，登堂入室，逐步得窥八卦掌堂奥。八十年代初，我们一众弟子协助刘老师出版了他的专著《游身八卦连环掌——健身篇（上）》。这是"十年动荡"之后大陆出版的第一批武术著作之一，在全国引起强烈的反响。许多人从大江南北甚至海外慕名而来，加入到习武强身的行列，这一片松柏树林曾经是无数八卦掌爱好者的精神殿堂和圣地。九十年代的第一个春天，我远赴美国游学，也把刘老师的尚武精神和武学精华带到海外。二十多年过去了，北京南城八卦掌和它所蕴含的中国文化的精神气韵，已经在我居住的美国西北西雅图地区生根发芽，开花结果，其影响则遍及美国的许多地区。我今天是怀着一种感恩的心情，故地重游，缅怀早已作古的刘兴汉老师的。

树林里很安静，鲜有游人光顾。这些树龄至少在三百年的苍松寿柏，依然铁干虬枝，大气沉稳，生机盎然。草坪上原来有许多或大或小的圆圈，那是当年我们习武留下的痕迹。八卦掌强调"百练走为先"，讲究的就是绕树走转。三十多年前，这一带草木很茂盛，唯独大树四周的草坪，经过习武人的长年践踏，留下了一个个"八卦圈"。圈内寸草不生，圈外四望一碧，对比十分鲜明。树林深处这些看上去多少有些诡异的圆圈成为南城八卦掌的一个醒目标记，刘老师常常指着这些"八卦

174

圈"笑呵呵地对慕名前来的人说:"这都是我的学生长年累月练功留下的印迹。"

寒冬,这里银装素裹,分外宁静。几个六代、七代的年轻后生坚持"冬练三九",踏雪而行,雪地上同样会留下一个个的"八卦圈",与苍松翠柏、蓝天白云交相辉映。小伙子们练得兴起,索性甩掉上衣,赤膊上阵,头上汗水蒸腾,脚下白雪皑皑,真是"风景这边独好"!

如今,碧草如茵,松柏依旧,当年热闹火爆的练功景象已不可见,那些"八卦圈"也已无迹可寻。听说现在每逢周末还有人来此练功,但只是小打小闹,不成气候,无复当年繁华。过去的三十多年,中国的变化很大,很多事物兴衰消长,令人目不暇接,徒生感叹。南城八卦掌的老前辈也陆续作古,对眼前的景象,我早有思想准备,但是内心深处仍不免一丝淡淡的悲哀。凡事都有终始,万物皆必消长。世界上本没有永恒。每经一事,临一物,只要努力付出了,享受了那个过程,于愿足矣。更何况南城八卦掌的香火并没有绝尽,随着时间的推移和生活的演进,一定会有更多的人认识到它的价值,它一定会有"春风吹又生"的那一天。

## 丹园巧遇

天坛公园的牡丹果然名不虚传。牡丹苑里游人如织。

前年我曾万里迢迢远赴洛阳观赏牡丹。我发现,这里的牡丹不比洛阳的牡丹逊色。我在牡丹苑里漫步,移步换形中,对面走来一位身材魁梧的中年道长,只见他一袭皂袍,一顶道冠,一副洒鞋,一部黑髯,十分引人注目。更令人不可思议的是,他身边跟着一位道姑,身材颀长,容貌姣好,与一身道装形成强烈的对比,引来众人好奇的目光。于是我主动上前和他们攀谈起来。

这位道长俗姓闻,来自浙江天一道观,是应中科院的邀请,前来出席一个有关人类健康长寿的科学研讨会,向与会人员传授道家养生气功的。这位"道姑"是大会的工作人员，今天专门陪同闻道长游览天坛公园，身上的道装是她的工作服。谈话中间，我发现这位道长似曾相识，有些面熟。我努力思索着，想起多年前曾经在电视新闻里偶然看到他在武警某部队教授八卦散打自卫术。

那时他年轻得多，英武的国字脸上还可见一丝稚气。一身俗家打扮，显然还没有出家。眼前的他，除了那一身与众不同的道家打扮，脸上明显多了几分深沉和沧桑。我说出了心中的疑问，闻道长略显惊讶，微笑着，算是默认了我的猜想，说道："您的记忆真好。您也是练'八卦'的？"我做了自我介绍，并说明此行的目的。他又问道："您的师父是哪一位前辈？"我报出了刘老师的名讳。闻道长闻听神色大变，跨前一步紧紧握着我的手说："真是无巧不成书！我当年也经常来天坛公园向刘老前辈请教。老人家对我的帮助很大。"说着，掏出一张名片恭恭敬敬地递给我。我也深感意外，大喜过望地说："看来咱们真不是外人。可以说是师出同门了。以后你我要多多联系，共同发扬南城八卦掌。"闻道长说："一言为定。以后您有机会，请务必光临鄙观。南城八卦掌是无价之宝，我还有许多地方要向您请教呢。"我们相约以后在浙江再见，挥手而别。

看着闻道长飘然而去的身影，我内心不由得深深喟叹。这次巧遇倒使我看到了南城八卦掌作为具有北京特色的传统武术文化的一部分，已经深深地植根在老百姓日常生活的沃土里，寻常看不见，处处见其神。只要神在，它是不会湮灭的。

我盼望着和闻道长重逢论道的那一天早些到来。


## 林荫话武

离开牡丹苑，我信步向东南方向走去。游人渐少，草木渐浓。林木深处，一位五十开外的中年人正在练功。只见他手持一根丈把长的皮鞭，左右往来，前后吞吐，身形十分矫健，手眼身法步中规中矩，显然是经过高人传授的。皮鞭上下翻飞，指东打西，每隔几分钟，他则气运丹田，将手中的皮鞭猛然一抖，发出清脆的爆响，划破四周的宁静。我驻足静观，良久，中年人一声长啸，收势还原，结束了他的演练。

我拱手说："您的功夫不错！我很开眼！"中年人擦着脸上的汗水，还了一礼："不敢当，不敢当。"我又说："您练过八卦？"中年人一脸惊讶，不等他回答我接着说道："您刚才走的是八卦的'摆扣步'。不过，在我们八卦门里没有这种软鞭。传统八卦器械套路里也没见过这个套路。"

他说："看来您也是个'练家子'。这趟鞭是我编创的。我自幼练八卦掌，后来偶然得到一位民间武师的传授，学会了他的鞭法。这些年我一直尝试着把它们结合在一起。您说得不错，这趟鞭法的手眼身法步都是以八卦掌为基础。这套'八卦鞭'只能说是初具规模。我还需要继续钻研，务求日臻完善。"

我说："八卦掌讲究的就是'拧转钻翻'，起如凤翔九天，落似龙潜大海。转身迅捷如猿，往来轻灵似蛇。其关键有两点，一是'摆扣步'，一是全身以腰为中轴的左右拧转、前后吞吐伸缩。据我看来，这套鞭法已经很看得过去了。对传统文化，我们既要继承，又得发扬光大。与时俱进，才能使传统文化常葆青春。"

他说："您说得太好了！我没读过多少书，文化不高。对传统武术，对老祖宗留下来的玩意儿就是一个喜欢。从小我就爱玩儿，到现在年过半百了，依然童心不改，玩兴正浓。这套鞭法纯粹是我'玩'儿出来的。"

说到这里我们才互相做了自我介绍。这位中年武师姓孙，家住在朝阳门外，祖上世代务农。改革开放以后，家里的地被征用了，他们全家人都由政府做了妥善安排，变成城镇户口，夫妇都有了固定工作。他现在已经提前退休，生活事事顺心，闲暇时以练武授徒为乐。说起武术和八卦掌的现状，孙先生长叹一声："咳，现在的年轻人喜欢传统武术的越来越少，练八卦掌的就更是凤毛麟角了。老祖宗留下来的玩意儿眼看着就要失传了！"我接过来说："所以我们有责任把传统文化的薪火传下去。"我向他介绍了我在美国研究、教授八卦掌和传统文化的情况，又把刚才与闻道长巧遇的情景向他述说了一番。我说："看来我们对传统武术和八卦掌的前景估计得太悲观了。'野火烧不尽，春风吹又生'，以中国之大，武术历史之悠久，武术文化内容之丰富，不愁对年轻人没有吸引力。不用多说，如果有十分之一的年轻人喜武练武，它所产生的效应和影响，就是惊天动地的。只要我们坚守住这块阵地，永不言放弃，无论是八卦掌，还是其他武术门类，都有前途。"

孙先生听了我这一番话，点着头，微笑着说："您是有文化的人，我信服您的话。借您的吉言，但愿老祖宗的心血和玩意儿能代代传下去。明年您再回来时，咱们还在这儿见！"说着我们拱手而别。

我继续向游人较少而草木茂盛的东南方漫步，边走边反复琢磨孙先生的话。他说："这套鞭法纯粹是我'玩儿'出来的。"此话听似平常，其实大有深意。在我们北京话里，这个"玩儿"用得很普遍，也很巧妙，很俏皮，很讲究。我们小时候常说"玩儿蛐蛐儿""玩儿捉迷藏""跳猴皮筋儿玩儿""弹球玩儿"；业余京剧爱好者则谓之"玩儿票"；等等。所谓"玩儿"，含义丰富。第一，是对某种事物要有浓厚的兴趣，痴迷，甚至废寝忘食。此谓之"童心"。第二，是完全摆脱了功利的诱惑，不图名，不图利，只图一乐，心态放松，态度认真。此谓之"专心"。第三，是千方百计地要玩儿出名堂，玩儿出特色，玩儿出绝活儿，能他人所不能，一枝独秀。此谓之"痴心"。具备了这三点的，俗谓之"玩儿家"。要想在某一方面当个行家里手，有所发明创造，必先是个"玩儿家"。

这位孙先生就是一位"玩儿家"，一位武术迷，所以他才能编创出一套有自己特色的"八卦鞭"，在继承发扬传统武术上做出了有益的尝试。尽管也许他自己都没有意识到他正在继往开来，创造历史。其实，历史的发展是多种力量较量、合作的结果。在创造历史的诸多因素中，"玩儿家"是一种容易被忽视的因素。而历史往往就是在不知不觉中被"玩儿家"们无意中创造出来的。这就是所谓"无心插柳柳成荫"。继承和发扬传统文化，首先要有一颗童心，一颗玩儿心，一颗纯粹的游戏之心，才能摆脱名缰利锁的羁绊，废寝忘食，自得其乐，乐此不疲。因此才能有所作为。

"玩儿家"也有大小之分。大"玩儿家"往往背景特殊，修养深厚。小"玩儿家"小有发明创造，大"玩儿家"则能总其成，成就大的辉煌，创造大的境界，书写恢宏的历史篇章。对于大"玩儿家"来说，只有一颗"玩儿心"显然是不够的。"玩儿心"之外，他必须具备宏大的历史眼光，全面、丰富的文化储备，以及敏锐的文化嗅觉和独特的文化视角。因此，他往往能够适应历史的要求，抓住历史的契机，创造非凡。

先当个小"玩儿家"，然后趁势而进，也许可以成为大多数人参与历史进程的一种方式吧。

前面草木逐渐疏朗，一条水泥方砖铺就的大道贯通南北。我已经来到了天坛公园的东南角。我出了天坛东门，准备乘车去潘家园方向拜访韩德先生，一位"八卦忍者"。


## 忍者无敌


何谓"忍者"？我以为有两个含义。首先，是坚忍之意。指一个人为了一个崇高的目的，坚韧不拔，咬定青山不放松，不达目的决不罢休。其次，是隐忍之意。指同一个人，不但坚韧不拔，而且耐得住寂寞，经得住诱惑，踏实肯干，不事张扬，不慕虚名。北京南城八卦门里的韩德先生，就是这样的一位八卦掌忍者。

我与韩德相识，已经快四十年了。1981年我们为了协商《游身八卦连环掌——健身篇》一书的写作事宜，在刘兴汉老师家初次见面。那一年，他刚刚二十岁出头，正在清华大学机械系学习。韩德中等身材，皮肤黝黑，隆鼻深目，毛发很重，精力充沛而少年老成，给我留下了很深的印象。此后，无论我是在北京，还是在海外，我们始终保持着联系，经常在电话里交换研究和教授八卦掌的各自心得。每次我从海外归来，我们几乎都要见上一面，继续八卦掌的话题。

这次也不例外。

韩德是八卦掌世家出身。他的祖父韩文和叔祖父韩武，都是南城八卦掌五代名宿，也是早年京城闻名遐迩的跤手。韩文先生早逝，韩武则先后师从四代名家张国祥和刘世魁，得到了二位名师的悉心点拨和传授，加之本人深厚的摔跤功底和长年的刻苦努力，冬夏无间，寒暑不辍，浸淫其中数十载，终于成就了一代八卦掌的大师级人物。韩武先生的八卦掌，注重实战，以"外绵软，内含刚暴之力"为特色，在南城武林广为人知，得到上下一致的推崇和敬重。

韩德自髫龄起即在韩武先生的悉心指点下接受了八卦掌的系统训练，至今四十余年，从无间断。还是在清华大学读书时，他受学校委托，多次代表清华参加北京市高校武术大赛传统武术竞技，每次都名列三甲。大学毕业后，他来到北京市小型空气压缩机厂，从普通的技术员做起，勤勉敬业，踏实肯干，和全厂员工一起，越过了一道道难关，把一个普通的小厂子，办得风生水起，有声有色。他也从普通的技术员，一步步地升任工厂的总工程师。上世纪九十年代，工厂在改革大潮的冲击下无奈解体，他提前退休，辗转于京津冀一带，既为衣食操劳，也是因为心有不甘，继续发挥自身的技术特长，为乡镇企业的发展贡献余热。一晃，他也年近花甲了。

在此期间，他始终没有放下手里的八卦掌。每次见面，谈起八卦掌，他都用坚定不移的语气表示："我是'大坑'的永远的守护者！"

所谓"大坑"，指的是天坛公园西门内东北方向里许之地开外的一处洼地。这里细沙铺地，松柏四围，地势隐蔽，环境清幽，是北京南城八卦掌的一处传统练功场地。回溯历史，百余年前，程廷华、尹福等人从董海川大师的手里接过了八卦掌的衣钵，因势利导，发扬光大，成就了北京八卦掌流派纷呈，争奇斗艳，互相促进，四城同辉的空前盛况。其中，影响最大的"程派八卦掌"，主要集中在北京南城，而以天坛公园及其周围地区为其基础。

大坑就是一处历史悠久、影响深远的"程派八卦掌"的传承基地。当年，程廷华及其弟子刘斌、姬凤翔等人都在这里留下了他们的身影和足迹。正是在这里，刘斌、刘世魁父子等三代和四代传人，在以"蹚泥步"为主要特征的"程派八卦掌"的基础上，开创出以"碾子步"为技术特征，以"养练"为理论基础，以"修身育人"为主要目的的"程派刘氏桩功八卦掌"。二十世纪三十年代刘斌去世后，其子刘世魁身为四代掌门，主持这里的事务，继续精研和传授"桩功八卦掌"。几十年里，这里与天坛公园坛筒子、四面钟、薛家湾炭场子、前门、崇文门、北海公园，以及后来的月坛公园等众多的"南城桩功八卦掌"的练功场地，互相呼应，互相提携，共同造就了南城八卦掌的空前盛况。韩武先生当年追随张国祥、刘世魁在这里练功。刘世魁于1970年逝世后，他自然成为"大坑"传统的继承者和守望人。1985年韩武逝世后，这副重担则放在了韩德的肩上。

此时传统文化的处境越发艰难，八卦掌的传承任重道远，韩德对此有着清醒的认识。他说："现代生活节奏快，压力大，时间紧。同时，娱乐形式丰富多彩，年轻人选择的余地大，诱惑多。因此，练八卦掌的年轻人越来越少。但是，任它风云变幻，我自岿然不动。老祖宗留下来的玩意儿，不能亡在我的手里。事实证明，八卦掌是历代老前辈集体智慧的结晶，的确对普通老百姓防病治病，增强体质，修养身心大有裨益。因此，对改善社会风气，促进社会稳定也有着间接的重要的促进作用和社会价值。"

"八卦掌作为一个特殊的拳种，至今已有二三百年的历史。在这个发展过程里，它逐渐吸收和消化了传统文化的许多内容和营养，形成了一个特殊的武术文化系统，成为传统文化的一个特殊载体。它包含着有关易学、伦理学、医学、养生学、民俗学、武学、美学等多学科的内容，是认识和学习祖国传统文化的一条特殊的途径。并且它融健身、学习、娱乐于一炉，寓健于学，寓教于乐，无课堂学习之枯燥，有亲近自然之生动，何乐而不为呢？时代的挑战是客观存在，面临挑战的也不仅仅是八卦掌。时代对八卦掌不仅是挑战，同时也给予八卦掌发展的新的机遇。我们要充分地利用新时代的科技文化利器，充分调动新时期青年人的文化科技优势，深入剖析和挖掘八卦掌的深层科学文化内涵，展示给社会，以充分发挥它利民利国的功效。这种功效是无可替代的，是唯一的，是不能任其消亡的。否则我们就是历史的罪人。

"这是一副重担，需要一个漫长的过程，需要义无反顾的付出。'万里之行始于足下'，第一步就是要守住这个'坑'！别人我不管，我这辈子是守定这个'大坑'了！

"现在，我的手下有两批人马。一是十几个年轻人，跟着我多年了。每逢周末都要在'大坑'聚会，我亲自给他们上课，系统地传授教学。平时他们根据自己的时间，到这里练功，互教互学，共同切磋。我们都以朋友相称，不在意磕头、拜师、入门那一套陈规旧习。将来如果大家真有这个愿望，非拜师不可，那就届时再说，顺其自然。总之要择优录取，不能马虎。目前这拨人比较稳定。另一拨人是天坛附近的老人们，跟着我走圈，以走代练，重在放松心情，释放压力，调养身心，祛病防病，互相鼓励，增强联系，互通有无。他们的积极性也很高，也都得到了好处，尝到了甜头，人多声势大，很热闹。对这批人我的原则是耐心，不多教，不勉强。都是有岁数的人了，必须要耐心。治病防病，一个'塌掌走转'足矣。多学无益。其中年轻的，将来可以转到第一拨人那边去。来去自由，不能勉强。强扭的瓜不甜。还是要用事实说话。他们得到了好处自然就能坚持下去，何须勉强？八卦掌是个宝，唯有缘者得之，还是要讲究'万事随缘'吧。"

韩德的这一番话，让我对他的内心世界有了更深切的了解。他以坚守南城八卦掌的传统为己任，自觉自愿，坚韧不拔，甘于寂寞，不图虚名，不谋私利。同时，他并不守株待兔，因循保守，而是审时度势，主动出击，通过教学的方式扩大八卦掌的影响，展示八卦掌的内涵和魅力。在传授八卦掌的过程里，他又显示出了足够的耐心和胆识，力戒急于求成，因人而异，随缘而动，显得从容不迫，游刃有余。这一切，都源于他对传统的热爱和尊重，对自身责任的认定和承担，对社会和人性的复杂有着足够的认识。大千世界，芸芸众生，说复杂则是五花八门，说单纯则可谓冰清玉洁。他具有这种化复杂为单纯的手眼，并将这种无形的努力和付出，简化为一句话：我要为老前辈、也为今天的人们，守住这个"大坑"!

守住"大坑",就是守住传统,守住根脉,守住希望和未来,守住善与爱。守住"大坑",既是为古人树丰碑,也是为今人谋幸福。归根结底,"忍者"的内心是满满的爱。"忍者",实则"仁者"也!

行文至此,我想起了几年前和韩德一起走访南城八卦掌名宿滕浩林先生的一个小插曲。那是冬天,三九严寒,我们在腾浩林老人的小屋里围着火炉畅谈八卦掌的过往今生,谈兴正浓。突然,安静的小屋里响起了一阵悠长的虫鸣,像三月的第一阵春风吹过柳树嫩黄的梢头,令人顿觉暖意萦怀,忘记了窗外呼啸的寒风。韩德看着我一脸的茫然和不解,缓缓地从怀里掏出一个做工精细的小葫芦。紫色的小葫芦配了一个雕工细致的白色的象牙盖儿,葫芦身上用简练的刀法刻了几笔山水。他打开盖子,一只紫黑色的"油葫芦"缓缓地爬到葫芦口,两只细长的须子摇动着,振翅而鸣,得意扬扬。

"这叫'十三悠',是过冬的鸣虫。您仔细听,它不鸣则已,只要叫,必定是十三声。不多不少。只要调养得法,可以从下头场霜起,一直叫到来年五一。寒冬腊月,很有个听头。您看这只葫芦,老物件,是我花了很大力气淘换来的,价钱不菲。这一虫一罐,上接传统,下接地气,让人爱不释手。咱们是不玩儿则已,只要玩儿,就要玩儿出个名堂来。您说是不是?"韩德如数家珍,侃侃而谈。

腾老在一旁补充道:"张先生,您见到过韩德的印工吗?地道!开眼!"我说我手里有一方韩德特意为我刻的藏书章,书法和刀功均佳。"他还在跟随贺普仁先生学针灸呢。"腾老又说道。贺普仁是当代名医,也是南城八卦掌五代的名宿,德高望重。我闻听此言,不由得心有所动。韩德的本行是机械设计。八卦掌是幼承家学。如今又学习书法、制印、针灸,还对鸣虫和各色古董的收藏和鉴赏情有独钟。这些表面上互不关联的几件事,其实有其内在的必然联系。机械设计是他赖以养家糊口的本行。八卦掌是他的家学。鸣虫、针灸、书法、制印、古董是他的业余爱好。除了本行之外,其余的都属于传统文化的范畴。他在传统中自由行走,广泛涉猎,既是一种爱好,也是有目的的学习,为的是触类旁通，深入地了解和把握传统文化的精气神，更好地认识和领略八卦掌的本质和风采，以利于更好地传承下去。

我说出了自己的领悟，韩德连连摆手，再三表示"不敢当"。我进而想到，一个现代社会的八卦掌的传承者，不仅要有"忍者"的精神，"守坑"的意志，更要力争做一个文化的"通才"，始终保持着对生活的热爱和对文化未知领域的好奇，尤其是对传统文化，要广泛涉猎，多所汲取，把握精神，从而能够高屋建瓴地精研和把握八卦掌的精神本质和演练原则，更有成效地继承发展这一份珍贵的民族文化遗产。忍者既是"仁者"，也必须是个"能者"和"智者"。忍者的坚定和隐忍，仁者的大爱和无私，能者、智者的积累和修养，这三者合一就是一个现代"八卦人"应有的内涵和风采。

大爱无疆，能者无忧，智者不惑，忍者无敌。

正是：

> 光华不朽照天涯，处处阴阳武者夸。
> 祛病强身荫万户，培德益智利千家。
> 黄昏莫道无知己，雨后方知有彩霞。
> 大爱无疆说忍者，开来继往绽新花。

2017年8月15日于西雅图国风堂
2021年3月22日—7月20日数次修改

# "高情斋"主人

那一天，我去琉璃厂闲逛。市面看上去依旧光鲜，但无论是荣宝斋，还是其他大大小小、名目繁多、大同小异的商铺，生意都很冷清。顾客很少，店主们大多无精打采，无所事事。偶尔走进一家店铺和店主搭讪几句，他们或惜话如金，沉默寡言；或长吁短叹，大吐苦经。坦率地说，我自己对那些真假难辨、琳琅满目、价格昂贵的各种文物和字画，也失去了往日的热情。人到古稀，万事淡然。之所以鬼使神差地走到这里，与其说是兴趣使然，不如说是出于一种文人的习惯，出于一种访旧的心理和愿望。

去汲古阁看望了一位朋友，出门时看到一对老人在街上蹒跚而过。老头儿搀扶着老太太，老太太步履艰难，目光黯淡，神情恍惚。我和他们擦肩而过，他们上了过街天桥，我则进了"老浒记"饭馆。半个小时后，我吃完炸酱面，上了过街天桥，下桥时又和他们不期而遇。他们也正在下桥，方式很特殊，很引人注目。老头儿背对着台阶，攥着老婆儿的双手，他先下一个台阶，然后半搀半拽地将老太太"对付"下一个台阶。老太太害怕，不肯迈步，老头儿轻轻地劝着，鼓励着："别怕，不碍事，摔不着你，迈步吧!"老太太颤颤巍巍地下了一层台阶，老头又说："你看这不是挺好吗? 我说了，摔不着你，用不着害怕。要照这么磨蹭，咱得什么时候到家呀? 你不是说饿了吗?"说着，停下来，回头瞄了一眼，又下了一个台阶。

他们走得很慢，很专注，心无旁骛。路人停下来，看着这一幕，目光里透露着怜悯和赞许。一个南方人模样的小姑娘，背着双肩包，一看就是个游客，赶忙举起了手里的相机。我恍然大悟，他们上桥和过桥，用了我吃一顿饭的工夫。于是我放慢了脚步，和他们保持同样的节奏，扶着老头儿的后背，帮助他保持着平衡。老头停下来，冲我会心地一笑，道了声谢。就这样，我亦步亦趋地随着这两位老人下了桥。

老头儿又道了一声谢，说："这是我的老伴儿，身体不好，胆儿小。每天都是这样，可费劲了。""您这是往哪儿去呀？""回家，吃饭去。""您的身体还不错，今年高寿呀？""七十五，她比我还小哪，就是身子骨儿不行。""您是干哪一行的？退休了吧？"走在北京的大街小巷，我特别愿意和各种身份的人搭讪聊天。"就算退休了吧。"老头回答，"但也没完全退，还干一点儿。我是画画儿的，写意花鸟。""哦，您是个画家，画大写意的？""算不上大写意，更不敢称'家'，就是一般的写意花鸟。我是北京艺术学院的，1962年毕业，学的就是写意花鸟。"他报出了自己老师的名字，可惜我不熟悉，也没记住。"当年艺术学院不就是在恭王府里吗？""对，可惜后来解散了。""我原来在艺术研究院读研、工作，也在恭王府里。""噢，您是研究艺术的，也在恭王府待过？那咱们还真有点儿缘分。""您现在还画吗？""画，我在凝烟阁有个画室，就在东琉璃厂，每天去半天儿。有时间请您过来坐坐。""好，我一定登门请教。""谈不上请教。咱们是以艺会友。现在要找一个说得来的朋友聊会儿天，简直就是一种奢侈了。"我们会心地笑了，有些欣慰，也有些苦涩。我们互通了姓名。我记住了老画家的大号：王福乐。

过了几天，我又去了琉璃厂，在汲古阁东侧的一条小胡同里，找到了凝烟阁。这是一座两层的简易楼房，竟起了如此高雅的一个名字。第一层被分割成十几间鸽子笼式的单间，每一间都有一个古色古香的堂号，或是画室，或是其他的艺术作坊。楼道里很安静。大部分房间上着锁。地面很凌乱，到处是包装纸和纸箱子。右手的第一间作坊里有一个年轻人在聚精会神地工作，我说明了来意，他说："您找王老师？往里走最后一间就是他的画室。人在不在就说不好了。也许回家吃饭去了。

186

您看看去吧。"

　　我找到了王福乐先生的画室，门楣的匾额上题着三个大字"高情斋"，门锁着。透过玻璃门窗，室内的情景一目了然。画室不大，大约十平方米的样子。一张大画桌，一把圈儿椅，椅背儿上搭着一件大棉袄。茶几上摆放着茶壶茶碗，凳子上放着一个脸盆，里面有半盆水。后墙山摆了几个大画缸，里面插着不少画儿。几个镜框里也是画儿，一律是花鸟。果如王先生所说，他的画既不是大写意，也说不上是小写意，介于二者之间，既没有大写意的开阔恢宏，也缺少小写意的工细精致，但画风温润朴素，中规中矩。

　　最大的镜框里是一幅中堂，几笔山石，一丛粉桃，两只昏鸦，飘拂的柳丝使整个画面显得很生动。画的左下方题着一行字：晶莹，晶莹，桃花灼灼柳丝丝。典型的画家的字，不太讲究，但很熟练，实用。王先生的字和画都不甚出奇，但朴素、淡雅合乎法度，温润可亲，很像他的为人。一般说来，艺术家对艺术形式和风格的追求，对艺术语言和技术的选择，往往反映出他的人品和性情，可以看出他的美学主张和修养。

　　离开凝烟阁之前，我又端详了一下王先生画室的匾额"高情斋"。我想，艺术表达的就是一个"情"字，是艺术家对天地万物的观察和感情。对艺术家来说，热爱生活与热爱艺术是一致的。没有对生活的热爱，何来对艺术的执着与坚守呢？真实积极健康的感情，是艺术家创作的动力，也是艺术家要表现的终极目的。过街天桥上王先生搀扶着老妻蹒跚的身影，和眼前的斗室、画作，配得上"高情"这两个字。今天我虽然没有见到这位老画家，但是对他的人和画，似乎有了更深刻的认识。此行不虚。我深深地吐了一口气，走出凝烟阁，迎面而来的是市井的喧嚣和躁动。

2015年仲春初稿
2021年4月—7月重读修改

# 李师傅

四十年前，我在中国艺术研究院学习和工作时，结识了李师傅。

李师傅大号李宝琦，原来是研究院汽车班的班长，专门给院领导开小车。我认识他的时候，他已经不当班长，也不开车了，在传达室看大门。用他的话说："责任太大，事太多。光开个小车倒是没什么，汽车班人不多，关系挺复杂。各有各的背景，各有各的来路。操不了那个心，谁能干谁干吧。"

说起认识李师傅，也挺有意思。1981年前后，有一天，我回隆福寺附近的岳母家看望老人和儿子。儿子四岁了，在文化部幼儿园全托，周末回外婆家。因此，每逢周末，我都去外婆家陪儿子。隆福寺紧挨着美术馆，那天我正好路过，看见美术馆东侧的树林里有几位武术爱好者正在练功。其中的一位打着赤膊，中等个儿，瘦筋夏拉，精神头儿特别足，说话嗓门儿也大，显然是这一小群人的核心人物。几个人围着他，听他神侃。

"劈挂拳讲究的是对技击空间的把握和控制，善于在中远距离克敌制胜。敌退我进，放长击远。敌进我退，用'稍力'抽打取胜，力从腰发。因此，脚下要迅速利落，动作要大开大合，连贯自如。"他侃侃而谈，接着一晃身形，轻舒双臂，打了一趟拳，果然是身手敏捷，收放自如，劲道十足，一望可知是个练家子。我也是个武术迷，虽然无暇驻足细观，但此人的精神气度给我留下了深刻的印象。

过了几天，去研究院上班。一进大门，有人在传达室门前活动身体。我一看，这不是那位练劈挂拳的先生吗？于是主动上前和他攀谈起来。就这样，我们认识了，成为一对"武友"；更准确地说，是一对"聊友"。

春去夏来，有一天，我路过传达室，顺便进去找李师傅聊天儿。时当正午，李师傅正在准备吃午饭。一大碗芝麻酱凉面，青蒜、黄瓜、小红萝卜、山西老陈醋、油炸花生米、两瓶啤酒，一应俱全，色香味令人馋涎欲滴。

"张先生，吃了吗，您呢？不尝尝我的芝麻酱面？"

我谢过李师傅，问道："您每天都喝点儿？"

"喝，每天都喝。冬天喝'二锅头'，夏天喝'雪花儿'；'白的'不超过二两，'啤的'不超过两瓶。"

"怪不得您的脸上老是红扑扑的呢。"

"你看出来了？嗨，人生苦短，白驹过隙。何以解忧？唯有杜康！"

我们相视大笑。

"您能有什么化解不开的忧愁？我看您一天到晚总是乐呵呵的。"

"您说得没错，我还真没有什么值得发愁的事。知足常乐，上班挺清闲。上上下下的对咱们都挺敬重，一团和气。下了班，吃完饭直奔美术馆，练功、授徒、聊天解闷儿。没灾没病，老夫老妻，有儿有孙，知足！"

接着，他话锋一转，问道："我听说您在练八卦，您的老师是哪一位？怎么称呼？"于是，我把我跟随北京南城八卦掌第四代传人、武林名宿刘兴汉老师学练八卦掌的情况大致说了一遍。

李师傅听罢一拍大腿，挑起大拇指："好！文武全才！自打您一进研究院，我就看您不同寻常。你们这批研究生，哪个都不软，个顶个的人才！"

"您的劈挂拳也是有传授的，神完气足，虎虎生风，真开眼！"

李师傅说他从小身体并不好，是个病秧子。自从练武术之后，身体一天天地好起来。二十多年下来，现在是能吃能睡，百病不侵，而且开

189

门授徒，在东城武林颇有口碑，成了气候。说到这里，他竖起两根手指："您猜怎么着？关键是两条。一是要想得开，凡事不往心里去，不着急、不上火、不生闷气；二是必得有一好，心思全放到了您的爱好上，凡事不分心，不走心思。所以说'人无癖不可交'。人生在世，您总得有一样拿得出手去，有所追求和爱好。您说是不是？"

李师傅这一番话令我对他刮目相看。人们常说，北京的大街小巷藏龙卧虎。看来果然不假！

传达室的墙上有一张人物肖像画，正是李师傅。他笑眯眯地看着我，表情很幽默，一副看透世态人情的神气。我凝神细看，是画家李琦的作品。我问李师傅这位李琦先生是不是就是那位画"吹蒲公英的小女孩儿"的李琦。他说是。就是那位李琦先生。

"那一年文联组织老艺术家到北戴河避暑，我也去了。你别看咱就是个开车的，这种好事，落不下咱们！我和李琦先生挺说得来。假期结束时他送给了我这张画。看过的人都说画得好，像！我也不知道他是什么时候画的。懂行的人说这是'默画'，李琦的一绝！"

画上有一行小字："李宝琦同志留念"，落款是"李琦"。我由此知道了李师傅的大号。

又过了些日子，我正在传达室和李师傅闲聊，有人找他推拿。来人显然和他很熟悉，不是第一次来了。李师傅冲我一笑，说："您坐着您的，不是外人，老病号，老朋友。"说着，他请来人在椅子上坐好，略一凝神，施展手法，在病人的肩颈和背部揉、滚、推、拿、提、捏、摇、扳，轻重缓急，节奏分明。最后用双掌一阵拍打，"啪啪"作响，听着令人心情愉悦。半个小时下来，二人的额头上都微微地见了汗。患者显然血脉偾张，意态舒畅，起身再三道谢。李师傅摆摆手说："您不用客气。您找我推拿，是您看得起我。我这两下子，得知于师，还之于众。赠人玫瑰，手有余香。"

患者千恩万谢，走了。

我说："李师傅，您是真人不露相啊！就您这两下子，很有专业范儿！不比推拿大夫差！"他嘿嘿一笑说："您过奖，咱可不敢跟人家比。

人家毕竟是专吃这碗饭的。咱们这就是小打小闹。""您这是跟谁学的?"
"跟谁?子曰:'三人行,必有我师焉。'只要你想学,总能找到老师。
功夫不负有心人。我的第一个老师,就是给我推拿的大夫。有一次我的
膀子受了风寒,动不了。推拿大夫不用针,不用药,就凭一双手,几个
罐子,把我的病治好了!我一琢磨,这门手艺不错,得学!艺多不压身!
练武是为了自己,推拿可以帮助别人,何乐而不为呢?学!就这么着,
我到处找老师,见到高人就请教,总算入了门。结果您猜怎么着?找我
治病的人越来越多。我是来者不拒,还上门服务。就有一条,一律不收
费!尽义务!苏院长你知道吧?他也是我的病人。岁数大了,久坐办公
室,一身是病。大病咱治不了,松松筋骨,打通血脉,调理调理脏腑的
功能,促进气血循环,推拿正对症。几年下来,苏院长说:'老李呀,
我现在是真离不开你喽!'他家我每礼拜去一次。他知道我的规矩,不
收费。家里有了好酒,都给我留着。钱我不要,好酒我不推辞,谁让我
就好这一口儿呢!再说了,钱不收,酒再不要,那不就透着太假了吗?"

李师傅侃侃而谈,这一番话说得入情入理,让人心服口服。武林界
有一句老话,"医武同源"。看来,他的修炼已经到了一定的火候了。这
不仅是指他的功夫和手艺,更是指他的精神和境界。

转过年来,又是一个夏天。我又路过美术馆,李师傅照例在小树林
里练功传艺。不过,这次他换了"戏码儿"。只见他赤着上身,穿了一
条挽裆的浅灰色的绸裤,系着板儿带,白袜子,圆口黑布鞋,背着手,
兀立不动。一个年轻人站在对面,用拳掌击打他的下阴部。他微笑着,
环视四周,面有得色。年轻人打累了,他抡起胳膊,用力拍打着自己的
小腹和下阴,"啪啪"山响,面不改色。围观的人,始而惊,继而愕,
三而悟,最后则交头接耳,议论纷纷,有人甚至鼓起掌来。一位熟悉内
情的人说:"铁裆功!"

李师傅看见我来了,停下来,跟我打招呼:"张先生来了!您下来
玩儿玩儿,露两手您的南城八卦掌?"我推辞说自己只是路过,还有事。
改天在院里见。说完就走了。

又过了多半年,我们在传达室见面了,继续"铁裆功"的话题。李

191

师傅说，他也是久闻铁裆功的大名，一直不得其门而入。后来拐弯抹角地找了些资料，按照资料上的指点，私下里琢磨着练，没有老师。练了几年，初见成效。资料说，此功要循序渐进，日久功成。一旦练成之后，既可强身健骨，延年益寿；又能极大地提高抗击打的能力，有金钟罩铁布衫的功效。

我表示自己也听说过这个功法。前几年偶然在《中华武术》上看到四川体育学院郑怀贤教授的文章，说他1962年到四川农村参加"社教"运动。村子里有一位老人，七八十岁了，身体极好。耳不聋，眼不花，腰板直，腿脚利落，气色特别好。郑教授是著名的武术家，兼精通医道，尤其擅长用推拿和正骨手法治疗伤科和疑难杂症。以他的经验，深知此老非同寻常，于是主动接近，交往渐多，终于无话不谈。工作结束离开村子之前，老人告诉他，自己的身体之所以非常健康、异于常人，是因为常年坚持家传的功夫——铁裆功，并将功法的基本内容和原则倾囊相告。"看来，您练的和郑老前辈所讲的是一个功法。您练了铁裆功之后，有什么体会？"

这次，李师傅格外谦虚，说铁裆功过于深奥，没有老师指点、把关，难得其精奥，也不敢贸然深入，只能浅尝辄止。"咱们就是好奇，觉得新鲜，想'亲口尝尝梨子的滋味'。再说了，资料里讲得很清楚，久练此功，则不思女色，断绝世俗之念，夫妇需分室而居。先不说我自己，我老伴儿也不同意不是？过日子是俩人的事，不能都自己说了算。咱得承认咱是个俗人，当不了武术家，还是以'劈挂拳'为主，图个健康、高兴！其他的，知道是怎么回事就行了。"

再后来，我漂洋过海，来到异国他乡寻梦，与李师傅失去了联系。世纪之交前后，我回京省亲，有一天去美术馆看画展。旧地重游，想起了这位老朋友。一时心血来潮，顺便来到东直门内大街的文化部旧楼一探究竟。李师傅就住在这一带。提起他的大名，无人不知，因此很好找。老朋友见面，皆大欢喜。他已经年过古稀，彻底退休了。我简单介绍了这些年在海外闯荡江湖的情况，然后问道："您彻底退休了？"

"退了，得给新人腾地方不是？"

"酒还喝吗?"

"照喝不误。"

"还是冬天'二锅头',夏天'雪花儿'?"

"没错儿。"

"功夫没搁下吧?"

"哪儿能啊?不能搁下,活到老练到老!"

"还是老地方?"

"老地方,雷打不动!"

"行!您得活到一百岁!"

"一百?一百可不答应!怎么着也得一百二不是?"

我们相视大笑。

一转眼又过去了二十多年,算起来李师傅已经奔一百岁了,等疫情结束后,我要回北京看望家人,顺便看看李师傅,这个豪言"尽天年而去"的老人,一个底层的普通武术练家子。

2021年5月1日初稿

2021年7月23日修订

# 第四辑　赤子游踪——天涯何处无芳草

# 巴 妮

　　二十四年前，我初到西雅图，租住在八十七街临近北极星大道的一座房子里。一天，家里来了一位不速之客，一个长相甜美的小女孩儿在门口探头探脑地张望了一下，径直走进来。小姑娘说她叫巴妮，今年只有四岁，是我的邻居汤姆和达尼雅的孩子。那时我刚到美国不久，正在创业，日子过得紧张而辛苦。除了体力上的付出之外，精神上的苦闷更使人倍感煎熬。我常常觉得自己像是一条不甘寂寞的小鱼，懵懵懂懂地跳进一条表面平静而暗流汹涌的大河。尽管河水是那么清冽，两岸的风光是那么旖旎，但我既无心品味河水的甘甜，更无力欣赏两岸风光的秀美，随波逐流，几度沉浮，使出浑身解数拼命挣扎，想在这陌生的环境里为自己构筑一块立足之地。一切都是那么陌生，那么无助，那么身不由己，活得很累。小巴妮的出现，犹如一道山间闪亮的小溪，虽然清浅，却给我带来了一个小小的惊喜和一片清新。我正在做午饭，于是给了她一份发面饼夹炒鸡蛋。她吃得津津有味。

　　第二天吃午饭的时候，巴妮又出现了。一进门她就声明："我妈妈说了，今天我可以在你这里吃午饭。"

　　过了几天，达尼雅来访，她说："张先生，谢谢你照顾巴妮。今天请你到我家吃午饭，你们中国人吃牛肉吗？""吃，当然吃！""那好，今天我请你吃'塔扣'。"

　　这是我第一次吃塔扣。所谓塔扣是用玉米面做的，形状像一个大写的"U"字，香甜酥脆，里面夹上洋葱炒牛肉末，十分可口。从此我结识了这一家三口，但是来往并不多。

达尼雅是一个天生的美人，身材、肤色、五官都很出众。她没有工作，管家照顾孩子，待人很友好。

汤姆长得高大魁梧，与那位在中国家喻户晓的白求恩先生有几分神似，但要年轻得多。他在一家公司当厨师兼守夜人，经常上夜班。有时候他下班回来得早，就坐在他家门前的晒台上吹萨克斯管，呜呜咽咽的，听上去很悲伤。我几乎没有和他说过话，他是一个安静的人，似乎有几分忧郁和害羞。

有一天夜里，我睡得正香。一道强光从我的窗户上掠过，停下来，把我的卧室照得很亮。我醒了，窗外传来汽车发动机的噪音。"这是谁呀？自己不睡，也不让人睡觉？"我有几分不快，掀开窗帘，想一探究竟。天快亮了，街上的景物很清晰。只见巴妮家门前一辆敞篷小轿车正在发动。开车的不是汤姆，而是一个我从来没见过的陌生人。这个人四十多岁，穿着一身牛仔服，留着浓重的胡须。车子发动起来了，他回过头不住地朝巴妮家的方向抛着飞吻，恋恋不舍的样子，很暧昧。我看不见巴妮家门前的那个人，但是我想那应该是达尼雅。我被自己的想法吓了一跳，顿时睡意全消。那辆敞篷小轿车一溜烟地开走了，街道又恢复了宁静。

我打开灯开始看书。过了不知多久，窗外又传来汽车的声音，驶近了，停车，接着传来重重的关门声，是汤姆下班回家了。过了一会儿，窗外传来了忧郁而压抑的萨克斯管的声音。

我感到一丝悲哀，不是为汤姆，更不是为达尼雅，而是为巴妮。

以后，巴妮还是经常不请自来，她喜欢我做的饭菜。

又过了一段时间，我买了房子，准备搬家。临走前，我到汤姆家去告别。只有达尼雅和巴妮在家，汤姆上班去了。我说明了来意，达尼雅很为我高兴，说他们也买了房子，很快也要搬家了。她补充说："我们买的不是你那样的独栋房子，是摩托房，就是可以挂在汽车后面随时移动的那种。"她弯下腰对巴妮说："张先生要搬家了，跟张先生说再见吧。"巴妮扬起俊美的小脸冲我笑着，摆着手说："拜拜!"这个小女孩儿长得酷似她的母亲，那双天蓝色的眼睛亮闪闪的，像我在西雅图城外的深山里见到过的小湖一样晶莹纯洁。

一晃，二十多年过去了。不知道巴妮和她的父母以及他们的摩托房漂流到何处去了。只有那双像湖水一样蔚蓝、清澈的眼睛，留在我的记忆深处。

从八十七街我原来租住的房子往北不到七十条街，北极星大道的另一侧，就是我的新家。从八十七街开车到这里，大概只要十分钟。这里距离西雅图市中心更远一些，也更安静、更开阔，更适于居住。一切都安顿好了以后，生活揭开了新的一页，与巴妮一家人有关的往事，渐渐被我淡忘了。恰在此时，我又邂逅了另一个巴妮。

有一天，饭后散步时，我路过一家邻居的院子。这家人的房子并不大，院子却很豁亮，花木掩映，幽深静谧。临街是一排高大的李子树，枝叶繁茂，果实累累，浓密的树叶在午后的阳光下熠熠生辉，在院子和街道之间筑起了一道屏障，使整个院子看上去像一座隐秘而温馨的庄园。门前，一位老妇人坐在轮椅上，正在指挥几个年轻人采摘李子。地上摆着几个大纸袋子，里面装满了新鲜的李子。她家的李子很大，很饱满，散发着浓浓的果香，几只蜜蜂在纸袋上方"嗡嗡"地飞着。这样的李子很少见到，我不由自主地停下脚步。

"你想尝尝新鲜李子吗，先生?"老妇人的声音粗壮而沙哑，她笑眯眯地看着我，又加上一句，"请!"这时我才注意到，老人的骨骼很粗大，身材想必也不矮。脸颊宽宽的，饱经风霜，皱纹很多，像俄罗斯文学作品里经常描写的老年村妇。

"你是准备卖的吗?"我问老人。她摆了摆手，说这些李子是准备送给亲戚和邻居的。又说经常从窗户里看见我在街上散步，肯定住得不远，既然是邻居就不要客气啦，自己动手拿吧。我拿起一个李子品尝，果然又香又甜。一个中年人递给我一个纸袋，示意我自己装。后来我知道他叫达维，是老妇人的独生子。

我装了满满一袋李子，向老妇人表示感谢，顺便请教她的名字和电话。"巴妮。"她说，又给了我她的电话号码。回到家里放下李子，我做了一锅锅贴，猪肉大葱馅儿的，装了一饭盒，送到巴妮家里。达维和其他的年轻人已经走了，只有老人在家。她看到我送来的锅贴，眉开眼笑地说最爱吃中国饭。只是现在腿脚不好，不常出门了，和中餐也绝缘了。我请她尝尝我的锅贴，她拿起一个，咬了一口，连声赞好。我不敢多耽搁，匆匆告别而去。

过了几天，我拨通了巴妮的电话。电话响了许久也没人来接。我想起老人的轮椅，猜想她不可能不在家里，只是接个电话实属不易，于是耐心地等着。果然，过了一会儿，电话里传来巴妮的声音。她的声音很有特点，喉音很重，沙哑而粗壮，不好听，但很朴实。我自报了家门，她笑呵呵地说，我一猜就知道一定是老朋友打来的电话，知道我的腿脚不好，不然不会等这么久！她又问我是否有时间，如果我方便的话，她想请我过去喝茶。于是，我第二次来到巴妮的小屋。

说是小屋，只是和她的院子比较而言。其实巴妮的房子不小，三室一厅一厨一卫，足有一千多平方英尺。一个人住，绰绰有余。

我们的谈话就从她的房子开始。

"我是个乡下人，老家就在西雅图城外的农村，从小就帮助家里下地干活。我有力气，一般的小伙子都比不了我。我的先生是个警察，结婚以后，我搬到城里，到处打零工，帮助丈夫维持生计。我先生死得早，也没给我留下什么，连间房子都没给我留下。我打零工攒了些钱，就开始一点一点地备料，准备自己盖房子。料备齐了，我就开始动手。图纸是请人帮我设计的，其余的都是我自己做。"

"这整座房子都是你自己盖的吗?"

"没错，都是我自己盖的。"

"没请人帮忙吗?"

"请了，上大梁的时候请的。那种活一个人干不了，其余的都是我自己干的。"

我打量着老人的房子，宽敞、明亮、中规中矩，和一般人家的房子

200

没什么两样。我不由得发出由衷的赞叹，老人得意地微笑着。

"丈夫死了以后，我从来没找过男朋友，一个人过了一辈子。找我的男人不少，我不愿意。我就一个儿子，就是你见过的达维。为了我们母子的生活，什么活儿我都干过，修路、挖沟、盖房、开大卡车，我都干过！"老人的语气有些激动，也有些自豪。

对老人的话我深信不疑。不用说她那粗壮的骨骼，高大的身材，就是那一双粗大的、青筋暴露的手，就说明了一切。我想起了自己的母亲，有一种想哭的感觉。

"达维多大了？"

"五十六了。我今年九十二岁，生他的时候已经三十六了。"

"九十二了？"我暗暗吃惊。这是一个精神上十分强大，生命力格外顽强的老人！

"九十二了。"老人似乎觉察出我的惊讶，重复了一句，"要不是这两条腿不争气，我还能干很多活儿呢。"她轻轻地拍了拍自己的腿，叹了一口气。

"没办法，我年轻的时候干了太多的重活儿，身体吃了大亏，骨质疏松得很厉害，大腿骨头断过三次。现在只能整天坐在轮椅上。"

"你有孙子吗？"

"有一个孙子。"

"达维做什么生意？"

"他开了一家电脑公司。"

"生意好吗？"

"生意还不错。只是他太老实，挣的钱除了上税，给职工开工资、买保险、发福利，缴房租和应付各种开销之外，他自己几乎挣不着什么钱。常常还需要我接济他。"

"美国还有这种事吗？那不如把公司关了，干点其他的工作。起码可以养活自己吧。"

"他舍不得，公司就像他的孩子。再说他觉得公司倒闭了，几十个职工跟着失业，几十个家庭跟着受拖累，他不能接受，只能硬撑着。这不，我攒了一辈子，手里只有八万美元，上个月都给了他去发工资了。"

我又一次感觉到一种刻骨铭心的震撼。

"那你自己的生活怎么保证？"

"我有退休金，我丈夫去世后他的退休金我还可以享受一半。我的生活简单，除了吃饭、看病，几乎没有其他的花销，钱够用的了。"

"你每天都是怎么打发时间的？做些什么？"

"读《圣经》，就在窗户前读《圣经》。夏天把窗户打开，很舒服。要不我怎么看见你在街上散步了？"

这次谈话之后，我有很长时间没有和巴妮联系。散步时想起她，我会特意从她的院子前面经过，看看她的窗户是否打开了。如果窗户是打开的，我有时会朝她的窗户摆摆手，尽管我看不见她。只要想起就在那扇窗户后面，一个饱经沧桑的老人在认真地读《圣经》，看到我在和她打招呼，眼光变得格外慈祥友善，我也不由得发出了会心的微笑。

有一天，星期六的早上，我看见几辆汽车停在她的院子前面，从汽车上下来的人都穿戴得很整齐，手里拿着《圣经》，朝她的院子走去。攀谈之下知道他们是巴妮的教友，每逢周末都要来陪她一起读《圣经》。我问他们巴妮近况如何，他们说老人的精神很好，近况不错。我请他们代我向巴妮问好，看着他们鱼贯而去，消失在巴妮的院子里。

又过了几个月，我又在散步的路上遇到了这几位巴妮家的常客。远远的我就大声地和他们打招呼并询问巴妮的情况。他们停下来等我走近了，其中的一位女士压低了声音说巴妮已经去世了。我吃了一惊，愣在那里。她说巴妮去世两个月了，走的时候很安详，也没有痛苦。我说为什么我看见她的窗户还是经常打开的呢？她说，巴妮去世以后，他们还是坚持每周六早上到巴妮家里读《圣经》。窗户是他们打开的。一切都尽量保持和巴妮生前一样。后来我果然发现，平常巴妮家的窗户的确是关闭着的，只有周六的早上是打开的。我知道，那是巴妮的教友们又来她家读《圣经》了。

大约半年之后，在散步的路上，我偶然看见一个年轻人在巴妮的院子里走动。过去一问，原来他是巴妮的孙子。他说巴妮去世以后，遵照她的遗嘱，这座房子由他继承了。他正准备卖掉它。不久，这里就变成了一个工地，推土机轰轰隆隆地怒吼着把巴妮的房子和院子里的花草树木一扫而光。只留下了那一排高大的李子树。紧接着就像变魔术一样，两座二层的小楼拔地而起，其中的一座楼房前面竖起了招牌"此房出售"！一个年轻的亚洲人正在院子前面的花圃里忙着栽花种草，做着出售前最后的准备工作。

此人姓王，从台湾来，在一家房产公司打工。他说，他的老板买下了巴妮的房产，扒掉了，盖了这两座楼。南边的一栋老板留给自己，北边的一栋出售，要价六十万美元。我说我认识这里原来的主人，这里的院子原来很美，很有几分田园味道。我还有幸品尝过这几棵树上结的李子，我从来没吃过那么甜的李子。于是我把巴妮的故事向他叙述了一遍。王先生听了我讲的故事，感慨地说："这个世界就是这样，拆了盖，盖了又拆，循环往复，无休无止。一代又一代的人们就在这个过程中年华老去，新人接踵而至。老人走了，对身后事毫无知觉。新人来了，对过去发生的事也一无所知。如果您不给我讲这个故事，我怎么可能知道这里曾经住着一位善良、勤奋、可亲可敬的老奶奶呢？老人辛苦了一辈子，挣扎了一辈子，拉扯大了儿子，把遗产留给孙子。儿子拿了她的血汗钱去开公司。孙子卖了她的房产去享受自己的生活。如果他们有心，还能念老人的好，领老人的情。否则，老人的辛苦，老人的付出，不是毫无意义吗？倒是您这个外乡人，局外人，还记得老人，记得这座老屋，想着来看看。人生在世，仔细想想，真没有什么意思。"

王先生的一席话出乎我的意料，让我有些吃惊，看来这不是一个庸碌之辈。我一时不知该如何回应他的话。我们都沉默了。

午后的阳光格外娇艳，正是西雅图一年当中最美的初夏。放眼环视，天空澄澈，纤云不染。古老的冰川在天边闪耀，普杰海湾潋滟的波光依稀可见。那些年纪远比西雅图这座城市还要古老得多的松柏像历史的见证者屹立在街道两侧。家家户户的庭院里绿草如茵，鲜花盛开。眼前的风光打开了我的心扉，我想了想说道："王先生，你看周围的房子密密麻麻的，每一座房子都有一个关于它的首创者的动人的故事。以后住进去的人，每一代也都有自己的故事。这无数的故事叠加在一起，就是历史。美国是个年轻的国家，历史不长，尚且如此。像咱们中国，历史悠久，积淀丰富，每朝每代的故事更是数不胜数，浩如烟海了。但是人是不应该忘记历史的。'数典忘祖'这个词警诫我们不要忘记过去。反之，'慎终追远'这个词告诉人们，要善待祖宗，要正视历史。善待祖宗才能有美好的前途，正视历史才能以史为鉴。历史是变动的，常变常新的，每一代人都生活在前后两代人的中间地带，承前启后是每一代人的责任。面对现实，尽力做好眼前的事情，做好自己分内的事情，就是我们的责任和天职。在这个前提下，才谈得到承前启后。所以人生并不虚妄，我们今天所做的每一件事，都要走进历史，也会影响未来。所以踏踏实实地过好每一天，做好每一件事，就是我们的本分，也是准则。"

王先生听了我的一席话不禁赞道："张先生，你是一个有学问的人！"我回答说："学无止境，不敢说有学问。书毕竟读过一些，阅历也还算是丰富，所以说绝对的没学问，也过于矫情了。但是在精神境界上，这位老妇人巴妮值得我们深思和学习的地方还是很多很多的。无论是作为妻子，还是母亲、祖母，她都是称职的。她的一生都在给予和奉献。这似乎就是她来到这个世界上的目的。她很平凡，也很伟大。我们都和她有缘，所以我才会在茫茫人海里遇到她，你才会鬼使神差地在这块曾经属于她的土地上做工。你我也是有缘的，所以我们才能有今天的巧遇和这一番谈话。人生在世，起落沉浮，踪迹不定，看似偶然，其实都取决于一个'缘'字。如果说人生有什么诀窍，我想就是四个字'努力随缘'。"

我继续散步，脑子里继续着和王先生的谈话。于是我想起了那个四岁的小姑娘巴妮。这两个巴妮向我展示了一个女性完整的一生，一个显示了生命初始的单纯、快乐、稚嫩；一个昭示着风雨过后生命的坚强、质朴、宽厚。我在心里暗暗地追问："生命的本质是什么？人生的意义何在？"我想，人类依托于土地，人生恰如一个立体的圆，起始于大地，立足于大地，归依于大地。生命凌空而起，翩翩而落，起点和落点恰恰是重合为一的。既始于零，也归于零。人生，或如暴风雨过后大地上凌空飞架的彩虹，或如傍晚时分原野上升起的一缕袅袅炊烟；或如江南小桥流水旁伫立沉静的佳人，或如海边迎着风浪坚强如铁的礁石；当然，更多人的生命如鲁迅笔下的阿Q的签名，想画得很圆，却抖抖的无论如何也画不圆满。只因为追求圆满的想法过于强烈，结果却越是难得圆满。然而，无论是彩虹，或是炊烟；佳人，或是礁石；即便是阿Q，都很难说清它究竟是圆满或是相反。圆满既是一种客观存在，也是一种内在的体悟和感觉。前者可见，后者无形，主要取决于个人的感受。也许，上述的种种境况和境界融合在一起，才是真正的人生。而无论曾经多么耀眼，或是怎样的蹭蹬，最终都同归于大化。大化就是永恒，就是零。

老妇巴妮的生命，曾经有过彩虹般的绚丽，炊烟般的质朴，佳人般的光彩，礁石般的坚强和普通人的平凡。我有幸与她萍水相逢，以此揭开了人生大幕的一角，略略窥见了其中的秘密。

（原载于香港《城市文艺》总第85期，2016年10月25日出版）

# 地　主

　　有人说，人生如旅。旅途中发生的每一件事，遇到的每一个人，冥冥中自有前缘。有些人和事当时觉得平淡无奇，事后仔细回想起来，往往具有非同寻常的启迪意义，生动深刻，远胜过教科书多矣。

　　二十多年前，我在西雅图和温哥华之间开辟了三个办公室。我每个星期穿梭于这三个办公室和西雅图之间，奔波劳碌，为生存打拼。

　　西雅图以北、距离西雅图大约九十英里的柏林汉姆是我的第一个办公室所在地。从那里往西南穿过一望无际的库克纳特原野，紧邻海岸线的小城阿纳科特斯有我的第二个办公室。我的第三个办公室在奥格斯岛上，从阿纳科特斯码头乘船向海湾深处行驶大约一个小时。在普捷湾星罗棋布的岛屿中，它是最大最闪亮的一颗明星。

　　从柏林汉姆到阿纳科特斯，走高速公路大约有四十多英里。如果抄小路穿过原野，可以少走十英里左右。上世纪末初夏的一天，我结束了在柏林汉姆的工作，开车顺着小路奔向阿纳科特斯。

　　这一带风光旖旎，景色极佳，高耸在华盛顿州中央的喀斯喀特山脉将这个偏居美国西北一隅的省份一分为二。东部干旱少雨，出产苹果、樱桃、小麦和畜草。西部四季温润，雨量充沛，是鲜花和海洋的世界。行驶在辽阔的西部平原上，左手遥见巍峨的群山，山顶上冰雪皑皑，林木葱郁。右手则是普捷海湾，碧波荡漾，群岛隐现。岛上的山峰郁郁葱葱，冰川闪烁。翻过山，就是一望无际的太平洋。

206

这里的地势从东向西，渐趋平坦。靠近海边则坦荡如海湾里的海水，终年波澜不惊，一平如砥。辽阔的平原上，但见溪河竞流，村舍相连，四季常青，四时花艳。闻名世界的郁金香育种基地就在这一片平原上熠熠生辉，成为一块尽人皆知的招牌。

汽车来到一个三岔路口，我有些犹豫，不知该一直向前，或向右拐。左手路边原野的深处恰巧有一座硕大的房舍，于是我顺势左拐，向那座房舍驶去。

走近了我才发现，这座房子大得出乎意料。它坐落在一片绿茸茸的、修剪得十分整齐的草坪上。四周是人们在西部牛仔片里经常看到的那种既简单又大方的木栅栏。虽然它是一座平房，却足有两层楼高，门窗也格外高大，敞亮。四周的墙根下，是五彩斑斓的各色鲜花。房门大开，四周一片寂静。一个老妇人跪在地上，头戴一顶宽檐的布帽子，双手忙个不停，正在全神贯注地收拾花草。

"你好！"我打了个招呼。

老妇人抬起头，我看见一双慈祥的眼睛，笑意盈盈，十分友好。

我说我迷路了，从柏林汉姆来，要去阿纳科特斯，不知该走哪条路。

老妇人手脚麻利地一跃而起，她大概有七十多岁了，健康而热情。

"你要去阿纳科特斯？太容易了！一直往前！然后右拐！"她指了指南边，又问道，"你不喝点儿水吗？"我犹豫着，没有开口。"来吧！我房子里有水。这一带的水质量不错，在全国也是数一数二的。"

我的确有些口渴，但我知道，一般的美国人是不会轻易让陌生人迈进房门的。因此我没有主动向她要水喝。没想到，老人家倒主动请我喝水了，并且把我让进了她的家。

果然如我所料，她的房子大得出奇，客厅宽敞明亮，一切都摆放得井然有序，干净清爽。老式的家具，陈年的照片，厚厚的地毯踩上去悄无声息，像漫步在保养良好的草坪上。原木书架和书案上，摆满了鲜花。

老妇人请我坐下，然后把一大杯清水放在我面前的茶几上。

207

"你一个人在这里生活吗？"我有些好奇。

"不，还有我先生。"

"你先生呢？"

"下地干活去了。"

"离这里远吗？"

"不近。"

老人告诉我，她和先生是土生土长的当地人，一辈子务农。她家里一共有一百七十英亩土地。

"这边有九十英亩。"她往北一指，"这边有八十英亩。"她又往南一指，口气很平淡。

"你们都种些什么？"

"麦子和畜草。"

"你们自己能照顾这么多地吗？"

"照顾不了。"她肯定地说。

"那怎么办？"

"雇人。"老人的回答总是很简洁。她的口气告诉我，这一切在她看来都是天经地义、理所当然的。

"你们没有孩子吗？"

"有，我们有三个儿子。都大了，独立了。"

"他们不来帮忙吗？"

"他们？都住在西雅图。一个是律师，一个是电脑工程师，还有一个我也搞不清他干什么。"老人似乎意犹未尽，补充说道，"干不动了，我们老了。正打算把地卖了，搬到老年公寓去呢。"

"你们的三个儿子为什么不继承你们的产业呢？"

"这是我们的财产，我们要用这笔钱养老呢，谁也不给。花不完怎么办？简单，捐给慈善机构。"

喝完了杯子里的水，我起身告辞。她送我到门外，往前一指，说一直往前就是209号公路。上公路右拐，一直向西，直到海边，就是阿纳科特斯。

我重新上路了。一路上这位不知姓名的老妇人总是在我的面前晃来晃去。一百七十英亩土地，一英亩相当于中国的六亩，那就是一千多亩了，名副其实的大地主。我想起了几十年前看过的电影《白毛女》和《红色娘子军》，著名演员陈强先生饰演的地主黄世仁和南霸天。二者显然不同。社会定位、色彩和意义南辕北辙。这一对地主夫妻勤劳、善良，生活得宁静、富足。

几年前我和老伴应邀参加了她的侄孙女达吉亚娜的大学毕业典礼。爱德华大学教育学院位于华盛顿州和爱德华州交界的一个小镇上。我们一行数人从西雅图驱车六个小时到达华盛顿州东部重镇思勃肯，然后右拐，又开了将近三个小时，寻找到了我们事先在网上预订的一家家庭旅馆。从这里继续向前十五分钟，跨过一条小河，进入爱德华州，就是那座大学了。

临近那家家庭旅馆所在的小村子，天已经黑了，我们却迟迟找不到这个名不见经传的无名小村。电话打过去了，接电话的正是那家的男主人杰瑞先生。在他的指点下，我们调整了方向，继续前行。

七月的乡村，静谧的夜晚，繁星满天，时闻犬吠。

前方突然亮起了一道强光，一动不动。老伴的哥哥盖格说那肯定是杰瑞，他在用车灯为我们指示方向。驶近了，果然是杰瑞，他特意开车来接我们。

杰瑞大概有七十多岁了，又高又瘦，穿着花格衬衫，足蹬皮靴，一顶牛仔帽斜斜地扣在头上，一副典型的牛仔打扮，只有那微驼的肩背透露了他的真实年龄。杰瑞引路，我们跟着他来到了他家。

杰瑞的家是一座很大的两层楼房，客厅很宽敞。相邻的厨房里热气腾腾，香气四溢，餐桌上摆满了各色食物。他们正准备吃晚饭。

按照规矩，这种附带早餐的家庭旅馆是不管晚饭的。我们这一行人还没有吃晚饭。这么晚了，也不知道该去哪里找餐馆，或买食物。老伴说不用担心，主人会做出安排的。

果然，女主人来请我们去用晚餐。

女主人娜莎个子不高，衣着朴素，面容苍老，看上去也有七十多岁了。我们跟着她来到餐厅。杰瑞先生和几个陌生的男人围坐在餐桌旁，等着我们入座。餐桌上摆放着烤面包、黄油、沙拉、烤牛排、炖肉、煮老玉米、甜点、葡萄酒，应有尽有，琳琅满目。我们已经一整天没正经吃东西了，早已饥肠辘辘，也不客气，立刻坐下动起手来。

第二天清晨，我悄悄拉开窗帘，朝外张望，想了解一下周围的环境。昨晚我们来得太晚了，四周一片漆黑，什么也没看到。

这里位于爱德华州和华盛顿州交界，往东北则是蒙大拿州。爱德华州风光秀美，蒙大拿州气象壮阔，华盛顿州刚柔相济，兼有二者之长。因此，这一带地区凝聚了这三省风物之精华，得天独厚，风光极佳。

窗外是一幅美丽静谧的风景画。一片原野，绿草如茵，树木葱茏。原野的尽头是一道轮廓秀美的山梁，无边的绿色从山梁上无声地倾泻到原野上，使原野上的绿变得更浓，更深。山梁脚下，牛群在静静地吃草。一条闪亮的小溪从远方逶迤而来，与一个小湖擦肩而过，流向更远方的另一个村落。鲜花盛开，晨鸟啁啾，两只老鹰在碧蓝的天空上缓缓地滑翔，眼前的这片原野大概有上百英亩吧。这样的景致在西雅图是难得一见的。

起床后我对女房东说："你家房子后面的这片原野风景真美。我想，大概有一百多英亩吧。"

娜莎说："不止一百英亩，有二百多英亩。"

"哇，都是你家的地吗?"

"是，是我家的财产。"

"我为什么没有看见庄稼和蔬菜呢?"

"我们的庄稼和蔬菜，还有牧场、奶牛场、肉类加工厂、粮食加工厂，都在离这里很远的田野里。这里只是我们的住家，不能随便种蔬菜和庄稼的。"

"你们家一共有多少地?"

"两千四百英亩。"

我感到震惊，一万多亩土地! 这在中国不是超级大地主吗?

"两千四百英亩都是你们买的吗?"

"是杰瑞的父亲留下来的。"

杰瑞坐在桌子的另一端,正在和几个男人说话。他接过娜莎的话说:"我干不动了,土地都交给了儿子,从此他就当家做主了,我要清闲几天了。干了一辈子,够了。"他的口气很轻松,似乎对土地没有任何留恋。说完,瞟了一眼身边站立着的一个中年男人。此人身材高大,一脸胡须,一身农民的穿着打扮。他就是杰瑞唯一的儿子——未来的大地主。

开早饭了。我们老少十几个客人和杰瑞夫妇,以及那几个男人团团围坐在桌子四周,享受着早餐。餐桌上的食物和饮料,除去咖啡,都出自杰瑞自家的土地。牛奶、面包、蔬菜、鸡蛋、肉,十分新鲜可口。这时我才知道,那几个男人是杰瑞家的雇工。

吃完早饭,杰瑞父子带着雇工们准备出发去干活。娜莎钻进了暖房去收拾蔬菜。早餐时她说过,她的主要任务就是做三顿饭,挤牛奶,收拾暖房里的蔬菜。就这样,她整天忙得团团转,很少有喘气的工夫,儿媳妇是她的好帮手。这婆媳俩都有一双粗大的手,穿着也十分朴素。如果不是亲眼所见,你根本想象不出,这一家人是拥有一万多亩土地的大地主。

我们也准备出发去参加达吉亚娜的毕业典礼了。杰瑞过来和我们打招呼,说他今天晚上恐怕不能回家过夜了,地里的活太忙。明天我们离开时他不在家,就此告别。"欢迎各位今后有机会再来做客。"说完他跳上汽车走了。

下午我们回到杰瑞家,发现娜莎在自家前院的草坪上拉开架势,正在拍卖家里用不着的零碎物品。真是五花八门,应有尽有。这些东西显然都是娜莎平日积攒下来的,无论巨细,一律都明码标价,大都是些一两块钱的小东西。她的儿媳妇在帮她看摊,她在厨房里忙着做晚饭。我仔细浏览了半天,花一块钱买了一个铜蜡扦。这个蜡扦与众不同,形状像一杆水烟袋。蜡烛就"坐"在"烟袋锅子"里,而"烟杆"是用细铜丝编成的麻花,玲珑而别致。老伴问我买这个蜡扦干什么。我说不干什

211

么。看见它就想起杰瑞和娜莎这一家人。他们有一万多亩土地，却过得如此朴素，如此辛苦，如此知足。这么一个不起眼的、只值一块钱的小蜡扦她还保存得这样好，其实一块钱对大多数人来说都是微不足道的，难得的是她那种节俭的精神。老伴听完我的话，默默地点了点头。

第二天早上临走前算账时，娜莎说除了房钱，前晚那顿晚餐每人十块钱。我坚持给了她三十块。我和老伴儿一共二十块钱饭钱，十块钱小费。那顿饭绝不止十块钱。娜莎收下钱，再三道谢。

杰瑞和娜莎的家离我们越来越远。他家所在的那个小村落也渐渐远去了，和7月早晨的天地融为一体。我的脑子里突然闪过四个字"天人合一"！这是古往今来无数中国人追求的生命最高境界，也是越来越多的中国人常常挂在嘴上的一句话。但是在现实生活中，能达到这种境界的人微乎其微。浮世繁华，红尘喧嚣，人生琐屑，社会狂躁，奈何？据说，仅是秦岭的大山深处，就有一千多位清修的隐士。他们忍受着常人难以想象的精神寂寞和物质贫乏，常年风餐露宿，与野兽为邻，与饥寒为伍，孜孜以求内心的宁静与和谐。他们达到目的了吗？

大道无形而至简，本就在日常生活如一日三餐、柴米油盐之中。只要放下执着，和光同尘，与书为友，就能足不出户，享受到精神上的自由、独立和泉林之乐，何必舍近求远、舍本逐末地躲到深山老林里去求仙访道？看看杰瑞和娜莎这一家人吧！在我看来，他们就是神仙中人，尽管他们是拥有上万亩土地的大地主！

2016年初夏初稿
2021年6月修改

# 肚皮舞娘

西雅图以北大约一百英里的地方，有一座小城柏林汉姆。这里依山傍海，风光秀丽，是一个宁静宜居的好地方。二十六年来，我有幸与这座小城结下了不解之缘，每周一次去工作，风雨无阻，坚持不懈。虽然近几年因为年纪大了，改为两周一次，但善缘不绝，往来依旧。我喜欢那里的人和环境，每次去柏林汉姆工作，像是一次愉快的旅行，更像是探亲访友，精神上的愉悦常常使我忘记了身体的疲劳，晨往暮返，乐此不疲。

说起我和柏林汉姆的缘分，不能不提起我的一位老朋友Ranana Rauch女士。正是由于她的引荐，我才得以和柏林汉姆结下了这段长达二十多年，而且至今仍然绵延不绝的特殊的缘分。这在我的一生里，都是一段意义非凡的经历。

一

二十六年前，1992年的春天，我从东部搬到西雅图后不久，一对母子慕名前来学习八卦掌和太极拳。这就是Ranana和David母子。

初见Ranana，印象很深刻。那一年，她五十七岁，身材高挑，风韵犹存。感觉里，无论是她的相貌，还是神情，都很像是一个饱经忧患

213

的吉卜赛女郎。一米七五左右的身高，灵活的腰肢，秀气的面庞上皱纹很深。一头亚麻色的秀发挽成一个沉甸甸的马尾，拖在身后。穿着很随意，宽大的衣裤看上去颇有几分洒脱不羁。仔细看，裤腿的沿口和黑布鞋面上，都绣着鲜艳精巧的花卉，透露出主人的生活品味。David 二十出头，一头浓黑的鬈发，长得像西班牙人，身材健硕，待人接物还有几分腼腆。

说起来这 Ranana 也非寻常之辈，第一次上课，她一出手，我就看出来她学过中国传统的内家拳。一问，果然，她说几年前曾经跟随一位从台湾来的老师学过太极拳和八卦掌。几堂课下来，我们彼此熟悉了，她说："张先生，我和 David 都喜欢你的课。你喜欢回答学生的提问，课讲得也清楚，和其他老师不一样。我很喜欢你的课和北京南城八卦掌。"

有一次，我们正在公园里上课，一个不速之客突然闯进来，摇摇晃晃地朝我走来。此人衣衫褴褛，神情猥琐，一望可知是一个流浪汉。他嘟嘟囔囔，口齿虽然不清楚，但是挑衅的意思很明显。他走到我跟前，凑近我的脸，做着怪样，满嘴酒气，指手画脚地说："你就是那个中国来的功夫大师吗？是你吗？"我知道他喝醉了，跟一个醉鬼是没有道理可讲的。我保持着沉默。我心里很清楚，只要我自己方寸不乱，一个醉鬼奈何我不得。何况我听说过，在这里，如果在公共场合打架，是一项重罪。先动手的人要负主要责任。还有一点，一个会功夫的人和别人发生冲突，你的拳脚将被认定为具有攻击性的武器。我纹丝不动，一脸淡然，不回应也不激怒对方。几分钟之后，对方泄气了，笑嘻嘻地走了。空气里留有浓浓的酒气。

David 看着我，一脸的惊愕和敬佩。Ranana 说："我真替你担心，张先生。我怕那个醉鬼伤害你，更担心你会忍不住还击，出手太重，给自己惹来麻烦。"我说："他喝醉了，不必认真。只要他不动手，我不会怎么样他。这种时候，保持镇静最重要了。你不为所动，他奈何不得你。"我们继续上课。此后，这一对母子对我更加钦佩和信服。David 甚至说："张先生，以后无论你搬到哪儿，我都跟着你！"他说得很诚恳，我相信是他的肺腑之言。

又过了一段时间，Ranana说她想学习针灸。西雅图的针灸学院学费太贵，她报考了温哥华的针灸学校，问我能否帮助她准备入学考试，我一口答应下来。针灸学校的入学考试是开卷的。她把试卷带来，我们坐下来，一起研究分析。考试的内容都是中医的基本常识，难度不大，她顺利地通过了考试，如愿以偿。她很兴奋，再三道谢，同时表示，她在柏林汉姆认识很多人，她和朋友们谈起我，大家都想认识我，欢迎我去那里讲课、工作。

这是我第一次听说柏林汉姆，对这个城市一无所知，甚至不知道它在哪个方向，距离西雅图多远。David详细解释了柏林汉姆的位置和相关情况。我那时还没开车，David说他可以每周一次接送我，完全不成问题。他们的热情打动了我，而且我那时正在全力以赴地创业，为生存打拼。这是一个难得的机会。就这样，我开始了每周一次的柏林汉姆之行，从此一发而不可收拾，整整坚持了二十六年，至今意犹未尽。只是我没有接受David的好意，先是乘坐长途汽车，后来则自己开车。粗略地计算一下，这些年，我往返于西雅图和柏林汉姆之间的里程，加在一起，应该可以围绕地球好几圈了！

# 二

初到柏林汉姆，我人生地不熟，租办公室、介绍学生、组织讲座、推荐病人，都是Ranana主动帮我操持。一切就绪之后，针灸学校开学了，她经常往返于温哥华和柏林汉姆之间，很辛苦，时间也很紧张。因此，我们见面反而少了。

David也忙于生计很少露面。他没有什么正经工作，到处打零工。至于Ranana如何谋生，以什么为职业，出于礼貌，我从未过问。每隔一段时间，只要她人在柏林汉姆，有时间总要到我的办公室来看望我。赶巧了，也坐下来听听课。她对太极拳、八卦掌、气功、中医以至《易经》兴趣极浓，似乎这些就是她生活的中心，甚至全部。我们的谈话，也主要是围绕着这些内容进行。

有一次，我结束了工作，到附近的一家饭馆吃晚饭。一进门，感觉气氛有些异样。饭馆里高朋满座，显得比平时热闹得多。桌椅挪动了，大堂的中间腾空了，几个年轻的姑娘在表演舞蹈，舞姿翩翩，鼓乐激荡。客人们团团围坐，边用餐，边欣赏舞蹈，兴致勃勃，交头接耳。场上表演的是"肚皮舞"。六个女舞者，分列两排，三个穿灯笼裤，三个穿长裙。上身一律是极短的白衬衫，露出肚脐，扭动着腰肢，努力舞出女性的妩媚和灵动。伴奏的只有鼓声。没有乐队，甚至连录音机播放的音乐也没有，只有疾徐有致、低昂交错的鼓声在回荡。我定睛一看，发现舞者里有我认识的女孩子丽贝卡，而操鼓的人居然是Ranana！

她席地而坐，用双手敲打着放在两腿之间的一面小鼓。鼓声清晰明快，节奏鲜明。她神情专注，目不旁视，用鼓声发出指令，掌握着场上的节奏和气氛，俨然是表演的指挥。

我找了一个偏僻的角落坐下来静静地欣赏着她们的表演，直到结束，我始终没有打扰她们。

后来Ranan告诉我，这是她组织的一个舞蹈俱乐部，一共七个人。那六个年轻的女孩子都是她的学生，她身兼教师、编导和鼓手。她们每周聚会三四次，编排新节目，切磋舞技，或者组织表演。柏林汉姆市的几家餐厅是她们主要的表演场所，有时候也应邀到有party的人家家里表演助兴。无论是在餐厅，还是私人家里表演，都是不收费的。小费随意，来者不拒。得到小费，则一分为七，不多不少，公平透明，皆大欢喜。Ranana说，挣钱不是她们的目的，寻找和享受快乐，同时也为大家带去快乐，才是她们最想要的。

有时候，表演结束了，观众意犹未尽，迟迟不肯散去，Ranana也会下场露一手。只见她赤着双脚，下身是一条肥大的灯笼裤或者是一袭花裙，花衬衫的袖子高高地挽起来，露出长长的手臂。提起衬衫的下摆，在胸前挽个结，露出肚脐和腰肢。她站在场地中央，双手合十，颔首致意。鼓声响起，她身子一抖，一个亮相：双臂轻扬，上身微侧，两

216

脚合拢，宛如一尊印度女神的雕像，全身散发出柔和、神秘的光彩，全场立刻鸦雀无声。

她缓缓地抖动着腰肢，双臂柔若无骨，像秋风里舒展的柳枝。她转过身去，消瘦的脊背快速地颤抖着，像是柳枝在倾吐对风的赞美和渴望。风似乎大了，她的腰肢抖动得更加剧烈，身子缓缓地向舞台的一侧无声地移动，像风中的小船，轻快而舒缓。鼓声越发激烈，她转过身来，向舞台的另一侧轻移，舞姿变化多端，腰肢抖动的幅度和频率令人眼花缭乱，像狂风骤雨里的柳枝，拧转翻飞，与风共舞，与云对话，与大自然融为一体。鼓声渐渐舒缓，她重新回到舞台中心，低眉垂目，手臂轻扬，拧腰舒胯，一阵阵细微的颤动从脚底渐次生起，腰胯无声而快速地颤抖着，显得越发生动，像激雨过后，湖面上漾起的阵阵涟漪。

掌声和喝彩声、口哨声响起，她复双手合十，颔首致意，像一朵即将凋谢而风韵犹存的夏天里最后的荷花，静静地伫立在夕阳下，似乎在思索、品味、回忆着自己的一生。人们的目光、掌声、喝彩声似乎都与她无关。她不闻不见，无喜无忧，沉浸在自己的精神世界里。

事后，我反复回味 Ranana 在舞台上的表现，似乎品味出一丝似有似无、若隐若现的人生的苦涩。她似乎是在用舞蹈表达和倾诉着那些只属于她的经历和思考。她有着怎样的经历，又在思考些什么呢？


# 三


一晃三年过去了，Ranana 从温哥华针灸学校毕业了。这三年，我们来往极少，各自为生活和生意奔忙。直到有一天，她来到我的办公室，告诉我她毕业了，拿到了针灸执照，准备开业了。我不禁有些愕然，暗自为时光的飞逝而吃惊，并向她表示祝贺。说了几句闲话，她话锋一转："张先生，我听说你有一张多余的推拿床，是吗？"

"是的。我最近买了一张新的推拿床，原来那张就空出来了，放在家里没用了。"

"那好。我正准备开业做针灸，需要一张推拿床。你的那张推拿床能不能卖给我?"

"好呀，反正放在那里也没用。"

她又问我价钱。我告诉她这是一张旧床，一百美元。她说:"行，就这样敲定了。你的推拿床我买了，但是我现在手里没钱。能不能让我先拿走，两个月以后，我一定把钱还给你?"我表示没问题，让她把推拿床先拿去用。事情进行得如此顺利，显然出乎她的预料。她松了一口气，再三道谢，高兴地走了。

这件事让我很感慨。看来，Ranana的日子真到了捉襟见肘的地步了。好在她毕业了，以后的日子会好起来的。我为自己能在这个关键时刻助她一臂之力而高兴。我在柏林汉姆的事业做得风生水起，效益显著，这离不开她的帮助。投桃报李，我希望她的事业同样能取得成功。

此后又过了几年，我们几乎没有任何联系。每个人都在忙自己的生意，忙着挣钱。这里的生活很现实，没有钱寸步难行。其他的事只能放在一边。不过，我听说她的生意做得不错，闲暇时仍然带着姑娘们表演"肚皮舞"。她的俱乐部扩大了，手下的学生增加了一倍。有时候，她还会带上她们到附近的城市做巡回表演。在柏林汉姆，很多人都知道这个年过花甲、身材高挑苗条、长得有几分像吉卜赛的女人，一手针灸，一手"肚皮舞"，左右逢源，春风得意。偶尔，我们会在食品店不期而遇，我们都是去买午饭的。她一见到我，往往会大叫一声"张先生"或"张老师"，然后给我一个大大的拥抱。我们就站在那里随便聊上几句。她神采奕奕，气色极好，与过去判若两人。问她的生意，她说:"很好!"问她的舞蹈，她说:"不错!"说话时底气十足，精力旺盛，十分自信。几句话过后，我们即匆匆分手，各奔前程。

时光荏苒，日出月落，转眼又是几年。我的办公室几经搬迁，最后搬到了哈里斯大街的一栋办公楼里。无巧不成书，我的隔壁就是Ranana的诊所。一间将近二十平方米的房间，中间是一张推拿床;靠墙是一对沙发、茶几，窗户上挂着色彩柔和的窗帘，墙上是几张她和姑娘们翩翩起舞的照片和她的针灸执照。房间里流动着轻柔曼妙的音乐，这就是一个标准的美式针灸诊所。当然，推拿床是新的。从我手里买去的那张"三手货"早就不见了。

这样一来，我们见面的机会就多了。不过，所谓"多"，也就是每隔一周我来工作时，偶尔会在楼道里碰到她，匆匆地打个招呼而已。或者是她工作结束了，经过我的工作室，会大声地招呼一声："拜拜，张先生!"然后匆匆离去。是的，我们都很忙，没有时间坐下来从从容容地聊一聊。

有一天，我正在工作，楼道里传来孩子的喧闹。我打开门，看到了久违的David。他已经结婚了，有了一男一女两个孩子。他的太太跟在他身后，是个肥胖的神情呆滞的墨西哥妇女。David的身上沾了很多油漆，他说他在一个建筑工地刷漆，下了班带着孩子来看望母亲。我们寒暄了几句就分手了。时过境迁，我们之间似乎无话可说了。

又过了许久，有一次，Ranana不请自来，说她正在帮助某个公司推销电子产品，可以和家里的电话连线，通话时可以看到对方的影像。她建议我也加入进来，一起做这个生意。因为我在柏林汉姆和西雅图人脉很广，人缘儿也不错，适合做这种生意。我对这一类推销生意向来不感兴趣，婉言谢绝了。我问她为什么不集中精力做好她的针灸，非要搞这些和专业无关的小生意。她表示近来生意不好做，针灸学校毕业的学生越来越多，竞争越来越激烈。这个小生意挣的钱虽然不多，但也聊胜于无，可以贴补家用。

年底，Ranana搬走了。她搬走那天我正好来工作，看到她忙忙碌碌的样子，问她为什么要搬走。她说房东又涨房钱了。她付不起，只好另找了一处房租便宜一些的办公室。我没问她新的办公室在哪儿。既然帮不上忙，那就不要问东问西的了。不过，听她的口气，还是很镇定；看她的神情，也很淡然。显然，对这样的变化她早有准备。这也是一般美国人的特点，做事很有计划。上学、找工作、订婚、结婚、买房、搬家、旅游，都事先做好计划，攒够钱，按照计划执行，目的很明确，按部就班，不会随意改变。当然，也有突发奇想、兴致所至、随心所欲而海阔天空的时候。那一般是年轻人。少年孟浪，自我中心，中外皆然。

此后，Ranana就从我的视野里彻底消失了。David更是销声匿迹，泥牛入海。我照例每两周到柏林汉姆工作一天，工作依然认真勤奋，并享受其中的快乐。有时候我也会想起这一对母子。我算了一下，Ranana比我年长十二岁，她应该将近八十岁了！我的天！我想，这辈子恐怕再也见不到这位年老的"肚皮舞娘"了。然而令人意想不到的是，几年以后，命运又一次把她推到我的面前，而她的变化之大，着实令人吃惊。

# 四

大约三年前，我接受了一个新的学生文迪夫人。她比我小几岁，人长得很富态端庄，说话细声慢气的，待人文雅而亲切。她是我的朋友阿施雅介绍的。伊朗人阿施雅在柏林汉姆开了一家地毯商店，专门经营伊朗生产的传统波斯地毯。他的商店紧邻着我的办公楼，原来是一家健康食品店，因为经营艰难，几年前倒闭了，阿施雅接手租下了这处店铺。他的店铺很大，像一个巨大的仓库，墙壁上挂的、地板上铺的都是从伊朗进口的地毯，五花八门，丰富多彩，令人眼花缭乱。他的地毯价格不菲，一般人很少问津，客户都是有钱人。文迪就是阿施雅的客户，在他的店里买了不少各式地毯。文迪对中国文化有兴趣，又想健身，于是阿施雅把她介绍给我，学习太极拳和八卦掌。

我了解了文迪的情况，决定只教她"八卦行桩"。这是八卦掌的基本功，比较简单易学，且健身效果明显，文迪欣然同意。上了两节课以后，文迪说她有一位朋友，想和她一起上课，问我是否同意。我问她的朋友是谁，叫什么？她说她的朋友叫Ranana！我又惊又喜，告诉她，我和Ranana认识二十多年了，我到柏林汉姆工作就是她引荐的。我们已经多年不联系了，不是不想联系，而是彼此都太忙，顾不上。我让文迪下次上课时带Ranana一起来。

两个星期之后，Ranana跟着文迪一起来了。她的样貌改变很大，让我大吃一惊。进门的时候，文迪搀扶着Ranana，蹒跚而行。她瘦了许多，和文迪在一起，越发显得瘦骨嶙峋。她一只手紧紧地抓住文迪的胳膊，另一只手向前伸着，摸索着，走得小心翼翼。我迎上前去，握住她的手，问候她，看着她的眼睛。她笑了，是我熟悉的笑，很美，还有几分羞涩。只是她的眼睛一片茫然，偏过头去，努力用耳朵捕捉着我的声音，显得有些吃力。

"你的眼睛……"

"我的眼睛看不见了。不过还没全瞎，还能看见一点点。我能隐隐约约地看见你的身影，还没全瞎。"她安慰着我，也安慰着自己。我知道她是一个很要强的人，轻易不会向困难低头。

我们开始上课了。我还记得，多年前Ranana在我的课堂上，学过八卦行桩，她的八卦步走得既流畅又潇洒。当时她说过，她在大学里学的是"社会学"，选修课学的是舞蹈和音乐。因此，她的身体很灵活，动作协调。再加上她的身材高，腿长，走起八卦步来，如丹鹤凌空，飘飘欲仙，令人赏心悦目。但现在已是今非昔比，她消瘦了，矮了，眼睛看不见了，走起八卦步来，小心翼翼，缩手缩脚，步履蹒跚，无复当年的风采。我和文迪都迁就着她，鼓励她，我告诉她："只要你动起来，身体自然就能逐渐恢复健康。虽然不一定对你的视力有直接的帮助，但是体力和精神好了，对治疗你的眼睛只会有利无弊的。"她很信服我的话，做动作很认真，很努力。她看不见，失去了方向感，每逢需要左右转动改变方向时，我都会及时提醒她，甚至用手扶着她向左右转动。她总是说一声"对不起"。笑一笑，坚持不懈。她需要帮助，但不需要怜悯。

第一堂课结束了，我告诉Ranana，她不用交学费。我只是帮助她复习动作，不需要额外收费了。她摸摸索索地握住我的手，贴在自己的脸上，连声道谢。

课进行得很顺利，每次上课都是文迪接送Ranana，她住在离柏林汉姆市中心三十多英里的一座孤零零的小房子里。从那里继续往东大约三十英里的样子，就是著名的贝格雪峰。那一带人烟稀少，那座小房子

221

是她在失明之前用多年的积蓄买下的，陪伴她的只有三只狗。

又过了半年左右，文迪问我的治疗每次收费是多少，她的一个老朋友需要治疗。过了几天，Ranan给我打电话，说她想预约我的治疗。我明白了，文迪那天说的"老朋友"就是她。我估计，她之所以委托文迪向我打听治疗费，恐怕出于两点考虑。一是她要看一看自己的经济能力是否付得起，能坚持多久；二是她不想我碍于情面减免她的治疗费。

就这样，Ranana开始接受我的治疗。我告诉她，我的治疗不可能直接对她的眼睛有帮助。但是我相信我的治疗会帮助她提高体质，改善情绪。这对她的眼睛有好处。她说她明白。她毕竟学过针灸。她相信中医对她有好处。起码可以让她活得健康一些，愉快一些。

治疗很顺利。我们都很愉快。正是在治疗的过程里，我对她这些年的生活和处境，有了进一步的了解。

我们中国人常说"某某人是我生活里的贵人"。所谓"贵人"，指的就是那个在你处境最困难的时候及时出现，并对你施以援手的特殊人物。这样的人绝无仅有，一生难逢。而文迪，就是Ranana生活里的"贵人"。

文迪原本是柏林汉姆当地人，结婚以后随丈夫住在拉斯维加斯。但是她的老父亲还在柏林汉姆独居，九十多岁了。因此每年夏天，文迪和先生都要回来住上几个月，陪伴老父亲。

文迪的先生是搞投资的，已经过了退休年龄还在工作。文迪说他是工作狂，除了工作，没有其他的乐趣。我见过此人一面，一个穿着很朴素，待人很亲切的小老头。显然，他的事业很成功，他们的生活也很富裕，这从他们那套临海的豪华公寓就可见端倪。这样一套公寓，现在的市价最少也要在一百五十万美元左右。

文迪和Ranana是几年前因为健身而结识的。那时，Ranana的视力还没有这么糟糕，多少还能看见东西。针灸她是不能做了，于是她给有需要的人做健康顾问，教气功，甚至点穴推拿，用气功治病。她的顾客或者开车去她家里，或者接她到自己家来。实在不行，她就央求朋友开车送她到伊朗人阿施雅的店铺里，在那里工作。阿施雅是个乐善好施的

222

人，他很同情Ranana的处境，常常为她提供方便。就这样，Ranana一路跌跌撞撞，蹒蹒跚跚地走到了今天。

每年初夏，文迪回到柏林汉姆，就成了Ranana的义务司机。只要她需要，文迪每叫必到。她们两家相距三十多英里，往返一趟将近一百公里，从初夏到圣诞节前文迪返回拉斯维加斯为止，足有六七个月的时间，她乐此不疲。

文迪不在柏林汉姆的时候，Ranana的"邻居"理查德先生就成了她的义务司机。这个老人长得高高大大的，估计比Ranana要小几岁，身体很结实。他的家距离Ranana家十二英里。每次他接送Ranana来我的工作室，Ranana都紧紧地挽住他的胳膊，亦步亦趋。他则小心翼翼，尽量放慢脚步，显得很体贴。有一次，阿施雅告诉我，Ranana是理查德的梦中情人，而Ranana对此很排斥。说完，阿施雅哈哈大笑，一再重申，此事当真，不是他杜撰的，不少人都知道。这两位老人就在这样微妙的氛围里双双来去。

除了为Ranana开车，文迪一年三百六十五天，每天早上都要和Ranana通电话。无论她是在柏林汉姆，还是在拉斯维加斯。她们在电话里不谈家长里短，专门学习和讨论《道德经》和《黄帝内经》。Ranana看不见，文迪就一段一段地读给她听，然后展开讨论。Ranana有学针灸的底子，在针灸学校的时候接触过这些经典。除了针灸学校，她还断断续续地跟几位中国老师学过相关的知识，其中也包括我。因此，她比文迪懂得要多一些，对文迪来说，她既是朋友，也是老师。拉斯维加斯和柏林汉姆相距上千英里，如果闭起眼睛想一想两个亦师亦友的老妇人每天早上在电话里通话的情景，是很感人的。

自从Ranana接受我的治疗以后，转眼又是两三年了。算起来，她已经八十四岁了。她日渐衰老，骨瘦如柴，身子越发佝偻，但是精神不错，情绪依然乐观。

这几年，有一个问题始终在我的脑子里徘徊，挥之不去，又不敢轻易开口问她。那就是她的儿子David去哪儿了？他为什么不露面，不关心照顾他的母亲？

终于，有一天我忍不住了，尽量轻描淡写地问了她一句："David怎么样？他过得好吗？还住在柏林汉姆吗？"

Ranana的回答让我很吃惊。

"我也不知道他在哪儿，张先生。我已经很久很久没有他的消息了。他早就搬走了。"

"他和你没有联系吗？他搬走时没有告诉你吗？"

"没有。"Ranana的语气很平静，"我不知道他是什么时候搬走的，也不知道他搬到哪儿去了，他从来没和我联系过。"

"为什么？你是他母亲，他应该告诉你，应该和你保持联系。"

Ranana沉默不语，没有回答我的问题。

治疗结束了。我扶她坐到沙发上。她摸摸索索地穿戴好，小心翼翼地把两大串钥匙放到口袋里，背上挎包，不急于离开，继续坐在沙发上。沉默了一会儿，她开始说话。她的声音很小，像是自言自语。

"我也不知道究竟是为什么，David就这样从我的生活里无声无息地消失了。你知道他结婚了？对，你知道。你见过他的太太和孩子，他的太太是墨西哥人。

"那时候我的眼睛还没有任何问题。有一次，David感冒了，我给他针灸。他的太太死活不让。我和David无论如何也说服不了她，问她为什么？她也不说。就是不许我给David针灸，不许我碰David的身体。最后，我们达成协议，双方各让一步，我针灸时，她站在我和David中间！对，她站在我和David的中间，把我们隔开，我隔着她的身子给David针灸！针灸完了，第二天他们就搬走了，消失了，从此没有任何消息。"

"David搬走几年了？"我问。

"几年了？"她停下来，默默地算着，"大概有将近十年了吧。"

"你的其他子女呢？他们也不和你联系吗？"我知道她一共有六个子女，分散在各地，David是她的小儿子。

"他们基本上不和我联系。有时候过圣诞节，我的大女儿会打电话来问候我。"她的语气很平静，听不出一丝悲哀和怨艾。

224

"为什么？为什么他们也不和你联系？"

"我不知道，我不知道为什么。"

文迪准时来了。我们一起扶起Ranana，她抓住文迪的胳膊，蹒跚着，走了，像一段移动的朽木。下了楼梯，到了门口，她回过头来说："两个星期以后见，张先生!"

<h1 align="center">五</h1>

后来，阿施雅告诉我，Ranana的先生死得很早，是她自己把这六个子女拉扯大的。她吃了很多苦，但是她很乐观，也很坚强。她做过很多各式各样的工作，试图自己养活自己，带大孩子。她跳舞，教舞，组织俱乐部表演舞蹈，是因为她喜欢舞蹈，相信舞蹈能给自己和他人带来快乐。她贷款去学习针灸，也是为了自立自强。她的子女不和她联系，是因为他们希望Ranana和他们一样，信奉基督，去教会做礼拜。他们不喜欢Ranana所做的一切，从跳肚皮舞到学针灸。他们尤其不喜欢Ranana读《道德经》，信奉和追随"道"。

"至于David，主要是他媳妇的责任，而他自己缺乏主见，耳根太软。我自己什么宗教也不信。但是我相信'道'。Ranana告诉过我，'大道通天'。我喜欢这个思想。正好，张先生，我正想向您请教呢，《道德经》是说什么的？为什么Ranana和文迪那么喜欢它？"

阿施雅身材高大，一脸大胡子。看着他那真诚的虚心请教的神情，我相信他不是在开玩笑。

不过，他的问题的确很棘手，很难回答。一是我自己的哲学修养有限；二是我的英文程度也很有限。要用有限的英文回答如此高深的哲学问题，显然是一件困难和吃力不讨好的事。

自从老子的《道德经》诞生以来，历朝历代的中国知识分子，都在试图理解和阐述它所包括的天地、自然、社会之理。两千多年来，有多少读书人皓首穷经，把整个生命投入其中，乐此不疲。近代以来，则有更多的外国学者迷恋上这个事业，加入到了这个解经、诵经、崇拜经典的行列。

我何德何能，敢妄议经典？

我沉吟着，半晌无语。阿施雅也沉默着，眼睛里满是渴望的神色。

突然，我想起了康德说过的一段话："世界上有两样东西，我思之愈久，愈深，它们在我心中引起的敬畏也与日俱增。这就是我们头顶的灿烂的星空和内心深处的崇高的道德准则。"

我把这段话讲给他听，告诉他，康德的这段话讲了两个问题。一个是"我们头顶的灿烂的星空"，即自然；一个是"我们内心深处的崇高的道德准则"，即道德。康德强调，自然和道德，是唯一令人敬畏的两个事物。

《道德经》也讲了这两个东西，"道"和"德"。

"道"就是自然，客观世界。世界的发展，从简单到复杂，从低级到高级，正如老子所说，"道生一，一生二，二生三，三生万物。"自然的基本结构是什么？老子的回答是："万物负阴而抱阳，充气以为和。""阴"和"阳"是构成自然万物最基本的物质。"阴"和"阳"的关系是相反相成，互根互生，互相转化，此消彼长。互相平衡则"和"，平衡被打破则"逆"。从平衡到不平衡又达到新的平衡，循环往复，永无休止。自然世界就在这个过程里，得到发展，走向新生，变得更高级，更美好。所以，老子的"道"包含了两层意思。一是客观自然世界；二是它的发展规律。

老子说："故道大，天大，地大，人亦大。域中有四大，而人居其一焉。"人类是自然进化的产物，是高级智慧生命，是自然客观世界的一部分。人类与自然、天、地的关系是什么？"人法地，地法天，天法道，道法自然。"在"四大"组成的这个系统里，"道"，即自然世界，是最高的。同时，"道"作为自然发展的规律性认识，作为形而上学，也来自和反映了自然物质世界。人类的天职和本分，就是要尊重天地自然，尊重自然规律。

人要"法地""法天""法道"，如何做到？老子认为，人类要建设和遵循自己的道德规范，由此而达到"法天地自然"的最高境界。自然万物，"道生之，德蓄之，物形之，势成之。是以万物莫不尊道而贵德。"而人作为万物之灵长，理应如此，责无旁贷。

"天地之大德曰生。"对生命的尊重和热爱，是道德的核心。

另外，两相比较，"道"是本体，"德"是应用，是人类通往"道"的途径和工具。因此，"德"也就成为一个人是否接近和认识了"道"的衡量标准。大道无涯，唯有德之人可识之近之、与之合而为一。

我滔滔不绝，一口气讲完了我的看法。阿施雅静静地听着，不住地点头。我补充说："所以，老子的著作称为《道德经》。当然，一部《道德经》，内容囊括天地宇宙，博大精深。我所讲的，不过是九牛一毛而已。"

阿施雅深思着，喃喃自语道："看来《道德经》真是一部了不起的著作。Ranana和文迪喜欢读它，也很了不起。"

我说："对，应该说，她们也是有德之人。刚才我说了，道德的核心是对生命的热爱和尊重。而慈爱与俭朴是必须具备的基本道德素质，谦虚谨慎是待人接物的基本态度。老子称之为'三宝'。老子说，'我有三宝，一曰慈，二曰俭，三曰不敢为天下先。'就是这个意思。这三条基本的道德素养，处事的基本态度，他们两人都具备了。尤其是Ranana，她的生活很拮据，遭受的磨难和打击更多。她的失明，显然与她的遭遇有关。子女的冷淡，可以忍受；生活拮据，可以忍受。唯独眼睛看不见了，对一个八十岁的老人来说，真是太困难了！但是她也默默地接受了！唯一能解释这些的理由，是她本人的人格修养和老子著作的潜移默化的影响。据我所知，她学习《道德经》，最少有三十年了。"

阿施雅说："张先生，我也很想学一学《道德经》。您有什么好主意吗？"

我说："那很简单。你就和文迪、Ranana一起读经好了！"

行文至此，我想起了在纽约大都会博物馆里看到的一尊印度木雕《舞娘》。一位面目姣好，身材丰满的舞女，顶冠着裙，轻展玉臂，微张纤指，身体向左侧微屈，酥臀也向左侧微翘，回眸盯视着自己向后抬起的左脚。脚尖尽力向外撇开，脚趾分张，是典型的印度舞的标准动作。生活在两千多年前的印度古代的艺术大师，将这位无名的女舞蹈家的形象和神情，表达得活灵活现，淋漓尽致，显示了感人的艺术魅力。艺术的力量，无限拉近了今天的人们与一位古代印度舞娘的距离，仿佛让我们穿越时空，来到恒河之滨，分享她的舞蹈和快乐，她的美丽和温柔。就这样，一件木雕艺术品，为一位无名的舞娘，留下了千古不衰的永恒的艺术记忆。

这位古代的印度舞娘是幸运的，她在艺术里获得了永生。

Ranana 可以说是不幸的，而不幸中之大幸是她与中华经典结缘，在经典里获得了力量和彻悟。

2018年8月18日于西雅图国风堂百石轩

2021年8月重读

# 迈克的婚姻

认识迈克，是因为他的姐姐莫润。莫润是我多年的老朋友，这姐弟俩都是有故事的人。不过今天我要说的是迈克，是他的三次婚姻的故事。

先来简单地介绍一下迈克吧。

如果说莫润是个美人，那么迈克就是个美男子。一米八二的身高，白皙的皮肤，五官精致而俊秀，一头亚麻色的浓发，更是锦上添花，使整个人看上去既风韵有致，又诚实可靠。

迈克年轻时参加过海军，曾经常年生活在海上，跟随着军舰到过许多国家，见多识广。他的主要工作是管理和维修军舰上的各种机械，无师自通地学了一身本事，是摆弄各种机械的高手。而且，他待人接物既诚恳又热情，乐于助人，人缘极好。

一

他的第一次婚姻，我知之甚少，只听莫润说，迈克十九岁就结婚了。他的妻子怀着他们的第一个孩子的时候，迈克正在海上执行任务。孩子出生了，是个男孩儿。儿子过满月的时候，迈克回到家里，看望妻儿。俗话说，"久别胜新婚"，更何况又有了儿子？这本来是一件大喜

229

事，但乐极生悲，出人意料。

出事的那一天，正好是迈克结束了假期，正准备重返部队的前一天。他一早起来就去看望父母，午饭前回到家里。家里很安静，没有往常妻子逗弄儿子时充满温情的喃喃的话语声。儿子杰夫躺在小床上，瞪着一双灰蓝色的大眼睛看着他，像两颗夏夜的星星在无声地闪耀。人们都说，杰夫的眼睛，长得像父亲。但是此刻迈克却无心去欣赏儿子的稚态和可爱。他隐隐地感到一丝不安。屋子里没有妻子熟悉的身影。他有些诧异，她去哪儿了？她能去哪儿呢？她不会把孩子扔在家里，一个人出去吧？

楼上传来了"砰砰"的声音，窗户被风吹开了。他跳上楼梯，三步并作两步地上了二楼。他的身姿是那么矫健和轻盈，二十四岁的身躯里似乎充满了用不完的精力。他在军舰上就是这样在旋梯上跳上跳下的，"简直就像是一只梅花鹿！"老舰长约翰先生常常用爱抚的目光盯视着他的动作，自言自语。他走进了卧室。果然窗户被风吹开了，雪白的窗帘如同梦幻一样在随风飘舞。他走进里间，一片白色的薄雾向他飘来，他感到头晕目眩。那不是窗帘，那是妻子最心爱的一条白纱裙。妻子悬梁自尽了，就在他们的卧室里。

事后经过法医和医生的诊断，妻子患了严重的晚期"妊娠忧郁症"；而他第二天就要重返部队，则成了促使她走上绝路的最后的因素。迈克很后悔，责备自己为什么没有早一点发现妻子得了重病。医生说，这不是你的责任。这种病往往连病人自己也意识不到。你现在最主要的工作是处理好她的后事，照顾好你的儿子。

迈克向部队请了长假。送走妻子之后，全家人经过多次磋商，决定由迈克的二姐夫妇领养杰夫，成为这个一个多月大的小男孩儿的法定的养父母。如今杰夫已经十四岁了，他管迈克叫"迈克舅舅"。他知道自己的身世，知道迈克舅舅是自己的父亲，养父母把一切都告诉他了。知道真相是孩子的权利，他们不想隐瞒任何事实。

# 二

迈克回到军舰上，继续在世界各地周游。两年以后，他从土耳其带回了他的第二位妻子胡丽娅。当时胡丽娅只有十七岁，比迈克小了九岁。对西方人来说，年纪从来就不是婚姻中的大问题，只有极少数人会去计较婚姻双方的年龄差异。

花容月貌的胡丽娅是一个浪漫单纯的姑娘，她和绝大多数与她同龄的土耳其姑娘一样，既向往浪漫甜蜜的爱情，更渴望到美国这个最发达的西方国家来享受爱情的甜蜜和浪漫，但是一切都和她想象的大相径庭。迈克的老家柏林汉姆是美国西北的一个小城市。二十年前，这里的人口不过七八万。它位于西雅图和温哥华之间，依山傍海，风光美丽，气候宜人。城市的规模不大，没有摩天大厦和摩肩接踵的人流，没有现代都市的热闹和喧嚣。城市隐没在青山绿水的怀抱里，似乎和周围的乡村没有严格的界限。人们的生活不紧不慢，亦乡亦城，时间在这里似乎也过得比大城市要慢得多。

因此，当最初的激动和新鲜消退之后，胡丽娅陷入了深深的忧郁和莫名其妙的期盼之中。她开始想家了。她十分怀念故乡的一草一木，怀念父母双亲和亲朋好友，更怀念随着军舰在异国他乡漂泊的迈克。她感到孤独和无助，她渴望倾诉，渴望理解，渴望友谊和朋友。我想，这应该就是她后来红杏出墙的主要原因吧。

迈克得知这个坏消息以后，很快就从海军复员回到了家乡，他要挽救这段婚姻。起初效果不错，胡丽娅坦诚了一切，信誓旦旦地表示要和迈克一起重新开始新的生活。但是好景不长，她又一次重蹈覆辙。毕竟她太年轻了，而周围的诱惑又太大了。一之为甚，岂可再乎？迈克忍无可忍，果断地结束了这段跨国婚姻。

有意思的是，俩人离婚之后，还保持着朋友的关系。不只是朋友，更像是兄妹。胡丽娅没有再婚，她搬到西雅图，在酒吧里找了一份工作，过起了单身女人的生活。但是生活里一旦遇到了困难，她首先想起来的就是迈克，迈克也仍然像过去一样关心和帮助她。迈克的兄弟姐妹们也依然对胡丽娅抱有好感，他们都觉得这个土耳其姑娘心地不坏，只是太年轻了。迈克则认为胡丽娅最初是跟着自己来到美国的，尽管现在俩人已经分道扬镳了，但是只要她有困难，求助于自己，自己就应该伸出援手。这与法律无关，而是一种道义上的责任。时间久了，家里人都说，"既然如此，你们不如复婚吧"。俩人经过慎重的考虑，几乎同时拒绝了这个建议。他们就这样像一对兄妹一样维持着若有若无的联系，直到迈克的第三次婚姻不期而至。

# 三

在迈克的三位妻子里，茉莉是我唯一见过的。虽然只见过一两次，但是她却给我留下了很深的印象。她不是那种高头大马式的西方女子，也不是玲珑光鲜、相貌出众、无知和欲望都写在脸上的那种世俗女子。她给人的感觉更像是一个还没有完全发育成熟的高中生或大学低年级女生，容貌秀美，神情恬淡，言谈话语中还有几分少女的羞涩和腼腆。他们从相识到结婚大概不超过两个月，因此当莫润告诉我这个消息时，我有些吃惊。

茉莉是旧金山人，她是因为在华盛顿大学找到了一份工作而搬到柏林汉姆来的。也许是天意吧，她到了柏林汉姆不久就经人介绍认识了迈克。两人迅速地进入了角色，走上了婚姻的红地毯。婚后不久，茉莉就怀孕了。当莫润告诉我这个喜讯时，她特别兴奋，容光焕发，好像怀孕的是她自己而不是茉莉！也难怪她如此兴奋，算起来，他们姊妹七人，五女二男。大哥戴蒙五十多岁了，生性羞涩，不善言谈，从未交过女朋友，至今还是单身，也从无子女。看来娶妻生子的希望十分渺茫。迈克排行老四，是给家里"续香火"的唯一希望。虽然一般说来，美国人对续香火这种事看得很淡，但是男女毕竟有别；何况迈克和胡丽娅分手以后又过去将近十年了，眼看他就四十出头了，所以茱莉怀孕这件事对这个四世同堂的大家庭来说，还是非同小可的。从迈克年近百岁的外祖母，到家里的孩子们，都怀着紧张兴奋的心情，期待着这个新生命的到来。

茱莉的母亲闻讯后从旧金山赶来看望女儿。她走后不久，茱莉对迈克说，她妈妈来电话了，建议她回旧金山去保胎。因为她属于高龄产妇，她母亲不放心她留在柏林汉姆待产。迈克欣然同意，于是茱莉带着五个月的身孕，辞了职，回旧金山老家去了。

孩子出生了，是个女儿。迈克第一次去旧金山看望女儿回来后，激动地告诉我："小宝贝特别漂亮，像一个小天使！"我问："什么时候把'小天使'接回来？"他说："再等一等，等女儿大一些再说。"以后他又去过两次。第三次，他提出孩子已经出生了快半年了，母女平安，一切顺利，茱莉应该搬回柏林汉姆，一家人应该团聚了。茱莉和她母亲以孩子太小为由婉拒了迈克的建议，她们认为茱莉和孩子应该继续留在旧金山姥姥家，回柏林汉姆的事以后再说，迈克只能同意。又过了一段时间，孩子十个月了，迈克又飞到旧金山看望女儿。结果，他不但没能看到女儿，而且茱莉通过律师告诉他，她已经向法院提出了离婚申请，女儿归她抚养。

最后一次是莫润陪同迈克一起去的旧金山，双方在一家咖啡馆见的面。茱莉的母亲和她的家庭律师也来了。对方准备得十分充分，各种文件摆在桌子上，足有一尺多高。这些文件从各个角度、多个层次指向和说明了一个问题：迈克不适合做父亲，也不是一个合格的丈夫。迈克很愤怒，也很无奈，双方不欢而散。

迈克回到柏林汉姆，也找了律师咨询此事。他的律师仔细翻阅了他带回来的文件复印件，询问了他们婚后共同生活的许多细节，告诉他："你还是趁早放弃吧，这个官司你肯定打不赢。对方准备得十分充分。各种证据，包括你的很多生活习惯，都说明你从结婚那天起就不是一个合格的丈夫，也不具备当一个好父亲的起码的素质和条件。看来对方是处心积虑，蓄谋已久了。对方为什么要这样做呢？从结婚的那一刻起就开始收集各种证据为离婚做准备？不但证明你是一个不合格的丈夫，而且证明你是一个不合格的父亲？更准确地说，证明你不可能成为一个合格的父亲？为什么？我了解你，你不是这种人。我不但了解你，而且我了解你的家庭。你们是一个四世同堂、亲爱和睦、每个人都很出色本分的令人羡慕的大家庭。我不相信这些。"

律师指着办公桌上的文件又说："但是我无法证明它们是错误的。对方的手法很高明，准备得很充分，证据收集得很仔细、很周到。木已成舟。我爱莫能助。"

临分手时，律师拍着迈克的肩膀补充了一句："我思来想去，只有一种可能，这是茱莉母女精心策划的一个小小的阴谋。她并没有打算跟你过一辈子，只是想借着婚姻的名义和你的身体，更明确地说是借用你的精子，合法地生一个宝宝。这种事不新鲜，我就处理过这样的案子。但是像这一对母女这样计划得如此周密，手段如此高明的，我还是第一次见识到。想开点儿吧，老弟，至少我可以为你争取到定期看望孩子的权利。还有一点，如果你真有兴趣，不妨去深入了解一下茱莉的家庭背景。我的经验告诉我，她一定出自一个单亲家庭。她的母亲一定也是以结婚的方式生下了她，然后迅速和她父亲分手的。这母女俩的手法如出一辙，她们的内心深处一定充满了对孩子的渴望，同时也充满了对正常婚姻和家庭生活的恐惧，和对男性的根深蒂固的不信任感。这就是事情的真正起因。"

# 四

经历过这三次失败的婚姻之后，迈克似乎对生活彻底失望了。事情发生时，他正在柏林汉姆高等机械学院进修。他退了学，并且拒绝对校方做出任何解释。校方很惋惜，因为迈克是公认的好学生。接着，他拒绝上班，同样没有理由。本来，他有一份很好的工作，收入也不错，而且人缘极好，公司上下都喜欢他。下一步他拒绝还贷。他的房子虽然不是高档住宅，但是面积、质量、位置都不错，在柏林汉姆也算得上是一流的了。结果，银行找上门来，通知他，如果再不还贷，银行就要采取措施，没收他的房产。事情就像多米诺骨牌，麻烦接踵而至。银行的人上门来查收房产那一天，他先是拒不开门，银行的人破门而入。于是他跳上厨房的柜台，像发疯一样大喊大叫，不许人们靠近他，并且扬言要放火烧掉房子，与银行的人同归于尽。银行的人只好拨打了"911"。

警察来了，迈克被铐上了，带到警察局。两个星期以后，他才回到家，但是房子已经被银行收走了，贴上了封条。家就这样没有了，消失了。迈克只好借住在莫润家里，除了吃饭，就是蒙头大睡。他保持沉默，拒不回答家人的任何问题。他不洗脸，不刮胡子，不洗澡，不换洗衣服，很快就像一个街上的流浪汉，胡子拉碴，脏兮兮的，有一股难闻的味道。于是，他索性不辞而别，跟着街上的流浪汉远遁而去，莫润和家人焦急万分而无可奈何。好在他终身享受海军退役人员的待遇，每个月有六百多美元的固定收入，只要他知道节省着用，一时还可以免于冻饿。

当然，这些都是莫润在电话里转告给我的。她说："我们相信，迈克一定是精神出了问题。"我说："我不相信他有精神问题，他只是感到愤怒和无奈。他为人一贯诚实热情，乐于助人，聪明能干。他想不通为什么命运对他如此无情，三次婚姻都以失败告终，而且一次比一次离奇荒唐，匪夷所思。他一心想做一个好公民、好丈夫、好父亲，也自信有能力做到这一点，结果事与愿违，婚姻失败了，家没有了，孩子没有了。这对他的打击太大了，几乎是毁灭性的。他看不到希望，索性自暴自弃，用这样的方式排解心里的郁闷，为自己减压。我相信他是不甘堕落的，不用为他担心。"

又过了一两个月，我突然接到了迈克的电话。他说他要去墨西哥，正好经过西雅图，想来看看我，问我是否方便。我已经很久没见到他了，也想见一见他，近距离接触一下，看看我对他的分析是否正确。于是，他来了。一起来的还有他的朋友皮特，一个不折不扣的流浪汉。他看上去变化不大，衣着整洁，面容有些憔悴，留起了胡子。他的胡子也很整洁，使他看上去更像一个衣着朴素、韬光养晦的绅士。说起过去发生的一切，他说："每个人，包括我的家人，都认为我的精神出了问题。只有你不这样看我。我很感谢你，张先生。我从来就没有精神病，对我的一言一行以及由此引起的后果，我都很清楚。我的那些过激的行为，是在发泄我心里的郁闷和愤怒。生活对我太不公平，周围发生的很多事情，让我不理解，不能接受。与其说我有精神病，不如说这个国家出了问题，人们的道德出了问题。这个不用我多说，你来这个国家也很多年了，我相信你心里也有数。既然循规蹈矩落得这样一个下场，我倒想尝试另一种活法。我要去墨西哥，去尝试做一个普通的农民。还回不回来？我不知道。去那里看看再说吧。"

就这样，迈克离开了美国。他在墨西哥的情况，都是莫润每次见面时，断断续续地转告给我的。

在墨西哥，迈克在一家私人农场打工。农场管饭，提供住宿，工资很低。除了本地人，农场里的工人，来自不同的国家。他们或者来自中南美洲比墨西哥更穷的地区，希望在这里找到更好的出路。或者来自美国和加拿大以及欧洲，出自对自身环境和生活的不满和失望，希望在这里找到内心的宁静，重塑自我。迈克显然属于后者。白天他们一起下地干活，晚上就睡在一个巨大的谷仓里，其乐融融，各怀心思。

不久，迈克就因为有一技之长，被委派负责管理和维修农场的各种机械，这使他如鱼得水。很快，他的好脾气和能力就为他赢得了大家的尊重和友谊。他们每周工作五天，周末就去赶集，或者留在宿舍里看书，听音乐，清理内务。日子倒也过得无忧无虑。这时候，他结识了一个从欧洲来的瑞士姑娘，两个人经常在一起聊天，欣赏音乐，散步，逛集市，俨然一对情侣。不过，迈克事后告诉我，他们的关系是纯粹的柏拉图式的精神恋爱，不涉及两性的关系。经历了那样的三次婚姻，他现在对女性的欲望是零。这也是对方的想法。这种关系维持了三个月，就自然而然地悄无声息了。来去自然，了无痕迹。后来，迈克跟莫润借了一笔钱，买了一辆小面包车。有事的时候，他以面包车代步，晚上则住在车里，保持自己的空间。

与此同时，胡丽娅决定离开美国，返回土耳其生活。临走前，她大肆采购了许多衣物，填满了六个大行李箱。结果，事后她从土耳其电告莫润，她的六个行李箱，被偷得一干二净。事情很可能发生在伊斯坦布尔她转机的时候。"这就是我的祖国送给我的礼物！"她在电话的那一头愤怒地大喊大叫，"我要回美国！回西雅图！"果然，过了不久，她又悄然回到了西雅图，在原来那家酒吧上班了。莫润跟我说起胡丽娅这段经历时，表示很不理解："胡丽娅的神经是不是也出了问题？"我说："你没有这样的经历，当然不能理解当事人心里的甘苦。一个外国人移民到了美国，生活多年，虽然表面上风平浪静，但内心深处对自己祖国的怀念无日无之，想重返故乡的念头会常常在脑子里打转。但是一旦真要回去了，这个决心真的不容易下。即使下了决心，回去了，也要经过一段长时间的调整，才能慢慢适应那里的生活节奏，就像当初刚来到美国一样。有些人像胡丽娅，可能这种不适应的感觉特别强烈，又万里迢迢地折腾回来。不过我相信，她在这里待不长的。要不了多久，她还得回去。而且她一旦再次重返土耳其，恐怕就不会回来了。"

　　迈克听说这件事以后，和胡丽娅通了电话。当初，他和胡丽娅结婚的时候，曾经拿出两万五千美元，在胡丽娅的家乡买了一套两居室的公寓作为他们的新房。这么多年了，那套公寓还空在那里。迈克委托胡丽娅卖掉公寓，因为他现在急需钱用。过了不久，胡丽娅给迈克寄去了五千美元，说那套公寓年久失修，已经不值钱了。而且她作为这套公寓曾经的女主人，理应得到最少一半的卖价。迈克很失望，也很不高兴，但照例没说什么。在他看来，胡丽娅还是一个大孩子，对她的行为他都能理解。

　　又过了大约半年，胡丽娅再次启程返回土耳其。她走后不久，迈克回到了柏林汉姆。他租了一套公寓，安顿下来，并且开始找工作。他有一双巧手，为人又好，机会还不少。收拾庭院，照顾老人，修理机械，虽然都是一些零活儿，但是他干得很开心，收入也说得过去。过了几个月，在朋友的推荐下，他在一家机械公司找了一份合同工，到北加州去修理一批机械。合同是半年的，工资很高，吃住自己解决。迈克对这份

237

工作和合同很满意，高高兴兴地上路，去了北加州。他常常打电话给莫润，向她报告自己的工作和生活。他说，圣诞节前他的工作就结束了。老板对他的工作很满意，已经给了他另一份合同。下一个工作地点在北达科他州，圣诞节后，他打算回一趟墨西哥，把自己的小面包车开回来。这样，无论在哪儿工作，他都可以开车去，住在车里。这样比住旅馆，或者临时租房，都能省不少钱。看来，他是决心要回归正常的生活了。

莫润一口气说完这些，深深地叹了一口气，陷入了沉默。半晌，她说："家里人听说迈克要回来了，都很高兴，也很期盼。这个圣诞节，一定要举办一个大party，好好地乐一乐。自从迈克出事以后，这两三年家里人的心情都不好。现在总算雨过天晴，一切都可以重新开始了。哦，对了，我差一点儿忘记告诉你，胡丽娅从土耳其来电话了，她最近结婚了。"

对这个消息，我并不感到奇怪。这真是再正常不过的事情了。

"迈克怎么样，他什么时候结婚？"我问莫润。

"那谁知道？我只能说，愿上帝保佑我的弟弟！"莫润说完，又深深地叹了一口气。

2016年12月10日

# 后记

据莫润说，胡丽娅结婚以后很快就怀孕了。她的丈夫是个头脑简单、脾气暴躁的男人，经常对她施暴，打得她鼻青脸肿。胡丽娅向父母哭诉，父母也没办法，只能劝她忍耐。她给莫润打电话诉苦，说想回美国。莫润支持她的想法。结果，她又第三次回到了西雅图。莫润把她接到了柏林汉姆，为她租了公寓，安顿下来。几个月后，孩子出生了，是个男孩。

迈克还在北达科他州打工，听说此事后，为她预付了半年的房租。随后，又从北达科他州赶回来看望胡丽娅和她的儿子。我后来遇到了迈克，说起此事。他表示，胡丽娅在美国没有亲人，朋友也很少。她遇上这种事，需要帮助。我们只是想帮她一把，没有别的意思。我们对此既没有责任，也没有义务，纯粹是助人为乐。问起他自己的生活，他说他很满意目前的生活状态，简简单单，身体健康，不缺钱。他现在最大的愿望是能在柏林汉姆找一份固定的工作，买一座小房子，工作之余，每天能看到自己的家人，其他的暂时还顾不上。行文至此，我算了一下，胡丽娅的儿子已经快两岁了。她第三次返回美国已经过去两年了。自从去年二月疫情严重以后，我和柏林汉姆的朋友们很少联系，不知道他们的近况如何。我能做的，就是祝他们好运。

2021年3月1日于西雅图补记
2021年8月重读整理

# 遭遇警察

在美国，有一句几乎家喻户晓、人人耳熟能详的话：作为普通人，有两种人你惹不起。一是警察，二是国税局查税的。国税局倒是没找过我的麻烦，但是多年前和警察的几次狭路相逢，给我留下了深刻的印象，其中细节，至今历历在目。

## 一

二十多年前，我在华盛顿州北部、靠近加拿大边境的柏林汉姆市开设了一个办公室，经常往返于西雅图和柏林汉姆之间。一般情况下，我都是早出晚归，当天来去。有时候工作忙，我会在朋友家借住一夜，第二天忙完工作再回家。

有几次我曾经借住在我的朋友乔家里。我第一次遭遇警察，就发生在那时候。

乔比我小将近十岁，离婚了。乔心灵手巧，喜欢绘画和做手工。她的职业就是在玻璃上作画，用高温烧制，然后镶嵌上特殊的金属框子拿到自由市场上出售。华盛顿州特殊的山水风光，各种各样的花草人物、鸟兽鱼虫、雪峰海岛、鲸和帆船都是她创作绘画的题材。不过，她的生意没有保障，经营惨淡，日子过得很拮据。乔早年丧父，母亲守寡，一个人生活，住着一座很大的房子。她本来可以和母亲住在一起，可以省下一大笔开销。但是美国人讲究独立，她也不例外，在外面租了一间公寓，经常为房租头疼。

有一次，为了答谢乔对我的帮助，我请她在一家中餐馆里吃晚饭。饭后闲谈中，她开口向我借二百美元交房租。我没有多想，很痛快地把钱给了她。恰巧饭馆的女老板来收钱，她是台湾人，用"国语"告诉我："您不应该借给她钱，美国人不讲信用的。您不怕她不还给您吗？"我说："没关系。我们是老朋友。我信得过她。"后来，乔如约把钱还给了我。

我之所以如此信任乔，是因为我知道她是一个很有爱心的姑娘。

她自己跟我说过这样一次经历。有一次，她半夜开车赶回家。路上要穿过一片树林。柏林汉姆一带山丰林茂，飞禽走兽很多。突然，一只梅花鹿从路边蹿出来，横穿小路，一头撞在乔的车头上。车灯撞坏了，鹿角也撞折了，梅花鹿受了重伤，昏死过去。乔拨通了城市动物管理中心的电话，录音里说，中心要明天早上八点上班。她留下了录音和自己的电话号码，然后坐在梅花鹿身边，陪着它一直到第二天早上动物管理中心的专业人员赶来。她说："我始终觉得愧对这只受伤的梅花鹿。虽然不是我的责任，我的车也被撞坏了，但我觉得就是对不起这个美丽的生命。"

还有一件事值得一提。有一次，我在乔的家里过夜。忙碌了一整天，回到她那虽然简陋但却温暖安静的公寓里，感觉像回到了自己的家，轻松而惬意。我们坐在沙发上聊天，乔谈起她的父母和曾经的婚姻，很伤感。"你想不想喝点儿葡萄酒？"她问。我谢绝了。她起身倒了一杯葡萄酒，慢慢地啜饮。酒喝完了，她希望我给她捏一捏肩膀，说今天为生意的事跑了一整天，很累，肩膀酸痛。说着，她坐到了我前面的地板上，背对着我，指了指自己的肩膀和脖子，示意我开始。我轻柔地按摩着她的肩膀和脖子，她夸张地发出深深的叹息，很享受。

过了一会儿，她抬起头看着天花板，吊灯似乎在轻微地摇晃。"看见了吗？"她问。"看见了什么？""楼上的邻居在做爱。"她指了指天花板和吊灯。我默不作声。"我哥哥知道你在我这里借住,说你和我之间早晚会有罗曼蒂克的事发生。"乔说。我知道有些美国人大胆浪漫,而我不是美国人。我仍然保持沉默。按摩完了,乔道过谢,说很累,要去睡觉了,进了她的卧室。我也很疲劳,一头倒在沙发上,沉沉睡去。一宿无话。我认识的一位美国记者朋友告诉过我,有些美国女孩子虽然很大胆浪漫,但如果你不接受,她们不会强求你。看来乔就是这样的女子,善良多情,勇敢浪漫而不失分寸。

又过了几个月,乔因为实在交不起房租,把公寓退了。搬家时,她坚持要把一个硬木茶几送给我。这是一个做工精细的印度茶几,可以折叠,携带方便。我知道这是她的心爱之物,推辞不受。她解释说,她是搬到另外一间公寓和朋友合住,很多东西都必须处理掉。"你要是不接受,我只能扔到街上去了。"她说得很真诚,于是我接受了她的好意。这个茶几至今我还在使用。

我与警察的第一次遭遇,就发生在乔退掉公寓之前的一个初冬的晚上。


二


那一天我从早到晚忙了一整天,八点多了才结束工作。乔开车来送我去长途汽车站。那时候我还没有开车,来去都乘坐长途汽车。到了长途汽车站,买好票,我们站在车站候车大厅的门外聊天。后来回想起来,正是这个举动,引来了警察,几乎给我惹来大麻烦。

天早就黑了,街灯亮了。街上几乎没有行人,车也很少。人们都躲在家里,享受夜晚。只有候车大厅里灯火通明,十几个大学生模样的年轻男女在大声喧哗。车站像黑夜里孤零零的岛屿,引人注目。

不知什么时候,一辆警车悄无声息地停在了车站门口,一个身材高大的警察一脸严峻地从车上下来,经过我和乔的身边,进了候车大厅。过了一会儿,他出来了,又经过我们身边,朝警车走去。乔似乎认识他，跟他打了个招呼。他点点头，看也不看我，上了警车。

检票了，乔开车走了。车上很快坐满了乘客，几乎都是柏林汉姆市华盛顿大学的学生，只有我一个亚洲人。司机已经坐好，就要开车了，车门突然又打开了，那个身材高大的警察进来了，径直朝我走来。

他伸出左臂，用右手的食指指了指警察的臂章，然后冒出了一连串的问题，连"先生"二字也不称呼。

"你的姓名？"

"从哪儿来？"

"到柏林汉姆做什么？"

"你的职业？"

"你在西雅图的地址？"

我还算沉得住气，一一作了回答，毫无破绽。

"你的驾照？"在美国，驾照就是一个人的身份证。

"我不开车，没有驾照。"

"你有别的证件吗？"

"我有绿卡，但是没带在身上。"

"为什么不带在身上？"

"我担心会丢掉，那就麻烦了。再说也从来没人告诉我乘长途汽车要带绿卡。"

警察一时语塞，双方僵持不下，气氛很紧张。车上的乘客都盯着我和警察，默不作声。我估计他很可能要把我带下汽车，要真是那样就麻烦了。这时，那位长途汽车司机喊了一声："请等一等！"然后离开座位，走过来。

这位老司机身材高大健壮，我乘坐他的车不止一次了。有一次，在芒腾沃纳车站，我正好坐在靠车门的座位上。一个打扮很花哨的女人正准备下车，看到了我，问道："你是日本人吗？你来美国几年了？"我看她的样子不像是个正经女人，没有搭理她。她还要纠缠，这位老司机嘟嘟囔囔地离开座位大步赶过来，大喝一声："别纠缠这位先生，你该下车了！"那个女人讪讪地走了。我正想感谢他，他已经回身走了，我只能

243

冲着他的背影大声说了声"谢谢"。

还有一天晚上，我乘坐他的车从柏林汉姆回家。车正在高速公路上疾驶，突然停在路边。我正在诧异，这位老司机大步流星地走到最后一排，指着一个衣衫不整的年轻人喝道："收拾你的东西，马上离开我的车！"那人一声不吭，乖乖地下了车。车外夜色很浓，几乎伸手不见五指。原来他躲在后排偷偷地抽烟，被老司机发现了。这是个工作认真、责任心很强的人，我对他很有好感。虽然我们从来没说过话，但是我相信他对我是有印象的。

果然，老司机对警察说："我知道这位先生，他经常坐我的车。每次都在175出口下车。"警察没说什么，转身下了车。

我后来把这件事告诉了乔，她想了想说："这一带地处美加边界，常有非法移民来往。而且，柏林汉姆很少有亚洲人，因此警察执法比较严格。"我不置可否，心里多少有些不以为然，"执法严格？为什么只对亚洲人严格？"


# 三


乔搬家以后，我经常借宿在另一位朋友戴波拉家，和她的丈夫史蒂夫也很熟悉。一天晚上，我乘坐晚班的长途汽车赶到柏林汉姆时，已经八点多了，天完全黑了。我走出候车厅，如约站在路边等史蒂夫来接我。

我曾经说过，柏林汉姆地处西雅图和温哥华之间，离西雅图一百英里，离温哥华不到六十英里，依山傍海，风光秀丽，地势开阔，二十多年前只有八万人口，是个非常宜居的滨海城市。居民少，几乎都是本土白人，只有极少数的亚裔和苏联的移民。城里有几家中餐馆，老板都是台湾来的，苏联的移民则多做各类杂工。

我曾经在商店里遇到过一个乌克兰人，正在清洗商店建筑的外墙。从他的口音里我猜想他来自苏联，于是我用俄语和他打了个招呼。他大吃一惊，瞪大了眼睛说你怎么会说俄语？我告诉他，我们小时候在中国都学俄语，从初中一年级一直学到大学二年级。他说："难怪你的俄语说得比我还好。我不是俄罗斯人，我是乌克兰人。我们平常不说俄语，只说乌克兰语。"我对俄罗斯和乌克兰之间的民族矛盾略有耳闻，听得出来他的话外之音，没有和他深谈下去。无论如何，俄罗斯人和乌克兰人还都是白种人，只要不开口说话，一般不会有麻烦。亚裔则不同，一副东方人的面孔一目了然，无所遮掩。因此，警察对亚裔移民格外关照。

我继续站在路边，天已经黑透了，也开始觉得冷了。灯光微弱，星光闪烁，一阵凄凉袭上心头。有了上次被警察纠缠的前车之鉴，凄凉之外，更有几分焦虑。我希望史蒂夫快点来。恰在此时，一辆警车在我面前减速，停下，车灯仍然大开着，灯光亮得刺眼。两个警察下了车朝我走来，右手都煞有介事地按在屁股后面的手枪上。照例还是那些问题，我的回答照例毫无破绽。一个警察看到了我背着的挎包，让我打开，仔细翻看；另一个警察退后一步，如临大敌，手继续按在枪把上。如果这一切发生在今天，我会很紧张，一是我已经老了，承受不了更多的精神压力；二是中美之间的关系已经大步倒退，今非昔比，在美华人的生存环境急剧恶化。但是当年我正年富力强，遵纪守法，因此胸有成竹，方寸不乱，甚至觉得这二位的举动太过分了，有些可笑。

我的书包里空空如也，警察只找到了一张我在银行存款的收据。警察拨响了银行的电话，当然没人接听。我说："银行早就下班了。你愿意打，可以明天早上打。我的办公室就在克兰西先生的商店里，我明天整天都在那里。你们应该认识他。"他们二话没说，上车走了。

史蒂夫来了。路上，我把刚刚发生的事情叙说了一遍。史蒂夫不善言谈，默默地摇摇头，吐出一句话："太过分了！"到家后，他把事情的经过转告给戴波拉。戴波拉问我那两个警察长得什么样，高矮胖瘦。听完我的描述，她一拍手说："原来是这俩货！我认识他们，很熟！改天我遇到他们，告诉他们你是我的朋友。""我不知道你认识他们。不过，我告诉他们我的办公室在克兰西的商店里。克兰西是我的朋友。""那更

245

好了！柏林汉姆的人，包括警察，几乎都认识克兰西！"

第二天我把事情的经过，包括上次被警察纠缠的事，都一五一十地告诉了克兰西。他听罢抄起电话："警察局吗？我是克兰西。你们的人昨天晚上在路上拦住我的客人，盘查他，是毫无道理的。对，他姓张。他是我从西雅图请来的专家，这里的人需要他。他对大家的帮助很大，不许你们再打扰他！记住，你们是我们纳税人养活的，是为我们服务的！"

他放下电话，微笑着对我说："这帮臭狗屎，狐假虎威！他们都认识我，用不着怕他们。放心吧，以后他们不会再找你的麻烦了。"

克兰西先生是我在美国认识的朋友里给我印象最深刻的人之一，一个正直、倔强、热爱又痛恨美国的老人，一晃他已经去世二十三年了。关于他，我将另有专文记述。

# 四

我与警察的第三次遭遇是个喜剧。

那时候我正好有一位病人黄小姐，是从台湾来的。我治好了她的腰痛，她很感激我，介绍她的男朋友来看我。她的男朋友是西雅图市警察局的副局长，打高尔夫球时扭伤了腰。黄小姐说："我早就告诉他你治好了我的腰痛，让他来看你，他就是不肯来。他不懂中国文化，不相信中医推拿能治病。直到昨天，他实在痛得受不住了，才同意来看你，让你给他治疗。"

到了约定的时间，这位史密斯先生在黄小姐的陪同下，如约而至。他五十多岁，穿着警服，身材不高，但筋骨结实，相当魁梧。脸上饱经风霜，说话直截了当。打过招呼之后，我简单询问了他的病情，告诉他应该早一点来治疗。病久生变，治疗和恢复都需要更多的时间。他说："黄说你的医术很棒，我想请问你，你的第一次治疗能起多大作用？"我回答他："根据你的情况，第一次治疗以后，如果你按照我的嘱咐，充分休息，你的疼痛会减轻百分之七十。"

一个礼拜之后，他又来了。一进门，他满脸堆笑，冲我竖起了大拇指："你说得很对！我的疼痛真的减轻了百分之七十！"黄小姐也很高兴，甚至有些得意，为我，也为她自己。

治疗结束了。史密斯先生离开之前，递给我一张名片，显然他是有备而来的。他说："黄告诉我，你在柏林汉姆被警察在街上拦下来盘查过两次。这是不对的，警察没权利这样做。这是我的名片，请你收好。如果下次警察再拦住你，你给他们看我的名片，告诉他们，你是我的朋友，让他们给我打电话。"说完拉上目瞪口呆的黄小姐走了。

下午，黄小姐打来电话说，这件事她事前并不知情。史密斯没有告诉她要送给我一张他的名片。很多人想得到他的名片，他从来不答应。"史密斯真的很喜欢你，我都很吃惊。因为他很少流露他的感情，他不是一个随便表态的人。这也许是他的职业习惯吧。"

几年以后，我听说史密斯先生退休了，带着黄小姐搬到亚利桑那州去了。

# 五

又过了一段时间，我根据自己对事业的规划，在我的住宅里施工，把车库改建成教室，又加盖了一间办公室、一间会客厅和一个卫生间。这样，我的工作或者说生意，教课和施诊就都可以在家里进行，不必到外面去租办公室，省下一大笔开销，还免去了路上奔忙的劳累和开车的风险。

我们这种初来乍到的新移民，外来户，在美国创业，只有步步为营，精打细算，发挥自己的优势，做出自己的特色，才能站稳脚跟，徐图发展。

前店后宅，或前店后厂或作坊，是过去时代中国底层手艺工匠这个特殊阶层的理想生活方式。小到升斗小民，大到同仁堂那样的老字号，莫不如此，只是规模和内容不同罢了。我的这个设想，是受到了我父亲的启发。大约一百年前，他十二岁的时候，从老家河北任丘跟着一个乡亲徒步走到北京，进了一家裁缝铺当学徒。出徒以后独自开业耍手艺，因为没有私产，只能租房居住和谋生，吃尽了苦头。后来，父母想方设法买下了一个巴掌大的小院和三间房，南房比较宽敞，开裁缝铺；北房和西房住人过日子，养活了一家七口人，过了一辈子。

于是我照猫画虎，改建了自己的住宅。没想到我的这个做法竟得到了周围人的理解和称赞，我有两个学生，是美国的正骨医生，也学我的做法，在家里开设了自己的诊所，既省钱又省心。

我的学生杰夫是修房的手艺工人，手很巧，人也不错。我请他帮忙。他是个单干户，自己设计，自己动手，一切都进行得很顺利。问题出在工程进行到一半的时候，按照我们原先商定的规则，整个工程分作四期。我分期付款，包括工钱和料钱，他拿上钱去买材料施工；我验收后，继续下一个工期。那一次，我给了他两千美元，他说去买材料，开车走了，第二天却没来干活。打了几个电话，他来了，解释说他过去欠一个朋友一笔钱，一直没还清。如今朋友催得很急，他就用我那两千美元还债了。他劝我别着急，说他过些天就能凑够两千美元，继续把活干完。

这个杰夫不是坏人，就是有些毛病。从小他的父母就离异了。他母亲是得克萨斯州立大学的教授，教授英美文学；父亲是工程师。因此，他是在缺少父母之爱的环境下长大的，家教先天不足。他读过一年大学，学电脑，因为不愿意费那个脑子，辍学了。用他自己的话说："我最讨厌朝九晚五的办公室生活。每天还得西服革履，笑脸相迎，讨老板的欢心，和同事应酬。还不如做零工，一切自己做主。"

除了工作，他还有两个爱好：踢足球和追女孩子。他们有自己的业余足球队，每个星期凑在一起踢两场球。他的同学和队友焦施瓦也是我的病人，他们是发小，作风和生活方式截然不同。焦施瓦喜欢音乐，组织了一个乐队，成员都是他的老同学和足球队的队友，经常凑在一起吹拉弹唱。时间久了，小乐队的水平水涨船高，渐入佳境，在焦施瓦的经营下，先是周末到饭店和酒吧进行营业性演出。后来，焦施瓦又在自家的地下室修筑了录音棚，开始出售小乐队演奏的录音带。最后则和旧金山的一家大音像公司签了合同，长期提供各式音乐制品。在杰夫还在为一日三餐奔忙的时候，焦施瓦已经在风光旖旎的华盛顿湖畔买下了豪宅，成为年入百万的年轻富翁。提起杰夫，焦施瓦总是说："他够聪明，心地也不错，就是生活没有目标，安于平庸。"

杰夫毫不掩饰对漂亮女生的兴趣，谁谁如何漂亮，某某如何性感，是他经常挂在嘴上的话题。有时候我偶尔和他一起去采购建筑材料，路上只要有漂亮女孩子在街边走，他马上减速，紧盯着不放，嘴里发出欢呼和赞美："我的上帝！简直难以置信！看看胸脯上那一对可爱的山峰，还有那扭来扭去的臀部！这些女人在大街上走来走去，就是为了引起男人的注意！"我问："漂亮的女孩子到处都有，你为什么不找一个女朋友呢？"他则回答："我哪有时间追女孩子？再说我也养不起她们呀！"结果，他最后找了一个俄国女孩子，一个没有身份的"非法移民"。他有了漂亮的老婆，女孩子则有了身份和归宿。

所以，我虽然愿意相信他的话是真实的，但是我已经失去了对他的信任。我们谈崩了，我要求他马上离开我的住宅，并扣下了他施工用的一个梯子。

杰夫转身出去了，不到半个小时，他又回来了，而且带来一位女警察。

这个女警察显然是因为听了杰夫的一面之词，而且对亚裔有误解和偏见，先入为主，气势汹汹，完全不听我的解释，就是一句话："你必须马上把梯子还给他！"我则坚持说："他必须先把我的钱还给我！"双方僵持不下，气氛很紧张。

这时，我突然想起了史密斯先生给我的那张名片。我说了一句："请等一下，我有东西给你看。"然后转身回到内室，找出史密斯的名片，递到女警察的手里说："史密斯先生是我的朋友，他了解我，你可以给他打电话。"女警察看着史密斯的名片沉默不语。

"你认识他吗？"

249

"他是我的上司。"

说完，她转身推开门走了。杰夫一脸不解的样子，跟在女警察后面。隔着窗户，我看见他们在街上说话，然后各自开车离开了。

后来，我接待了几个新病人，我照例都要问一问，他们是怎样得到我的讯息的。这是美国服务行业的习惯。这几个新病人的回答一样："是杰夫介绍我来找你的。"然后又补充说，"很奇怪，杰夫不让我告诉你是他介绍我来的。为什么，先生？"我心里觉得又意外又感动，看来正如焦施瓦所说的，杰夫不是坏人，天良未泯。其实，这也是我一贯的判断。于是，我对歪着头盯着我等待回答的病人解释："杰夫过去是我的学生。他欠了我一个不大不小的人情，不好意思见我，又想对我有所补偿，并且不想让我知道。"

二十多年过去了，我对杰夫始终没有恶感。有时候我还会想起他。他的生活怎么样了？他的俄国妻子还和他在一起吗？我知道他们结婚之前那女子就怀孕了，如今他们的孩子都快到"而立之年"了吧？

只是我和杰夫的这场小小的交锋，无意中引出了一位女警察。这个明显对亚裔有偏见、自以为是、仗势欺人、偏袒杰夫的"不速之客"，慑于史密斯先生名片的威力，没有对我采取行动，正应了中国那句老话："一物降一物"。

在弱肉强食的丛林里，我们要学会巧妙周旋，"以柔克刚""顺水推舟""借力打力"尽力保护好自己，蓄芳以待，徐图发展。这又是什么呢？一言以蔽之曰："此非它，乃太极拳之理也。"

2021年2月10日于西雅图国风堂

2021年11月重读

# 仙风道骨忆故人

——记我的朋友维特妮女士

认识维特妮是二十多年前的事。如今，她已经去世多年，我也年过古稀。这期间我的生活发生了很多变化，许多人和事走进我的生活又一闪而过，逐渐淡漠。但是，她和她的故事却一直深深地印在我的脑海里。尤其是我第一次见到她的情景，历历在目，恍如昨日。

二十六年前，1992年的夏天，我正在道教学院给学生上课，讲授中国的内家拳八卦掌。八卦掌在中国武术系统里，历史虽不算悠久，但特色鲜明，健身、养生、技击的效果独特，且植根和生发于阴阳八卦哲理，更为它平添了一层神秘玄妙的色彩，因此在海内外得到武术爱好者以及某些文人雅士的青睐。我自从踏上北美这块土地以来，两年多的时间里，四处讲学，走访了很多地方，对此深有体会。正如我离开休斯敦时学生们的赠言所说的："八卦神功传天下，中华易理耀五洲。"八卦掌在美洲大陆的土地上，正在生根发芽，日益深入人心。

想到这里，我不禁微微一笑。恰在这时，门开了，一位身材高挑的女士飘然而入，对我抱拳施礼，然后静静地坐下来，专心致志地看着我们上课。我对她颔首致意，瞟了一眼，觉得此人很像是一位从深山古寺里偶然来到尘世的"道姑"，超凡脱俗，不禁暗暗称奇。

课结束了。她走过来，又施一礼，然后自我介绍说她叫维特妮，是慕名来学八卦掌的。

251

维特妮比我要高出许多，身材颀长，骨骼清奇，淡黄的肤色，眉眼与一般白人不同。她似乎有亚洲人的血统，浅褐色的头发盘在头顶上，发髻高耸，引人注目。她的装扮更是出奇，一袭深褐色的中式丝绸长衫，长可及膝，纽襻儿扣得严严实实，一丝不苟。前心和后背，各有一幅太极八卦图，白色的，十分显眼。下身是一条淡黄色的丝绸裤子，脚蹬一双牛皮底黑色布面的圆口鞋，一看就知道是出自北京前门大栅栏有名的老字号步瀛斋的能工巧匠之手。她说话轻声细气，笑容和蔼可亲，亭亭玉立，翩若秋鸿。一问，她五十出头，比我还要大上几岁。就这样，她成为我的学生。她不随班上课，而是要上"私人课"，即我给她单独授课。私人课自然讲得比较深入细致，因此收费也高。她淡然一笑，说："没关系。"

她每周上一次或两次课，每次一个小时，课堂就设在学院附近的街心花园里，有时也去她家里上课。维特妮的住宅设计很特殊，一个日式的庭院，很宽敞，点缀着一泓小巧的水潭和几块石头，简单而整洁。靠墙一道楼梯通向二楼的一条走廊，走廊很长，尽头是一扇半圆的门。楼梯、走廊、门都涂成红色，进门是她的内宅。站在院子里，看不到内宅的情景。那时我还没有开车，每逢去她家里上课，她都开车接送。

维特妮过去学过太极拳，基础不错，因此她的八卦掌进步很快。从站桩、走桩开始，单换掌、双换掌、背伸掌……一路学下来，日渐成型，初具模样。看她一丝不苟地迈着八卦步沿着八卦圈走转，神定气闲地演练各种掌式动作，宛如看到一只丹顶鹤在辽阔澄澈的天空悠闲地飞翔，清风飒飒，道貌岸然，全无一丝人间烟火，真是一种享受。坦率地说，像她这样纯粹是出于单纯的爱好、心无旁骛地学习中国武术和中国文化的人，即使在中国也属凤毛麟角，更何况这是在美国？不过，话还要说回来，也许正是因为在美国，生存环境比较单纯，许多人的机心反而淡化得多，衣食无忧之余，秉承着初心，一心扑在自己的爱好和精神追求上，寒来暑往，乐而不疲，全然不在意别人的眼光和评论。久而久之，形成了一种风气。这种一心追求和学习东方文化的风尚，不入美国文化的主流，但也和主流文化并行不悖。这些人自得其乐，过得倒也自在快活。这样的人我接触过不少，眼前的这位维特妮就是一个例子。

维特妮的职业是心理咨询师，或者称为心理医生。将近三十年前，中国似乎还没有这个职业。即使有，也很不普遍。心理医生，要有耐心，善解人意，阅历丰富，知识渊博，这样才能很快地抓住病人致病的心理根源所在，耐心准确地开导病人，化解其心结，解除其病痛。总之，爱心、博学、客观、淡定，是一位成功的心理医生必须具备的精神素质。

我和维特妮没有深入地交流过她的职业情况。但是从她学习八卦掌的认真和努力程度上，以及她日常生活中自然流露出的从容淡定的气质里，我想她应该是一位受病人喜爱的心理医生，一个富有爱心的人。我的这种感觉，日后得到了印证。

有一次，我们在街心公园上课。公园里有一块很大的草坪，芳草萋萋，景色宜人。课后，正准备离去，有人来遛狗。那是一条斑点狗，身材高大矫健，神采奕奕，白色的皮毛上均匀地分布着褐色的斑点，煞是招人喜爱。维特妮一见，马上忘乎所以地跑上去，一把抱住了那只大狗。那狗见有人和它玩耍，来了精神，立刻和维特妮在草坪上滚成一团，不断伸出舌头，舔她的脸。很快，维特妮的脸上布满了狗的唾液。

美国人常说，看一个人是不是有爱心，看他或者她对狗的态度就知道了。

维特妮和狗疯完了，主人牵着狗走了。她清理着衣衫，讲了一件往事。

"这只狗和我以前的那只狗长得一模一样，高大、矫健、漂亮、聪明。"她一连用了几个形容词，意犹未尽，又补充说道，"勇敢和对主人忠心耿耿。"

"有一次，我带着我的狗上山。西雅图周围有很多大山，我经常去爬山。山里的景色很美，很安静，很少有人。我喜欢和大自然面面相对，用心灵沟通那种美妙的感觉。我和我的狗沿着一条小道悠闲地散步，拐了一个弯，突然一只大黑熊出现在面前。那只熊很大，坐在小道上，离我们很近，拦住了我们的去路。事出意外，我的狗立刻狂吠起

253

来，拼命挣扎着，想挣脱我手里的绳索，冲上前去和大黑熊撕咬。大黑熊也受了惊吓，站起来，张开大嘴，露出满口獠牙，咆哮着，跃跃欲试。显然，狗不是大黑熊的对手，它冲上去只能送死。但是狗为了保护我，早已经舍生忘死。我用尽全身的力气拉住绳索，命令它安静下来。狗逐渐安静了，大黑熊仍然直立如人，保持着进攻的姿态。我一边继续安抚狗，一边试着和大黑熊对话。

"你好吗，我的大黑熊。"我尽量保持着镇静，像和我的病人谈话一样，让声音尽可能地舒缓柔和，"你看，我们没想到你在这里，打扰了你，真对不起。"大黑熊的神色开始松弛下来。"我和我的狗都不想伤害你，我想你也不想伤害我们，对吗？那好，我们先退一步，给你让开路，好吗？"大黑熊一屁股坐到了地上。"你同意了？那好，我们先走了，再见。"说完，我牵起狗，转身顺原路撤退。我的狗很聪明，它听懂了我的意思，明白我的用心，安安静静地跟着我，一声不吭。大黑熊坐在原地一动不动，它也听懂了我的话，放弃了敌意。就这样，我和我的狗全身而退，毫发无损。你看，动物有多聪明！我的狗和熊都很聪明，对吧？"

"你的狗呢？我怎么没有见过你的狗？"

"死了好几年了，以后我再也没有养狗。我不喜欢那种亲人去世的感觉，太伤心了。"

过了不久，学院的院长莫里斯先生告诉我，维特妮打算给学院捐一笔钱，大约两万美元，她指定这笔钱要用来帮助我学习英语。如果我同意，她会马上把这笔钱寄到学院的账户上。莫里斯还补充说，维特妮之所以没有直接和我沟通这件事，是担心会伤害我的面子。这件事实在出乎我的意料。对于在美国的生活和学习，我有自己的规划和安排。何况我也像大多数初来美国的中国人一样，不习惯接受他人的钱财资助。我谢绝了。不过，从这件事情上，我再次感受到了维特妮的爱心和无私。

那时候我对在美国的生活还没有完全适应。在一块完全陌生的土地上和环境里打拼，很吃力，必须付出双倍的努力和劳动，但这还不是最难的。最困难的是精神上的孤独和无助的感觉。

254

维特妮善解人意，周末常常开车带我出去散心。

有一次，我们去登山。这座大山名"虎山"，在西雅图东南，距离市区大约有百余公里。

西雅图"环城皆山也"。它的东、南、北三个方向，或远或近，都可见积雪的山峰。天气晴朗时银光闪烁，风光迷人。即使是城西海湾对面的半岛上，终年积雪的奥林匹克山峰也遥遥在望，像是大自然为西雅图设立的一道屏风，遮挡住从西部海洋上吹来的风云。西雅图位于华盛顿州西部，与华盛顿州东部隔着一道崇山峻岭——卡斯卡特山脉。东部终年干旱少雨，西部则背山临海，温润多雨，终年常青。高山雪岭，长河大湖，松海花原，海浪波光，是典型的西部风光。就在这群山环绕，江河聚会，海浪轻摇，花木簇拥之中，西雅图卓然特立，成为一座最适宜人类居住的享誉世界的名都。

虎山的形势相当险峻巍峨，我们从山脚爬到山腰，用了两个多小时。一路上，维特妮在前面健步如飞，我在后面寸步不让，脸不红，气不喘，一气呵成，如履平地。来到半山腰的一个宽阔的山谷，维特妮停住了脚步说："我们就到此为止吧。到山顶还要爬两个多小时，时间来不及了。我们今天还要返回城里。"她又提高声音说，"你真行啊！我每个周末都来爬山，已经习惯了。没想到你居然跟得这么紧，一步都没落下！"我说："这就是练八卦掌的好处。八卦掌练的就是腿脚和耐力，腿脚灵活有力，能走善奔，胃口大开，全身循环畅通，自然百病不侵，身体健康。"

她信服地点着头说："张先生，你真是以天地为课堂，行动坐卧不离你的本行！好，说到吃，我还真饿了。我准备了午饭，不知合不合你的口味。"说着，她从随身携带的挎包里拿出两个墨西哥卷饼，包着一层薄薄的塑料纸，还有两瓶瓶装水。饼是全麦面粉做的，裹着新鲜的蔬菜和牛油果，是典型的健康食品。我们坐下来，大快朵颐，吃得津津有味。吃完了，我问维特妮塑料包装纸怎么处理。她说："不能随意乱扔，要保护这里的环境。"说着接过去放进挎包。

放眼四望，满目青翠，森林繁茂，似乎把翠绿挥洒上了天空。蓝天澄澈，空气清新，真是纤尘不染。我在西雅图整日为生活奔忙，如牛负重。此刻来到大自然的怀抱，恍如重生，深感方外之趣。不远处有一个小湖，湖水蓝得令人陶醉，像一只神奇的眼睛，一眨一眨地望着蓝天。大自然似乎对西雅图地区格外垂青，赋予了她独特的风采。耀眼的雪峰四望可见，似与蓝天悄语。波光潋滟的海湾恰如大地的玉佩，轻摇低吟。奔腾的江河从东部穿山而来，似血脉循环。大大小小的湖泊像大地的明眸和夏夜的繁星，随处闪烁。繁花不谢，森林无际，宛如大自然绚丽的凤冠和多彩的霞帔。气候则降雨充沛，常年温润。夏天清凉，冬天不冷。酷热严寒和沙尘雾霾似与这里无关。

我指给维特妮看那个小湖，她马上兴奋起来说："我要游泳！"停了一下又说，"哎呀，我没带游泳衣！不过没关系，我就用这件大T恤代替游泳衣吧！"

那一天，维特妮穿了一件白色的T恤，下摆放进牛仔裤里，足蹬运动鞋，身材越发显得高挑出众，十分干练。她手脚麻利地脱去牛仔裤，跳进湖水里，畅游起来。她的T恤十分宽大，在水里漂展开来，像一朵盛开的白莲，把湖水映衬得越发碧蓝，越发深沉。她的活力似乎感染了这无名的小湖，湖水泛起了涟漪，似乎在轻吟漫唱。这种深山里的湖泊，即使在夏天，水温也很低，手伸进去，会觉得冰凉，不能久留。维特妮却全然不顾，游得十分尽兴畅快。

我听说过，有些美国人是不穿内裤的。冬天一条牛仔裤，夏天一件大裤衩，洒脱自在。人们相沿成习，见怪不怪。维特妮就是这样，除了那件大T恤，她一无所有，赤裸的身体隐约可见，于是我转身到附近的树林里随意漫步。等我再转回来时，她已经上岸了。她没有替换的衣服，穿着那件拧干的T恤和牛仔裤，嘴唇冻得发青。我们决定马上下山，免得她受寒生病。

虎山之行，让我看到了维特妮性格里率真任性的一面，倒是真有几分"魏晋风度"。她的内心一片光明，坦坦荡荡，自自然然，物我两忘，独与天地精神往来。我初次见到她时觉得她有几分仙风道貌，还只停留在她的外表和衣着装扮上。这次的虎山之旅，让我见识了她的赤子之心。赤子者，单纯、自然、天真之谓也。因此赤子更容易近乎"大道"，赤子之心近乎"道心"。

维特妮的赤子之心在生活里随时随处可见，它的表现有时匪夷所思，出人意料。

有一次课后我们坐在公园的草坪上闲聊。维特妮问我为什么会来到美国。我于是简单回顾了我在中国的生活和经历，告诉她，我来美国的原因和目的就是两个。第一，尝试另外一种生活方式；第二，见识世界，开阔眼界，证明自己。她说，这些她都能理解，但我之所以能来到美国，另有原因。

"什么原因？"

"你之所以能来到美国的根本原因是……"她深吸了一口气，提高声音说，"你的前生就是一个美国人！"

她的话让我大吃一惊。这种话我闻所未闻，实在是出乎我的想象。

她又问我知不知道"通灵"是怎么回事。我说听说过一点儿，似乎是指那种能够在冥冥之中与神灵对话，洞晓世间万事和他人的前生未来的人。这种人是人和神之间的沟通者和桥梁。她点头称是。我忽然猛省道："你就是'通灵'吗？"她说："是的，我不但知道你的前生是美国人，而且我还知道你的前生是医生。你在美国行医，四处游走，深受人们爱戴。后来你又转世到了中国，还是行医救世。这大概是七八个世纪以前的事了。现在你重新来到美国，是故地重游，落叶归根了。"她说得振振有词，我听了心中暗笑，反问她："你说了半天，头头是道。我想问你，你自己呢？你的前生在哪儿？你又是干什么的？"

"我的前生是俄国人，确切说是俄国西伯利亚人，亚洲人。所以你看我的皮肤，我长的样子，很像一个亚洲人，对不对？"这倒是说得有些靠谱。我从第一次见到她时，就觉得她有亚裔血统，但是她的话还不足以说服我。什么"通灵""前生""来世"，我统统不信。孔夫子说过，"六合之外圣人存而不论"。对这一类不符合科学常识，无法验证的说法，还是存疑不论为好。我把孔夫子的话转述给她听，她笑了，说："我最信服孔夫子的话。既然他也这么说，那我们就不必再讨论了。我只是想让你记住，这块土地是属于你的。你在这里生活和工作是理所当然的，你要有足够的自信，你一定能够成功！"

后来我又遇到过不止一个"通灵人"。他们大同小异，自称能够和神灵对话，洞察人的过去和未来。据我观察，有的"通灵人"是为了生活，以此为职业，获取报酬。有的则纯粹是为了哗众取宠，引人注目，谋财骗色。还有的是把它当作一种娱乐，自我神话，博取他人的尊重，满足虚荣心而已。有的则十分虔诚，自我感觉良好。他们的"水平"也参差不齐，有的娓娓而谈，尚能自圆其说；有的信口开河，破绽明显。维特妮与这些人不同，她并不自吹自擂，故弄玄虚，有所图谋。她对自己的话深信不疑，坦坦荡荡，同时试图给我以勇气和自信。这样的用心可谓良苦，我可以接受。

这次谈话以后，我们彼此之间了解得更多了，无论是上课，还是一起去郊游，更默契，也更愉快。

有一天维特妮说："我听说你很会唱歌，你能不能给我唱一支歌？"我于是唱了一支我最喜欢的《赞歌》。这首用蒙古族长调谱成的歌曲，风格辽阔、高亢、悠扬、婉转，尤其是它特有的"颤音"，很有魅力。无论是在国内，还是在这里，我曾经多次演唱，很受欢迎。维特妮听得如醉如痴，询问这首歌的背景和来龙去脉。我解释说："中国有五十六个民族，每个民族都有自己的歌舞。因此中国是一个歌舞文化很发达的国家，中华民族是能歌善舞的民族。我最喜欢的是蒙古族民歌，尤其是它的'长调'，辽阔、悠扬、高低自如，起伏多变，还有几分苍凉悲怆。蒙古族是个游牧民族，我们称他们为'马背上的民族''能歌善舞的民族'。牧人们出去放牧，一路上歌声不断，唱得最多的就是这种'蒙古长调'，你听，牧人骑着马，从一个山头慢悠悠地走下来，又慢悠悠地走上另一个山头。山不高，坡很缓，歌声、马蹄声、牧人的心跳声都在一个节拍上。晚上该回家了，牧人结束了一天的劳动，心情是愉快的，放松的，心跳也很舒缓。因此，马蹄不紧不慢，歌声舒缓悠长。天空辽阔，晚霞初起，月亮也慢慢升起来了，歌声像月光一样清澈透明，悠长婉转。"

维特妮说："你说得真好！像诗一样！那个颤音是怎么回事？表达的是什么感情？又是怎么唱出来的？"

我说："颤音是长调里的一种特殊的装饰音。据说它来自狼的嚎叫，是模仿狼嚎叫的声音。蒙古人与狼，既是敌，也是友，但归根结底是朋友。他们互相依存，互相为师。当年成吉思汗的蒙古骑兵能征善战，它的精神和战术，据说很多是向狼学来的。狼的嚎叫是狼的语言，表达的感情很丰富，对亲人的召唤、思念、悲哀、兴奋、愤怒、无奈等，都用嚎叫来表示。颤音的唱法表达的是同样丰富多彩的感情。蒙古族人的生存环境很艰苦，人们活得很不容易。生活里的喜怒哀乐，都可以用长调表现，用颤音表达。唱颤音声带要松弛，要用气息的鼓荡使声带自然颤动，发出这种类似狼嚎而实则优美的声音。我唱得也不好，功夫差得很远。有机会我给你找一盘录音带，你听听蒙古族歌手的演唱，犹如天籁，令人陶醉。"

维特妮说："你能教我吗？我想跟你学唱蒙古族民歌，特别是长调。"她有些急不可耐。我说："唱好长调需要一定的演唱基础，譬如气息、共鸣、音色的处理等等。慢慢来，不能着急。你先听一听磁带，跟着磁带试着唱一唱。以后我一定教你唱。"

我万没有想到，这个承诺却永远无法兑现，成为我终生的遗憾。

过了不久，维特妮来上课时说她胃口不舒服，胃痛。我们都劝她赶快去医院检查，不要延误。过了几天，莫瑞斯先生告诉我，维特妮检查的结果是晚期肝癌！我们赶到她家里，正好她从医院回来。她身边没有亲人，她的两个姐姐正在从加拿大赶来的路上。司机把她交给我们，开车走了。我和莫瑞斯一边一个搀扶着她。几天没见面，她的变化惊人，脸色蜡黄，浑身没有一丝力气，整个身子靠在我的肩上，我们几乎是连拉带拽地把她拖进她的房间。她躺在床上，喝了一点水，精神似乎好了一些。她说，经过再次检查和专家会诊，已经确诊是肝癌晚期。医生建议她马上接受治疗，她拒绝了，她要求回家。她说："我想死在自己的家里。"她的语气很坚定，没有商量的余地。我和莫瑞斯安慰她，鼓励她鼓起勇气和疾病斗争。我们都是她的朋友，愿意助她一臂之力。恰在这时她的两个姐姐从加拿大赶到了，于是我和莫瑞斯起身告辞。临走时，我把为她找到的磁带放到她的床头，告诉她，里面都是蒙古长调音乐。我希望音乐能带给她一些慰藉。

两个月以后，维特妮去世了，她姐姐寄来了参加她的追思会的请柬。打开请柬，是维特妮的照片。只见她发髻高耸，神态安详，身上还是那一袭深褐色的绸衫，眉眼之间隐约透露出几分清奇之气。我端详着她的面容，仿佛看见一只丹顶鹤正展翅向西天飞去。晚霞绚丽，暮云悠闲，丹顶鹤沐浴着落日的余晖，身姿显得越发挺拔飘逸，逐渐消失在奥林匹克山的霞光云影里……

## 忆故人

友人维特妮女士是位心理医生，二十六年前随我学习八卦掌。初次见面，她身材高挑，骨骼清奇，身着一身深褐色的中式绸衣裤，足蹬北京的圆口黑布鞋，发髻高耸，面目慈祥，风神潇洒，如世外仙人。她用功甚勤，进步很快。我曾随她登山，她健步如飞，如神女云游。山中有湖，湖水碧蓝，寒冷彻骨。她在湖中裸泳，神态自如，旁若无人，有魏晋之风。后因病早逝，令人惋惜。

道骨仙风忆故人，翩然一鹤逝红尘。
莹莹雪羽欺霜岭，湛湛冰心愧月轮。
大爱春风温万物，悄言软语感凡身。
竹林魏晋夸风度，水碧湖蓝见性真。

2018年早春2月于西雅图国风堂
2021年中秋修改

# 毁 灭

——为纪念友人黄谷阳先生而作

大约二十年前，在我的美国友人丽萨家举行的圣诞聚会上我偶然结识了谷阳。以后的一两年里，我们断断续续地有些来往。虽然远说不上是知己之交，但彼此的印象不错，相处得也很融洽。他比我年轻二十多岁，热情、豪爽、聪慧，给我留下了很好的印象。如今二十年过去了，谷阳也作古多年，随着时间的流逝，当时交往的许多人和发生的很多事在我的脑海里已经渐渐淡漠，唯独与谷阳有关的点点滴滴，依然十分清晰，常常浮上脑际。

一

初见谷阳，印象很深刻。他的个子不高，身材有些臃肿；娃娃脸，爱说话，大嗓门儿，自然成为聚会的中心。他是上海人，自称"南人北性""不喜欢上海人的小气和善于算计"。的确，他很健谈，也很直率，对身边的许多事物看不惯，有很多感慨和牢骚。他的口头禅就是"人心不古，礼崩乐坏。中外皆然。"丽萨悄悄对我说，谷阳是个小天才，从小就聪明过人。多年前上海市教育局为小学生测定智商，谷阳名列前茅，名字还上了报纸。读小学、中学、大学都是尖子学生，读"天才

261

班"。现在正在华盛顿大学攻读博士，是搞人类基因研究的。

丽萨口若悬河，如数家珍，我想这些恐怕都是谷阳的太太简告诉她的。严格说来，简才是丽萨的朋友，丽萨是通过简认识谷阳的。简也是上海人，也在华盛顿大学读博士。简比谷阳高出一大块，身体很壮实，谷阳在她面前像个小弟弟。简对谷阳的称呼很有意思——"狗子"。听她一口一个"狗子"叫得十分亲切，你会觉得这小两口儿不仅像姐弟，更像母子。

我和谷阳一见如故，很说得来，似乎彼此都有一种相见恨晚的感觉。丽萨看我们聊得很热烈，像一对相识多年的老朋友，十分感慨，说："你们中国人真有意思，无论何时何地，只要两个中国人碰到一起，马上就能说到一起，大聊特聊，十分亲切，真让人羡慕。我们美国人，哪怕是在天涯海角碰到一起，彼此也是冷冷淡淡的，没有你们中国人这种亲切感和认同感，这真不可思议！我想归根结底是因为你们背后有一个共同的强大而悠久的历史文化传统在支撑和联系着你们。我们美国人缺的就是这个。"

丽萨是《华盛顿邮报》的记者，曾经在中国工作过几年，对中国文化很有兴趣，尤其是对中国的妇女问题有比较深入的了解，堪称是半个中国妇女问题专家。我问她："你们美国人也有共同的文化背景和语言，为什么彼此之间缺乏亲切感和认同感呢？"她说："美国是个移民国家，大杂烩，太年轻，历史很短，文化和语言还处在变动中，缺乏稳定性，文化的根扎得不深。美国人对自己的文化缺少中国人那种如影随形的、天然的认同感和归属感。在这一点上，不但是美国，世界上的绝大多数国家都不能和中国相提并论。你们是得天独厚。美国人比较独立，人和人之间的关系比较简单，没那么多拉拉扯扯的东西。"

聚会结束之后谷阳和简开车送我回家。已经快到午夜了，路上的车很少，城市已经进入梦乡。偶尔一辆警车驶过，谷阳则大呼小叫："这么晚你还出来干什么？哪有那么多的坏人让你抓？回家！回家睡觉去！"简开着车，伸出手摸了摸谷阳的大圆脑袋，似乎对谷阳疯疯癫癫的表现早已经司空见惯，见怪不怪了。

以后很长一段时间没有见到谷阳。等我们再见面，简已经有了七八个月的身孕，挺着大肚子，走路已经很吃力了。谷阳则还是一副大大咧咧的老样子，像一个大儿童，对什么都要批评上几句，牢骚很多。我说："谷阳，你快当父亲了，凡事还是想开点儿吧。"他却说："我其实很想得开。你别看我牢骚多，发完牢骚我就忘在脑后了。不说出来，憋在心里难受！"

　　不久，他们的女儿出生了。小女孩儿百日那天我们又聚在一起，聊起彼此的近况，谷阳说他参与了联合国主持的人类基因图谱的研究团队，负责亚太地区人类基因的调查和研究，与中国科学家有很多合作。他兼管中美科学家的联系工作，经常回上海和北京，很忙。我嘱咐他要当心身体。这次见面，倒是没听见他发牢骚。看来，他的全部身心都投入在研究工作里，人变得沉静了。当然，女儿的出生也是一个重要的因素。他很爱自己的女儿。

　　又过了一段时间，丽萨来电话说谷阳拿到博士学位了，考取了杜克大学的博士后，一家三口很快就要搬到东部去。他非常忙，没有时间和大家面别，委托丽萨向我问好，说以后有机会一定再回到西雅图看望我。

　　谷阳一家搬走以后，我和丽萨每次见面都要说起他。大约是他的女儿两岁左右的时候，我们说起谷阳，丽萨的口气变得很沉重，说谷阳搬到旧金山去了。他的博士后也没读完。我问为什么，发生了什么事。谷阳不是个小天才吗？一个博士后还难得住他？丽萨说不是业务上的问题，是人际关系问题。谷阳和他的导师关系闹得很僵，他的导师拒绝继续带他，他也拒绝继续跟他的导师合作。他找了一份新的工作，搬走了。听说，他在华盛顿大学读博士时和导师的关系也不太融洽。他的博士学位拿得也是磕磕绊绊的，不太顺利。简为此没少操心。我们都为谷阳担心，希望他一切都好，不要出更大的问题，毕竟他是有家小的人了。

　　后来的事情发展得很快，也很出人意料。在旧金山，谷阳又被解雇了。据说还是因为和老板的关系闹得很不愉快，最后双方翻了脸，他又丢了工作。他的女老板是位俄国移民，五十多岁，特别看不起中国人，处处刁难谷阳，很难相处。丽萨说，简在电话里抱怨，说谷阳让她身心俱疲，"感觉太累了。"我心里暗暗吃惊，很为谷阳担心。按照美国人的习惯，说出这种话往往就意味着一个家庭面临着解体的可能。丽萨也很担心而无奈。

## 二

不久，一个越洋电话把我叫回北京，妻子得了重病。于是我开始了在家和医院之间每天往返穿梭疲于奔命的日子。照顾癌症病人是一个十分消耗心神的工作，半年下来，我已经筋疲力尽，齿摇发脱。朋友们说，既然你找不到别人来帮你，你必须自己学会调整。在朋友们的建议下，我抽空每周三次到玉渊潭公园散步。从我家去公园的路上，要经过一个阅报亭，有时候我会停下来浏览一下当天的报纸。十四五年前，北京人的生活和现在还不大一样，所谓的"网络世界"还没成形，一般人还没有电脑。对于老百姓而言，报纸仍然是各类信息的主要来源。类似的阅报亭散布在京城各个角落，是北京的一道特殊的文化景观。

一天中午，从公园回家，又路过那个报亭。我原本没有打算看报纸，家里和医院里还有很多事等着我去处理。可说来真是不可思议，别人也难以置信，当我和那个报亭擦肩而过时，心里莫名其妙地怦然一动，冥冥之中似乎有一种力量在呼唤我，似乎有一个声音在说："快去看看今天的报纸，报纸上有一条消息与你有关！"马路上熙来攘往，车水马龙，正是一天里最喧闹的时段。这股力量是那么强大，这个声音是那么清晰，盖过了一切喧嚣，震撼着我的心灵，我身不由己地转过身向右手的阅报亭径直走去。

这个阅报亭很大，北京、上海和广州等大城市发行的十几种主要报纸都在其列。这么多的报纸，哪一张哪一版哪一页哪一篇文章哪一条消息和我有关呢？更令人不可思议的是，迎面而来的就是我平时比较留意的《光明日报》，就在正对着我的那一版的左下角，几乎就在我的面前，一篇文章的题目映入眼帘：《美籍华裔科学家枪杀老板然后自杀》!我的呼吸一下子变得急促起来，莫非是他？我跳过其他文字，快速地在字里行间搜寻着那个名字。几乎只用了一秒钟，他的名字一下子跳了出来：黄谷阳!

我身上的血液几乎凝固了，周围霎时间变得很安静，车水马龙的喧嚣一下子消失得无影无踪。我屏住呼吸，把那篇报道反复看了几遍。就像丽萨说的，谷阳在旧金山的一家科技公司任职，受到他的俄裔主管的无端刁难，他因此被解雇。一天傍晚，这个俄裔女人接到比萨店打来的电话，说有人上门来送比萨。门铃响了，门打开了，是谷阳，女老板被他一枪毙命。他开车来到公园，给简打了一个电话，告诉她事情的经过。他说他非常爱她，爱他们的女儿。现在他在这个世界上的恩仇已了，他要走了。简大哭，求他不要做傻事，然后报了警。等警察赶到公园找到谷阳的汽车，他已经饮弹自尽了。

消息最后透露，谷阳是一个成就出色的青年科学家。生前参加了联合国主持的人类基因图谱的研究工作，担任亚太地区的负责人之一，亚太地区的相关工作报告就出自他的手笔，他为这个科学工程做出了很大的贡献。

# 三

第二年我回到西雅图。丽萨随即打来电话，说她接到了谷阳母亲的来信。她看不懂中文，请我帮她翻译一下。信只有一页，虽然时间已经过了十几年，我的印象依然深刻，记得信的内容：

> 亲爱的丽萨：当你接到这封信的时候，我也将不久于人世，前往另一个世界，那里有我心爱的儿子。事情已经过去了将近一年，但是我的心仍在流血。我不愿相信也不能接受这个

265

残酷的事实。谷阳是个非常善良的孩子，从小就富有正义感，如果不是被逼得走投无路，他是不会做出这种事的。有人说他是因为丢掉了工作而杀人报复，其实他并不担心找不到工作。出事之前，他已经接到了新加坡方面的邀请，得到了一份报酬丰厚的工作。他最担心的是失去他的家庭和女儿。

谷阳从小就聪明过人，智商很高，被视为天才。他因此背负人们太多的希望和要求，承受了太大的压力，这对他是不公平的。尤其是他的父亲，要对此负很大的责任。只有当夜深人静的时候，他才能躲到被窝里哭泣。他的心里话只对我一个人说。如今谷阳彻底解脱了，下面就要轮到我了。

信的最后是谷阳母亲的签名，只是我已经忘记了这位不幸的母亲的名字，依稀记得那是一个颇有书卷气的江南女子的名字。至于信的内容，我可以保证大致不错。

丽萨默默地听完我的翻译，沉默了许久。我说："谷阳是个好人，我很怀念他。"她表示同意，说自己也很怀念他。过了不久，她和男友赴阿富汗工作，帮助那里重建新闻机构。临行前我问她，为什么非要到阿富汗去工作，那里很危险。她笑了，说："亲爱的杰，在我所有的家人和朋友里，你是唯一问我这个问题的人。""为什么？"她笑而不答。"因为我是中国人？"她微笑着点了点头。

结束了在阿富汗的工作之后，丽萨又辗转到了迪拜。最后她回到美国，搬到佐治亚州。那里比较贫穷，生活费用低。她用多年的积蓄买了一座小房子，过起了隐居写作的生活。她的阅历很丰富，值得认真地写一写。我猜想，在她的著作里，自称南人北性的谷阳一定会占有重要的一章。

2015年秋初稿于国风堂
2021年夏重读修订

266

# 歌　缘

## 一

　　在生活里，喜欢音乐、热爱歌唱的人是幸运的。音乐能够给人的情绪插上翅膀，歌声可以使生活变得丰富多彩，柳暗花明，别开生面。

　　我从小喜欢歌唱。我的大哥是自学成才的专业男高音歌唱演员，二姐则是资深的评剧演员，在他们的影响下，我从读初中开始就和歌唱结缘。1961年初中毕业时，应届的六个班级各自举行文艺晚会。我在六一四班，被委派到六一五班"献歌"，清唱了一首我刚刚学会的《延安颂》，意外地得到好评。五班的同学高金柱叫着我的名字说："你才应该报考北京艺术学校呢！他俩比你差远了！"那一年五班和三班各有一位同学报考了北京艺术学校的表演系，很轰动，高金柱说的就是这件事。其实，我那时并不懂得歌唱的学问，不了解歌唱的科学方法，还处在最初的模仿阶段。我是一个天生的"膛嗓子"，男高音，音质和音色不错，"耳音"和"音准"也好，一般的歌曲听几遍就会唱了。受大哥的影响，我模仿李光羲先生的"面罩"唱法，有几分神似。

　　1963年读高中二年级时，我参加全校文艺汇演，获得了唯一的"优秀演员奖"。"文革"时我在北大参加艺术团舞蹈队的演出活动，也很受欢迎，得到认可。1972年我在辽宁新宾县大四平公社教中学，春节时参加公社组织的文艺汇演，我找了几个学生，我当导演兼主演，排演了京剧折子戏"深山问苦"。我用唱歌的嗓子演唱京剧，唱念作舞，效果出奇得好。老乡们说："张老师唱得跟收音机里的杨子荣一样！"1979年在中国艺术研究院读研时，有一天来了兴致，在研究生楼空荡荡的大厅里引吭高歌，唱了一段阿塞拜疆喜歌剧《货郎与小姐》里的"卖布歌"，还没唱完，几个音乐专业的同学闻声而至。来自上海音乐学院的谢天吉是二胡高手，人极聪明伶俐。他瞪着眼认真地说："张杰！怎么搞的嘛，你的乐感这么好？我们读音乐学院的人五年毕业了，也没有你这么出色的乐感！"

研究生毕业后，我留在艺术研究院工作。有一天去资料馆查资料，边走边轻声哼唱。资料员李凯南大姐听到了，说了一句："李光羲，太像了！"李大姐和我大哥是一代人，李光羲先生是他们那一代人的偶像。我模仿李先生的唱法和声音，常得到称赞。

总而言之，从1961年初中毕业到1990年的将近三十年里，我的生活跌宕起伏，由少年而渐长，由懵懂而清醒，在中国北方的城乡之间穿梭，在穷乡僻壤和学术殿堂之间游走，在政治的旋涡里挣扎，在"文革"的缝隙间喘息，在失望和憧憬的交替中随波逐流，上下求索。在这个过程里，我没有停止过歌唱。对我来说，歌声是心灵的抚慰剂，歌唱使我愉快，给我力量和希望。

1990年，我去国远游，来到北美大地，开始了新的奋斗和探索。回首往事，满目云烟，颇多感慨。这一路走来，艰难、困苦、彷徨、迷茫中幸有歌声相伴，才于寂寞中体会到了光热，在困境中不乏精彩。


二


1990年夏天我初到美国。1991年初夏我辗转来到西雅图，应邀参与西雅图道教文化学院的组建工作并任教，负责"亚洲和中国文化"部门的工作。1992年圣诞节，为了庆祝学院成立一周年，我们在华盛顿大学礼堂组织了一场文艺演出。我有一个独唱节目，这是我此生第一次正式登台演唱。

其实，我能唱的歌曲不多，并且都是一些老歌。1966年"文革"爆发之前，北京的文艺舞台上曾经掀起了三股歌唱的大潮，互相呼应，媲美争辉。一是以郭兰英、王昆以及后起之秀柳石明、王玉珍为代表的民族歌剧和以张权、郭淑珍、楼乾贵、李光羲为代表的西洋歌剧的热潮；二是以刘淑芳等中央乐团和东方歌舞团的歌唱家为代表的亚非拉歌曲的演唱热潮；还有就是以臧玉琰、朱崇懋、何纪光、才旦卓玛以及胡松华、郭颂、王玉珍等各个流派、中西结合的歌唱家为代表的民歌演唱的热潮。从收音机里听这些歌唱家演唱的歌曲，是我青少年时代最大的精神享受。许多歌曲都是跟着他们的歌声学会的。其中，我最感兴趣的是意大利美声艺术歌曲和中国的蒙古族民歌。

那一天晚会上，我唱了两首歌：《赞歌》和《钗头凤·红酥手》。台下的听众一部分是对中国文化感兴趣的当地各界社会人士，一部分是华盛顿大学的中美两国的学生。《钗头凤·红酥手》的反应还不错，《赞歌》则收到了意想不到的效果。我根据自己的理解，把歌词改动了一下。改动后的歌词是："我们来自遥远的东方，高举金杯把赞歌唱。歌唱我们伟大的祖国，祝福我们美丽的家乡。英雄的祖国屹立在东方，像初升的太阳光芒万丈。各民族兄弟欢聚一堂，歌唱祖国歌唱家乡。"听众反应十分热烈，演唱完了，鼓掌、吹口哨、跺脚、尖叫，不一而足。

晚会结束后开总结会时，哈里森·莫瑞斯院长激动得脸色通红，结结巴巴地表示："这次晚会之所以成功，您立了第一功！"南京艺术学院毕业的古筝独奏演员陈致平女士说："您唱得真好！我不懂声乐，不过我知道我们南京艺术学院学唱歌的那些人的水平，您比他们唱得好。您在台上精力充沛，台风稳健，声音特别棒！"晚会上表演独舞的高霁霆是蒙古族人，也是我在中国艺术研究院的小师弟。他也很兴奋，一再说："您的《赞歌》唱得够味道，颤音部分还可以改进，能唱得更好，够味道！我真没想到！"

此事过了很久以后，有一天我在街上走，马路对面有人大声叫我的名字，是两个我不认识的年轻华人。他们说是华盛顿大学的学生，看过我们的演出，听过我的演唱。两个小伙子很激动，问我原来在哪个艺术团体工作。我说我是业余爱好者，不是专业的歌唱演员。他们一脸惊讶，似信非信，但很开心。

后来，我离开道教文化学院，成立了"西雅图中国文化书院"，开始独立创业，接触的人更多，更深入美国社会，我的"业余歌唱事业"也峰回路转，别开生面。

# 三

从1993年初夏开始，我陆续在西雅图以北的柏林汉姆、阿纳科特斯和奥格斯岛开辟了三个办公室，全力以赴地推进我的事业，既是为了生存，也是为了弘扬中国文化。作为一个华人学者，中国文化是我的根本和依托。把解决生存问题和弘扬中国文化结合起来，是我在美国闯荡天下的基本构想和追求。我很幸运，虽然一路走来格外艰难和辛苦，但是我做到了。

柏林汉姆位于西雅图和温哥华之间，北距西雅图一百英里，南望温哥华五十五英里，依山傍海，风光秀美，是一个十分宜居的滨海城市，人口不到十万。从这里沿着海岸线往西南曲折而行大约二十英里，就是阿纳科特斯，一座规模不大、景色旖旎、人口两万左右的海港小城。再从这里坐上渡轮，一路向西，深入海湾，大约一个小时即可抵达奥格斯岛。这一带海湾里有大大小小近一千个岛屿，因此被人们称为"千岛之国"。奥格斯岛是其中最大、最耀眼的明星。它方圆大约有几十英里，有森林、湖泊、溪流、山峰之属。岛的中心是一个有一千多居民的小镇，名"东镇"，民生设施一应俱全。其余的常住人口则散居在山林溪谷之间，生活安静而惬意，俨然世外桃源。

于是，从1993年秋天开始，直到2020年2月生活因疫情戛然而止，整整二十七年，我穿梭于西雅图和这三个城镇之间，为生存奔波，因歌唱而结缘。

在柏林汉姆，我的办公室设立在克兰西先生的健康食品店里。黛博拉是商店的雇员，协助克兰西照顾生意。闲暇时，我常常在我的办公室里放声歌唱，克兰西、黛博拉和前来购物的顾客是我的听众。有一天，邮差来送信，一进门就大声嚷道："黛博拉，我听见有人在唱歌剧，是收音机里唱的吧？"黛博拉很得意地说："收音机？告诉你，是我的朋友张杰唱的！"邮差看着我，一脸狐疑。黛博拉说："张杰，给他唱一个听听！"我唱歌纯粹是出于爱好，并不想证明什么。别人的态度我不大在乎，不置可否。

类似的小插曲发生过很多次，我都一笑置之。有一天傍晚，我乘公交车进城办事。公交车空荡荡的，只有两三个乘客。我坐在最后一排，心不在焉地轻轻哼唱着。邻座的女士大概有四十多岁了，侧过身来问我是不是西雅图歌剧院的歌剧演员。我回答说不是，并做了自我介绍。她说："你的声音不错。我还以为你是专业的歌剧演员呢，我也喜欢歌唱。我们有一个合唱团，十个人，每周排练两次，经常参加各种演出活动，我们正在物色优秀的男高音，你来吧。如果可能，请把你的电话给我。我会安排时间和你联系，请你喝茶。"我给了她我的电话，顺便请她留下她的电话。她的脸红了，流露出与她的年龄不相称的羞涩和扭捏，拿捏着表示，她要"认真地考虑一下再说"。我那时到西雅图不久，对美国人的社交习惯不了解，不知道一个男士是不能轻易开口向女士索要电话的。结果此事无疾而终。

还有一次，我乘坐渡轮去奥格斯岛工作。天气晴朗，景色如画，我来了情绪，跑到顶层的甲板上对着大海放声高歌。一个"大副"模样的人来到甲板上，四下巡视着，问我："是不是听到有人在唱歌剧？"我说："是我唱的。"他上下打量着我，显然不相信我的话。我也不想解释，转身走了。

在奥格斯岛上我印象较深的一次演唱是在我的学生戴维德和萨拉的婚礼上。他们住在东镇，萨拉临时在商店里做收银员，戴维德打零工，生活贫穷而快乐。他们的婚礼在小镇的教堂里举行，十分简单，除了一束鲜花和一些零食，没有任何其他装饰。参加婚礼的都是他们的朋友，社会地位和他们差不多，衣着朴素，神情兴奋而安静。新郎和新娘穿着平时穿的衣服，光着脚。我估计他们是买不起新鞋又不想在婚礼上穿旧鞋，索性赤着双脚迎接新的生活。

其实，萨拉的父亲很有钱。萨拉说过，她的父亲在政府里工作，工资很高，退休金也很优厚。他用自己的积蓄在意大利南方买了一个小岛，盖了房子，带着老伴儿搬走了。他发誓再也不回美国，因为他讨厌这个国家。他邀请萨拉和他一起去意大利定居，萨拉婉言拒绝了。她要保持独立，过自己的日子，虽然贫穷，但却自由自在。

婚礼大约进行了不到一个小时。在主婚人讲话、来宾致辞、新娘抛绣球之后，主持婚礼的凯斯环视四周，一眼看到了我，于是宣布："请张老师献歌一首！"又补充说，"张老师是咱们自己的帕瓦罗蒂！"于是，我仓促上阵却胸有成竹地演唱了《在那遥远的地方》和《赞歌》。这两首歌是我的保留节目，跟着我走过很多地方。每次演唱都很受欢迎。也许是第一次听中国民歌的缘故，大家听得很认真，很安静，很享受。歌唱完了，婚礼结束了，人们簇拥着一对新人回他们的新房。

还有一次，我接待了一个病人。老妇人七十多岁了，穿戴很讲究，似乎是个有钱人。她告诉我，她得了肺癌，已经是晚期了。她听说我的治疗效果不错，歌唱得也好，想见见我。她知道自己的日子不多了，并没有指望我能治好她的病，就是想看一看这个会唱歌、懂功夫又能治病的中国人，满足自己的好奇心。治疗结束了，她说感觉不错，我心血来潮，想为她唱一首歌。她问我会不会唱歌剧《茶花女》里的咏叹调"饮酒歌"。这首歌是我小时候听着我大哥的歌声学会的。我知道我对这首歌曲的理解很肤浅，唱得也不够好，平时不大唱，更不会在别人面前唱。但是今天不同，我不能拒绝一个重病的老人的要求。没想到的是，我刚一开口演唱，她就加入进来。她因为久病虚弱，声音很轻，后来情绪高涨，越唱越响亮，并用手打着拍子，带动我的情绪和节奏。歌唱完了，老人喘息着说很久没这样高兴了，道过谢，笑眯眯地走。过了两个月，我听说她去世了。

# 四

有一段与歌唱有关的经历在我的脑子里历久弥新，难以忘怀。

二十多年前，我乘坐渡轮前往奥格斯岛。这种渡轮的排水量大约有五千多吨，分为三层。底层停放汽车，第二和第三两层是客舱，宽敞明亮，十分舒适。第二层是主舱，分为前后两部分。前半部分是供游客夏天休息的瞭望舱和瞭望台，后半部分是餐厅和冬天休息用的客舱。

时在深秋，甲板上很冷了，乘客都躲在第二层后半部的客舱里取暖、闲聊。我不耐喧闹，来到"夏舱"享受清静。舱里只有我一个人，通往船头瞭望台的门紧闭着，海风从门缝钻进来，十分冷清。海面上波光粼粼，岛屿隐现，风景如画。美景良辰，触动了我对故乡的思念，感情里隐藏得最深最柔软的那一缕乡情油然而生，缓缓升起，叩击着我的心灵，我情不自禁地轻吟缓唱起来，《在那遥远的地方》《草原上升起不落的太阳》《走上这高高的兴安岭》《嘎达梅林》《森吉德玛》《梭罗河》《湄南河》《南江之歌》《红色的戈比叶》《鸽子》《村庄，我的小村庄》《重归苏莲托》……我唱了一曲又一曲，深深地沉陷在自己的感情世界里，越唱越投入，声音越来越响亮，时唱时停，忘乎所以，不知今夕何夕。

不知过了多久，一位老妇人从我的身后悄然走过，走到通往瞭望台的大门前停下来，透过玻璃窗眺望海上的风景。她听到了我的歌声，回过头来朝我莞尔一笑，旋即转身朝客舱走去。"也许是这里太冷了，老人家受不了。"我暗暗思忖。又过了几分钟，老妇人又回来了，她的身后跟着几位老人，鱼贯而过，走到通往瞭望台的大门前停下，作观望风景状。我继续歌唱，偶然一瞥，发现他们转过身来，背朝瞭望台，看着我，居然在欣赏我的歌声。又过了片刻，他们又相跟着经过我的身后，回客舱了。我也意兴阑珊，回到客舱，点了一份海鲜汤和三明治，开始午餐。这时，那几位老人家走过来，围着我的餐桌坐下来。

273

"请问你刚才唱的是什么歌曲?"问话的是刚才领头的那位老妇人。

"有中国民歌、南美民歌和意大利民歌。"

"噢,你唱得很好听!你的歌声让我想起了很多年前看的一部日本电影,我忘记了电影的名字,意思是再见。电影里的那位男高音唱得也很棒,你们俩的声音很像!"

"日本话再见是'撒呦哪啦'。"我略晓日语,试探着问老妇人。

"对,就是这个名字!那位男高音唱得很有感情,很动听!你们的声音很像!"

"抱歉,我没看过这部日本电影。"

"那没有关系。我就是想告诉你,你唱得真不错。我们都很爱听。你是亚洲人,中国人还是日本人?你是专业的歌唱家吗?"老妇人心直口快,我则见怪不怪,做了一番自我介绍。老妇人告诉我,他们是从科罗拉多州来的游客。为了躲开夏天的旅游潮,特意选择秋天来观赏西北的风光,没想到这么冷。

"不过也没有关系。如果我们来早了,也许就错过了你的歌声。我们明年还来。希望我们能再会。"临走前老妇人又补充了一句,"一个人有一副好嗓子,会唱歌,真是太幸运啦!"


# 五


在西雅图,我结识了三位中国来的老人家。张淑清妈妈和苗杰老爷子是北京人,张涵儒先生是天津来的"老乡亲"。他们都是早期的移民,在美国筚路蓝缕,备尝艰辛,生活了多半辈子。现在,这三位老人都已经作古了,但和他们相处的往事还历历在目,难以忘怀。我曾经写过一篇长文《西城三老图》,专门回忆我和他们结识的过程和我从中受到的教益。这里要说的只是其中与歌唱有关的一个情节。

张淑清妈妈在西雅图以开办中文学校为职业,事业成功,功德显著,古稀之年还不肯言退。她晚年住在一座专为低收入老人开办的老年公寓里，孤苦但为人乐观知足，人缘不错，我经常去看望她。

有一次，是一个周末，我来到她居住的老年公寓。老人们聚集在一楼的大厅里，男士们西服革履，正襟危坐；女士们则妆容整洁，略施粉黛。原来是养老院的社交活动时间，他们聚在一起，听一位老先生演奏钢琴。大厅里座无虚席，琴声时而像小溪流水，轻盈跳荡；时而像长江大河，浩荡奔腾；弹琴的老爷子微微眯着眼睛，摇头晃脑，旁若无人，如醉如痴。我在人群里看到了张妈妈，打了个招呼，也坐下来欣赏音乐。

这时，养老院的经理南希走过来，附在我耳边悄声说："张，我听淑清说你很会唱歌。等一会儿你能不能给大家唱两首歌？"我是养老院的常客，张妈妈的养老院登记表格里"紧急联系人"一栏里填的也是我的名字，因此我和南希很熟悉。盛情难却，更何况她的邀请搔到了我的痒处。"OK，没问题！"我答应了。

一曲奏毕，南希对大家说："张杰先生是淑清的'教子'，他们都是中国人，来自北京。张杰很会唱歌，下面请他为大家唱两首中国民歌！"这里的不少老人都认识我，大家鼓掌，气氛热烈而轻松。演奏钢琴的老爷子走过来问我唱什么歌。我告诉他是中国民歌。一首蒙古族民歌是赞美草原家乡的，风格很辽阔，自由。另一首是歌颂远方的爱人的，风格抒情而爽朗。老爷子说他没听过中国民歌，不知该怎么伴奏。我让他跟着自己的感觉和我的歌声走就行了，我相信我们的合作会成功。他耸耸肩膀，摊开两手，撇了撇嘴，没有说话。

演唱很成功。这两首歌我唱了多年，轻车熟路。那天现场的气氛和我的心情都特别好，歌声像插上了翅膀，在大厅里回荡，感觉很美妙。伴奏的老爷子身手不凡，随着我的歌声轻轻地敲着键盘，随高就低，轻重缓急，把我的演唱衬托得格外有光彩。当我唱到蒙古长调特有的颤音时，他索性停下来，把时间和空间都让给我，让大家听得更清楚，我唱得也更尽兴。

唱完了，老人们鼓掌欢呼，伴奏的老爷子走过来，拉起我的手，把我领到大家面前大声宣布："各位请安静，我有个建议！"然后转过头来对我说："张先生，你有这么漂亮的声音，用不着干别的啦！让我做你的经理，我们到全国各地去巡回演出，我保证你的收入比你现在的工作要高得多！"老人们再次欢呼，鼓掌，有人发出尖叫。南希在一旁凑趣说："张，你要认真地考虑他的建议！"我不敢造次，含糊地表示："不着急，我需要时间考虑。"张妈妈也很兴奋，觉得很光彩，大声说："张杰，赶紧给苗老打电话，就说我请客，我们一起去中国城吃午饭！"

此事过后不久，我加入了我家附近的健身俱乐部，每周两次去游泳、洗桑拿。于是，俱乐部也成了我经常放声歌唱的场所。周末，俱乐部里人比较多。为了避开人群，方便唱歌，我一般周二和周五去。桑拿室和游泳馆就是我的"练声房"，只要周围没有其他人，我就见缝插针，一唱为快。

有一次，游泳馆里很清静，只有一个小伙子在游泳馆的另一端躺在长椅上休息。我来了兴致，轻轻地哼唱起来。谁知越唱兴致越高，越唱越响亮，直唱得酣畅淋漓，忘乎所以。这时，那个小伙子起身朝我走过来，远远地站住，一手抚胸，深鞠一躬，彬彬有礼地说道："您的歌声很动听。尽管我不懂您唱的是什么，但是您的歌声很悠扬，很辽阔，让我感到很愉悦，深深感染了我。我没想到能在这种地方听到这么动人的歌声。这样的歌声只能在剧场里才能听到。但那种地方是要花钱买票的。"我表示很抱歉，打扰了他休息。他摆摆手不以为然，说他在商店里工作，是个售货员。喜欢音乐，尤其喜欢听帕瓦罗蒂。他过两天要和女朋友去墨西哥度假，两周以后回来。"我希望回来以后能继续欣赏您的歌声。"说着，又鞠了一躬。

俱乐部里有两位俄国妇女，沙德洛娃和奥尔加，来自彼得堡。时间久了，我们慢慢熟悉起来。有一次，我们在桑拿室里聊天。我们这个年纪的中国人，大都学过俄文。我从初一到大二，整整学过八年。我还记得，1966年夏天，"文革"爆发之前举行的俄文结业考试，试题是翻译托尔斯泰的短篇小说《鲨鱼》。故事发生在大海上，惊心动魄，十分精彩。想不到的是，考试过后不久，北大就陷入了混乱，政治的惊涛骇浪，让托尔斯泰的文学作品相形见绌。接着，无论是俄文还是中国文

276

学，统统被打入另册。我们被迫中断了学业，几经折腾，几度沉浮，被赶出北大，沦落到社会的最底层，饱经忧患。因此，几十年后，除了一些最基本的词汇，我的俄文已经忘得差不多了。我们就用这些简单的词汇，加上英文，聊得津津有味。

沙德洛娃和她的丈夫原来都是工程师，现在西雅图的一家工厂里打工。另一位女士奥尔加在俄国时是中学的音乐教师，她很快就要搬到波士顿去找她的男朋友。谈起目前的境遇和生活，沙德洛娃长吁短叹，愤愤不平地说："比起彼得堡，西雅图就是农村！哦，我的彼得堡！我的冬宫！我的马林斯基剧院和《天鹅湖》！运河的傍晚简直就是一首优美的诗！涅瓦大街熟悉的气味至今还经常出现在我的梦里！这里有什么？一无所有！一无是处！"奥尔加为人羞涩，不善言谈。她总是轻轻抚摸着沙德洛娃的肩头，安慰她："亲爱的，放松。深呼吸。一切都过去了。随遇而安吧。"我没有贸然问她们是如何和为什么要移民到美国的。每个人都有自己的理由。总之都是为了改变处境和追求更美好的生活。至于是否能够如愿以偿，那就只有天知道了。我们谈起芭蕾舞剧《天鹅湖》，谈起歌剧《叶夫根尼·奥涅金》，沙德洛娃称赞我的歌唱得不错，问我会不会唱俄国歌。于是，我唱了《三套车》《遥远遥远》《连斯基咏叹调》，还用俄语演唱了苏联电影《青年时代》的插曲《母亲送我的手巾》。她们听得很认真，很享受，一言不发，眼里闪着泪光。过了不久，奥尔加搬走了。又过了些日子，沙德洛娃也从俱乐部消失了。听说她和她的丈夫找到了新的工作，搬到奥尔根州去了。

2011年春天，我回到北京，跟着一个老人旅游团去武夷山。岭南山川的秀美，出乎我的意料，让我十分陶醉。一天，我们游览完天游峰，顺着山路下山。我因为贪看"紫阳书院"，落单了。林幽壑美，细雨蒙蒙，我边走边轻轻哼唱着我刚刚学会的《可爱的一朵玫瑰花》。这时，从山下走上来一个小姑娘，十八九岁，模样十分清纯可爱。山里很静，她听到了我的歌声，大声叫起来："叔叔唱得真好听呀！"我愣住了，问她是不是来旅游的，从哪里来。她说她是江西人，在读大专，和同学一起来旅游。她问我："为什么唱得这么好听，是哪个剧团的？我也喜欢唱歌。"我做了自我介绍，对她说："热爱歌唱对于一个人来说，非常重要。歌声能为你的生活插上翅膀，给你信心，使你愉快，帮助你战胜艰难险阻。"小姑娘恭恭敬敬地听着我的话，不住地点头，目光纯洁，神情十分可爱。

回到北京，一天午后，我去逛天坛公园。刚刚下过雨，公园里游人不多，空气清新，松柏峥嵘，殿宇辉煌如洗。在叽叽喳喳的鸟鸣声里，四周反而显得格外安静。我顺着公园的中心大道西行，周围一片寂静。我心情不错，轻轻哼唱着歌曲。一位印度姑娘从对面走来，容貌俊俏，穿着入时。我暗暗称奇，下意识地跟她打了一个招呼。

"你会说英语？"她有些惊讶，用纯正的伦敦口音问我。

"是的，我可以讲英语。"

"你的歌声很动听，你是经常这样边走边唱吗？"

"差不多，我很爱唱歌。几乎曲不离口。你从哪儿来，印度吗？可是你的英语口音非常纯正，你是英国人还是印度人？"

"我的父母是印度人。他们在英国学习、工作、生活，我出生在伦敦。"

原来，这位印度裔的英国姑娘是到中国出差的，她的公司派她到中国来考察市场。她昨天刚到北京，住在北京饭店。开始工作之前，她想看看北京，天坛是她的首选。她环视四周，表情十分惊讶，摊开双手说："我过去对中国一无所知。这就是北京吗？简直太美了！我真的不敢相信自己的眼睛！这么漂亮的公园！芳草绿树。这些松树看上去都很老了，最少也有几百年了！高大的围墙！金碧辉煌的建筑！天呀，太美了！你常来这里吗？"

我告诉她，我就是北京人，北京南城人，老家就在天坛公园附近，从小就是这里的常客，在这里玩耍、习武，读书。结婚以后有了儿子，常带着儿子来做游戏。她睁大眼睛，微微张开嘴巴，像是在听"天方夜谭"。我又把天坛的历史和文化含义简单介绍了一下，告诉她，她还应该去看看故宫、景山、北海和颐和园，去看看潭柘寺和长城，逛逛北京的大街和小巷。其中，有北京文化的灵魂和北京人的精气神。她表示一

278

定安排时间照我说的去做，去寻找北京的灵魂。又说她的下一站是上海。我告诉她如果能去上海就更好了，上海是中国的经济中心，是一座中西合璧的城市。北京保留了更多传统的色彩。此外，还有广州、洛阳和西安。这五座城市，会告诉人们中国上下五千年的历史和它的精华。这一席谈话让这位印度裔英国姑娘心花怒放，她闪动着一双美丽的大眼睛一再道谢，说："你是北京人，你太幸运了！"表示如果这次没时间，以后她一定会再回来，深入地了解中国。

因歌声而引发的这两次邂逅和谈话已经过去了整整十年，这两位同样美丽单纯的中国江西女孩子和英国姑娘给我留下了深刻的印象。尤其是这位印度裔的英国姑娘，她对北京和中国文化由衷赞叹的神情和她那清纯热烈的眼神，我至今记忆犹新。

# 六

还是在这次回中国之前，我接待了一个"特殊"的病人，一位退休的女舞蹈家。这位女士性格开朗而健谈，从我办公室墙上的国画到她的舞台生涯，滔滔不绝，口若悬河，说个不停。治疗结束之后，我为她唱了一支歌，她很惊讶，一连说了几个"好听"，告辞走了。

一个星期之后，她来复诊，带来了她的先生。此人身材高大，相貌堂堂，声音十分浑厚。女舞蹈家介绍说她的先生是歌剧演员出身，男中音，现在是西雅图歌剧院的经理。他听妻子说我会唱歌，特意来拜访我。于是，治疗结束之后，我们以歌会友，各自唱了几首歌。他毕竟是专业出身，果然唱得好。临走时他说："你有一副天生的好嗓子，声音很漂亮。"此事过后我反复琢磨这位歌唱家兼歌剧院经理的话，我想，他真正想告诉我的意思是："你的声音条件虽然不错，但要想唱得更好，更专业，还需要认真钻研和学习。需要一位高明的老师。"

其实，这也是我多年的愿望。可惜机缘未到，不得其门而入。

2010年夏末，我读研时的大师兄、中国音乐学院音乐系主任张静蔚夫妇应邀到美国波士顿音乐学院做学术访问，在我家客居两周。他的夫人孟繁虹教授在音乐学院声歌系任教，学养深厚，久负盛名。著名青年男高音歌唱家薛皓垠就是她的入室弟子，是她一手发现和培养的优秀声乐人才。

静蔚兄与我堪称莫逆，繁虹和我也是老熟人。四十年前我是他们婚礼的主持人。如今海外重逢，把盏小酌、畅述友情、游山观水之余，向繁虹讨教美声男高音的科学演唱方法，探讨声乐艺术的奥妙，就成了我们每天的必修课，给我们带来极大的乐趣。

纯粹的美声歌唱艺术，应该说是中外舞台表演艺术里最玄妙、最难学习和掌握的一门艺术了，而男高音又被称为"歌唱艺术的王冠"，难度尤其大，以至声乐界戏称之为"难高音"。美声歌唱艺术，很难用语言和文字表述清楚。从呼吸到共鸣，从发音到位置，从情绪到色彩，从基础到峰巅，都需要在老师的引领和启发下，反复实践，体会要领，把复杂的技术和技巧化为肢体、情绪和肌肉的记忆和自觉的运动。它需要用心灵去体会，用生命去歌唱。一副好嗓子，一个高明的老师，一个聪慧的、善于领悟、善于举一反三的大脑，一颗远离功利和是非的平常心，是学习和掌握歌唱艺术的必不可少的条件。

歌唱艺术如诗似海，既美妙绝伦，又深不可测。对我来说，两个星期的学习，只是略窥堂奥，初尝三昧而已。尽管如此，我已是如获至宝，心花怒放了。作为一个初学者，我同样无法用文字和语言准确地描述和表达我的学习心得和体会。如果勉强要做的话，我想说学习歌唱与气功修炼有异曲同工之妙。"调心、调息、调身"是气功修炼的三大原则和基础。其中，调心又称作"调神""调意"，是重中之重。"以意领气，身随气动，静中生动，动中有静，动静结合"是气功修炼的法则。它的意思是说，要用意念去引领气息的升降、轻重、疾徐、开合；用气息去催生和带动身形和动作；而肢体动作又促进了气息的充盈强大和意念的收放自如。三者结合，以"意"为主，在促进身体健康的同时，可以进而激发人体潜在的功能，使人类自身得到进步和完善。这就是我理解的"气功、气及其功效"。

歌唱艺术，从技术的层面而言，本质上是气息即呼吸的运动，而决定气息运动是否合理有效的因素是相关肌肉的运动，肌肉的运动则取决于歌唱者的意念。俗话说"心想事成""随心所欲""精诚所至，金石为开"，人的意念和意识活动，其作用之强大和神奇，无论怎样估计都是不过分的。气功的本质就是对意念的训练和对人体潜能的开发。简而言之，歌唱的状态，应该就是气功的修炼状态。歌唱的过程，应该就是气息在精神意念的引领和控制下轻重疾徐开合吐纳的过程。这是歌唱的基础，在这个基础上，辅之以声音的训练，获得并保持好歌唱的"位置"，使声音集中、持久，富有弹性、光彩和表情。这就是歌唱艺术的本质意义。因此，将气功修炼的精神法则和方法用之于学习歌唱，不失为一条途径，值得一试。

这就是十一年前我向孟教授请教的短短两个星期里获得的最重要的认识和我对歌唱艺术的理解。那一年，我六十五岁。孔夫子主张，七十学艺犹未为晚。六十五岁，不敢言老。

我的另一点体会与京剧有关。

上世纪二三十年代，京剧正处于以杨小楼、余叔岩、梅兰芳为代表的又一个高峰时期。其中，梅兰芳后来居上，影响空前，《霸王别姬》是其代表剧目之一。与他配戏、饰演项羽的是著名"铜锤花脸"演员金少山。1937年，梅金二人赴香港演出，英国驻港总督看了《霸王别姬》，对金少山的唱功极为欣赏，惊呼："没想到中国还有如此出色的戏剧男高音！"我把这段剧坛掌故转述给孟教授，告诉她，我认为美声男高音的培养和演唱时的感觉和状态，可以参考京剧"铜锤花脸"的经验。

京剧是"唱、念、做、打、舞"高度综合的舞台表演艺术。同时，它又十分推崇不同行当的演员，在综合的基础上突出其中之一"功"，或"唱"，或"做"，或"念"，或"打"，或"舞"，形成特色，独树一帜。京剧因此而流派纷呈，色彩缤纷。在京剧史上，若单论唱功，有两位艺术家不得不提。一位是老生演员刘鸿声，另一位就是"铜锤花脸"演员金少山。刘鸿声既能唱"铜锤"，也能唱"老生"，且水平极高。他的铜锤戏码，一场堂会的酬劳是银元四百块。他唱老生戏，能逼得"伶界大王"谭鑫培退避三舍。此人声音天赋极佳，以唱"乙字调"为能事。一位深通音律的内行人士告诉我："刘鸿声的'乙字调'，比帕瓦罗蒂的高音'Hc'还要高三个音，且唱得举重若轻，清脆甜润，游刃有余。"至于金少山的演唱，从他录制于上世纪二三十年代的唱片可以听出来，果然是典型的"黄钟大吕"，方法科学，声音集中，音色醇美，且声震屋瓦，极具气势，足与西方美声戏剧男高音媲美。如果把他和意大利"百年歌王"卡鲁索二人的录音资料放在一起欣赏，即可了然于心。

孟教授对我的看法深以为然。

第二年春天，我到武夷山旅游，随导游去购买武夷山的特产"岩茶"。那一天，茶老板介绍了一款新茶金骏眉，说它兼具"大红袍浓郁芳香"和"铁观音恬淡素雅"的优点，"茶香浓郁持久，色泽金黄醒目，状如扬眉，汤清味醇，提神醒脑，健脾胃而壮元气"。说到这里，他话锋一转，扬声说道："请问在座的朋友有没有喜欢听意大利美声男高音的？有没有帕瓦罗蒂的歌迷粉丝？"众人沉默，我也不动声色。茶老板接着说道，"大家都知道，帕瓦罗蒂是一代歌王。也是'Hc 之王'。他的 Hc 唱得辉煌灿烂，余音绕梁，宛若天籁。请问他是怎么唱的？演唱 Hc 是一种什么样的状态和感觉？"他环视四周，略作停顿，然后朗声说道，"我告诉大家，和喝金骏眉的感觉一样！这金骏眉喝下去，但觉一股暖流在丹田徘徊，越聚越热，十分舒畅。接着，强大的热流沿着脊背缓缓上升，通过夹脊穴、大椎穴，进入喉咽腔、口腔、鼻腔、额窦腔，最后进入头腔。此时但觉香气萦绕，热气氤氲，一股难以言状的热浪和快感从两眉之间喷薄而出，使人精神为之大振，情不自禁地仰天长啸'好茶！'声震屋瓦，直冲云霄！这恰恰就是美声男高音演唱 Hc 的感觉！喝金骏眉，可以体会歌唱的愉悦和奥妙！二者异曲同工！"

这一番高论引得满堂宾客议论纷纷，我也暗暗称奇，觉得这位茶老板真非等闲之辈！没想到"茶道"与"歌道"居然在这一点上豁然相通，而这一层窗户纸被武夷山下一位名不见经传的茶老板不经意间一语点破，真是匪夷所思！的确，艺术源于生活。生活与艺术是相通的。艺

282

术发展到了高级阶段，不同艺术门类和形式之间在精神上和美的境界上也是相通的。彼此之间虽有门户，但无壁垒，而且曲径相通，殊途同归，直抵自然、生活、人性的至美和幽微。

歌唱，归根结底，是天性的表露，是人的自然需求，是对生活的赞美和对未来与希望的讴歌。

至于歌唱的方法，最近二三十年，中国歌坛百家争鸣，良莠杂陈。美声、民族、流行、摇滚各种唱法纷至沓来，客观上形成了一较高低的局面。我虽然推崇美声唱法，但不排斥其他的歌唱方法和歌手。尺有所短，寸有所长，多种唱法各擅胜场。歌唱的方法毕竟是为揭示和表达歌曲的内涵服务的。歌曲的内涵和风格不同，对唱法的要求也不一样。聪明的歌手，自会做出明智的选择，扬长避短，因势赋形，演唱适合自己声音和唱法的作品，追求自己的风格，进而攀登"人歌合一""无法之法"的歌唱的最高境界。

十一年后的今天，我已是七十六岁的老翁。其间，我仍然像一只饱经风霜的信天翁，每年越洋归国访旧，接地气，阅江山。六十五岁退休以后，则重操旧业，每日笔耕不辍，吟诗赋文，追踪古人，陶冶性情，也记录下我的生活经历和感悟，期望留给历史和后人。

"新冠"疫情爆发和肆虐以来，人类的生活被极大地改变，我居家避疫，以写作为乐，为世界祈福。这一路走来，有一件事如同一日三餐一样始终与我相伴的就是歌唱。无论是在与朋友们的聚会上，还是在与老同学结伴旅游神州的过程中，或是我独自在西雅图海边漫步、在陶然亭公园寻旧的时候，也无论是忧伤还是兴奋，迷茫或是清醒，我都会情不自禁地或引吭高歌，或轻吟漫唱。我的声音依然年轻富有光彩，我的情绪乘着歌声的翅膀，在天地间自由地翱翔，越过生活的苦难，忘掉年迈的困扰，重温青春的激情，享受着暮年的快乐。

天国里的父母，北京南城已经消失的老屋，一去不返的童年和青春，非常岁月里经受的苦难和磨炼，从底层一飞冲天的愉悦和振奋，在北美大地上的开拓和奋斗，往日的生活情景，在歌声里纷至沓来，一一闪现。那一刻，我觉得自己依然意气昂扬，精力充沛，满怀勇气和信心。"相看两不厌，唯有敬亭山"，歌声使我和世界互相敞开了胸怀，紧紧地相拥。

生活就是一部伟大的乐章，历史是生活遥远的回响，未来是明天生活的呼唤。歌唱，可以使人融入生活的旋律，进而沉思历史，展望未来。因为它可以使你的思维和情绪插上无形的翅膀，挣脱一切束缚，在时空里自由地来去，尽情地翱翔。

2022年2月20日壬寅虎年正月二十脱稿于西雅图国风堂

# 哲学博士之死

一

二十五年前，我初到西雅图。我之所以横跨美国从东海岸搬到西雅图来，一是听说这里风光秀美，环境宜人；二是考虑到从这里回家方便。后来的实践证明，我的选择是正确的。

初来乍到，急需解决的第一个问题是住处。邀请我来西雅图道教学院任教的莫承华院长，先把我安排在一个美国学生的家里暂住，同时陪着我到处看房。经过将近两个星期的奔波，我终于在西雅图西北第六十二街和十四大道的一座民宅里安顿下来。

这是一座两层的小楼，坐北朝南，坐落在一个丁字路口上。它的东西是六十二街，面向十四大道。十四大道从南面迤逦而来，到这座小楼跟前戛然而止。也就是说，十四大道是一条半截的街道。请记住这个细节，这和我下面要讲述的故事有密切的关系。

这座房子的二房东是一位巴西人，木匠，名字叫瓦特。瓦特先生和他十四岁的儿子罗纳尔多住在楼下，我住在楼上，月租三百五十美元。楼上就是一间住房，是一个放大了的阁楼，向南开了一个窗户，正对着十四大道。厨房和卫生间都在楼下，我和瓦特先生父子合用。

我那时的行装很简单，就是一个箱子，装了几件换洗的衣服和几十

285

本书，被褥都是莫承华院长帮我借的。没有床，地板上铺了一个日式的榻榻米，是莫承华的朋友送的，就是我睡觉的地方。搬进来第二天早上我一觉醒来，推开窗户向外一看，不由得皱起了眉头，暗暗叫苦。六十二街上很安静，偶尔有车辆驶过。这没什么。十四大道逶迤从南而来，道路的尽头，西雅图城中心的高楼大厦清晰可见。远处传来了市井的喧哗和车辆急驶的噪音。

我隐隐约约地记得，讲风水和堪舆学的书上说过，这种坐落在丁字路口的建筑不宜居住。因周围"戾气"太重，日久则伤人。何谓戾气我说不清楚，风水书里也含糊其词，语焉不详，它也许只是一种感觉。远近街道上市井的嘈杂和车辆的噪声，都可以说是戾气的一部分。尤其是我住的二楼，就是一个小南窗，只要打开窗户，噪声和冷热空气直接冲进我的房间。我觉得不舒服，于是关上了窗户，将戾气拒之门外。这样做我觉得还不够，又从箱子里找出了两张"拓片"，挂在墙上。

这是两张"吕仙翁百字碑"的拓片。

我是1990年夏天来到美国的。那年春天我曾出席了在山西召开的一个有关傩戏的国际研讨会，会议的内容之一是参观芮城永乐宫。永乐宫又称为大纯阳万寿宫，供奉的是道教全真派"北五祖"之一的吕洞宾。永乐宫素以元代风格的宫观建筑和壁画闻名海内。"八仙"之一的吕洞宾是道教史上著名的气功修炼大家，这两幅"百字碑"，是吕仙翁气功修炼的经验之大成，各一百字，专述"性命"之学，可以说是字字珠玑，道尽天机，指点迷津，功德无量。我那时对气功修炼很着迷，在永乐宫礼品部的柜台上看到了这两张拓片，如获至宝，马上掏出钱来，将它们请回家，随后又带到美国。

从此，直到一个月后搬走为止，我每天早晚必修的功课就是面壁而坐，默诵这两张百字碑。

"本性好清静，保养心猿定。酒又何曾饮，色欲已罢尽。财又我不贪，气又我不兢。见者如不见，听者如不听。莫论他人非，只寻自己病。官中不系名，私下凭信行。遇有不轻狂，如无守本分。不在人壳中，免却心头闷。和光且同尘，但把俗情混。因甚不争名，曾共高人论。"

"养气忘言守，降心为不为。动静知宗祖，无事复寻谁。真常需应物，应物要不迷。不迷性自住，性住气自回。气回丹自结，壶中配坎离。阴阳生返复，普化一声雷。白云朝顶上，甘露洒须弥。自饮长生酒，逍遥谁得知。坐听无弦曲，明通造化机。睹来二十句，端的上天梯。"

第一个一百字，讲述的是"命学"，即如何修炼你的品性，端正你的身心，远离酒色财气，摆脱虚名末利的干扰，看破红尘，反躬自省，言行有信，和光同尘，使心地纯正无私，宛若明月当空，了无挂碍，如童子初睹自然，永葆一片天真。

第二个一百字，讲述的是"性学"，即如何修炼你的真气，要清心寡欲，排除杂念，意守丹田，日久真气自然充沛。真气充沛则循经而行，冲破障碍，洞开三关，如白云朝顶，阴阳协调。此时口中津液饱满，此即"长生之酒"，徐徐饮之，日久自有妙效。此种感觉，如闻仙乐，无弦而自醉。此一百字，是引导你荣登气功修炼无上妙境的"天梯"。

就这样，我每天早晚开窗交换空气，然后关窗上班，去道教学院讲课，一整天都不开窗，以避戾气之锋芒。诵读"吕祖百字碑"，使我身心放松，感觉良好，仿佛笼罩在一片无形而祥和的气氛之中，神安意定，心无旁骛，自信满满。


# 二


二房东瓦特先生四十多岁，中等身材，筋骨结实，面色黧黑。他的性格很开朗，爱说话。他的经历就是每天下班回来以后，我们坐在客厅里聊天时，听他断断续续讲述的。

他和他的前妻都是哲学博士，专业是印度哲学。十一年前，1982年，夫妻二人从巴西来到西雅图的华盛顿大学进修，又从这里前往印度深造。等他们从印度再次回到西雅图，结束了学业准备返回巴西时，两人产生了分歧。瓦特主张留下来，他的妻子主张回巴西。留在西雅图，凭他们的专业背景和英语能力，很难找到对口的工作。回巴西，他们就是学有专长、学术背景深厚的专家，已经有几所大学向他们伸出了橄榄枝。瓦特宁可放弃自己的专业，也要留在美国。妻子宁可放弃美国的绿卡，也非回巴西不可，于是只有分道扬镳。

妻子回巴西继续她的学术生涯，瓦特留在西雅图当了木匠。更确切地说，是修房子的建筑工匠。只要看看他那双青筋暴露、布满硬茧的手，就能知道他生活得很艰难。不过他生性乐观，倒是能以苦为乐，总是笑呵呵的，有说不完的话。

离婚以后又过了两年，瓦特再婚了。妻子埃弗伦是一个富家出身的老姑娘。她的父亲很富有，她又是家里唯一的孩子，很得宠。父亲为了她一辈子不必为五斗米折腰，给她买了几处公寓。她把公寓全部出租了，靠吃租金生活，不用每天朝九晚五地上班，日子过得很滋润。她的工作就是回答和解决租户的问题，收租金，雇人维修公寓。她和瓦特就是雇主和雇工的关系，日子久了，成了夫妻。

很快，他们有了自己的孩子阿尔奇。这个两岁的小男孩儿长得酷似他的母亲，白皮肤，黄头发，五官平庸。除了年纪带给他的天真和可爱，毫无特色。

埃弗伦是个典型的富家出身的老姑娘，其貌不扬，控制欲极强，爱唠叨。用瓦特的话说，"她就像一只总是在你耳边嗡嗡叫的母蚊子，每时每刻不分时间地点场合地唠叨个没完没了！"这种名为夫妻实则主仆的关系注定是不能长久的，而矛盾的总爆发是因为瓦特要将他的儿子从巴西接来和他一起生活。于是瓦特从埃弗伦的房子搬出来了，租了这座两层的小楼，和罗纳尔多一起生活。罗纳尔多已经读初中了，瓦特看到了希望。为了节省几个钱，他决定把楼上出租，于是我就阴差阳错地走进了他的生活。

瓦特每天早出晚归，罗纳尔多自由来去。我也在为自己的生活奔忙，日子过得很平静。

十四岁的小伙子罗纳尔多长得很英俊，身材修长，皮肤白皙，五官清秀，一头浓密而卷曲的金发披到肩上，安静而有几分腼腆。我猜想，他一定长得像他的母亲。

有时候我和罗纳尔多都回来得早，他会到楼上来找我聊天。我知道他很寂寞。我那时候的生活很简单，常常是买几个英式发面饼，炒两个鸡蛋，就是一顿晚饭。每当我做饭时，他都围着我转，问东问西。我知道他很想尝尝我的发面饼夹鸡蛋，故意不理他，直到看他实在馋得要流口水了，才递给他一个发面饼和小葱炒鸡蛋，他吃得很香。我猜想，巴西一定没有小葱炒鸡蛋夹发面饼吧。有一次他问我，能不能每天给他做炒鸡蛋夹发面饼。我说我没有时间，他缠着我不放。我说，我理解你是想雇我给你做饭，是吗？那样的话，需要你爸爸跟我谈，他是要付我工钱的，正像我住在这里要付他房租一样。于是他不说话了。美国没有无偿的劳动，这是美国人的规矩，我必须入乡随俗。很多中国人初到美国，羞于谈钱，谈报酬，只能吃哑巴亏。我也经过这个阶段，慢慢地就学会讨价还价，保护自己了。

我搬来大概三个星期，我们的房子里突然热闹起来，瓦特的三个兄弟从巴西来看望他和罗纳尔多。他的大哥很魁梧，是巴西国家航空公司的机长，在巴西属于高收入阶层。他穿着讲究，说话的气派也像一个有钱人，很客气、含蓄、有教养；瓦特的大弟弟也在航空公司工作，是一个中层管理人员，话不多；他的小弟弟没给我留下很深的印象。他们在这里待了三天，每天自己开车出去游逛。瓦特依旧很忙，没时间陪他们。他的主要工作是给人家修房子，他是个单干户，自己招揽生意，自己做。美国的房子大都是木质的，他不是在他的作坊里加工各种木工部件，就是到雇主家里登梯爬高、上上下下地干活。有一次，我买了几块木板，请他帮我锯成几段。我说我想搭一个简易的书架，放我的书。他二话没说，拿上木板就走了。晚上回来时，他递给我一个已经做好的书架，虽然简单，但要比我想象中的用木板和砖头搭的书架结实和实用多了。他的心地还是很善良的。

瓦特的兄弟们离开西雅图回巴西那天，他也没时间到机场送行。弟兄们只是在大门前简单地握手拥抱话别，就匆匆分手了。事后瓦特对我说："没办法，我实在是太忙。你知道，在美国一刻也不能闲着，能挣的钱要尽快挣到手里。只有挣到手里，才是你自己的钱。"没想到的是，瓦特的兄弟们刚回到巴西，就匆忙赶回来了，因为瓦特出事了。

# 三

瓦特出事那天中午，我正在自己的房间睡午觉。周围很安静。西雅图就是这样。虽然是美国西北首屈一指的大城市，但是居住环境极佳。尤其是夏天，天高云淡，海波荡漾，远处冰川闪烁，街上树翠花红。很多人在海滩上，或者自家的花园里晒太阳，尽情地舒展筋骨，接受阳光的爱抚。同时，阵阵微风又总是在你最需要的时候，缓缓地吹到你的身上，让你开始感到有些灼热的身体享受到一阵清凉，一阵惬意，一种沁透肌肤的轻松。灼热的感觉随着小风飘然而去，你刚刚开始有些冷的感觉时，阳光又重新亲吻着你的皮肤，骚动你的神经，告诉你夏天还在这里。没有风的时候也没关系。只要你走进树荫，或者是屋檐下的阴影，一身暑气马上就消失得无影无踪。过不了五分钟，顶多十分钟，你就会渴望阳光，渴望温暖，重新回到阳光下面。这里没有北京或者普罗旺斯那令人震耳欲聋的蝉鸣，没有蟋蟀、蝈蝈儿和油葫芦的歌唱和低吟。偶尔能看见蝴蝶和蜻蜓的美丽的倩影，有如惊鸿一瞥，转瞬即逝。就连在春天里那么活跃、总是啁啾不断的各种各样的小鸟也不知躲到哪里去了，把无边的静谧留给这里的人们。

我睡得正香，突然楼下传来了一阵哭叫声和摔东西的嘈杂声。那是罗纳尔多的声音："不！我不相信！这不是真的！你坏，你在撒谎！"一个陌生的女人的声音在安慰他。我下了楼，一个女人抱着一个男孩子站在客厅里，压低了声音和罗纳尔多说着什么，是埃弗伦和阿尔奇。这是我第一次见到他们。我问这是这么回事。那个女人看着我："你是张吗？你好，我是埃弗伦，瓦特死了。""瓦特死了？"我大吃一惊，"怎么会呢？发生了什么？"埃弗伦说："这是今天中午发生的。大约两个小时之前。有人路过一户人家，看到地上躺着一个人。地上有很多血，人已经死了，是瓦特，他正在那家人家干活。警察来了。他是从三层的屋顶上掉下来的，不是他杀，也不是自杀，他有癫痫。这我知道，我毕竟和他一起生活了好几年。我们估计，他早上一定没吃早饭就去干活了。整整忙了一上午，他一定又饿又累。该吃午饭了，他起身准备下来去吃饭的那一刻，犯病了，就是这样。"

第二天，瓦特的弟兄们赶回来了，房子里一片混乱，他们在收拾瓦特的东西，准备带回巴西。其实瓦特的财物很简单，一目了然。除了一张大床和客厅的沙发、电视机，壁橱里的几件衣物，他别无所有。至于他在银行里是否有存款，如果有，这笔钱属于谁，怎么分配，这不关我的事。

他们临走那天早上，我做了十份炒鸡蛋夹英式发面饼，请他们吃早点。这兄弟三人还有罗纳尔多，狼吞虎咽，一扫而光。吃完早饭，瓦特的大哥，那位富有的巴西机长握着我的手，再三道谢，态度十分真诚。最后他问我："你是亚洲人吗？日本人还是韩国人？"我说："都不是，我是中国人，来自中国。""中国，中国。"他重复着我的话，用力摇了摇我的手，提起皮箱，招呼着他的两个弟弟和罗纳尔多，出门了。车要开了，罗纳尔多突然推开车门跑回客厅，抓起茶几上的电话机，把电话线往机身上缠了几圈，塞进书包里，又重新钻进汽车。汽车发动了，我冲他们摇着手。汽车渐渐远去了。

四

瓦特先生就这样无声无息、不明不白地走了，临死前甚至没有留下一句话。他的死究竟和这座房子的风水有没有关系，我说不清，毕竟我对风水学只知皮毛。我相信是有关系的。所以瓦特出事后，我很快就搬走了。

他曾经是一位哲学博士，善于乘着思辨的翅膀在思想的广袤天空里自由地翱翔。在我看来，研究哲学的人都是些不凡之辈。从亚里士多德到孔夫子，从老子到释迦牟尼，每天和这些神圣的人物打交道，试图从他们那遥远深邃的思想宝库里探索和勾勒出人类思维和思想发展的轨迹，借助这些圣贤的思想的火炬灵光为今天地球上的人们指引一条通向未来的康庄大道，是一件多么神圣的工作，多么光荣的使命。可是，他却半途而废，放弃了自己的使命，而且结果并不美妙。

哲学是什么？这个问题曾经让我困惑了几乎一辈子。五十多年前在高中课堂上，政治课是最令人头痛和厌烦的课程。政治、哲学、世界观、方法论、上层建筑、经济基础等枯燥乏味的概念，对于那时的我们来说是最该诅咒的东西。每星期两堂政治课，被我们这几个喜欢文学的同学视为洪水猛兽。我还记得那位从人民大学政治经济学系毕业的政治课老师，百无聊赖地站在讲台上，两眼望着天花板，有气无力地重复着"哲学是研究世界观的学问，它既是世界观，也是方法论。""对立统一规律是人类社会发展的根本规律，它存在于人类社会、人类思维和自然界的所有方面和全部进程。"我们如坠五里雾中，昏昏欲睡，不知其所云。

如今，半个多世纪过去了，这位老师那张苍白的面孔和他那同样苍白无力的说教，还深深地印刻在我的脑子里。以我今天的阅历重新审视那段历史，我很同情他，也很理解他的无奈。同时，我更庆幸自己终于可以摆脱那些无聊说教的纠缠，按照我对人生和生活的理解，自由自在地支配自己的时间，做自己命运的主宰。在我看来，哲学就是对世界和生命的思索和认识，对个体人生意义和价值的探索和辨析。"我思故我在。"思想和随之而来的选择，是人类和其他生命体的根本区别之所在。我们需要思索，我们必须学会思索。我们不能让别人代替我们去思索，进而剥夺我们思索的权利。我们需要哲学，因为它教会我们如何去看待世界，如何去认识自我，但是拒绝哲学名义下的说教和强加的思想束缚。

至于瓦特先生，他天性善良，在东西方的大学里接受过系统完整的教育，曾经醉心于对哲学的探索和追求。为此抛家弃子，远涉万里，苦心孤诣，上下求索，却最终从思辨的云端跌落下来，客死异国他乡。这究竟意味着什么呢？

那天夜里，我梦见了瓦特。他俨然一副行者的装扮，身披着黄色的类似袈裟的长衫，背着简单的行囊，卷曲的长发披散在肩上，面色依然

292

鬓黑，却全无往日的疲惫，神采奕奕，目放精光，显得既兴奋又沉着坚毅。我忘记了他已经去了另一个世界，问候他，并询问他是否要远行？他颔首微笑，说是的，他要远行了。我又问他去哪里，要多久？去干什么？他稍作沉思，回答说："我不知道自己要去哪里，不知道要去多久。人生如旅，我不过是从一个驿站走向下一个驿站而已。至于我此行的目的？"他停顿了一下，用肯定的语气说，"去寻找我的哲学，我的归宿。"我很吃惊，也有几分迷惘，不知该说些什么。他似乎看穿了我的思想，微笑着说："密斯特张，我知道你在想些什么。你一定感到困惑不解，在想这个瓦特到底是个什么人？巴西人还是美国人？哲学博士还是木匠？活着还是死了？其实这些都不重要，既是也不是。似是而非，似非又是。不错，我出生在巴西。我有美国护照。我曾经是哲学博士，研究印度古代哲学是我的专长。我本来可以成为一个学者和教授，可我偏偏拿起了斧头和锤子，做了木匠，我的手艺不错，雇主们都很欣赏我的工作。我曾经把钱看得很重，拼命地工作。因为一个哲学家，首先是一个普通人，要学会养活自己，要尽到对家庭和子女的责任。我现在身无分文，但一身轻松。

"你们都认为我死了，其实我不过只是打了一个盹，睡了一觉。好了，现在我精力充沛，重新燃烧起对探索的渴望，我要重新上路了。去哪儿？不知道，也不重要。你们的大文豪鲁迅不是说过吗，'地上本没有路，走的人多了也便成了路。'去干什么？当然是去探索。观察大千世界，思索生命的本真。重操旧业？不，我其实一刻也没离开过我的哲学。人们都曾经为我感到可惜，为什么放弃了哲学，当了木匠？其实，当我汗流浃背地轮动斧头，把一块木头一点一点地做成一个精致的木工配件时；当我把一间年久失修的房子整旧如新，给它的主人带来快乐时；当我和我的雇主讨价还价，为几十美元争得面红耳赤时；当我和我的先后两任妻子分道扬镳时，我都没有抛开我的哲学和探索。

"那是我生活的一部分，是我生命的必然的过程。那是我在用我自己的语言和他人对话，和自己的生命对话，和社会、自然对话，在用另一种方式思索。这就是我的哲学。我没有离开过它。哲学不仅仅在大学

293

的讲台上，不仅仅在教授们的书斋里。它存在于我们生活中的每时每刻，每个角落。只有思索和学习，你才能发现它。而一旦你发现了它，和它融为一体，你的生活才会摆脱浑浑噩噩，变得自觉而精彩。归根结底，我热爱哲学，喜欢用自己的脑子思索，而拒绝他人的说教和灌输。你们中国有句老话说得很好，'行万里路，读万卷书''路在脚下'。迈开双脚，开动脑筋，你才能发现自己的哲学，你才能拥有自己的世界，你才能创造出自己的精彩和意义。"

瓦特的话让我听得如醉如痴。我问他为什么要打扮成这样一副模样，不僧不道的。他微微一笑说道："装扮并不重要。我也可以打扮成僧侣，道士，或者是西方的传教士。重要的是探索哲学，需要宗教的虔诚和平民的心态。更重要的是不要失去自我，紧紧把握住个人自由思索和作出判断的权利。这是我们与生俱来的权利和义务。交出和失去这个权利，是人生最大的悲哀，也是一个社会最大的失误。一个健全的社会，应该允许和鼓励人们自由地思索，畅所欲言；同时又能够适时地把人们的思想和行动统一在一个大多数人都理解和接受的共同的目标上，使整个社会和国家形成一种强大和持久的合力，一种坚韧不拔、无坚不摧的能量，才能做好自己的事，建设好自己的家园，照顾好自己的人民，然后才能进而为建设人类共同的家园有所作为。我的导师生前一再告诫我，真正的哲学，不是天上的流云，不是温室里的香花，不是大学讲坛上的说教，也不是书斋里的苦思冥想。真正的哲学，就在你我的生活里，与我们的思索和行动同在。中国古人说，'上士闻道，勤而行之。'你可以说我是一个会思索的木匠，一个会造房子的哲学学徒。我的名字是瓦特，瓦特在英语里就是'水'。你知道，地球百分之七十的面积被水覆盖着；人体的百分之七十是水组成的，地球其实是一个'水球'。人体其实不应该叫'肉体'。对，我就是一滴水，微不足道，但我却努力保持清澈、透明、自主、自由。我要走了，去寻找和融入我的海洋。"

瓦特先生侃侃而谈，使我有醍醐灌顶之感。我还有很多想法要和他交换，他却微微颔首说道："很抱歉，密斯特张，我知道你有许多话想说。不过我该上路了。我喜欢你是一个爱思索的人。你一定有很多问题想和我交流。我能告诉你的就是，无论你有什么样的疑问，答案就在先哲的思想里，在你的生活和实践中。读书，思索，实践，热爱生活，热爱书籍，写下你的感悟。永远保持独立的人格和思索的权利。这就是我对你的希望和忠告。"说完，一阵清风吹过，他随风飘然而去。

　　初秋早晨的阳光照亮了窗户，室内一片光明。远处传来了西雅图证道堂晨祷的钟声。钟声悠扬，余音袅袅，新的一天来临了。

2016年夏秋之交，初稿于西雅图国风堂

2021年8月5日重读

# 西城三老图

　　二十六年前我初到西雅图，租住在六十二街的一户人家里。二房东瓦特先生是巴西人，哲学博士。短短一个多月的接触，他给我留下了深刻的印象，我因此写下了《哲学博士之死》这篇短文。以后，我临时搬到了瓦特的前妻埃弗伦的家里暂住。埃弗伦的家离绿木大街不远，绿木大街上有一家中餐馆鲁香阁。

　　有一天我到鲁香阁吃午饭，结识了在这家餐馆打工的两位大陆来的年轻人徐哲华和吴廼西。他俩比我小十几岁，父亲都是北大西语系的教授，他们都是在北大校园里长大的。同是燕园故人，一见之下，感觉格外亲切。尤其是小徐，心地单纯，为人热情，正是在他的引荐下，我结识了这篇文章的主角西城三老之一的苗杰老先生。以后，又陆续结识了张淑清妈妈和张涵儒老先生，这三位就是所谓的"西城三老"。下面，就先来说说苗杰老爷子。

一

　　苗老是北京人，住家就在前门外鲜鱼口大街一带。他是上世纪六十年代辗转从韩国来到美国的，老伴儿是韩国人。

　　话说1947年前后，中国大陆内战的局势日趋明朗。蒋家王朝大势已去，北京城里风声鹤唳，草木皆兵，几家欢乐几家愁。那时，苗老不到二十岁。父母不想坐以待毙，商量的结果，由父亲带着他这个独生子投奔韩国的亲戚暂避。母亲带上家里的细软，南下上海，伺机渡海到台湾。等局势稍微稳定之后，苗老与父亲再南下与母亲团聚。

苗老与父亲在韩国苦苦等待母亲的消息，一直等到1948年年底，母亲从上海带来了口信，说已经买到了来年年初的船票，从上海到基隆，是大陆开往台湾的最后一班轮船。父子二人闻讯大喜，不由得额手称庆。尤其是苗老，虽然是个大小伙子了，但是对母亲依然十分依恋，盼望着早一天结束寄人篱下的生活，早一天见到母亲。

转眼间到了1949年一月二十七日。这一天是腊月二十九，离大年初一还有两天，也是母亲动身去台湾的日子。谁料想，这艘名为"太平轮"的航船，离开上海不久，就在舟山群岛附近与另一艘轮船相撞沉没了。全船一千余人葬身鱼腹，仅三十余人幸免，苗老从此永远失去了慈爱的母亲。

说到这里，苗老沉默了。一双失神而昏花的老眼红了。眼泪在眼圈里打转，强忍着不肯流下来。在生活里，我见过孩子的哭泣，觉得他们实在是可爱多于悲伤。我见过年轻人的哭泣，觉得那不过是脆弱和幼稚的表现。唯有老人的无声的啜泣，饱含了太多的人世沧桑和苦涩，令人心碎而无奈。

此后，苗老在韩国扎下根来，娶妻生子，直到他以难民的身份带着全家来到美国。苗老身材不高，圆圆胖胖的，一脸慈祥。他的身体有残疾，脊椎侧弯且向前佝偻，好在因为身材不高，又胖，看上去倒不那么扎眼。初到美国，他像大多数新移民一样，靠打工养家糊口。后来他开了一家咖啡店兼卖面包，面包是自家做的，味道好，成本低。全家老少一齐上阵，又省下了雇工的花销，因此小店的生意不错。大女儿丽华是在韩国出生的，以后又添了大儿子布鲁斯、二女儿琳达、小儿子詹姆斯。丽华会说汉语、韩语、英语，曾经以专家的身份到中国大陆教授英语，获得过中国政府颁发给外国专家的最高奖励。她从心里认为自己是中国人，回大陆工作是她的心愿；布鲁斯是个跆拳道专家，在旧金山开武馆，与家里联系不多；琳达是个金融专家，事业做得风生水起，很有成就；詹姆斯也是搞金融的，在银行工作。姊妹四个，只有丽华会说汉语，其他三个人都是典型的"香蕉人"，外黄里白，不会说中国话，也不懂中国文化。因此，一家人真正能够和苗老做语言交流的，只有丽华。老人心中的苦闷，可想而知。

一个小店，养活了全家，养育大了四个子女。1991年我初识苗老时，他已经把店卖掉，退休了。那一年，他六十六岁，比我整整大了二十岁。

苗老的太太是韩国人，年轻时是个美人。六十多岁了，看上去身材依旧有模有样，皮肤细腻，五官端正而秀气。老两口平日交流用三种语言，汉语、韩语、英语。他们都精通自己的母语，但是对另外两种语言，则会得有限，所以平日交流起来，只能将三种语言拼凑起来对付。老两口的语言交流不多，更多时候靠的是一种在几十年相濡以沫里形成的心灵默契。

虽然生活艰难，内心孤独，但苗老天性幽默，善于一"默"解千愁。比如每天晚饭后，他们都要去散步，遛狗。散步，北京话叫"溜达溜达""蹓一蹓"。苗老根据发音，把"蹓一蹓"转换成英语"616"，说起来就是"six-one-six"。于是，每天晚饭后，收拾好厨房，苗老牵上狗，一声："Let's go, six-one-six!"老两口相跟着，出去散步。"six-one-six"，透着幽默、咽气、聪明；同时，也能听出几分落寂、无奈和乡愁。

和苗老聊天，说的大都是关于北京的陈年往事。他最爱说的、经常挂在嘴边的有两个段子。一是说起老年间北京冬天的寒冷，和路边墙角卖烤白薯的老人，他往往缩起脖子，两只手揣在袖口里，做出饥寒交迫的样子，学着卖烤白薯老人的口气吆喝几声："烤白薯，热乎的……"神情凄楚，声音苍凉可怜。另一个段子是说起小时候到天桥听评书，他会扎起肩膀，拉一个"山膀"，提高嗓门，学着说书人的口气，如数家珍般地侃侃而言："南七北六十三省大小镖局总瓢把子胜英胜老英雄，身高六尺开外，宽背蜂腰，四方脸，紫脸膛，领下一部长髯，飘洒在胸前，手执一把切金断玉的大环金丝宝刀。那金刀上三路专取双眼二目、鲠嗓咽喉，中三路削肩戳胸、偷袭两肋，下三路削膝砍拐，外带海底撩阴、胯下摘珠，确有神出鬼没之功，万夫不当之勇。其子胜奎、孙子胜官宝也自幼跟随胜英闯荡江湖，身怀绝技，智勇双全。这一家祖孙三代，在江湖上无人不知，哪个不晓？真个是威震江湖，名扬南北！"说到这里，他啪地一拍桌子，口气一变，念念有词，"要知后事如何，且听下回分解。各位，收钱了您哪！有钱您捧个钱场，没钱您站脚助威！"说着，向四周作了一个罗圈揖。那声口、做派，惟妙惟肖，和当年天桥的说书艺人分毫不差。可惜的是，无论是苗妈妈，还是他的几个孩子，都对此一窍不通，因此他难得有机会表演给大家看。只有在我们相识之后，他才有机会一逞口舌之快。我可以看出来，这给老人带来了极大的愉快。

苗老胃口好，爱吃。居家过日子，他不大爱吃面包，经常自己发面蒸馒头。每逢春节，馒头上还要点上一个红点儿，图的是喜庆吉祥，有年味儿。去中餐馆，老人家必点的菜是梅干菜扣肉。朋友们劝他少吃肉，他说了："谁不想多活几年？可该吃还得吃不是？不然活了一大把年纪，什么福都没享，该吃的一样没吃，那活着有什么意思？不及为不及，过犹不及，万事取其中庸可也。"结果照吃不误。

1978年中国大陆改革开放以后，苗老只身回过北京两次。苗妈妈身体欠佳，丽华工作忙，其他子女没兴趣，老爷子只能自己回归故里。好在北京还有他的远房亲戚，陪着他逛故宫，游颐和园，看祈年殿，喝大碗茶，参观湖广会馆，听评书，看京剧，品尝老北京炸酱面和全聚德的烤鸭，倒也身心愉悦，玩得不亦乐乎。最令苗老开心的是，在北京市有关部门的协助下，他找到了自己的出身渊源。

苗老的远祖苗忠在清初随龙入关，因战功卓著，官封都察院左副都御史，从二品，在顺治、康熙二朝专事纠劾文武百官的督察之职，是皇帝的重要耳目，且参与刑部、都察院、大理寺"三法司"重大案件的会审，可以说是位高权重，青史有名。在北京期间，老人家拿着家谱，找到北京市文物局等相关部门，请他们协助查找祖上的线索和遗迹。结果，文物部门经过一番艰苦细致的工作，在国子监找到了苗家祠堂当年使用过的青石桌、凳和条案以及插旗杆用的石座。文物局将这些物件拍成照片，连同老祖宗苗忠身着官服的画像复印件，以及北京文物局官方的证明文件一起，送给苗老留作纪念。

老爷子将他的家世和在北京寻根访旧的经过一五一十地向我详述了一遍，说得眉飞色舞，酣畅淋漓。最后又翻箱倒柜将那些照片和文件拾翻出来，一一拿给我看，以证所言不虚。我也很为老人感到高兴："苗老，这可是您的传家宝。您一定要保存好，传给子孙后代。"他听了我的话，陷入了沉思，半晌叹了一口气："嗨，这几个孩子，除了丽华，都不会说中国话。他们的儿女，就更不用说了。即便是丽华，她的中国话和对中国的了解，也肤浅得很，不足以继承这一份家族的精神遗产和荣耀。恐怕我死了以后，苗家的后人和中国和苗家的历史，会越走越远喽。"

苗老夫妇养了一只小狗，这个小家伙因为吃得太好，活动又少，长得很肥，胖墩墩的，很可爱。人犬一理，日子久了，小狗得了糖尿病，最后失明了。每天一早一晚，苗老都要把通往院子的后门打开一条缝，把小狗抱到门口，放在地板上，用中国话说："去，到院子里撒尿去！"小狗出了门，顺着墙根，溜到院子里，撒完尿又顺着原路返回。苗老盯着小狗，爱怜地说："小狗子可怜，看不见了，瞎了。我也有糖尿病，现在就看我俩谁能活过谁去！它要是走在我前边，算是它的造化。我要是先走了，别人也就顾不上它喽。"

过了不久，小狗被安乐死了。糖尿病到了晚期，它不吃不喝，大小便失禁，苗老只好给女儿打电话，把小狗送到医院实施安乐死。又过了不久，大概是2000年前后，苗老也中风了，举步维艰。好在说话还行，脑子也清楚。他给我打来电话，要我去看他，陪他说说话，顺便给他捶打捶打。于是，我每周开车去他家三次，陪他聊天，给他捏吧捏吧，捶打捶打。

碰巧了，苗妈妈做好了饭，我就陪苗老一起吃午饭，免得他寂寞。往往是我和苗老用北京话谈得天花乱坠，苗妈妈自己坐在客厅看电视。

我们的谈话，她插不上嘴。又过了一段时间，苗妈妈突然过世了。老人得的是脑瘤，从发现到去世，不过两个多月。苗妈妈一走，苗老的境况就更凄惨了。他的儿女们一商量，按照美国人的习惯，送他进了养老院。在这之前，苗老已经把自己的房子抵押给了银行。他的日常开销和看病的花销，用的就是银行的抵押款。

我和苗老的老朋友张淑清张妈妈一起去养老院看望过他，张妈妈也是一位老北京。我们到了养老院，时值严冬，天气很冷，养老院里却温暖如春，老人们都穿着单衣单裤，在走廊和大厅里活动。苗老坐在轮椅上，一身条绒裤褂，气色不错，笑眯眯的，看见我们很高兴。我说："苗老，我们看您来了，您的气色不错！"老人家冲我微微一笑，张口来了一句："烤白薯，热乎的！"我一愣，他又说道："在咱们老家，这会儿正是吃烤白薯的时候！"张妈妈调侃道："你什么时候也忘不了吃！"苗老哈哈一笑，说道："那是，等我病好了，您得请客！别的菜您点，我就来一碗梅干菜扣肉！"他话音刚落，我们这三个沦落天涯的北京人一起哈哈大笑起来。周围的老美先是莫名其妙地看着我们不说话，后来似乎是受到了感染也一起笑起来，有人还鼓掌助兴。笑声和掌声给养老院带来了几分活力和欢快。

这是我最后一次看见苗老。2001年初夏，我回北京照顾生病的妻子，一年后我回到西雅图，苗老已经过世了。我打电话问张妈妈苗老过世前后的情景，她说苗家没人给她送信，她不知道老爷子最后的日子是怎么过的。苗老什么时候走的，坟在哪儿，她也一律不知道。"你回北京了，没人开车送我去养老院看望苗老。"张妈妈抱怨说，"苗家的孩子也太不懂事了。西雅图没有几个北京人，来往密切的也就是咱们三个人。这么大的事也不知道给咱们送个信儿！"我劝张妈妈想开一些："苗家的孩子，除了老大丽华出生在韩国，其他都是在这里出生长大的。他们看着像中国人，其实都是美国人，连中国话都不会说，更不可能懂中国人的规矩，尤其是北京人办事的老规矩。说到底，这是苗家的事儿。给不给别人送信儿，是人家的权利，用不着挑眼。咱们冲的是苗老，只要尽到心了，问心无愧就好。我有幸在海外结识了苗老，老人家对我很

301

关照。这几年经常凑在一起说说咱们北京人的那些老话，一解乡愁，彼此都很高兴。我会永远记住这位善良的老人。'同是天涯沦落人，相逢何必曾相识？'认识他，认识您，这都是缘分。咱们都是普通人，万事随缘，不强求，是咱们的本分，也是咱们唯一能做的。您说是不是这么回事？"

电话那头的张妈妈沉默了半晌，长叹了一口气："人死如灯灭。这只是早晚的事，也没什么想不开的。只是大家都是北京人，喝过北京的井水，人亲，水亲，地更亲。但愿老爷子在天上别太孤单就好。"

## 二

张淑清老人是苗老引荐我认识的。我第一次去拜访苗老，刚说了几句话，他就表示："西雅图还有一位咱们北京的乡亲张淑清张校长，有机会我带你去拜访她。"

小徐听说苗老要带我去见张淑清，严肃地说："张老师，你可要做好思想准备。那可是个'党代表'。"我听了很纳闷儿，不明就里。等到和张校长接触多了，才明白，所谓党代表，是因为她和一般的台湾人不大一样。第一，她喜欢接触大陆来的同胞，尤其是年轻人；第二，凡是大陆来的年轻人有困难，她都愿意出手相助，并且总是鼓励他们学成之后，回去报效国家和服务社会。再加上老人家说话直截了当，一口北京话说得嘎嘣脆，而且观点鲜明，从不藏着掖着，时间久了，得了这么一个既有褒义，又包含着几分不以为然的"雅号"。其实说白了，这个称谓源于张淑清老人从不以台湾省人自居，而总是以身为中国人为荣，尤其对北京，更有一份挥之不去也从不掩饰的眷恋之情，这让那些见惯了台湾省人说话吞吞吐吐、一副拿腔作调的大陆新移民很不理解。其实，是这些人少见多怪了。台湾省人不是铁板一块，像张淑清老人这样不忘初心的人随处可见。

老人家是1948年离开北京奔赴台湾的。后来则辗转来到西雅图，主持一所中文学校。我认识她时，学校还在经营中。张校长是她的"官称"，我后来和她相处久了，则称她"张妈妈"。

张妈妈的老家是北京通县城里。当初，张家是通县富甲一方的大户人家。俗话说，靠山吃山，靠水吃水，张家守着大运河，祖辈都是做水上营生的。张家的祖上先是吃官饭，在漕运衙门里当差。后来的子弟则以经商为业，还是离不开大运河。到了老人的父亲手里，老爷子则开了一家杂货店，规模很可观，南北都设有分店，专门经营南北的各种水陆杂货，凭借着大运河一水之利，北货南往，南货北上，生意兴隆，家道十分殷实。

张妈妈津津乐道的一件往事，是她小时候，每到春天，父亲都要吩咐家里的伙计到城里同仁堂买"避瘟散"，专门送给穷人预防瘟病。青黄不接的时候，则吩咐厨房连夜加班蒸窝窝头，净面的，在家里的后门支上桌子发放给穷人。来领窝头的穷人，能排出一里多地去。她说："我那时候不到十岁，好奇，也心眼软，常常帮着家里的老妈子给穷人发药，发窝头。家里兄弟姐妹数人，我是父母的掌上明珠。父亲爱听京戏，晚上经常带上我，坐家里的马车进城听戏。兄弟姊妹里，我是唯一享受过这种待遇的。在戏园子里，父亲总是给我买各种吃喝。"说到这里，老人家嫣然一笑，说道："你猜怎么着？我每次跟父亲进城听戏，除了吃喝玩耍，还有一个特殊的任务，是我母亲吩咐我的，就是看着我父亲有没有别的女人！我呢？吃饱了喝足了，就开始眯眯瞪瞪，一会儿就在我父亲怀里睡着了。一直到散戏回到家里，我还没睡醒，接着睡！我父亲到底干了什么，我一概不知道！不过话又说回来了，我父亲为人很正派，一辈子烟酒不沾，就是一门心思做生意，行善。唯一的嗜好就是听戏。

"后来，我大学还没毕业，风声越来越紧，父母催我赶紧结婚。于是我和我先生匆匆忙忙地举行了婚礼。婚后第二天，就登上轮船，奔赴台湾。船上到处都是人，大多数人只能在甲板上坐卧休息。我们还算幸运，父亲托朋友，花大价钱买到了卧铺票。那些在甲板上将就的人，只能任凭风吹雨打，日晒雨淋了。那些逃兵，动不动就搜身，搜刮钱财。

我临走的时候，母亲给了我几个金戒指，捋直了，塞在鞋缝里，总算侥幸逃过一劫。对了，苗老的母亲就是在去台湾的路上遇难的，坐的是从大陆到台湾的最后一班轮船太平轮，真惨！这是苗老一辈子的伤痛。

“到了台湾，找不到工作，日子很艰难。那几个金戒指值钱了，换成现金，对付了一阵子。后来，遇到了我先生的老师，在教育部主事，给他找了一份工作，教中学。又过了些日子，我也有了工作，教小学。工作是有了，但是没工资。代替工资的是大米和白糖。每个月的月底领几十斤大米和几斤白糖，每天三餐就是大米饭拌白糖，肉菜油盐一律没有。开始还能将就，后来实在吃不下去了。从那以后直到现在，我都不吃大米，不蘸白糖，吃腻了，伤了胃。

“最可气的是，整天搞运动，清查共产党和共产党的同情分子。再加上台湾人和外省人的矛盾，外省人之间的派别斗争，互相倾轧，闹得鸡犬不宁，人人自危。我和我先生都是国民党员，在大学入的。按理说我们这样的身份应该没问题，可是有人还是无事生非，怀疑我们的政治背景，就连我有时候穿双新鞋也招来他们的嫉恨。为什么？因为他们那时候根本就没鞋穿，还光着脚呢！所以后来我和他们吵架，只要我一说，你们见过什么？我穿皮鞋的时候，你们还光着脚呢！他们就鸦雀无声，气馁了。

“我先生特别老实厚道，在那样的环境下，只能息事宁人，忍辱负重。他后来英年早逝，也和他的心情郁闷不舒有直接关系。先生走了以后，我痛感台湾不是久留之地，于是就把儿子送到了阿根廷。1974年，我都四十大几了，抓住了一个机会，来到美国。说是来发展事业，其实是避难的。台湾的环境实在是太恶劣了，我接受不了。”

张妈妈所谓的“机会”，指的是当时她除了在小学任教，业余时间在一家国语补习学校兼课，专门教到台湾的外国人学国语。她为人爽朗，待人亲切，说得一口标准的北京话，而且声音洪亮，口齿清楚，教学经验丰富，很受学生的欢迎。学生大多是美国人，其中有一位麦克先生在北卡罗来纳大学教中文。他很欣赏张妈妈的教学，临回美国之前，主动表示他想推荐张妈妈到他的学校来教课。就这样，老人家在四十九岁那年只身来到美国闯荡江湖。她先是在大学教课。两年以后合同到期了，她就留在当地开办中文学校。后来听说西雅图华人多，市场大，于是又搬到了西雅图，继续以教中文为生。

她的学校依托于教会，学校就在教会里，学生的来源也主要是教友的孩子。教师主要是教友里中文说得好的人，有教学经验者优先。学校办得有声有色，口碑不错。她办学的目的就是两个。一是传授中文和中国文化；二是为生活困难的教师增加一点津贴，贴补家用。学校一办就是十几年，其中的甘苦也一言难尽，直到老人家快七十岁了，才交给别人接手，彻底退休颐养天年。

张妈妈在美国一直没有私产。先是租住公寓，后来则搬进低收入老人公寓。在美国，这算是一种特殊的福利，优惠低收入的老人。她那时候每个月领取六百多美元的救济金，符合条件。因为房源紧张，需提前几年登记，等到公寓里有老人去世或者搬走了，房子空出来，才能搬进去。张妈妈的房间将近三十平方米，厨房、卫生间一应俱全，卧室与客厅则合二为一。二十年前公寓的收费是每月二百四十美元，外带一顿晚餐。用张妈妈的话说，这顿晚餐没盐没油没滋没味，她常常把晚餐带回来重新加工。公寓的房客主要是低收入的白人，管理得井井有条。她和大家相处得很融洽，而内心却异常孤独。

所以老人家和我一见如故，说："一笔写不出两个'张'字，五百年前咱们是一家子！"逢人就说我是她的干儿子。时间长了，我也顺水推舟，称她"张妈妈"。每次我去养老院看望她，从经理到住宿的老人，个个都是笑脸相迎，说："杰，看你干妈来啦？淑，你干儿子来看你了！"老人家填写住宿表格，"联系人"一栏填的也是我的名字。只要有事，公寓经理就给我打电话。

有一次，我去看望张妈妈，正好是周末，公寓里洋溢着节日的气氛。老人们在一楼的大厅里聚会，老先生们个个西服革履，老太太们则涂脂抹粉，衣着光鲜，欣赏一位老先生弹钢琴。美国人的音乐素养普遍比较高，大厅里很安静，钢琴的旋律像流水一样在大厅里起伏流动。公寓的经理南希和我比较熟悉，她悄悄附在我耳边说："张，听说你的歌

305

唱得不错。你能不能给大家唱两首歌?"我答应了,唱了《在那遥远的地方》和《赞歌》。那位弹钢琴的老先生,随着我的歌声随意伴奏着,居然和我配合得如影随形,张弛有度。老人们的反应出奇地热烈。张妈妈也觉得很有面子。这时,弹钢琴的老先生走到我跟前,认真地说:"你的声音真不错。唱得很够味道。我有个建议,我来做你的钢琴伴奏兼经纪人,咱们去巡回演唱,保证比你现在的工作挣得多得多!"说完不等我回答,他先哈哈大笑起来。我知道他是在开玩笑,顺水推舟说:"可以。让我好好考虑考虑,再回答你的提议。"南希则说:"张,欢迎你常来给大家唱歌。"张妈妈高兴地大声说:"张杰,赶紧给苗老打电话,我请客,咱们去中国城吃午饭!"

日子过得真快,一晃,我认识苗老和张妈妈已经快十年了。苗老走后,张妈妈也日见衰老,开始拿东忘西,记忆衰退。提起几十年前的事,她说得头头是道。眼面前的事,则一扭头就忘得一干二净。她自我解嘲说:"咱们北京有一句老话,叫'撂爪儿就忘'!"后来,连她自己的年纪都记不清了。别人问她的年纪,她往往说:"问张杰去吧。他知道得比我自己清楚。"我赶紧接过话茬儿说:"您的生日是1925年阴历正月十五。您今年整八十了。""哎哟,我的妈耶!我都八十啦!我有那么大吗?""没错儿,我都六十了,您比我大二十岁,您算算您多大了?"

不知什么时候,老人在西雅图的一家投资公司开了一个账户,把自己积攒的两万多美元投进去生财。合同还规定,每个月投资公司从她的银行账户里自动提取一笔固定的款项,作为后继的投资,老人欣然同意,签了字,画了押。结果,时间久了,她把此事忘得一干二净。于是给我打电话,抱怨说有人从她的银行账户里偷她的钱。我开车接上她一起到银行核实。银行的值班人员非常耐心,把她的账户里的每一笔账目都算得清清楚楚,拿出她的签字给她看。于是真相大白,可她老人家还是似懂而非懂,疑虑重重。有时候,她给老人公寓缴纳月费,开了支票,回头就忘。到了月底,又来电话抱怨她的账户里钱少了。我带上她到了银行,值班的女士一看见她就笑了,也不说什么,找出她签字的支票递给她。我说:"真抱歉,总是来麻烦你们。"人家说:"没关系,

306

这就是我们的工作。这样的老人，我们见得多了。"我说："对，再过二十年，就轮到我了。"那个女职员闻言哈哈大笑。

终于，有一天，公寓办公室给我打来电话，说张妈妈前两天住院了，急诊。出院以后她已经搬走了。我赶到老人公寓，发现她的房间果然已经人去屋空。我找到南希，才弄清楚是怎么回事。原来张妈妈每天早上起来要服降压药和降胆固醇的药。前几天，她服了药，下楼转了一圈，把这回事忘了，回到房间又服了一次。结果人昏倒了。幸亏公寓每天早上都有专人查房，发现了，一个电话叫来急救车，把她拉到医院抢救，所幸并无大碍。这所老年公寓只接待有独立生活能力的老人，张妈妈显然已经需要人照顾了。于是老年公寓为她联系了一处家庭养老公寓，她就搬走了。

这个家庭养老公寓的女主人是中国人，台湾来的，姓殷，叫玛利亚，祖籍山东，人很爽快，也很能干。这所小楼上下两层，一共接纳了六位老人，都是中国人，其中包括玛利亚的母亲。玛利亚说，她办这所养老公寓的初衷是为了照顾自己的母亲。后来发现，不如干脆办一所养老院，专门接纳那些失去生活能力的老人，以中国人为主。这样，既能为母亲尽孝，又能广结善缘，还可以有一份收入。于是，她按照政府的要求把自家的住房重新修缮改造了一番，申请了营业执照，办起了养老院。

这所养老院可谓颇富中国特色，主人、房客、厨师、帮工都是中国人，说中国话，吃中国饭，看中国电视节目，读中国报纸。玛利亚的弟弟是个工程师，每周来一天看望母亲兼做义工，玛利亚的女儿周末也来帮忙。养老院虽然不大，却显得热热闹闹，有声有色。老人们两人一个房间，一开始张妈妈很不习惯，还想着要搬回原来的老年公寓。慢慢地，她明白了自己的处境，渐渐地安下心来。

张妈妈的儿子这时候已经从阿根廷搬到了加拿大蒙特利尔，和西雅图东西相望，距离依然遥远。他也曾经和我商量，想搬到温哥华，以便就近照顾妈妈，但是他在温哥华找不到工作，此事只能不了了之。这次张妈妈搬家，他赶来了，陪伴在母亲身边。搬家需要的手续，也都是他一手办理的。之后，他就匆匆赶回去上班了。老人有老人的无奈，子女有子女的苦衷。人生大抵如此。

玛利亚的家庭养老公寓离我家很远，我不能像过去那样经常去看望张妈妈了。平常多用电话联系，每两个月我大概去三次，陪她说说话。她的记忆更差了，刚刚给她看完我孙子的照片，她扭过头来就问我："你儿子结婚了吗？""结了，不是刚刚给您看完我孙子的照片吗？""噢，你都有孙子啦？"她指着桌子上的照片问，"这是谁家的孩子呀？""这就是我孙子小熊呀！""噢，你都有孙子了。你儿子结婚啦？"车轱辘话翻来覆去地说。

一晃几年又过去了，张妈妈已经九十岁了。她生日那天我打电话去祝她生日快乐，她说话的底气已经很微弱了。玛利亚说，她的饭量小多了，一顿饭就吃一小口。张妈妈听见了玛利亚在说她，有气无力地说："吃不下，没胃口，猫食。该走了，该回家了。"

开春了，天气暖和了，我和老伴去看望张妈妈。一进门我就大声地喊："张妈妈，我看您来了！"她瞪着失神的眼睛看着我问："谁呀？你是谁呀？""您认不出我是谁了？""听着声音很熟悉，你是……""我是张杰呀。""哦，你怎么来了？你怎么知道我搬家了？"玛利亚说："她已经糊涂了。"

接着，玛利亚说了一件奇事。原来，前些日子，玛利亚的大弟弟从外地来看望母亲，见到了张妈妈。说起往事，玛利亚的大弟弟是个细心的人，他发现张妈妈当初教书的台北复兴小学正是他们姐弟三人上学的那座学校。姐弟三人又仔细地算了一下，进而发现他们读书的那几年，张妈妈也在那里教书。也就是说，张妈妈是他们姐弟三人的老师，她还教过玛利亚！玛利亚说："您还记得吗，我当时是我们班的班长，二年级甲班，每天上课，老师一走进教室，我首先起立，然后大声喊，起立，全班同学唰的一下子全站起来了。然后我又喊，敬礼，坐下！老师才开始讲课。那时您教我们国文，我梳着两条小辫儿，嗓门挺大，您还记得吗？"张妈妈仔细辨认着玛利亚的面庞，摇了摇头，毕竟时间太久了。玛利亚想了想，回到自己的房间，找出了当年的老相册，其中有一张照片，是她的小学毕业照。几个人仔细辨认着，在老师群里找到了张妈妈！照片里的张妈妈风华正茂，是五十多年前的事了。玛利亚感慨地说："这天下说大也大，说小也小。谁能想得到，我们和张老师几十年后能在西雅图重逢，而且她还住到了我们的老年公寓里，我们有幸侍奉她呢！她不但教过我，而且还教过我的两个弟弟，我们姐弟三人都是她的学生！"我说："这就是大家常说的缘分吧！"

又过了几个月，夏天来了。八月初，我突然接到了张妈妈儿子的电话，他在西雅图。他说："大哥，我妈妈走了，是前天，三十一号。"虽然我对这件事早有思想准备，但还是吃了一惊。放下电话，我赶到了殡仪馆。张妈妈的其他几位朋友也赶来了。一间小屋，老人家安静地躺在床上，神态很安详，"睡"得很熟。

张妈妈的儿子说："妈妈是在睡梦里走的，没有痛苦。玛利亚早上去喊妈妈起床吃早饭，结果发现老人已经驾鹤西归了。"我们围着张妈妈静默着。老人的儿子握着妈妈的手，低下头去轻轻地亲吻着。一股酸热的感觉从心头涌上眼眶，我望着眼前这个"熟睡"的老人，二十多年来和她交往的情景一幕幕浮现在脑际。我相信，在回家的路上她还没走得太远，能听到我的话："张妈妈，一路走好。记住，您的家在北京。您回家了，回北京了。一晃，您离开北京、离开家已经快七十年了。您过去常跟我念叨，说想回家去看看。给父母上坟烧纸，看看兄弟姐妹，看看街坊四邻，看看那条大运河。这次您终于如愿以偿了。这些年北京的变化太大了，您肯定不认识了，但是不用担心，您能找到回家的路。七十年了，您累了，真该回家了。记住，您的老家在北京通县城里，大运河的边上。台湾我看就算了，用不着回去了，还是直接回北京吧。"

张妈妈的墓地是二十多年前自己出资买下的，她生前带我来看过这里的环境。这时候，墓地管理公司的人来说，还要缴纳一笔代管费，一共二十多年的，数目不菲。张妈妈的儿子是个忠厚人，一听就慌了，张口结舌，不知所措。我们这些人也没经验。这时，曾经和张妈妈一起办过中文学校的婕蜜站出来要求对方把当初订的合同拿出来，她要先查看合同，然后再说。这个婕蜜是个人物。她从台湾来美国多年，自己开过

309

餐馆，经营过花店，办过学校，现在则在政府部门工作。她个子不高，英语说得不错，而且说话斩钉截铁，很有几分大丈夫气概。对方问她是谁，在哪儿工作。她说我和张淑清校长一起办过中文学校，现在西雅图政府供职。对方又问她具体是做什么的。她说在税务局工作，负责查税。那人一听没再讲话，转身出去了。过了片刻，他回来说，公司的老板决定，免收这笔代管费。按照程序，明天安葬逝者的骨灰，然后公司会派人修墓碑，负责录像并寄给逝者的家属。

第二天我们又来到殡仪馆。殡仪馆进门的桌子上，摆放着签名册，旁边是几十朵白玫瑰花。我们依次签了名，每人拿起一朵玫瑰，鱼贯来到张妈妈的墓前，张妈妈的儿子和两个孙子捧着老人的骨灰盒和遗像走在队伍的最前面。墓地旁边的空地上摆放了桌椅，一位老牧师主持葬礼，他颂扬了逝者人品的高洁和在西雅图地区创办中文学校的功德，然后以主教的名义祝愿逝者的灵魂升天。

骨灰盒放入墓穴了，我们依次将手里的白玫瑰花瓣撒放到墓穴里。轮到我了，一阵风吹过，白色的花瓣洒落在墓穴的四周，我弯下腰去捡拾那些不听话的花瓣。我也老了，腰腿不大听使唤了，于是我顺势跪下去，将花瓣放入墓穴里。参加葬礼的人们站在四周，我低着头，只能看见他们脚上花花绿绿的袜子和各式各样的鞋子。我不想马上站起来，跪在地上离张妈妈似乎更近一些。这样做似乎还不够，于是我恭恭敬敬地给老人磕了三个头。神三鬼四，这是老北京人的规矩，是对逝者的最后和最高的致敬。人们静默着。老人走了，不能这样冷清，应该说些什么。"张妈妈，今天您的儿孙和朋友们都在这里给您送行。您的家就在大洋彼岸的北京。请您记住西雅图，记住这里的人们。我们也会记住您，西雅图的青山绿水也会记住您的。"

张妈妈的墓地坐落在一道小山坡上，面对着烟波浩瀚的华盛顿湖。湖的对面，遥远的天际，可以看见卡斯卡特山顶上那终年不化的冰川和雪峰。据说，这一带的冰川已有大约两百万年的历史。美国西北地区素以山河壮丽、风光旖旎享誉世界，这里的高山峡谷、长河大湖，以及寄托于其间的丰富多彩的生命，大都是两百万年前冰川运动的结果。张妈妈享寿九十，可谓高龄。但是和冰川的生命相比，只能说是极短的一瞬。然而，老人一生的经历如此丰富，且为人坦荡，工作努力，至死不忘思乡爱国的初心，虽则是极短的一瞬，却是极其美丽和辉煌的刹那。


# 三


"西城三老"里的第三位张涵儒老先生是天津人，是一位来自天津的老乡亲，北京人的近邻。张老早年漂洋过海来到美国，自然有一番筚路蓝缕，艰苦创业，成家立室，生儿育女的经历，这里也无暇细表。我认识他的时候，老人已经退休多年，在家里颐养天年了。

说起我和张老的相识，还真有点儿意思。归根结底还是离不开"缘分"二字。

二十五年前，我从东部搬到西雅图的第二年，在西雅图道教学院教课。这座学院是我和院长莫承华先生联手创建的，莫承华是一个痴迷于中国文化的美国人。有一天，我在学院附近的街心公园里给学生上课，讲的是中国的内家拳术之一八卦掌。

初夏的西雅图，阳光明媚，花木繁茂，气候宜人。公园里很安静，几乎没有游人。突然，我发现一位亚裔老人站在树荫下笑眯眯地看着我，大高个，瘦长脸，温文尔雅，气度不俗，似乎有话要跟我说。我先是用英语问："中国人吗？""是。""会说国语吗？""那当然。"我马上改用普通话继续问道："您是从大陆来的，还是从台湾来的？""大陆，天津。""哎呀，太好了！我是北京来的，咱们离得不远，邻居呀。""没错儿，近邻。"老人的话里还带着一点儿天津口音，听上去很亲切。正好也该下课了，于是我打发走了学生，和老人站在树荫下攀谈起来。

我们谈得很投机，对彼此的情况有了一个大概的了解。突然老人一拍大腿说："坏了，我这是给老伴儿买东西去了。咱们这一聊快两个小时了，老伴儿准着急了！"说完留下地址，匆匆而去。老人家也姓张，名海茹，字涵儒。年龄七十有二，退休前自己开了一家杂货店，专卖各

311

种食品蔬菜，兼营日用百货。如今退休在家，和老伴儿相濡以沫，安度晚年。儿女们都已成家立业，散居在西雅图地区。

又过了两个多月，我去学校附近的商店买东西，在商店门口又遇到了张老先生，他正提着一袋面粉往外走。显然又是奉夫人之命，前来采购的。我们像一对多年不见的老朋友，坐在商店门口的长椅上，东南西北，海阔天空，一聊又是两个多小时。突然，老人家又是一惊，问道："几点了？""两点半了。""坏了，坏了！我是奉命来买面粉的，夫人在家里等着面粉包饺子呢！糟糕，糟糕！告辞了！后会有期。"说完匆匆而去。

过了不久，张老打来电话，请我去他家吃饺子。到了他家，老两口迎出来。他们的房子不大，相当老旧，两室一厅一卫，陈设简单，显得有几分清寒。张老解释说，他家还有一座房子，在城西海边上。他们老两口春秋冬三季住在这里，暖和；夏天住海边，凉快。今年夏天天气格外凉爽，就没往海边搬，在这里凑合了。"不然，怎么能遇上你呢？"

张太太个子不高，五官清秀，皮肤白皙，说话声音不大，显得既贤惠又有主见。她说："上次我让他去买面粉，准备包饺子。结果去了两个多小时还不回来。我想肯定又是遇上张杰，聊上了，饺子也没包成。他平时午饭后要睡一会儿，那天午睡也没睡。回来后还很兴奋，一个劲儿地夸你年轻，有学问。我想好吧，既然如此，就请张杰来家里吃饺子吧，让我也认识认识大陆来的有学问的年轻人。究竟是个什么人，能让我们家的老爷子居然忘了回家，忘了吃饭，忘了睡午觉。"我赶紧说："张老那是抬举我。其实他才是真有学问的人呢。每次谈话，我都受益匪浅。"张老在一旁打圆场说："都别客气了，天津和北京离得不远，又都姓张，亲上加亲。如今沦落天涯，理应多联系，多走动，互相帮助。天涯海角遇到一起，不容易，这是缘分。"说着，张太太端上了刚出锅的饺子。

面前的饺子散发出诱人的香味。我看了一眼张先生面前的盘子，大概有不到十个饺子，而我的是满满的一大盘子。张太太看出我的疑问，说："他有糖尿病，不能多吃；还有血压高，不能吃荤，只能吃素的。

你的饺子是肉的，你年轻，多吃一些。"张先生哭丧着脸，小声嘟囔说："老说我有糖尿病，不让吃饱，还不许吃肉，连盐都不放，谁吃得下呀。"张太太说："还不是为你好？你要是早听我的，也得不了糖尿病。"张先生不说话了。张太太吃得很少，放下筷子，去了卧室。我趁机给张先生的盘子里夹了两个我的肉饺子。老先生看了我一眼没说话，夹起来放进嘴里吃着，笑眯眯的，一脸享受的神情。

我突然明白了，张先生两次和我巧遇，两次都相谈甚欢，忘记了时间，忘记了"使命"，其中最主要的原因是两个字"寂寞"。他并不孤独，但却寂寞。老两口相濡以沫，何孤独之有？但是却难以化解他的寂寞。除了夫妻之情之外，人还需要友情。男女有别，各有各的话题。同样是男人，年龄不同，职业不同，经历不同，东西南北籍贯不同，也有各自不同的话题和色彩、深浅不同的友情。张先生和苗先生一样，渴望生活里有一个人能说一说老北京和老天津的男人特有的话题。我虽然比他们年轻了二十多岁，属于两代人，但是由于我赶上了老北京和老天津人旧时代生活的一个尾巴，再加上一些个人专业背景的原因，我对他们热衷的话题并不陌生。我很有兴趣感受一下他们这一类流落海外的老派京津男人的精神世界，所以阴差阳错地遇到一起，成为忘年之交，一谈起来就忘记时间的流逝，"不知东方之既白"。

和许多老京津人士一样，张先生喜欢京戏和曲艺，他最得意的一件事是因此而成就了自己儿子的一段姻缘。

九十年代初期，张先生回国访旧，足迹遍及京津沪等地。二十世纪四十年代，涵儒先生在上海谋生，任职于驻沪天津商会，那时候他不过二十出头。有一次，天津的曲艺艺人南下上海演出，天津商会出面负责接待。艺人里有一位梅花大鼓演员给他留下了深刻的印象，她就是多年以后在京津地区曲艺舞台上大放光彩有"梅花皇后"之称的花筱宝。当时，花筱宝还只是一个十几岁的孩子，刚刚拜在"卢派梅花大鼓"创始人卢成科的门下。

俗话说，老乡见老乡，两眼泪汪汪。因为年纪接近，都是年轻人，张先生对花筱宝特别关照，带着她逛外滩，逛城隍庙，给她买各种可口

313

的上海小吃，哄得小姑娘特别高兴，一口一个"张大哥"，叫得特别亲切。从上海回到天津之后，花筱宝在艺术上突飞猛进，崭露头角。她的嗓音宽厚明亮，演唱委婉多情，刚柔并济，舞台形象俏丽多姿，曲目上则传统与时曲搭配，成为梅花大鼓舞台上后来居上、远近皆知的名角。后来又到北京拓展天地，同样广受欢迎，成为京津两地通吃的明星，有"梅花皇后"的美誉。直到上世纪八十年代中期年近六旬还活跃在舞台上，并留下影像作品传世。

涵儒先生来到天津，到处打听花筱宝的消息。几经辗转，二人见了面。这时他才知道人家的正式称呼是史文秀，已经急流勇退，告别舞台，在家里以授徒为乐，认真地传承着梅花大鼓的传统和衣钵。在史文秀的家里，两位老人一位年过花甲，另一位已经古稀开外，时光整整过去了五十多年，真是"相逢对面不相识，唯有乡音似旧时。时光荏苒五十载，别梦依稀意迟迟"。他们坐在一起，起初不敢相认，后来说起当年在上海天津商会的往事，回忆起逛外滩和城隍庙的细节，史文秀老人一拍大腿，猛地握住了张先生的手，脱口叫了一声"张大哥"！疑云顿时烟消云散，中断了五十年的友谊重续新篇。

寒暄之后，渐入正题，史文秀问起张先生在美国的生活和此行的打算。张先生表示，此生的最大心愿和此行的最终目的，是为老儿子寻亲，找一位门当户对的儿媳妇。

"为什么不在美国找呢？"史文秀问。

"在美国找不到合适的，一来是美国的华人有限；二来是咱们的孩子腿脚不好，有点残疾。想来想去，还得回老家找老乡亲老朋友想办法。"

"只要孩子没别的毛病，人品好，腿脚有点残疾不算什么。我倒有个想法，您听听怎么样。"

原来，史文秀有一个待字闺中的女儿在电视台工作，能力出众，相貌端庄，人品一流。当妈的哪有不为儿女的婚事操心的？她有心为女儿搭这个鹊桥，想听听张先生的意见。张老一听，正对自己的心思，当下看了闺女的照片，十二分地满意，表示马上就和家里联系，禀报此事。此后，经过一番紧锣密鼓的沟通和准备工作，两位年轻人终成眷属，谱写了一段跨越大洋的爱情童话。

在上海，涵儒先生则以戏会友，结识了上海京剧界和票友里的众多名人，写下了又一段佳话。沪上著名中医何时希是一位名票，上世纪四十年代拜在姜妙香门下，继承了姜派小生艺术的真传。而且，何先生还是一位勤奋而卓有成效的写家，在医学方面，出版了《何氏历代医学丛书》四十三种和《中国历代医学家传录》，煌煌千万言，堪称巨著；在京剧方面，著有《小生旧闻录》《京剧小生唱腔选集》等十余种著作，被誉为京剧小生艺术的百科全书。张何二位一见如故，何先生将自己的著作几乎倾囊相授，以作纪念。

上海京剧院著名老旦演员王梦云将许姬传先生的著作《许姬传七十年见闻录》一书转送给张老。此书是研究谭鑫培和梅兰芳二位艺术大师的佳作，意义非凡。

1997年年初，涵儒先生将上述多种著作转赠与我。在《京剧小生唱腔选集》一书的扉页上，张老写道："此书为何老时希专赠，在美转送族弟杰宝藏之。一九九七年元月五日涵儒记。"一笔王氏行草，功力深湛，风流儒雅。我接过这些沉甸甸的著作，为涵儒先生的深情厚谊感到震撼。这不是普通的乡谊，而是有一种文化传承、薪火相托的意义在其中熠熠生辉。

第二年涵儒先生不幸中风。1999年初夏，老人病逝于西雅图。我闻讯赶去参加了他的葬礼。

张老的葬礼很隆重，亲朋好友近百人出席。我在涵儒先生的遗像前深深致敬，内心的沉痛无以言表。他的次子致辞，回忆了张老的一生。致辞的内容我的印象已经很模糊了，只有一段话至今记忆犹新。这位张家的二公子说道："老爸，希望您在天堂里安安静静地休息，别再为那些身外之事瞎操心了。好些政治上的事情，我们不懂，也管不了那么许多。不过我也知道，您肯定听不进我的话，恭敬不如从命，您愿意继续操心就操吧。"出席葬礼的来宾和亲朋，发出了会心的笑声。笑声不大，却令我印象深刻。我猜想，这笑声意味着大家对老人思乡爱国的拳拳赤子之心的理解和赞许吧。

棺木徐徐地降到墓穴里，四周一片寂静。我走上前去，轻轻地抚摸着镶嵌在棺木上的涵儒先生的照片，再也抑制不住自己的泪水，喃喃自语道："张老，您一路走好，我会常常想起您的。"

涵儒先生长眠的卫斯理墓园紧邻北极星大道。在五号高速公路建成之前，北极星大道曾经是贯穿美国西北地区的南北通衢要道，盛极一时，至今仍在发挥着重要的交通枢纽作用。因此，我经常取道北极星大道南来北往。每当经过卫斯理墓园，我都会想起这位善良儒雅的老人，这位来自天津的老乡亲。他似乎并没有走远，而是站在墓园的树荫下，静静地注视着我，目光里满是慈爱。我的耳畔也会响起他那略带天津口音的普通话，显得既文雅，又有几分幽默。

# 四

据说，清末民初的一百多年里，中国有大约数百万件文化珍宝流落到世界各地。其中绝大多数，被西方国家的各大博物馆和私人收藏家据为己有，视为拱璧。在纽约，在伦敦，在巴黎，我与无数出自中国的珍贵文物不期而遇，它们在展柜里默默地注视着我，似乎在倾诉着它们的经历和遭遇。我的精神似乎也穿越了时光的隧道，和这些中华文明的瑰宝一起，在近代中国民族危亡的炼狱般的煎熬和烈火的烤炙中，经历了去国离乡的痛苦，目睹了一个曾经盛极一时的封建帝国因为因循守旧、夜郎自大、不思进取而分崩离析、一朝湮灭的无奈与凄惶。

在我看来，这些凝聚着中华文明精神的文化瑰宝是有灵气的。国运衰，它们被迫去国离乡，心有不甘。如今国势渐强，国运渐兴，这些国宝也翘首以待，希望重归故土。近些年，海峡两岸和世界各地华人界的有识之士，也正在酝酿着一个让国宝重回中华的宏伟的蓝图。然而任重道远，谈何容易，只能寄望于一代又一代中国人的锲而不舍和国家的持续强盛。

二十年来，我有幸在西雅图结识了三位来自中国的老人。俗话说，家有一老如有一宝。老人既是家庭的主心骨，更是国家历史的活的见证。他们的经历印证着中国现代历史的变迁，凝聚着现代中国人探索国家独立民族自强生活幸福过程中的经验和教训。为了寻找更幸福稳定的生活，他们漂洋过海，来到异国他乡，艰苦奋斗，日积月累，做出了贡献和成就。他们既感恩于脚下的土地和这里的人们，同时也牢牢地守护着一个中国人的最基本的精神领地和家园。他们如松，如菊，如梅，伫立在大洋的此岸，构成了一幅动人的《岁寒三友图》，焕发着中国人特有的精气神，为大洋彼岸的故土增辉，也为脚下的土地添彩。他们和那些由于历史的原因而流落海外的文化珍宝异曲同工，属于中国，也属于世界。属于昨天，也属于今天和明天。

2016年岁末，2017年年初于西雅图国风堂
2021年夏重读修改

# 海　痴

## ——约瑟夫和大海的故事

　　我的朋友约瑟夫·瑞克是一个生性乐观、热爱生活、喜欢冒险的人。为此，他吃了不少苦头，也着实享受到其他人无福消受的许多乐趣。

　　大学一年级那一年的暑假，他正在家里读书，一位朋友在窗外招呼他一起去看一部他们向往已久的电影。他兴奋至极，推开窗户一跃而出。他过去也常这么干，母亲为此骂过他不知多少回，他全然不放在心上。不过这次命运和他开了一个天大的玩笑。这一跳改变了他的一生。他落脚的地方不知什么时候更不知道是谁放了一块大石头，他的左脚不偏不倚正好踩到石头上，他说就在落地的那一瞬间，他感到左腿和左脚一阵撕心裂肺般的疼痛，甚至听到了骨头断裂时发出的令人惊心动魄的嘈杂。立刻，邻居们的窗户在一刹那间几乎同时都打开了，人们探出头来张望着，想弄清楚：光天化日之下是谁在鬼哭狼嚎，究竟发生了什么事情？医生检查的结果，左腿的胫骨两处骨折，腓骨骨折一处。踝骨粉碎性骨折外带严重脱臼。他一连接受了三次手术，仍然疼痛不止，肿胀难消。最后医生宣布他必须接受第四次手术，切掉左脚，安装假肢。这样他也许还能正常走路，正常生活。他拒绝了医生的意见，2000年大学毕业以后，来到西雅图谋生。

　　约瑟夫是一个摆弄电脑的高手，又精于平面设计，很快在一家电脑公司谋得工作，青云直上。正当他要大展宏图之际，公司宣布要裁员。

一时间，公司上下人心惶惶，个个自危。按理说，这种事无论如何也轮不到他的头上。年轻、能力超强、生性乐观、幽默、人缘极佳、老板赏识，方方面面对他都极为有利，他用不着担心。不过这次裁员公司给出的条件很优厚，被裁员的人能得到一大笔慰劳金。以后公司的业务情况一旦好转，还能优先重回公司工作。于是约瑟夫找到公司主管，主动要求被裁员。他的理由很简单，说他早就向往能去亚洲旅游，公司裁员真是天赐良机，他要用这笔钱趁此去亚洲一游。老板既出乎预料，又无可奈何，只得网开一面，纵虎归山。于是他在众人的一片惊讶和嗟叹中，登上了去东南亚的飞机。

约瑟夫在亚洲足足游荡了半年，把手里的钱全部花光才回国。我问他亚洲之行最主要的感受是什么。他说他最主要的感受既不是当地的美味佳肴，也不是那里的明媚风光，而是一种"出人头地"的感觉。我追问他什么叫"出人头地"？他说他遍游亚洲许多国家，所到之处，总是明显比周围的人高出一大块，引来人们好奇的目光，感觉特别不自在。这倒是难怪约瑟夫，他的确长得仪表堂堂，人才出众。白皙的皮肤，精致的五官，再配上将近一米九的身材，又能说会道、笑口常开，正值青春年少，无论走到哪里，都自然而然地成为人们关注的中心。至于腿上的旧伤，虽然时常疼痛难耐，但是走路的姿势还正常，看上去与常人无异。因此，他所到之处常常会刮起一阵小小的"旋风"，人们往往用惊讶、喜悦，甚至崇拜的目光注视着他，尤其是那些待字闺中的年轻女子。他说最感人也最好笑的是在泰国，一位老妇人对他极友好，极殷勤，让他十分不解，也有些不安。后来才知道这位老妇人有一个女儿，长得如花似玉，性情温和，尚未婚配。父母双亲和亲朋好友为她的婚事煞费苦心，但始终未能择得一位乘龙快婿。这次老妇人一眼看中了约瑟夫，一心想纳为东床。约瑟夫闻听老妇人之言，心里既感动又不安，婉言谢绝了老人家的一番美意，第二天就离开当地，逃之夭夭。类似的经历以后又发生了多次，最后他也渐渐习惯、见怪不怪了。

从这两件事上，我倒是看出约瑟夫这位美国青年的性情和行事作风。他是那种表面上嘻嘻哈哈，心里十分清爽精明；做事颇有几分浪漫色彩，而又处事严谨、谋定而后动的人。不过，他给我印象最深刻的还是他对大自然的热爱和投入。

西雅图拥有得天独厚的自然环境，这里依山傍海，四季常青，更有连绵的雪峰和数不清的大河、巨湖。约瑟夫在这里如鱼得水，工作之余，登山、野营、滑雪、骑自行车长途旅行，他尝试着各种运动方式，尽情地享受着生活。美中不足的是他的左脚常年肿痛不止，大大影响了他的兴致。有时候痛得实在受不了了，他去看医生。偏偏这里的医生和家乡小镇的医生一样，再三说服他接受第四次手术，割掉左脚，安装假肢。他一次又一次地拒绝了医生的建议，直到有一天他来到我的诊室。

粗算下来，我前前后后大约给他治疗了一年的时间。他的肿痛明显减轻了，又能够登山野营，甚至长途跋涉了。他很感谢我，我们也成了几乎无话不说的朋友。不过我心里很清楚，我的治疗也只能起到缓解肿痛的作用，无法根治他的病痛。我告诉了他我的想法，他表示他很理解我的意见，能恢复到目前的程度他已经很满意了。他甚至介绍另一位有同样病痛的朋友来找我治疗。以后，他结了婚，有了孩子，无暇顾及其他，治疗也停止了。不过，我们还保持着若断若续的联系，他有时候会打电话过来报告他的近况。他的病痛也是时好时坏，他仍然拒绝第四次手术，拒绝切除左脚和安装假肢，直到六年后他又一次来到我的诊室。

那天我问他这几年的日子过得如何？他冲我眨眨眼神秘地一笑，反问："你说呢？"不等我回答他接着说，"很好！这几年我在做一件很重要的事……"他故意拖长声音，然后一字一顿地说，"家庭主男！"

原来约瑟夫结婚以后，他的妻子卡丽娜很快就怀孕了。等到孩子的哺乳期一过，卡丽娜就在一家著名的大公司找到一份称心如意的工作。那天，她放下公司大老板亲自打来的电话，告诉约瑟夫她明天就可以上班了，然后笑眯眯地问道："亲爱的，你知道这意味着什么吗？"约瑟夫疑惑地摇摇头。卡丽娜提高声音说："笨蛋！这意味着你不用每天起早贪黑地去上班了！"

约瑟夫从亚洲旅游回来以后，自己开了个小公司，从其他大公司接订单，在家里工作，成了个体户。这样，他可以自由地支配自己的时间，从事各种室外活动。卡丽娜怀孕期间，他需要一份稳定的工作和收入来支付家里突然增加的各种开销，不得已到一家大公司去上班。他恨透了这种朝八晚五一丝不苟的打工生活。现在，卡丽娜又要上班了。她的工资足以支撑起家庭的需要，约瑟夫又可以恢复过去那种自由自在的生活了。约瑟夫欢呼着，给了妻子一个大大的香吻。

从此，他就留在家里照顾孩子，打理家务，多多少少地顺手挣一点外快贴补家用和支付自己的业余爱好之需。这就是他所谓的"家庭主男"。

我问他现在的业余爱好是什么，是不是还在登山、骑车、远足？他说这些活动他都放弃了，因为脚太痛。他现在迷上了划船，就是那种叫作"卡雅克"的源自印第安人的小船。划船主要靠两臂的力量，脚的负担不大。不过最近他的脚肿痛得很厉害，依然拒绝手术，所以又找上门来。

他是怎样迷上划船的？什么时候开始的？约瑟夫往治疗床上一躺，用不着我提问就滔滔不绝、眉飞色舞地说起来。

他和卡丽娜结婚那年的冬天到夏威夷去度蜜月，他们下榻的旅馆紧靠着大海。一天下午，他们在旅馆的房间里举行宣誓仪式。这又是约瑟夫的主意，他喜欢在旅馆的小房间里举行婚誓那种浪漫而神秘的气氛。仪式很简单，为了显得庄重一些，也为了打破两个人面面相觑的单调，他们特意从旅馆附近的教堂请来了一位神父主持这件事。这种专为人主持婚约仪式的小教堂在夏威夷比比皆是。

那天，天阴得很沉，海面上滚动的乌云预示着将有一场暴雨。果然，仪式开始不久，大雨就倾盆而下，尽管关上了窗户，风雨的喧嚣还是盖过了神父那喃喃自语般的祷告。忽然，约瑟夫发现神父的神色有异，这位须发皆白、一脸庄重的老人从手中的圣经上抬起头来，目不转睛地盯视着窗外，嘴微微地张开，胡须微微地颤动，一脸的诧异和激动。他显然在努力克制着自己，免得失声叫起来。约瑟夫悄悄地碰了碰卡丽娜的手，两人转过头顺着神父的目光向窗外望去。

只见苍茫的大海上，乌云翻滚，大雨如注，大海掀起滔天的巨浪，似乎要腾身去拥抱那满天浓重的乌云。雷声隆隆，一道道金色的

321

闪电劈开云层，把海面照得一片金黄。几十只巨鲸在波浪里出没。它们一会儿跃出水面，一会儿潜入水底，一会儿摇动着巨大的尾巴，一会儿把水柱高高地喷上天空。这些大自然的宠儿似乎在举行一个盛大而神秘的仪式，大海就是它们的祭坛，巨浪就是它们的牺牲，闪电似乎是特意为它们准备的蜡烛，雷鸣则是那助威的鼓声。海面上别无他物，万物潜形，巨鲸是唯一的主角。它们似乎也意识到了这一点，显得格外兴奋，精力张扬，神采奕奕，忽上忽下，忽聚忽散，忽隐忽现，忽来忽往，把海面搅腾得汹涌澎湃，气象万千，像是一群从战场上得胜而归的勇士欢呼着自己的胜利，向其他生命显示着自己无与伦比的身躯和无穷无尽的力量。

房间里的三个人惊诧着、僵立着，如梦如幻，似睡似醒，早已经把他们本该做的事情忘得一干二净。他们沉默着，张大了嘴巴，不知该说些什么，不知该怎样表达自己心里的震撼和激动，他们唯一能做的就是保持沉默。房间里静得似乎可以听到彼此的心跳，似乎那心跳越来越快，声音越来越大，终于一声惊呼从约瑟夫的胸膛里迸发出来："我的上帝！"紧接着卡丽娜和神父也放声大叫："我的上帝！"他们被这罕见的大自然的奇观震撼了，陶醉了，乐极失措，六神无主，费了好大的力气才从惊愕中猛醒过来，一起扑到窗前，推开窗户，连声呼叫着上帝的名字，似乎只有这样才能表达出他们内心的震惊和感动。

从此，约瑟夫爱上了大海，迷恋上了"卡雅克"。他几乎每天都要下海游荡上几个小时。儿子稍微大了一些，他则带上妻儿一起出海，但是更多的时候他还是一个人出行。

通常他都是在海湾里游弋，这里相对要安全得多。有时候他独自划着卡雅克越过海湾，深入离海岸二十余海里的大海的深处。这里海天一色，唯有涛声，景色单纯而美丽。在这里，他遇到了各种各样的海洋生命。有一次，一群海豹跟在他的小船后面，恋恋不舍。他很喜欢这种温柔的动物，故意改变着速度和方向，尽情和海豹嬉戏着，沉浸在欢乐中。

突然，他发现前方情况有异，一片巨大的水雾快速向他移来。少顷，他发现那是三条巨大的杀手鲸正在高速向他扑来。这三条巨鲸上黑下白，清晰可见。那是死亡的标记。它们交替前行，互相领航，似乎是为了减少海水的阻力，更像是在竞技、欢呼和庆祝。这种杀手鲸一般是不攻击人类的。它们今天的表现异乎寻常，这是为什么呢？约瑟夫的脑子飞快地转动着，思索着。猛然，他恍然大悟，这些巨鲸一定是冲自己身后的海豹来的，那将是它们的可口的午餐。自己偏偏处在巨鲸和它们的午餐之间，情况非常危险！

一旦巨鲸向海豹发起攻击，自己不是被它们连同海豹囫囵吞枣地一口吞下，葬身鲸腹；就是被它们巨大的身躯拍击、碾压得粉身碎骨！他拼尽全力向一侧划去，力图从巨鲸的攻击路线上脱身，冲出险境。说到这里，约瑟夫从治疗床上一跃而起，瞪起双眼，做出一副极度恐怖的表情，两臂做出拼命划动的样子，嘴里还不时地叫着："我的上帝！我的上帝！"看着他活灵活现的表演，我仿佛看见了他在海上逃生的情景。就这样，他终于脱险了。

随后，身后传来巨鲸拍击海水的巨大声响，和海豹群濒临死亡的一片哀嚎。汹涌的海浪把他的小船无情地高高地托起来，又重重地抛下海水的深谷。他使出浑身解数拼尽全力掌握着小船的平衡，向前冲去，把死神抛在了身后。大海恢复了平静。周围的一切又如神话般神奇和美丽。

有时候他看够了海面上的景物，收起双桨，深深地吸了一口气，迅速地向一侧倒下去，利用自己的体重把小船翻了个底朝上，他自己则头朝下，整个身子全部浸到海水里。这种卡雅克的结构很特殊，设计得既独特又合理。用特殊材料制作的船身十分修长，呈优美的流线型，像一只尖尖的纺锤漂在水上，可以很轻易地划开水面前进。船身很轻，一个成年人可以很轻松地把它扛在肩上。整个船舱是密封的，人穿着特制的防水服坐在船舱里，只有上身露在外面，下身隐藏在船舱里，海水无法进入船舱。两只轻如蝉翼的船桨，收放自如，使用方便。最特殊的地方是，人可以利用自己的体重和桨的帮助，随时随地、随心所欲地把它翻过来再转过去。这样的设计，使它能够充分地利用海浪的力量在海面上疾速前进，顺势起伏、左右逢源而不必担心小船会倾覆。

海水澄澈透明，能见度极好。他睁开双眼，四下打量着，一群大大小小、五颜六色、形状各异的鱼立刻向他聚拢而来，围着他的头团团转动。忽然，一张巨大的脸靠上来，几乎和他面对面，吓了他一跳。那是一只巨大的海象，这种体重将近两千磅的庞然大物其实像小孩子一样好奇，于是凑上前来一探究竟，看看这位不速之客究竟是何方神圣。

有时候他在海面上收起双桨，任凭小船随波逐流。时间在不知不觉中无声地流淌，他感觉身体似乎在一点一点地悄然融化，融进蓝天和大海那无边的蔚蓝里。忽然，小船一阵剧烈地晃动。他惊醒了，睁开眼睛一看，原来又是一只巨型海象光临了。约瑟夫很清楚，这种大家伙无论是出于好奇和兴奋，还是出于担心和恐惧，都随时可能跳到他的小船上，把他连同他的小船压成两截。于是他一边和海象打着招呼，一边掉转船头落荒而去。

有时候他也会独自一人或者是约上一位同好乘兴夜游。月色好的时候，海天一片皎洁，群星黯然失色，只有远处山峰上的积雪在月光的映照下，熠熠生辉。海岸上灯火明灭，一列长长的夜行列车像一条小巧的光带在月色下缓缓移动，却听不到往日那震撼人心的嘶鸣。碰巧了，海面上还能欣赏到萤火，那是无数微小的海洋生命白天享受了热烈的阳光之后，对自然的慷慨回馈。约瑟夫说这种海上的萤火比起我们所熟悉的陆地上的萤火来，不知要壮丽多少倍。海面上到处是这种美丽的蓝色闪光，整个海湾就像是银河的倒影。他们的小船就在这蓝色闪光的包围中破浪前进，每一次轻轻地挥桨，都会激起一团光的闪烁。船桨上沾了海水，蓝色的闪光便跃上了船桨。海水轻轻地漫过船舷，船头船尾也顺势涂上了晶莹的美丽。

他们故意曲折前进，回头一看，身后留下了一道道美丽的闪光的弧线，像是一幅奇妙的印象派的画作。少顷，海面上凝聚起一片又一片浓重的乌云，遮蔽了月光，大海也随即黯然失色，陷入无边的黑暗。这时一丝不可抑制的恐惧会悄然而生。黑暗中，一个巨大的黑影突然从水面上冒出来，与小船近在咫尺，惊悸之余仔细一看，原来是一只体重将近一千磅的海狮。

有一次，约瑟夫和卡丽娜带上四岁的儿子在西雅图以北六十多海里的佛瑞德港一带海面上放舟，这里是巨鲸的天堂，经常有鲸群出没。那一天，海天茫茫，波平浪静，大海像一幅无边无际的绸缎，在阳光下闪闪发光，轻轻地颤抖着，静静地呼吸着，发出温柔的絮语。忽然，水天之际出现了一抹黑影，转瞬之间就来到眼前，原来是一只巨鲸不请自来。这只大家伙围着他们的小船绕了一圈又一圈，像是在观察，又像是在致敬，然后就悄然消失了。正当他们感到意犹未尽心生遗憾之际，鲸群出现了。大概有二三十只的样子。看来先前那只巨鲸是鲸群的先头部队，是侦察兵，它一定是觉得这里平安无事，于是引来了自己的伙伴。巨鲸来了一拨又一拨，约瑟夫说，放眼四望，到处都是巨鲸的身影，大概有百来只的样子。他们在海面上往来倏忽，自由自在。或是高高地跃起，重重地落下；或是把水柱喷上蓝天；或是潜入水底，半天不见踪影。海面上波翻浪滚，热闹异常。

巨鲸们自觉地和他们的小船保持着距离，似乎它们也知道自己的身躯过于庞大，唯恐无意中伤及船上的人。偶尔一只巨鲸靠近小船，转动着像篮球一样大小的眼睛，和船上的人对视片刻，随即悠然而去。过了一会儿，另一只巨鲸凑上前来向他们行注目礼，像是一群调皮活泼的巨人。鲸极聪明，记忆力极好。约瑟夫觉得它们似乎还记得自己，表现得格外热情友好，像是邂逅了老朋友。它们一边在海面上游弋驰骋，一边欢呼，好像是在寒暄、议论："今天的天气真好啊！喂，你还记得那只小船和那个人吗？上次我们不是见过他吗？""是呀，当然记得，不过上次他是一个人来的，这次是三个人。""我们过去仔细看看好不好？""还是算了吧。那只小船那么小，我们还是小心一点吧。"

鲸的语言十分奇妙。我曾经有一盘磁带，是鲸的"对话"，听起来像是无数架巨大无朋的独弦琴上发出的呢喃，悠长、细腻、余韵袅袅，此起彼伏，彼呼此应，宛如大自然无与伦比的交响乐章。

约瑟夫一家三口都极度兴奋，还有些紧张。每当一条巨鲸从海面上高高地跃上半空，三个人都不约而同地发出一声惊呼。突然，一条灰鲸从水面一跃而起，头朝下尾朝上一个猛子扎到水里，半晌不见动静。过了足有好几分钟，它从卡雅克的另一侧远远地蹿出水面，高高地跃起，得意地在半空中摇动着巨大的尾巴，歪着头斜视着小船的方向，发出一连串欢乐的鸣叫，像是在高喊："快看呀，我从密斯特约瑟夫的小船底下钻过来了！你们谁能像我一样？"随后它那巨大的身躯从空中重重地落到水面，激起无数巨大的浪花，海浪的冲击波震得小船上下起伏。约瑟夫的全家不由自主地发出一声惊呼。卡丽娜说："约翰，这是不是太危险了？"约瑟夫回答："不用担心，这些大家伙心里有数，它们会和我们保持适当的距离。"

也许是受到了这只淘气的灰鲸的启发和刺激，一只蓝鲸出来应战了。这种体重相当于二十只大象的蓝鲸，是世界上最大的哺乳动物。它虽然身躯超大，但是身手同样灵活，比起灰鲸来毫不逊色。它用同样的动作从小船底下穿过，然后又原路返回，方才罢休。

约瑟夫凭借自己的经验看出来，有些鲸群是这一带大海的主人，有些则是初来乍到的客人，来自遥远的海域。他说："看着这些来自几千甚至上万海里之外的巨鲸，你会浮想联翩，为我们这个星球的辽阔和这些'巨人'顽强的生命力而惊叹。你会想到地球另一侧的美妙风光和人们。我们彼此之间虽然素不相识，但是，我们都生活在同一片蓝天之下，享受着同样的阳光，拥有同一个月亮，有着维护我们共同家园和平安宁的共同使命。这些巨鲸传递着我们彼此的信息，把整个地球连成一体。从这个意义上称它们是人类和平的信使一点也不过分。所以我爱大海，爱这些美丽的生命。"

就这样，海上放舟成了约瑟夫全家人的共同爱好。于是他招兵买马，联系同好，组成了一个"卡雅克之友"俱乐部；同时扩充设备，陆续买进了几只二手船。现在他四岁的儿子也有了自己专用的卡雅克。为什么买二手船？当然是为了省钱。在这方面约瑟夫再次显示了他的精明和幽默的天性。

首先他从网上找到相关的信息，和卖主在网上和电话里讨价还价。他说，凡是卖主一定有特殊的原因，譬如搬家、失业、离婚等等。否则，人们一般是舍不得把船卖掉的。于是，他耐住性子，反复交涉，东拉西扯，直到卖主失去耐心，或者是被他幽默的谈吐吸引折服而让步。这样，他往往能用最低的价格买进满意的卡雅克。他还说生意就是两厢情愿，各取所需，用最小的投入换取最大的效益。他很享受这个真真假假、你进我退、互有攻守、最终在双方都能接受的某一点上达成妥协、取得一致的过程。他说："政治的本质是妥协，生意也是。"正是在买船的过程里，他结识了瑞因先生，不但做成了一笔让他津津乐道、颇为自豪的生意，也使他对人生有了更深刻的领悟和更清醒的判断。

瑞因先生六十出头，退休以前是一家著名医药公司的高级管理人员，收入颇丰，身家千万。不过就像一句中国老话说的那样，人生在世，常常是乐极生悲，祸不单行。几年前瑞因先生二十五岁的独子突染沉疴，一病不起。瑞因先生徒有万贯家财，却只能眼睁睁地看着爱子英年骤逝，身心受到了沉重的打击。然而更让他沮丧的是他的老伴因为思子心切，悲伤过度，在儿子去世不久也不幸身亡。

一年之内接连丧子亡妻，瑞因先生被命运彻底击垮了。他心灰意冷，辞去了工作，开始在国内骑车周游。他走走停停，魂不守舍，用了差不多一年的时间走遍了全国，弄得筋疲力尽，内心的痛苦丝毫未见减轻，反而更加忧郁不已。他认真地考虑着是不是该结束自己的生命，到天堂里和老伴和儿子重逢。这时他的脑子里突然有一个声音对他说："你应该彻底改变你的生活方式，到墨西哥去尝试一下卡雅克。"于是他来到墨西哥。其实他从来没划过卡雅克，对此一窍不通。但他还是遵照命运的启示，购置了一只漂亮的卡雅克和全套设备，义无反顾地向大海深处划去。他坚信命运的启示一定是有道理的，他期盼着奇迹出现。

瑞因先生在海上漂流了两天两夜。说他是在海上"漂流"，既没有夸张，也没有冤屈他。一开始他还尝试着努力控制这条精致昂贵的小船，但很快他就明白了，这是徒劳的，没有任何意义。他在把自己弄得筋疲力尽之后，无可奈何地把船桨一推，仰面朝天一躺，骂了一句脏话，就彻底向这只小船缴械投降了。风浪温柔而坚定地把瑞因先生和他的小船继续推向大海的深处。他不知道也不想知道这只小船究竟要把他带往何方，他像一个局外人一样对此漠不关心。他不惧怕死亡，也许对他来说死亡正是他求之不得的。

两天以后，风浪把他和小船送上了一个荒岛。瑞因先生既不知道自己身处何方，也不知今夕何夕。他刚一上岸，就一头栽倒在沙滩上昏昏沉沉地睡着了。

他不知道自己究竟睡了多久。一觉醒来，他发现小船不见了。瑞因先生打量了一下四周，万籁俱寂，只有单调的涛声渲染着四周的寂寞。金黄色的沙滩上没有其他人兽的足迹。显然小船随风逐浪而去，他成了孤家寡人。他无可奈何地朝大海耸耸肩膀，转过身向岛的深处走去。

他得救了，是岛上的墨西哥人救了他。四个月以后，他在华盛顿州的家中忽然接到了一个从阿拉斯加打来的电话。对方说自己是一个渔夫，今天出海时在海上发现了一只无主的卡雅克。他从小船上找到了船主的名字和电话号码，很想知道船主是否还活着。如果还活着，他想知道究竟发生了什么事让这位先生居然丢弃了这么漂亮的一只卡雅克，他如何才能当面将小船"完璧归赵"。瑞因先生着实大吃了一惊，这只他原本已经彻底放弃的小船居然漂流了两千多海里从墨西哥辗转到了阿拉斯加，更想不到的是居然还有这么好心的人士要从阿拉斯加来亲自把它送上门！他按捺住内心的激动连声道谢，把事情的经过简单叙述了一遍。对方说他正准备休假，可以顺便把卡雅克带到西雅图还给瑞因先生。

过了几天，这位热心的阿拉斯加渔夫果然带着瑞因先生的小船登门造访。寒暄过后，他表示在把小船归还之前，瑞因先生必须抽出两个星期陪陪他，因为他想教给瑞因先生怎样划卡雅克。否则的话，这么精致贵重的卡雅克不使用太可惜，勉强使用又太危险。瑞因先生被渔夫的真诚深深打动了，不但用了两个星期的时间学会了摆弄卡雅克，而且还结识了一位无私而真诚的朋友。临分手时两人相约在阿拉斯加再见，瑞因先生答应他的朋友，一定亲自划着卡雅克去阿拉斯加。

不久以后，瑞因先生如约踏上旅途。他划着他的卡雅克一路向北，沿着太平洋的西岸，晓行夜宿，饮露餐风，向阿拉斯加进发。北美洲的西海岸岛屿众多，这数不清的岛屿像一串珍珠镶嵌在大海的边沿，绵亘上千英里，抵御着海上的风暴和来自大洋深处的汹涌波涛，为过往船只提供了一道理想的天然屏障。这条天然的水道也成为无数卡雅克爱好者往返于西雅图和阿拉斯加之间的理想通道。每年都有一些卡雅克爱好者乘风破浪在海上往来。瑞因先生划着他的小船，优哉游哉地一路前行，看潮起潮落，日没月升，笑迎朝霞，目送飞鸿，深感大海辽阔，景物新奇，美不胜收，心情渐渐地开朗起来。

这一天，他离目的地还有三分之一的路程，眼看天色已晚，上岸休息。在旅馆里，他巧遇一个从纽约来的教友旅游团。旅途中的寂寞和轻松使得人们格外地容易突破心防，打开心扉；也越发渴望一吐心声，寻求共鸣。在餐桌上，瑞因先生一边品着手中的威士忌，一边和这些刚刚结识的朋友谈起了自己的生活和遭遇，特别是自己此行的缘由和目的。这些远道而来的善男信女听着他的叙说，不时地发出由衷的叹息，有几位女士甚至洒下了同情的眼泪。

第二天清晨，有人敲响了瑞因先生的房门，一位容貌姣好、袅袅婷婷的半老徐娘站在门口表白说她昨天晚上听了瑞因先生的讲述，非常感动。她祈求上帝保佑瑞因先生一路平安。她恳请瑞因先生原谅她的不情之请，在到达目的地之后想方设法通知她，免得她为一个不幸的好人悬念。说着递给瑞因先生一个纸条，说上面有她的电话号码和网址。瑞因先生听了很是感动，懊悔自己过去一味地忙于生意和生活琐事而从未去过教堂，也没有和信教的人士更多地接触。他答应回到西雅图以后一定会通知她，给她报个平安。

转眼之间又过了几个月。瑞因先生回到西雅图以后想起这桩往事，马上给这位女士发了一封电子邮件，女士也随即做出了回应。以后两个人的邮件往来越来越频繁，共同话题越来越多，关系也越来越密切，终于发现彼此之间竟然有那么多的一致，于是顺理成章、水到渠成地明确了恋人关系。现在这位女士索性从纽约搬到西雅图和瑞因先生住到一起，彼此之间既免得相思之苦，又可以有个照应。

就这样，卡雅克改变了瑞因先生的命运，他不但枯木逢春收获了爱情，而且在爱情的感召下，成为虔诚的教徒，接受了上帝。女士又进一步开导他，既然接受了上帝，就应该把一切都交给上帝安排。要相信上

329

帝的智慧和慈悲，相信上帝会做出最好的安排和抉择。于是瑞因先生决定跟随他和上帝之间的这位不期而至的引路人去非洲传教，普度众生。这就是他要急于卖掉自己的卡雅克和船上的全套装备的原因。

约瑟夫在电话里听完瑞因先生这一番长篇大论，心下也着实感动。他同意登门拜访，当面看看货色，再做定夺。当然，约瑟夫尽管被瑞因先生的故事深深打动了，但是临出发时依然没有忘记换上他那一身特殊的"行头"，开上他那辆老得掉牙的"老爷车"。这套破衣烂衫和这辆破旧的卡车，是他专为讨价还价准备的，并且每每在双方争执不下时，发挥意想不到的效果，使他如愿以偿得胜而归。

果然，这次也正如约瑟夫所料，这套价值超过一万美元的小船和船上的全套装备，他只用了区区二百美元就拿下了。约瑟夫说，瑞因先生听了他的报价先是惊讶得扬起了眉毛，直瞪瞪地看了他好一会儿，然后挥挥手，耸耸肩膀，那意思是说："行啊，你都拿走吧，反正我也要去非洲了，权当交个朋友吧。"他的女友、那位风韵犹存的半老徐娘则狠狠地瞪着他，显然对这笔生意十分不满意。约瑟夫赶紧补充说，他不是说这只船和设备只值二百，他的意思是他只付得起二百。"你要是觉得不上算，就再等一等其他的买主。这么漂亮的卡雅克不愁卖不出好价钱。坦率地说我想拥有这样一只船和这样一套设备已经很久了，可是我买不起新的。"说着，他掸了掸衣角，瞥了一眼自己那辆破车。

瑞因先生走过来拍了拍约瑟夫的肩膀说："我马上就要出发去非洲了，房子也要卖掉，没时间再找其他的买主了。这条船就归你了，就算是交个朋友吧。不过我刚才跟你说的事你要认真地考虑考虑。周末带上老婆孩子去教会参加礼拜。别总是往海上跑。"说着从地板上抱起那些卡雅克的装置，朝约瑟夫的卡车走去。约瑟夫顺手扛起那只卡雅克，紧跟在瑞因先生身后边走边说："瑞因先生，我跟你说过了，教会我这辈子不会再去了。我小时候跟着父母每逢周末都去教会，教会和那里的人给我留下了十分美好的印象。我大学毕业以后，从印地纳波利斯到西雅图的飞机票还是在教会打工挣的呢。不过现在我有了新的生活，或者说我的生活有了新的中心。我爱大海和海上的一切，每天不看看大海，每个星期不下几次大海，我就觉得很难受。没有什么东西能取代大海在我心里的位置，很抱歉我必须对你说实话。我的话要是伤害了你的感情，请你务必原谅我。你要是后悔把这只船和这套设备这么便宜地卖给我，我可以理解，我们可以马上中止这桩交易。"说着他停住了脚步。瑞因先生继续朝约瑟夫的卡车走去，他边把东西放到车上边说："约瑟夫，我喜欢你的坦率。这些东西属于你了，那两百块钱我也不要了。祝你在海上一切顺心！请代我问候你的太太和孩子！"

约瑟夫一口气讲完他的故事，长长地出了一口气，沉默了一会儿，自言自语地说："瑞因先生真是一个好人！都六十多岁了，还是那么单纯、那么真诚！"

我接过他的话说："约瑟夫，我理解现在对你来说，大自然就是你的信仰，你的精神寄托，你的宗教，对吗？"他点了点头说："可以这么理解。"

我又说："大海就是你心目里的教堂，对吗？"他点了点头说："是的，没错！"

"卡雅克在你的心目中就是通往教堂的小路，对吗？"

约瑟夫听了这话，从治疗床上一跃而起大声嚷道："对，绝对正确！大自然就是我的宗教，大海就是我的教堂，卡雅克就是一条小路通向我的教堂！太对了，谢谢你，我的朋友！你的话解开了一个一直困扰我的谜团！我为什么这么迷恋大海？因为只有在那里我享受到了真正的自由！精神和身体的双重的自由！那些巨鲸、海豚、海狮和海象是那么友善，那么聪明，那么善解人意！那里没有尔虞我诈，没有落井下石，没有谎言和诡计！海上固然也有风险，但是只要你全身心地投入，理解大海，尊重大海，你就能获得大海对你的善意和回报！你就能获得在海上驰骋的自由和享受的权利！我爱大海！为什么不呢？"


2012年5月27日－6月14日于西雅图中国文化书院国风堂南窗
2021年夏秋多次修改

# 人　瑞

　　大约十五年前，我在散步路上第一次遇到老妇人萨莎·埃里克森。那一年她八十八岁，比我年长将近三十岁。我们两家住得很近，就隔着两条街，自然交谈起来。后来我写了一首小诗，记录下当时的情景和她留给我的印象。

### 老妇萨莎

　　春天散步遇萨莎，老妇芳龄米寿嘉。

　　体态玲珑才四尺，清霜染鬓映朝霞。

　　轻捷步履翩翩步，闪烁神思暗暗夸。

　　自信人生能百岁，轻言浅笑灿如花！

　　从那时开始，我们常常在散步时不期而遇，每次见面都要停下来聊上几句。

　　萨莎家紧邻着帕拉蒙公园，她每天沿着公园中心的环形小路散步，走一圈大概二百五十米，她说她一次走十圈。她的身材很矮小，满头白发，脸上布满了老人斑，戴一顶老式的遮阳帽，衣着很朴素，穿了一双白色的步行鞋，走起来不疾不徐，潇洒自如。开始时她不用拐杖。有一天，我看见她手里多了一条拐杖，算了一下，她已经九十五岁了。

　　有一次，我牵着小狗散步，路过她家门前，恰巧她开门出来取邮件，于是邀请我去她家里小坐。我说小狗太调皮，会弄脏她的家。她连连摆手说没关系，她喜欢狗。现在年纪大了，没有精力养狗了，看见别人养狗，很羡慕。"请进来吧，没关系。"

莎莎的房子不大，两室一厨一厅一卫，一百平方米左右。前后的院落，外加一个车库。她已经多年不开车了，车库变成了仓房。我们所在的这个小城市原来是西雅图的一个区，叫北门区。二十多年前从西雅图独立出来，单独建市。由于整个城市是沿着海岸线从南向北一线展开的，所以就叫作"岸线市"，风光秀丽，景色宜人。社区的建筑，大多建于1950年初期，规格差不多。我的房子比起莎莎的房子要大一些，是因为我买房以后根据我的需要扩建了，而她的房子还保留着原始的风貌，几乎没有改变。

莎莎的家非常洁净，干净得出乎意料。坐在客厅里，四望都是纯净的白色，屋顶、墙壁、门窗、厨台、地毯、窗帘、沙发、靠垫、沙发巾都是白色的，室内纤尘不染。

"莎莎，你原来一定是护士，在医院工作吧？"我小心翼翼地在沙发上落座，抱紧小狗，免得它弄脏了主人的房子。

"不，不是护士，我原来在华盛顿大学图书馆工作。工作了一辈子，没换过其他工作。"她侃侃而谈，简单述说了自己的生活。

她已经退休多年。退休以前她就是独居，退休以后，继续过着独居的生活。去教会做礼拜，到社区老年人中心跳舞就是她的主要活动和娱乐。后来，因为不开车了，教会也不去了，舞也不跳了，散步代替了一切。

她有一儿一女。儿子死了多年了，女儿在与西雅图隔海相望的奥林比克半岛上居住。

"你的儿子叫什么？年纪轻轻的怎么就没了呢？"

莎莎歪着头想了半天，才想起儿子的名字，不禁哑然失笑说："他叫艾瑞克。很多年以前死于酒精中毒。他年轻时参加过越战，受了刺激。从战场上回来以后，就开始酗酒。医生也束手无策。最后他自杀了。"也许是时间太久了，伤痛早已经平复了；也许她是个内心十分强大的母亲，看惯了生活里的风风雨雨；她讲话的口气很平淡，像是在述说一件与自己无关的事。

"我的女儿每周来一次，陪我散步，买东西，聊天。她住一晚，第二天赶回自己家里。她也有一家人需要她，来一次也挺不容易。先要从她家开车到轮渡码头，坐一个小时的渡轮到西雅图，再开车到我这里，路上就要花去将近三个小时。她的丈夫真不错，很理解她，从不拖她的后腿。"

"你的先生呢？我从来没见过你的先生，你也从来没提起过他。"

"我的第一任丈夫早就去世了，很多年了。我八十岁那年和我的第二任丈夫结的婚，那年他八十四岁了，他去世的时候八十八岁，我们在一起生活了四年。我们彼此就是个可以谈话解闷的伴侣，我不怕孤单寂寞，习惯了。他不行，他害怕。我们认识很久了，他一直想结婚，他原来的妻子死于癌症。我不十分情愿再婚，两个人在一起生活，事儿太多了。一个人好，简单。直到最后，他说，他主要担心的是我，万一他死了，我的收入不够用，孤贫无依。如果我们结婚了，他死了，我可以继续享有他一半的退休金，再加上我自己的，日子就有保证了。结果被他说中了，我们结婚四年后，他得了心脏病，急性心肌梗死，一下子就走了！我现在有两份收入，钱没有问题，再说我一个人根本花不了多少钱。不过我还是很感谢他，很怀念他。他是个好人，他的名字叫约翰·埃里克森。"

萨莎轻声细语，娓娓道来，语气始终很平静。

"你的身体还不错，萨莎。"

"我的身体还行。"

"你的血压高吗？"

"不高，我不吃药，什么药都不吃，就是吃一点维生素。除了一日三餐，这也是我唯一花钱的地方。"

"我真羡慕你。"

"我差点儿忘了，我也得过心梗，急性的。我八十七岁那年，有一天起床后，觉得很不舒服。我有照顾约翰的经验，我自我判断是得了心梗，打了911。两分钟以后，消防中心的车就赶到了。这几个小伙子都认识我，长得特别高大。他们一进门就说，萨莎，躺着别动。然后四只大手把我轻轻地托起来，送到车上，一溜烟开到西北医院抢救。几天以后我就出院了。"

"你真幸运！"

萨莎腼腆地笑着，点点头。

以后，我在散步路上依然经常见到她。有时候为了不打扰她，我会远远地绕开她。自从有了拐杖以后，她走路的速度也放慢了。有时候我会坐在树丛后面的椅子上，默默地看着她。我发现萨莎日渐一日地衰老了，毕竟是将近百岁的人了。应该承认，在她的年龄段，她就是一个非常健康的老人了。

有时候她散步后要回家，马路上车比较多，她站在马路边犹豫着，有些胆怯，像一个小女孩儿。我会快步赶过去，搀起她的胳膊，送她过马路。她的家就在马路对面。分手时她会拍拍我的手道谢，说一句："张，你真是个好人。再告诉我一遍，你是中国人，还是日本人？"我说："已经告诉你很多遍了，我是中国人，北京人。"

三年前的秋天，我们又在路上见面了，已经有一段时间没见到她了。说了几句闲话之后，我想起今年她应该满一百岁了，于是问道："萨莎，我记得你的生日是十一月二十日，你已经一百岁啦！"

她笑逐颜开说："你的记性真好！我已经一百岁了。"

"你的生日是怎么过的？没搞一个大派对吗？"

"搞了，我女儿张罗的，有六七十人参加，很热闹！亲戚、朋友来了不少，还有几位一起散步的邻居也来了。我想请你来，可是不知道你的地址，也没有你的电话。我想也许能在散步路上见到你，偏偏又没遇到你，真遗憾。"

我告诉她，我当时在北京。如果我在家，一定会来出席她的生日派对，祝她生日快乐！

在生活里，遇到一位百岁老人不是一件容易的事。我很遗憾错过了她的百岁生日聚会。

又过了几个月，2018年夏末秋初，就在我准备回北京之前，我散步时又一次经过萨莎家。往常，她家的门前总是很清静，那一天却停了几辆汽车，几个人在路边谈话。我隐隐地感到一丝不安，认出来其中的一位女士是萨莎的朋友，我在散步的路上也见过她。我打了一声招呼，问她萨莎最近怎么样，为什么我最近几个月一直没见到她。那位女士的神情有些悲戚，轻声说："萨莎走了，是八月十六日发生的事。她生病了，躺了三天，安安静静地走了。"她还说，萨莎的后事已经办完了，一切都顺利。她的女儿继承了这栋房子，准备出售，这几个人就是来看房的。她受萨莎女儿的委托接待这几位看房的客人。

两个月之后，我从北京回来，再路过那里，只见一位老妇人在清理院子。她的年纪比萨莎小得多，不过也有八十岁出头了，我估计她就是这座房子的新主人。我和她打了个招呼，聊起来。果然，她就是新房东。我告诉她，我认识这座房子原来的主人萨莎，她是一位非常慈祥可亲的老人，我们是"路友"。我没想到的是，她说她也认识萨莎，她原来就住得离这里不远，隔了四条街。我说："既然如此，你为什么不继续住在原来的地方，费这么大力气只搬迁了四条街呢？"老人家说是因为她的儿子失业了，带着一家人从其他州搬来和她同住。儿子，她不能不帮，但是她一个人生活习惯了，处处感到不方便。正在盘算如何解决这个问题。恰巧萨莎的女儿要卖房子，她马上下了订单，买下了。原来的房子卖给了儿子，房款他可以缓交。我说："我明白了，你是想安安静静地享受你的晚年，像萨莎一样，快快乐乐地活到一百岁，甚至超过一百岁！"她笑了，说："能活到一百岁当然好。不过生命的意义不仅仅在于寿命的长短。要长寿，更要健康快乐，而要健康快乐，独立自主很重要。"

这是个有主见的睿智的老人。独立、自主、健康、快乐、长寿是她们追求的目的，也是她们生活的意义所在。长寿并不是她们唯一的目的，甚至不是主要的追求。也许正因为这个缘故，她们反而得享长寿，同时得享独立、自由、健康、快乐和尊严。

萨莎也应该是这样的人。她已经仙逝，我在她离开这个世界之后，无意中悟出了她得享百年长寿的秘密。

萨莎逝世后的第二年春天，在她生前经常散步的帕拉蒙公园里，在那长约二百五十米的环形小路旁边，出现了一个新的双人座椅。质地是铁的。结实、宽大、四平八稳，油漆一新。椅背上有一块铜牌，上面刻着一行字："这把椅子是约翰·埃里克森和萨莎·埃里克森以及他们的家人、亲朋，包括萨莎的'路友'共同的礼物。感谢我们相识相处的美好岁月。"

2021年4月1日于西雅图国风堂

2021年8月—11月重读修改

# 土 狼

　　美国华盛顿州西部地区依山傍海，草茂林丰，降雨充沛，气候温和，是造物的恩赐，是人类和万物同生共荣的家园。但人类文明进化的每一步，都付出了极大的代价，造成人和自然的冲突。这对人和环境而言，可谓忧喜参半，乐悲互生，从而衍生出许多色彩缤纷、发人深省的故事。

　　且听我讲一段和美洲土狼Coyote有关的真人真事。

　　大约二十多年前，因为工作的关系，我认识了一位有一半印第安人血统的朋友森蒂。森蒂在渡轮上工作，负责接待乘客，每天往返于从滨海小城阿纳克特斯到弗瑞德岛的航线上，早出晚归，很辛苦。她早年是好莱坞的歌舞演员，参加过多部影片的拍摄。如今人老珠黄，身材臃肿，但仔细看她的脸庞，还依稀可见当年的风采，岁月的沧桑掩盖不住往昔惊人的美丽。

　　森蒂的丈夫早亡，大儿子继承了她的艺术基因，在好莱坞当替身演员。我看到过他的照片，一个肌肉发达、相貌英俊而野性十足的美男子。除了每年一张圣诞卡，他和母亲几乎没有联系，用森蒂的话说，"他过着紧张而放荡的好莱坞式的日子，他的最大的爱好就是不停地换女朋友。"至于他的前途，"如果他在拍摄影片里的高难惊险动作时负伤致残退休，就算是运气好了。"森蒂忧心忡忡地说。

　　她的女儿南希容貌十分出众，是森蒂的掌上明珠。她的照片就在母

338

亲的钱包里，我也见过，可惜二十六岁那年她和新婚的丈夫去夏威夷度蜜月，死于飞机失事。就这样，森蒂晚年孑然一身，独自居住在一所位于卡斯卡特山脚下的孤零零的房子里。白天她去上班，把家交给她的爱犬布拉克。晚上她回来了，布拉克躺在她的脚下陪伴她。

布拉克是一条黑狗，体态威猛，忠心耿耿，很有力气，但生性憨厚，有几分傻气。

森蒂的房子四周林木丰茂，环境很幽美，唯一可虑的是安全，但是她并不以为然。不知为什么，我认识的本土美国人胆子都很大。

森蒂说，有一天半夜，来了不速之客。有人在悄悄拧动她家前门的把手，门自然是锁住的，轻微的声音惊动了房间里的一人一犬。森蒂伸手去摸枕头底下的手枪，布拉克则从床上一跃而下扑向前门，喉咙里发出惊人的怒吼。来人溜走了，夜晚又恢复了宁静。

真正让森蒂担心的是她家周围的土狼。这种外貌像狗，比狗略小，但却比狗聪明狡诈的动物，是这一片山林真正的主人。它们三五一群，神出鬼没，平常以垃圾和鸡、猫、小狗等小动物为食，经常光顾人家的院落寻找食物。绝大多数情况下它们不主动攻击成年人，而是见人就躲，就溜，它们从心里来说是害怕人类的。

像布拉克这样的大狗，土狼更是主动避其锋芒，敬而远之。"布拉克太傻，没心眼儿，空有一身力气，我很担心它。"森蒂说。

有一天，森蒂下班了，布拉克没有像往常那样出来迎接主人，家里也没有它的身影。一夜过去了，布拉克没回家。一个星期过去了，布拉克依然杳如黄鹤。于是，森蒂带上枪到附近的森林里去找。果然如她所料，大狗布拉克死了，它遭到了土狼的毒手，身子已经不见了，被吃光了，草地上只有狗的头颅。森蒂带回狗头，埋在院子里。

布拉克怎么会遭到土狼的毒手呢？我不明白，问道："那样一条威猛的大狗，不要说是一只土狼，就是两只三只，也奈何它不得呀？"

森蒂叹了一口气说："你只知其一不知其二。土狼很聪明，知道单打独斗不是布拉克的对手，采取的是诱敌深入的策略。先派出一只土狼，把狗引到树林深处，然后一拥而上。布拉克再勇猛，也难敌众多的狼口。可怜的布拉克!"森蒂流泪了,语气凄凉中却难掩一丝对土狼的赞叹。

又过了几年,大约十年前,我居住的社区报纸发布了一条通知,说近来北城地区帕拉蒙空地公园发现了土狼的踪迹,提醒居民注意防范,确保儿童的安全,对家里的鸡、猫、小型犬也注意保护。

帕拉蒙空地公园就在我家附近,这条新闻在邻里之间引起了一阵小小的骚动。人们说土狼的胆子真是越来越大,居然跑到居民区里来安家落户了。

过了几天,风声渐渐平息了,一切如旧。有一天,我去帕拉蒙空地公园散步,走到公园门口,想起了那条关于土狼的新闻,顺手从地上抄起一根粗壮的木棒。

在这里,这种社区公园随处可见。它们大都是城市发展过程中,人们有意保留下来的原始绿地。古木、草坪、山冈、池塘、小径,如此而已,不加修葺却韵味十足。之所以不加修葺,一是由于人们普遍崇尚自然,追求原始美,反对滥施人工;二是因为各级政府普遍缺钱,没有这笔预算。政府能做的就是派专人定时收集垃圾、割草、修整树木。因此,这种社区公园一年四季大都十分静谧,游人不多。

偌大的公园里只有一位先生坐在草坪上读《圣经》,我们互通了姓名。他姓施奈林格,本地人,祖上是德国移民。他原来是工程师,已经退休了,现在每天的大部分时间用来读书和散步。除了《圣经》,他最爱读历史和哲学书籍。他问我去不去教会,我如实说不去。他又问我读不读《圣经》,我说不读,《圣经》的中文翻译太蹩脚,读不下去。他笑了,指着手里的书说:"《圣经》是一本好书,充满智慧。譬如,《圣经》说贪欲使人类变得虚弱,现在的人类,就像一个泥足巨人,头是铁的,脖子是铜的,胸腹是石头的,腿是木头的,两脚是泥的。表面不可一世,实际上不堪一击。不仅人类,国家也一样,俄国和美国都如此。"他不屑一顾地挥了挥手,嘴角露出嘲讽的笑容。

我们说起那条关于土狼的新闻,他说他在这个公园里看到了土狼,一共三只,一家子。"你不害怕吗?"我问。"不害怕。有什么可怕的?

土狼害怕人类。是人类侵占了土狼的生存之地。"

又过了一段时间，盛夏的一天下午，我散步来到了帕拉蒙中学公园。它与帕拉蒙空地公园相邻，没有那么多树木，却有一个足球场。足球场周围是小路和草坪，人们通常围着球场散步，在草坪上休憩。

午后的气温仍然很高，公园里不见人影。我沿着球场周围漫步，前面不远处，一个女婴躺在草坪上，手舞足蹈，牙牙学语。女婴的皮肤粉红细嫩，一头卷曲的金发，眉目十分可爱。她的衣服色彩鲜艳，十分醒目。看到这个小天使，我很开心，也有几分疑惑。"谁这样大意，竟然把孩子丢在草坪上了。这位母亲也太粗心了吧?"我自语着加快脚步，朝女婴走去。

这时，对面有一只狗朝女婴跑来。接近女婴时它看到了我，停下来，犹疑不决。这时我看清了它的面目，和一般的狗差不多大小，只是肮脏、瘦弱、猥琐。我猛然醒悟："这不是狗，而是一只土狼! 是帕拉蒙空地公园那三只土狼中的一只，它的目标就是眼前这个躺在草坪上无助的女婴!"这是我第一次遭遇土狼，心中不由得一颤，倒吸了一口凉气，随即一股怒气涌上来。"滚开!"我用英语喝骂了一句，加快脚步朝女婴，朝着土狼奔去。

土狼被我的气势和怒喝吓住了。它瞄了我一眼，掉头朝东，然后向右拐，朝帕拉蒙空地公园窜去。

女婴在我脚下的草坪上依然手舞足蹈，牙牙自语，真是一个漂亮的小天使! 我怒气未消，亮开嗓门大喊："这是谁的孩子? 谁把她扔在这里不管了?"

一个肥胖的年轻女人从远处的树丛后面跑过来，一边跑一边系着裤子，嘴里喊着："我的上帝! 我的宝贝! 我的上帝……"她惊慌失措，语无伦次。

"这是你的孩子吗?"我的口气很严厉。她点了点头。

"你为什么把孩子扔在草坪上不管了? 你看到那只野兽了吗?"

她又点了点头，怯生生地说："那是狐狸吗?"

"狐狸? 那是一只土狼! 要不是我恰好走到这里，你的宝贝就没命了!"

"我的上帝！上帝！"她自知理亏，惊慌失措，连"谢谢"也忘记说了，抱起孩子，开上车一溜烟走了。我估计她是担心我会给警察打电话。这种事如果惊动了警察，她就麻烦了。

这件事对我的震动也很大。我想不明白，在人和土狼之间，谁的责任更大一些？谁更应该检讨，更应该受到谴责？

转瞬到了2020年春天，疫情严重，避疫在家，我看到网络上流传的一个视频。得克萨斯州的一位牧场主，不堪土狼的骚扰，夜里用红外线夜视镜消灭土狼，一枪一个，场面很震撼。对此，儿子很不以为然，说这样下去，会破坏自然界固有的循环系统，也会破坏人类与自然之间的生命平衡。儿子的说法不无道理。

前些年就听到一种说法，黄石公园为了清除狼患，组织人力消灭了大量的野狼。结果，公园里野鹿和野鼠的数量大幅增加，植被遭到了毁灭性的破坏。没办法，只好从其他地区向黄石公园空投野狼，想方设法促进野狼的繁殖，用来消灭野鹿和野鼠，保护植被和环境。毫无疑问，作为生命系统的一个不可或缺的部分，野狼一方面保护自然环境，同时，也会给人类生活造成各种困扰。人类的课题是在野狼造成的利弊之间，找到并维持那个微妙的平衡点和临界线。

其实，人类和自然万物共同构成了彼此都赖以生存的"天人"系统。在现代高科技无休止地发展，人类的欲望和对自然的索取几乎失控的今天，人类作为"万物之灵长"，有责任约束自己，爱护自然，维护人类与大自然之间极其重要同时极其脆弱的平衡。否则，人类将遭到大自然的毁灭性的报复，失去立足之地，进而失去一切。归根结底，人类爱护自然，就是爱护自身，是一种自我救赎。这将是一个漫长的、复杂而艰苦的过程。它的第一步，只能是从人类约束自身的物质欲望，注重心灵的修为和精神的重建开始。一切政治都要为此服务，所有的政客都将在这个目标前显露出原形。

2021年6月9日于西雅图国风堂
2021年8月—11月重读修改

# 萝拉的烦恼

萝拉比我大十岁。我初次见到她时，她六十五岁。如今，老太太已经八十五岁了。最近十年，我们很少联系。这里记述的是十年前的情况，而且只是她生活的一个侧面。

## 一

萝拉出生在北达科他州，二十一岁从护士学校毕业后，就来到了柏林汉姆工作，然后结婚生子，成家立业。所以，她一生的绝大多数时间是在柏林汉姆度过的。她的父母还住在老家，都九十多岁了。一年里，她最少要回老家看望父母两次，开着车独自往返。一路上，她几乎不吃不喝，也很少休息，一气呵成。问她："你不累吗？"她摇摇头："不累！我就是喜欢开车！两只手只要握住方向盘，就特别有精神！"

萝拉的另一个特长是喜欢赌博，是卡西诺赌场的常客。她每次下的赌注不大，输赢在几百美元上下，而且赢多负少。时间久了，我也有了经验。只要她走进我的办公室时面露喜色，脚步轻快，八成是又赢了钱。不用我问她自己会主动"汇报"："我昨天又赢了钱，八百美元！"至于她的钱是怎么赢的，她玩的是哪一种赌博游戏，我没有问过她。我没兴趣。即使她告诉我，我也不懂。

萝拉结婚以后就没有出去工作过了。她的丈夫经营着柏林汉姆唯一的清洁公司，包揽了全市的生意，日进斗金，财大气粗。她住在市郊，有一块十四英亩的土地，她雇了工人专门种植圣诞树。卖圣诞树就是她一年里唯一的工作，圣诞节前的个把月就成了她一年里最繁忙的时间段。除此之外，就是做家务，逛商场，回老家看望父母，偶尔去赌场消遣。

她就这样过了一辈子的松心日子，为人善良，心思简单，说话率直，嗓门很大，身材不高，肥胖富态。她常说自己继承了父母的长寿基因，最少也得活一百岁。我相信她的话很有道理。不过，最近，老人家遇到了烦心事。


二


萝拉膝下有两儿一女。两个儿子麦克和戴维都在父亲的公司里打工，女儿凯瑟琳则远嫁到了亚利桑那，也有了两子一女。

凯瑟琳是萝拉的掌上明珠，自幼深得宠爱。只要说起女儿，老太太就乐得合不上嘴，在她看来，女儿就是一朵永远开不败的鲜花。

为了培养凯瑟琳，萝拉用心良苦。凯瑟琳从小读的就是私立学校，课余时间又被送去学习钢琴、舞蹈和绘画、法文。高中毕业以后，十九岁那年，她在一次集会上看上了一位云游传道的牧师史密斯，铁了心要嫁给他。萝拉既心疼女儿，也喜欢史密斯为人忠厚老实，尽管比凯瑟琳大十几岁，还是痛痛快快地答应了这门婚事。婚后，凯瑟琳搬到亚利桑那，几年之间，先后生下两男一女。她在家相夫教子，在教会里辅佐史密斯的工作，是个典型的贤妻良母，在社区里口碑极佳。

孩子长大以后，凯瑟琳自己开了一家小公司，专门承接室内装修。她画得一手好画，也擅长设计，生意不错。无论是一般人家普普通通的装修，或是学校、公司、教会的大笔生意，她都尽职尽责，追求完美，不仅让顾客满意，自己也心满意足，享受其中的甘甜和辛苦。渐渐地，她的名声传播开来，很多人找上门来请她设计施工，她的生意越做越顺。

她最得意的一件作品是给一家教会设计的油彩画，在一整面墙壁上，耶稣基督降临在一座宏伟高大的山峰上，为信众分发"圣餐"。山顶平坦开阔，状如一张硕大无朋的餐桌。天空彩霞飘拂，光芒四射，茂密的森林，清澈的溪水，水畔伫立的小鹿，林间啁啾的百鸟，山腰盛开的鲜花，一一纤毫毕现，栩栩如生，充满了祥和慈爱的气氛。这幅画的题目也很别致："上帝的餐桌"。为了这幅画，她整整画了一个月，每天在脚手架上工作七八个小时。她沉浸在自己的创作里，如醉如痴，不知疲倦，事后却大病一场。

因为这幅画，这座教堂也出了名，许多人慕名而来。人们喜欢这幅画的构思和创意，欣赏画的笔墨技巧，更对画的标题赞不绝口。"上帝的餐桌！亏你想得出来如此美妙而不可思议的名字！"面对着人们的由衷称赞，凯瑟琳说，这幅画的创意来自她的一次旅游。有一次，她独自驾车去新墨西哥州，从高速公路上望去，新墨西哥高原上的景色令人极感震撼。秋天的高原，一片肃杀。深褐色的植被无边无际，十几英尺高的仙人掌挺立在寒风中，显示着倔强和怪异。远处的高山迎面而来，山头一律是平的，仿佛被一股神奇的力量齐刷刷地削掉了！突然，一阵大风吹开了厚重的云层，金色的阳光照亮了大地，山顶一片辉煌，她仿佛真的看到了慈爱的上帝和信众们在山顶静静地谈话。后来，当地的朋友告诉她，这种特殊的地貌，有一个与之匹配的特殊的名字："上帝的餐桌"！

"哇，大自然的神奇远远超出人们的想象力！只有上帝才有资格享用这样的餐桌。也只有一心一意信奉上帝的人们才能想出这样美妙的名字！我这幅画的构思就是由此而产生的！"她说得很动情。一位教友应声说道："凯瑟琳！也只有你有这样的慧心和机缘，能够从大自然的奇观里捕捉到这样美妙的灵感，完成这样的作品！"

是的，凯瑟琳喜欢旅游，往往能够独有灵犀，从旅游中获得启发和灵感。旅游丰富了她的生活，也改变了她的命运。

# 三

凯瑟琳的三个孩子都已经长大了。听萝拉说，凯瑟琳的两个儿子都很棒，一个喜欢电脑，准备报考亚利桑那大学的"电脑科学和工程"专业；一个痴迷音乐，想当作曲家和演奏家。我没见过他们，只见过凯瑟琳的小女儿、十岁的婕蜜，一个很高、很瘦弱的小女孩儿。每年夏天，三个孩子都要到萝拉家避暑，和萝拉的关系很亲密。他们买电脑、学音乐的费用都是萝拉承担的。此外，萝拉还给三个孩子各开了一个银行账户，每个月定期给他们存钱。老太太是个富有爱心又大手大脚的人，她富有但不吝啬。

有一天，萝拉又来到我的办公室。坐定以后，她迫不及待地告诉了我一个好消息。原来，柏林汉姆也和许多其他城市一样，规模在不断地扩张。最近，她家所在的地段，从郊区划入城市的范围，将要进行商业开发。地价随之上涨，涨幅之大令人吃惊甚至眩晕。已经有开发商表示对她家的土地极感兴趣，按照目前的地价算下来，她的十四英亩土地，价值一千万美元以上！

"你想卖吗？"我问。

"不卖！我又不缺钱花！"

"你家里人什么意见？"

"凯瑟琳主张卖，戴维反对，因为他想要一块地盖房子。麦克说地是你的，妈妈，你做主。我做主？我不想卖。我没有时间考虑这些事，等打完官司再说。"

原来，萝拉的老伴前几年去世了。公司的生意由他的弟弟接手。公司则在兄弟二人的名下，是他们共同的财产。这位弟弟性情古怪，一辈子没结过婚，没儿没女，是个老光棍。叔嫂二人一辈子不和，互相瞧不上。哥哥死后，弟弟不承认萝拉的产权，二人在打官司。说起这些事，萝拉就心烦，起身就走了，说是去找自己的律师，询问官司进展的情况，顺便给律师送支票。

萝拉临出门前我问了一句："你的外孙子和外孙女都好吧？凯瑟琳
怎么样？"

"孩子们都好，凯瑟琳去非洲旅游了。"

# 四

几个月以后，我又见到了萝拉。老太太明显地消瘦了，神情暗淡，
精神有些恍惚。开始我以为是她的官司遇到了麻烦，甚至是打输了。一
问，不是这么回事。萝拉说："这种官司不会进展得这么快，没有几年
时间见不了分晓，早着呢。"让她烦心的是她的宝贝女儿凯瑟琳！

原来，凯瑟琳从非洲旅游回来以后，提出要和丈夫离婚。什么原
因？她在旅途中看上了别人，遇到了真爱！

说起凯瑟琳要求离婚的事，萝拉的声音马上提高了，她大声叫着我
的名字说："你听听这件事有多荒唐，凯瑟琳有多愚蠢！我已经告诉她
了，跟这种人结婚，门儿都没有！我的财产你一分一毫也别想继承，从
今以后也不许你登我的家门！"

是什么人让老太太萝拉如此大动肝火，对女儿如此绝情绝义呢？

几个月以前凯瑟琳从埃及旅游回来了，这不是她第一次去埃及。
因此萝拉断定女儿对婚姻和家庭的背叛早就发生了，但凯瑟琳一直瞒
着大家，家人都被蒙在了鼓里。只是这次她公开提出离婚，事情才真
相大白。

其实，事情说起来也不复杂。凯瑟琳在埃及旅游，和许多其他旅游
者一样，雇了一匹骆驼。牵骆驼的是个年轻的摩洛哥人，比她小十几
岁，凯瑟琳和他陷入了热恋，不能自拔。

不知是因为那辽阔无边的沙漠和湛湛蓝天，使凯瑟琳的灵魂挣脱了
一切束缚，放飞了自我；还是古老神秘的金字塔使她领悟到时间的永恒
和生命的短暂，从而产生了及时行乐的欲望。

也许是游牧部族简单、朴素、日出而作日落而息的生活方式引发了凯瑟琳的异域幽情，想要体验一下那种骑着骆驼逐水草而居，在茫茫的沙漠里追星赶月，在月光下吹响阿拉伯短笛、弹着吉他轻吟慢唱的世外生活；或者是人到中年，身体正经历着莫名其妙的化学变化，感情也随之发生了自己也无法说清和控制的波澜；也许是远离尘世的喧嚣和习以为常的令人麻木的生活环境，在一个截然不同的时空里她得以卸下心灵的重负和假面，回首往事，觉昨非而今是，产生了重整河山的激烈情怀。

也许，纯粹是出于对一个年轻的异族男性身体的渴望；也许，是想抓住一生里最后的机会，再体验一次爱情的热烈和疯狂，再做一次小姑娘。而最大的可能是上述这几种原因都有一些，而本质上是一次性的饥渴和解放、文化的叛逆和出走。

总而言之，一场既简单又复杂、既热烈又冷清、既羞羞答答又赤裸光鲜、既不伦不类又合情合理、既遮遮掩掩又不计后果、既轰轰烈烈又悄无声息、既伟大又渺小的爱情，在一个信奉基督的中年白人女子和一个年轻的伊斯兰男人之间发生了。它是人性的莽撞和纠缠，文化的冰解和松动。

面对母亲的反对和威胁，凯瑟琳不为所动。

"我不需要你的财产和金钱，我们可以养活自己！"

"你们？你们是谁？难道你还要把那个伊斯兰男人弄到柏林汉姆来吗？"

"这是我们自己的事。"

"你敢！你试试看！只要他敢登我的门，我就开枪打死他！"

谈话显然无法继续下去了，凯瑟琳推开门走了。

这时她已经和丈夫分居，搬回柏林汉姆，租住在公寓里。两个儿子都上了大学，女儿婕蜜跟着她。她本来还想住在母亲家里，但是萝拉坚决不同意。凯瑟琳的钱都花在了旅游上，交不起房租，萝拉二话不说，替她预缴了半年的房钱。她找了一份临时工作，伺候一位生病的老人。有了收入，她在柏林汉姆安顿下来。周末，她照例来看望母亲，有吃有喝，有说有笑，就是不许谈她的"沙漠爱情"，不许提"摩洛哥"这三个字。几个月之后，她又奔赴非洲，这次的目标是摩洛哥，她要见识一下她未来丈夫的家乡。这次不只是她自己，她还带上了十六岁的女儿婕蜜。

不久，她名义上的丈夫史密斯趁着云游传道的机会，特意绕路来到柏林汉姆看望萝拉。"唉，史密斯真是个好人。事情闹到了这个地步，妻离子散，他还是那么沉稳安静，没有一句怨言。"萝拉说，"我跟他说，事情闹成这样，不是你的责任。你一点错也没有，都是凯瑟琳不好。不过事已至此，也只能随她去了。我希望你尽快找一个好女人结婚。"

凯瑟琳从摩洛哥回来之后曾经来过我的办公室，她的变化令人吃惊。她穿了一条水洗布的带背带的裙裤，一件白色的T恤。T恤掖在裙裤里，裙裤的两条裤腿很肥，刚过膝盖，露出小腿。她光着脚，足穿白运动鞋，原来的披肩发剪短了，梳成了两条小辫子，扎着彩色的皮筋，向左右撅翘着，像个小姑娘，可惜这身打扮掩不住她脸上的皱纹和疲惫。萝拉说过，凯瑟琳嘱咐不要把她的私事告诉外人，包括我。所以我装作什么都不知道，闭口不谈非洲、摩洛哥和她的旅游。临离开我的办公室之前，她对着镜子搔首弄姿，左右顾盼，终于按捺不住回过头来问我："你不觉得我有什么变化吗?"我无语。她接着问："你不觉得我年轻了吗?"我故意答非所问地说："你本来也不老，你比我年轻多了!"听到这里，她低着头微笑着去了。

又过了大约半年，凯瑟琳的哥哥麦克在电话里告诉我，她结婚了，和那个摩洛哥人，正在为他申请绿卡。萝拉气得发疯，大病了一场。病稍微好了一点，她挣扎着起来，把律师请到家里，修改了遗嘱。她把原来留给凯瑟琳的财产一分为二，一半平均分给了麦克和戴维，另一半平均分给凯瑟琳的三个孩子。立完遗嘱，她对麦克和戴维说道："告诉凯瑟琳，不许她的摩洛哥丈夫进我的家门，否则我就开枪打死他! 这是正当自卫!"

349

# 五

一晃十几年过去了，我和柏林汉姆的人们几乎失去了联系。此刻，当这篇短文就要结束的时候，我找出电话号码，拨通了柏林汉姆的电话。

第一个电话我打给了帕蕾，她和萝拉年纪相仿，是萝拉的朋友，和我也很熟悉。

"这件事当年在社区里还是挺轰动的，每个人的看法都不一样。"帕蕾说，"我和凯瑟琳深谈过一次。她说，她之所以选择这样一种生活方式，是因为觉得很困惑。她不知道自己是谁，不知道人生的意义何在。"

凯瑟琳是这样说的："我从小就是一个乖孩子，品学兼优，是学校里的好学生，是父母的好女儿，是母亲的掌上明珠。结婚了，我是丈夫的好妻子，好帮手，是教友们的榜样。有了孩子，我是一个好母亲。开了公司，我是一个好老板，成功的生意人。我做的都是别人希望于我的，我只是为别人活着。我自己是谁？有谁关心过我的需要？是的，史密斯的确是个难得的好男人，好丈夫，好父亲，优秀的牧师。他温柔、体贴、稳重，勤勤恳恳，任劳任怨，大家都喜欢他。可是有时候我宁愿他能和我吵一架，来点疾风暴雨，而不总是和风细雨！可是没有，他没有这个能力！无论我说什么、做什么，他永远是那样的态度，不急不恼，不为所动！我需要的是一个丈夫，不是一个牧师！我也不想做他的羔羊！"

我问道："萝拉近况如何？你们还有联系吗？"

"不知道，我和她很久没联系了，和她谈话很乏味。她只要一张嘴就是她的官司进行得如何了，她的土地又升值了，超过了一千万；要不就是她又赢了多少钱了。她重复最多的、令我最不能理解的是她对凯瑟琳和那个摩洛哥人的怨恨，她的心里有太多的阴暗和怨恨！"

我的第二个电话打给了凯瑟琳的大哥麦克。

"那个摩洛哥人来过了，又回去了。"麦克说，"是的。凯瑟琳给他办了绿卡，他移民到了美国，就住在柏林汉姆。他会说英语，语言没问题。他的问题是他太懒，不想工作。凯瑟琳打工养着他。我没见过他，没兴趣，也不想给自己惹麻烦。他什么时候移民过来的？七年前，两年前走的，回摩洛哥了。我和凯瑟琳也没有联系，我俩没有共同的话题。"

　　"你母亲怎么样？她还好吧？"

　　"她挺好的。那个摩洛哥人在柏林汉姆的时候，她不和他们来往。他回摩洛哥以后，萝拉和凯瑟琳又恢复了来往。她的地？没卖。我弟弟戴维在那块地上盖了一座大房子。太大了，大而无当。我的工作作坊也在那块地上，我早就领了退休金，但还在工作。整天游手好闲太无聊了，我喜欢工作。柏林汉姆的疫情还好。这里毕竟人少，我是单干户，不和别人打交道，比较安全，没事。"

　　"那个摩洛哥人还回来吗？不知道，这件事除了凯瑟琳，没人关心。对，萝拉关心，反正我不关心。"

　　行文至此，我想起了杨志军笔下的藏獒。据说，藏獒与一般的犬类不同。它不是由狼驯化而来的。它的祖先是西藏雪域高原上的一种古兽，经过千万年的演化成为今天的藏獒。它身躯伟岸，威风八面，如狮似虎，忠心耿耿，是藏族牧民和高原僧侣最忠实的伙伴。过去的十几年里，有些心黑手辣、贪婪卑污的商人，利用藏獒赚钱，掀起了一阵污风浊雨，令人扼腕。那些被贩卖到内地平原地区的藏獒，受尽了折磨和屈辱。有个别优秀的藏獒沦为配种的工具，更多的藏獒甚至死于非命。在杨先生的小说里，有一只极其出色的獒王级别的藏獒被偷运到了内地。结果，它历尽千辛万苦，出生入死，终于重返高原家乡。但是，由于它身上有残余的人类、城市和其他陌生犬的气息而被自己原来的"爱人"和同类拒绝，最后凄惨地死去。

　　我的思绪又倏然飞向了遥远的撒哈拉大沙漠。

2020年12月30日于西雅图

2021年夏秋重读

# 圣塔菲杂忆

## ——一个美国习武者的故事

圣塔菲是美国新墨西哥州的首府，二十多年前我曾经三访其地。那里的风土人情十分独特，有些人和事至今还有些印象。而我之所以和圣塔菲结缘，和我曾经的学生杰姆·考克斯是分不开的。

## 一

二十多年前，大约是1992年的夏天，也就是我来到美国两年以后，有一天，我正在道教学院讲课，有人慕名来访。此人身材高大肥胖，二十岁出头，怀里抱着一个不满周岁的女婴。他自我介绍是杰姆·考克斯，酷爱中国武术，练过几年形意拳和八卦掌。因久闻北京南城"程派八卦掌"乃是八卦掌的正宗，故而登门请教。又说他来自新墨西哥州的首府圣塔菲，离西雅图将近两千英里。半个月前，他和妻子妮娜带着女儿阿莉娜一路沿着西海岸开车过来，经过了洛杉矶、旧金山、波特兰，西雅图是最后一站。此行的目的，一是观光度假，二是走访各地的名师，学习中国武术，重点是八卦掌。说着他把女儿放到地板上，双手抱拳，深施一礼，又请教我是否有时间，能否现在给他上一课。

我看杰姆态度诚恳，所言不虚，表示可以给他上一堂私人课。不

352

过，他既然学过八卦掌，我要先看一看他的八卦掌走得如何。他道了谢，二话不说，把女儿安顿好，略一凝神，双掌下按，气沉丹田，走转起来。杰姆身高在一米八五左右，体重至少在一百二十公斤以上，几分钟以后，开始有些气喘吁吁，但是看他的步法和身法以及掌式变化，倒也中规中矩，如他所说，是标准的姜容樵先生的"姜氏八卦"，看来他的八卦掌还是有些传授的。

于是，我应杰姆的要求，给他上了第一堂课。此后三天，他每天来上一堂或两堂课，每次都抱着女儿来，在地板上铺上厚厚的被褥，把女儿安顿好，跟我一招一式地学习程派八卦掌。我问他的太太呢，他说妮娜在学习日本的"插花"，她想在圣塔菲开一家花店。杰姆的学习态度很认真，人也不笨，又有基础，三天下来，已经掌握了一些"程派八卦掌"的要领。我及时肯定了他的进步，他情绪越发高涨，态度越发认真，常常练得满身大汗，也不肯歇息。

第三天，也就是最后一天，他的太太妮娜来了。妮娜是越南华人的后裔，很小的时候跟随父母从越南南方逃亡到美国。她的个子很小，很秀气，长得很像中国南方的姑娘。学习结束了，杰姆表示，他想邀请我去圣塔菲教授"程派八卦掌"。一年两次，举办大型的公开课，场地、学员、收费等一应具体事项他可以负责帮我打理，我欣然应允。于是此后的几年里，我先后三次从西雅图飞到圣塔菲，讲课授徒，从而领略了新墨西哥州和圣塔菲独特的风土人情，也进而了解了杰姆的身世和生活。


二


新墨西哥州偏居于美国西南一隅，它和加利福尼亚州、亚利桑那州、得克萨斯州以及内华达州的一部分都曾经是墨西哥的领土。从西雅图乘飞机出发，先到达科罗拉多州的丹佛，然后换乘飞机到达新墨西哥州的第一大城市阿伯克基，再乘坐杰姆的汽车往东北行驶百余英里，就到了圣塔菲。从依山傍海的西雅图来到这里，好像来到了另外一个陌生的国家。汽车离开阿伯克基，驶入莽莽苍苍的墨西哥高原，我为眼前的自然风光深感震撼。这里没有西雅图的冰峰雪岭，也看不到我熟悉的海湾碧浪。代替青松和鲜花的是一眼望不到边的荒芜和寂寞。高原呈深褐色，没有高大的树木，只有低矮干枯的草丛。最显眼的是那些带刺的巨大的仙人掌，面目狰狞，直指天空。

这里的山也和西雅图的不同，光秃秃的，土石裸露，只有一些可怜的深褐色的植被。没有山头。山头好像被某种神奇的力量齐刷刷地削掉了。看上去十分奇怪。杰姆说，这些山，当地人称之为"上帝的餐桌"。因为山顶是平的，远远地望去，恰似一张巨大的餐桌，矗立在蓝天白云之下。如此巨大的"餐桌"，当然只有"上帝"才有资格享用。无数几乎一模一样的巨大的"餐桌"在高原上依次排开，接连不断，使整个高原看上去十分奇特而诡异。

圣塔菲也充满了异域情调，城市不大，杰姆带着我兜了一圈，只用了十几分钟。我看到的最高的建筑，是市中心四层高的宾馆。这里的建筑风格也与众不同。美国无论城乡，一般民居多是木头建筑，只有高楼大厦是钢筋水泥的。但是这里的建筑，既不是木头的，也不是钢筋水泥的，而是陶土的，外表一律呈浅褐色或黄色。而且一律是平顶的，显得土头土脑，很像中国华北平原农村的建筑。杰姆说，这是西班牙建筑风格，是圣塔菲的特色。市中心的广场四周，是鳞次栉比的小商铺，出售各种印第安人制作的首饰和手工艺品。

我的课堂设在市中心的一家俱乐部里。白天我教课，晚上我则在杰姆家里歇息。

公开课进行得很顺利，学员们的热情很高，学习得也很认真。杰姆工作很努力，是个好帮手。有他在，我很省心，只需集中精力讲课，因此效果不错，师生皆大欢喜。

杰姆的家在圣塔菲郊外，四望是无尽的荒野。他家的院子很大，没有围墙，四周也没有邻居。与大多数民居不同，杰姆家的房子是砖砌的，看上去年代久远。他家的格局也很怪，主建筑是一室一厅一厨一卫，都很大，很宽敞。墙面涂的也是浅褐色的陶土。离主建筑大约五十米开外，是一间孤零零的砖房，仅有一门一窗。我就住在这间房子里。没有床，角落里有一张厚厚的日式的榻榻米，临时充作我的卧榻。

圣塔菲的夜晚出奇地安静，满天繁星眨着眼睛。我早就听说过，圣塔菲由于地势高，人烟稀少，因此是看星星的好地方。又因为夏天凉爽，没有蚊蝇，也是个避暑胜地。因此，夏天傍晚看星星，就成为人们津津乐道的一个话题。

晚饭后，我和杰姆站在院子里乘凉聊天。不知不觉地话题从星星扯到了"飞碟"，也就是人们常说的"UFO"。

我说："杰姆，听说圣塔菲经常可以看到飞碟，是真的吗？"

杰姆说："千真万确，我就看到过很多次。你知道，圣塔菲有美国最大的新武器研发基地。人们都说，外星人对此格外关注，经常有飞碟光顾，就是冲着这个目的来的。外星人想了解地球人在干些什么？科技发展到了哪一步？这些新式武器对地球和地球人的命运有什么影响？对外星人有没有威胁？"

我说："这些我在杂志上也看到过。不过我从来没有见过飞碟。如果可能，我倒是真想见识见识。"

杰姆说："你一定可以见到，只要你心里有这个念头，外星人马上就知道了。他们一定会满足你的愿望。"他的语气很肯定，说完就回房间里照顾他的女儿去了。

我独自留在院子里，继续观察头顶的星空。夜越发地安静，万籁俱寂，星光闪烁，凉风习习。突然，我发现有一颗很大很亮的星星穿过夜空缓缓地上升。突然又出现了一颗小星星向大星星靠拢，跟着它，以同样的速度缓缓上升。两颗星星保持着同等的距离，不离不弃，同步上升！是人造卫星吗？还是飞碟？我不敢肯定，睁大眼睛，集中精力，目送着它们越升越高，逐渐消失。

杰姆回来了。我如实相告。他用得意的口吻说："我告诉过你，只要你想见到飞碟，它们一定会显示给你看，从不爽约。"说得我将信将疑，六神无主。

第二天，我和杰姆一起到城里继续讲课。开课前，我们在一起闲聊，说起昨晚我的经历，一个年轻的学员，也是杰姆的朋友，接过我的话说："我今天早上来上课的路上，看到了你昨晚见到的那两个飞碟。我家住得比较远，到这里来要经过一个山谷。我在山谷里看到了一大一小两个飞碟，银灰色的，就在我的车前不远处低低地飞翔，没有声音，闪闪发光。我开得快，它们飞得也快。我开得慢，它们飞得也慢，好像有意跟我开玩笑！说实话，我心里真有几分不安，干脆停下来。它们也停下来，好像在等着我。我吓坏了，一动也不敢动。过了一会儿，那两个飞碟唰的一下子飞走了，很快就无影无踪了。"

这个学员的话使我感到震撼。整个上午，我一边讲课一边想，外星人和飞碟会不会正透过窗户看着我们上课，心里暗暗发笑呢？

晚上回到杰姆家，我一个人睡在那间孤零零的房间里，心里真有几分忐忑不安。偏偏房门上没有插销，轻轻一推就能推开。我左思右想，无计可施。只好尽量收摄心神，强迫自己静下心来。劳累了一整天，很疲倦，很快我就睡着了。一宿无话，既无飞碟光临，也无神灵入梦。

但是，怪事还是发生了。

杰姆虽然长得高大肥胖，但却心灵手巧，擅长绘画和雕刻，字也写得很清秀。我到圣塔菲的第一天，他送给我一件礼物，一幅他亲手画的佛像。那是一幅彩色的观世音坐像，画得惟妙惟肖，令人称绝。我去讲课了，画像就放在我的房间里。第二天晚上回来，我发现画像不翼而飞了。杰姆听说后来到我的房间查看了一番，肯定地说，是他妹妹干的。又问我钱丢了没有。我说没丢钱。因为我的钱都随身带着，支票本也随身带着。杰姆说，那还真是万幸。不然的话，她肯定连画像带钱都拿走。他说，他的妹妹在医学院学习，今天回来过。"这里别人不会来，只有她才会干这种事，她过去干过。我已经很久不和她联系了，她今天不请自来，我就知道没有好事，我再给你画一幅吧。"我婉言谢绝了。这件事虽然波澜不惊地过去了，但还是给我的心里留下了一丝阴影。

这时，杰姆已经有了第二个女儿莎库拉。莎库拉才三个月大，白白胖胖的，十分可爱。我和这两个孩子玩得很开心。妮娜说："老师，您

356

真像我的父亲！"我很意外，不知道她是什么意思。她说："我的父母都是华人，我也是华人。虽然我出生在越南，但是我的家人和所有的亲戚都是华人，所以我对中国人和中国文化有一种天生的认同和亲切。您的身材、长相、说话的语气，都特别像我的父亲！"说到这里，她的脸红了，显得很激动。我也被她的真情打动了，说："好！以后我就做你这两个女儿的外祖父吧！"妮娜连声说好，眼里泛起泪光。

我知道，妮娜虽然从小在美国长大，语言和生活习惯都和当地人一样，但是内心深处，还是难免有一种对"根"的向往和依恋。她说："您不知道，杰姆迷恋中国武术和中国文化，简直到了痴迷的程度，这个家全靠我在维持和支撑。他没有固定的工作和收入，断断续续地打些零工。家里的开销基本都靠我的工资。"我问她在哪儿上班，她说在一家俄国人开的杂货店里工作。她希望我能劝一劝杰姆，收收心，踏踏实实地过日子。我答应她和杰姆谈一谈。

三天的公开课很快就结束了，我要返回西雅图了，杰姆开车送我去机场。路上，他主动提起一件往事，话题还是和飞碟有关。

"这是一个真实的故事。那一年我大概十四岁，正在读中学，就住在你这次住的那间房子里。一天深夜，我正在写家庭作业，窗外突然亮起一片红光，把窗户映得通红。我以为家里失火了，推开门就往外跑，却看见一个巨大的飞碟停在我家的院子里，红光就是从飞碟的一排窗户里发出来的。几个一米多高的小人正围着飞碟走动。他们的身上银光闪闪，面目看不清楚，发出啾啾的声音。虽然我听不懂，但是我知道他们显然是在交谈。我害怕极了，赶快关上门，坐下来，假装写作业，做出一副若无其事的样子来。接着我感到一阵晕眩，趴在桌子上，昏昏沉沉地睡着了。

"不知过了多久，我惊醒了，因为有人在用力地砸我的房门，大声地叫我的名字。我打开门，是我的朋友麦克。他气急败坏地问我发生了什么事，为什么不给他开门？我家是不是失火了？我莫名其妙，说你看我这不是挺好吗？我家里没有失火呀。我刚才在写作业，累了，睡着了。麦克反驳我说，不对！他正在高速公路上开车，远远地看到我家一

357

片红光，以为是我家里失火了，开足马力往这里赶来。结果到了我家发现并没有失火，叫我开门也听不见，睡得真死呀！到底发生了什么事？

"我说，什么事也没有发生呀！不知为什么，我把看到飞碟的事情忘得一干二净，脑子里没有丝毫印象，似乎我的脑子被清洗过了。直到麦克拉着我来到院子里，指给我看草坪上那个巨大的被烧焦的圆圈，我才慢慢回忆起来究竟发生了什么。您看，多神！飞碟居然来到我家了。这件事在城里传开来，有些人跑到我家来看草坪上飞碟留下的痕迹，对我说的话人们将信将疑。但是，飞碟留下的痕迹，让那些持怀疑态度的人哑口无言。又过了很久，草坪上长出了新草，焦痕渐渐淡了，人们的议论才渐渐地停止了。"

杰姆侃侃而谈，一脸正经，很严肃，我没有理由不相信他的话。

到了机场，临分手时，我把妮娜的意见委婉地转告给杰姆。他的脸一下子涨得通红，憨厚地笑着，低着头，小声地说："她说得对，我一定注意，要多关心家和孩子，您放心吧。"我给了他两百美元，说是送给他的两个女儿的。他有些意外，脸涨得更红了，手有些发抖，接过钱，连声道谢。

三

两年以后，我第二次来到圣塔菲讲课。这次请我来讲课的不是杰姆，而是当地的一位形意拳师斯嘎特。我上次讲课之后，反应很好，影响不小。斯嘎特在圣塔菲的武术界是个有些影响的人物，他主持的形意拳馆一向口碑不错。他的师兄弟理查德在圣塔菲东北的小城陶斯也开了一家形意拳馆，这次就是他们这两家拳馆联手请我去讲课的。

我在动身去圣塔菲之前，收到了杰姆的来信。我浏览了一遍，马上意识到，我犯了一个不大不小的错误。我没有及时和杰姆沟通，忽略了他的感受。他吃醋了，认为我过河拆桥，在信里说了一些难听话，还说斯嘎特和理查德都不可靠，说他在圣塔菲等着看我的笑话。

358

我和斯嘎特通了电话。他表示："不必理会杰姆的话。这个人考虑问题的思路从来就和一般人不一样，在圣塔菲没人把他的话当真。他整天想入非非，连个正经工作也没有，听说妮娜正在和他闹离婚呢。再说，请您来讲课，是我的生意。做生意讲究的就是公平竞争，捷足先登。这里的人对您讲的课很感兴趣，希望您再来，这是市场需要。他因为家庭不和谐心神紊乱，错过了这个商机是他的问题，您不必介意。我相信您的课一定会成功。"我说："你这样说我就明白了。本来杰姆说每年请我去讲两次课，可是这一年多他始终没和我联系。看来是因为妮娜和他闹离婚，他顾不上了。既然如此，我应你们的邀请去圣塔菲讲课，没有什么不妥。他不应该想不开，更不该吃醋，出言不逊。"我决定接受斯嘎特的邀请。就这样，我第二次来到圣塔菲。

这次的讲课一共两天，也很顺利，学员都是些新面孔。一年前来听课的老学员几乎都没来。斯嘎特说，上次的学员多是杰姆的学生和朋友。杰姆事先打了招呼，这些人不想得罪他，都回避了。这次来听课的都是他和理查德的学生和熟人，我担心杰姆会来捣乱，斯嘎特说："那倒不会，大家各做各的生意，他没有理由来捣乱。他要是真来捣乱，我可以给警察打电话。您放心吧。"

第一天上课，我无意中从窗户里看见杰姆从窗外经过。他身躯高大，十分显眼，两手插在裤兜里，目不斜视，径直朝前走去。我问斯嘎特："杰姆想干什么，是来示威吗？"斯嘎特说："我猜他是想来看一看究竟有多少人来听您的课，还有就是他不想就此从您的视野里消失，希望您还能记得他。他一定是后悔给您写那封信了。"

第二天，理查德从陶斯赶来听课，还带来了他的女朋友娜莎。理查德人很安静，中等个，身材匀称，不苟言笑。据说他练形意拳有年头了，举手投足，都带着一种职业武师的"范儿"，脚步扎实，重心稳重。他的职业是木匠，有自己的作坊，专门设计和制作各种木制的艺术品。他的女朋友娜莎是个职业芭蕾舞演员，几年前从俄国来到美国，签证过期以后，沦为"非法移民"，"潜伏"在纽约。理查德前几年去纽约跟随自己的老师"闭关"修炼形意内功时，与娜莎萍水相逢，一见钟情，于是一起回到了陶斯。她在陶斯开了一家舞蹈学校谋生，类似的俄国移民我见过不少，他们大多在美国社会的底层挣扎。娜莎算是运气好的，遇到了理查德，有了归宿。

讲课结束后，斯嘎特和理查德陪我去陶斯转了一圈。陶斯不大，一律是浅褐色的陶土建筑，行人很少，车辆也不多，俨然是世外桃源。陶斯城外有一处远古印第安人文化遗址，在一座光秃秃的山冈向阳的山崖上，密密麻麻地布满了大大小小的洞穴，很像一个天设地造的巨大无比的蜂巢，那是远古印第安人的家园。这处遗址远近闻名，无声地展示着人类曾经的艰辛和曲折，简单和淳朴。生活在陶斯的人们，似乎自愿选择了远离现代社会的喧哗和浮躁，守护着这一片高原和蓝天，享受着这旷古的宁静和朴素。

在从陶斯回到圣塔菲的路上，我们自然又谈起了杰姆。自从那天他在窗外一晃而过之后，再也没有他的消息。对我来说，他越来越像是一个难解的谜。斯嘎特说了一段与杰姆有关的奇闻。

"您去过杰姆的家，您不觉得他家的环境和气氛很奇怪吗?"斯嘎特边开车边问道。他的问话引起我的回忆，于是，我把去年在杰姆家里夜宿的经过和我的感觉一五一十地叙述了一遍。斯嘎特接着说:"据说，杰姆的家在圣塔菲是有名的'凶宅'。最早的主人是一家意大利人。他们盖了这座房子，安居乐业。后来，在一个雨夜，一帮西班牙人闯入这家人家，把一家老幼都杀害了。西班牙人成为这座房子的新的主人。奇怪的是，不久以后，这家西班牙人一个又一个地发疯死掉了。人们都说，这是上帝在惩罚恶人。从那时起，这座房子就荒废了。没有人敢再住进去。又过了很多年，杰姆的父母从外地搬来。他们不了解这座房子的历史，买下来。后来，杰姆的父母离婚，他父亲搬走了，母亲精神失常，住进了精神病院。这座房子就留给了杰姆和他的妹妹。他的妹妹性情也很古怪，兄妹俩处不来，他妹妹也搬走了，就剩下杰姆一个人。他结婚以后，就把家安在这座房子里，直到现在。我们都认为，杰姆的性情古怪，也和这座房子有关。"

斯嘎特的话让我很吃惊，我希望这一切都不是真的，只是传说而已。

回到西雅图不久，我接到了妮娜的电话。妮娜说，她已经和杰姆离婚了。她的未婚夫就是她工作的杂货店的老板，一个五十多岁的俄国人。两个孩子归她抚养，法院判杰姆每个月付抚养费，他每个月可以看望孩子两次。她很快就要结婚了。

"我的父母都已经不在了，除了两个女儿，我没有亲人。杰姆曾经是，但是现在不是了，您是我唯一信任的人。我说过，您特别像我的父亲。在我的心目里，您就是我的父亲！所以我今天特意给您打这个电话，告诉您这个消息。不知为什么，我高兴不起来。希望您能理解我的决定。"

一股悲哀和感动涌上我的心头，当然还有极度的惊讶和错愕。我努力让自己平静下来，说我理解她的决定和选择。"每个人都有权利选择自己的生活道路。只要你认为自己的选择是正确的，你觉得快乐，就坚持下去，不要半途而废。"我祝福她和她的两个宝贝女儿健康快乐。我还告诉她，我并不认为杰姆是个坏人，不过显然他的生活出了问题。我希望他能够迷途知返，重新走上正轨，开始新的生活。

以后，我和杰姆及妮娜完全失去了联系。我偶尔会从圣塔菲的其他学生那里得到一点讯息，说杰姆现在生活很落魄，没有正式工作，和任何人也不联系，一个人待在家里，足不出户，没人知道他在干些什么。

# 四

我第三次，也是最后一次到圣塔菲讲课，是几年以后的事了。这次邀请我去的是我的学生尹。尹是东欧移民的后裔，个子不高，其貌不扬，却聪明绝顶，是个理财的高手。他在银行工作，是贷款部门的经理。尹也是个武术迷，到处拜师习武。他是杰姆的朋友，也因此而成为我的学生。每年春天，他都要到西雅图看望他的姐姐，顺便跟我上课，研习八卦掌。

这次我住在尹的家里。我到圣塔菲的第一天，尹就告诉我，杰姆知道我来了，希望能来拜望我，并且他想跟我学习八卦蟠龙棍，我爽快地答应了。我始终认为他不坏，只是对生活的看法和别人不同，考虑问题不周，有些毛病而已。

杰姆来了，依然高大肥胖，面容有些苍老。他双手抱拳，深施一礼说："老师，请你原谅我的鲁莽。"我说我理解他，早已捐弃前嫌，既往不咎，并询问他现在的生活。他说，婚姻的失败，对他打击很大；和我的矛盾，也始终是他的一个心结。这几年，他闭门思过，每天坚持习武，逐渐认识到，自己过去的生活态度的确有问题。对家庭，对妮娜和孩子们关心不够。他真诚地说："您说过，中国传统武术文化，讲究习武者必先修德。武德是武术的灵魂，我愿知过改过，重归师门，请您原谅并接纳我。"

我很高兴他的变化，但是有意回避了接纳他"重归师门"的话题。我可以教他功夫，但是做我的入门弟子就是另一回事了。此后的两天里，我将八卦蟠龙棍的套路——传授给他。课程结束之后，我问起他现在的生活状况和今后的打算。他说，他在一家公司当保安，夜里上班。白天在家里读书、习武，生活很简单。他曾经交过一个女朋友，其他方面还不错，就是反对他练武术，最后也分手了。

"阿莉娜和沙库拉怎么样，她们都好吗?"我很惦记那两个女孩儿。杰姆说："她们都好，我每个月可以去看她们两次。阿莉娜读小学四年级，沙库拉读一年级。我非常爱我的女儿，非常爱。"说起自己的女儿，杰姆又脸红了，声音也有些颤抖。

"你的收入够开销吗，日子过得怎么样?"

"够，我的生活很简单，没有更多的花销，谢谢您这样关心我。"

这次见面，杰姆留给我的印象还不错。看来他的生活已经基本安定下来了，适应了一个人独处的生活。临分手时，他说为了欢迎我再次光临圣塔菲，他把一根珍藏了很久的象牙找出来，精心雕刻了一幅"八仙过海图"，准备送给我。如果我喜欢，他可以马上回家取来。我表示，买卖象牙是违法的。谢谢他的好意，我不能接受。

回到西雅图不久，我收到了杰姆寄来的一个包裹。他把那根被我婉拒的牙雕"八仙过海图"寄来了。这根牙雕足有半米多长，色泽柔和，白里泛黄，雕工很精细，人物形象也栩栩如生。不过，坦率地说，接到这根牙雕，我很不高兴，更无心欣赏。杰姆显然是在强人所难，我不知道他是怎样通过邮局的审查的。我有心想把这根牙雕寄回去，又担心跟邮局解释不清，只能作罢。

这是我最后一次见到杰姆。一晃十几年过去，我已经退休了，和圣塔菲方面的人没有任何联系。上个星期，我突然心血来潮，找出当年杰姆留给我的电话号码。电话接通了，是杰姆的声音和他那很有特点的小心翼翼的口气。他显然很惊讶，说他非常感激我还记得他。他现在的生活不错，给一家儿童玩具公司设计玩具。他家的老屋已经卖掉了，所得他们兄妹平分。他把钱投资到股市，每个月有一些利息。利息和工资所得，足够维持简单的生活。他现在住在市里，租了一间公寓。我又问起妮娜和两个孩子的情况。他说，妮娜后来又生了两个男孩儿，她的丈夫几年前去世了，她又再婚了。

"阿莉娜和莎库拉好吗？她们都是大姑娘了吧？"

说起女儿，杰姆的语气马上变得格外柔和："阿莉娜二十九岁了，在波士顿的一所大学里攻读法学博士。莎库拉二十五岁了，取得了社会学硕士学位，现在从事社区工作。这么多年过去了，您还记得她们的名字，谢谢您！非常感谢您！"杰姆还说他和两个女儿不常见面，但是保持着电话联系。她们常打电话来问候他。

"杰姆，如果我没记错，你应该快五十岁了吧？"

"您的记性真好，到五月份我就五十岁了！"

"那你第一次到西雅图来找我学习八卦掌的时候，才二十多岁吧？"

"对，我二十三岁！"

"你还在练习八卦掌吗？"

"练，只要我一练八卦掌，就会想起您来！"

我们都笑了，互道平安，放下了电话。

第二天，我拨通了尹的电话，我们也多年没联系了。他也离了婚，他的女儿十五岁了，和他一起生活。我上次见到他的女儿时，她还是个婴儿，还不到一岁。十九年来，尹换了几个工作，职务越做越高，收入越做越多，生活井井有条。他还在练功夫，也踢足球。他喜欢圣塔菲，自觉地远离现代社会的喧嚣和浮躁，享受着简单宁静的生活，在出世和入世之间，维持着微妙的平衡与和谐。他是一个智者，表示还要继续跟我学八卦掌和功夫，特别想学习和研究《道德经》。我们约好夏天在西雅图见面。

我告诉他，我昨天和杰姆通了电话，杰姆的情况听起来还不错。我问他还和杰姆有联系吗，尹说，他已经很久不和杰姆来往了。他们这个圈子里的所有人都有意躲避他。

"为什么?"我有些吃惊。

"我不知道该怎样和您解释。我们都觉得和他相处，既乏味，又危险。他身上有太多的狂躁和戾气，他的谈话只有一个主题——武术。他动不动就摆出一副无所不知的大师面孔训人，还经常依仗他的力气大欺负人。他还经常不事先打电话通知就闯到人家家来高谈阔论，一坐就是半天，也不管人家是否有更重要的事急需处理。大家担心受到伤害，都不约而同地尽量远离他。开始时他还没有感觉，还主动和大家来往。时间久了，他感觉到人们的冷淡，甚至敌意，就不再和大家来往了。"

"尹，你确定你的确从杰姆身上感觉到了威胁，甚至感觉到了危险?"

"是的，我的确感觉到了危险。所以，我早就不再和他来往，很久没看到他了。"


# 五


一晃又过去了几年，我和圣塔菲已经彻底断了联系。二十多年前在那里的经历，似乎已经离我很遥远了。有一天，家里的电话响了，我瞄了一眼对方的电话号码，是505开头的，这是哪个州打来的电话? 我犹疑着，拿起了电话听筒。

"老师，您好，我是杰姆·考克斯。"是杰姆那小心翼翼的声音。杰姆! 我的心头一震，往事飞快地在脑子里闪过。杰姆接着说，他买到了我的两本关于八卦掌的著作，仔细认真地阅读过，心里很激动。他说："您是我知道的唯一的名副其实的大师，您的书写得太好了！我今天打电话就是想向您致意，问候您，感谢您。我很荣幸能够成为您的学生。"我表示很高兴接到他的电话，也很高兴他喜欢我的书，并问候他和他的家人。

杰姆说，他原来工作的玩具公司早就倒闭了，他现在没有固定的工作。收银员、保安、洗车、加油，他都干过，他也玩股票，只做短期的，随买随卖，只求小利，日子还能维持。他的乐趣一是和两个女儿通电话；二是练武和读书。读的都是和武术有关的书籍。他没有朋友，不和任何人来往。独来独往，无声无息，与世隔绝。我说："只要你自己满意你的生活状态就好，你自己的感觉是最重要的。人与人不同，有的人不喜欢、不适合热闹和喧嚣，他们也应该得到尊重。从某种意义而言，生命本质上就是孤独的，孤独而来，孤独而去。佛说，人生百年，围绕着你发生的一切都是虚幻。《易经》里讲到，大道无形，孕化万物。天地万物皆来自无极，最终又归于无极。看透了，习惯了，就好了。"

"佛说得太好了，您也是有大智慧的人！我以后还要继续向您当面请教！"杰姆的语气很激动，也很真诚。我告诉他，我已经退休了，金盆洗手，退出江湖。不过，他以后如果有问题，只要是和中国武术和文化有关的，随时可以给我打电话，我们可以在电话里讨论。现在疫情严重，距离又远，见面就免了，电话联系足够了。杰姆诺诺称是，语气谦恭，与他那巨大的身躯很不相称。

放下电话，我又想起了二十多年前三次去圣塔菲的情景。莽莽苍苍的新墨西哥高原，奇特诡异的"上帝的餐桌"，和中国华北农家略有几分相似的西班牙式的建筑，矗立在圣塔菲郊外的孤零零的百年"凶宅"，真幻难辨的飞碟，古代印第安人的遗迹，随处可见的印第安人的手工艺品以及高原上的武术爱好者们，构成了一幅色彩缤纷的奇异的图画。一个身材魁梧、神情凝重、郁郁寡欢的独行者，在高原上默默地行走，消失在画面的深处。

2018 年初稿

2021 年夏秋重读修改

# 杰瑞素描

我想趁现在记忆犹新，完成这幅人物素描，给以后重读这一段历史的人们留下一些可供参考的素材和我的思考。这个故事的主人公叫杰瑞，一个地道的美国人，也是我的学生。

## 一

算起来，我认识杰瑞已经二十多年了。上世纪末的一天，他从波特兰打来电话，说他在网络上看到了关于我的讯息。他对中国传统武术很感兴趣，想学八卦掌。如果我能接受他，他可以搬到西雅图来。过了不久，我们在西雅图见了面。

那一年他三十八岁，个子不高，光头，长得孔武有力。杰瑞的五官很端正，皮肤略黑，那是意大利外祖父的遗传；眼睛又圆又黑又亮，目光清澈，像不谙世事的大男孩。他是加州洛杉矶人，高中毕业以后不顾父母的劝阻，执意到拉斯维加斯闯荡天下。我问他为什么要到拉斯维加斯去找工作，那里不是赌城吗？他伸出右手，搓弄着手指头说："正因为是赌城，钱才来得快呢！"

他在一家赌场里发牌。几年下来，钱挣了不少，成为一个赌牌的高手。结了婚，妻子南希是赌城有名的美人，一个风骚的女招待。他在拉

366

斯维加斯干了六年,这六年的生活,用他的话概括就是"发牌、收小费、挥霍、喝酒、性"。他原以为这辈子就这样了,结果,一个意外的发现,改变了他的人生轨迹。

他发现,妻子南希和当地的黑帮头目有染。他一个电话打过去,警告对方:"离我老婆远点儿,不然你没有好下场!"不料对方的口气更强硬:"你最好离拉斯维加斯远点儿,越远越好,不然你没有好下场!"杰瑞挂上电话,他思前想后,似乎看到了那个黑帮头目在黑暗里狞笑的嘴脸。于是他二话不说,简单收拾了一下行囊,一溜烟离开了拉斯维加斯。

他在社会上漂泊了几年,最后在波特兰立住脚,寄居在一个孤身老人家里。老人是个越战老兵,精通射击,靠微薄的退伍金生活。老人和杰瑞很说得来,教他射击和摆弄枪械。他说杰瑞有射击天赋,是个天生的学习射击的好苗子,并送给他一支老旧的左轮手枪。杰瑞把老人的话奉为神圣,白天打零工,给商店和人家擦玻璃,清理地毯;晚上则陪老人聊天,练习射击。他心里始终有一个挥之不去的阴影,害怕拉斯维加斯的那个黑帮头目派人来找他算账。他日夜枪不离身,还一心一意地想学习功夫,保护自己。他就是这样投到我的门下,成了我的学生。


# 二


一开始,杰瑞每两周上一次课。他对八卦掌很感兴趣,想多学一些,每周上一次课,却交不起学费。他还是干老本行,在市中心的一栋办公大楼里打扫卫生。他说过,他从上初中开始,就利用周末给人家擦玻璃,刷游泳池,清扫地毯,洗汽车挣零用钱。干这一行他驾轻就熟,不用费更多的心思。他的心思都用在了钻研武术上。他说自己生性好斗,从小就在街上和黑人的孩子斗殴。提起往事,杰瑞很感慨。他说:"先生,你不知道,你也想象不出,加州有多美,加州的民主党政客有多无能、无耻,加州的黑人和墨西哥人有多猖狂!我和我弟弟,还有同学,下课后最重要的事就是打架!打那些黑人和墨西哥人的坏孩子,保护我的几个妹妹。我之所以离开加州和洛杉矶，不为别的，就是因为看不惯他们糟蹋我的家乡，看不惯为非作歹的懒惰的黑人、墨西哥人和虚伪的民主党的政客！"

那时，他住在西雅图的西海岸，每次上课，他都要换乘两次公交车，路上花两个小时。他学习很认真，很有悟性，对八卦掌也很痴迷。大约半年以后，杰瑞问我："老师，为什么我最近后背很刺痒，沿着脊椎骨长了一串小红疙瘩？"我想了想回答道："这是好事，看来你的身体开始有反应了。按照你自己所说的，你过去的生活里积攒了太多的负面的情绪。从小到大，从加州到拉斯维加斯、波特兰，你经历了很多，有太多的愤懑和仇恨。这些都影响到你的身体，时间久了，你的身体里积攒了太多的邪热。所以你经常失眠，头发脱落，郁闷不舒，情绪失控。这种邪热是需要宣发出体外的。通过这半年的学习，你的经络系统开始疏通了，体内的邪热开始发散出来。发散的通道就是你身体的督脉，它恰在你的脊柱上。"

接着我又简单扼要地给他介绍了人体的经络系统和五脏系统，以及气血的生成和循环。他听得很专注，也很兴奋，又问道："我该怎么办，还继续练吗？"我说："当然继续练。只是要控制情绪，平心静气，听其自然，不要想得太多。你现在的方向是正确的，也见到了效果。"我又把"五脏内景功"传授给他，嘱咐他循序渐进，和八卦掌配合起来练习。又过了一段时间，杰瑞的八卦掌和气功渐入佳境。这时，他的生活又经历了一次很大的变化。


# 三


应该说，杰瑞对待工作是很认真的，又从练习八卦掌和气功里尝到了甜头，看到了希望，情绪逐渐安定下来，脸上的笑容也多起来。也许是这种好情绪感染了周围的人，有一天，大厦的经理正式通知他，可以考虑开一家清洁公司，承包整栋大厦的清洁工作，这正中杰瑞的下怀。

他过去曾经有过自己的清洁公司，干过类似的生意，赚过不少钱。只是在美国维持这样的小公司不容易，税收和各种负担很重，他的生意起起伏伏，公司也开开关关，结果他拖欠了一大笔税费，只能浪迹江湖，靠打零工维持生活。

不过，杰瑞依旧有梦想，很快他就有了自己的新公司和独家生意。他雇用了五个工人，把生意安排得井井有条，大厦的管理层对他很满意。半年下来，他手里有了一些积蓄，春风得意，退掉了原来租的公寓，在离我家不远的地方租了一座住宅，为的是离我近一些上课方便。这是一套标准的家庭住宅，有三个卧室，客厅、厨房、卫生间、休闲室一应俱全。前后都有院子，草木丰茂，环境静谧。这样的规模，足够一个家庭使用。他主动提出来，每周上两堂课。我表示学功夫不能着急，要循序渐进，每周一堂课足矣。不久，他买了一辆二手的跑车，小巧玲珑，开着车来上课，去上班，鸟枪换炮。又过了些日子，他告诉我说："老师，我买了一艘快艇。二手货，八成新，这是我多年的梦想，我很高兴！"我问他为什么要买快艇。他说，周末可以到海湾去兜风散心。逢到节假日还可以请他的职工和家属到海上开派对。如果我高兴，他随时可以带我出海去兜风。我谢绝了他的好意，提醒他出海要注意安全。

杰瑞的生意顺风顺水，日子过得也越来越安逸。有一天，他请我去他家里吃饭。他烤了对虾，拌好沙拉，打开葡萄酒。这时，他朝着卧室的方向大声喊道："安妮，出来见见客人！尊敬的八卦掌大师，我的老师张先生！"他志得意满，口气得意而轻松。"他在招呼谁呢？"我正在纳闷儿，一只体型硕大的狗冲出卧室跑过来，我不由得心中一颤。这是我第一次见到这种大狗，大头、大嘴、大耳朵，淡黄色的皮毛，发出柔和的光泽；嘴巴和鼻子四周有一圈浓重的黑色，显得很凶恶。这狗壮硕的身躯，巨大的爪子，一条大尾巴打在桌腿上，劲道十足，啪啪作响。杰瑞拍着狗头，扭过头冲我得意地说："这种狗叫马斯达夫！意思是巨型犬，我花了八百美元买的，八十磅，才两个月大！将来可以长到一百二十磅！上帝，一百二十磅！"他看着我一脸的惊诧，补充说，"这也是我从小的梦想！有一个自己的庄园，几匹马，几只马斯达夫，两辆跑

369

车，两部卡车，枪，还有一群孩子！"

席间，我们围绕着功夫高谈阔论，说到得意处，杰瑞都要站起来，围着桌子比比画画，向我展示他的身手，大狗安妮则围着他打转跳跃。一人一犬，都很兴奋。

周末，我和杰瑞偶尔会相约去海滨散步。他喜欢孤独，没有朋友。他说："我不需要朋友，不过你是我唯一的朋友。"安妮长大了，尽管还不到两岁，一身稚气，但却身材出众，远看像一匹小马驹，十分引人注目。杰瑞为此很得意，他背着手，嘴里叼着雪茄，安妮跟在他的身后。只要路上有人对安妮多看上两眼，他都会停下脚步，和路人扯上几句："马斯达夫，还不到两岁，已经一百磅了！上帝，你见过这么大、这么漂亮的狗吗？不，她不是狗！是我的女儿，我的情人儿！"一个女游客像是日本人，她看到安妮，惊讶地张大嘴巴，缩起身体，十分紧张。杰瑞和狗经过她的身边，她绝望地闭上眼睛，不敢正视。杰瑞得意地笑了，调侃说："不用害怕，这是我的女儿。她和我一样，也喜欢漂亮的姑娘！"

有一次，杰瑞请我到一家赌场附设的餐厅吃午饭。饭后，他说已经几年不进赌场了，既然来了，今天想试试自己的手气。我们来到一张赌桌前，杰瑞下了二百美元的赌注，然后把一颗彩色的赌球交给我说："想借大师的手气，来个开门红"。我摆手推辞。他说："我不能赌，这是赌场的规矩。凡是从赌场出来的人，不论走到哪儿，都不能出手赌博。您就试试吧，权当作游戏。赢了钱，咱们一人一半。"我接过球，按照他说的方式使劲扔出去。球在桌子上转了几圈，停下来。"输了赢了？"我不懂赌博的规矩，看不出输赢。"输了。"杰瑞耸耸肩，努力掩饰着心里的懊丧，"没关系，不过是一顿午饭钱罢了。"

不久，杰瑞又买了一辆卡车，用于他的生意。看来，他的生活已经走上正轨，他也向我透露说，只要有机会，他想成立另一家清洁公司，在市中心承包另一栋办公楼的生意。我鼓励他说："这是个好主意，看来你是时来运转了。"谁知道事情的发展应了一句中国的老话："人有万算，天只一算。"他又遇到了新的麻烦。

杰瑞承包的那座大厦的经理辞职搬回老家去了。大厦来了一位新经理。这位女经理三十岁出头，精明强干，用杰瑞的话说，"是个控制欲很强的人"。杰瑞曾经多次说过，他最不愿意和女人打交道。没想到，现在他的顶头上司竟然是一位女人，而且是一个女强人。他心里很不痛快，但是也没有办法，只能硬着头皮和这位新经理周旋。有一天杰瑞告诉我，周末他要请这位女经理吃饭，选了一家西雅图最好最有特色的餐馆，借此拉近关系。过了几天，我问他客请了吗？效果如何？他兴奋地说客请了，饭也吃了。他和女经理谈得不错。女经理表示，前任经理说了杰瑞的很多好话，表示希望以后彼此要好好合作。谁知道，女经理用的是"缓兵计""障眼法"，暗地里她已经委托她的一位朋友组织了一个清洁公司，准备接手杰瑞的生意。

　　"一朝天子一朝臣"，中外皆然。纸里包不住火，两人终于摊牌了，结果大吵了一场。女经理竟然打电话报警，叫来了警察。也不知道她跟警察说了什么，警察来了，二话不说，先让杰瑞面壁站好搜身，说怀疑他身上有枪。我估计这是平时杰瑞吹牛的结果，好在杰瑞身上没带枪。警察说既然如此，我们的工作就算完成了，你们内部的纠纷与我们的业务无关。说完就撤了。

　　事情最后闹到了大厦的房东那里，杰瑞和女经理各执一词。房东快刀斩乱麻，先解雇了那个女经理，过了几天又把杰瑞请去，说了许多安慰的话，收回了和杰瑞的合同。杰瑞和女经理两败俱伤。

　　杰瑞又失业了，而且受了一场羞辱，心里十分郁闷。他靠着手里的积蓄过了几个月。最后，先是贱价卖掉了他的快艇，接着又处理了他的跑车，退掉了房子，重新变得一无所有。

　　"屋漏偏逢连夜雨"，杰瑞卖他的快艇和跑车时，颇费了一番周折。一个住在华盛顿州东部的人看上了他的跑车，一番讨价还价之后，双方以两千五百美元成交，约好杰瑞把车开到东部，一手交钱一手交货。那人住的小镇离西雅图最少有一百五十英里，中间还要翻过卡斯卡特山脉，渡过哥伦比亚河。杰瑞如约而至，那个买主却改口说两千五百美元太贵了，愿以两千美元成交。杰瑞大怒，掉头离去。事后他告诉我：

"如果我当时不走，我不知道会发生什么，我肯定不会便宜了那个龟孙！"他接着又说，"我从小到现在生活一直不顺，各种倒霉事都让我遇上了。我母亲的一位朋友是个'通灵'，她说也许是我，也许是我的家族被诅咒了。要想办法解除诅咒，不然我会永远不能翻身。"

杰瑞继续靠打零工度日。在美国，靠打零工度日的不在少数。如果干得好，安分守己，保住工作，日子也不是不能过。其实如果认真说起来，除了极少数富豪之外，大多数美国人，包括那些表面光鲜的所谓白领、明星，无论你的工作多么耀眼，地位多么显赫，本质上还不是在给"资本"打工？在资本这个真正的老板面前，还不是得低眉顺眼，小心翼翼，安分守己？不过，偏偏杰瑞不是个安分守己的人。他倒是没有别的毛病，就是脾气大，看谁都不顺眼，爱嘀咕，认死理。一份新工作，他顶多干上两个月，就开始嘀咕，不是这个人看他的眼神不对劲，就是经理对他有误会，或故意跟他过不去。结果，往往是吵架，散伙，不是他不辞而别，就是人家解雇他。

其实，杰瑞不是个坏人，就是天生的大爷脾气，老子天下第一，不知"忍耐"二字为何物。最后，连落脚的地方也没了，和他的大狗在卡车上将就过夜。说起他的卡车，当然是贷款买的，每个月需要按时还贷。他没有了固定收入，索性贷款也不还了，保险也不买了，开着一辆"黑车"到处打零工，在找工作、打工、辞职、失业、再找工作的怪圈里周而复始。他的情绪也随之时高时低，在焦灼、失望、不甘、兴奋中挣扎。头发越来越少，四十多岁的人，头发几乎掉光了。后来，我看他实在可怜，告诉他，我家里还有一间空房，不大，他可以搬来住。不用交房租，只交水电费就行了。作为交换，他负责清理整栋房子。包括屋顶、外墙的清洁和整理院子和花圃。他求之不得，爽快地答应了，甚至感动得哭了，一再表示："老师，你的帮助，我一辈子也忘不了。"于是他成为我的房客，在以后的几年里，我得以近距离地观察和了解一个普通而又特殊的美国人的生活状况和心路历程。

# 四

杰瑞在我这里大概住了四五年吧。这段时间里他靠打零工度日，三天打鱼，两天晒网，也说不清他换过多少工作了。他还是做清洁工，给一般人家或公司办公室擦玻璃，清理地毯。实在找不到工作时，也偶尔会到加油站或工厂打工。最长的工作，能维持两三个月，最短则数周或几天。工作顺利时，他则兴高采烈，谈笑风生。长时间找不到工作时，则埋头睡觉，少言寡语，闷闷不乐。有一件事他始终很上心，抓得很紧，就是练功。我也曾经想过，也许将来除了打工，他还可以教功夫，多开辟一个财路。不料，他听了我的建议，沉默了片刻，摇摇头说："先生，谢谢你为我想得这么周到。不过，我不是当老师的材料。对学生我没有耐心，我就想自己练功，不打扰别人，别人也不要打扰我。"

按照我的建议，他在我家附近的公园里开辟了一个"道场"，经常带着他的狗去练功。公园里古木参天，丘陵起伏，游人不多。杰瑞本来就喜欢孤独，这一来倒符合了他的脾气和心愿。

这时，我已经不大正式给他讲课了。第一是因为他已经学习掌握了一些基本套路，有了不错的基础，这些基本套路足够他钻研几年了；第二是这样做可以帮他减轻负担，省点钱。我告诉他，你有任何问题尽管问我，我会解答你的疑问，为你指点迷津。你只要按照我说的用心练，用脑子琢磨，功夫照样会长进。于是，他只要有时间，心情好，都会去公园练功。后来他自己发现，即使是心情不好的时候，只要坚持练功，心情也会得到调整，解除烦忧。于是他练功更勤快了。

杰瑞好饮，啤酒和葡萄酒是他的最爱。有一次我请他吃晚饭，买了一箱十二瓶啤酒。我喝了一瓶，他喝了两瓶。第二天早上，我发现放在冰箱里的啤酒不见了。我问他，他说他喝了。"你什么时候喝的？""半夜，我醒了，没事可干，就把啤酒喝光了。""你有那么大的胃口？我喝一瓶已经觉得很勉强了。"他耸耸肩，没说话。在美国，酗酒是个很严

373

重的社会问题。一般人都谈酒色变，对酗酒者敬而远之。我开始有些后悔让他住进我的房子。从此以后，我再也没买过成箱的啤酒，并且郑重地告诉他，不要在我家里酗酒。否则，他只能搬出去。

有一段时间，他连续工作了两个多月，手头有几个余钱，想学兵器套路，问我学什么器械好。我说："那要看你的兴趣，中国功夫讲究十八般兵器，长短单双软硬各不相同，各具特点。比如，剑为百兵之仙，讲究轻灵飘逸；枪为百兵之王，讲究八面威风；棍为百兵之卒，朴素实用；枪若游龙棍似雨，枪扎一线，棍打一片。棍，威力十足，易学易练，效果显著。"他对"轻灵飘逸"觉得不可理解，对"八面威风"则觉得高不可攀，唯独对"棍打一片""易学易练"兴趣十足。于是，我开始教授他"八卦蟠龙棍术"。

杰瑞对这套棍法十分痴迷，下了很大的功夫钻研。他的气质和棍法十分搭配，似乎这套八卦棍法就是为他设计的，因此他学得很投入，理解得也到位，半年以后他的动作已经很像那么回事了。恰在此时，一位开武馆的美国朋友请我参加他主持的"中国功夫演示会"，于是我带上杰瑞和其他几个学生出席了这次以武会友的"武林盛会"。按照我的安排，杰瑞在会上演示了这套蟠龙棍法。

这套棍法有六十四个动作，包括了八卦掌的基本步法、身法、腿法，体现了"阴阳对立统一""万物负阴而抱阳"的哲学理念，是一套既精彩又吃功夫的传统套路。尤其是演练者要双手持棍沿着八卦圈和"乾、坎、艮、震、巽、离、坤、兑"八个方位不停地走转，做出"拧、转、钻、翻、扑、游、起、落"以及"劈、崩、挑、砸、滚、抖、扎、盖"各种技术动作，既要求记忆准确，动作规范娴熟，更是对体力的考验。杰瑞真不简单，一气呵成，堪称圆满。一般的美国人从没见过这样精彩的表演，反应很热烈。在众人的喝彩和议论声中，杰瑞大汗淋漓、气喘吁吁地说："老师，对不起，有些动作我没做到家，还忘了两个动作。"我说："我看到了，无伤大雅。你练到这个程度已经很不错了，继续努力！"

我估计，这次成功的演示对杰瑞来说是前所未有的，他从来没出过这样的风头。他很兴奋，主动提出来要帮我清理屋顶的青苔和杂草。他说，如果不及时清理，会损及屋顶寿命。于是我按照他的建议租来了强力水龙头和压缩机。干这些活儿他是行家里手，他登上屋顶，整整干了六七个小时，不吃不喝，也不休息，像他练功一样，一气呵成。晚上，我做了丰盛的晚饭款待他，他要求喝两杯，我没有反对。两瓶啤酒下肚，他情绪高涨，喋喋不休地谈他练功的体会。我开玩笑说："杰瑞，照这样练下去，你将来可以成为一个八卦掌大师了！"他闻言得意地哈哈大笑，然后正色说道："这就是我的愿望！"

杰瑞厌倦了这种打零工的日子，他每天都去社区图书馆上网，浏览各种广告，想找一份"能在短时间内挣一笔大钱的工作"。终于有一天他告诉我，他要去阿拉斯加，他找到了一份在捕鱼船上帮工的工作。他年轻的时候去过阿拉斯加，在捕鱼船上干过。"三个月两万块，我签了合同，那不是一般人能干的。在海上漂泊，大风大浪，每天工作十六个小时，八个小时吃饭、睡觉。我知道自己不年轻了，但是我别无选择。这也许是最后的机会了，我要再尝试一次。以后年纪更大了，这种工作就很难找到了。"他说话的口气很平静，仿佛是在说别人的事。"我的卡车只能停在您的停车道上，您多关照。"于是，他简单准备了一下行装，出发了。

大约半年以后，杰瑞回到了西雅图。他回来开他的卡车，准备去亚利桑那州投奔他的父母。对于在阿拉斯加打工的经历，他不想多说，只简单地表示："累，太累了。每天十六个小时工作，拉网，捕鱼和螃蟹。八个小时吃饭、睡觉，吃不下，永远也睡不够。"三个月之后，老板看他踏实能干，又给了他一份新合同，在奥尔根的海鲜加工厂里干了三个月。

杰瑞说，工厂里三教九流，什么人都有。他的车间里有一个人，生性暴躁，无事生非，特别爱打架，人人敬而远之。有一次，此人向杰瑞挑衅，结果两人相约找了个僻静的地方打了一架。"您不是说过'打架如接吻'吗？我就照您说的，一开始就冲上去，和对方缠斗在一起。那家伙学过拳击，但是双方距离太近，他发不出力。我用您教我的肘法，接连两肘，把他打翻在地，脸上也流血了。他非常蛮横，跳起来继续攻击我。我还是用肘击，又把他打翻了。最后，我们都筋疲力尽，打不动了。他问我用的是什么招数，说他从来没见过这种用肘攻击的功夫。我告诉他这是八卦掌，中国功夫，擅长近战。他认输了，还请我吃了一顿饭，我们成为朋友了。"说起打架，杰瑞滔滔不绝，精神焕发。我告诉他，学功夫不是为了打架斗殴，为的是强身健体，修养德行。不到万不得已，不出手伤人。出手也是为了自卫，点到为止。他说："您不了解美国人，很多人欺软怕硬。你比他强，拳头硬，他反而服你，太善良会被人欺负的。"

杰瑞走后偶尔会给我来电话。他抱怨亚利桑那天气太热，太干燥，工资太低，说很怀念西雅图。后来，他又告诉我得了糖尿病。他在电话里问我："您能想象吗，我会得糖尿病？一下子瘦了三十多磅？"我说："我不觉得奇怪，长期以来你的生活很不安定，经常处于半失业状态，情绪焦躁。另外你饮食不节制，不是吃得太多，就是几顿饭不吃，这都是糖尿病的诱因。现在既然生病了，就要严肃对待，做出调整和改变。""那我还能练八卦掌吗？"他可怜兮兮地问我。"可以练，但必须有节制，不能过劳。适当的锻炼是必需的，对你有好处。你的问题不是练或不练八卦掌，而是要静下心来，找一份稳定的工作，不要动不动就甩手不干了。你必须做出改变。"他沉默了，最后说："有机会我还是想回西雅图。"

# 五

接到杰瑞最后一个电话不久，家里的电话又响了。我拿起电话，是杰瑞。我习惯地嘘寒问暖，他却告诉我："我的车停在你的车道上。"我吃了一惊，从窗户望出去，果然看到了他的黑色卡车。

就这样，杰瑞事先没打招呼，就以这种"突然袭击"的方式，回归我的视野，闯进我的生活。

事后，我的其他美国学生和朋友知道了事情的真相以后，都很不以为然，告诉我，"他这是在有计划地利用您的善良，您不该这样接纳他。"我觉得事情没那么严重，解释说："你们都知道孔夫子，喜欢他的很多主张和想法。孔夫子说过，'有朋自远方来不亦乐乎？'一个朋友远道而来投奔你，他又不是坏人，你为什么要拒绝他呢？赠人玫瑰，手有余香。何况他住在我这里，帮助我打扫卫生，陪我说话，免得我寂寞，一举两得。"

　　杰瑞又重操旧业，擦玻璃、洗地毯以及打各种零工。生意还是时有时无，没有保障。他精打细算，衣食基本无忧。有时候实在没钱了，揭不开锅了，他就闷闷不乐，躺在他的房间里不吃不喝，闷头睡觉。每当这种时候，我就明白他已经山穷水尽了，于是主动借给他几十块钱，买食物或汽油。他找到了工作，拿了工资，第一件事就是把钱还给我，从不赖账。有一次，他两三个月找不到工作，手里的钱仅够买食物，拖欠了几个月的水电费。他可怜巴巴地向我解释原因，说："如果您不接受我的解释，我马上搬出去！"我不想把事做绝，总是网开一面，他为此非常感激我。有一年我过生日，他送给我一个漂亮的瓷盘，上面是一只昂首啼鸣的公鸡。在生日贺卡上，他写道："智慧的慈悲的大师，祝您生日快乐！"他知道感恩，我很高兴，也很受用。

　　这次回来，他明显消瘦了，也衰老了，糖尿病改变了他的生活。他没有医疗保险，需要吃药，注射胰岛素，随时关注血糖的变化。他在网上查到了地区的一家医疗中心，专门接收像他这样的没有固定工作和医疗保险的低收入人群，提供最基本的医疗服务，收费低廉。他去了，回来告诉我："我真幸运，这个医疗中心的服务真不错，医生也很负责。我拿了两个星期的药，加上诊费，一共才花了二十多块！太不可思议了！如果是正规的医院，最少要两千块！"他说得很真诚，令人感动。接着，他口气一变，说道："老师，你绝对想不到，医疗中心里满满当当的都是黑人和墨西哥人，非法入境者！我们纳税人的钱都被民主党政府拿去照顾这些人了！"

　　杰瑞自称"纳税人"，我觉得有几分滑稽。他已经多年没上过税了，至今还欠着一大笔税款。我曾问过他到底欠了多少税款，他不愿意回答，闪烁其词地说："一大笔钱，我也说不清有多少，每年都在增加。本金加上利息，越滚越多。我不想考虑这件事，随它去吧！"

他是一个百分之百的共和党人，对民主党没有丝毫的好感。对那几位在台面上叱咤风云的民主党的头面人物，他不屑一顾。提起这些人，他最常说的一句话就是："等着吧！他们早晚被送进监狱！"然后就滔滔不绝地——列举他们的"罪恶"和"阴谋"，情绪激动，眉飞色舞。等他发泄完了，我告诉他："对我来说，美国的政治太复杂了。作为普通人，我无从知道真相到底是什么。我能做的就是保持最平和的心态，维持简单而快乐的生活。"他说："你可以这样做，我做不到，这是我的国家，我不能看着他们糟蹋我的国家放任不管。"

时间久了，我慢慢地品出来，杰瑞之所以执意搬回西雅图，有一个原因就是华盛顿州是民主党执政的地区，政策是向穷人和非法入境者倾斜的，福利待遇比较好。作为一个共和党人和穷人，他选择待在这里，同时坚持他的政治主张和倾向。我曾经问过杰瑞："你的父母和家人都是共和党人吗？"他不无骄傲地回答："当然。无论是谁，包括我的父母，如果信奉民主党那一套，我……"他一挥手，做了个快刀斩乱麻的动作，意思很清楚，六亲不认！

杰瑞这次回来，不见了他的大狗安妮。"你的狗呢？"我问。"死了，这种巨型犬的寿命不超过十年。她得了癌症，最后已经衰弱得走不动了，死在我的怀里。"他的目光暗淡，语气低沉。杰瑞喜欢狗，也喜欢小动物。有时候小蜜蜂飞到房间里，或房间里发现了小蜘蛛，他都小心翼翼地用纸巾包起来，送到院子里放生。他常去我家附近的花木商店，买一杯咖啡，坐在养鱼池旁边静静地观赏池中的锦鲤，神情专注、放松，似乎在和那些美丽的精灵悄悄地对话。有一次，我发现他的床头放着一件泥塑：一只青蛙划着小船，水里闪动着月亮的倒影。青蛙张着大嘴，放声歌唱。那是他从花木商店的礼品柜台买回来的。不久，又多了一只海螺。有时候，他会到我家附近的公园里，找一个僻静的角落，面对着小湖坐上半天。

378

在我的影响下，他开始帮我收集石头。夏天，我们经常到离我家一百多公里的卡斯卡特河谷找石头。那一带环境静谧清幽，河水从华盛顿州东部的大山里奔腾而来，带来了大量的石头。进入西部沿海的平原地带以后，水势逐渐平缓，在河湾处缓缓地转了个身，宽阔的河滩上留下了大大小小、五颜六色的美石。

有些美国人家的庭院里，也装饰有各色石头，只是没有中国人那样讲究，那样多情，将石头人格化，赋予了浓郁的人文色彩。比起大多数美国人，杰瑞显然更能领略石头的自然之美。

有一次，我发现了一块"虎皮石"，埋在沙石下面，只露出一个小角。我喜出望外，用铁锹一点点地挖出来，居然是个庞然大物，足有两百多斤！杰瑞围着石头转了一圈，看得很仔细，然后说："这块石头很漂亮！真像老虎的皮毛！我们一起把它抬到车上去！"于是我从后备厢里取出事先准备好的行李绳，把虎皮石拦腰捆好，找了一根粗壮的树枝横穿过去，我们一人一头，一较劲，大石头凌空而起。河滩上尽是大大小小的石头，高低不平，磕磕绊绊，走起来很吃力。随着我们的脚步移动，虎皮石像钟摆一样前后悠动起来，陡然间，一股巨大的力量向我拦腰涌来，我猝不及防，一个后仰摔倒在河滩上！"上帝！"杰瑞大叫了一声，愣在那里。我一个鲤鱼打挺跳起来，活动了一下身体，没事！我接受了教训，把树干紧贴着石头穿过去，不留绳距，这样走起来石头就不会前后悠动了。结果我们费了九牛二虎之力，把这块虎皮石运回我家里。以后，每当提起这块虎皮石，杰瑞总是说："老师，你的身体真棒！你那次摔倒在河滩上，把我吓坏了，你居然没事！这是你常年练八卦掌的结果！"

有一年夏天，我们相约去找石头，那一段河谷地形有些特殊。河岸很陡，河床很宽，在河床和河岸之间，有一道两三米宽、一米多深的河沟。平时没有水，我们需要跨过河沟到河床上寻找石头。那一天，杰瑞意兴阑珊，不想动弹，坐在河床上闭目养神。过了一会儿，我也坐下来休息，他指着山里的方向说："先生，你听到什么声音了吗？"我侧耳细听，隐约可以听到一种奇怪的轰鸣声，像牛群越过原野，沉闷有力，令

379

人不安。"这是什么声音？"我问他。"我估计是上游的山里下了雨，山洪下来了。没事，你去找石头吧，有情况我会叫你。"我又仔细听了听，声音更大了。我说："不对，听声音洪水离这儿已经很近了，马上走！"说着，我一抬头，看到洪水的先锋潮头已经从前方二三百米远近的地方拐过一道弯，呼啸着向我们扑来，那道干涸的河沟里霎时间掀起了浊浪。

"杰瑞快走！"我大喝了一声，冲进河沟里。水很凉，已经没过腰，劲道很足。好在河沟不宽，我冲到了对岸，上了河堤。我回头一看，杰瑞站在水里，手舞足蹈，手里举着他刚买的新鞋，龇牙咧嘴地裹足不前。原来他心疼那双新鞋，临下水之前把鞋脱了！河沟里都是石头，很锋利，他进退两难！我见状又冲回河沟里，拉起他的手，硬把他拽上岸来！"我真是个笨蛋！"他大声责骂自己。我说："你也不用脑子想一想，是你的鞋重要，还是你的命重要？""愚蠢！愚蠢！"他不停地责备自己，满脸羞愧。

过了不久，他意外地找到了一份相当理想的工作，他的生活又陡然掀起了一个巨大的波澜。

# 六

杰瑞的新工作是在塔克马国际机场打扫卫生，每周五天，四十个小时，每小时十六美元。如果加班，工资加倍。他早出晚归，很辛苦，但情绪不错。两个月以后，他居然还在坚持，我觉得很意外。他告诉我，塔克马机场的清洁工作，承包给三家公司。他的公司是其中的一家，负责整个机场三分之一的清洁卫生，工作量很大。他因为工作认真，经验丰富，已经升任经理。工作分三班，他负责夜班。现在总公司正在考虑提升他做总代理，负全责，一天二十四小时都要在岗位上。他的手下有二十多个工人。当然，工作多了，责任大了，待遇也会提高，每月工资五千美元，三餐免费，还有医疗保险。尽管杰瑞说话的口气听似轻描淡写，但是他内心的得意和激动，是显而易见的。他已经很多年没找到过这么好的工作了。又过了些日子，他的任命下来了，他也更忙了，早出晚归，我几乎很少见到他。

母亲节到了，杰瑞给他母亲买了一份额外的医疗保险作为礼物，对几个妹妹也都有所表示，只有唯一的弟弟例外。说起来很有意思，杰瑞有四个同母异父的妹妹和一个弟弟。他还不到一岁的时候，他的母亲嫁给了现在的丈夫、杰瑞的养父。他对自己的生父毫无印象，也丝毫不放在心上。他和养父的感情很深，认定了这就是他的父亲。他说："是他把我养大的，他就是我的父亲。"他的弟弟是姊妹里最小的，也最得宠。大学毕业以后，不务正业，四处游荡，最后在旧金山落脚。他没有工作，也不屑于找工作，喝啤酒，找女人，冲浪，就是他生活的全部内容。杰瑞的父母每个月按时给他寄去生活费，直到几年前，被迫中断了对他的供养，他大怒，断绝了和父母的联系。这次，他得到了杰瑞找到一份好工作的消息，于是主动和杰瑞联系，要求资助。杰瑞说："我没有多说，只告诉他你必须自食其力，就挂了电话。"看来，杰瑞善恶分明，心里还是有数的。

又过了些日子，杰瑞告诉我，他的上级主管麦克先生要来检查工作了，他要打起精神让老板满意。这个麦克就是当初负责面试和决定雇用杰瑞的人，握有丹佛和西雅图两个国际机场的人事大权。麦克来了，我有两天没见到杰瑞。麦克走后，杰瑞回来了，蒙头大睡。等他起床以后来到厨房煮咖啡的时候，我发现他十分疲劳，脸色灰暗，脸上有一道明显的伤疤，嘴唇也肿了。我很吃惊，问他是怎么回事。他支支吾吾地不肯回答。我恍然大悟，说："杰瑞，你是不是陪麦克喝酒喝醉了，摔的?"他苦笑着，不置可否。我继续追问："你们在哪儿喝的酒?""派克市场大街。我和你去过那里。有一家饭馆的炸鱼和啤酒很有名，我们在那里吃过午饭，你还记得吗?""当然记得。""吃完午饭，我们在市场里转了一圈，又到另一家海鲜馆吃晚饭，喝啤酒。其实也没多喝，一个人喝了十几瓶吧。出了饭馆下台阶的时候，不知怎么回事，我就摔倒了。""你肯定喝多了，小心吧!"

杰瑞确实忙得不可开交，有时候半夜还被电话叫醒，赶到机场去处理工作。他开始抱怨工作太多，工人太笨，太懒，太狡猾。从他的抱怨里我逐渐了解到，原来他手下的二十多个清洁工都是来自非洲埃塞俄比亚的新移民。这些人没有任何职业训练背景，对美国的生活也不适应，工作起来很不得力，并且经常迟到、早退、缺席、撒谎。我问杰瑞："为什么不雇用有经验的工人？"他说："你不了解现在的美国，民主党政府通过法律，规定中等规模以上的公司在雇用新工人的时候，必须雇用一定比例的非洲新移民。""那你们公司为什么不对新工人进行培训？""这是总公司的责任，跟我无关。培训需要钱，总公司不愿意花钱，要求我在工作里代培。工作这么多，这么忙，我哪有这个时间和精力？再说，我即使教给他们一些最基本的技能，他们也不想学，不认真学，拒绝学习。这些人特别懒，表面上很老实，心里可有主意了，根本推不动他们！机场方面经常通知我，不是地板没擦干净，就是玻璃没擦干净，或者是厕所没清理干净。我让他们去重新打扫，他们回来说：'这不是很干净吗？'我没办法，只好自己出面。可是我有那么多工作要做，哪有时间呀？"时间久了，杰瑞逐渐失去了耐心，经常和工人发生口角，闹得很不愉快。

有一次，杰瑞一大早刚赶到机场，就被机场方面叫到会议室。机场的负责人通知他，今天凌晨一点，机场临时召开一个紧急会议，结果在会议室的桌子底下发现有人睡觉。大家都很紧张，不知道发生了什么情况。经过调查，原来是一个值夜班的清洁工人。机场负责人最后表示："杰瑞先生，你必须做出整顿。否则，我们将重新考虑和你们的生意合同。"杰瑞也很紧张，把那个工人叫来骂了一顿，还拍了桌子。又过了几天，机场接到了旅客的反映，整整一个上午，没有人打扫卫生。于是又通知杰瑞马上处理。杰瑞飞奔到现场，发现值班的女经理正在电话里和朋友聊得热火朝天！她手下的三个女工竟然丢下工作躲在房间里聊天！他把那位埃塞俄比亚女人骂了一顿，当场解雇了她。

出乎杰瑞的意料，过了几天，他的顶头上司麦克从丹佛打来电话通知他，公司接到了劳工工会的文件，说那个被杰瑞解雇的女经理向工会反映了杰瑞的情况，状告他态度粗暴，不尊重工人。麦克透露，当杰瑞大发雷霆的时候，那个女人用手机录了音作为证据交给了工会，并且找了其他三个女工作证。工会要求公司对杰瑞作出处理。从现在开始，他交出工作，回家等待消息。在此期间，工资照发。杰瑞等了两个月，最终还是被解雇了。他闷闷不乐地说："工会的力量太强大了。"公司和麦克为他说了许多好话，无济于事。劳工工会强调："你们必须解雇这个人。他对工人的态度是我们不能接受的，也是不可原谅的。否则，我们将采取措施，要求机场方面解除和你们的劳务合同。"我还想多了解一点情况，杰瑞摆了摆手："从此以后不要在我面前提起'埃塞俄比亚'这几个字！我他妈的受够了！"

这份工作杰瑞大概干了六个月。他心灰意懒，也不去找工作，靠着手里积攒的钱过了几个月。接着就又陷入了那个"找工作—打工—失业—再找工作"的怪圈，一直到今年二月"新冠"疫情暴发。

# 七

"新冠"疫情暴发的时候，杰瑞正在一家汽车清洁公司打工，他的工作就是洗车。他的卡车坏了，每天乘公交车上下班。我从二月中旬开始就停止工作，切断了和外界的联系。到了三月，风声越来越紧，杰瑞却满不在乎，拒绝戴口罩。他对特朗普的话奉若神明，"新冠肺炎不过是大号的流感"。但是我不敢掉以轻心，他每天乘坐公交车上下班，感染病毒的概率很高，对我的威胁很明显，于是我通知他，停止使用我的厨房和洗衣间，我和他之间避免接触。他表示无异议。他住的房间离后门近，出入都走后门，于是我改用前门。

平时我很少见到杰瑞，偶尔从窗户里看到他步行去商店买东西，照例不戴口罩。三月底，我决定让他在四月十日之前搬走。我的理由是，第一，我很担心被感染；第二，我儿子全家要从纽约搬回来照顾我。四月九日，他提出来能否再多给他一周时间准备搬家，我同意了。因为我实在不想和他撕破脸，闹得不欢而散。毕竟是二十年的朋友，毕竟华人只是寄居于此，脚下的土地并不真正属于你，不能反客为主，太强势。四月十五日是他应该搬走的最后一天，他却毫无动静。中午，我从窗户里看到他正准备去上班，忍不住问他："什么时候搬出去?"他支支吾吾地说："先生，我不想打扰你，很想马上搬出去，但是太难了! 我能否住到四月底?"我想了想，说："你再多住一个星期吧，二十日搬走。我儿子已经买了二十五日的机票从纽约回来打前站，随后我的儿媳和孙子也会搬回来。"他一脸愁容，没再说话。

过了两天，我接到了一个奇怪的电话录音，留录音的人叫约翰，似乎是从州检察官办公室打来的，留下了电话号码，请我回电话。同样的内容，又用广东话和普通话重复了一遍。我从来没和检察官打过交道，也不大明白检察官的职责是什么，和我有什么关系，更猜不透这个电话录音对我而言有何吉凶，不免有些忐忑。我遵嘱打了电话过去，留了录音。

第二天，约翰先生打来电话，自称是州检察长的助手，要和我谈一下关于杰瑞·斯旺森搬家的事。我愣了一下，不明白杰瑞搬家和检察官有什么关系。不过既然是检察官，我不敢怠慢，也不敢大意，于是马上表示可以。不过事关重大，我需要一个会讲中国普通话并且懂法律的翻译，免得产生误会。对方表示没有问题，明天同样时间给我打电话。

果然，第二天同样时间约翰先生和翻译来电话了。翻译是一位女士，听她的口音也是从大陆来的。约翰再次做了自我介绍并确认了我的身份，然后告诉我，他们接到了杰瑞的电话，说我要求他在四月二十号从家里搬出去。现在他想告诉我，华盛顿州政府在三月份通过了一项临时法律，四月三十日以前，所有的房东不得以任何理由要求房客搬出去。他们希望我允许杰瑞在我那里继续住到四月三十日。原来是这么回事! 我听明白了，松了一口气，心里也有了主张，马上表示杰瑞可以在我家住到四月底。不过，我有几点补充意见："第一杰瑞不是我的房客。我们是朋友和师生，认识二十年了。他住在我家里不交房租，只交他自己的水电费。作为交换，他帮助我照看我的房子。第二我相信法律是公

384

平的，我作为一个老人，属于易感群体。因此，我要求杰瑞不能使用我的厨房和洗衣间，待在他的房间里，和我完全脱离接触，他那边有卫生间。"约翰感谢我对这项临时法律的理解和配合，同时也理解我采取的措施。我接着说："第三我的儿子已经购买了四月二十五日的机票，从纽约回来看望我，并为搬家做准备。他们一家，包括我九岁的孙子，要从纽约搬来和我一起生活。"约翰显然感到意外，他说："杰瑞并没有把这个情况告诉我们，这个情况很重要。"他沉吟了片刻，用商量的口气说："张先生，你能不能和你的儿子商量一下，请他退掉机票，等杰瑞搬走以后再回来？这恐怕是唯一可行的办法了。"我同意试一试。结果，儿子改签了机票。

快到四月底了，约翰先生又通知我，临时法律延期到六月四日结束。杰瑞要在我家住到六月初。我不想再费口舌，爽快地表示同意。放下电话之前，那位翻译小姐照例征求我对她的服务的意见，我表示很满意。她连声道谢，最后说了一句："老先生，您一定要多保重。我能听得出来，您是一位很有智慧的长者！"

杰瑞的卡车修好了，花了两千多美元，没有车他是搬不走的。在这之前，为了让他顺利地搬走，我曾表示他的修车费用我可以出一半，算是一位老朋友对他的帮助。我重提旧事，表示我仍然愿意付一半的修车费。他却说，他父亲知道此事后，替他付了。

六月三日杰瑞搬走了。无声无息，没打招呼。

事后，一位律师朋友听我讲述了事情的经过，吃了一惊："老兄，他实际上等于把你告了！这些年你对他的帮助太多了，我作为旁观者看得很清楚！没有你，他早就流落街头了！这种人太不讲良心，太危险了！他知道自己做得不对，不好意思跟你打招呼。"

我倒没把事情想得那么严重，都是为了生存。他有他的道理，我有我的打算。我的目的很简单，就是希望他顺顺当当地从我家搬出去。即使没有疫情，我也早有这样的想法。事情明摆着，他这一辈子就这样了。这不仅是他个人的悲剧，也是社会的悲哀。对此，我无能为力，只求独善其身了。

眼看就要到年底了，杰瑞搬走已经半年，全无消息。他曾经说过，如果手里有一万块钱，他想搬到爱德华州去，那里是共和党当政。他想在爱德华州的小镇上打工，在山林里练八卦，读书，听音乐，养一条大狗，了此一生。亚利桑那州他是不会去的。他不想依赖父母，也不喜欢那里的自然环境，沙漠太热、太干燥，而且工资太低。至于华盛顿州，他喜欢这里的自然环境，却对民主党的政治深恶痛绝，他早就想一走了之。但是，没有了华盛顿州专为低收入人群提供的收费低廉的医疗服务，他的糖尿病怎么办？乙肝怎么办？他能活几天？再说，这里的医生即使能治好他的病，却难以改变他的命运。因为他不可能改变自己的政治观点和由此决定的他的生活态度。再进一步说，即使他放弃了自己的政治选择，像许多人那样跳到另一个阵营里去，这个社会就能够洗心革面，得到拯救吗？在我这个不懂政治的人看来，这个国家的两党政治架构，已经山穷水尽。人心的分裂由来已久，根深蒂固。贪婪、虚伪、自私、无耻是政客共同的标签，在这样的政治生态环境里，一介平民的挣扎是无力而徒劳的。

这样一想，我越发感到杰瑞的可怜和无助。

多年以前，一个阴雨连绵的日子，杰瑞搭我的车和我一起去购物。路口处经常可以见到流浪汉在乞讨。说是流浪汉不完全准确，因为其中也有女人，年老的和年轻的女人。有些人推着从商店里偷来的购物车，车上是他们的全部家当，蒙着塑料布。这些人大都衣衫不整，蓬头垢面，手里举着一块木牌，写着："流离失所—无家可归—请求帮助—巨细不拘—上帝保佑你。"有的人身边还有一只狗，同样落魄而忠心耿耿。我问杰瑞这些人为什么还要带着狗乞讨。他说美国人喜欢狗，很多人会因此而同情乞讨者。沉默了一会儿，他又缓缓说道："也许有一天我会带上安妮去乞讨。您如果在街上看到我，请可怜我，给我一些零钱。"

2020年12月11日于西雅图

2021年夏秋重读修改

# 夜　归

送走了最后一个病人，天已经完全黑了。

九点整。深秋的夜晚漆黑如墨。

透过窗户，看不到月亮，也不见一丝星光。经验告诉我，漆黑一团的天空上，乌云正在迅速聚集，越集越厚；云团在无声地翻滚，越滚越狂。一场倾盆大雨即将来临。

我迅速地收拾好随身物品，锁好门，走出办公楼。

一股强劲的哨风夹杂着冰凉的雨星劈面扫过来，我禁不住打了个寒噤，迅速钻进车里，发动了车子。

汽车刚刚驶上高速公路，大雨就如期而至。雨刷不安地摆动着，就像我此时的心情。公路上一片漆黑，车灯发出的光显得那么微弱无力。车灯的光柱里，密集的雨线像无数条银白的小蛇争先恐后地从天而降；落到地上又起劲地反弹起来，化作一颗颗耀眼的珍珠。那小蛇和珍珠似乎是有生命的，看上去兴高采烈，神气十足，甚至有些幸灾乐祸，好像是在嘲笑我这个风雨夜归客。看来，今晚的雨来势不小。

我有点儿后悔，没及早打电话通知最后两个病人，取消今天的治疗。这样我可以提前两个小时离开，赶在大雨之前回到家里，不至于像现在这样顶风冒雨自陷险境。在这样的风雨天气开车，风险不言而喻。难怪最后一位病人密斯特肯临走时再三叮咛："你最好找个地方住下，明天再走。祝你好运。路上一定要小心！"

不过，扪心自问，我能这样随随便便地取消治疗吗？显然不能。少挣几个钱倒是小事，一旦信誉受到伤害，则后患无穷。在异国他乡谋生，信誉永远是第一位的。我必须时刻小心谨慎，不敢有丝毫大意。这些年我的生意还不错，建立起良好的信誉，病人们都欣赏我的治疗，有些人甚至成为很说得来的朋友。像最后离去的密斯特肯，他是一位退休的英美文学教授，每次见面我们都有聊不完的话题。但是，归根结底，病人们对我厚爱有加，得益于我的认真、敬业。当然，如果我今晚真的取消了治疗，病人们是能够体谅的。他们会大度地表示："没关系，我理解你。赶紧回家吧。路上小心开车！"但是我不能娇惯自己，不能开这个头。凡事只要咬咬牙，总能挺过去。风雨过去之后，又会是一个晴朗的蓝天。

高速公路上汽车不多，真是前不见古人后不见来者。我的车就像是深夜里在汪洋大海上漂荡的一叶孤舟。聪明人早就赶在风雨之前回到家里，享受着傍晚的温馨和宁静。想到这里，内心不禁颤抖了一下，一种孤独的感觉油然而生。

车灯扫过路边排列整齐的高大的松树和白杨。一团又一团白色的雾气从树与树的间隙幽幽地飘出来，向车头扑过来，像是一个白色的怪物要把汽车和车里的我一口吞掉。

我想起几年前回国时听一位在剧团工作的朋友讲的一段真实的故事。

有一次，他们剧团半夜赶路。公路上一片漆黑，大轿子车的灯光划破夜空，成排的树影在车窗外一闪而过。突然，从路边的大树后面闪出一个人影，一袭白色的长衫，长袖飘飘，白发莹莹，迎面向车头飘然而来。开车的老司机见状大吃一惊，猛然向左打把，汽车闯进了公路左手的一条岔道。坐在前排的几个人也看到了这一幕，吓得大叫起来。全车的人都从睡梦里惊醒了，大家七嘴八舌地议论起来。那个白色的身影到底是什么？绝对不是野兽。也不可能是人，那就只能是……大家噤若寒蝉，不敢继续往下想。

大轿子车又上路了，演出的任务不能耽搁。后来这件事成为一件悬案，在剧团里议论了很久。

现在看来，那个白色的不速之客应该是雾气。在这里，在深秋的夜晚，雾气是高速公路上到处流浪的幽灵。

天气越发恶劣，雨骤风狂。雨刷像发疯一样东挡西拦，雨水仍然像是赶不走的狼群，争先恐后地扑到车窗上，眼前是一片混沌。

突然，车子像是陷进了泥沼，不肯往前进，车速降到了时速不到二十英里。我猛踩油门，无济于事。一阵绝望涌上心头，背后冷汗淋淋。我继续猛踩油门，不敢松劲，突然车猛地往前一冲，时速一下子跳到八十英里，我吓得几乎大声叫喊起来。我知道遇上了顶头风，赶紧打开紧急灯，提醒后面的车辆；同时打开右转灯，换到右边的慢行道。狂风一下子消失得无影无踪，只有心还在狂跳不止。我估计刚才那一阵顶头风时速至少在六十英里以上。

我想起几年前在报纸上看到的一则消息。在科罗拉多州，两位从中国浙江省来做学术交流的访问学者刚一下飞机就不幸死于车祸。那天晚上来机场接机的也是一位中国访问学者。在回学校的路上，风雨大作，他们的汽车不知为什么驶上了逆行线，和对面驶来的大卡车迎面相撞。结果，两位浙江的访问学者还没来得及到学校报到，就惨死在路上。我不明就里，向一位美国朋友请教。他说，一定是因为雨下得很急，很大，路面上积了大量的雨水。这时候一定要减速，否则车在水面上高速行驶，就像小船在水面上一样，摩擦力微乎其微，很容易失控，冲向逆行线，有经验的驾驶员都懂这个道理。最好的办法是停车避雨，等雨小了再走。看来那位开车的中国学者经验不多。

想到这里，我决定找个安全的地方停车避雨。这时，车子已经接近蒙特文市。这段平日二十五分钟的车程，我今天整整用了五十分钟。

我在一个靠近高速公路的加油站停下来。四周一片漆黑，只有加油站里灯火通明却不见一个人影。到哪儿去避雨呢？总不能在加油站吧？这里同样不安全。危险会随时从周围的黑暗里冒出来。我紧张地思索着，把我记忆中住在这一带的熟人挨个想了一遍又一遍。最后，我拨通了她的电话。

认识维雯·辛普森还是几年前的事。那天，她来到我设在阿那克特市的诊室，抱怨腰背很痛，问我能否给她治疗。就这样，她成为我的病人，治疗每周一次。几个星期以后，维雯的病情明显好转。每次来接受治疗，我们都要聊上一阵子。在我，这种交谈是治疗的一部分，通过交谈我可以了解与治疗有关的更多讯息；在她，则是一种宣泄，对治疗也只有好处。随着病情逐渐好转，她的话越来越多，情绪越来越好。治疗了一段时间以后，我对她的情况已经了解得差不多了。

五十九岁的维雯原来是一家饭店的会计，收入不错，工作也不累。只是每天坐在收银台前，对顾客强颜欢笑，令她不爽。再加上久坐导致慢性腰背疼痛，更让她心生去意。有一天她突然心血来潮，决定提前退休，于是马上辞工不干了。这就是一部分美国人的作风，说风就是雨，想起一出是一出。脑子里有了一个想法，马上就要付诸实践。只图眼前痛快，完全不考虑后果。

辞工了，再也不用整天在收银台前枯坐，再也不用面对那些打着饱嗝的各色食客，和被成千上万双手摸来摸去的脏兮兮的钱币打交道了。她感觉一身轻松，逢人就讲退休的好处，炫耀现在自己是多么轻松自在，多么享受这种无拘无束的生活。可惜好景不长，问题很快就找上门来。不是别的什么问题，是一个既简单又复杂、人们每天都要面对的最普通最实际的问题——钱！她开始感到缺钱的压力。

她离政府规定的退休年龄差了将近十年，因此得到的退休金很有限。她算了一下，还不如穷人领的救济金多，于是干脆放弃了退休金，改领救济金了。不过这件事让她多少感到不自在，因此她跟别人从来不曾提及。两室一厅的公寓是住不起了。只好退了公寓，搬进了专门给低收入人士准备的公寓。虽然说是低收入公寓，不大好听，但是条件还不错。至少在我看来是这样。一室一厅，一厨一卫，一个人住绰绰有余了。只要不大手大脚乱花钱，日子还能过得去。计划得周全一些，手脚勤快一些，想开一些，日子还能过得蛮滋润的。室雅何须大，山幽不在名。身居斗室，同样可以做到胸有泉林。可惜美国人天生缺乏这种心胸和气质，不懂其中的奥妙和境界，人人想的都是华屋美车、广厦高堂。

维雯同样不能免俗，于是，她整天哀叹自己的穷困潦倒，本来很端庄大方、风韵犹存的脸上，时见愁云惨淡，雾锁春山。

然而比钱更让人煎熬的是感情上的缺失和饥渴。她离过两次婚，和前后两任丈夫各有一个女儿。两个女儿都已长大成人，另立门户，并且也都各离过一次婚了。大女儿离婚以后再没有结婚，一直独身，倒也清静、快活。小女儿的第二次婚姻正面临解体，为孩子的抚养权和抚养费闹得焦头烂额。因此，维雯的生活里，既缺少一个知冷知热的人，也无从享受天伦之乐。

电话接通以后，响了许久才听到维雯那睡意正浓的声音，原来她坐在沙发上看电视睡着了。我说明了事情的原委，她答应得很爽快，于是五分钟以后，我就坐在她的小客厅里了。

维雯打开一听图那鱼罐头，为我做了一个香喷喷的三明治，外加一碗热乎乎的西红柿土豆汤。我一边享受这顿意外的夜宵，一边和她随意闲聊。我无意中瞥见客厅墙上的一幅大照片，一个容貌美丽、眼睛奇大的小姑娘从照片里对着我微笑，神态十分可爱。维雯注意到我的目光，说那是她五岁时的照片，是唯一保存至今的那时的照片。我问她"那时"是什么意思？她说是指"二战"期间。我算了一下时间说，那时我还没有出生呢。她调侃说，所以你是个"小宝贝儿"。我由衷地夸赞她是个小美女，她脸上掠过一丝红晕，说她长得像母亲。于是，我们很自然地谈起她的母亲。

"你说得不错，我从小就是个小美人。"维雯款款地说道，"人们都说我长得像母亲，只是母亲比我还要漂亮。""二战"时她的父亲从军上了前线，在工厂打工的母亲带着她辛苦度日，等着父亲回来。母亲长得很漂亮，追求她的人很多，她一概拒之门外，一心守节。在那种特殊的环境下，很多留守的妇女因为实在寂寞难耐，看不到希望而"琵琶别抱"，造成了无数家庭的破裂和人间悲剧，这也是人们为战争付出的一种代价。她的母亲应该算是一个另类，一个不同寻常的女性。

战时日子很艰难，几乎所有的日常生活用品都要凭票供应。从面粉到肥皂，无一例外。她记得很清楚，每逢月末、月初，母亲领了工资和各种各样的票证，都要坐在地板上，仔细清点、算计。母亲左手的地板上是少得可怜的工资，右手的地板上则摆满五花八门的票证。母亲清点了一遍又一遍，似乎不敢相信自己的脑子和眼睛，往往一边清点一边流泪。最后母亲终于清点完了，坐在地板上发呆，满面泪水。幼小的她不知道该怎样安慰母亲，只能陪着母亲一起流泪。子女多的家庭情况还好一些。因为各种票证是按人口发的，有一个算一个。人口多的家庭领到的票证也多，自己用不了，可以和别的家庭交换现金或者食物。维雯母女俩领到的票证有限，母亲的工资又少得可怜，雪上加霜，日子格外艰难，有时甚至难以为继。

冬天的早上，天还漆黑一团，母亲就去上班了。她把一天的口粮放在还在熟睡的维雯枕边，轻轻地吻吻女儿的脸颊，悄悄地走了，深夜才回来。前方的战事吃紧，将士们急需军火弹药，工厂日夜加班，大家士气高昂，拼命工作，一心想着如何打败法西斯，迎接前方的亲人早日归来。

整整一个白天，维雯自己守在家里等母亲下班回家。饿了，她就着凉水吃一口干粮；累了，她随时倒在地板上、沙发上、床上睡上一觉。深夜，母亲回来了，家里像冰窖一样寒冷彻骨，母亲流着泪抱起她，用自己的体温温暖着她，母女俩相拥而眠。母亲和维雯在寒冷和饥饿中等待着父亲的归来。

生活就这样日复一日地在艰苦和期盼中过去了。战争的残酷超出了人们的想象。许多邻居家的亲人在战场上牺牲了。那时，送信的邮递员照例要先敲敲窗户，人们听到声音就会自动打开门，接收信件和报纸。有时候，信件和报纸里夹杂着亲人的"阵亡通知书"，往往像晴天霹雳，引来大人和孩子的一片哭声和哀号。随后，整条街都沉浸在极度的悲伤和无名的恐惧里。

久而久之，人们形成了一个习惯，既期盼前线亲人的信息，又害怕听到邮递员敲窗户的声响。只要窗户响了，就有可能是前方的亲人牺牲了。那时邻里们中间流传着一句顺口溜："天不怕，地不怕，就怕窗户敲三下。"

维雯和母亲是幸运的，她们暗自庆幸始终没有接到过那封该诅咒的、像一把不祥的利刃一样悬在人们头顶上的"阵亡通知书"。

战争结束后，远征的战士纷纷回来了，千家欢腾，万户相庆，唯独维雯的父亲迟迟不归。母亲失去了一贯的镇静，到处打听父亲的消息。后来一位和父亲一起从军的战友说，听别人说在佛罗里达州看见了父亲，也许他乘坐的归船停靠在了那里。母亲二话没说，马上买了火车票穿越整个美国直奔佛州而去。不久母亲回来了，精神有些恍惚，说在佛州没找到父亲，倒是听人说父亲已经回到西北海岸的老家。于是母亲匆匆忙忙地往回赶。家里当然没有父亲的踪影。母亲的精神越发不济，常常拿东忘西，自言自语，或是坐在角落里发呆。开始母亲还常常流泪，后来母亲的眼泪似乎流干了，不再哭泣，只是拼命地工作，主动跑到工厂去加班，有时甚至忘记了身边还有一个宝贝女儿存在。又过了些日子，母亲听说父亲还是在佛罗里达，于是扔下家又奔向佛州。从此母亲再也没有回来，那年维雯九岁，就这样她成了孤儿。

后来，她在亲戚和邻里的照顾下长大了。读书、毕业、工作、结婚、离婚，一路走到今天。往日的岁月像过眼烟云，许多生活里发生的事都淡忘了，麻木了，只有"二战"期间和母亲相依为命的这段日子给她留下了永远难以磨灭的印记。

这就是为什么她始终保留着这张五岁时的老照片。生活里发生了很多变故，她一生里搬了很多次家。许多当初认为十分宝贵的东西舍弃了，遗失了，忘怀了，只有这张照片始终陪伴着她。

她说，如果有一天我死了，这张照片也要随我而去，其余的我什么都不需要。

那一夜我在维雯家客厅的沙发上将就了一夜。整天的劳累和奔波，让我睡了一宿好觉。夜里，我似乎隐隐约约地听到有人在啜泣。那声音时大时小，时远时近，时断时续，其中还夹杂着深深的叹息和悲不自禁的絮语。朦胧中我忘记了今夕何夕，自己又身处在哪里。恍惚中那啜泣又化为窗外的风声和淅淅沥沥的雨声，似乎还可以听到远处教堂的钟声。我不知道自己是醒着，还是在做梦。猛一抬头，我看见云端里有一位美貌惊人、眼睛奇大的小姑娘在向我招手，她的手里分明拿着一张照片，她冲我得意地喊道："看，这就是我五岁时的照片！你看我长得美吗？人家都说我长得美。其实我妈妈比我还美丽，可是她不要我了！她走了，连一句话也没给我留下。都这么多年了，我都快忘记她的样子了。我只能从自己的照片上猜测她的样子，重温她对我的爱。妈妈，你在哪儿呀？你快来呀！我好想你呀！你要是再不来，我就去找你！到天堂里去找你！人们都说你在天堂里，和爸爸在一起。是吗，妈妈？你为什么不回答我？你倒是回答我呀，妈妈！"

早上，我在雨后的晴明中踏上归程。路上，一道巨大无比的彩虹从高速公路西侧的海湾上腾空而起，掠过头顶的天空，向公路东侧的喀斯卡特山脉斜插而下，在广阔的天宇间架起了一道七彩斑斓的长桥。极目西望，海湾对岸宾纳斯拉半岛上的奥林匹克雪山，透过彩虹，熠熠生辉，神奇而又美丽。那里似乎就是彩虹的家乡，彩虹带来了大海和雪山的问候。高速公路上南来北往的车辆和公路两旁往日那熟悉的丘陵、田野、村舍、河流、小溪，统统被染上了一层绚丽的色彩，披上一层奇特、温馨的光华，变得十分陌生，使人恍若置身在一个梦幻般的童话世界里。眺望东方，那道将华盛顿州一分为二的喀斯卡特山脉，敞开了巨人般的胸怀，迎接着来自天宇的缤纷和美丽，山顶上的万年冰川和山腰的村落、森林以及那在盘山公路上缓缓蠕动的车辆，都像是从彩虹中汲取了神奇的能量，显得格外清晰又格外缥缈，静默无声而又美不可言。

我在高速公路上整整行驶了一个小时，这道神奇巨大的彩虹始终跟随着我，我似乎永远也走不出它的怀抱。想想昨晚的暴风雨和路上丛生的险境，我真的不敢相信眼前的一切是真的。神奇美丽的大自然，似乎把它的全部善意和戏谑都慷慨地赐予了我脚下的这片土地。这里有无边无尽的森林，波光潋滟的大湖，亘古至今的冰川，高耸入云的雪山，奔腾不息的河流，静若少女的小溪，温柔美丽的海湾，涛声日夜的海洋，四时不谢的鲜花和慷慨大度的人们。昨晚的疾风暴雨似乎只是大自然的

394

一个玩笑，它的唯一作用就是使我无意中倾听了一个孤独的灵魂的倾诉。现在，暴风雨过去了，为了表示歉意和抚慰，大自然又刻意送上了这令人如醉如痴的彩虹，一直陪伴我跨进家门。

电话录音机上的信号灯闪着令人愉快的宝石般的红光。我打开录音机，里面传来维雯的声音："亲爱的约翰，"她叫着我的英文名字，"我想你已经顺利到家了。感谢你昨晚的光临。在凄风苦雨的夜晚，能有一位朋友倾听我的倾诉，这对我真是一件意想不到的事，是上帝送给我的一件小小的珍贵的礼物。你让我有机会重温往日的岁月，重温母亲对我的爱，重新认识到母亲对我来说是多么重要。为此我非常感谢你，你给予我的要远大于我昨晚为你做的。这一切发生得这样突然，这样出人意料，我想除了万能的上帝，没有谁有如此神奇的力量做到这一切。

"约翰，再次感谢你昨晚的光临。当你坐在我对面倾听我的诉说时，我觉得我们的心是相通的。我可以感觉到你的感情随着我的诉说在波动起伏，我看到了你的泪光在灯光下闪烁，这是一个男人的眼泪和同情。对我来说，这很重要，也很珍贵。你的到来使我再次体会到家的温馨。这种感觉我已经很久很久没有体会到了，已经很陌生了。我知道你很想留在这个国家，因为这里更适合你，更有利于你的发展。同时我也知道，你正在为'绿卡'奋斗。请考虑一下我的建议，如果你和我结婚，你很快就能得到绿卡，我们可以组成一个幸福的家。"说到这里，她的声音颤抖了一下，显得格外真诚，也格外庄严。她停顿了一下，似乎轻轻地吸了一口气，然后发出了一声发自心底的叹息："如果你认为我说得有道理，请你给我回电话。否则，就不必了。"

一阵像是遭受了电击一样的感觉迅速传遍全身，我愣在了那里。这一切来得如此突然，我简直有些不知所措。维雯的确是一个善良、真诚的朋友，在异国他乡漂泊不定的生活里有这样一位可以说说心里话的朋友，是一件可遇不可求的事，并非每个人都像我这样幸运。但是，做朋友和做夫妻完全是两码事，这种事不可不慎。更何况为了绿卡而跟一个不十分了解的人结婚，这与我一贯的做人原则格格不入。我冲动地抓起话筒想马上一口回绝，想了想，又把话筒轻轻地放下了。

"着什么急呢？人家不是已经说了吗，不同意就不必回电话了。"我在心里默默地自言自语，"我的确是正在为我的绿卡奋斗。我希望留下来，因为这里更需要我的知识。我也喜欢这里的生活环境。不过，我愿意凭自己的努力拿到绿卡，不想通过其他途径。"

以后很长一段时间里，因为忙，也为了避免引起更大的误会，我没有和维雯联系，甚至连电话也没打过。紧接着，一个越洋电话把我召回了大洋彼岸那个常常令我梦魂牵绕的古老的都城。突如其来的家庭变故，使我滞留在大陆将近一年。等我再次回到这个被我视为第二故乡的海滨城市，已经是第二年的初夏了。

又是一个风雨交加的夜晚。我坐在客厅里听着音乐，享受着夜的宁静，也品味着整日劳作之后的闲适和内心深处的一份孤独和淡淡的忧伤。风的低吟似乎格外温柔，路灯映照下的雨丝也显得不疾不徐，不浊不重，像是在随风起舞，曼妙多情。窗外偶尔传来夜行的车辆驶过积水时发出的哗啦的声响，夜归的人们正在急急忙忙地赶回家。

突然，记忆深处有一个光点闪了一下，又闪了一下，就像是少年时在故乡的郊野放风筝的情景。那随风飘荡的风筝早已经脱离了我的视线，变得似有若无，只剩下针尖大的一个黑点儿，仿佛随时可以消失在广阔无垠的蓝天里。我似乎也已经忘记了风筝的存在，忘记了自己在做什么，甚至忘记了自己。突然一缕阳光照射在风筝上，使它在一瞬间发出了一道闪光，映入我的眼帘，刺激了我麻木的神经，使我想起了我对风筝的责任。于是我赶紧收摄心神，转动手里的线框，将那险些被我忘却而永远消失了的风筝重新拉回到眼前。于是我想起了一年多前那个同样风雨交加的夜晚，想起了照片上那个五岁小女孩儿美丽的面庞和她那双充满好奇神情的大眼睛。

我抓起话筒，拨通了维雯的电话。电话铃声响了几下，然后是一个女中音的声音："对不起，您拨打的电话号码已经停止使用。没有任何信息可以提供，请查清号码再拨。"

我不甘心，又试了一次，结果一样。再试，还是一样。

于是，我上网查到维雯居住的那座公寓的管理处的电话。接电话的是一位女性，她听完我的话，很有礼貌地表示："我是管理处的经理。很抱歉，我不能向您提供任何有关房客的信息。我没有权利这样做。"说完不容我再分辩，她挂断了电话。

有关维雯的线索就这样断了。她究竟去了哪里？她的生活里发生了什么？一丝不安甚至不祥掠过我的心头。

转眼间，夏天过去，秋天到了。

美国西北地区的秋天，像是一位美丽而性情多变的少妇，一会儿是明眸皓齿、光彩照人；一会儿又是愁云惨淡、涕泗滂沱。好在我已经习惯了这里的环境，见怪不怪了。

又是一个风雨交加的傍晚，我再次经过那座小城蒙特文市。自从失去了维雯的消息之后，我因为生意的关系曾经多次经过这里，但是从未停留。不过，今天的风雨来势不善，我不得不找个地方暂停以避其锋芒。

我驶进市中心，在一家超市门前停下车，这家超市有一个响亮的名字——"红苹果"。超市大门的上方，霓虹灯的光芒勾画出一个鲜艳欲滴的特大号的红苹果，在这凄风苦雨的傍晚，让人感到格外温馨宜人。

超市里的顾客很少，人们都躲在家里。我喜欢逛美国的超市，在这里购物是一种享受，宽敞明亮，琳琅满目。顾客不多，从来没有摩肩接踵，永远不会人满为患。你有任何问题，超市里的服务员都会放下手里的工作，一句"请跟我来"，把你领到你想买的东西跟前。你买到了需要的物品，同时还收获了一份温馨。

我在超市里悠闲地漫步，东张西望，心不在焉。突然身后传来一声问候，然后是一个悦耳的年轻女子的声音："你有什么问题吗？我可以帮你。"我转过身来，心里暗暗地吃了一惊，因为身后的这位不速之客长得和维雯惊人地相似：中等身材，一头齐肩的亚麻色的秀发；脸庞略显宽阔，给人一种舒朗的感觉。一双大眼睛神采奕奕，鼻子十分秀气而挺直。尤其是那一脸灿烂的微笑，让人感到温暖而可靠。只是她看上去比维雯年轻得多，一身工作服说明了她的身份。我向她说明了事情的原委，她嫣然一笑说："你找了一个好地方躲避风雨。如果口渴了，我们这里还有免费的咖啡。"我谢过她，转过身继续漫步。但是我的心却失去了平静。因为维雯过去在闲谈中说过，她的大女儿就在这座小城的超市当售货员。我不记得她的名字，但是她的相貌让我有理由相信，她就是维雯的女儿。

我在货架上取了两袋面包，朝缴款台走去，那位年轻的女士正在那里望着窗外出神。我付了款，鼓足了勇气试探着说："对不起，我想说你长得和我的一位老朋友很像，我的朋友叫维雯·辛普森。"她显然吃了一惊，说："对，我就是维雯的女儿！难道你就是为她治过病的那位中国人？"我点了点头。她继续说："真巧！怎么会遇上你了？我妈妈生前跟我说起过你，她挺喜欢你的。"我心里颤抖了一下，问道："对不起，你刚才说的是'生前'？""是的。""什么意思？难道维雯……""难道你不知道吗？我妈妈不在了，已经去世一年多。"我必须承认，在那一瞬间我受到的震动和冲击比两年前听到维雯的录音电话时还要大。"怎么会呢？"我喃喃自语着，看着她。她那双美丽的大眼睛湿润了，两颗晶莹的泪珠涌到眼角，摇摇欲坠。

沉默了片刻，她轻声轻语地补充说："妈妈说她活得太累了，太孤独了，太失望了。她说想念她的母亲，要去找她。我虽然没有见过我的外祖母，但是我知道外祖母的故事。我也知道，外祖母是我妈妈一生中的最爱和最痛。一开始我和妹妹都没把她的话当真。直到出事了，妈妈真的走了，我们才明白她那样说不是在开玩笑，不是随便说说就算了。她是认真的，她真的是去找她的母亲了。她现在应该是和外祖母在一起吧，只是我和妹妹到现在也不能接受这个事实。一个平常那么乐观的人，就这样说走就走了。昨天还好好的，有说有笑的，第二天就没了，再也不回来了……"

她还要说下去。这时有顾客推门走进来，她擦擦脸上的泪水，把一张纸递给我，匆匆忙忙地说："我必须去招呼其他客人了，请给我你的地址，我妈妈有一件礼物要送给你。那东西在我家里，我明天寄给你。再见。"

我离开超市，重新驶上高速公路。风雨依旧，我小心翼翼地前行。

几天以后，我收到了维雯女儿的信件。我迫不及待地打开信封，一张因岁月久远而发黄的旧照片滑落出来。一个面庞美丽的小姑娘瞪着一双大得出奇的眼睛，从照片上望着我，微笑着，眼睛里充满了天真和好奇。

2014年夏末于西雅图

2021年3月24日重读整理

# 第五辑 万法归一——大道无形在人心

# 民以食为天

## ——一个北大人五十一年来"舌尖上"的回味与思考

民以食为天。回顾离开北大以后五十一年的经历，总也绕不开"饮食"二字。

## 一

1970年早春三月，最后一批北大学子被迫仓皇离校，奔赴底层，开始了人生苦旅。我和地球物理系的王发明同学被分配到辽宁省新宾县大四平公社农中教书。大四平公社地处新宾县与本溪县交界的大山沟里，据说，当年杨靖宇将军的抗联就在这一带的深山里辗转坚持抗敌。这里留下了先烈们的足迹，也由此可见它的偏远和闭塞。学校的条件自然也很差，一排陈旧的草房和一排新建的砖房之间，是一块这里难得一见的平地，立了一个篮球架子，这就是学校的全部。五间砖房是教室，泥地和灰墙还湿漉漉的，显然是刚盖好不久。五间草房，两间打通了做办公室，一间灶房，一间乒乓球室，一间教室。灶房分出半间，是我和王发明的宿舍。吃饭，我们在公社干部食堂搭伙。我们的户口和粮油关系都落在公社里。一年四季，跳蚤是生活里的常客，冬天尤甚，身上经常痛痒难耐。

1970年，时局正处于一个微妙的阶段。辽宁省的经济很不景气，民生严重匮乏。

公社食堂做饭的褚老头最拿手的饭菜是贴棒子面饼子、熬棒子面粥、腌萝卜条，中午则是熬酸菜和高粱米饭。一大锅白水煮酸菜，临出锅，撒上一大把盐，点上一点豆油。半个月吃一次白米饭，就酸菜汤，就算是改善伙食了。半年多下来，肚里的油水早就被刮干净了，整天饥肠辘辘。

每天中午，还不到开饭时间，那些农民出身的公社干部们就早早地来到食堂，等着开饭。实在等不及了，又没什么东西可吃的，公社的褚副主任就跑到食堂的菜地里，摘一把小葱，掐掉根须，蹲在地上，咔哧咔哧地嚼得挺香。此人身高脸长，隆鼻鼓眼，面相和说话都很粗鲁。看他吃小葱的神态，极像我们小时候夏天里到城外去抓的那种浑身绿色、俗称"青根儿愣"的大蚂蚱。

一天，干部们实在馋得受不了了，由公社武装部的干事老董带头，带了一把冲锋枪，几个人上山了。下午回来，背下来一只熊崽子。第二天中午，食堂改善伙食，蒸白面馒头，炖熊肉。那一天上午，公社里的干部都没下乡，不少人早早地就到了食堂。开饭了，食堂里一下子变得像过节一样热闹。一人一碗红烧熊肉，两个白面馒头，人人兴高采烈，个个喜气洋洋。这是我这一辈子第一次也是唯一一次吃熊肉，真正的野生的熊肉。我必须承认，在我的生命体验里，这是一顿真正意义上的美餐！那种沁人心脾、令人陶醉的感觉这辈子也不会忘记。毕竟已经半年多不知肉味了！遥想当年孔老夫子周游列国，被阻于陈、蔡之间，苦不堪言，不过三个月不知肉味而已。所以，以后在很长一段时间里，那顿熊肉大餐都是公社食堂里人们津津乐道的热门话题。

归根结底，这次熊肉大餐，多少还是有些特权的意味。至于一般的村民百姓，他们连这点儿便宜也没有，只能靠天吃饭了。尤其是学校的学生们，整天饥肠辘辘，凑在一起的时候，大多是在谈吃。就这样，哪还有心思上课？当时，填饱肚子是老老少少共同的愿望和奋斗目标。至于"革命""政权"等等话题，已经很少被人们提起来了。

学校里有一位学生叫姜成梁，聪明过人，文体兼优，是个天生的能人和领袖。在他的策划和带领下，几个胆子大的男孩子，跟着他上山去掏獾子，吃獾肉，一个个小脸蛋儿红扑扑、肉嘟嘟的，出出进进的令人艳羡，俨然有英雄的气概。他们的学习成绩也比其他孩子好。学校偶尔和其他学校赛篮球，这几个孩子在球场上生龙活虎，似乎有使不完的力气。后来成梁因品学兼优，身体出众，被部队选中当了特种兵。在那年月，当兵可是农村孩子们最好的出路了。

1971年春节过后，我从北京返回大四平。临走前母亲把家里仅剩下的八个鸡蛋小心翼翼地包好，嘱咐我带走，那时候北京每家每月供应二斤鸡蛋。回到学校，看到王发明瘦得皮包骨头，我们拿上这八个鸡蛋到了村里唯一的小饭馆，请大师傅帮忙炒一炒。师傅接过鸡蛋，打碎，调好，坐上锅，往锅里放了满满的两勺豆油。油热了，将鸡蛋往锅里一倒，刺啦一声响亮，锅里绽开了一朵雪白微黄的硕大的"莲花"，碧绿的葱花，格外提神醒目。炒鸡蛋特有的浓香飘散开来，令人馋涎欲滴。饭馆里的十几个客人全神贯注地盯着大师傅的一举一动，又扭头打量我和王发明，毫不掩饰心里的羡慕。他们面前摆着的是高粱米饭和白菜汤。"两毛！"大师傅冲我嫣然一笑，"张老师，北大来的！你在公社礼堂唱《智取威虎山》，我听过。唱得真好！"

我们回到宿舍，看着王发明狼吞虎咽，脸上泛起一丝红晕，我说不清自己是高兴还是难过。

离大四平大约三十里有个村子叫马架子，村里有个煤窑，出产上等的无烟煤，隶属于抚顺矿务局。大部分工人是从附近的村子招收的农民，经过培训，下井挖煤。虽然煤矿的技术落后，设备陈旧，工作环境十分艰苦，死人受伤的事时有发生，但是那一身蓝色的工作服和每个月几十块钱的收入，还是引来年轻村民羡慕的眼光。马架子沾了煤矿的光，拿工资的人多，村民的穿着明显比其他村的人光鲜，村子的规模也非一般的村子可比。

村子里有个中学，规模和大四平中学差不多。学校里有个语文老师叫王文太，辽宁省师范学院中文系毕业的，和我年龄相仿，人高马大，说话豪爽，嗓门也大，老师们戏称他"王文大"。

有一阵子，新宾县教育局组织学校之间举行观摩教学，同一科目的教师之间互相听课。有一天，我到马架子中学观摩王老师的语文课。下课后应邀到他家吃午饭。去他家的路上我就在想："在这种上不着天下不着地的穷乡僻壤，今天的午饭能吃什么呢?"

午饭端上来了。一大碗白面条，酱油浇汁儿，没有葱花儿，代替葱花儿的是当地的野蒜。面条上面是两个似虾而非虾、似蟹而非蟹、油汪汪的泛着红色的"东西"，散发着诱人的香气。

王老师看出我的好奇和犹疑，笑呵呵地大声解释说，挂面和酱油是他和夫人从沈阳带回来的。野蒜是上山采的。至于这几只"小龙虾"，他指着面条上面那两个非虾非蟹的东西得意地说，是他从村外的小河里逮的。王老师是辽南人，海边长大的。他的夫人常老师来自沈阳，典型的城里人。从海边和大城市来到深山里教书，吃住是头等大事，都要自力更生。租的是村民的房子，月租两块。吃则五花八门，来源不一。就说这几只"小龙虾"吧，他说，有一次他们两口子下课后散步，来到村外的小河边。王老师眼尖，实际上是长期缺油少肉的煎熬使人对食物极其敏感，神经格外发达，他发现河里有一种水生物和他家乡的特产小龙虾很相似。他马上回家做了个简单的渔网，捞上来一尝，还真是那么回事!从此，他隔三岔五就捞"小龙虾"改善生活，也用来招待客人。时间久了，这事传到村子里，村民们大笑，说："这个王老师真是个宝!什么都敢吃，河里的东西，打死我也不吃!"

这一顿午饭吃得我百感交集。人类真不愧是"万物之灵长"，其生命力之顽强，潜能之巨大，远远超出自己的想象。无论环境多么艰苦，人们总是能够想方设法地解决最基本的生活需求，延续生命，蓄芳以待。这一批身处社会最底层的年轻的知识分子，就是这样顽强地与命运抗争着，入乡随俗而不坠青云之志，一方面千方百计地求生存，坚持着生命的苦涩旅程;一方面苦苦地思索着国家的现状，民族的未来，期盼着有朝一日祖国能够拨乱反正，重新起航;个人能够一展抱负，与国家一起走向光明和辉煌!这种精神和两千多年前那位为楚国赴难蹈艰、行吟泽畔、自沉汨罗的三闾大夫真是一脉相通！

三十多年后，我在回忆这一段生活经历时，写下了一首小诗：

> 蹉跎岁月忆山村，辘辘饥肠伴晓昏。
> 虎落平阳期叱咤，龙栖浅水窥乾坤。
> 忧天患地愁风雨，爱国思家慕楚魂。
> 望月推窗生意气，群峰壁立陡雄浑。

这就是我当时的生活和心情的真实写照。特殊年月里的思想混乱和饥饿的记忆，令人终生难忘。

# 二

1972年春天，我奉调回到了新宾县的"首善之区"新宾镇。先在师范学校工作了半年，又来到一中教语文。

在师范学校工作时，临时住在县委的招待所。吃饭则在学校的食堂。一天早上，起床后，对面床的旅客小心翼翼地问道："老弟呀，你是不是身体不舒服，病了？"看着我一脸茫然的神情，他解释说，昨天夜里，他听到我呻吟得很痛苦，也不敢叫醒我。"你要是不舒服，别耽搁，找医生看看吧。一个人出门在外，不容易，要当心身体。"我去了医院，医生检查后说没问题，估计是长期精神紧张，压力太大造成的，这种病叫"焦虑症"。医生嘱咐我要放松心情，注意休息。

医生的话还是靠谱的。自从1966年夏初以来，个人的命运犹如一叶扁舟，在惊涛骇浪里随波逐流。六年来，我们的命运发生了天翻地覆的变化，从书声琅琅的未名湖畔，被驱赶到了社会的最底层，背负着沉重的精神负担，处境极其尴尬而且危险，呼天不应，叫地不灵。

举个简单的例子吧。1971年我还在大四平公社教书，深秋的一天下午，我挑着水桶去公社食堂打水。食堂的院子里有一眼机井，路过公

407

社的小礼堂，门前和窗下有武装民兵站岗，荷枪实弹，气氛诡异。我没有理会。这时公社的那位姓褚的副主任拦住了我，不许我通过，而且不容分说，推推搡搡把我押解到公社保卫组。我不服气，和他争吵起来。公社的张主任闻讯而至，了解了情况，说公社正在召开紧急会议，传达中央的重要文件，让我先回学校，散会后再去打水。这我可以理解和接受。事后过了很多天我才弄清楚，那天他们传达的"文件"与那一年九月发生的一个特殊事件有关。我的遭遇说明，我们这些人是被打入了另册的。你说，我们的心理压力能小吗？

从1972年秋天到1975年年底，我在新宾县一中工作了三年零三个月。住在学校的简陋的宿舍里，吃饭则在县委食堂搭伙。高粱米和棒子面仍然唱主角，肉和我们依旧缘吝一面，炒白菜是最高规格的享受。偶尔吃一顿肉包子，则如浴天恩，令人荡气回肠。

饥饿和缺乏营养，在当时是普遍现象，老师们也不例外。

新宾地处辽宁省东南山区，是满族和大清朝的发祥地，山清水秀，资源丰富，林、煤、水电、药材、大米是新宾的几宗宝。但是，由于众所周知的原因，新宾的老百姓捧着金饭碗却没饭吃，民生凋敝，衣食艰难。

教师们有固定工资，有粮食供应，老百姓尊师敬教的古风犹存，日子还不到难以为继的程度。老师们最大的难处有两个，一是缺做饭取暖的燃料，二是缺营养。新宾高寒，冬长夏短，四季烧炕。一日三餐更离不开柴火。新宾产的煤都调拨到了外地，漫山遍野的草木是做饭取暖的唯一选择。于是，秋季上山砍柴、往山下背柴、往家里运柴，就成了城镇居民家家户户，包括老师们生活里的头等大事和一件令人头疼的苦差。每逢此时，老师们各显神通，想尽各种办法，动用一切关系，找人工，借汽车，上山弄柴火。你看吧，上山时呼三邀四，意气风发；下山时筋疲力尽，形同劳徒。

学校里有几位老师给我留下了深刻的印象。教导主任金载亨是朝鲜族人，第二次世界大战时才十几岁，在日本被强征入伍，在少年航空兵学校接受过飞行训练。为此，他在那几年里的遭遇可想而知，唯幸免一死，恢复工作后兢兢业业，毫无怨言。烧锅炉的方老师是北大数力系早年的毕业生，历经坎坷，看破红尘，扔下教鞭，抄起铁锹，一头扎进锅炉房，任谁劝也不听，一心一意要烧锅炉。我曾经问过他其中的原因，他哈哈一笑说："省心，保险，与世无争！"语文老师牛相国，辽大中文系毕业，从老家娶了个不识字的老婆，儿女双全，过得挺安生。据说他家的藏书不少，都是古今中外的名著。风云突变，他把所有的藏书每十本一捆，用牛皮纸包好，捆结实，装了满满的几大箱子，束之高阁。有人问起来，则装聋作哑，顾左右而言他。他教过的学生都有良心，没有跟他过不去的。教俄文的马宏达老师和我投缘，需多说几句。他比我大几岁，毕业于辽宁大学。当时俄语课已经取消了，他就在学校里打杂儿。马老师为人极老实，又加上是地主出身，待人接物越发唯唯诺诺，在学校里默默地来去，身材消瘦，皮肤黝黑，头发上沾着草屑，一年到头一身蓝布裤褂，看上去像一个工友，平时几乎感觉不到他的存在。

马老师有个特长，爱写儿歌。现在看来，那是他真情的流露和寄托，也是他宣泄精神压力和郁闷的方式。我喜欢他的老实单纯，我们很说得来。他的夫人白老师在小学教音乐，年轻时是新宾镇教育界有名的美女。他们都是沈阳人，一对才子佳人。只是在底层沉沦多年，有了三个孩子，两人又都不善于管家，家境看上去很清寒。人也像是蒙上了一层锈，无精打采。

我曾经帮助马老师打过一次柴，拉柴火的汽车是白老师张罗来的。我们早出晚归，干了一整天，累得够呛。在山上，我们吃的是白老师事先买好的"糖和面饼"，两毛钱一张，厚约五分，直径半尺。白糖和白面两面烤得焦黄，是新宾当时唯一的零售点心。到家后的晚饭以罐头为主，罐装的猪肉、沙丁鱼、梨、桃。另有大米饭，腌白菜，凉拌蕨菜，红葡萄酒，满满地摆了一炕桌。炕烧得很热，屋里很暖和。老马给每个人都斟满了酒，于是推杯换盏，大块吃肉，大口喝酒。老实说，这在当时的条件下，已经算是很丰盛的一顿晚饭。这也是白老师的主张。她说："我们两人的工资加在一起不算少。为什么家里这么寒酸，穿得这么破烂？钱都让我们吃了！穿得光鲜，看着漂亮有什么用？吃饱吃好最

409

重要！再说三个孩子正在长身体，没有营养哪儿成？所以发了工资，第一件事就是买罐头、猪肉、鱼、水果，只要商店有，我就买。"老马默默地听着，神情是赞许的。

那一顿饭，我们主要谈的都是和艺术、文学相关的话题，特别是俄罗斯文学谈得最多。老马知道我的岳父刘辽逸先生是著名的俄国文学翻译家，对他的译著《远离莫斯科的地方》等赞不绝口。谈起这些，他神采奕奕，判若两人，不时吐出几个俄文单词，真是口若悬河，舌现莲花，使人窥见了他当年的风采。白老师默默地听着，一脸的虔诚、钦佩，说话的口气也格外温和。

那是一个令人难忘的美妙的夜晚。劳累了一天的身体，被热炕烘烤得十分舒服。谈的是与当下的中国距离遥远、全无关涉的话题，我们的神经也因此格外放松，情绪振奋，心情舒畅。兴致所至，我和老马唱起了苏联电影《青年时代》里的插曲《我亲爱的母亲》：

当年我的母亲，

通夜没合上眼睛，

伴我走遍家乡，

为我一路送行，

在那拂晓的时分，

她送我踏上遥远的路程，

给了我一条手巾，

祝福我一路顺风，

……

新宾一中的党支部书记老关出身于满族正红旗，是个有心胸、有能力的少数民族干部。在他的力主下，学校形成了一个不成文的制度：每到期末，都要请老师们聚一次餐。一来是感谢老师们一学期的辛苦；二来是借此机会给老师们解解馋。每逢聚餐，学校里上下一派喜气洋洋。这在当时的环境和气氛下，形成了一种意味深长的"孤岛现象"，在新

410

宾县的教育界里绝无仅有。

因此，每次聚餐都是悄悄地进行。聚餐的地点选在了远离教学楼的仓库里，摆好桌椅，关紧门窗，老师们悄悄地来，悄悄地走，既不划拳，也不行令，老关几句简单的开场白之后，开吃！大家谈笑风生，觥筹交错，推杯换盏，喝的是从抚顺和沈阳淘换来的白酒，质量要远高于本地出的地瓜酒。菜是六个：红烧猪肉白菜粉条子、酸菜白肉粉丝、炒青椒土豆丝、红烧茄子、炸黄豆、鲜族腌白菜。大米饭随便吃。这几样菜在今天看来实在是不值一提，但是在当时，却是不可多得的美味佳肴。为了这一顿饭，老关和管后勤的丛树君老师绞尽了脑汁，动用了一切关系。

细说起来，这顿饭还是蛮有名堂的，酸菜白肉粉丝，是东北的名菜；炸黄豆，听似简单而实有讲究。需先将黄豆在淡盐水里浸泡一夜，待黄豆发起来后，滗水阴干。临时放入热油炸透，金黄酥脆微咸，与油炸花生米异曲同工。最值得称道的是鲜族腌白菜，与酸菜各擅其长，相映生辉。新宾满族、汉族和朝鲜族杂居而以满族为主。所以现在称为新宾满族自治县。这是后来担任了新宾县人大主任的老关带着各路人马几次南下京城，在各大相关部委之间慷慨陈情、巧妙周旋的结果。此乃题外话，不必多叙。却说新宾县的朝鲜族同胞，能歌善舞，心灵手巧。他们在饮食上的一大发明贡献就是鲜族腌白菜，简称"鲜族白菜"。

大白菜是新宾人一年四季，尤其是冬季的主要菜蔬。白菜是个宝，但是离开了肉和油，则久食生厌。何况新宾的冬天漫长，大白菜的储存也是一件令人头疼的事。于是，鲜族白菜应运而生。

每年秋天大白菜一下来，各家各户把家里的大缸刷洗干净，在院子里支上大铁锅，点上火，烧一大锅开水，把整棵的大白菜用开水"轧一轧"，晾干，然后一层一层地码放到缸里。每层白菜之间，放上当地产的苹果、红辣椒和大盐粒。爱吃萝卜的也可以放上大白萝卜。浇上凉开水，压上大石板和石块，盖好。入冬以后，就陆续开缸，摆上饭桌。

鲜族白菜吃起来清脆可口，酸辣微甜，甜中带咸。看上去则洁白如玉，嫩绿如翠，红辣椒发出诱人的光泽，不但有一种难以言传的美妙口感，而且美观大方，色彩宜人养眼。作为饭桌上的一道美味，它可以配其他荤菜，清香解腻；也可以自成门户，独当一面。一盘鲜族白菜，加上一碗大米饭，就是一顿很不错的饭食了。

新宾的大米也有说道。由于地处高寒地带，光照不足，大米一年一熟，产量有限，也因此而地力集中，大米的质量出色。再加上水好，蒸出饭来晶莹鲜亮，极富油性，满口浓香。鲜族白菜就大米饭，相得益彰。来了客人，再炒上一盘肉片，喝两盅酒，则锦上添花，皆大欢喜。

朝鲜族同胞能歌善舞，也嗜酒好客。同事朋友之间经常找个理由就凑在一起喝一顿。腌白菜、大米饭、炒肉片、酒，足矣！客人无须准备其他礼物，一人一瓶酒。而且客人带来的酒和主人家的酒必须都喝光。酒足饭饱之后，就在烧得暖烘烘的土炕上高歌狂舞，通宵达旦。更有甚者，能将家里的土炕跳塌！

我在新宾一中工作的三年多时间里，印象最深的一顿饭是应邀到我的同事张东鹏老师家赴"猪肉宴"。

新宾的农户，都有养猪的习惯。全家人一年的油水，都指着这头猪呢。入冬以后，从新年到农历正月十五，是家家户户宰猪的日子。新宾的习俗，一家宰猪，往往留下一半，腌起来，以备全家人一年之需。另一半则用来招待村邻，图个和气，喜庆。紧要关头，不愁没人相助。村民们也有意把宰猪的时间错开，安排得更合理，断断续续地热闹上一两个月。

张老师家是"下放户"，住在离县城二十多里的一个小山村里。他的父亲张大叔原来是抚顺煤矿上的采煤工人，八级工，工段长，老党员。一个月的基本工资加上各种津贴补助，能拿一百块钱出头。比一般的工程师还多。老人家在生产上是"大拿"，为人也厚道，威信很高。下放以后，工资照发，又有"安家费"，在村子里盖了一座前后两进的小院，几间新房，养了猪。张大叔本人担任了村党支部的顾问，在村里人人都高看一眼，日子也还过得去。

应张老师之邀去他家赴宴那天，下起了大雪。我们一行三人，骑着车，冒着大雪，翻山越岭，一路攒行。雪很密，路上的积雪很厚，好在

412

没风。已经很久没有像现在这样自由自在、无拘无束地在大自然的怀抱里撒欢儿了。眼前的世界银装素裹，纯洁得令人心醉。我们不紧不慢地骑着车，呼吸着清新洁净的山野间的空气，漫无边际地东拉西扯，不但不抱怨，反而十分感谢上天及时送来了这样一场好雪，这样清新的空气，这样的山和路。那些政治上的陈芝麻烂谷子，统统被我们甩到身后。我感觉自己一下子年轻了十岁。

进村了，到家了。我们整整骑行了两个多小时，浑身上下包括内衣内裤都湿透了。前院里支起了一口大铁锅，锅里的开水冒着热气，几个村民在临时架起来的案板上收拾刚刚宰好的猪肉，一派过年时特有的喜庆气氛让人感动得眼眶发酸。张大叔把我们让进了里院的正房，房间里温暖如春。按照当地的习俗，我们进了里屋，上了炕，四仰八叉往炕上一躺，没说上几句话，就呼呼大睡起来。一觉醒来，内衣内裤、棉裤棉袄都被火炕的热气烘烤得干干爽爽，五脏六腑也被烘烤得温暖熨帖，舒服极了。那种感觉是这辈子从来没有体验过的。

开饭了。一大盘一寸见方的煮得烂熟的五花肉，一大碗酱油、醋、辣椒末混合的调料，一盆白米饭，一筐白面馒头。张大叔吩咐说："多吃肉！馒头和米饭吃不吃的不带劲！"

这是我这辈子第一次也是唯一一次吃刚宰好的新鲜猪肉。我夹起一块猪肉，蘸了佐料，刚放进嘴里，还没咀嚼，那肉就自己融化了，滚进喉咙，流入食管，进到胃里。一股沁人心脾的浓香，让我不由自主地叫了一声："好香的肉！"

就这样，我们狼吞虎咽，风卷残云，吃光一盘又上了一盘，还吃了若干的馒头和米饭，喝了烧酒。酒足饭饱之后，趁着微醺，告别了张大叔一家，赶回县城。

不久，从大四平传来了噩耗，我的学生、成梁的堂弟成栋死于马架子煤矿的一次矿难。与成梁相反，成栋是一个非常老实、腼腆的孩子，长得眉清目秀，皮肤白皙，一说话小脸儿就羞得像一块红布。中学毕业以后，成梁参军走了，成栋下了矿。很快，家里的生活就改善了。每天早上，他骑着新买的永久牌加重自行车，穿着一身簇新的蓝色涤卡裤褂上班，招来村里人羡慕的眼光。人也变得胆子大了，在众人面前也敢讲话了。村里人都说成栋的父母有福气，姜家的祖坟冒了青烟。就在这时，发生了矿难，煤矿"冒了顶"，突如其来的大水吞没了巷道和几十名工人的生命，成栋也在其中，那年他还不到十七岁！噩耗传回村子，成栋的母亲当时就疯了。撒腿就往马架子狂奔，边跑边叫着儿子的名字。几个大小伙子费尽了力气才把她架回来。成栋的自行车运回村里，他的母亲抄起铁锹拼命地砸，谁也拦不住。

同时遇难的还有一个新宾一中前几年的毕业生，外号叫"郑三子"。我曾经和他有过一面之缘。小伙子身高一米八左右，黑皮肤，大眼睛，长得很精悍。据说他在学校时是个淘气鬼，唯一的特长是跑得快，跳得高，体育运动是一把好手。矿难发生后，清理现场时没有发现他的遗体。人们都在纳闷儿：郑三子哪儿去了？总不能活不见人死不见尸吧？最后在离矿洞口不远的一垛煤坨下找到了他。他赤裸着身体，做游泳状。有经验的老矿工说，这小子身体好，反应快，肯定是水刚一进巷道，他撒腿就跑，边跑边脱衣服。大水追上了他，他一路狂游，泅到矿洞口。眼看就要脱险了，一垛几千斤重的煤坨从巷道顶上掉下来，正好把他拍在底下。这孩子死得好惨烈！

真是祸不单行，不久又发生了一件大事。刚刚举行了毕业典礼的高三三班的团支部书记刘沁春上山打柴，下山时翻了车。他坐在柴火垛上，不幸遇难。他的父亲是县委的干部，母亲在百货公司工作。可怜天下父母心，噩耗传来，当父亲的傻了，母亲精神失常了！在他的追悼会上，这些正在家里等着下乡的孩子一个个哭成了泪人，班长李敏，一个白白净净的姑娘，哭死过去了！我和老关正好站在一起，看着这一幕，面面相觑，极感震撼！

那一夜我睡得很不安生。第二天起床后发现左眼红肿，下眼睑钻出一个很大的麦粒肿。在去医院的路上，遇到了一中的前任书记老赵。他看着我的眼睛关切地说："你上火了。"我顺口答道："是呀，知识分子忧国忧民，谁还能不上点火？"他一愣，会心地一笑，没再说什么，骑上车走了。

一晃四十多年过去了，这三个孩子的模样，特别是姜成栋和刘沁春的音容笑貌我还记得异常清晰。想起当时的情景，泪水依然涌上眼眶。归根结底，他们的悲剧还不是为了追求温饱和一日三餐？这真是：

锥心岁月叹荒唐，灿烂年华痛早亡。

矿难无情吞稚嫩，车翻可恨毁新梁。

绵绵不尽慈亲泪，脉脉深情慧女殇。

四顾茫然唯一恸，倾天泪雨落凄凉！

1975年年底，我离开新宾。从此再也没踏上那块土地。2007年我回国省亲，在我家小区大门口，见一位妇女推着食品车在卖小菜。小车收拾得很干净，玻璃窗上贴着六个大红字"新宾鲜族咸菜"。再细看那位妇女，典型的朝鲜族人！我心里顿时感到暖融融的，很激动。"你是新宾来的？""是呀。""哪个村儿的？""旺清门的。""我在新宾工作过，是半个新宾人。我知道你们旺清门村，过去叫旺清门公社，离县城不远。"她眼光一闪，张大了嘴巴，于是我把我的经历大概说了一遍。她笑得很开心，说："你还真在新宾待过！"她非要我带上一袋咸菜回家吃，我婉拒了她的好意，祝她在北京一切顺利。和这位朝鲜族妇女的邂逅相逢，激起了我对往事的回忆和内心深处对新宾的怀念。

2008年九月，时隔三十三年后，我回到了新宾，见到了久别的老关大哥。县政协和旅游局在永陵的赫图阿拉大酒店设宴款待我们父子一行。永陵供奉着努尔哈赤的先祖，是满族的精神圣地。宴席上我们品尝了满族的"八大碗"，喝了虎骨酒。满族的八大碗，是满汉全席的代表作，是满族人祭祀天地祖先和庆祝年节假日，以及迎送嫁娶、款待贵客时最高规格的宴飨形式。它用料讲究，烹饪手法丰富多样，相传始于努尔哈赤而大成于乾隆时代。它的闪亮再现，意味着改革开放三十多年来新宾人生活的巨大变化。虎骨酒盛放在一个巨大的透明玻璃柜里，上了锁，轻易不许动。要喝的话，得由县旅游局长发话、签字。虎骨就来自我当年的学生薛家福全家下放落户的样儿沟村。那里极偏僻，我曾经应

415

家福之邀，步行十几里，到他家里吃过一顿饭。没想到，几十年后，随着生态环境的改善，大山沟里重现虎踪。

六年以后，2014年九月底，我再次回到新宾。老关大哥在新宾县最大的酒店宴宾楼设宴款待我。他在新宾县政协和人大担任领导职务二十年，已经彻底退下来了。此时的新宾已然面貌一新，酒席之丰盛，较之六年前的"八大碗"又胜一筹，琳琅满目，美不胜收。当年的同事们，或作古，或调走，老人已经不多了。关大哥的女婿几经周折找到了已退休多年的袁树勋、李学绵、杜春宣三位老师。一番惊呼，几度换盏，无尽的感慨，说不完的几十年前的老话，分手时，我流下了惜别的泪水。在返回北京的火车上，我吟得一首小诗，也许能表达我的心情于万一。

苦涩年华梦复烟，回眸往事忆偏鲜。
饥肠暗淡山村月，夜话朦胧碧曙天。
乍暖还寒春料峭，犹枯始润树欣然。
人生但喜多风雨，晚岁诗心老愈坚。


# 三


1975年年底，我想方设法调到了河北献县工作，在献县中学教语文。从这里到北京，坐长途汽车，朝发而午至，比新宾要方便得多了。

献县中学是县里的重点中学，设在县城东大约一公里的一座残破不堪的教堂里。这座天主教堂，就是在近现代中国宗教史上赫赫有名的"华北第一堂"。

教堂坐落在一块高地上，坐东朝西，俨然是一座颇具规模的城堡。城堡四周是高大、厚重的围墙。围墙的四角，矗立着四座醒目的望楼。教堂1949年以后几经摧残，面目全非。残存的主要建筑，被学校和一家草编厂占用了。据说，当年教堂的全部建筑之间，都有游廊相通，风雨无侵。花园里花木扶疏，浓荫宜人，流水潺潺。花房里奇花异卉四时不谢。院子东南角，是一个很大的荷花塘。晨昏祷告的钟声，深沉悠扬，余韵悠悠，可以传出去很远很远。大大小小建筑的规格、样式、用料、工艺都十分考究，堪称中国北方农村里绝无仅有的西方建筑和宗教文化的奇观。1966年以后，建筑犹存，残破不堪，教职人员已杳无踪影。

我和妻子住在学校里。吃饭，平时就在学校的食堂里解决，周末则自己开伙。

献县比起新宾来，落后是显而易见的。它不像新宾那样，全县城乡都通电。这里只是县城的机关学校有电灯照明，出了县城，夜里一片漆黑，家家户户还在点煤油灯。离开电带来的光明，文明的发展自然受到了桎梏。人们的思想视野和精神境界，也自然无法与新宾同日而语。我恍惚觉得，这里似乎还停留在土改时期。

与此相匹配的是人们的饮食。学校食堂一年到头雷打不动的是一饭一菜：高粱面的窝头和酱油炒白菜。这里的窝头有个特殊的名字"捧子"！我想是因为高粱面太松散，捏不到一起，只能用两只手一捧，放到笼屉上。蒸熟了，再捧起来往嘴里送。至于炒白菜，有一点油，葱花儿。快熟了，倒上一些廉价的酱油，黑乎乎的。做完饭，刷好锅，烧一锅开水，老师们用暖瓶装上带回宿舍。这里的老师过着近似军营的生活，一律住校而不自己开伙。吃小灶，被视为"资产阶级作风"。周末，当地的教师回家，食堂停火，我们这几个大城市来的青年教师各自用自家的煤油炉做一点简单的饭菜。

就这样，从1976年年初到1978年年底，在华北平原一座败落的天主教堂里，我和妻子混迹于一群号称代表了当地最高文化水平的庸庸碌碌、浑浑噩噩的人群里，无奈地打发着时间，盼望着奇迹的出现。

学校的校长毕深志，五十出头，身材高大，白面长眉，是一位慈祥的长者。抗战时期，他当过武工队员，立下过战功。平常他深居简出，在校长独享的那座精美的小楼里翻翻报纸，喝白开水。开饭了，等老师们都打完了饭，他才下楼来打上同样的饭菜，回到楼上慢吃。我到学校后不久，曾经和他有过一次深谈。起因是有人向他反映，我和妻子的生活"有资产阶级倾向"。其实不过是因为我们的房间收拾得比较干净，显得与众不同而已。毕校长吞吞吐吐地把这点意见委婉地转达给我之后，又说起当年打鬼子的往事，老人马上眉飞色舞，神采飞扬，仿佛又回到了那个烽火连天、心里燃烧着希望的岁月。分手前，他不无担忧地表示，他已经打了报告，申请提前退休。他已经五十多了，他们毕家的男人，祖祖辈辈还没有活过六十岁的，所以他决定早点告老还乡。"回村后，早上起来背着粪筐子拾拾粪，溜达溜达，吸吸新鲜空气，什么都不再操心。吃棒子面的窝窝头，就腌咸菜儿，挺好。学校这个高粱面捧子，我真吃够了！"果然，过了不久毕校长就告老还乡了。

新来的马校长是个庸庸碌碌之辈，原来是基层的公社书记，不知道通过什么门路，捞到了这个一般人眼中的美差。此人根本不懂教育，在这样一位校长的领导下，整个学校像一个病入膏肓的病人，看不到出路和希望。这就是我在献县中学三年多时间里，学校的基本状况，而这不过是当时整个形势的缩影。就这样，我们吃着高粱面"捧子"和酱油炒白菜，喝着刷锅水，经历了从"十里长街送总理"到"丙辰年十月捕虾捉蟹"等一系列中国当代政治舞台上的或重大或令人振奋的事件，迎来了改革开放。

在这个过程里，有几件与饮食有关的事值得说一说。

首先要说的是学校的两位奇人。

第一位奇人我没见过。在我到献县之前，她就离职回上海了。因此我没记住她的姓名，也不知道她是如何阴差阳错地从上海来到献县的。我只听其他老师用或揶揄，或同情，或不解的口气说起她的几个特点。第一，她从来不吃学校食堂的饭菜。每过一段时间，她的家人给她寄一些南方产的糙米、挂面和茶叶。挂面汤和糙米粥就是她一年四季雷打不动的伙食。因为吃得少，她每周大便一次。第二，她一年四季戴着口罩，说北方风沙太大，尘土太多。她从来不喝白开水，每天用一个带盖的大搪瓷缸子泡茶。喝茶的时候，把口罩掀开一条缝儿，喝一口，然后又放下口罩，把嘴盖严实。第三，她从来不上课，学生们听不懂她的带有浓重上海口音的普通话。县教育局和学校的领导对她很同情，也很头痛，终于经过层层审批，允许她提前退休，回上海了。她的工资由教育局每月按时寄去。也没有多少钱，三十多块吧。她就用这点微薄的工资在上海长住，无声无息。

第二位奇人是付震寰老师，湖南沅江人，天津某大学工程专业早期的学生。1957年以后下放到献县，几经周折，他在献县中学扎了根，管后勤，后来又兼管校办工厂。老付个子不高，皮肤黝黑，两眼炯炯有神，走路脚下生风，笑起来两个大酒窝，很有感染力。他嗓子沙哑，说话爽快，一口湖南普通话令人感到很亲切。对于学校食堂的伙食，他没有怨言。偶尔提起，也只是摇摇头，作苦笑状。每次回湖南老家探亲，他都要肩扛手提回来不少腊肉、熏鱼。周末，蒸上一盘，喝点儿小酒，改善伙食。复旦毕业的姚重华和南开毕业的陈元康老师，是他的常客。我后来偶尔也获邀出席。

这是我第一次品尝湖南湘西的腊味，我很喜欢那种特殊的熏香。几盅酒下肚，大家的话多起来，往往是老付眼里闪着泪光，款款地回忆家乡的山川人物，风土世情。后来我读到沈从文先生的《边城》和《湘西散记》，再回味老付当年的话，才对他的思乡之情有了更深的体会。湘西是一片神奇的土地，那山、那水以至那里的人物风情，都和那里的腊味一样，与众不同，耐人寻味。

我离开献县以后，听说老付平了反，当了县政协委员，也退休了。至于最后他是回到了湘西老家，还是终老于献县，不得而知。但我常常想起他，这个个子不高、两眼炯炯有神的湘西汉子。

1976年夏末秋初，学校放"秋假"，学生和老师们都回家参加秋收，学校里静如死水。除了树上的蝉鸣，几乎听不到任何其他动静。几个城市来的年轻教师也回家探亲了。我和妻子留在学校，准备南下杭州访友。恰在此时，唐山大地震发生了。当时的情景终生难忘。

那天半夜，我被一阵"吱吱吱"的声音惊醒。开始我还以为是床底下有老鼠，但随即发现不对劲，床在摇晃，在"吱吱"地呻吟。"地震了！"我睡意全消，跳下床，大声叫着妻子的名字。她也醒了，却因为心慌，找不到蚊帐的出口。这时，整栋建筑都剧烈地摇晃起来，像一只在狂风巨浪里剧烈颠簸的小船，人根本站不稳，随时要跌倒。随即，特大地震发生时产生的"地音"像一阵"雷鸣"由远而近，由小到大，犹如一列嘶鸣的火车向我冲过来，从我的身上碾过。我呆呆地站在那里，一动也不能动，似乎失去了知觉。"雷鸣"声渐渐远去，房子停止了摇晃，四周是死一般的寂静。妻子还在床上。我说了一句："地震过去了。"话音刚落，暴雨突至。我们就在黑暗中坐了几个小时，直到天明。

天亮了。院子里一片汪洋。雨水是黑色的，油汪汪的，散发着浓烈的硫黄臭味。其他几位留校的老师陆续走出房间，大家面面相觑，彼此六神无主，嘴里几乎同时吐出一个词："地震!"于是七手八脚地开始在院子里搭避震棚，一连多日在惊慌不安里风餐露宿，顿顿将就。直到有一天我吃了一锅煮面条而上吐下泻，县医院的医生说我得了"胃肠型感冒"，给我开了药。病情稍微好转，我们即按照原计划，南下杭州，离开这个令人窒息不安的环境，希望借此机会去一去身上的晦气。

十年前我在"大串联"里第一次来到杭州，有一天到了虎跑。下午时分，天下着小雨，眼前是一片望不到边的竹林。江南夏天的小雨，像古琴上发出的柔和的轻吟。不知是雨染绿了竹林，还是竹林染绿了雨水，天地似乎都沉浸在无边无际的翠绿中。一对中年夫妻打着一把粉色的雨伞，挽着手臂，正在往竹林深处走去。我望着他们的背影，被眼前的画面深深地打动了。社会上的喧嚣和狂躁与这里的宁静、和谐、纯洁似乎毫不相干。我愿意就这样静静地坐在那里，不吃不喝，享受那充溢在天宇之间的静谧和绿色。

然而，十年以后的杭州，经过了"狂风暴雨"洗礼的杭州，没有了往日的精气神。

我们慕名前去探访禹陵。禹陵一片沉寂。几个附近学校的孩子，正在禹陵的石碑前吃午饭。他们每人一个铝制的饭盒，里面是糙米饭和青菜。一个男孩子的饭盒里多出半个腌鸭蛋，油汪汪的蛋黄，清清爽爽的蛋白，静静地卧在米饭和青菜上，引来其他孩子羡慕的眼光。孩子们问我们从哪儿来，来干什么。我们如实相告。他们停止咀嚼，睁大了眼睛，奇怪地看着我们："禹陵有什么好看的？不就是这块大石碑吗？"那稚嫩的嗓音和生硬的普通话，听上去很陌生，令人很无奈。

我们乘船沿着钱塘江溯流而上，到了桐庐。那澄澈的江水，让我这个北方人终生难忘。那是我见过的最美的江水。在桐庐，我们登上了桐君山上的白塔。塔壁上有无名诗人的题词："身在江南望故乡，太行风雪黄河浪。"令人顿生漂泊之感、家国之慨，泪水悄悄地湿润了眼睛。

在绍兴，我们因为没带单位介绍信，无法证明我们的夫妻关系，只能分住在相邻的两个房间里。晚上，我们隔着那薄薄的墙板聊天。那家小旅馆，似乎只有我们这两个客人。那一夜我睡得很不踏实，因为担心妻子的安全。她正怀着我们的儿子。

沈园也是一片沉寂和荒凉，像一个历经沧桑的老人。"伤心桥"下的湖水波澜不兴，绿得发暗，似乎浓缩了太多的沉重，历史的和现实的沉重。

我们去拜访周恩来的故居，一位面目清秀、自称是周恩来侄子的年轻人接待了我们，领着我们参观那座老宅，讲述有关老宅的陈年往事。对周恩来的崇敬，使我们彼此不觉得陌生。

九月九日是我三十一岁的生日，我们乘长途车出城观潮。大潮惊天动地，将我们前面的几个人卷下水去，我们浑身上下也被淋得精湿。

回到朋友家，院子里的气氛十分诡异，几个妇女眼圈红红的，在抹眼泪。朋友趴在我耳边悄声说："毛主席去世了。此地不宜久留，你们要马上赶回献县。"

归途中路过无锡，我们临时决定下车待了半天，看了鼋头渚。市面上熙来攘往，路旁有卖包子的，像北方的馒头大小，雪白喷香，热气腾腾。奇怪的是当地人不叫"包子"而称呼为馒头。这些天一路走来，我们因囊中羞涩，每天与大饼油条为伍，没进过饭馆。比起献县的高粱面"捧子"，大饼油条是很高级的享受了，我乐此不疲。但是妻子的情况特殊，难以下咽。此时我们的钱包里只剩下两块钱，于是花了六毛钱，买了三个大包子。妻子一个，我两个，站在路边，大快朵颐，吃得酣畅淋漓。

在献县工作的三年里，还有一件与饮食有关的事给我留下了深刻的印象。有一天晚上十点多钟，我忘记了是什么原因，来到校长办公楼所在的前院，看见学校管后勤的大黎和老王，正在指挥学校的工人往校外拉砖头。那些砖头是白天大黎组织学生们从教堂的断壁残垣上拆下来的。赶马车的工人是马校长的外甥。教堂的砖头当年是用三合土烧制的，又大又沉，质量上乘。据说1966年邢台地震献县农村的房子震塌了不少，唯独教堂的建筑纹丝不动，一时传为美谈。大黎见了我先是一愣，然后解释说马校长家的房子太老了，该修了，他忙于学校的工作，顾不上。学校决定给马校长家送些砖头，帮他解除后顾之忧，也是为了学校的工作。他解释完了，我没说什么，掉头走了。

过了些日子，一个周末，学校后勤组买了一只羊，宰了，组织老师们一起动手，包羊肉大葱饺子，给大家改善生活。就在学校的前院，架起案板，支上大锅，全校的老师们都来了，七手八脚，很快饺子就包好了，下锅了。大黎扯着他衡水县的口音大声宣布："这顿饺子全校的老师和员工人人有份，包括老师的家属。"又扭过头对我说："张老师，别忘了叫上你爱人啊！"一个肉丸的新鲜羊肉大葱饺子果然是鲜香无比！大家谈笑风生，努力加餐，一个个吃得肚子滚圆，兀自不肯放下筷子。马校长拎着一瓶酒，叫上学校的几个主要领导，到他的小楼里去聚餐。看着他们一行人的背影，我突然冒出一个念头：这顿突如其来、名不正言不顺的免费的羊肉大葱饺子，和不久前往马校长家拉砖那件事有什么联系吗？看来知道了那件事的不止我一个。妻子因为身子越发沉重行动不便而不肯到院子里来和大家聚餐。我装了满满一饭盒饺子带回去给她解馋。后勤组的王老师张了张嘴想说什么而终于没说出口。

从北大到新宾，辗转到献县，已经将近九年了。回忆这九年的经历，我有一首小诗，多少道出了我的感受：

论饮说食恰九年，三餐每日大如天。

熊獾可爱填饥腹，淡水游虾作海鲜。

雪暗新宾多义气，人穷献县盼良田。

休说大话羞夸口，浪险舟轻过百川。

改革开放、国门打开之后不久，我去县城赶集，顺便在粮店买粮食，看到柜台上有多半张《河北日报》，显然是卖粮食的人卷烟用剩下的。我顺手拿起来扫了一眼，见右下角有一个一寸大小的广告，文化部文学艺术研究院招收研究生，有戏曲、音乐、美术三个专业。我眼前一亮，似乎看到了希望。于是拿回家仔细研究了一番，决定报考。接下来是写论文、寄材料、收到准考证，先后两次赴京考试，终于如愿以偿，于1979年阳春三月，在离开北大整整九年之后，回到北京，重返文化艺术研究的第一线。在这之前，妻子已经远赴内蒙古师范学院去攻读外国文学专业的研究生了。

文化部文学艺术研究院后来更名为中国艺术研究院，设在后海恭王府里。在这里，我读研，做研究工作，直到1990年来再次自我放飞。

回到北京不久，在去北大看望老同学的路上，巧遇到当年中文系工宣队的郭师傅。他在工宣队里比较年轻、思想开放、作风朴实，和同学的关系不错。我们就站在喧嚣的马路边拉起家常。他居然还记得我的名字。说起当年毕业分配时的种种波诡云谲，他透露，当时他们许多工宣队员对所谓的毕业分配方案也不理解，不能接受。但是没办法，胳膊拧不过大腿。那一阵子，工宣队和军宣队内部非常紧张，担心学生们会闹事，没想到会那么顺利。直到大家都离校了，他们才如释重负，松了一口气。他听我说起离开北大以后的经历，十分感慨地说："看起来，你们这些人是谁也拦不住的！"

认真说起来，这次人生的转折，还是和一日三餐、柴米油盐分不开的。如果那一天我没有去县城赶集，没有去粮店买那几斤每个月限量供应的糙米，我的生活都不会是今天这样。什么恭王府的寒窗苦读、与国内国际学术界的交往、跨洋过海的突围、在北美的闯荡和收获，都不可能发生。冥冥之中似乎有一种无形的力量在主宰着这一切。它往往在不经意中偶露峥嵘，如同电光石火一样，一闪而逝。这就是人们所谓的"机会"和"缘分"。它是给有追求、有积累的人准备的礼物。而追求、积累、枕戈待旦、不轻言放弃是我们唯一可以把握的事情。为了逃避学校食堂的高粱面"捧子"去赶集买粮食却在无意间抓住了改变一生的机会。道是无情却有情，这就是献县留给我的最后的印象。因此，多年以后回首往事，对献县那一方土地和献县中学食堂的高粱面"捧子"，反而生出来一份发自内心的感恩和怀念。

# 四

感恩是我在美国生活的三十一年中听到最多的也是体会最深的一个词，它代表着一种健康的心态、一种积极的生活态度、一种先进的价值观。一个人，因为懂得感恩而愉悦，忘我，乐于给予，自律严谨；从而越发坦荡从容、精力充沛地面对生活；越发懂得将心比心，以发自内心的同情和怜悯善待周围的人。

感谢天地自然，岁月，祖国，父母。感谢人们的关爱、理解和帮助。感谢所有在你的生活里看似偶然实则必然要出现的人和事物，无论它们带给你的是喜还是忧，是成功还是挫折。

其中很重要的一个内容是感谢一日三餐。

美国的饮食和她的文化一样，五花八门，应有尽有。而真正让我感动的是普通人对一日三餐的感恩态度。这才是美国"饮食文化"的精华。

在这里，逢年过节，或周末团聚，主人往往会在餐前带着大家一起感恩。人们将双手合拢在胸前，低头默祷："感谢命运赐给我们如此美好的食物，让我们在这样一个特殊的时刻坐在一起享受此刻的安宁、和谐和美好。"

感谢命运，敬畏自然，感谢自然赐予之恩。这是一种朴素健康的精神信仰。

客观公正地说，感恩之心，人皆有之。它是人类的本能和与生俱来的原始感情冲动，是人类从蒙昧走向文明的原始动力。因为感恩而知所敬畏，谦虚，谨慎，乐观，勇于进取和负责，从而极大地提升个体的精神品格，并进而转化成促进社会进步的集体的力量。然而，伴随着人类社会的发展和物质的丰富，这种纯朴的感情逐渐离我们而去。由此造成的精神缺失，是人类尤其是现代人类社会种种失措和罪恶的精神根源。

感恩也是中华民族的优良传统。中华民族的传统文化，从来不缺少感恩的强大文化基因。儒家主张积极"入世""仁爱""民贵君轻"；道家强调对天地自然和社会人生之"道"的敬畏与追求；佛教提倡"慈悲"；道教宣扬"贵生"；《易》的本质则是阐述了人生、社会、自然的"中和"之美以及对这种天地大美的探索追求。凡此种种，贯穿始终的是对自然的敬畏、对生命的尊重、对人生的珍惜、对爱的渴望和对和谐安定的渴求，蕴含着感恩的思想基因。中国人讲究"孝道"，这是中华民族根深蒂固、孜孜以求的道德理念和行为准则，而"孝"的本质就是"感谢父母养育之恩"。只是这种优秀的思想文化因子在漫长的历史发展过程中被反复扭曲和摧残，始终没有获得历史的契机和动力，提炼和升华为一个被整个民族所接受和奉行的简单明了的生活仪式。

与此同时，感恩的理念却被西方宗教文化巧妙地嫁接，并改造成为一个简单易行的生活仪式，赋予了既普遍又庄严崇高的仪式感。

我认为，在建设现代化中国的过程中，应当及时地、鲜明地提倡这样一种思想准则、生活态度和生活仪式。

它也许不是灵丹妙药，但应该是雪中送炭。

在生活里，懂得感恩，才能做到既能享受美食，又可安于粗蔬。懂得感恩，才能超越粗茶淡饭的生命之需或醇酒美食的口腹之欲，超越单纯对物质的贪图和享受，注重对美好精神和道德的追求。所谓"一箪食，一瓢饮，在陋巷，人不堪其忧，回也不改其乐。贤哉回也！"孔夫子津津乐道的这一则生动传神的故事告诉我们，古往今来，贤者的修炼和养成，是从培养朴素的生活作风和心态入手的。进一步说，是从一日三餐和管住自己的嘴巴开始的。

一日三餐，作为人类生活中最寻常不过的内容和现象，它不仅关系到生命的延续，而且关系到一个民族的基本道德素质的提升或沉沦，一个国家的进步或倒退，一个民族的未来和前途，甚至关系到世界和人类的命运。它的意义，无论怎样估计都不过分。这就是我从五十余年来的"饮食之旅"中得到的结论。

归根结底，"仓廪足而后知礼仪"，一日三餐，吃饱肚子，是人类最基本的需要。对食物的需求，是人类的本能。满足和保证这个最基本的需求，是制度设计的基本出发点，也是执政者的天职。否则，饥饿会冲垮一切道德的堤坝和制度的神话。


悠悠思岁月，反顾愈分明。

饮食实天性，三餐自苦耕。

舟轻行谨慎，水静蕴无情。

惕惕修帆橹，期期盼远征。


2015年2月—3月初稿

2021年10月定稿

# 后记

## 余韵悠悠思故国

整整一百二十年前，我的父亲从老家河北任丘步行到北京，开始了他的"北漂"生涯，那一年他十二岁。从此，我们这一家人得以在北京生根发芽，延绵至今。三十一年前，我四十四岁，响应风气，乘兴追梦，走出国门，无意中延续和拓展了父亲的足迹。人类因梦想而迁徙，文明因漂泊而发展，生活因求变而精彩。流动不居，是人类的天性、本能和权利。流水不腐，是我在北美大陆三十一年生活里最深切的体会和总结。从河北农村到北京南城，从北京到北美，是命运对我们父子两代的恩赐和青睐。

一位我景仰的前辈学者说过："一个国家也许会消亡，但历史是不会也不应该消亡的。只要有人在关注，在写，历史就会得以延续。"而历史，是一个民族的集体记忆，乃根脉之所系，希望之所托。因此，写下自身的经历，融入历史，留给未来，是每一个华夏学人的责任。为此，要敞开心胸，直面世界，拥抱生活，细心体察，积极思考。多年来，我遵照这个宗旨身体力行，而这本不尽如人意的著作就是我实践和思考的记录和总结。

汉语之悠久、博大、精美举世无双。写作之于我，就是重新顶礼和深入学习祖国语言和文字的过程。力求用准确、自然、生动、朴素的文字写出真实、独特的经历和感悟，是我的初衷。这个学习的过程充满乐趣，使我年轻，让我乐此而不疲。

抚今追昔，下面的两首小词，多少代表了我此时的心情。

## 念奴娇·两代漂泊

流离颠沛，路遥云月暗，北漂人泣。稚子彷徨思父母，肩嫩身寒瘦脊。寄梦京城，艰难求索，赤手开荆棘。兴家立业，善良辛苦得吉。

陌巷蓬舍骄男，青春彩梦，伴燕园秋碧。塔影湖光荷映日，争奈风狂云激。且喜东风，吹霾荡雾，壮岁舒鹏翼。南城北美，忆平生叹足迹！

## 满庭芳·掩卷深思

掩卷深思，五十一载，我自书剑豪情。慨然西顾，家国梦晶莹。艰苦卓绝热土，新天地，灿烂征程。闻鼙鼓，百年巨变，抖擞舞长缨。

闲庭。唯信步，狂涛踏破，众志成城。望旗帜辉煌，继续长征。四海擒蛟览胜，东风劲、风景独明。神州月，清光万里，旭日照新晴！

2021年8月9日—11月7日